Kaan Sekban

küçük

uy

Küçük Ünlü Uyumu / *Kaan Sekban*

Yayıncı ve Matbaa Sertifika No: 44066

Yayın direktörü Gülşen İşeri
Editör Gökçe Şenoğlu
Kapak illüstrasyon ve tasarım Ekin Başak Akgül
Sayfa tasarım Beyzanur Karabulut

ISBN: 978-975-10-4470-9

23 24 25 7 6 5 4 3 2 1
İstanbul, 2023

Baskı ve Cilt
İnkılâp Kitabevi Yayın Sanayi ve Ticaret AŞ
Çobançeşme Mah. Sanayi Cad. Altay Sk. No. 8
34196 Yenibosna – İstanbul
Tel : (0212) 496 11 11 (Pbx)

İnkılâp Kitabevi Yayın Sanayi ve Ticaret AŞ
Çobançeşme Mah. Sanayi Cad. Altay Sk. No. 8
34196 Yenibosna – İstanbul
Tel : (0212) 496 11 11 (Pbx)
Faks : (0212) 496 11 12
posta@inkilap.com
inkilap.com

Kaan Sekban

küçükünlü uyumu

İNKILÂP 96. yıl

Kaan Sekban

Kaan Sekban, 1983'te İstanbul'da doğdu. Konsolos olmak için Siyaset Bilimi ve Uluslararası İlişkiler okudu, sonra bankacı oldu. Bankada kendini parlatmanın yollarını ararken 'marka yönetimi' üstüne yüksek lisans yaptı, birkaç yıl sonra kendini yeteri kadar parlatamayıp istifa etti. Bankacılıktan sonrasına en büyük hayali oyunculuğu koymaya çalışırken komedyen oldu. Bütün bu 'uyumsuzlukların' muazzam uyumuyla hayallerinin çok ötesinde geçen rüya gibi beş yılın içine çokça hayal kırıklığı ve 'fiyasko' da sığdırdı. Yaptıkları, yapamadıkları, hesaba katmadıkları, hayal bile edemedikleri, yeni tutkuları ve kıtalar ötesi hayallerine doğru attığı insanlık için küçük ama kendisi için kocaman adımlarla hem kendi hem de ülke sınırlarını aşmaya her zamankinden hevesli 40'ında bir 'genç' komedyen...

Kalbime bugünkü şeklini veren
büyükbabam İhsan Sekban'a,
bana sahne tozunu ilk yutturan Serhat Akkaş'a,
ergenlik yıllarımın kahkaha kaynağı Nihan'a
ve asla tanıyamadığım ablam Aşkım Sekban'a;
cennette birbirinizi bulmanızı dileyerek...

Başlarken

Oyuncu olmayı hayal ettim, sahneye çıkmayı hayal ettim, şarkıcı olmayı bile düşledim hadsizce zaman zaman ama güldürmenin mesleğim olacağı sığmadı hiçbir rüyama. Gülmek hep öylesine bir şey gibiydi benim için, güldürmek de. Mizah bazen aile arasındaki bir yemekte, bazen içkinin fazla kaçtığı bir dost meclisinde atılan kahkahalardı istemsizce. Zamansız bir blöfün ardından elimde koliyle kendimi bulduğum o plazanın önünde başlayan yolculuğumun istikametinin kocaman sahneler olacağını nereden bilebilirdim; 'böylesi ancak benim başıma gelir' dediğim onca şeyin aslında hemen herkesin başına gelmiş olduğunu bilemediğim gibi. Yüzbinlerce insanla sanki hepimiz hayatımızın bir yerinde aynı şirkette, aynı katta, aynı bölümde, aynı yöneticiyle çalışmışız gibi aramda kurulan benzersin bağın ve dünyanın en bonkör teveccüh fırtınasının etkisiyle bambaşka bir yere evrilen bu yeni hayatımda ve bu 'bambaşka' kariyerimde aslında hiçbir şeyin değişmediğinin, insanın olduğu her yerde hayallerin de, tutkuların da, egoların da birebir aynı kaldığının idrakine vardığım bir serüven oldu *Küçük Ünlü Uyumu*.

Kelimenin tam anlamıyla 'sayenizde' çıktığım basamaklar ve sizinle hiç alakası olmayan, muhtemelen hiçbirinizin bilmediği, kimi zaman 'fiyasko' diyerek belki de biraz haksızlık ettiğim ama bana çok şey, çok insan ve çok ders katan düşmeler, temellerini son beş yıl içinde atmışım gibi görünen ama son günlerin moda deyimiyle çok daha eskiden 'manifest' ettiğim nice hayal, nice düş, kimi gerçek olup, kimi buharlaşıp uçan nice tutku ve beş yılın sonunda geldiğim yeri görünce yaşadığım ufak çaplı, içimi ısıtan o dünyanın en güzel şoku...

Türkçe bir kelimede düz ünlüden (a, e, ı, i) sonra düz, yuvarlak ünlüden sonra dar yuvarlak (u, ü) veya düz geniş ünlü (a, e) gelirse küçük ünlü uyumu sağlanmış olur. Peki bankacılıktan sonra komedi geldiğinde ne olur? Ne olmaz? Ne olmasa da olur? Ne olmazsa olmaz?

İlk kitabımı okumayan sevenlerimin de ilgiyle içinde kaybolacağını tahmin ettiğim, *Tebrikler Kovuldunuz*'u okumuş olanlarınsa ekstra lezzet alacağını umduğum bu serüvenin bana yazarken hissettirdiği bütün duyguları okurken size de hissettirmesi dileğiyle.

Kaan Sekban
İstanbul, Aralık 2022

Zararsız bir öneri:
Kitabı okurken
müzik eşlikçisi olarak
'Radio Swiss Jazz'ı
(www.radioswissjazz.ch/en),
son bölümlere geldiğinizde ise
Spotify'daki 'Peaceful Piano'
çalma listesini önerebilirim:)

Parlak Bir Gelecek Vaat Etmediğim Yıllar, İçimdeki Tarkan'a Merhaba ve Sahnede Devleşme Çabalarım

İlkokul beşinci sınıfın son günleri, tam bir mahalle mektebi olan Büyük Esma Sultan İlkokulu'ndan mezun olmak üzereyim. Bir yandan iki senedir her hafta sonumu kâbusa çeviren dershane esaretinden ve orada sürekli aralarında kendimi aşırı yetersiz ve aptal hissettiğim zeki ve zengin aile çocuklarından kurtulacağım için mutluyum. Bir yandan da iki yıldır Şişli'deki FKM (Fizik Kimya Merkezi) adlı bu dershaneye para akıtan orta gelirli ailemin yüzünü Anadolu Liseleri Sınavı'nda kara çıkarırım diye büyük korku içindeyim. Özellikle babamın bu sınavdan beklentisi büyüktü ve dershanenin bilgisayarından çıkan 'öngörü'ye göre Galatasaray Lisesi'ni bile kazanabilirdim! Bunun imkânsız olduğunu biliyordum çünkü yapılan testlerde hiçbir zaman çok yüksek not alamamıştım. İki-üç haftada bir test sınavı olurduk ve en yüksek dereceyi yapan ilk üç kişi öğretmen tarafından çikolatayla ödüllendirilirdi. Yirmi beş sorudan oluşan sınavda her soru yüzde dört puandı ve hepsini doğru yapınca yüzde yüz alıyordunuz. Ben sözel ve Türkçe sınavlarında yüzde altmış ila seksen dört arasında gider gelirdim. Sayısalsa tam bir fecaat: Yüzde otuz altı ila altmış dört en fazla:) Hatta bir kere matematikten yüzde otuz altı almıştım. Fakat çok fazla da takmıyordum o yaşlarda. Yüzde doksan iki mi ne alan bir çocuk yanıma gelip, "İyi misin? Şimdi teneffüse de çıkasın gelmiyor eminim, insan içine çıkmak bile istemiyorsundur ama kantinden bir şey ister misin?" deyince cinlerimin tepeme fırladığını daha dün gibi hatırlıyorum. Ne münasebet, niye insan içine çıkmayayım yahu? Altıma mı kaçırdım sınıfta, nedir yani? Destek olur gibi görünüp, düştüğünde zevkten dört köşe bir taş kalp ve sahte bir yüce gönüllülükle koşa koşa yanında biten 'dostmanlarla' aslında çok küçük yaşta tanışmıştım. O zibidinin de büyüyünce kurumsal bir firmada üst yönetime yalakalık eden orta düzey yöneticilerden biri olduğuna adım gibi eminim.

FKM'ye gitmek benim için esir kampına gitmekten farksızdı. Boş olan tek vaktim hafta sonlarıydı, onda da sabahın köründe evin önünden beni alan servis aracıyla esaretin adresi Şişli'deki Kent Pasajı'na doğru hareket ediyordum. Servis araçları benim için hep en çok eğlendiğim yerler olmuştur. Sosyalleştiğim, arkadaş edindiğim özellikle -okuldan ya da işten- eve dönüş yolunda sanki kocaman bir partiye gidiyormuş gibi havaya girdiğim, arka köşedeki koltuğumdan zaman zaman camı açıp sokaktan geçenlere laf attığım, biner binmez servis şoförüne kaset verip mekânı küçük bir tekerlekli kulübe çevirdiğim yerlerdi servisler. FKM'yle ilgili en güzel anılarım da özellikle dönüş yolunda bindiğim servis yolculuğunda oldu hep.

Okulumsa ortalama bir devlet okulu olduğu için orada parlak öğrenciler arasındaydım, notlarım çok yüksekti, karnem hep takdirlikti, hepsi pekiyi vs. Ama hafta sonu gelip de FKM'ye gittiğimde kendimi üç elemeyi de geçip dördüncü torbadan Şampiyonlar Ligi'ne katılan Başakşehir gibi hissediyordum. Anadolu Liseleri sınavı geldi çattı. Benimki orta karar geçmesine rağmen dışarıda heyecanla bekleyen babam "Nasıl geçti?" diye sorduğunda "Beş-altı yanlışım vardır" diyerek kendisini goygoylamayı ihmal etmemiş, "Beş-altı mı? E o zaman Galatasaray'a girersin oğlum, harikaa!" şeklindeki sevincine yalandan ortak olarak her şeye rağmen çok rahatlamış olarak evin yolunu tutmuştum.

Sonuçların açıklanmasına daha vardı, okulda ise mezuniyet gösterisinin hazırlıkları başlamıştı. Gösteri dediysem öyle ahım şahım bir şey değil, kimi sevdiği şarkıcıların taklidini yapacak, kimi şiir okuyacak, kimi Güydüy Güydüy tadında skeçler yapacaktı. Ben müthiş bir özgüvenle Tarkan olmaya karar verdim zira o aralar kendisine şükürler olsun ki Sezen Aksu eli değmiş, ilk albümündeki ayrık dişli, sarı pantolonlu, antipatik şarkılı tıfıl şarkıcının yerini ışıl ışıl gülen, kıvır kıvır dans eden, sporunu yapan, mis gibi şarkılarla bezeli albümüyle bir popstar almıştı. (Gerçi şimdi dönüp baktığımda Kıl Oldum Abi'nin onda biri edecek şarkılar bile çıkmıyor, orası da ayrı bir tez konusu ya neyse:) Ben bir yandan klipteki kıyafeti nasıl uygulayacağımı düşünüyordum çünkü Tarkan klipte bir kot bir beyaz gömlek giymiş, gömleğinin önünü açmış, yabancıların smooth hairy diye tabir ettiği hafif kıllı göğsünü gözümüze gözümüze sokmuştu. İçimdeki Edremitli emekli albayla yeni tanıştığım günlerdi ve tabii ki içime bisiklet fanila giyerek sahnede çocuk playback dünyasının en Marimar esintili styling'iyle arzı endam etmeye karar verdim.

Mezuniyet partimizin detayları ise Richie Rich'i kıskandıracak cinstendi: Gösteri günü gündüz anne babalarımızla köşedeki Mudurnu'ya gidecek, bizim için ayarlanmış menüyü yiyecektik. Bu bizim için acayip bir parti demekti. Okulun dışında bir şeyler yapacak olmak aklımızı başımızdan alıyordu. Ancak mahalle mektebi olduğumuz için bazı veliler bu menüyü pahalı bulunca öğretmenimiz cinnet geçirip programı iptal etti ve yeni mezuniyet partimizin detaylarını açıkladı: "Sınıfta döner yiyeceğiz!" İyi bari havaya da kep yerine turşu fırlatırız artık! (Zaten kep mep öyle şeyleri daha dizilerde bile görmemiştik, okulda ne haddimize:))

İlkokul yıllarında tek kanallı televizyondaki en büyük eğlencem Susam Sokağı ve Güney Amerika yapımı çocuk dizisi Atlıkarınca'ydı. Hepimiz okuldan eve gelince Atlıkarınca'yı açar, dizideki karakterleri sınıfta birbirimize yakıştırırdık. Kimimiz ukala zengin Maria Huakina, kimimiz yoksul ailenin makarnayla besleneni Hayme Pahilyo, kimimiz güzel çocuk David, kimimiz umutsuzca zengin kıza âşık olan siyahi Sirilo, kimimiz tombik ve tembel Laura'ydık. (Hepsinin okunuşunu yazdım:)) Dizide çocukların mezuniyet sahnesine bayılmıştım, bizimki de öyle olur herhalde diye hayallenirken kendimi döner ayran yerken bulmak travmaların en saçmasıydı. (Bu arada Sirilo'nun Maria'ya kendini beğendirmek için, arkadaşlarının da keklemesiyle, sözde beyaza dönüşmek amacıyla suratına sarımsaklı karışım sürdüğü bölümde ağlamıştım, haha alakasız:))

Gösteri günü sınıfta yarım ekmek dönerleri mideye indirdikten sonra gaz dolu karınlarımızla sahneye doğru indik, insanlar da yerlerini almaya başlamıştı. Tarkan o yıllarda şöhreti ne kadar hazmetmişti bilmiyorum ama ben daha yediğim yarım ekmek döneri hazmedememiştim.

Başka bir arkadaşımız da Unutmamalı klibini taklit edecekti ve Tarkan'ın o klibinde siyah tişört vardı sadece ama o sanırım çok seksi olduğunu düşünüyor olmalıydı ki benim kıyafetime benzer bir kıyafetle ama arada tek farkla, gömleğin içine beyaz atlet giyerek bu performansı sergilemeye kalkıştı. Son derece nahoş bir performanstan sonra ben çıktım sahneye. Tabii ki şarkının da etkisiyle, hafif kıvırmalar eşliğinde, bisiklet fanilamın çılgınlar gibi terimi çektiği performansım salonu çılgına çevirmişti. Salon dediğim de analarımız, babalarımız, gelebilen akrabalarımız ve diğer sınıflar:) Ama benim için annemle babamın orada olması zaten başlı başına muazzam bir şeydi. Annem en deli yıllarında çılgın gibi çalışan bir bankacı olduğu için okulda diğer annelerin geldiği toplantı ve buluşmalara gelemezdi pek. Benim de her seferinde içimi garip bir hüzün kaplardı. Bu gösteriye ise baştan sona katıldıkları için hem mutlu hem de gururluydum. Salonda "wuuu, yeeea, vuhuuu"lar havada uçuşuyor, ben dans ettikçe kendimden geçiyordum. Birinci sınıfta da okuma bayramımız olmuştu ama o zaman çok küçük olduğumdan böyle bir haz almamıştım. Performans bittiğinde kopan alkış kıyameti daha dün gibi hatırlıyorum. Kesinlikle yetmemişti ve devamı gelmeliydi.

Birkaç gün sonra sınav sonuçları açıklandı. Özgüven patlamasından hallice ilk iki tercihim olan Galatasaray Lisesi ve Beşiktaş Atatürk Anadolu'ya girememiş, üçüncü tercihim olan Vefa Anadolu Lisesi'ne ise kıl payı yedeklerden girmiştim. Babam hemen okulun yolunu tuttu. Bir yandan da saat başı bize haber veriyordu. Asil listeye bir giriyor bir çıkıyordum. Penaltılara kalan kupa finali heyecanı bizim yaşadığımız gerilimin yanında solda sıfır kalırdı. Benim gerçekten çok dert ettiğim bir şey değildi ama babam öylesine istiyordu ki, kazansam kendine gidip okulun formasından alıp tekrar ortaokulu okuyacak gibiydi. Sonuç olarak ne yazık ki dört kere girdiğim asil listeden dört kere de yedek listeye düşmüş, son düşüşümde ise kontenjan dolmuştu. Diğer bir deyişle rakip kaleci son penaltıyı kurtararak beni kupanın dışına atmıştı. Evde ise maalesef ertesi gün 'Teşekkürler Çocuklar' manşeti atacak bir babam yoktu. Okuldaki yakın arkadaşlarımdan Bora, Tarhan Koleji'ne girmiş, Ece, Beyoğlu Anadolu Lisesi'ni kazanmış, Cenk ise Vatan Anadolu Lisesi'ne girmişti. Dört büyüklerden Intertoto kupasına katılan diğer bir deyişle ortaokulu dümdüz okuyacak tek 'ezik' bendim.

Babam birkaç hafta "Dershaneden gelir gelmez çantayı bırakıp oynamaya inmeseydin şimdi Galatasaray'a girmiştin!" naralarıyla yaşadığı depresyonu aşmaya çalıştı. Oysa oynamaya inmeseydim, dershane ve okuldan tek arta kalan zamanımda da o iğrenç ders kitaplarına gömülecektim ve onların da çocuk yaşta sıyırmış nur topu gibi bir oğulları olacaktı. Ama tabii bunun tartışmasına girecek değildim. Kendimi büyük bölümü büyükbabam ve babaannemin Beşiktaş Ihlamurdere'deki -bana göre harikalar diyarı- evinde geçecek yazın kollarına bırakmıştım bile.

İlkokul bitmişti ama o yaz okulda ÇYDD'nin ücretsiz yaz okulu açılmıştı. Tiyatro, müzik, dans, spor, satranç gibi dersler vardı ve çok zevkliydi. Gerçekten de durumu pahalı tatillere, kurslara yetmeyen ve bir miktar vizyonu olan ailelerin çocukları için şahane bir fırsattı. En çok tiyatro dersini sevmiştim. Tiyatro hocamız da bizi pek sevmişti. Ben ve birkaç yakın arkadaşımla daha yakından ilgilenmeye, sahnede olmakla ilgili tüyolar vermeye başladı. Kendi yönettiği bir tiyatro topluluğu vardı ve yaz okulunun sonlarına doğru bizi karşısına alarak asla hayal edemeyeceğimiz bir teklif yaptı: "Çocuklar, gerçekten çok kabiliyetlisiniz. Ben yeni bir oyun yazıyorum, adı Çocuk Atatürk. Atatürk'ün çocukluğunu ve arkadaşlarının rollerini büyük oyuncular oynasın istemiyorum. Kaan, sen Atatürk'ün çocukluğunu oynamak ister misin? Sizler de küçük Mustafa'nın arkadaşları olacaksınız. Baştan söyleyeyim tiyatro çok sıkı bir çalışma ister. Yorulacağız, üşüyeceğiz, terleyeceğiz, bazen ben size kızacağım ama sonunda sahnede müthiş bir şey yaşayacağız. Tabii önce anne babalarınızla konuşup izinlerini almam lazım. Önce size sormak istedim, böyle bir şeyin içinde olmak ister misiniz?"

Havalara uçmuştuk, çığlık çığlığa okulun mütevazı sahnesinde koşturmaya, birbirimize sarılmaya başladık. Tabii ki ben delirmiştim mutluluktan ve böyle aşırı mutlu anlarda hemen 127 adım sonrasını hayal etmeye başlayan bir hayal açgözlüsü tarafım vardır. Bir anda kendimi gazetelere, televizyonlara röportaj verirken hayal etmeye, şöhret basamaklarını hızla çıkarken ne giymem gerektiğine falan kafa yormaya başladım. Bu arada yanlış anlamayın yaş 11:) Bir yandan da şöyle diyordum kendime: "Daha bu yaşta Atatürk'ün çocukluğunu oynarsam herhalde 20 yaşını görmeden Oscar'ı alırım!" (Oscar'ı gerçekten de yıllar sonra alacaktım. Ancak herhalde hayallerimi kodlarken kaydırma yapmış olacağım ki 32 yaşında plastikten bir çakmasını akademiyle hiç alakası olmayan bir bankadan alabildim ve altında 'yılın personeli' yazıyordu.)

Hocamız Serhat Akkaş ve yine tiyatrocu olan eşi Nurdan Akkaş evimize gelip ailemle tanıştılar, benim ne kadar yetenekli olduğumu ve bu işin çok güzel olacağından bahsettiler. Tabii o zaman ilkokulu henüz bitirmiştim, daha üniversite yıllarına ve meslek telaşına çok vardı. O yüzden ileride 'normal bir meslek edinmem' için yanıp tutuşacak yıldız bankacı annem ve Beşiktaş'taki mütevazı muayenehanesinde ekmeğini taştan çıkaran diş doktoru babam çok mutlu oldular. Öyle ki babam bir anda Vefa travmasını bile unuttu. İzinler alındı ve provalara başladık.

İlk provalar Serhat Hoca'nın Avcılar'daki mütevazı evinde yapılıyordu. Eve girdiğimde çocuk aklımla düşündüğüm ilk şey hayatınızı tiyatroya verirseniz galiba çok zengin olmanızın imkânsız olduğuydu. Hiçbir zaman para pul, gösteriş merakı olan biri olarak yetiştirilmedim ama o provalarda idrak ettiğim tiyatronun çok fedakârlık isteyen bir şey olduğuydu. Provalarda hep çok sıkılırdım. Bir an önce sahneye atlamak, seyircinin alkışlarını duymak istiyordum. Serhat Hoca'ya daha ikinci gün ne zaman sahnede prova yapmaya başlayacağımızı sorduğumda aldığım cevap dünyayı başıma yıkmıştı: İlk oyun tarihinden önce sadece iki üç gün!

Kadroda Serhat Hoca'nın Galatasaray Üniversitesi'nde okuyan öğrencileri de vardı. Hepsi çok tatlı ve komikti. Provalar boyunca hep bu oyuncu ağabey ve ablalarla takılır, onların konuştuğu yetişkin konularına dahil olmaya, yaptıkları yetişkin şakalarını anlamaya, onlarla eğlenmeye çalışırdım. Kadrodaki yaşıtım olan diğer arkadaşlarım da çok tatlıydı ama genelde işin makarasındaydılar. Hep bir muzurluk peşinde olduklarından Serhat Hoca tarafından sık sık, üstelik bazen de sert biçimde uyarılırlardı. Ben hem ilk perde boyunca Atatürk'ün çocukluğunu yani Mustafa'yı canlandırıyor hem de oyunun anlatıcısı görevini üstleniyordum. Müthiş bir deneyim, acayip bir sorumluluktu. O yüzden öyle makara kukara yapamazdım, benim bir ağırlığım olmalıydı:) Şaka bir yana çocukken hep yaşımdan büyüklerle takılmaya çalışırdım. Annemle babam da beni klasik bir çocuk gibi yetiştirmediler, babaannemle büyükbabamın evinde de hep onların günlük politik değerlendirmelerini dinleyerek büyüdüm. Misafirliğe gittiğimizde "haydi bakalım, çocuklar içeriye oynamaya" dendiğinde sinirlerim bozulur, salonda büyüklerin arasında laf dinlemeye çalışırdım. Yazlıkta da zaman zaman 1979'lularla ve 1980'lilerle takılmaya çabalar, bu çabalarım geri çevrilmeyle sonuçlanınca gururumla yaşıtlarımın yanına döner, onlarla olabildiğince eğlenir, yine bir şekilde hayatın tadını çıkarırdım.

Prömiyer günü yaklaştıkça provalar gittikçe yoğun ve yorucu olmaya başlamış, bu durum da Serhat Hoca'da bir miktar gerginliğe sebep olmuştu. Özellikle oyunu sergileyeceğimiz Kadıköy Halk Eğitim Merkezi'ndeki provalarda Serhat Hoca'nın içinden başka bir şey çıkmıştı adeta. Ben her sesini yükselttiğinde daha da korkmaya başladım. Acaba durumu annemlere anlatsam da beni oyundan alsalar mı diye düşünmeye bile başlamıştım ki kadrodaki ağabey ve ablalarım bunun çok normal olduğunu, tepkilerinin asla kişisel olmadığını, her tiyatrocunun bu dönemlerde yaşadığı stresler olduğunu söyleyip biz tıfılları teskin ettiler hep.

Diğer yandan ortaokula başlamıştım. Sekiz yıllık zorunlu eğitime geçilince ilkokulumun ortaokulu da açılmıştı ancak yeni açıldığı için ilkokuldaki bazı öğretmenlerimiz sanırım kadro sıkıntısından orada da ders veriyordu. Zaten Anadolu Liseleri'ni kazanamayan ezik ben buraya devam edemezdim, zira oraya -ebeveyn algısıyla- hiçbir yeri kazanamayan, başka okula da kabul edilmeyenler, 'hiçbir iddiası olmayanlar' yazılıyordu. O yüzden beni Gayrettepe'deki ortalama üstü bir devlet okulu olan Şair Nedim İlköğretim Okulu'na verdiler. Bir çocuğun hayatındaki en kritik dönem olan ergenliğe adım atacağım ve ergenliğe dair pek çok şeyi deneyimleyeceğim, hiçbir zaman kendimi ait hissetmeyeceğim, ilk kez âşık olacağım (aman ne aşkı ya işte o zaman iki yüzüne gülene âşık olduğunu sanıyorsun) ve tiyatroyla birlikte götürmek zorunda olduğum ortaokulum. O zamanlar Süper Lise diye bir kavram vardı ve ortaokul boyunca yüksek not ortalaması olanlar Süper Liselere girebilecekti. Anadolu Lisesi trenini çoktan kaçırdığım, özel liselere gidecek paramız olmadığı ve beynimin sol tarafı Fen Liselerini kazanmama yetecek kadar gelişmediği için önümde ortaokul boyunca tek bir hedef vardı: Babamın da mezun olduğu ve Süper Liseler içinde en iyisi olan Kabataş Lisesi'ne kapak atmak!

Artık prömiyer günü gelip çatmıştı. Hepimiz heyecandan ölecek gibiydik. Serhat Hoca da o yıllarda ilk kez bu kadar çok çocuk oyuncu kullanan belki ilk tiyatrocu olduğu için epey gergindi. Benimse ilk temsilden tek beklentim, ezberlediğim sayfalarca repliği unutmadan günü olaysız tamamlamaktan başka bir şey değildi. Perdenin arkasında salondaki uğultuları duydukça tansiyonum ne yapacağını şaşırdı. İndi mi çıktı mı emin değilim ama normal olmadığından emindim. Oyunu anlatıcı olarak ben açıyordum, perde açıldı, takip spotuyla sahnenin önüne doğru yürüdüm, açılış monoloğumu yapıp alkış tufanı eşliğinde sahnenin arkasına geri gittim. Bağırıp havalara uçmak istedim ama tabii ki yapmadım. Arkadaşlarım sarılıp küçük seslerle çılgınca tebrik ediyor, oyuncu ağabey ve ablalarımızsa dehşet içinde "Şşşt! Ne yapıyorsunuz, seyirci duyacak sesinizi, susun bakayım!" diyerek bize tiyatrocu terbiyesi vermeye çalışıyorlardı. Sıram geldikçe gerek Mustafa gerekse anlatıcı olarak sahneye çıkıp oyunumu oynuyor, hemen her seferinde alkış alıyordum. Oyunun sonunda önce benim dışımdaki çocuk oyuncular grup olarak selam veriyor, sonra oyuncu ağabey ve ablalar yine grup olarak selam veriyor, sonra ben tek selama çıkıyor, en son da Atatürk'ü ve Zübeyde Hanım'ı canlandıran Serhat Hoca ve Nurdan Hoca birlikte final yapıyordu. Tek selam veriyor olmak orgazm gibi bir histi. (Gerçi o yaşlarda orgazmın o'sunu bilmiyordum ama şu an kıyaslayabilecek kadar bir bilgim var çok şükür ve evet kesinlikle bir tür orgazmdı:)) Hatta bu zevke o kadar bağımlı olmuştum ki birkaç ay sonra okuldaki sınıfım izlemeye geldiğinde Serhat Hoca'ya "Şeyy hocam, bugün okulum geliyor izlemeye, ben bugünlük en en en son tek başıma selama çıkabilir miyim?" diye sorma hadsizliğini bile yapmış, hocanın "Hayır canım, bir daha böyle bir şey sorma bana!" cevabıyla çok hak ettiğim, bir nevi okkalı bir tokat yemiştim. Bunun dışında tiyatroya ve sahnede olmaya resmen âşık olmuştum. Herhangi bir para kazanmıyorduk ama öyle şeylerde ne bizim ne ailelerimizin gözü vardı. Zaten Serhat Hoca kendini tiyatroya adamış, iki çocuklu bir adamdı ve belli ki o da kazancıyla ancak hayatını idame ettiriyordu. Hoca her oyundan sonra bizi ağabeylerimizden biriyle sahnenin karşısındaki McDonalds'a gönderir, hepimize birer çocuk menüsü ısmarlardı. O kadar mutlu, o kadar havalı ve kendi dünyamızda o kadar stardık ki, bu ziyafet bizim için yeter de artardı bile.

Oyun büyük sükse yapmıştı. Neredeyse her hafta kapalı gişe oynuyor, İstanbul'daki neredeyse tüm sahnelere gidiyorduk. Hatta Kenter Tiyatrosu'nda oynarken diğer çocuklar kuliste Yıldız Kenter'le tanışmış, ben sahnede olduğumdan dolayı bu eşsiz deneyimi kaçırıp kahrolmuş, BKM'de oynadığımız bir gün de aynı akşam oynanacak Otogargara'nın başrolü Demet Akbağ'ı görünce bayılacak gibi olmuştum. Zaman zaman radyo programlarına katılıyor, hatta bazen TV programlarında bile yer alıyorduk. Harika Avcı'nın sunduğu Harika Pazar programına çıktığımız ve babamın otuz saniyelik haberi ölümsüzleştirmek için üç saatlik programı beta kasede kaydettiği o günü asla unutmuyorum. Okulu da başlarda beraberinde götürebiliyordum. İki yıl kadar oynadık Çocuk Atatürk adlı oyunumuzu. Son oyundan sonra Nurdan Hoca annemle benim yanıma gelip beni havalara uçuran bir haber verdi: "Annenle de konuştuk, diğer oyunlarımızda da senle çalışmak istiyoruz. Diğer çocuklar olmayacak. Sadece sen. Sahne tozunu yuttun artık. Gerçekten devam etmek istiyor musun?" Delirmiştim keyiften! Bana resmen büyük adam muamelesi yapılıyordu. Diğer çocuklar da yok, büyükler ve ben! Ve diğer oyunlar! Ve başka sahneler! Şimdi Tony düşünsündü, şimdi Oscar dertlensindi, şimdi Afife ayağını denk alsın, Altın Portakal sıraya girsindi.

Fakat kazın ayağı öyle değildi. Diğer oyunlar başlayınca, ekipteki tek çocuk olmak biraz ağır gelmeye başladı. Büyük insanların dünyaları zamanla o kadar da ilgi çekici olmamaya başladı. Üstelik bazen hafta içi gündüz de okul toplu satışları nedeniyle oynuyorduk ve zaman zaman okulumdan özel izin aldığımız için zaten bayılmadığım bazı derslerimden geri kalmaya başladım. Kadro kısıtlı olduğundan bazen rolleri de değişiyorduk. Zaman zaman başrolde zaman zaman da üç dört dakikalık bir rolde oynayabiliyordum. Hatta bazen sahnede döktürürken bazen ses odasında müzikleri idare ediyordum. Sonradan çok işime yarayacak bu çok yönlü ve önceden kestirilemeyen farklı alanlarda gösterdiğim eforlar çocuk ruhuma ağır gelmeye başladı ve şöhret hayalleriyle

Unkapanı'nda bir plakçının gözüne girip üç beş kere sahneye çıktıktan sonra karın tokluğuna gazinoların kulislerinde uyuyan çocuk türkücüler gibi hissetmeye başladım. Başlarda aldığım keyif yerini bıkkınlık, yorgunluk ve tabii ki düşmeye başlayan notlarım yüzünden elimde tek kalan hedef Süper Liseden giderek uzaklaşmanın getirdiği bir tedirginliğe bırakmıştı. Süper Liseye de giremeyip babamı hele ki kendi eski okulunun yer aldığı bir hayalden daha koparamazdım. Yorgun çocuk ruhum iyice ağırlaştığında annemlerle derslerimi bahane ettiğim bir konuşma yaptım ve hemen ikna olup hocalarımla konuşarak beni tiyatrodan aldılar. Serhat Hoca her oyundan önce beni evden arabasıyla alır sonra da bırakırdı. Son eve bırakılışımda içimi bir hüzün kaplasa da arabadan inerken kendimi biraz da suçlu hissettiren rahatlamış bir ifadeyle her şey için teşekkür ettiğimde hocanın benle ilgili yaşadığı hayal kırıklığını iliklerime kadar hissetmiştim.

Düşen notlarım ortaokul bittiğinde ortalamamı 5.00 üzerinden 4.93'e indirecekti. Tüm kontenjanını 5.00'la alan Kabataş Lisesi'nde yine son günlerde asil listeden düşecek ve 4.93 ortalamamla o yıllarda yaşadığı dönüşümle kolejden farksız bir okul haline gelen ve hayatımın en güzel yıllarını yaşayacağım Arnavutköy Korkmaz Yiğit Lisesi'ne girecektim. Çocuk ve ergenlik yıllarımı geçirdiğim tiyatronun tozlu sahneleri ise bana o yıllarda farkında olmadığım çok şey katmıştı. Ancak Serhat Hoca'nın arabasından son kez inerken aklımda tek bir şey vardı: Sahnede tek selam vermek dünyanın en güzel şeyi ve ben bunu ne şekilde olursa olsun bir gün sadece ve sadece kendim için yapacağım. Hayır efendim o hazzı bu kadar çabuk terk edemem, hatta bunu sonsuz hale getirmenin bir yolu mutlaka olmalı ve ben o yolu bulmak zorundayım!

26 Nisan 2017: Her Şeyin Başladığı Gece

Basamaklardan değil de travmalarımdan oluşan merdiven bitmiş, coşkulu müzik ve çılgın alkışlar eşliğinde merdivenin bittiği yerden yani seyircilerin arkasından sahneye doğru, ağzımda bir kalple hem de şarkı söyleyerek fırlamıştım.

Neden bilmiyorum, sanki ilk kez stand up sahnesine çıkmak kalbimi yeterince zorlamıyormuş gibi, eskilerden bir Broadway şarkısını karaoke yaparak hem de tap dans ayakkabılarıyla garip garip danslar etmeye çalışarak geldim sahneye. İçimde kalan her şeyi, paletimdeki -olan olmayan- tüm renkleri herkese göstermek istedim herhalde, ne acı:) Hissettiklerim ilkokul beşinci sınıfta bisiklet fanilalı kombinimle 'Kız hepsi senin miiii' playback'i yaptığım müsameredekinden farklı değildi. Tabii beni 10 yaşıma geri götüren bu çocuksu, eblek müsamere hissinde hem ilk kez sahneye -üstelik içine Fred Astaire'in yandan yemişi kaçmış gibi bir tavırla- tek başıma çıkmamın hem de aradan yirmi beş yıl geçmesine rağmen aynı gurur ve sevinçle, sarı kabarık saçlarıyla en öndeki rahatsız sandalyelere oturmuş annemin ve sürekli kafasını döndürüp döndürüp gelenleri süzen babamın da rolü büyüktü şüphesiz.

Annemle babamın yanında bankadaki en yakın arkadaşlarım Fulya ve Mehmet oturuyordu. Onlar benim için o koca cam kafesteki en güzel şeylerdi. Yıllar boyunca her şeyin ama her şeyin gıybetini yaptığım, çılgınlar gibi güldüğüm, öğlen aralarında dışarı çıkabilip, sahile inip Takanik'te balık yediğimizde günümüzü St. Tropez'de geçirmişiz gibi ferahlayıp havalara girdiğimiz, hâlâ da görüştüğüm iki can dostum. Anne babamınkinden çok da farklı olmayan bir gururla bana bakıyorlardı. Sol tarafta orta sıralarda arkadaşlarım Ayşe, Melike, Banu, Fatoş, Sevi, Emrah, Günnur ve o zamanlar Instagram'daki on bin takipçim içinden bu 'tarihi' geceyi kaçırmak istemeyen yüze yakın güzel insan.

Yazılı bir metin çalışmamıştım, sadece bir gece önce küçük bir not defterine aldığım altı yedi maddelik notlar vardı hatırımda. Acaba gülecekler miydi, nezaketen tebessüm mü edeceklerdi? Gençliğimde izlediğim Cem Yılmaz ve Ata Demirer gösterilerindeki gibi dalga dalga kahkahaya maruz kalacak mıydım yoksa gecenin sonunda kendi kendimi "oğlum bu iş Instagram'dan like ya da alkış/kahkaha emojisi almaya benzemiyor işte bak, yol yakınken dön bu yoldan" diye telkin mi edecektim?

Anlatmaya başladıkça gülmeler kahkahalara, kahkahalar alkışa dönüşüyor, bir noktadan sonra ne anlatırsam anlatayım salondaki herkes gürül gürül gülüyordu. Not aldığım şakalar, not almadığım o an aklıma gelen hikâyeler, annemle göz göze gelip onunla ilgili yumurtladığım bir anekdot, babamın etrafı süzmesiyle ilgili bir sataşma derken bir saatin nasıl geçtiğini anlamadım bile. Daha önce ne ilkokuldaki müsamerelerde ne de bankadan sonraki beni hayattan soğutan, özgüvenimi yerle bir edip yaşama sevincimi emen müzikal deneyimimde tatmadığım ve tarif etmekte zorlandığım bir his sarmaya başladı ayaklarımdan başıma kadar tüm vücudumu. Sanki oradaki herkesle uzun yıllardır tanışıyormuşuz, her biriyle aynı okulları okumuşuz aynı sıralardan geçip aynı anne baba tarafından yetiştirilmişiz, aynı şirketlerde çalışmışız, aynı manyak yöneticilere maruz kalmışız gibi çok garip, bir o kadar da güzel ve rahatlatan ama sahneye çıkmayı hayal ederken asla ve asla beklemediğim ve hazırlıklı olmadığım bir duyguydu bu.

Bir yandan da şunu düşünmeden edemiyordum: Daha ilk gösterimde bu kadar gülüyorlarsa, bunu devamlı yapıp piştiğimde kim bilir ne kadar çok insan ne kadar çok gülecekti! Tabii bu sefer yıllar öncesinde rol teklifi geldiğinde -Çocuk Atatürk- yüzlerce adım sonrasını hayal edip, şöhret hayallerine yükselip yükselip kendimi bankada plastik motivasyon ödüllerinin arasında bulduğum gerçeği asla aklımdan çıkmıyordu. O yüzden daha ayakları yere basan hayaller kuruyordum artık. Üstelik yıllar önce izlediğim Perihan Abla'nın çocuk şarkıcıların başına gelenlerle ilgili aşırı didaktik ve bir o kadar da çarpıcı bölümü daha dün gibi aklımdaydı ve benim on yıllık "Harikasın Kaan", "Ellerine sağlık", "Çok iyi iş çıkardın" ve tabii ki "Biraz daha sabret"lerle dolu bankacılık kariyerimden sonra BKM kulislerinde Güldür Güldür dekorları arasında uyumaya hiç niyetim yoktu.

Gösterinin finalinde, o sabah bulduğum her yerden aldığım ve o hafta imkânsızlıklar nedeniyle kapanmak zorunda kalan Penguen dergisinden 50 tane dağıtacağımı söyledim. Muhtemel mizah kariyerimin başında, mizah yolculuğuna son vermek zorunda kalan bir dergiyi seyircilerime hediye etmek aslında kendi ayaklarımı yere bastırmak için seçtiğim ve bana ileride çok şey katacak bir yöntemdi. Bir gün son kez sahneye çıkmak istemiyorsam ne yapmam ya da ne yapmamam gerektiğine her kafa yoruşumda Penguen'in etkisi oldu hep.

Setim bitti, selamımı verdim, herkes çılgın gibi alkışladıktan sonra insanlar tek tek yanıma gelip sarılmaya, tebrik etmeye, fotoğraf çektirmeye başladı. Sanki kocaman bir sülalem varmış ve bütün akrabalarım okuldaki sene sonu gösterimi izlemeye gelmiş gibiydi. Gerçekten de o geceki tebrikleşmeler, sarılmalar, çekilen selfie'ler asla bir seyirci topluluğunun sahnedeki sanatçıyla kuracağı türden bir iletişim değildi ve ben bunu çok sevmiştim. Bu iş devam ettiği sürece bunu yapmanın bir yolunu bulmalıydım!

İzlemeye gelen yakın arkadaşlarımla birlikte gösteriden sonra Akaretler'deki Sütiş'e gittik kutlama yapmak için. Muhallebilerin su gibi aktığı gecede herkes sırayla favori şakasını söylemeye başladı. "Yaaa o e-postalarla ilgili şey çok iyiydi Kaan yaa" diyordu biri, "Yalnız anne babanı iyi gömdün haa" diye araya giriyordu bir diğeri. "Abi nerden aklına geldi yaa, o sigara molaları çok iyi yaa!" Bense hepsini dinliyormuş gibi yapsam da aslında onların heyecan dolu bir gururla geceyi analiz edişlerini izliyor, onlar anlattıkça ben tekrar mestin doruklarına çıkıyordum. Sanki benden sonra onlar sahneye çıkmış, hepsi beni güldürmeye çalışıyordu ve tek seyirci bendim. Masanın köşesinde sessizce takılan ve mekânın komedi işlerinden sorumlu olan Apo, yine 127 adım sonrasını hayal edip uçuşa geçmem için gerekli gazı veren şu cümleyi sarf etti: "Çok çok iyi, ilk seferinde bu kadar seyirci toplayıp bu kadar çok güldüreni hiç hatırlamıyorum. Belli ki yolun çok uzun olacak, salonlar da büyüyecek ve gör bak bu çok kısa sürede olacak!" E bu adam yıllardır bu işin içinde, üstelik yakın arkadaşım bile değil. O böyle diyorsa kesinlikle hayallerimi coşturabilirim! Üstelik yıllar önce Serhat Hoca'nın arabasından son kez inerken kendime verdiğim sözü tutmuştum. Sahnede tek başıma selam verdiğim, öncesinde sonrasında kimsenin olmadığı bir şovum vardı artık ve yine üstelik bunu da herkesi güldürerek yapmayı başarmıştım!

Bu aşırı mutlu eden geribildirimden aldığım cesaret ve on binlerce liralık kredi kartı borcu altında iflasını açıklamaya ramak kalmış, ailesiyle yaşayan, 34 yaşında bir erkek birey olarak bütün vizyonsuzluğumu Apo'nun üstüne boca ettim ve sordum: "Ödemeyi ne zaman alırım?"

Ruhsal olarak zirvedeydim ama finansal olarak dibin de dibindeydim. Bankaların çıkardığı bütün kredi, kredi kartı, avans, nakit avans, kredili hesap ürünlerini kullanmıştım. En son artık hangi kredi kartımda alışveriş limiti varsa onunla kuyumcudan bir ton komisyonla altın alıp, karşısındaki başka bir kuyumcuda zararına satıyor, elime geçen üç kuruşla bambaşka bir kartın minimumunun minimumunu ödemeye çalışıyordum. Artık ne finans dünyasının ne de hayatın bana vereceği hiçbir avans kalmamıştı ve para kazanmam şarttı. Öte yandan bu iş devamlı olacak mıydı, bana para kazandırıp borçlarımı kapattırabilecek miydi yoksa -ve en önemlisi- annemle babama daha fazla yük olmaya devam mı edecektim? Bu ışıltılı gecenin Çekmeköy'deki baba evinin arka odasındaki tek kişilik yatağımda devam eden ve gülen gözlerle tavanı izlediğim 'after party'sinde kafamı kurcalayan sorular bunlardan başkası değildi.

Art Arda Gerçek Olan Hayaller, Gerçek Olacak Gibi Olan Hayaller, Elimde Patlayan Bombalar ve Fiyaskolara Giriş-101

İlk gösteriden hasılatın yarısı olan yaklaşık 2.500 TL kazanmıştım -diğer yarısı mekâna kalıyordu- ve tabii ki havalara uçmuştum çünkü bu para bankada devam etseydim aynı dönemde alacağım bir aylık maaşın üçte biriydi ve bunu bir gecede kazanmıştım! Hemen vizyonsuz, açgözlü ve arabesk bir hesaplama yaptım: Ayda on gün sahneye çıksam 25.000 TL! Ohaaa yırttım be! Yaa tabii yırttın aynen, bütün mekânlar da seni bekliyordu gelsin her akşam çıksın diye. Yine de bir gecede elime geçen bu miktar bana iki buçuk milyon gibi gelmişti zira hayatımda ilk kez insanları güldürerek para kazanmıştım! Dizi oyuncusu olmayı falan hayal ediyordum ama komedyen olmak ve bundan para kazanmak hiçbir zaman kafamda kodladığım bir şey değildi. Zaten ülkede bu işi büyük çapta yapan bir kişi vardı, sanki onun dışında kimse bunu yapamaz, yapması teklif dahi edilemezdi. Kimin ne haddineydi bu toplara girmek! O yüzden yüz kişiye de yapmış olsam deli gibi şaşkın, çılgın gibi mutluydum. Hemen akabinde yine densiz hayal gücümü dengeleyen vizyonsuzluğum devreye girdi ve kendi kendime şöyle dedim: Aman ayda üç gösteri bile yapsam bankadan aldığım maaşa denk gelir, üç gece çalışıp otuz günlük maaşıma denk düşecek bir gelir elde etsem bana yeter de artar bile!

İlk gösteri çok ilgi görünce hemen ikinciyi koymak istedi mekân. Tabii ki balıklama atladım ve şu işe bakın ki onun da biletleri tükendi! Fakat ikinci gösterinin benim için çok başka bir anlamı vardı. İlk kitabım *Tebrikler Kovuldunuz*'un birinci baskısı o gece satışa sunulacaktı ve ilk kez gösterimi izlemeye gelenlere imzalayacaktım. New York'ta izlediğim müzikal ve oyunlarda hep bayıldığım bir geleneğe şahit olur, imrenirdim. Oyun bittikten sonra oyuncular bekleyen izleyicilere oyunun tanıtımını içeren 'Playbill' adlı broşürleri imzalarlar, küçük sohbetler ederler ve isteyenlerle fotoğraf çektirirlerdi. Bu samimi zarafet her seferinde beni sahnede olan biten kadar etkiliyordu. Şimdi bunu kendi tek kişilik gösterimden sonra hem de broşürle falan da değil kendi yazdığım kitapla yapabilecektim! Oyun bittikten sonra seyircilerin neredeyse tamamı kitabı alıp imzalattı. İmzaladıkça bir daha alkış almış gibi oluyordum, sahnedeki gösteri adeta BKM Mutfak'ın çıkışındaki o dar, kalabalık, üniversiteli esprilerinin ucuz sigara dumanına karıştığı sokakta devam ediyordu. Bu gerçekten tarifi çok zor bir histi. Kitabın ne kadar okunacağını, kaç satacağını, cebime kaç para gireceğini bilmiyordum ama insanların ellerinde kitabımla, çıkışta gitmeyip beni beklemeleri gerçekten parayla pulla ölçülemeyecek bir haz veriyordu.

Ertesi günse benim için bambaşka bir heyecandı. İtalya'daki opera maceram sonrası "sen kendi yoluna devam etsen en iyisi" diyerek bana kapıyı gösteren Döndü'nün menajerlik firmasından Buket ve Gizem'le kahve içecektik. Bana 'bombalarını' anlatacaklardı. Aslında daha önce buluşacaktık ama başka işler araya girince beni sahnede de izleme fırsatı buldukları bu ikinci gösteri gecesinin ertesi gününe sözleştik. Sabah heyecanla Bağdat Caddesi'nde buluşacağımız kafeye gittim. Bu arada Bağdat Caddesi de bana nedense hep ATV dizilerinde oynayan oyuncuların oturduğu semt gibi gelir, o yüzden içimde saçma bir huzursuzluk da vardı. İçimdeki bu küçük, sinsi vesveseyi minibüs caddesi civarında bünyemden def ettikten birkaç dakika sonra kafeye girdim. Kafamda da "kesin Döndü pişman oldu, nasıl bir şöhreti kaçırdığını gördü ve kızları da aracı olarak gönderip özür dileyecek ve dönmem için yalvaracak muhtemelen" gibi egomla sevişen düşünceler... Sarıldık öpüştük, gösteri için tebrik ettiler, çok güldüklerini, yolumu bulduğumu falan söyleyip dökülmeye başladılar. Döndü'nün dışarıdan influencer olan bir kankasını şirkete aldığını, diğer kızları o kankasına bağladığını, öyle olunca da herkesin istifa ettiğini anlattılar. Evet gıybet değeri çok yüksek ama Marimar ruhumu asla tatmin etmeyen bu bilgi seli bende küçük bir hayal kırıklığı yaratmıştı. Çünkü ben de tıpkı Angelica'ya çiftlik hisselerini çamurdan ağzıyla aldıran Marimar gibi Döndü'ye yeni sözleşmemi çamurdan ağzıyla aldırmak istiyordum. (Tamam şaka şaka o kadar değil tabii:)) Neyse hikâyenin devamında heyecan katsayısı biraz yükseliyordu zira Buket ve Gizem artık kendi ayakları üstünde durmaya ve kendi menajerlik firmalarını açmaya karar vermişlerdi! Bu bir kalkışmaydı ve onlar da tıpkı benim gibi kovulmayla istifa arası bir travma yaşamışlar ve yeni bir başarı hikâyesi yazmaya en az benim kadar açlardı. Zaten "her işi onlar yapıyor, herkesi onlar tanıyordu." Zamanla Döndü'nün bütün oyuncularını bile transfer edip ona gününü gösterebilirlerdi. Tabii ki bu gaza geliş beni çok heyecanlandırdı. Hatta yine beynimin 127 adım sonrasını hayal eden lobu devreye girdi: İleride zirveye çıktığımızda anlatabileceğimiz ne muhteşem bir başarı hikâyesiydi bu. Sadece bir başarı hikâyesi değil, bir şaha kalkış, bir diriliş destanı adeta!

İleride motivasyon konuşmalarına asla konu olmayacak bu cılız gaza gelişle onların ajansına sözlü olarak katıldım. O kadar heyecanlı ve mutlu günler yaşıyordum ki, klasik bir oyuncu menajerlik firmasında komedyenin ne işi var diye hiç düşünme gereği duymadım. Yolun başındaydım, profesyonel olarak kimsem yoktu ve tam zamanında Buket ile Gizem yeniden yeni hedeflerle karşıma çıktıklarına göre bunda bir hayır vardı muhakkak!

Birkaç gün sonra ise acayip ötesi bir şey oldu. Instagram mesaj kutuma gelen mesaj aynen şöyleydi: "Kaan Bey merhaba, Amerikalı yönetmen, yazar, yapımcı Larry Charles yeni bir belgesel çekiyor, ismi 'World of Comedy' yani 'Komedi Dünyası.' Çeşitli ülkelerdeki mizah anlayışına dair bir belgesel, Netflix'te yayınlanacak. Türkiye'de aklınıza gelen bütün büyük isimler var. Projenin uygulayıcısı biziz. Sizi yakından takip ediyorum, bence siz de kesinlikle bu belgeselde yer almalısınız. Ev yapımı talk show'unuz gerçekten çok etkileyici ve sıra dışı. Kabul ederseniz, Larry Bey'i sizin evinize getireceğiz ve sizi ev yapımı talk show'unuzu yaparken çekecek, sonrasında da kısa bir görüşme olacak. Ne dersiniz?" Önce gözlerimi ovuşturdum, herhalde yanlış görüyorum ya da biri beni kekliyor diye düşündüm. Mesajı atan hanımefendinin hesabını inceledim ve eli yüzü düzgün işler yapan biri olduğunu anladım. Larry Charles'ı duymuştum ama çok radarımda olan biri değildi. İnceleyince Seinfeld'in yazarlarından biri olduğunu, hatta Larry David'le bir dönem Curb Your Enthusiasm'de birlikte çalıştıklarını öğrendim. Hanımefendiyle telefonda konuşunca da işin ciddiyetini anladım. Tabii ki havalara uçtum. Aman Tanrım, neler oluyordu öyle! Daha iki kere sahneye çıkmıştım ve çekmeyi bıraktığım ev yapımı talk show'umla dünyanın radarına girmiştim bile! Larry Charles'ın Çekmeköy'deki 3+1 evimize gelecek olması da aşırı komikti. Hoş kimler kimler gelmemişti ki? Yeşim Salkımlar, Gökhan Türkmenler'den sonra Larry Charles'ın mı ayağına iki terlik veremeyecektik! Tabii ev yapımı talk show'u artık yapmıyordum çünkü kendimi sahneye atmıştım. Tamamen sahneye konsantreydim ama Larry Bey gelecekse bir bölüm daha çekebilirdim.

Hemen Buket ve Gizem'i aradım: "Kızlar ben galiba dünya starı oluyorum, Larry Charles diye biri var, dünyaca ünlü yönetmen ve yapımcı, belgesel çekiyormuş komediyle ilgili, benle de görüşmek istiyorlar, hazırlanın kırmızı halılara!" Karşılığında muazzam bir cevap aldım: "Süper canım yaa!" Süper canım mı? Yani sanki bir haftada üç kilo verdiğimi söylemişim gibi aldığım bu cılız tezahürat beni biraz şaşırttı ama yine de çok tatlı kızlardı ve onları çok sevdiğim için ben de aynı cılızlıkla "Aynen aynen yaa çok iyi değil mi aaabiii" diyerek telefonu kapattım ve hazırlıklara başladım.

Hazırlıklardan kastım anneme muhallebi ve börek yapması için sipariş vermekten başka bir şey değildi. Larry Bey'in geleceği gün belliydi ve biz o akşam kendisine sıcak aile ortamı havasını köküne kadar vermeli, bunu yaparken Türk misafirperverliğini göstermeli, tüm bunların yanında da arka odada küçük bir Jimmy Fallon(!) yaşadığını Larry Bey aracılığıyla tüm dünyaya kanıtlamalıydık.

Kendisinin Çekmeköy Kirazlıdere Mahallesi'ndeki, ileride çok değerlenecek evimize teşrif edeceği gün gelip çattı. Aklımdan, kalbimden stand up falan her şey uçup gitmişti. Bu gece benim hayatım değişecek, yarın bambaşka bir adam olarak uyanacaktım. Belki de hemen haftaya kendisiyle ABD'ye gitmemi bile isteyebilirdi! Çünkü ben belgeseldeki diğer büyük isimler kadar ünlü olmasam da herkesten vizyonlu ve Batılıydım! Onu en iyi ben anlardım! Canım Larry, hadi artık saatler geçsin ve gel!

Öğleden sonra telefonum acı acı çaldı. (Evet acı acı çalışı bir şekilde hissediyorum.) Arayan belgesele beni de dahil eden aşırı vizyon sahibi Yonca Hanım'dı. Ancak söyledikleri beni ve herkesi bu projeden jet hızıyla uzaklaştıracaktı:

"Kaan Bey merhaba, bugün hiç beklemediğimiz bir şey oldu ve Larry Bey ... ile röportajı sırasında kendisine 'Bir diktatörün ülkesinde mizah yapmak nasıl bir duygu? Otoriter bir rejimde özgürce mizah yapabiliyor musunuz? Kendisiyle ilgili ne düşünüyorsunuz?' gibi sorular sıralamaya başladı. Bize önceden verilen konular arasında bunların olmadığını ve ülkenin seçilmiş yöneticileri hakkında bu üsluba devam etmesi halinde projede yer almayacağımızı ilettik. Sonrasında anladık ki bu projenin adı aslında World of Comedy değil 'Dangerous World of Comedy' (Komedinin Tehlikeli Dünyası) imiş. Tamamen kötü niyetli bir yaklaşım olduğunu anladık ve size de benzer soruları sorarsa kariyerinizin en başında zor durumda kalmanızı asla istemeyiz. Yine de ben ille de bu mülakatı yapmak istiyorum derseniz siz bilirsiniz."

Duyduğum her cümlede tansiyonum magma seviyesine biraz daha yaklaşıyordu. Çok üzgün ve sinirliydim. Üzüntüm kariyerimin en başında benim için muhteşem olabilecek bir deneyimin başlamadan bitmek üzere olmasına, öfkem ise muhtemelen ülkeye ilk kez gelen bir yabancı yönetmenin seçilmiş bir yönetici için oryantalist bir bakış açısıyla atıp tutmasınaydı. İçeride ben ne kadar eleştirirsem eleştireyim dışarıdan birisinin bu gibi bakış açıları karşısında deliye dönüyorum ve döndüm de. "Efendiiii efendi, siz önce kendi Trump'ınıza bakın!" Deliye dönmekle kalmadım, Larry Efendinin belgeseli bir 'Geceyarısı

Ekspresi'ne döndürme fantezisine ve bu üstten bakan tavrına en güzel karşılığı verebileceğime olan inancımla, görüşmeyi yapmak istediğimi söyledim ve devam ettim:

"Larry Bey gelebilir, benim için sakıncası yok. Tehlikeli sorulara layıkıyla ve doğru üslupla cevap verebilirim. Hatta bunu avantajımıza bile çevirebiliriz."

Hanımefendi benden böyle delice bir çıkış beklemiyordu. Israrla beni ikna etmeye çalıştı. Çok da haklıydı aslında çünkü ben ona ters bir cevap verince olay daha da gerilebilir, bu da hem beni hem de ülkeyi zor durumda bırakabilirdi. Zaten ekipçe komple projeden çekilmek istediklerini açıkça söylemeseler de ben anlamıştım. Tüm 'büyük' isimler tepki gösterip projeden çıkmışken benim kendini gösterme heveslisi bir zavallı gibi projede kalmaya devam etmem yakışık almayacaktı. Bu arada gerçekten de kendini gösterme heveslisi bir zavallıydım ama bunun için kimse beni suçlayamaz haha fakat bunu ülkemi ve ne olursa olsun ülkemin seçilmiş yetkililerini bilinçli bir şekilde kötü göstermeye çalışanlara çanak tutarak yapamazdım. Buruk bir sesle "Tamamdır Yonca Hanım, bu noktaya geldiyse ben de içinde olmak istemem, geldikleri gibi gitsinler!" diyerek nefessiz kalmış bedenimi balkona attım. Annemin yaptığı muhallebilerden üç kaseyi rakı ve babamın "Evladım daha ne Larry'ler gelir geçer takma kafanı" şeklindeki cılız ama içten tesellileri eşliğinde mideme indirdim. Beynimin içindeyse Bir Demet Tiyatro'daki Züleyha karakterinin kasetinin çıkış şarkısı dolanıyordu:

Bırak gitsinn, *dırıdım*,
Bitsin artıkk, *dırıdım*,
Götürsünn belgeselLARRY...
LARRY, LARRY...

Çocukluğumun, Gençliğimin Gazetesi, Sabun Kadar Temiz Kalbim ve Saçma Sapan Bir Özgüvenle Evrene Gönderdiğim E-Postalar

Türkiye'nin yakın, eski ve görece güzel günlerinde lise yıllarımdan beri okumaktan en keyif aldığım gazetelerin başında Hürriyet geliyordu. Çünkü hem klasik gazeteler gibi sadece siyah beyaz haber, makale, diğer bir deyişle salt yazıdan oluşmuyordu -ve bu benim gibi çeyrek porsiyon entelektüeller için çok güzel bir şeydi- hem de gerçekten her görüşten köşe yazarının çatır çatır yazılar yazabildiği, her kesimden insanın sabah mutlaka evine aldığı, hele ki sosyal medyanın falan da olmadığı 2005'e kadar olan dönemde sanki bütün ülkenin her sabah altında buluştuğu bir şemsiye gibiydi.

Ihlamurdere Caddesi'nde ve çoğunluğu babaannemle büyükbabamın Mısırlı Sokak Demet Apartmanı'ndaki evinde geçen çocukluğumda da Hürriyet'in yeri çok başkaydı. Babaannem her gece üçe kadar oturur, gazeteleri tabiri caizse hatmederdi. Ertesi gün de öğlen saat 12'den, 1'den önce kalkmazdı. Ben mesela o sene okulda öğlenciysem sabah büyükbabamla kahvaltı edip sohbet eder, sonrasında okula giderdim. Babaannemi ise akşamları görürdüm. Annemler ya da bir misafir geldiğinde babaannem sohbet konusu ne olursa olsun arada şu cümleleri mutlaka kurardı: "Yılmaz Özdil çok güzel yazmış gördünüz mü?" "Fakat Bekir Coşkun nasıl güzel anlatmış bütün rezaletleri tane tane gördünüz mü?" Yaşım o kadar ciddi konuları okumaya müsait değildi ama ben de o yıllarda babaannemin Hürriyet referanslarından nasibimi almıştım. Şimdi böyle deyince aklınıza çocuklar için olan ekler, bilmece köşeleri falan gelmiştir eminim ama hayır efendim, babaannemim ben ve benden üç yaş büyük ablam için uygun gördüğü bölüm, sıkı durun, üçüncü sayfa haberleriydi!

Annemle babam ilk bebekleri Aşkım Sekban'ı dokuz ay yaşadıktan sonra maalesef kaybetmiş. Tabii babaannemle büyükbabam da ilk torunlarını. Sanırım bu olayın travması da tüm aileyi bize karşı haklı olarak çok korumacı yapmış. Eh, zaten annemle babamın emaneti olduğumuz için ekstra bir sorumluluk da varken üstlerinde, herhangi bir yere gitmek, karşı kaldırımda oynamak, arkadaşlarımdan birinin annesi eşliğinde parkta takılmak gibi etkinlikler için babaannemden izin almak CHP'yi iktidara getirmek kadar zordu. Ne zaman bir şeye hayır diyecek ya da bir konuda mesaj vermek isteyecek olsa, daha önceden kesip sakladığı üçüncü sayfa kupürünü gözümüze sokardı. Şunun gibi diyaloglar babaannemlerin evinde sıradandı:

"Babaanneee, karşı kaldırımda arkadaşlarımla oynayabilir miyim?"

"Ah bak geçen gazetede yazıyordu, Hürriyet'te, karşıdan karşıya geçen iki kardeşe kamyon nasıl çarpmış, oracıkta ölmüşler! Bak dur kestiydim, getireyim de okuyun bak!"

"Babaannee, arkadaşımın annesi lunaparka götürüyor gidebilir miyim?"

"Ah geçen ay Hürriyet'te vardı haberi, lunaparkta gondol mudur nedir bir anda açılıvermiş zincirleri üç çocuk savrulmuş dışarılara, bak dur getireyim de gör!"

Babaannemin her durum ve her izin talebi için kenarda sakladığı bir üçüncü sayfa haberi vardı ve bu belgeli siyaset tarzıyla gerilimi tırmandırmadan bizi kolayca ikna ederek meseleyi kapatıyordu. Bu arada kendisi Türkiye'nin ilk kadın avukatlarından Neriman Sekban'dı ve aynı zamanda CHP Erzurum teşkilatının eski kadın kolları başkanıymış. Partiden istifası da dönemin gazetelerinde epey ses getirmiş. Babam olunca avukatlığı erken bırakmak zorunda kalmış. Herhalde yüreğinde hâlâ avukatlık aşkı vardı ki her izin istediğimde içindeki istinaf mahkemesi dışarı çıkıyordu:)

Böyle anlatınca "vah vah, hiç çocukluğunu yaşayamadı herhalde, o yaşta o haberleri okumak kim bilir nasıl etkilemiştir" diye düşünebilirsiniz, düşünmeyin. Babaannem o haberleri okuttukça ben de izin alırken açık kapı bırakmamayı ve zamanla babaannemin güvenini kazanarak çocuk sosyal hayatıma devam edebilmeyi öğrendim. Bir süre sonra izinlerimi şöyle alıyordum:

"Babaanne, arkadaşım okulun bahçesine çağırıyor, sadece bir saat oynayıp gelebilir miyim?"

"Bahçeden hiç çıkmayacaksanız ve sadece bir saatse tamam git bakalım!"

Bir saat sonra gelip aşağıdan balkona seslenirdim:

"Babaanne, babaanne! Bak tam bir saat oldu geldim. Ama maç bitmedi henüz, yeniliyoruz, bir tek ben eve gidersem kaçmış gibi olurum. Bir saat daha kalabilir miyim izin verirsen?" (Yani burada hem yetkinin onda olduğunu ve sözünü dinlediğimi hem de kaçmak gibi soysuz bir davranışın Sekban hanedanına olmasa da ailemize yakışmayacağı mesajını vererek, bir saat daha izni garantiliyordum.)

"Tamam ama bir saat sonra geliyorsun, yemek saati!"

Daha sonraki günlerde hem gazetelerle aramdaki ilişkiyi üçüncü sayfadan daha farklı bir boyuta taşımak hem de babaannemden yakın gelecekte isteyeceğim izinler için önden yatırım yapmak adına Hürriyet'in kardeş kuruluşu Milliyet'in çocuk dergisi Milliyet Çocuk'a 'Büyükanneler Büyükbabalar' adlı tam sekiz kıtalık bir şiir gönderip, yayımlandığını görünce de havalara uçarak hemen babaannemle büyükbabama göstermiştim. Sadece ilk kıtasını anımsadığım şiir şöyle başlıyordu:

Büyükanneler büyükbabalar
Ne tatlı şu ihtiyarlar,
Ne fedakâr insandırlar
Büyükanneler büyükbabalar:)

Yaşım ilerleyip ergenliğe adım atınca Hürriyet'i kendi isteğimle daha kapsamlı okumaya başladım. Aile meclislerinde ve büyükbabamların evinde sürekli konusu geçtiği için ülke meselelerine de benim yaşımdaki birinin göstereceği standart ilgiden daha fazla ilgi göstermeye, yaşımın üstünde köşe yazarlarını takip etmeye başlamıştım. Bu yazarlar arasında bir tanesi çok dikkatimi çekmişti. Hemen her konuda yazan, kendini belli bir çerçeveye hapsetmeyen, bir gün kilolu kadınların neler yaşadığını anlamak için protezlerle şişman olan, bir gün tesettürlü kadınların yaşadığı ayrımcılığı göstermek için çarşafla gizli gizli, mekân mekân gezen, bir gün Karaköy Zürafa Sokak'taki hayat kadınlarının hikâyesini anlatan, bir gün kadınların orgazm ezberlerini bozan, bunları anlatırken kendi deneyimlerini de çat çat yazmaktan çekinmeyen deli dolu, sarı saçlı bu kadın Ayşe Arman'dan başkası değildi. Hatta o kadar sıra dışı ve deli dolu geliyordu ki yazdıkları, her okuduğumda köşesinde kullandığı ilk fotoğrafın kendisini çok daha yaşlı gösterdiğine kafayı takar, "ah bir yerde görsem de söylesem" diye ergen aklımdan geçirirdim.

Aile sohbetlerinde babaannem Yılmaz Özdil'den, Bekir Coşkun'dan ve bilumum ağır siyaset yazarından bahsettikçe ben "Ya babaanne Ayşe Arman diye bir kadın var, o da bugün şunu şunu yazmış, çok eğlenceli, okudun mu?" diye sorarak, hafif hafif onu tahrik ederdim. Babaannem de her seferinde bana "aman o kadın değişik değişik şeyler yazıyor, yani gazetede yazılacak şeyler mi canım?" diyerek tepki gösterirdi. Ama bir yandan bu tepkiyi gösterirken bir yandan da her seferinde kendisinin yazdığı yazılara hâkim olurdu. Babaannem de aslında farkındaydı, ömür Yılmaz Özdillerle, Bekir Coşkunlarla, Güngör Mengilerle geçmezdi:)

Yıllar geçtikten, büyükbabamla babaannemi cennete uğurladıktan sonra da Hürriyet ve Ayşe Arman okurluğum devam etti. Bankada çalıştığım yıllarda ne zaman oyunculuk ve 'ünlülük' hayalleri kursam, ne zaman boş boş önümdeki Excel dosyasına bakarken kulağımda dandik kulaklıklarla sesi kökleyip müzikaller ya da eski Türkçe pop şarkıları eşliğinde sahnede olmakla, spot ışıklarıyla ilgili rüyalara dalsam hep Ayşe Arman'ın benimle röportaj yaptığını düşler, Sıla şarkıları gibi birbirine benzeyen bordrolu günlerimde hayata bu hayalle tutunmaya çalışırdım.

Bankadan ayrılmadan bir yıl önce -2014 yılının Kasım ayında- ise kuru kuru hayal kurarak hiçbir şey olmaz diyerek bu hayali gerçekleştirmek için bir adım atmaya karar verdim. Arman son zamanlarda hikâyesi olan profillere çok fazla yer vermeye başlamıştı. Ben de son yaz bir çılgınlık yaparak Los Angeles'ta dört haftalık bir oyunculuk atölyesine katılarak kişisel iflasımı ilan etmeye çok yaklaşmıştım ve bu benim kriterlerime göre beni 'hikâyesi olan insan' sınıfına sokmaya yetiyordu. Ayşe Arman röportaj yapmak için benden iyisini mi bulacaktı! En sevdiğim özelliklerimden biridir zaten, kendimi durup dururken öyle bir gaza getirebilirim ki önümde hiç kimse duramaz! Yani zaten önümde arkamda, sağımda solumda kimsenin durduğu yoktu, ben de bir mesai günü, hem de mesainin tam ortasında, öğle molası bile henüz gelmemişken, önümdeki çoktan cevapladığım e-postaların bir bölümünü yöneticim gelirse yapacak daha çok işim varmış gibi görünsün diye 'okunmadı' olarak işaretledikten sonra aşağıda göreceğiniz dünyanın en boş, en anlamsız ve hem yazan ama daha çok da okuyan için tam bir zaman kaybı olan e-postayı yazıp hem de banka adresinden kendisine gönderdim!

Tarih: 14 Kasım 2014
Konu: 31'inde bir adamın hikâyesi...

Sevgili Ayşe ARMAN,
Şimdiye kadar sayısız hikâyenin sesi oldunuz. Sayısız insanı cesaretlendirdiniz.
Benim size anlatacaklarımsa şimdiye kadarkilerden biraz daha farklı bir hikâye.
Ben 31 yaşında, 10 yıldır bankacılık yapan genç bir adamım. Üniversiteyi Yıldız Teknik Üniversitesi Uluslararası İlişkiler Bölümü'nde okudum. Sonra MBA yüksek lisans yaptım. 21 yaşında çağrı merkezine girdim, kariyer yolunda hep beklediğimden hızlı gelişti her şey ve şu anda büyük bir bankada orta düzey yöneticilik yapıyorum.
30 yaşıma kadar hep ailemin ve toplumun istediği, arzuladığı, siyasetin ve geleneklerin bize pompaladığı hayatı yaşadım. İyi bir iş, genç yaşta ev, araba.
30'umda ise artık bunlar beni mutlu etmemeye başladı. Plaza'nın içindeki sahte ve sanal döngü kandırmacadan başka bir şey değildi benim için.
Senede 2 hafta çıkılan zorlama tatiller hiçbir şeyin ilacı olmuyordu. Boğulacak gibi oluyordum. Bir gün internette gezinirken İstanbul'daki bir film akademisinin oyunculuk work-

shop'unun ilanını gördüm. En yakın arkadaşımla bir çılgınlık yapıp katılmaya karar verdim. Bu okul benim hayatımı değiştirdi. Zamanla içimdeki en büyük tutkunun oyunculuk olduğunu keşfettim ve bu aşkın peşinden koşmaya karar verdim. Son 1.5 yıldır oyunculuk workshop'larına katılıyorum. Başta kendimi rehabilite etme amaçlı katıldığım bu workshop'lar beni hayatın gerçek anlamını bulmaya itti.
Oyunculuktan başka bir şey düşünemez oldum. Geçtiğimiz yaz ise işimden izin alarak Los Angeles'a gittim. Bankadan biraz kredi çekerek, biraz da birikmiş paramla Hollywood'un yolunu tuttum. Çok yoğun ve verimli bir dört hafta geçirdim. New York Film Akademisi'nde yoğun bir oyunculuk programına katıldım. Müzikal komedi ve drama alanlarında eğitim aldım.
Gitmeden hemen önce ise sevgili usta Haldun Dormen'le evinde tanışma fırsatı yakaladım. Hocam sesimi çok beğendi, Amerika'dan dönünce mutlaka ara beni diye de ekledi. İzmir'den dönmesini bekliyorum heyecanla.
Kendi hayalimi keşfetmem beni daha büyük keşiflere yöneltti. Şu an hâlâ bankacıyım. Doğru zamanı bekliyorum yeni bir hayata başlamak için. Bir yandan bankadaki hayatımı anlattığım 'Modern Kârhane' adlı bir kitap yazmaya başladım. Senaryolaştırmak da en büyük arzum. (Banka duysa anında kapı önüne koyar beni.)
Diğer yandan annem Türk Kalp Vakfı Başkanı Semiramis Sekban. Sağ olsun elinden geldiğince destek oluyor, vakıf gecelerinde önemli isimlerle birlikte sunuculuk yapıyorum arada.
Bu yola girdim artık ve hissediyorum, sadece birkaç adım kaldı yepyeni bir hayata başlamaya.
Şu an bir tiyatro bir de TV için iki projeyle ilgili görüşme ve audition süreçleri devam ediyor. 25 yaşında aldığım evimi satıyorum şu an. Bu yolda aç kalmadan ilerlemek için:)

Bunların olumlu sonuçlanması halinde, bankayı da bıraktıktan sonra hikâyemi oturup sizinle karşılıklı konuşmak çok isterim.

Ailem de başta endişeyle karşıladığı bu kararımı artık bütün kalbiyle destekliyor.

Mart ayında New York'ta Amerika'nın en büyük akademisi American Academy of Dramatic Arts seçmelerine katılacağım burs için.

Benim hikâyem, kendi sosyal medya hesaplarımdan takip ettiğim kadarıyla etrafıma ilham olmaya başladı. Herkes benim başarmamı, kendiyle ilgili bir umut olduğu gerçeğine inanabilmek adına çok istiyor. Benim hedefim bu hikâyeyi herkese duyurmak, ailelerin çocuklarını kendi tercihleri dışındaki seçimleri yapma konusunda özgür bırakmaları şart, özellikle bizim gibi toplumlarda.

İnsanların öğretilmiş çaresizliklerin esiri olmasını istemiyorum. Ben her türlü bu hikâyeyi duyuracağım ama cesaretine hayran olduğum bir kadının yardımıyla her şey çok daha güzel olacak eminim.

Saygı ve sevgilerimle
Kaan

Bak bak bak, tavırlara bak! İlham olacakmış da herkese, herkes benim başarmamı bekliyormuş da falan filan! İlk kitabın adına ne demeli peki? Modern Kârhane mi? Allah'ım şurada keşke emoji kullanma şansım olsaydı da utancımı peş peşe yedi tane elleriyle şakaklarını tutan adam emojisiyle daha net bir şekilde ifade edebilseydim. Haldun Dormen de sesimi çok beğenmişmiş! Eh iyi git de Şahin Özer bir albüm de sana yapsın! Yani kadının ne yapmasını bekliyordum acaba? "Ah canım benim ne güzel yapmışsın, müthiş adımlar atıp sonra da keko gibi bankaya dönmen gerçekten çok ilham verici, işte böyle istediklerinin peşinden hep yarım yamalak koş, ne istiyorsan yap ama hobi olarak yap oldu mu seni hadsiz!" diye cevap yazsa yeriydi vallahi. Neyse ki e-postamı büyük ihtimalle okumamış ve bu korkunç, özgüven dolu satırlar uzay boşluğuna gitmişti.

Peki ben ne yaptım? Madem Haldun Dormen sesimi beğendi diyerek bir sonraki yaz bu sefer sekizinci kredi kartımın limitiyle New York'ta müzikal atölyesine gittim, çoğunuzun bildiği gibi dönüşte tutmayan bir blöfle istifa etmeye karar verdim vs. Tamam artık, zincirlerimden kopmaya hazırdım, bu sefer gerçek bir 'hikâyesi olan insan' olmuştum! Böyle cesur(!) bir harekete Ayşe Arman nasıl kayıtsız kalabilirdi canım! Kolları sıvadım ve şov dünyası adına çok büyük işler yapmış bir edayla ve saçma sapan bir gururla bu sefer özel e-posta adresimden, maalesef yine aşağıda okumak zorunda kalacağınız şu satırları yazdım:

Tarih: 27 Ağustos 2015, 14:49:36
Kime: "aarman@hurriyet.com.tr"

Tekrardan merhaba!..
Size attığım mail üzerinden 10 ay geçti, bu süre içinde Amerikan drama sanatları akademisinde müzikal eğitimi aldım. Showcase gösterimde She Loves Me müzikalinden Tonight At Eight eserini 200 kişinin ve ünlü Broadway casting direktörü Michael Cassara'nın önünde performe ettim. Bu sırada beyaz yakalı zindan hayatım devam ediyordu, döner dönmez aldığım cesaretle istifamı verdim.
Eylül sonu itibarı ile 10 yıllık bankacılık hayatımın sonuna gelmiş olacağım. 25 yaşımdayken aldığım evi satıyorum, oradan gelen parayla yine Broadway'e gideceğim inşallah.
Ancak Broadway planlarımı maalesef annemin kanser olması sebebiyle bir süre erteledim. İlk etapta hayalimin peşinden

Türkiye'de koşacağım, ondan sonra ise ver elini yeni dünya bir kez daha!..

Bankada benim yolculuğumun inanılmaz bir ilham verici etkisi oldu diyebilirim. İnsanlar bana gelip sürekli hayata olan umutlarımızı yükseltiyorsun, sonuna kadar devam et lütfen deyip sarılıyorlar...

Bunları bir günlük gibi sizinle paylaşıyorum, çünkü sizin benimki gibi yolculukları nasıl desteklediğinizi biliyorum.

Şimdi Eylül ayında önemli bir müzikalin seçmelerine katılacağım. Güzel gelişmeleri siz "yeter" diyene kadar paylaşmaya devam edeceğim.

Umarım yolculuğum bir gün bütün insanlığa ilham olur..

Sevgilerimle

Bak bak bak, evini satacakmış da o parayla Broadway'e gidecekmiş! Ah o evden gelen üç kuruş kredi kartlarının üçte birini bile ödemiyor evladım. Sen değil Broadway'e gitmek, Renault Broadway bile alamazsın o parayla be şaşkın! İnsanlar geliyormuş da sarılıp "devam et, umutlarımızı yükseltiyorsun" diyormuş! Seni kim yükseltiyor da böyle şuursuz e-postalar atıyorsun durup durup Kaan Efendi acaba! Çok şükür ki sevgili Ayşe muhtemelen bu e-postamı da okumayarak özgüven patlamalarıma en güzel, en habersiz ve en etkili cevabı vermiş oldu. Her cevap alamayışımda ayaklarım biraz daha yere basıyordu demek çok isterdim ama hayır, her cevap alamayışımda daha çok uçuyor, daha çok deliriyordum. Bir gün mutlaka görecek. O görmezse Ayşe Özgün görür, ne alakaysa:) O olmazsa Seda Sayan, o olmazsa Ellen De Generes! Oprah'a kadar yolu var bu işin işte o kadar!

Uzay Boşluğuna Giden E-Postalarıma Acıyıp Yüzüme Gülen Evren, Menajer Kasırgaları, Tatlı Bir Dönüm Noktası

İlk kitabım *Tebrikler Kovuldunuz*'un bin adetlik aşırı mütevazı ilk baskısı tükenmiş, eski yayınevim kesenin ağzını açarak beş bin adetlik ikinci baskının siparişini vermişti. Bu arada BKM Mutfak'ta iki güzel gösteriyi geride bırakmış, üçüncüsünün bilet linkini çoktan Instagram hikâyemde paylaşmıştım bile. Artık link paylaşabiliyordum zira takipçi sayım on bini geçmişti. Tanıdığım üç beş ünlü, yarı ünlü ve ünlümsüyü gösterime davet ederek sürekli darlıyordum sanki içeriğim en muhteşem seviyesine çıkmış gibi. Davet ettiklerimden "ah keşke, o akşam imkânsız, ama eminim daha çok gösterin olacak nasılsa mutlaka geleceğim" minvalinde cevaplar aldıkça ufak çaplı cinnetler geçirip kendi kendimi "tabii kıskanıyorlar kesin, yeni biri çıktı ya görmezden geliyorlar!" gibi acınası kuruntularla dolduruyordum. Özellikle Anadolu Yakası'nda birkaç gün arayla Kadıköy ve Kozyatağı'nda iki kere tanınma ve fotoğraf çektirilme vakası yaşayınca ise dünyanın en mutlu insanı olmuştum. Kapı gibi kitabım, mis gibi gösterim, sokakta beni tanıyan sevenlerim vardı. Eh tüm bunları birleştirince sizce artık neyin tam zamanıydı? Evet bildiniz! Allah aşkına siz söyleyin, şimdi değilse ne zaman ha ne zaman? İşte tam da bu sıralarda bana göre kozmik bir olay gerçekleşti ve benim deli gibi stalk'ladığım (sinsi sinsi sosyal medyadan takip ettiğim), Ayşe'nin yakın arkadaşlarından meşhur PR uzmanı Lale benim yayınevimle anlaştı. Biz de Lale'yle hemen tanıştık ve kitabın PR toplantısında ben direkt olarak konuyu açtım. (Tabii ki birkaç sayfa önce okuduğunuz skandal e-postalardan hiç bahsetmeden:)) Lale Ayşe'yi çok iyi tanıdığı için muhtemelen kitabımı ona ulaştırır ve Ayşe de kitabı okur, bayılır ve hemen benimle röportaj yapar diye düşündüm vizyonum hâlâ aşırı sınırlı olduğu için. Lale ise hevesli çıkışlarıma müstehzi bir gülüş attıktan sonra bunun çok zor olduğunu, Ayşe'ye günde onlarca kitap geldiğini, hepsini tek tek okumak gibi bir şansı olmadığını, ayrıca rica ile de asla böyle bir şey yapacak biri olmadığını söyledi ve dahiyane bir fikirle devam etti: "Ayşe'yi etkilemek istiyorsan en iyi yaptığın şeyi yap ve bir skeç çek. Ben en fazla o skeci izlemesini sağlayabilirim. Gerisi senin yaratıcılığına ve tabii ki Ayşe'nin etkilenmesine kalmış!"

Oturup düşünmeye başladım. Beyaz yaka ile ilgili skeçlerim çok seviliyordu ama Ayşe ile beyaz yaka ne alaka? O skeçler neden çok sevilmişti? Çünkü birebir benim yaşadıklarımın abartılı halleriydi. O zaman yine kendi yaşadığım duyguları abartarak çekersem bir şansım olabilirdi! Eh ben de histerikler gibi durup durup kadına e-posta yolluyordum zaten, sanki bütün hayal ettiğim oyunculuğu, komedyenliği, sahneyi onunla röportaj yapmak için zorluyormuşum gibi! Tamam işte bu! Hemen İPhone 4'ümün arkasına Washington portakalları koyup doğaçlama çekmeye başladım. Kendisine "neden mizahı seçtiniz" minvalinde sorular soran sözde basın mensuplarına her sorudan sonra dalıp dalıp Ayşe Arman'la röportaj yaptığını hayal eden ve sonra bir anda kendine gelip klasik orta yollu cevaplar veren bir adam skeci çektim. Hayal etme kısmında da kendi kafamın fotoğraflarını Ayşe'nin önceki ikonik röportajlarındaki kişilerin kafasına montajlayınca ortaya epey saçma ama komik bir video çıktı. (Kesin burada da bu satırları okurken "mimik oynamadı yeaaah" diyenler olacaktır ama burada hedef sizin mimikleriniz değildi zaten! Şaka şaka, mimiklerinize kurban:)) Videoyu Lale'ye gönderdim ve içimi kocaman bir rahatlama kapladı. Çünkü bu, yıllar önce kadına gönderdiğim saçma sapan e-postalardan farklıydı. Kendisine kesin ulaşacaktı, beğenip beğenmemesi kısmı bende herhangi bir anksiyete ya da gerilime neden olmadı çünkü ben artık üzerime düşeni bu sefer gerçekten fazlasıyla yapmıştım. Birkaç gün ses çıkmadı, ben de hayatıma devam ediyorum. Eh, Telli Baba'ya adak adayacak halim yoktu. Bir pazar akşamüstü Çekmeköy'deki sitemizde kendimi kalori yaktığıma inandırmaya çalıştığım yürüyüşümü bitirip eve geldim. Duşa girmeden önce Instagram'a bir bakayım dedim. O da ne! Herhalde yanlış görüyorum! Ayşe Arman birkaç ay önce çektiğim epey altlardaki skeçleri seri bir şekilde 'like'lamaya başlamıştı. Hızını alamayıp beni takibe aldı! Benden mutlusu yoktu, ok yaydan fırlamıştı, güzel günler yakındı. Kalp krizi geçirmemem için şimdilik bu kadarı yeterli diyerek duşa girdim. Duştan çıktıktan sonra telefonu elime aldığımda bu sefer arkadaşım olan Ayşe'nin sekiz cevapsız çağrısını gördüm, altına başka arkadaşlarımın çağrıları. Kalbim hızla atmaya başladı. Neler oluyor acaba diye düşünerek Instagram'ı açtım ve o da neee! Beyaz yaka skeçlerimden birini kendi sayfasında paylaşmış, paylaştığı yetmiyormuş gibi altına da şöyle yazmış: "Bu adam kim? Hindistan'da olduğum için mi kaçırdım? Deminden beri videolarını izliyorum ve anıra anıra gülüyorum!"

Gözlerine inanamamak deyimini canlı canlı yaşıyordum resmen! Sevinç çığlıkları atarak salona koştum, annemle babama haber verdim, onlar da havalara uçtular. Biz zafer sarhoşluğunu yaşarken Ayşe bir video daha paylaştı, bir video daha, bir video daha derken tam beş videomu arka arkaya paylaşıp en son da kendisiyle ilgili yaptığım skeci koydu yine ana sayfasına! Küçük odaya kapanıp deli gibi ağlamaya başladım. Annemle babam yanıma gelip sarıldılar. Evimiz milyarlık ikramiye isabet eden Mesudiyeli Mesut'un evine dönüşmüştü resmen. Bir an annem yıllar önce büyükbabamın azimli kupon biriktirme performansı sayesinde aldığımız Arcoroc tabakları kıracak diye çok korktum:)

Diyeceksiniz ki bu kadar büyütecek ne var, iyi bir gazeteci sonuçta ama bu kadar çıldırmak normal mi? Kesinlikle değil. Fakat bu olayın benim için önemi daha önce defalarca ulaşmaya çalıştığım, ergenliğimden beri bizde hikâyesi olan birinin kocaman kitlesiyle bu kadar içten bir şekilde içeriklerimi paylaşmasıydı. İçerik üreten birisi için en önemli şey en çok kişiye değil doğru kitleye ulaşmaktır. En başından beri de Ayşe'nin kitlesinin benim ulaşmak istediğim kitleyle çok yakın olduğuna inanmıştım. Ayşe'den çok daha fazla, 7-8 milyon takipçili biri paylaşsa bu kadar sevinir miydim ya da bu kadar etkisi olur muydu emin değilim. Zira birkaç hafta önce başka bir arkadaşımın kitabının kapaktan tam fotoğrafını beş milyon takipçili bir oyuncu paylaşmış, altına bir takipçisi ise şöyle yazmıştı: "Abla kitabın adı ne?" Oysa Ayşe'nin kitlesi öyle değildi, okuyan, yazan, çizen, hayatla dalgasını geçen bir kitleydi, emindim. Öyle ki daha önceki haftalarda arada skeçlerimi paylaşan görece tanınır kişiler olduğunda da hep Ayşe acaba onları takip ediyor mudur diye kontrol ediyordum.

Sevinçten röportaj falan da aklımdan, hayalimden çıkmıştı. Bu paylaşımlar, bu sözler zaten çok kıymetliydi. 12 bin olan takipçi sayım ertesi sabah 25 bine ulaşmıştı. Hemen bununla ilgili de bir spiker skeci çekip paylaştım, Ayşe onu da paylaştı.

Daha güzel ne olabilir derken Lale'den telefon geldi: "Ayşe seninle röportaj yapmak istiyor!"

Gerçekten de her şey rüya gibiydi. Hemen yeni menajerlik firmalarıyla anlaştığım Buket ve Gizem'e son gelişmeleri WhatsApp grubundan yazdım: "Kızlar, gördünüz mü neler oldu! Ayşe bugün de röportaj yapmak istediğini iletmiş!" Gelen cevap ise şuydu: "Çok güzel canım, hemen kitap gönderelim kendisine." Bu dahiyane ve kimsenin aklına asla gelmeyecek(!) fikir karşısında nutkum tutulmuştu(!) Ama onlara kızamıyordum, çünkü sevdiğim, çok tatlı insanlardı. Sadece hep oyuncularla dizilerde çalıştıkları için bunun dışında direkt içerik üreten birini nasıl yönlendireceklerini bilmemeleri ya da bir vizyon ortaya koyamamaları normaldi. Aslında benim bunu en başta düşünüp kibarca tekliflerini geri çevirmem daha uygundu fakat o anın ve yeni başlangıç ruhunun gazıyla tamam demiştim bir kere. Diğer yandan benim için yükselen yıldız Lale'ydi. Gerçekten de fikri işe yaramıştı, hem Ayşe'nin benim skeçlerimi paylaşması ve röportaj teklif etmesinde hem de kitlemin bir anda büyümesinde büyük payı vardı. Fakat o da bir menajer değildi, esas yaptığı iş PR (halkla ilişkiler) idi ve bunda gerçekten de iyiydi. İkili sohbetlerimizde benim menajerim olabileceğini, bunun kendisi için de güzel bir başlangıç ve meydan okuma olacağını söyledi. (Zaten ben o dönem herkesin kendine meydan okuma tahtası olmuştum. Yeni bir başlangıç mı yapmak istiyorsun? Haydi Kaan'ın menajeri ol!) Benimse en kötü olduğum konu birisine hayır demektir. Yolları ayırmak konusunda ne kadar başarısız olduğumu zaten bankadan istifa ediş şeklimde detaylarıyla görebilirsiniz:) Fakat Buket ve Gizem'le yolları ayırmam şarttı. Ama bunu da kırıp dökmeden yapmalıydım çünkü hem sevdiğim insanlardı hem de bu sektörde daha yolun başında kimseyle kötü olmak istemiyordum. Gruba uzun ve güzel bir mesaj yazdım. Onların da enerjilerini oyunculara daha çok vermeleri gerektiğini, benim onlara ayak bağı olabileceğimi anlattım. Çok klas bir 'sorun sende değil bende' mesajıydı bu. Son olarak da bu röportajda payı büyük olan Lale ile yola devam etmek istediğimi belirttim. Sağ olsunlar anlayışla karşılayıp açıklığım için teşekkür ederek olaysız bir şekilde grubu kapatarak dağıldık. Bu kadar kolay olunca da "Allah Allah, hiç itiraz etmediler, yoksa hiç mi istemediler beni yahu?" diye bir miktar dengesiz az ünlü egosuna kaptırsam da kendimi sonunda Lale ile kişisel olarak da çalışmaya başlamış oldum.

Tüm bunlar olurken takipçilerim başka şehirlerde de tek kişilik gösteriler yapmamı istemeye başlamıştı. Tabii bunu nasıl yapacağımı bilmiyordum. Kime güvenecektim? Operasyonları nasıl yapılmalıydı? Parasal kısmı nasıl hallolacaktı derken Instagram mesaj kutuma bir mesaj geldi:

"Kaan Bey merhaba, ben Metin Demircan, uzun yıllar Zorlu Çocuk Tiyatrosu ve Eti Çocuk Tiyatrosu ile çalıştım. Çalışmalarınızı beğenerek takip ediyorum. Sizinle Türkiye'nin en yoğun bütün şehirlerine bir turne planlayabiliriz, ilgilenirseniz lütfen iletişime geçelim."

Allah'ım, overlokçu ayağıma gelmişti resmen! Tek isteğim küçük, havalı bir turneydi ve tam da istediğim şekilde bu işi yapabilecek biri çıkmıştı karşıma! Kendisini hiç tanımıyordum, dolandırıcı mıydı, üçkâğıtçı mıydı, Şark kurnazı organizatörlerden biri miydi bilmiyordum. O da bu endişelerimi tahmin etmiş olacak ki şu aşırı tatlı ve etik teklifle geldi:

"İlk etapta İzmir, Bursa, Ankara, Antalya ve Adana'da yapalım. Nasıl çalıştığımı görmeniz ve güven tesis edebilmemiz için ben ilk etapta bu beş gösteriden kalan bütün hasılatı tamamen size bırakayım. Sonra devam edersek komisyon paylaşım oranlarını vs. oturur kararlaştırırız."

Ben zaten halihazırda BKM'de çıkıyordum, esas yardıma ihtiyacım olan bölüm Anadolu'ydu ve bu insani teklife hemen balıklama atladım. Metin de hızla bu şehirlerdeki mütevazı sahnelerde gösterilerimizi ayarladı ve bilet satışına açtı. Ona menajerimin farklı biri olduğunu, kendisiyle gösteri organizasyonu alanında çalışabileceğimizi belirttim, "Menajerinizin olması çok iyi çünkü o da benim çok bilmediğim bir alan" deyince, "Allah Allah, bu zamanda böyle dürüstlük kaldı mı?" diyerek şehir dışındaki gösterilerimi beklemeye ve bilet satışlarını heyecanla takip etmeye başladım.

Röportaj günü geldi çattı; daha doğrusu röportajın fotoğraf çekimi. Ayşe çok özeniyordu bu röportaja, kıyafetli özel bir konseptle yapalım çekimi istedi. Beyoğlu'nun arka sokaklarında bir fotoğraf stüdyosunda buluştuk. Ben biraz daha erken geldim, gelirken de köşedeki çiçekçiden kocaman bir buket yaptırdım. Stüdyoya gittim ve beklemeye başladım. Önce yardımcısı kıyafetlerini ve ayakkabılarını getirdi. Sonra da kendisi geldi. Uzun zamandır tanışıyormuşuz gibi sarıldık, benim gözlerim doldu yine. "Müthişsin, çok mutluyum seni tanıdığım için, kitabın da harika, okurken hem güldüm hem de çok üzüldüm. Çünkü çok iyi kalplisin, seni daha çok üzerler bu hayatta. Kimsenin seni üzmesine izin verme" dedi. "Ah Ayşeciğim, o kadar kolay olsaydı keşke" diyesim geldi ama demedim tabii ki. Giyindik ve sokaklarda harika fotoğraflarımız çekildi. Lale de gurur ve mutlulukla bizi izliyordu. Soruların bir kısmını orada yanıtladım, süre yetmediği için gerisini yazılı olarak gönderdi. Telefonumla da birkaç selfie çekip Instagram'a koyduktan sonra mutlu mesut stüdyodan ayrıldım.

Röportaj Sonrası Yeni Hayat, Yeni Dönem, Yeni Sahne, İlk Lincim ve Yepyeni Fiyaskolar

Röportajın yayınlandığı Pazar, babalar gününe denk gelmişti. Sabah markete gidip gazeteyi aldım heyecanla, eve gelip babama verdim. Eh, daha iyi bir babalar günü hediyesi olabilir miydi Allah aşkına? Hep birlikte bu manevi değeri devasa ama neyse ki maddi değeri son derece küçük olan hediyenin tadını çıkardık. Pazar ekinde yer alan röportaj gazetenin sağ üst köşesinde 'komik bankacı' başlığıyla duyurulmuştu. "Atamadım üstümden bankacı etiketini hâlâ" diye geçirip içimden hemen pazar ekini açtım. Fotoğraflar harika, röportaj harika, her şey ama her şey harikaydı. Takipçi sayım yirmi beş bin civarından kırk bine çıkmıştı. Hâlâ gazete okunan ve Hürriyet'in Doğan Grubu'nda olduğu son zamanlardı. Her gelen takipçi videolarıma "Ayşe Arman'dan gördük geldik, gerçekten harikasınız, müthişsiniz, en kısa zamanda gösteriye geleceğiz" tadında yorumlar bırakıyordu.

Peki, bu güzellikler bana yetti mi? Asla! Yazılan yüzlerce güzel yorum, övgü, -beyaz yaka tabiriyle geribildirim- yetmemişti. Övgü açgözlüsü oluvermiştim bir anda. Daha çok onaylanma, daha çok alkış istiyordum deli gibi. Ben de zamanında sevmediğim her şeye ve herkese yapılan linçleri ezik bir mutlulukla okuduğum ve artık bir nevi gömme dolaba dönen Ekşisözlük'te aldım soluğu. Ah, kim bilir daha kimlere kimlere ilham olmuştu hikâyem! Gazete, Instagram vs. önemliydi tabii ama orayı herkes okuyordu ve oradaki yorumları nedense aşırı önemsiyordum. Koşa koşa bilgisayarın başına oturdum. En son ÖSS sonuçlarını öğrenmek için bu kadar heyecan yapmıştım. Hızla adresi girip arama kısmına adımı yazdım. O da ne! Önüme düşen yorumlar başımdan aşağı bir koca kazan kaynar suyu döküverdi bir anda:

"Kim bu ya? Yıllardır mizah takip ederim hiç duymadım, güzel bir PR çalışması belli."

"Herhalde bir ortamda Ayşe Arman'la tanışmış o da buna acımış yazmış. 300 görüntüleme alan Youtube videosu var, nesi fenomen bunun?"

"Bir iki yıl içinde sönüp gidecektir."

Neyse ki yüzlerce kötü yorum yapılmış falan değildi. O yüzden linç demek çok doğru olmaz ama bu birkaç yorumun bende silindir etkisi yaptığı kesindi. Tabii ki bundan dersimi almayıp bir başka cehennem kazanı Twitter'a girip adımı arattım. Yani bu yeni çıkan bir komedyen için intihar gibi bir şeydir. Ama işte insan kaşındıkça kaşınıyor. Tabii ki orada da acımasız yorumlardan nasibimi aldım:

"Gevşek gevşek konuşan bu dallamaya Ayşe Arman'a röportaj verdirten hayat bizi ne zaman görücen?"

"Youtube videolarını ilk izleyen benim galiba ama bu tipitip Ayşe Arman'a röportaj vermeyi başarmış. Helal olsun, bu kadar komik olmadan bunları yapmak muazzam."

"Kim bilir kaç para verdi bu saçma röportaj için Ayşe Arman'a."

Yahu ne parası, dev gibi kredi kartı borçlarım hâlâ gözlerini dikmiş bana bakarken hangi para? Bir anda röportajın büyüsü gidiverdi. Diğer taraftan Youtube kanalımı asla bir kanal gibi önemsemediğim ve videoları oraya özensizce koyduğum için de kendime kızdım. Benim için en önemli mecra hep Instagram'dı ve orada videolarımın yüz binlerce izlenmesi son derece yeterliydi. Yapılan az sayıda ama darbe etkisi yüksek kötü yorumu 786 kere falan okuduktan sonra "aman canım neyse, bunlar da olacak, şöhretin cilveleri" diye kendimi yalandan telkin ederek olmayan şöhretimle gazeteme sarılarak odamın yolunu tuttum.

Ertesi gün haftanın ilk iş günüydü ve sabah 11:00 sularında telefonum tatlı tatlı çaldı bu sefer. Eh röportajın yankıları şov dünyasını sarmaya başlamıştı muhtemelen, bütün gün telefonlarım susmazdı artık. Acaba bir asistan mı tutsaydım, teklif teklif üstüne yağacaktı ne de olsa! Bu özgüven krizi eşliğinde telefonumu açtım, arayan büyük yapım şirketlerinden birinin sahibinin asistanıydı. "Hikmet Bey (takma isim:)) röportajınızı okudu, sizinle mutlaka tanışmak istiyor, yarın müsaitseniz mükemmel olur hatta!" İşte şimdi her şey olması gerektiği gibiydi. Hikmet Bey belli ki içerikten anlıyordu, vizyon bambaşka şeydi canım! Olabilecek en anti cool şekilde 'ajandama bir bakayım' ayağı bile yapmadan "Ah tabii yarın gelebilirim, kaçta geleyim?" diye sorup her görüşmemde olduğu gibi konum istedim. Yani o kadar hevesliydim ki gittiğimde elime bir vileda tutuştursalar ofise çek pas bile yapardım, o derece! Telefonu zevkten dört köşe olarak kapattım. Hemen gidip anneme güzel haberi verdim. Tabii o da havalara uçtu. Annemin havalara uçma eşiği zaten çok düşüktür, en ufak bir gelişmeden çılgın gibi mutlu olur. Hatta olmayan şeylerdeki hayrı görme konusunda da uzmandır. Ama bu gerçekten güzel bir gelişmeydi ve havalara uçmak en çok onun hakkıydı. Muhtemelen bütün gün telefonlarım çalmaya ve teklifler gelmeye devam edecekti; eh, onları da başka günlere ayarlardım. Bilin bakalım ne oldu? Başka hiçbir telefon gelmedi!

Ertesi gün güzelce giyinip görüşmeye gittim. Çok da heyecanlıydım zira daha önce hiç böyle biriyle görüşmemiştim. Hikmet Bey'in sekreteri karşıladı beni ve kendisinin yukarıdaki odasına aldı. Hikmet Bey masasında ekranına bakıyordu, yanında da sağ kolu gibi bir adam vardı. Bir an eski yöneticimin odasına giriyormuş gibi bir psikolojiye kapıldım. Yarım ağızla hoş geldin deyip elimi sıktılar, karşılarına oturdum. Oturur oturmaz Hikmet Bey şöyle girdi sohbete: "Eeee anlat bakalım neler yapıyorsun?" Yani bu ne saçma bir soru, sanki ben kariyer.net'ten iş başvurusu yapmışım gibi bir tavırlar. "Sen çağırdın beni görüşmeye sen anlat bakalım, beni nasıl şöhret basamaklarından çıkaracaksın Hikmet Efendiii!" demedim tabii. Ne diyeceğimi bilemedim. Sonuçta ne yaptığım daha doğrusu ne yapmaya başladığım da belliydi. "Ben... stand up... yapıyorum... Eskiden... bankacıydım..." Sorusunu daha netleştirerek ve daha sevimsizleştirerek devam etti: "Var mı elinde yazıp çizdiğin bir şeyler, çekelim hemen?" Bu ne saçma bir görüşme olmaya başlamıştı. Demek ki sektörün hali gerçekten içler acısı diye düşündüm. Diyecek bir şeyim yoktu ancak bankada ne zaman böyle bir durumda kalsam hemen yöneticimi idare edecek birkaç yalan atıverirdim ve maalesef yine aynısını yaptım:

"Şeyy, bir beyaz yaka dizisi yazıyorum. Ama henüz bitmedi"

Ah seni küçük afacan, heyecan mı yaptın sen öyle? Evet çok heyecanlanmıştım ve "hiçbir şey yazmıyorum, önce şu borçları kapatayım da sonra düşünürüz onları" diyemediğim için böyle bir cevapla geçiştirdim bu gri muhabbeti. Geçiştirmez olaydım! Hemen bunun üstüne giden Hikmet'in sağ kolu Levent lafa atladı:

"E süper o zaman, bitirdiğin kadarını bir hale yola sok haftaya getir bize bir bakalım? Biz de artık komedi işine girmek istiyoruz."

Yahu ben daha komedi işine tam giremedim ki siz benle girmek istiyorsunuz? Tabii orada bir şey diyemedim, diğer yandan belki bu da ilk kitabımı yazma serüvenim gibi bu tesadüfle başlayan bir diziye evrilir, kim bilir diye düşünerek ve kendimi gaza getirerek görüşmeden ayrıldım. Çıktıktan sonra hemen arkadaşım Ayşe'yi arayıp olanları anlattım. Ayşe her zaman sizi gaza getiren ve olayın olumsuz yanlarıyla sizi asla aşağı çekmeyen harika biridir. Ayşe yanıyorum deseniz "oha mükemmel bir şey bu, ne güzel kalori yakarsın işte" diye sizi yükseltebilir. Yine öyle yaptı ve şöyle dedi: "Harika Kaan, şimdi senden senaryo bekleyen bir yapım şirketi var, bunun tadını çıkar. Yazmak zorunda olduğun için yazacaksın ve harika olacak, ben de yardım ederim!"

Tam bir hafta sürem vardı. Oturup bir şeyler karalamaya başladım. Çok sevilen ve yüz binlerce izlenen skeçlerimi hiç yazmamıştım daha önce. Evet kitap yazmıştım ama kurgu bir komedi yazmak bambaşkaydı. Yazdım sildim, yazdım bozdum, yazdım yazdım. Karakterler çıkardım, diyaloglar yazdım, birkaç sayfa olunca da bitirdim taslağı. Baştan sona birkaç kere okudum. Asla içime sinmeyen bir şeyler vardı. Kendi skeçlerimi izlerken hep çok gülüyordum ama bu senaryo bozması şeyi pek sevemedim. Hemen Ayşe'ye gönderdim. O mutlaka güzel bir taraf bulurdu. Buldu da: "Kaan, Mert karakterini çok sevdim. Hadi bakalım hayırlısı olsun." Bu, Ayşe'nin "diğer karakterler b.k gibi" deme şekliydi. O kadar yapıcıdır ki asla negatif yorum yapmaz çünkü bilir ki benim de onun gibi eleştiri alınca tansiyonum ikiye düşer. Neyse görüşme günü geldi. Sabahtan Levent Bey'e gönderdim taslağı ve öğleden sonra randevu saati gelince gittim ofislerine. Ofisin bahçesinde Levent Bey beni bekliyordu. Bir şeylerin ters gittiğini anlamıştım ama ne olacaksa olsundu artık zira içim şişmişti. Hem adamları sevmemiştim hem emrivaki bir şey yazmak çok sıkmıştı beni. Azad edilmeyi umarak bahçeden içeri girdim ve sahte bir sevimlilikle lafa girdim:

"Nasılsınız Levent Bey, nasıl hızlı geçti hafta yahu değil mi, bir şeyler üretince insan anlamıyor işte vallahi, hah hah hah!"

Ne ürettin acaba Allah'ın şaşkını. Neyse ki Leventciğim bu ilişkinin başlamadan bitmesi gerektiğini idrak etmişti, hiç uzatmadan lafa girdi:

"Kaan, Hikmet Bey yukarıda, ancak kusura bakmazsan bir şey söylemek zorundayım, ben bu taslağı bu haliyle Hikmet Bey'e gösteremem. İstersen sen bu diziyi tam bitir, ondan sonra gel birlikte bakalım olur mu?"

Bazı anlar vardır, bilirsiniz ki o kişiyi son görüşünüzdür ya da bahsedilen buluşma asla gerçekleşmeyecektir ama kibarlıktan sanki gerçekten de tekrar görüşecekmiş gibi yalandan "aaa, hı hı, evet evet tabii" deyip geçiştirirsiniz ve o kişinin yanından ayrılınca müthiş bir rahatlama sarar bedeninizi. İşte benim de tam öyle oldu. "Aaa tabii tabii, daha iyi olur, hem bitmiş haliyle daha iyi planlarız set takvimini" falan gibi şizoid temennilerle ofisten ayrıldım. O gün anladım ki içimden gelmeyen hiçbir işe teklif kimden gelirse gelsin atlamamalıyım. Ismarlama işler bana göre değil, bir gün çılgın gibi dizi yazmak istersem zaten yaparım bunu, demek ki doğru zaman değil ve demek ki daha iyisi olacağı için bu olmadı diyerek bir fiyaskoyu daha kendime dolmaları vererek atlatmış oldum.

Bu arada Metin'le ilk ufak turnemize başlamıştık. İzmir tam yüz iki biletle en çok bilet sattığımız ve şehir dışında gösteri yaptığımız ilk duraktı. Uçaktan indim, Metin benden önce gitmişti, beni karşıladı. İlk kez orada karşılaştık. Son derece kibar, düzgün konuşan dolayısıyla da organizatör demeye bin şahit isteyen bir insandı. Masraf olmasın diye İZBAN'a binerek gösterinin yapılacağı mekâna gittik. İlk İzmir gösterimi Fransız Konsolosluğu'nda yapacaktık. Salon iki yüz kişilikti ama BKM Mutfak'ta da seksen-doksan kişiye oynadığım için yüz iki bilet benim için gayet yeterliydi. Salonu kontrol edip mikrofon testi yaptıktan sonra akşamüstü civarı otele geçtik. Kaldığım otel hemen konsolosluğun karşısındaki İzmir Palas'tı. İlk kez gittiğim bu otel eski ama heybetinden bir şey kaybetmemiş, biraz yorgunca bir binadaydı. Odalara giden koridorları lüks bir yolcu gemisinin kamaralarına giden koridorları andırıyordu. Epey havaya girmiştim. Akşamüstü gösterimden birkaç saat önce odamın balkonuna çıkıp minibardaki küçük şarabı kadehime doldurup manzaraya baktım. Sahne sanatları için küçük ama benim için bu büyük anın keyfini çıkarıyordum.

Gösteri saati yaklaşmıştı ki Metin kulise geldi, "İlk turnenin hatırına, âdettir" diyerek getirdiği küçük topkekin üstüne diktiği mumu yaktı ve büyük hayaller kurarak birlikte üfledik. Üfledikten sonra kendisine şöyle dedim: "Zorlu Büyük Sahne'ye çıkaracak mısın beni bir gün?" Gülerek yanıtladı: "Çıkacağız abi hiç merak etme, her şey çok güzel olacak söz veriyorum!" O gazla şarkının verildiğini duyar duymaz kendimi sahneye attım. Şarkı diyorum çünkü maalesef hâlâ sahneyi şarkı söyleyerek ve dans ettiğimi sanarak açmaya devam ediyordum. Gösteri benim için müthiş geçti, kahkahalar dalga dalga yüzüme çarptı bir saat boyunca. Çıkışta da yine kitaplarımı imzalamaya çıktım. O kadar çocuk gibi mutluydum ki, imza dağıtırken aynı anda Instagram'dan canlı yayın açtım. Her gelene laf atıyor, herkese tatlı tatlı sataşıyordum. Tüm bunlar olurken göz ucuyla Instagram'daki yorumlara bakmayı ihmal etmiyordum tabii. Müthiş bir enerji patlamasıydı yaşadığım. Acaba her hafta İzmir'e mi gelseydim? O gösteriden de 2.000 TL civarı bir para kalmıştı, o parayla da sanki kredi kartı batağına saplanmamışım gibi bir güzel yemek yedik Metin'le. Aman canım arada böyle kaçamaklar yapmayacaksak o parayı neden kazanıyorduk? Arada dediğim daha üçüncü gösterimizdi, yanlış anlaşılmasın:)

İzmir'den sonra o gazla Antalya'ya geçtik. Sattığımız bilet yetmiş civarıydı ve yarısı bankadan arkadaşlarımdı zira Akdeniz bölge, bankadayken benim sorumlu olduğum bölgeydi. Herkes toplaşıp gelir, tıklım tıkış olur salon diye düşünüyordum ama öyle olmadı. Holly Stone diye bir bar ayarlamıştı Metin. Küçük kulisinde havalandırma bozulmuştu ve Antalya'da Haziran ayında bu tam bir esaret anlamına geliyordu. Gösteri yine güzel geçti ama ben İzmir'in ve Ayşe Arman röportajının etkisiyle daha kalabalık olur diye beklemiştim. Metin biraz canımın sıkıldığını görünce "Abi sakın üzme kendini, daha o kadar tanınmıyorsun, bu sayılar gayet iyi inan" dedi. Hemen modumu yükseltmek için Kaleiçi'nde bütün yemek resimlerinin gözümüze sokulurcasına girişine asıldığı bir kafeye götürdü beni ve gecenin 12'sinde yenilebilecek her şeyi yiyerek mutluluğu yine glutende aradık.

Antalya'dan sonraki durak Ankara idi. Ankara'da da If Performance'ı ayarlamıştık çünkü büyük salonlar için henüz erkendi, barlar maliyet açısından çok daha rasyonel seçimlerdi bizim için. "Başkent kültür sanatın da başkenti, güzel bir kalabalığa çıkarım kesin" diyerek geldiğimiz güzel Ankara'daki ilk gösterimizde sattığımız bilet sayısı kırk ya var ya yoktu. Ramazan ayıydı ve buradaki gösterimizi iftar geç olduğundan 22:30'a koymuştuk. Sanırım çok akıllıca bir karar değildi ya da benim kariyerim başlamadan düşüşe geçmişti:) Ben her şehirde seyirci sayımızı katlarız derken her yeni şehirde Benjamin Button gibi geriye gidiyorduk. Maalesef geri giden yaşımız değil bilet sayımızdı. Bar ortamı olduğu için az sayıdaki insan ayakta ve dağınık duruyorlardı, bu da mekânı iyice boş göstermişti gözüme. Üstelik bu gösteriden para kazanmadığımız gibi küçük bir zarar da etmiştik. Neler olmaktaydı böyle? Kesin nazardı nazar. Gösterileri Facebook'ta duyurmak hiç iyi bir fikir değildi çünkü Facebook kenafir akrabaların ve düşmeni bekleyen dostmanların cirit attığı yerdir. Bir yandan düşen bilet sayılarını böyle doğaüstü ve bir o kadar mantıkdışı şeylere bağlıyor bir yandan da ayaklarımı yere haddinden fazla sağlam basıyordum. Aslında bunları en başta yaşamak da güzeldi, belli ki bu yolculuk hiç de kolay olmayacaktı.

Turnenin son durağı Bursa'ydı. Bir nevi küçük İstanbul canım, üstelik burayı kapsayan Marmara Bölge'ye de uzun yıllar hizmet vermiştim bankada. Burası dolmayacaktı da neresi dolacaktı Allah aşkına! Bursa'da bulduğumuz salon Ördekli Hamam Kültür Merkezi diye bir yerdi ve gerçek bir hamamdı! Yani eski tarihi bir hamam ama kültür merkezine dönüştürülmüş. Yine ramazan ayının tam ortasıydı ve biz de adeta daha ne kadar boş salona oynayabiliriz diyerek iftardan hemen sonraya gösterimizi koymuştuk. Çünkü paramızın yettiği başka salon yoktu ve o salonda daha geç saatte etkinlik yapılmıyordu. Sonuç: Yirmi kişi! Yarısı bankadan, muhtemelen hevesim kırılmasın diye gelen şube müdürü arkadaşlarımdı. Sahneye yine şarkım ve dansımla çıktım. Salonda sadece ilk sıra doluydu ve sahnede olmakla ilgili en büyük korkum gerçek olmuştu: Ateş Parçası filmindeki, palyaço kılığına girmiş Türkan Şoray'dım artık ben. Gösteri bitmeden insanlar kalkmaya başlarsa ben de ağlayarak Gökyüzünde Yalnız Gezen Yıldızlar'ı söyleyip kulağımın arkasından pinpon topu çıkarabilir miydim acaba?

Yirmi kişinin geldiği ilk Bursa gösterimde diğer gösterilerde hiç olmayan başka bir şey daha olmuştu. Gösteri sonunda 55-60 yaşlarında bir kadın yanıma gelip, "Bir yerde bize 'çocuklar' diye hitap ettiniz o hiç hoşuma gitmedi ve ondan sonra da oyundan koptum zaten!" demesin mi? Demesin bence ama dedi maalesef. Üzüntümü aşmak için şube müdürü arkadaşlarımın yanına gittim, eminim çok beğenmişlerdi ve beni överek moralimi düzelteceklerdi. Nasıl bulduklarını sorduğumda "valla tebrikler ya!" minvalinde şeyler söyledikten sonra içlerinden biri "Yani yarısı çok iyiydi gayet güldük ama öbür yarısı... Şimdi sen de biliyorsun, anlamışsındır ne demek istediğimi!" Böyle salak salak konuşan insanlardan hızla uzaklaşmışımdır, ayrıca eleştiri aldığımda serum bağlanacak seviyeye gelirim ama o an uzaklaşamadım. Uzaklaşamadığım gibi de olduğum yere çakılıp kaldım. Zaten en nefret ettiğim kelimelerden biridir 'gayet'. Her zaman şu anlama gelir: "Şimdi bunu gömmeyeyim ama o kadar da iyi değil. Beklediğim leş gibi bir şeydi, yine sen beklentimin üstünde çıktın valla!" Gayet kelimesinin yazıldığı gibi okunan ama asla okunduğu gibi hissettirmeyen kelimeler sözlüğündeki anlamı tam da budur. Ayrıca hangi yarısı iyiydi de hangi yarısı kötüydü? Hepi topu bir saatlik hikâye işte? Aman zaten bankadayken de böyleydi bu diyerek kendimi rahatlatmaya çalıştım ve gece biraz daha uzasa CV'mi içlerinden birine tekrar beni bankaya almaları için verecek konuma düşmeden aşırı otantik öğelerle bezeli otelimizin yolunu tuttum. Hevesim epey kaçmıştı. Neredeyse kimse gelmediği gibi gelenler de olumsuz sözler söylemişti. Belki de boş salonda düşen modum performansıma da yansıdı ama o sırada bu kadar rasyonel analizler yapacak durumda değildim ve hiç uyumadığım gecenin sabahında beş yıldızlı oteldeki saat 10'da biten kahvaltıyı kaçırmamak için açık büfenin yolunu tutan tatilci gibi sabahın 8'inde kahvaltıya indim ve apar topar İstanbul'un yolunu tuttuk. Acilen BKM Mutfak'ta dolu bir salon karşısına çıkmaya, gürül gürül kahkaha duymaya ihtiyacım vardı.

İstanbul'daki dördüncü gösterinin biletleri de bitmişti. Gösteri günü annem ve ablamla paraya kıyıp taksi tuttuk ve Çekmeköy'den Beşiktaş'a doğru yola çıktık. Taksicilerin Türkleri arabasına aldığı güzel günlerdi. Fakat tam İkinci Köprüye gitmek için yeni yola saptığımızda hava kapkaranlık oldu. Meteoroloji akşam için yağmur ihtimali gösteriyordu ancak hava öyle bir karardı ki yağmur indirecek gibi değil de daha çok İsrafil düdüğüne üflemeye hazırlanıyor gibiydi. Gece mi oluyor ne oluyor derken cevizle meteor arası büyüklükte dolu yağmaya başladı. Ama öyle böyle yağmak değil. Bütün arabalar oldukları yerde durdu otoyolda. Arkada annem, ablam, önde ben. 15-20 dakika kesintisiz yağdı. Gösteri falan aklımdan çıkmış, tek bir şeyi düşünmeye başlamıştım: "Taksinin camları kırılırsa annem ve ablamla ne yaparım orada?" Hiç böyle bir şeye bu şiddette şahit olmadığımız için çok korktum. Bir yandan BKM Mutfak'a bir şekilde ulaşabilen seyirciler bana mesaj atıyor: "Kaan, oyun iptal mi olacak? Biz geldik ama BKM'yi su basmış. Ne yapacaksın?" Önce BKM ile konuşup temizleyecekleri bilgisini alınca hemen Instagram hikâyemde oyunun iptal olmayacağını paylaştım. Dolu bitmişti ama tüm yolları sel götürüyordu. Beşiktaş'a gidebilir miyiz diye sorduğumuzda şoför "Gidebildiğimiz yere kadar götürürüm" deyince iyice ne yapacağımı bilemedim. O ne demek hem? Köprüden sonrasını yüzerek mi geçeceğiz? Derken bir telefon geldi yine BKM'den: "Kaan burası çok fena, ekipmanlar bile su olmuş, iptal en doğrusu olacak." Hayda! Hemen son paylaştığım hikâyeyi silip yeni iptal duyurusu çıktım. Orada paçalarına kadar su olmuş erken gelen seyircilerime de mesajlardan tek tek döndüm. Üzgün bir şekilde evlerinin yolunu tuttular, bizim şoför tabii çok mutlu oldu çünkü zaten bizim oranın taksisiydi ve muhitinden hiç ayrılmadan gayet iyi ciro yapmıştı. Ukala ukala da akıl vermesi muazzamdı: "Abi sen ilk başta iptal edecektin. Bu yağmurda gösteri mi olur, kim gelir? Ünlü müsün sen, hiç görmedim?" Sanki Harbiye'de çıkıyorum, kar yağsa ne olacak? Allah'ım bir an önce eve gidelim, annem çayı koysun ve bugün hiç yaşanmamış gibi davranalım istiyordum. Böylece biletleri her şehirde gittikçe azalan minik ve travmatik ilk turnemin üstüne tekrar ayağa kalkmak için muhteşem bir fırsat olarak gördüğüm o günü, muhtemelen kapalı bir salondaki gösterisi yağmur yüzünden iptal olan ilk ve tek komedyen olarak Çekmeköy'deki anne evinde çaya cici bebe batırarak tamamladım.

İptal olan gösteri bir iki hafta sonraya ertelendi. Biz de annemle gösteri günü dışarıdaki güneşli ve güzel havayı iyice süzüp kıyamet kopmayacağından emin olduktan sonra hazırlanıp karşıya geçmek üzere evden çıktık. Ben, annem ve gösterimin henüz bir parçası olmuş ama uzun yıllar boyunca şovun en nadide ve tek dekoru olacak olan siyah bavulum siteden dışarı çıktık. Taksiye bir dünya para bayılmayalım diye anneme rahat hissederse otobüsle gitmeyi önerdim. Ama otobüs derken tabii ki anneciğimi 522 ST'ye bindirecek değildim:) O ara 122 diye bir hat vardı, sonra değişti sanırım, ekspres hattı ve körüklü, tertemiz, erguvan renkli bir belediye otobüsüydü. Akşamüstü saat 5 gibi tam bizim sitenin oradan bomboş olarak geçer, beş altı durağa uğrayıp ters trafikte hızla Levent'e ulaşır, Zincirlikuyu'dan Mecidiyeköy'e sapardı. Levent'te inip pıt diye Beşiktaş'a geçeriz diye düşündüm, annem de "Tabii" dedi. Son derece medeni ve rahat bir şekilde 122'mize bindik, pıt diye Levent'te indik. Annem "Aa ne kadar rahatmış ayol bu, şak diye geldik vallahi, değmez taksiye verdiğimiz paraya" diyerek gidiş yolumuza yıldızlı pekiyi vermeyi ihmal etmiyordu. Yalnız küçük bir sorun vardı. Gösteri Levent'te değil Beşiktaş'taydı ve bizim iş çıkış saatinde plazaların olduğu yerden taksi bulma şansımız sıfırdı. Tek bir seçeneğimiz vardı: 'The Dolmuş!' Dolmuşlar yani minibüsler İstanbul toplu ulaşımında büyük bir yer tutsa da ben minibüs ulaşımını gelişmiş bir kente hiçbir zaman yakıştıramamışımdır. Otobüs olan hat üstünde neden minibüs olsun ki? Otobüs daha çok olsun ama minibüs neden? Tabii ki sebebi çarpıklığın kitabını yazan kentleşme daha doğrusu kentleşememe hastalığımız ancak burası Şehir Bölge Planlama bitirme tezi değil, o yüzden bu bomboş analizi geçiyor, tekrar o unutulmaz güne dönüyorum. Annemle umutsuzca birbirimize baktık, o yine her zamanki iyimserliğiyle "Canım biniveririz bir minibüse, hemen şurası zaten" diyerek olayı normalleştirmişti. Bu arada aman yanlış anlaşılmasın minibüse bineceğiz de incilerimiz dökülecekmiş gibi bir endişe değil tabii ki yaşadığımız. Annem kötü hastalıktan henüz kurtulmuştu ve bağışıklığı yeni yeni kuvvetlenmeye başlamıştı. Çok kalabalık yerler o sıcakta büyük bir riskti onun için. Fakat artık bu gösteriyi de yapamazsam gerçekten cinnet geçirip bankaya geri dönebilirdim. Bunu o da çok iyi bildiği için ilk gelen süslü püslü, tuhaf yazılarla bezeli minibüse bindik, siyah boş bavulumuzla beraber. Nasıl olsa anneme yer verirler ve en azından görece konforlu şekilde yolculuk yapar diye düşündüm. İçerisi mahşer günü gibi kalabalıktı. Küçücük minibüste muhtemelen benim birazdan başlayacak gösterime gelecek insan sayısından daha çok insan vardı ve maalesef kimse kraliçeme yer vermedi. Aksi gibi trafik de tıkanmasın mı! Tıkanmasın tabii ama tıkandı. Ter kokularının ve anksiyetenin birbirine karıştığı, ücretini gönderemeyenle para üstü alamayanın meşk ettiği minibüsümüzde yorulduğunu asla belli etmemeye çalışan annemin ayakta durmaya gayret edişini gördüğümde çok kötü oldum. O an bir kez daha çok ama çok içimden hep ettiğim şu duayı ettim: "Allah'ım lütfen ama lütfen anne babamı krallar ve kraliçeler gibi yaşatacağım, benim için yaptıkları tüm fedakârlık ve gösterdikleri anlayışın karşılığını hiçbir zaman tam olamasa da en azından bir kısmını verebileceğim bir kariyer nasip et ya Rabbim!" Beşiktaş'a stand up gösterisine gitmekten daha ziyade mübadeleyle yurdu terk ediyor gibiydik. O mesafe için uzun sayılabilecek yolculuğun ardından Barbaros Bulvarı'ndaki Starbucks'ın önüne geldiğimizde adeta son kalan nefesimle "Müsait bi yerdeeee!" diye seslenmemle hasret kaldığımız oksijene kavuşmuş olduk. İner inmez annem yine tüm tatlılığıyla "Ne var canım işte geldik hemen" diyerek gösteri öncesi beni tekrar yükseltmeye çalıştı.

Yağmur çamur olmadan, iptal edilen bir önceki gösteride paçalarına kadar suya girmiş ama şimdi çiçek gibi kıyafetlerle yerlerini almış dünya tatlısı ve azimli izleyicilerimin karşısında mis gibi eğlendiğimiz bir seti alnımın akıyla tamamlayıp stand up kariyerime o kadar da erken veda etmemi gerektirecek bir durum olmadığı kanaatine vardım.

Şahlanış, Diriliş, Zirve, Gösteri Dünyasının Acı Gerçekleri ve Hazin Bir Mort Oluş

BKM Mutfak'ta dört gösteri yapmıştım. Gösteri başına dolu salona 2.500 TL civarı alıyordum ve bu benim için gayet(!) yeterliydi. Bir sabah sanki sektörde olan biten her şeye hâkim olmak zorundaymışım gibi tavırlar takınıp kendimi magazin programları girdabına kaptırmış, tavada kızarttığım ekmeklere çılgınlar gibi reçel sürerken telefonum çaldı. (Bana göre kahvaltı ederken seyredilecek şey çok hafif, bir o kadar boş ve mümkünse epey seviyesiz olmalı. Magazin programı izleyemem diyorsanız yüzünü muasır medeniyetlere çevirenlerin 'guilty pleasure'ı [utanılacak zevk] Real Housewives of Orange County ya da Selling Sunset de menemeniniz için çok iyi bir eşlikçidir.) Arayan Maslak'taki büyük bir sahnenin koordinatörü Derya Hanım'dı. Ayşe Arman röportajını okumuşlar, çok etkilenmişler. Yeni bir sahne olduklarını, yazın açık havada etkinlikler planladıklarını ve benimle çok çalışmak istediklerini söylediler. Çok sevindim çünkü çok güzel bir sahneydi orası. Benim için iyi bir sıçrama olabilirdi ama tabii biraz da temkinliydim. Beni hiç izlememişlerdi, beni izlemeden nasıl benle çalışmak isteyebilirlerdi ki? Hem zaten sahneleri kocamandı bildiğim kadarıyla. Orayı nasıl dolduracaktım ki? Daha fazla SWOT analizi bataklığına saplanmadan müsait olduğum günü ve saati söyledim. Müsait olduğum gün o gün, saat de iki saat sonrasıydı:) Her zaman hayatta 'easy boy' dedikleri kolay adam oldum ben. Bu tavrım maalesef sonraki yıllarda da hep devam etti. Her mesaja dönen, her röportaj, söyleşi vb. teklifini hemen kabul eden, kendini asla ağırdan alamayan biriyim. Tabii ki zaman içinde hayır demeyi öğreniyor insan, ben de öğrendim bir parça ama belli bir zamana kadar merhaba diyene evet nereyi imzalıyoruz diye yanıt veriyordum desem abartmış olmam.

Hâlâ annemlerle yaşıyordum ve babam hâlâ her sabah Çekmeköy'den İkitelli'deki muayenehanesine giderek İstanbul içinde kırılması zor bir rekora imza atıyordu. Canım bir de üç günde bir gelip bize "Bu benzin nasıl hemen bitiyor anlamıyorum valla!" demesi yok muydu. Nasıl bitiyor acaba, her sabah benzinli arabayla postmodern Kristof Kolomb gibi İstanbul dışındaki yeni uygarlıkları keşfe çıktığın için olabilir mi acaba? Neyse ki babacığımın bu seyyahlığı bazı sabahlar Şişli'deki kuaförüne giden anneme, bazı sabahlar arkadaşlarıyla buluşacak ablama bazı sabahlar da konum gönderen herkese elinde tuzlukla giden bana yarıyordu. Telefonla konuştuğumuz Derya benim aksime ertesi güne randevu vermişti. Yani teklif bana yapılıyor ama ben onlardan daha hevesliyim, rezalete bakın. Sabah babamla çıktık, Maslak'taki sahneye geldiğimizde beni arabadan 5 yaşında çocuğunu anaokuluna bırakıyormuş gibi "Allah zihin açıklığı versin evladım" nidalarıyla ve 200 TL yol harçlığıyla uğurladı. Büyük bir AVM'yi andıran yeşillikler içindeki ferah binanın üst katındaki Starbucks'ta buluştuk. Tabii ki önce ben gelmiştim. On dakika sonra Derya ve sahnenin genel müdürü geldiler. Tatlı, zararsız ve bir o kadar da işlevsiz giriş sohbetinden sonra konuya geldiler hemen. Bu yaz açık hava bahçelerinde gösterimi yapmak istiyorlardı. Genel müdür kafamı açan şu cümleyi kurmuştu: "Küçük kulüplerde çok uzun süre çıkarsan bir süre sonra büyük sahneye çıkman zorlaşır. Büyük sahne risk demek, daha iyi içerik demek, bu riski şimdi en başta alırsan hata bile yapsan kariyerine mal olmaz." Mini turne ve dolu travmasını henüz aşmış ve tamamen gazla çalışan bu zavallı komedyenceğiz için çok doğru şeylerdi söylediği. Gözlerimdeki kararsızlık ve endişeyi fark etmiş olacaklar ki hemen mekânı gezdirmeyi teklif ettiler. Kapalı salonları bin kişilikti ve çok güzeldi, dev gibi bir ana kulisleri vardı, oradaki yeşil koltuklara bayılmıştım. Duşlar, tuvaletler her şey harikaydı. Onlar gezdirdikçe benim gözlerim ışıl ışıl oluyordu. Bir yandan da anlatmaya başladılar: "Her yere büyük afişler yaptırırız, Biletix'te en üstte görünürsün..." '100 Numaralı Adam' filmindeki Şaban gibiydim. Gazı aldıkça coşuyor, coştukça hayalleniyordum. Hepsi iyi hoş da ben burayı dolduramam ki! En fazla yüz kişiye oynadım, açık havada yapmayı planladıkları sahne beş yüz kişilikti. Dünya yansa beş yüz bilet satamazdım. Kendi kapasitemin ve olmayan ünümün farkındaydım. Israrla "Satarız, satarız!" dediler. Bahçe de çok güzel görünüyordu. Üstelik Maslak'ta, plazaların hemen yakınındaydı. Herkes işten çıkıp gelebilirdi aslında. Ama yine de Oğlak ve bankacı mükemmeliyetçiliğim devreye girmişti. Garanti olmayan hiçbir şeye balıklama dalan biri değildim. Sonra aklıma bir fikir geldi ve hemen oracıkta söyledim: "Tamam deneyelim, o zaman ben bunu bir skeçle duyurayım. Her zamanki beyaz yakalı yönetici skeçlerimden birini yapayım ve skeçteki Meltem karakteri yöneticisi Kaan Bey'i benim gösterime bilet almaya ikna etsin, ne dersiniz?" Bayıldılar tabii ki. Hemen oracıkta el sıkıştığımızı hatırlıyorum. Bahçede olacağı için çok büyük bir elektrik vs. maliyeti olmayacaktı ve salonun yarısı bile dolsa BKM Mutfak'tan daha çok kazanacağım kesindi. Gerisi beni ilgilendirmiyordu. Metin bu aşamada devrede değildi çünkü onunla devam edip etmeyeceğimiz belli değildi. Turne travmamı aşamadığım için Metin deyince aklıma Bursa'da yanıma gelip fırça atan abla geliyordu. O yüzden Metin'le geleceğimiz konusunu kenara park edip İstanbul'daki sahnelerle görüşmelerimi kendim yönetiyordum.

Oradan çıktıktan sonra hemen BKM Mutfak'taki gösterilerimi koordine eden Bahar'ı aradım ve durumu anlattım. O kadar tatlı yaklaştı ki, "Kaancığım zaten senin burada uzun kalmayacağını biliyordum, çok sevindim. Kapımız sana her zaman açık, her şey gönlüne göre olsun!" dedi. Tabii bu motivasyonlu romantik komedi tadındaki vedalaşma çok kısa sürebilir ve ben popoma baka baka yine BKM Mutfak'ın yolunu tutabilirdim. Eve geldim, o gazla bir skeç çektim, çok da iyi oldu. Meltem, Kaan Bey'i gösteriye davet ediyor, Kaan Bey de Kaan Sekban gösterisine çemkirip duruyordu. En sonda da ben Maslak'taki bahçeden herkesi gösteriye davet eden bir çağrı yapıyordum. Beyaz yaka skeçlerini koymak için en iyi saat hafta içi sabah 9'la 12 arasıdır. O yüzden ertesi sabahı bekleyip sabah 11 gibi yükledim. Sahne de benim arka odada telefonla çekerek kendim yaptığım dandik afişi kullanamayacağı ve yeni fotoğraf çektirmek için de zaman olmadığı için Ayşe Arman röportajı için çekilen yüzlerce fotoğraftan birini kullanıp basit ama güzel bir görsel hazırladı. Videoyu yükler yüklemez yorumları beklemeye başladım. Heyecandan kalbim duracak gibiydi çünkü bu taktiğin işe yarayıp yaramayacağına emin değildik hiçbirimiz. Sonra tek tek birkaç yorum düşmeye başladı:

"Hahaha çok iyi, üç bilet aldık geliyoruz!"

"Muazzam olmuş, ekipçe geliyoruz!"

"Ahahshs yöneticime aldırdım iki tane!.."

Bir yandan da Derya telefonuma on beş-yirmi dakikada bir güncel adet geçmeye başladı: "Yirmi beş adet... Elli iki adet... Yetmiş üç adet... Yüz yirmi adet..." Derken saat 14:00 olduğunda beş yüz biletin tamamı bitmişti! Ben gözlerime, kulaklarıma, ellerime, ayaklarıma, hatta beynimdeki nöronların hiçbirine inanamıyordum. Derya aradı hemen, o da sinirleri bozulmuş şekilde gülüyordu, çok güzel bir andı. Ben tabii ki bir öz pazarlama (self marketing) dehası olarak atladım: "Deryacığım şimdi akşama siz bir 'tüm biletler tükendi' görseli paylaşırsınız değil mi?" Bunu hem şovun marka değeri için gerekli görüyordum hem de -ve daha ziyade- dost düşman en çok da dostman, bütün kenafirler görsün istiyordum. Hatta bana kalsa o 'sold out' afişini bankanın karşısındaki panolara bile koyardım. "Tabii yahu paylaş mıyız!" diye cevap verdi Derya. Bu başarıyı görkemli bir şekilde kutlamalıydım. Hemen Ayşe'yi, Melike'yi, Banu'yu, Asım'ı bütün arkadaşlarımı arayıp haber verdim ve annemle güzel bir çay demleyip karşılıklı keyif yaptık. Üstelik bu gösteriden yaklaşık altı-yedi bin lira kazanacaktım. Gerçekten çok mutluydum.

Fakat ortada küçük bir sorun vardı: BKM Mutfak'taki gösterim otuz-otuz beş bilemedin kırk-kırk beş dakikaydı. Bu koca açık hava sahnesinde en az doksan dakika performans bekleyecekti seyirci zira bilet fiyatları da doğal olarak bir komedi kulübündekinden çok daha fazlaydı. Aslında Amerika gibi bu işin anavatanı ülkelerde tek kişilik stand up gösterisi en fazla bir saattir, ama işte bizden önceki nesil alıştırmış iki-üç saate, o yüzden ben de şimdi kırk dakika yapıp hoşça kalın diyemezdim. Hiçbir zaman da oturup kelimesi kelimesine şaka yazan biri olmadım, konuları belirleyip atarım kendimi sahneye, gerisi sahnede gelişir. Yine öyle yaptım. Mevcut şakalarıma biraz daha konu ekledim. Ailemi biraz daha işin içine kattım. Biraz da ülkedeki güncel olayları ekledim.

Gösteri günü geldi, yaz olmasına rağmen serince bir hava vardı. Siyah smokin ceketimi, altına alakasız siyah bir pantolonu geçirdim. İçime siyah penye. Hepsi siyah ama hiçbiri bir takımın parçası değil, toplama bilgisayar gibi çıktım kulisten. Ha pardon, bir de şapkam vardı tabii. O şapkanın ne işi vardı kafamda bilmiyorum, aslında kafamdaki açık bölgeyi (kel değil lütfen) kapamak için çok güzel bir yöntemdi. Evdeki canlı yayınlardan kalma bir alışkanlıktı şapka, nedense epey bir süre şapka takmaya devam ettim. Ancak ceket eskiydi ve saten yakaları biraz cortlamıştı. Kilom da vardı, o yüzden üstüme hiç oturmuyordu giydiklerim. Neyse bu gecenin tadını çıkarmalıyım diyerek kalbim ağzımda sahneye yürüdüm, yaklaşınca şapkamı taktım ve Mandrake gibi çıktım sahneye. O kadar güzel görünüyordu ki herkes. Bahçe de inanılmaz steril bir yeşil çimdi, siyah seyirci sandalyeleri müthiş düzenli yerleştirilmişti, sanki Beyaz Saray'ın bahçesinden halka sesleniyor gibiydim. O gecenin enerjisiyle sahnede de pek çok yeni şaka geliverdi aklımdan kupkuru olmuş ağzıma. Gösteriden sonra bu sefer çok daha kalabalık bir kitle kitap imzalatmak için gitmemiş, bekliyordu. Acayip bir görüntüydü. Gösteri tam doksan dakika sürmüştü, alnımın akıyla çıkmış gibiydim. İmza için kulisten tekrar çıkmadan hemen önce sahnede aklıma gelen şakaları cep telefonuma not ettim. Bir saat kadar da imza ve sohbet sürdü. Rüya gibi bir gecenin ardından müsameresi biten oğlunu bekleyen veliler gibi kapıda bekleyen annem ve babamla eve gittim. Hemen ardından bir gösteri daha koyduk, onun da biletleri bir iki günde tükendi! Benden mutlusu yoktu.

Her şey güzel gidiyordu. Bu arada Lale sahne işlerine karışmıyordu. Karışmıyordu çünkü o konularda bir uzmanlığı ya da deneyimi yoktu ve olgun bir tavırla "Ben bu işlere girmeyeyim, reklam, işbirliği, kurumsal etkinlik, röportaj onlarla ilgileneyim" dedi. Bir de asistanı vardı. Benim de işime geliyordu bu iş bölümü açıkçası. Diğer yandan yakın bir aile dostumuzla da muhasebe işlerini başlatmıştık. Serbest meslek makbuzum vardı artık! Uçana kaçana fatura kesebilirdim, kimseye bağlı olmaya ihtiyacım yoktu! Kimseye değil ama paraya ihtiyacım vardı. Çünkü kartlarım bana ben kartlarıma bakıyordum. Evet artık görece daha iyi kazanıyordum ama bu gösteriler ayda bir kere oluyordu. Benim hızla şirketlere, kurumsal etkinliklere gitmem, zirvelerde sahneye çıkmam gerekiyordu. Burada Lale'ye çok iş düşüyordu. Takipçi sayım elli bini geçmiş, ufak tefek güzel marka reklam işbirlikleri gelmeye başlamıştı. Ancak ben o işe mesafeliydim. Hemen reklam almaya başlarsam ardı arkası kesilmeyecekti, kolay para da vazgeçilmesi en zor şey bu camiada, biliyordum. Sadece bu camiada değil tabii her yerde. İddaa oynayıp köşeyi dönmeyi hayal eden bir milletiz biz, bu herkes için geçerli. Ama bunu yaparsam 'influencer' ya da 'internet fenomeni' olurdum. Bunlar kötü şeyler değil asla, sadece benim kendimi konumlandırmak istediğim şeyler değildi. Önce kendimi yapmaya çalıştığım şeyde kanıtlamam gerekiyordu. Orada başarılı olursam zaten en güzel reklamlar da markalar da hepsi gelirdi diye düşündüm ve gelen cağnım tekliflere hayır dedim. Uzun yıllar bu reklam orucum devam edecekti. Reklamdan gelecek paraya alışırsam bu sefer mizahta üretmek için kendimi zorlamam diye de korkuyordum. Bütün bunlar benim gibi harcamayı seven, batmakta olan bir eski bankacıdan beklenmeyecek soyluluklardı. Şirketlerden kurumsal işler de gelmeye başlamıştı. Ben her işe gitmek istiyordum. Her işe, kaç para verirlerse versinler gitmek istiyordum. Bu son derece amatör ve aç bir tavırdı. Ama annemlerin kalbine inmeden o kartları kapatmalıydım ki sonra da onların yine benim için yaptığı borçlara sıra gelsin. Bu konuda Lale ile fikir ayrılığı yaşadık. O benim kurumsal etkinlik kaşemin yüksek olması gerektiğini söylüyor, bense üçe beşe bakmadan hepsine gitmek zorunda olduğumu anlatmaya çalışıyordum. Bir iki iş de fiyattan kaçınca Lale beni karşısına aldı:

"Kaancığım bak Instagram reklamlarına nasıl karşı durdun, 'sabredeceğim daha iyileri gelecek' dedin; kurumsal işlere de böyle bak lütfen. Ayşe Arman'da röportajın çıktı, gösterilerin büyüdü, senin fiyatın en az 5-6 bin TL!"

Böyle senin fiyatın falan deyince de kendimi eskort gibi hissettim ve ne yalan söyleyeyim 6 bin de az geldi bu sefer. Şaka bir yana onu anlıyordum ama o beni anlamıyordu. Üstelik serbest meslek makbuzu kestiğim için üstüne Allah'ın cezası stopaj, KDV falan bir sürü şey ekleniyordu ve karşı tarafın maliyeti daha da artıyordu.

Diğer yandan Lale, sosyal medya paylaşımlarıma karışmaya başlamıştı. Aslında bir menajerin bu konuda söz sahibi olması ve çalıştığı 'ünlü' kişi Instagram'ını çöplüğe çevirip abuk sabuk tweetlerle Silivri'nin yolunu tutmasın diye uğraşması normaldi ama ben böyle bir müdahaleye hiç hazır değildim. Zaten koskoca bir banka kariyerini başkalarının üstümde bir otoritesi olmasın diye noktalamış eserekli bir ruhtum. Kimsenin hele ki yaşam alanım Instagram'ıma karışmasını kaldıramazdım. O sırada çok sevdiğim bir skeç çekiyordum devamlı olarak. Kalabalıkta dolaşıyorum ve herkes beni tanımış gibi insanları selamlıyorum. Sonra bir bakıyoruz ki kimse beni sallamıyor aslında. Bunu uçakta, metroda, her yerde çekiyordum ve çok da komikti o dönemim için. İzleyen herkes bir sonraki mekânın neresi olacağını merak ediyor, acaba biri tanıyacak mı diye gaza geliyordu. Bir sabah Lale aradı:

"Kaan bu tanınmama skecini artık çekmiyorsun canım, çok aynı oldu hep, burada oybirliğiyle verdik bu kararı bu arada!"

Oybirliği mi? İhtiyar heyeti misiniz, site genel kurulu mu? Oybirliği dediği de eski yayınevime gittiği bir gün orada açmış olmalı konuyu, herkes de sözde öyle düşünmüş! Bu tavır hiç hoşuma gitmedi. Ne yapacağımı da bilemedim ve inatlaşmamak için kaldırdım skeçlerin hepsini. Bozulduğumu anlayan Lale tekrar arayıp "Canım niye hepsini sildin, son koyduğunu kaldırsaydın, gerisi güzeldi canım yaa!" demesin mi? Yine de alttan aldım ve olayı büyütmedim. Bir iki gün sonra Lale PR işlerini yaptığı müşterilerinden biri olan tatlı bir kafede takipçilerimle kitap imza ve sohbet etkinliği yapmayı teklif etti. Hoşuma gitti bu teklif ve tamam yapalım dedim. Kafeye gittik, çok beğendim. Orada bir fotoğrafımı çekti ve "Bunu bence şu an paylaşabilirsin, sıkıntı yok" dedi. Sıkıntı var hem de çok büyük de sen görmüyorsun deyip çıkmak istedim ama bunu yapmadım tabii ki. Lale'nin çektiği fotoğrafımı güzel bir yazıyla paylaştım. Birkaç gün sonra iş çıkış saatinde etkinliği yaptık. Tatlı bir sohbet etkinliği oldu. Bundan ekstra bir para almadım. Aslında diğer tarafta Lale diğer müşterisine kıyak geçmiş oldu. Ben kendi kitlemle gelip orada etkinlik yapmış ve bunu da sosyal medyamda paylaşmıştım sonuçta. Daha güzel reklam olur mu? Etkinlik güzel geçmişti ama bunu bedavaya yapmak, sosyal medyama karışılması derken Lale ile işbirliğimizin geleceği hakkında kafamda nur topu gibi bir soru işareti vardı artık.

Kafedeki etkinlikten birkaç gün sonra arkadaşım aradı, çalıştığı firmanın çalışan etkinliğinde benim çıkmamı istiyormuş müdürü. Arkadaşım da olsa böyle bir durumda hep yapmak istediğim şeyi yaptım ve "Canım bunlarla menajerim ilgileniyor, ben numarasını vereyim, sizinkiler direkt onunla görüşsün istersen. Ben takip edemiyorum pek, ne olur yanlış anlama!" diye cevap verdim. Tatlı bir gülümsemeyle, "Tabii tabii, vay harikasın menajer falan!" diye karşılık verdi.

İlgili kişi Lale ile görüştü ve sonunda bir iş alabildik. Lale gururluydu ancak bu zaten arkadaşımın aracılığıyla çalıştığı firmadan direkt bana gelen bir işti. Ben hem etik olarak hem de kendimi ünlü sanarak bunu Lale'nin ofisine yönlendirmiştim ve onlar da fiyatı kabul edince ilk işimizi almış olmuştuk. Biletli sahne etkinliği yapmaya başladıktan sonraki ilk kurumsal etkinliğimdi ama tam olarak ne anlatacağımı bilmiyordum çünkü biletli etkinlikte anlattığım şeyleri anlatmak istemiyordum. O yüzden bunu biraz doğaçlama soru cevap gibi yapıp, sıkıştıkça sahnede anlattıklarımdan araya serpiştirdim. Çok güzel bir ekipti ve çok eğlendik. Fakat ondan sonra bir süre hiç kurumsal etkinlik teklifi gelmedi, gelenleri de fiyat yüzünden kaçırıyorduk. Bir akşamüstü canım sıkkın bir şekilde eve geldim, anneme fiyat yüzünden birkaç kurumsal iş kaçırdığımızı, Lale'nin yüksek fiyat verdiğini söyledim. Bu dertli halim banka müdürü emeklisi, eski vakıf başkanı, koca bir kanser atlatmış kalp hastası annemin içinde yatan cevval iş kadınını uyandırmaya yetmişti ve şöyle bir teklifle geldi:

"İçin rahat etmiyorsa benle çalış, ben sana yardım ederim. Hatta ablan da asistanın olur. İşlerinin görüşmelerini ben yaparım. İleride bir ofis de tutarız. Alacağın ödemeleri takip ederim. Ne dersin?"

O kadar arada kalmıştım ki, kafamda gittikçe büyüyen soru işaretinin ve karabasan gibi rüyalarıma çöken kredi kartı ekstrelerimin etkisiyle "Olabilir valla!" deyiverdim. Ama nasıl olacağı hakkında hiçbir fikrim yoktu. O gazla ve bolca panikle direkt bana gelen bir iki işi düşük bir ücretle, Lale'ye sormadan kabul ettim. Bu da yetmezmiş gibi Instagram profilimden

Lale'nin asistanına ait olan e-posta adresini kaldırdım. Bu yaptığım ne olursa olsun yanlıştı ve hiç şık bir hareket değildi. Nasıl bir panikle böyle bir hata yaptım, bugün hâlâ şaşırıyorum. Annemle nasıl çalışacağımız hakkında da en ufak bir öngörüm yoktu. Daha sonra Lale'ye uzun, aşırı kibar bir mesaj attım. Annemin destek olmak istediğini, benim de annemle çalışmayı denemeye sıcak baktığımı yazdım. Sonuçta sahne işlerimi kendim ayarlıyordum, ch makbuz da kesebildiğim için diğer işleri annemin yardımıyla ayarlayabilirim diye düşündüm. Lale'den bir süre cevap gelmedi. Bir süre sonra "İstersen ofise gel, konuşalım" dedi. Bu net ve soğuk cevaptan onu nasıl bir cinnetin eşiğine getirdiğimi tahmin edebiliyordum. O sırada düşük fiyattan kendim kabul ettiğim işlerden birine gitmiş, sosyal medyamda da çarşaf çarşaf paylaşmıştım nazire yapar gibi. Amacım bu değildi ama böyle anlaşılması için saha ve zemin ne yazık ki çok müsaitti. Son derece gerilmiş şekilde Lale'nin ofisine gittim. Öpüştük, sarıldık, her şey normal görünüyordu. Sonra asistanına dönerek, "Canım elimizde Kaan'la ilgili takip ettiğimiz iş neler vardı, bir onları Kaan'a söyler misin?" dedi. Asistan kızcağız bir iki dergi röportajı, bir Youtube konukluğu gibi şeyler sıraladı. Ben de hepsini dinledikten sonra aldım sazı en kibar halimle:

"Laleciğim, çok teşekkürler ilgine ama ben sana mesajda da yazdığım gibi bir süre kendim yönetmek istiyorum bu süreci. Hızla iş almam lazım, annemle babama daha fazla yük olamam. Bir süre annemle götürmeye çalışacağız. İş seçme lüksüm ne yazık ki yok. Şimdiye kadarki her şey için çok teşekkür ederim, müthiş şeyler oldu sayende."

Ben bu cümleleri kurarken Lale içindeki hayal kırıklığı ve siniri dudaklarını bükerek, kaşlarını kaldırarak gizlemeye çalıştıysa da konuşmam bittikten sonra ağzından dökülen ve suratıma tokat gibi çarpan kelimeler ayakta durması gittikçe güç hale gelmiş işbirliğimizi yerle yeksan ediyordu:

"Bu mudur yani? O kadar hayal kurduk, emek verdik, üç dört iş kaçtı diye, daha çok para kazan diye uğraştığımız için bırakıp gideceksin yani? Ben sana bir şey söyleyeyim mi hiç de öyle çizmeye çalıştığın iyi çocuk imajı sana oturmuyor. Son derece sahteydi o tavırlar demek ki! Biz bir sürü plan yaparken sen zart diye Instagram'dan iletişim kontağı olarak bizi siliyorsun. Neymiş annesiyle çalışacakmış. Çok yanlış yaptın bu kararı vererek, ne büyük işler getirecektik sana. Kusura bakma artık öyle işler gelmeyecek!"

Bir tepki bekliyordum ama bu kadarını beklemiyordum vallahi. Neye uğradığımı şaşırdım. Karşısında küçücük hissettim, küçücük ve dünyanın en iğrenç insanı gibi... Dokunsa ağlayabilirdim. Haklı olduğu noktalar vardı ama yine de profesyonel birisi bu lafları edip köprüleri tamamen yakmamalıydı. Benim en büyük hatam panikle o işleri almam, profilimden irtibat bilgimi silmem oldu. Bu beni arkadan iş çeviren, berbat biri gibi gösterdi. Ama hiç iş kaçırmasaydık da sonunda Lale ile yine yollarımız ayrılırdı, zira uzun vadeli bir işbirliği için onun müdahil tavrı ve benim aşırı bağımsız halim hep sorun olacaktı. Yine de bu şekilde bitmesine üzüldüm. Lale'nin ofisinde duran eşyalarım ve bazı kıyafetlerim vardı röportajlarda giydiğim. Sevgili evinden ayrılır gibi hepsini aldım, kollarımda torbalar, ayakkabı kutuları, buruk bir şekilde ofisten çıktım. Bankadan istifa ettiğim güne benziyordu hissettiğim duygular ama o kadar boşlukta değildim neyse ki bu sefer. Gayrettepe'nin nezih ve az insanlı ana caddesinde pazar görmüş teyzeler gibi ellerim dolu yürürken, köşedeki Starbucks'ı fark ettim, vaha görmüş bedevi gibi koşup güzel bir masaya kuruldum. Bankadayken ne zaman modum düşse dört elle sarıldığım en büyük boy soya sütlü chai tea latteden aldım. Ne de olsa on yıllık eski beyaz yakalıydım, Starbucks hâlâ kutsalımdı. Bir yandan da kara kara düşünüyordum, istese gerçekten bana gelecek işleri engelleyebilir miydi? Ya da bunu yapar mıydı gerçekten? Belki de kızgınlıkla söylediği şeylerdi. Peki ben kiminle çalışacaktım? Ya da biriyle çalışmalı mıydım? Bir komedyenin menajere ihtiyacı var mıydı ki? Cem Yılmaz'ın menajeri mi vardı sanki? Ya da Gülse Birsel'in? Menajerden çok işleri organize eden bir koordinatör gerekiyordu sanki. Fakat yurtdışında gördüğüm hep komedyenlerin menajeri olduğuydu ve komedyen menajerliği bambaşka bir alan oralarda. Sadece sana iş bağlayan değil, her gösterini izleyen, şakalarını analiz eden, çıkarman gereken, çok tekrar ettiğin şeyler konusunda seni uyaran, yapman ve yapmaman gereken işleri oturup senle tartışan bir menajerlik komedyen menajerliği aslında. Tabii öyle birini Türkiye'de bulmak imkânsız çünkü iki üç isim dışında zaten komedyen görmemiş ki ülke. Hangi menajer hangi komedyenle çalışıp deneyim kazanmış ki bu alanda? Ben yine de dört dörtlük olmasa da en azından 3/4'lük ya da en olmadı 2/4'lük birileriyle çalışmak istiyordum. O yüzden yeniden bir menajer arayışına girdim. Hazin bir süreçti...

Annem çok iyi niyetle, biraz da çalışma özlemiyle birlikte çalışma teklifi yapmıştı ama ben annemle ablamı bu sirkin içine sokamazdım. Sirk diyorum çünkü organizasyon ve şov dünyası koca bir sirk. Üstelik anne baba ile çalışan sanatçılar bana hiçbir zaman profesyonel gelmemiştir. Hem her şeyi geçtim ben onlara asla kızamam, tepki gösteremem, bir şey ters gittiğinde carlayamam, içime atarım bir sürü şeyi. Sorunlar olduğunda ki mutlaka olacak, birbirimizi çok yıpratırız diye düşündüm hep. Önümde çok uzun ve stresli bir yolculuk vardı ve annemi bu strese ortak edemezdim. Onlar bu işin sadece keyfini çıkarsın istiyordum. Kibarca, onu kırmadan ve biraz da doldurarak Lale ile geçen Aşk-ı Memnu finalinden hallice görüşmemizi anlattım. Çok sinirlendi tabii ve hışımla "Kimse benim oğlumun işlerini engelleyemez, gebertirim ben onları!" diye haykırdı. Annemin bu realiteden uzak olsa da şiddet içeren endişe verici yaklaşımı zaten birlikte asla çalışmamamız gerektiğinin de göstergesiydi.

Maslak'taki gösterilerin ve hâlâ etkisini devam ettiren Ayşe Arman röportajının rüzgârıyla ara ara gerek Instagram DM kutumdan gerekse cep telefonunu elime aldığım ilk günden beri değiştirmediğim telefon numaramdan bana ulaşan ajanslar ve benimle çalışmak isteyen insanlar oluyordu. Gözüm tutanlarla buluşmaya, acaba beni hak edecek kadar vizyonlular mı diye bakmaya gidiyordum:)

Nişantaşı'nda çok tatlı ofisi olan bir kadınla buluştum. Nişantaşı'nda olması ve ofisinin şahane dekorasyonu benden artı puanları toplamıştı. Ufak tefek, minyon, çok enerjik biriydi. Bana yaptığı projeleri, birlikte çalıştığı isimleri saydı. Kesinlikle vizyonluydu. Gelecekteki hayalleri yurtdışını da kapsıyordu ve bu benim için çok değerliydi. Yani ya vizyonuma çok yakın biriydi ya da beni çok iyi stalk'lamıştı. Çok geniş bir şirket ağı olduğundan bahsetti, şak şak şak diye hangi firmalara iş yapabileceğimizi anlattı. Çok büyük isimlerdi hepsi. Her zaman olduğu gibi hemen yükseldim. Muhabbet ederken hüplettiğim çay ve kahvelerin etkisiyle lavaboya gitmek için izin istedim. Buna da ayrıca hastayımdır. Lavaboya gitmek. Sanki yalağın içine yapacakmışız gibi hacetimizi! Neyse, bana 'lavabo'nun hemen içeride olduğunu söyledi, tuvalete girdim. Klozet kapağını kaldırmamla hayattaki en büyük korkularımdan biri gerçeğe dönüştü. Son kullanan sifonu çekmemişti! Ofiste bir tek o hanımefendi olduğu için ondan başkası bunu yapamazdı ama o küçücük çıtı pıtı kadın nasıl bu korkunç tablonun sorumlusu olabilmişti? Hemen oradan çıkıp kendisiyle yüzleşmek, öğrencisini azarlayan öğretmen gibi kolundan tuttuğum gibi tuvalete getirip "Nasıl yaparsın bunu? Hiç utanmadın mı? Sen de böyle yaparsan herkes ne yapmasın? Ağrı'da askerlik yaptım böylesini görmedim, utan be utan!" diye haykırmak ve onu eseriyle yüzleştirmek istedim. Bunun yerine tuvaletten çıkar çıkmaz acil bir haber almış gibi davranarak "Benim hemen kalkmam lazım, annem kapıda kalmış da, anahtar da bir tek bende var" diyerek yine içinde anne geçen bir yalanla kendimi dışarı attım. Kadın çok şaşırdı, "Hay Allah, mutlaka arayacağım, kontakta kalalım!" diye ekledi. "Kontakta kalmayalım zira sizin içinizden ne çıkacağı hiç belli olmaz!" diyemediğim için yalandan "Hı hı, tabii tabii, kesin..." gibi yarım ağızlı savuşturmalarla ofisi terk ettim. Tabii ki sifonu çekip ayıbını temizlediğim için bir daha asla görüşmeyişimizin sebebini asla anlayamamıştır diye düşünüyorum. Diyeceksiniz ki, "amma abarttın, unutmuş kadın ne var bunda, bir insanla köprüleri yakmak için geçerli bir sebep mi bu Kaan, ilahi!" Daha geçerli bir sebep olamaz inanın bana. Kadın da dünya tatlısı ama ne zaman konusu açılsa kadının yüzü değil o tablo geliyordu gözümün önüne ve bu şekilde ilerletemezdim kariyerimi üzgünüm. Bu saçma sapan, absürt olayın yarattığı ufak çaplı travmayı üstümden atmam epey zaman aldı.

Birkaç gün sonra ise bir zamanlar reklam dünyasının tozunu attıran bir bey ve birkaç arkadaşı ile buluştum. Arkadaşlarından Gizem Hanım bana Instagram'dan mesaj atmış, o beyin de içinde olduğu bir grup olarak benimle tanışmak istediklerini söylemişlerdi. Etiler'de asla tarzım olmayan, gündüz vakti baloya gider gibi süslenmiş kadınların ve ne iş yaptığı asla belli olmayan purolu andropoz erkeklerin gittiği bir mekânda buluştuk. Üstümde bir sweatshirt, eşofman altı, topik sıkılmamış saçlarımla ve 'benim olayım içerik, şekille işim olmaz' tavrıyla mekâna girdim. Sanki zengin züppelerin partisine düşen Ayşecik'mişim gibi tuhaf tuhaf baktılar önce. Sonra sohbete başladık. Reklamcı bey yaptıklarını anlattı; hangi kampanyaları yönettiğini falan. İnsanların tanışırken sürekli başarılarından bahsetmesini asla anlayamamışımdır. Normal şeylerden bahset kardeşim, zaten sohbetinden nasıl biri olduğunu anlarım ben. CV'ni dökmene gerek yok, zaten takdir edersin ki gelmeden ben senin her şeyini araştırdım. Sadede gel! Sonra buluşmayı ayarlayan hanımefendi araya girdi. Girmez olaydı:

"Cınım ben senin şimdi menajerliğini alsam diyorum. Sen her işi bana yönlendir direkt..."

Peki sen kimsin? Ve ben o kadar salak mı görünüyorum karşıdan? İstersen evin tapusunu da üstüne yapıp internet bankacılığı şifremi de sana vereyim? Acaba salaş kıyafetle geldiğim için beni Haydarpaşa'dan şehre şaşkaloz şaşkaloz bakan köylü Türk filmi karakteri mi sandılar? Yukarıdaki 'cınım' yazım hatası değil bu arada, gerçekten telaffuzu öyle kadının. Zaten bir 'canım'daki 'a'yı 'ı' yapandan bir de 'günaydın'daki 'd'yi 'z' yapandan korkacaksın. Ben de o noktadan sonra durumla eğlenmeye çalıştım:

"Ah harika bir fikir, ben nasıl düşünemedim. Şu an cevap veremediğim çok teklif var, hepsini size yönlendireyim en iyisi" diyerek hem kendimi eğlendirdim hem de hesabı kitlemeyi garanti altına aldım. Eğer orada uyuzluk yapıp yok çalışamayız falan deseydim mutlaka Alman usulü kalkardık masadan. Bu tipler kaz gelecek yerden tavuğu asla esirgemezlerdi ve ben ucuzcu düğün sahibi gibi masadan tavuk değil somon yiyerek kalkmıştım. Eve gelir gelmez de kadını direkt Instagram'dan, telefonumdan ve olabilecek her yerden engelledim. Şimdi düşünüyorum da acaba biraz fazla mı düşman kazanmışım?

Menajer görüşmeleri hiç iyi gitmediği gibi sahne tarafında da kafam karışmış vaziyetteydi. Metin'le çalışmamızı bir süre sadece

Anadolu'yla sınırlı tutalım demiştim ve mini turnemizin travmasını da atlatmak istiyordum. Yalnız Bursa'da tekrar o hamama girip terlemeye hiç niyetim yoktu, Antalya'da çıktığımız barda hiç boş gece yoktu ve biz de Ankara'da tekrar denemeye karar verdik. Yine IF Performans'ı ayarladık, ancak ramazan bitmişti ve saati daha erkene alabildik. Gösteri günü Ankara'ya gittiğimizde bilet adedimiz yine otuz beş kadardı. Çıldıracaktım. İstanbul'da kıyamet koparken, Başkent neden böyleydi? Ankara'ya geldiğimi hikâyelerimde gören bilet almış bir izleyicim mesaj attı o sırada:

"Kaan Bey akşam geleceğim, ... Bankası ... şubesi çalışanıyım. Diğer arkadaşlarımı ikna edemiyorum, gelip ikna eder misiniz lütfennn:) Sizi burada görürlerse şok geçirirler ve utanıp gelirler."

Normalde bir performans sanatçısının asla yapmayacağı bir şeydi ama artık şeytan mı dürttü melek mi bilmem, "Yarım saat sonra oradayım!" diye mesaj attım. "Sakın geleceğimi söyleme, şaşırsınlar!" diye de ekledim. Takipçim deliye dönmüştü sevinçten. Onun sevinci beni de yükseltti. Yirmi dakika sonra tak diye girdim şubeden içeri. Şok olmuşlardı, hemen yanıma toplandılar. "Bana bakın, niye gelmiyorsunuz bakayım akşam?" dedim, kısa süre bir mahcubiyet ve hemen ardından kopan kahkaha tufanı. Ben bunları söylerken ekipten biri hemen bilgisayarın başına geçip herkese bilet aldı. Etti mi sana +9 bilet! Oradan story attığımı gören başka bankadan başka bir ekip kendi şubesine çağırdı. Patt!.. Oraya da gittim, yedi bilet de oradan! Derken o gün tam yedi işyeri gezdim, resmen kredi kartı satan bankacı gibi kendi gösterime kapı kapı bilet satıyordum. O gece boş bir barda çıkmaya hiç niyetim yoktu. Metin şoka girmişti. Bankacılık kariyerimde yaptığım bütün şube ziyaretlerinden daha etkiliydi bunlar. Çünkü kendim içindi! Tabii bu agresif pazarlamanın etkisi toplam bilet satış adedine de yansıdı. Ziyaret ettiğim ekipler dışında internetten bu çılgınlığa şahit olanların gösteriyle ilgili merakı artmış olacak ki, gösteriye bir saat kala bilet adedi iki yüze dayanmıştı. Muhteşem bir gece yaşadık Ankara'da. Yine az kişiye mi oynayacağım diye endişelenen anneciğimi de sahneden görüntülü aramayı ihmal etmedim. Şahane bir gece geçirdik, iki saate yakın sahnede kaldım, salgıladığım serotoninin etkisiyle bir dolu yeni şaka çıktı ağzımdan. Bu gece benim sadece kendime değil Metin'e de olan güvenimi sağlamlaştırdı. Düşük geçen ilk mini turnemizin faturasını ona kesmek çok kolaydı. Ama gerçekten o mu ilgilenmemişti? Ben mi çok acele etmiştim? İzmir'de iyi giden bir şey neden Bursa'da cortlamıştı? Bu soruların hepsinin tarih olduğu ışıl ışıl bir geceydi Ankara gecesi.

Döndükten sonra Maslak'taki sahneyle karşılıklı oturduk. Genel müdür şöyle dedi:

"Bence artık sezonda içerideki büyük salonda yapabiliriz, seyirci seni çok sevdi, içeriğin de oturdu sayılır. Bin yüz kişilik salon seni bambaşka bir yere taşır hem."

"Yani Çekmeköy'den Etiler'e taşısa yeter fazla bir şey istemiyorum" demek çok istedim ama onun yerine yine ürkek, garantici, bankacı ve eşit ağırlıkçı yanım ağır bastı ve hiç duraksamadan: "Bilmem ki yapabilir miyim, ya satamazsak, yani bahçedeki gibi üç yüz-dört yüz satsak bile koca salon bomboş görünür, çok riskli değil mi?" diye sordum. Bir miktar daha ısrar ettikten sonra bunu denemeye tabii ki ikna olmuştum. Fakat açık havada yaparken olayın heyecanıyla çok önemsemediğim ancak işler büyüdükçe hoşuma gitmeyen bir problem vardı ortada: Sözleşme şartları benim lehime değildi. İstanbul'da başka yerde çıkamayacaktım, oysa Anadolu Yakası'ndaki takipçilerimin ısrarla çağırdığı, benim de çıkmak istediğim sahneler vardı. Herkes Allah'ın Maslak'ına gelmek zorunda mıydı canım; Allah'ın ve beyaz yakalıların. Üstelik bu tek sahne şartı beraberinde başımı döndürecek maddi imkânlar da getirmiyordu. Cirodan vergiler ve maliyet düştükten sonra kalan kârın sadece yüzde 30'u benim oluyordu. Yüzde 70'ini ise sahne alıyordu! Herhalde ben alt kadro olarak çıkacağım, benden sonra da genel müdürle Derya sahne alacak diye düşündüm. Bu saçma oranın başka açıklaması olamazdı. Ama varmış:

"Kaan anlıyoruz seni ama inan bu çok iyi bir oran, gösteri dünyasında oranlar hep böyledir." Gösteri dünyasında değil de olsa olsa İMÇ plakçılar çarşısında olur bu oran! Bence hatta bu da çok, siz akbilimi doldurun yeter! Gerçekten çok sinirlenmiştim. Beyaz yakadaki maaşı kuş kadar yapan vergi dilimi bile daha vicdanlıydı. Hayır bir de ben tek kişiyim, dekorum yok, orkestram yok. Tiyatrolar nasıl para kazanıyor, müzisyenlere ne kalıyor konserden sonra? SSK+yol+yemek mi? Ne yapacağımı bilemedim, hemen Metin'i aradım. Bu oranların normal olup olmadığını sordum. Tabii bir yandan da çaresiz bir izlenim vermek istemiyordum çünkü ona "biz seninle Anadolu'da çalışalım, İstanbul'u ben hallediyorum zaten" diyerek ukalalık etmiştim. Kuyruğu dik tutmalıydım. Aslında ukalalık değil de, biraz daha İstanbul dışında çalışıp anlamak istiyordum uyuşup uyuşmayacağımızı.

"Abi çok düşük oran vermişler, kabul etme derdim ama şimdi güzel gidiyorken rüzgâr bozma bunu. Çık orada sahnene ama sonra daha yüksek oran için diretmelisin, hele Anadolu Yakası'nı kesinlikle serbest bırakmalılar. İstersen ben sana Kadıköy Halk Eğitim Merkezi'ni ayarlayabilirim, onlar da görmüş olur satışların etkilenmediğini. İkisi çok ayrı seyirci kitlesi. Anadolu Yakası'nda beraber çalışırız Avrupa Yakası'na karışmam istersen" dedi Metin kafamdaki tüm soru işaretlerini gidererek.

Sahne yönetimine sesimi çıkarmadım. Kısa sürede bin yüz bilet de bitmişti. Ben şimdi bunun tadını çıkarıp oradaki tarihi performansıma odaklanmalıydım.

Okul Çıkışı Evin Salonundaki Kocaman Dünyamız ve Kafam Kadar Kameraya Sığmayan Hayaller

Lise yıllarım hayatımın en güzel, en yoğun, en duygusal ve kafamın en karışık olduğu dönemiydi. Okulumuz Korkmaz Yiğit Lisesi'ydi ve Korkmaz Yiğit'in Korkmaz Yiğit olduğu günlerdi. (Bu da ne demekse:)) Gerçekten de adamcağız eski Bebek Lisesi'nden küçük bir Robert Kolej yaratmıştı. Kabataş'ı kazanamayıp oraya gittiğim için ne şanslıydım! Bizim sınıfımız da kayıp gençliğin vazgeçilmez adresi eşit ağırlık sınıfıydı ve kimsenin ders umurunda değildi. Yolunu kaybetmiş enerjik, sorgulayan, aşırı komik ve sivilceli ergenlerdik. Dersler umurumuzda değildi ama herkes zekiydi. Hatta ara sıra hocaları da bu curcunaya ortak ediyorduk. Aynı zamanda kendimi aradığım, bulmaya çalışırken çoğu kez kaybolduğum, duygusal, fiziksel, zihinsel ve cinsel gelgitler yaşadığım yıllardı. Ama İpek Ongun'un *Yaş On Yedi* kitabı değil bu, o yüzden konumuza dönelim. En yakın arkadaşlarım Asım, Melike ve Elçin'di. Ama herkesle iyi anlaşıyordum. Hazırlık sınıfı hele tam bir anaokulu eğlencesiydi. Sadece İngilizce öğreniyorduk ve yıl sonu gösterisine hazırlanıyorduk. Arada Forrest Gump, Richie Rich gibi filmleri dublajsız ve altyazısız izliyor, İngilizce şarkılar ezberleyip hep birlikte söylüyorduk. Bazen hocalarımız bizi hemen bitişiğimizdeki Robert Kolej'in gösterilerine götürüyordu. Bazı yaşıtlarımızın bizden çok daha zeki, daha zengin ve daha şanslı olduğu gerçeğiyle yüzleştiğimiz ziyaretlerdi bunlar. Yine de okulumuza âşıktım. Öğretmenler gününde Amerikan tarzı partiler yapıyorduk, baharda okulun ev sahipliği yaptığı spor şöleninde herkes görev alıp çalışmaya can atardı. Okulun orkestrası her sene Milliyet'in Liseler Arası Müzik Yarışması'na katılır, biz de hep birlikte Akatlar Spor Merkezi'ndeki yarışmayı izlemeye gider, "Boğaz'ın İncisi, Korkmaz Yiğit Lisesi!" diye tempo tutardık. Okulun yarısı düz lise yarısı da süper liseydi. Düz liseye gidenler biraz daha düz tiplerdi. Erkekleri biraz kavgacı, kızları hafif fettandı düz liseli 'ağabey ve ablalarımızın'. Ağabey deme lazım olur deyişi tam bizim jenerasyon için geçerliydi. Çünkü düz lisenin son sınıfına giden 1979'lu 1980'li bıçkın abilerimiz, bizim sınıftaki buluğ çağının en tatlı dönemlerini yaşayan 1983'lü pek çok kızın hayallerini süslüyordu. Spor şölenleri ve dereceye girmenin yakınından bile geçemediğimiz müzik yarışmaları düzle süperin, ergenle yetişkinin, entelektüel bebelerle hayatın sillesini yemiş 'ağabey ve ablaların' kaynaştığı, farklılıklarımızla kucaklaştığımız ender zamanlardı. Tam o toz pembe günlerde çok sevdiğimiz bir sınıf arkadaşımız, writing (yazma) sınavından 78 aldığını öğrendikten sonra tuvalete gitmek için izin istedi ve bir daha gelmedi. Tuvalette beyin kanaması geçirmişti. Hastaneye kaldırıldı ve üç dört gün sonra vefat etti. Hepimiz hayatımızın şokunu yaşamıştık. Feleğimiz şaşmıştı. Ne şovun ne derslerin, hiçbir şeyin anlamı kalmamıştı kimse için. O, aynı zamanda benim yıl sonu gösterisindeki rol arkadaşımdı. Onun balıkçı babasını canlandırıyordum. O kadar acayip bir his kapladı ki içimi, ondan sonra yerine gelen arkadaşımın gözlerine uzun süre bakamamıştım provalarda. Belki hazırlık sınıfında yaşadığımız bu travmanın ve kendimizi sözelcilerin aruz vezni dolu dünyasından, sayısalcılarınsa türev integral bataklığından kaçırıp güvenli bir liman olan eşit ağırlık sığınağına doluştuğumuzdan hayatı hep hafife alan bir sınıf olduk. İşte böyle bir ortamda benim en yakın arkadaşlarımdan biri Melike'ydi. Çocukluğumdan bugüne hayatımın her döneminde adeta hayatı benim için bambaşka hale getiren, neredeyse sadece geyik yapıp güldüğüm, eminim ki bugünkü mizahımın şekillenmesinde rolü olan karşı cinsten kahkaha kankalarım oldu hep. Çocukluğumda yazlığımızın olduğu Çınarcık'taki Damla, ortaokul yılları boyunca her saniye beraber gülmekten altımıza işediğimiz Nihan, lisede Melike, üniversite ve sonrası dönemde Ayşe... Hepsine minnettarım. Melike çılgın, çok renkli, biraz asi, her zaman okul forması dışında bir şeyler giyip takıp takıştıran, yaşının hem çok ilerisinde hem de çocuk gibi neşesiyle benim o yıllardaki sırdaşım ve yoldaşım oldu. Çok yaratıcı ve sanatçı ruhluydu, sesi güzel, kendi güzel, çizimleri güzel, hikâyeleri güzeldi. Her birimiz gibi onun da tabii ki dört dörtlük değildi hayatı. Ama kendini hep yükseltip her zaman etrafa neşe saçmasını biliyordu. Ben biraz daha sorumluluk sahibi iyi aile çocuğu modeliydim. Derslerine çok çalışıp takdir getiren, hocalara duruma göre ufak şirinlikler yapan ama bir yandan da bu kalıptan kurtulmaya çalışan sivilcesi bol bir bireydim. Ama epey yakışıklıydım ha! Neyse... Melike benim kendimi serbest bıraktığım özgür bir alan gibiydi. Her şeye bomboş gülebildiğim, en depresif anımda bile yanımda gerekirse hiç konuşmadan duran eşsiz bir eşlikçiydi.

Bu çılgın ve görece özgür neşeli lise ortamında hiçbir zaman sapıtan bir gençlik olmadık. Sigara, uyuşturucu, alkol, gece çıkmaları vs. yakınımızdan bile geçmedi. Bizler iyi yetiştirilmeye çalışan, asgari bir entelektüel seviyeyi tutturmuş orta sınıf ailelerin hayal gücü zengin çocuklarıydık. Az önce saydığım şeyler, zengin ve ilgisiz ailelerin bahtsız çocuklarının dertleriydi. Şöyle söyleyeyim, yaş günümde en büyük isteğim olan oyuncak su tabancasının Melike daha büyüğünü Asım da bir küçük boyunu birbirlerinden habersiz aldılar diye küsmüşlerdi bir-

birlerine. Husumet seviyemiz buralarda, düşünün. Sigara, alkol bize millet ittifakı iktidarı kadar uzaktı. Melike'yle en büyük üç eğlencemizden biri okul çıkışı otostop çekip arabanın götürdüğü yere kadar gitmek, diğeri arkadaşımız Vuslat'ın annesinin Rumeli Feneri'ndeki balıkçı lokantasında ziyafet çekmek ve sonuncusu da okul çıkışında bizim eve gelerek yardımcımız Hürriye Teyze'nin yaptığı yemekleri yiyip babamın senetli taksitlerle aldığı kafam kadar kamerayla şebeklikler çekmekti. Ne kadar saçma şeyler çekip eğlendiğimizi size anlatamam. Annem de babam da çalıştığı için okuldan geldiğimiz akşamüstü saat 4'le 7 arası günün en mükemmel zaman dilimiydi. Kimi zaman yemek tarifi programlarını taklit eder kimi zaman sıkıcı söyleşileri tiye alır kimi zaman da pop kliplerini gömerdik. Kendimizi eğlendirmemiz bittikten sonra Melike Dikilitaş'taki evimizden çıkar, Yıldız'a yürür, oradan Sarıyer minibüsleriyle evine giderdi. Bir gün ancak dünya çapında bir komedyen olursam o kasetleri yayınlayabilirim zira Türkiye'deki kariyerimi bitirebilecek kadar absürt ve korkunç şakalarla bezeli hepsi. Kameraya çektiğimiz şeyler öylesine işlemişti ki beynime, lise bitip üniversiteye başladığım ilk yıl, Melike'nin doğum gününde ona sürpriz yaparak aynı kamerayı sırtıma yükleyip, hayatındaki hemen herkesi tek tek bulup 'Deli Dolu Hayat Melike Çerçi' belgeselini çekmiş, annemin o zamanki çevresini kullanarak bir televizyoncu arkadaşının yardımıyla, bir müzik kanalının reji odasında çektiklerimi montajlatıp, Beşiktaş'ta kiraladığım mini mini sinemada ona ve arkadaşlarına sürpriz gösterim yapmıştım. Yaş 19:)

Çok değişik bir arkadaşlığımız vardı Melike'yle. Mesela bir sabah okuldan önce kahvaltı edelim diye Beşiktaş meydanında buluşalım diye sözleşmiştik. Tabii çok uzaktan geldiği için muhtemelen 6'da falan kalkması gerekiyordu ve yetişemediği için gelemedi. Cep telefonu da yok o zaman, eh ben de sabahın köründe evini arayamam. Mal gibi beklemiş, gelmeyince de ilk derse zar zor yetişmiştim. Sınıfta Melike de yoktu. Hasta falan olmadıysa derse de geç kalacak diye düşünürken kapıyı tıklatıp çat diye içeri girdi kocaman bir çiçek buketiyle! Kırıldığımı ve kızacağımı bildiği için çiçek yaptırmış harçlığıyla, üzerinde de "Kaan nolur beni affet, Pretty Woman" yazılı bir not. Pretty Woman esprisi de benim onu hep Julia Roberts'a benzetmemden kaynaklanıyordu. Beni de ezelden beri Kevin Spacey'e benzetirler. O bana Kevin ben ona Julia diye diye şizoid hitaplarla geçti hep lise yıllarımız.

Her gün okuldan döner dönmez CNBC-E'deki gençliğimizin başyapıtı Dawson's Creek'i izler, dizi biter bitmez birbirimizi arar, bütün gün okulda konuşmamış gibi bir saat de telefonda dizinin kritiğini yapar, Dawson'la Joey'i gömer, Jen'i yüceltir, Pacey'i tekinsiz bulduğumuz için burun kıvırırdık. (Nitekim kariyeri de en parlak olan Jen'i canlandıran Michelle Williams oldu zaten, biz anlıyoruz bu işten şekerim, yok vallahi anlıyoruz!)

Yersiz bir özgüveni vardı ve ben buna bayılıyordum. Bir okul çıkışı Asım, Elçin, Melike ben otostopla Yeniköy'de bayıldığımız pizzacıya gittik. Pizzaları yiyip karşıdaki parkta tahterevalliye binerken, o bölgenin serserimsi çocukları geldi. "Şşşşt inin lan aşağı! Hadi naşş!" Biz tabii ki Asım'la erkekliğin onda dokuzu kaçmaktır ilkesinden hareketle hemen kalktık ve parkı terk etmeye koyulduk. Elçin de bizimle geldi, Melike de hemen arkamızdan geliyor ama gelirken de şuursuzca naralar atıyordu: "Kim ki onlar ya? Onlar kim ya? Kim kimi nereden kovuyo yaaa?" Neyse ki saniyesinde imdadımıza koşan 40 S'ye binip idealizmin kimseye fayda sağlamayacağı bu eşsiz anı akışına, parkı da serserilere bıraktık.

Lise boyunca hiç kavga etmediğim, aksine hep ama hep güldüğüm Melike'yle en saçma durumu mezuniyet balosundan önce yaşadık. Dünyanın en büyük kumpasına nasıl maruz kaldığımı ve dünyanın en kaypak insanı olduğumu öğrenmeniz umarım bana olan sevginizi azaltmaz! İşte Deniz Baykal'ınkini bile gölgede bırakacak kaset skandalının detayları.

Mezuniyet yaklaşıyordu, yıllık yorumlarını herkes birbirine vermiş, Zümrüt'te kafa yana eğik, dünyanın en saçma pozları verilmiş, Zümrüt fotoları anı olsun diye değiş tokuş yapılmış, üniversite sınavının bir an önce gelip geçmesi ve yıl sonu balosunda hayvanlar gibi eğleneceğimiz o gece için geri sayıma geçilmişti. O sırada hazırlık ve lise 1'i birlikte okuduğumuz, lise 2'de bölümlere ayrılınca beş idealist kız öğrenciyle sözel sınıfına yazılan başka bir yakın arkadaşım (ve hazırlıkta ilk çıktığım kız olan, haha çıkmak:)) Ceren de baloya birlikte gidip gitmeyeceğimizi sormaya başladı. Ceren'le çıktığımız çok kısa ve çok çocuk dönemde onu Fulya'daki evine yürüyerek bırakırken ilk kez yanağından öpmüş, o eve girdikten sonra da annemin çalıştığı Türk Kalp Vakfı binasına yürürken sevinçten ve dalgınlıktan kulağıma park halindeki bir arabanın anteni girmişti! Canımın hiç o kadar yandığını hatırlamıyorum. Hemen acı içinde kendimi vakıf binasına atmıştım. Kalp Vakfı'ndaki KBB doktoru kulaklarıma bakıp hiçbir sorun görmemişti ama bir gün sağır olursam sebebi kesinlikle o densiz ve hadsiz antendir biline! Neyse o günlerden beri baloya birlikte gitmek bizim en tatlı geyiğimizdi. Ne olursa olsun baloya birlikte gideceğiz diye söz vermiştik birbirimize. Aman baloya gitmek dediğim de beni annemler Beşiktaş'tan Gayrettepe Dedeman'a arabayla bırakacak, geçerken de Ceren'i alacağız işte! Yani öyle Amerikan filmlerindeki gibi limuzinle almalar falan neredeee... Fakat diğer yandan da özellikle son iki yılda aşırı yakınlaştığımız Melike'yle aynı hayalleri kuruyoruz! Ve ben asla karar veremiyorum, daha doğrusu karar demeyeyim de hangisini seçeceğimi, bunu diğer kişiye nasıl söyleyeceğimi asla bilemiyorum. Tarih yaklaştıkça da bu gittikçe zorlaşan durumu idare etmekte zorlanıyorum. İşin en rezil yanı, Melike'yle konu açılınca "Ya Ceren de baloya benle gitmek istiyor ama ben tabii ki seninle gideceğim. Ama nasıl söyleyeceğim bilmiyorum. Şimdilik 'tabii tabii, hı hı evet' deyip geçiştiriyorum, bir yolunu bulacağım" diyorum. Ceren'le birlikteyken konu açılınca da "Off Melike de gidelim gidelim deyip duruyor, ben tabii ki senle gideceğim, ama bir karambole getirip söyleyeceğim artık merak etme" diye kapatmaya çalışıyorum. Ara ara ikisi de ayrı ayrı bana gelip "Kaan Melike'yle konuşabildin mi?", "Ceren hâlâ onunla mı gideceğini sanıyor?" gibi sorular sorup anksiyetemi doruklara çıkarıyorlardı. Sophie'nin Seçimi'nden bile daha zordu baloya kiminle gideceğime karar vermek. Neyse ki gerçeklerin bir gün ortaya çıkmak gibi bir huyu vardı ve bizim gerçeğimiz daha doğrusu benim rezilliğim çok geçmeden kusursuz bir kaset skandalıyla ortaya çıktı. Bir gün Melike ve Ceren beni kütüphaneye çağırdılar. "Sana bir şey dinleteceğiz şimdi ama bu sana olan sevgimizi azaltmayacak merak etme" dediler. Çok korktum ama bunun benim kavalye kaypaklığımla ilgili olabileceğini hiç düşünmedin. Ta ki Melike play (oynat) tuşuna basana kadar! Melike'yle Ceren de yakın arkadaştı ve kendi aralarındaki sohbetlerde benim ikisine de umut tacirliği yaptığımı fark edip kusursuz bir plan yapmışlardı. Bilinçli olarak beni bu konuda ayrı ayrı konuşturup bunları forma hırkalarının içine sokuşturdukları kolum kadar ses kayıt cihazına kaydetmişlerdi! Düşünebiliyor musunuz beni karşılarına alıyorlar ve ben bütün kaypaklığımla ikisine de mavi boncuk dağıtıyorum! Çok utanmış, yerin dibine girmiştim. Kayıtları dinlettikten sonra bu konuya son noktayı koydular: "Kaancığım iyi niyetinden böyle yaptığını ve ikimizi de çok sevdiğini biliyoruz. O yüzden kırılmadık sana. Ama ikimiz de senle baloya gitmeyeceğiz, kusura bakma." Hak etmiştim bunu ama gerçekten de kötü niyetim yoktu. Kimseye hayır diyememe hastalığım o günlerde başlamıştı sadece. Zaten baloya biriyle gitmenin, hele ki sevgilin değilse, o insan için hiçbir esprisi yoktu. Kimse de sınıfta birbiriyle sevgili değildi. Çok garip bir şey gibi gelecek söylediğim ama sanki cinsiyetsiz bir avuç ergendik hepimiz. Ben de daha sonra baloya bizim eve çok yakın oturan Sevgi'yle gittim. Ama tabii ki bütün gece Melike ve Ceren'le eğlenecektim. Ve öyle de oldu.

Kasetlere Vefa ve Şov Dünyasının Acı Yüzü

Bin yüz biletin hepsi satıldığı için Metin'den de aldığım tavsiyeyle artık ilk gösteri için yüzdeye falan takılmadan performansıma odaklanmıştım. Bu daha yedinci sahneye çıkışım olacaktı ve şimdiden en kalabalık gösterimdi. Ufaktan değil epey büyükten tırsıyordum. Ve bu tırsma yetmiyormuş gibi programı sadece o geceye özel bir renkle açarak kalp krizi geçirmek için bütün şartları oluşturmakta kararlıydım. Bu sefer geceyi her gösteriden önce söylemeye çalıştığım Caberet müzikalinin şarkısıyla değil gerçekten anlamı olan bir şarkıyla ve benim için anlamı olan biriyle açmak istiyordum. Tabii ki çocukluk hayallerimin en tatlı ortağı Melikeciğimin kapısını çaldım. Melike'yle bankadaki birkaç yılım hariç hiç kopmadık. O da kendisinden beklendiği gibi oyunculuk ve sanat dünyasına kendini atmıştı. Her oyuncu gibi kimi zaman hit işlerde yer alıyor kimi zaman köşesine çekiliyordu. Ama hep benim lisedeki kankam Melikemdi. Aramızdaki muhabbet, sohbet şekli, mizah mizacı hiç ama hiç değişmedi. Şarkı olarak da en son bankanın son yılında New York'taki müzikal atölyesi kaçamağımın son gününde kredi kartımın tüm limitini dolduran Tony Bennet-Lady Gaga konserinde izleyip ve dinleyip hayran kaldığım They All Laughed (Hepsi Gülüp Geçmişti) isimli klasiği seçmiştim. Şarkının ana fikri 'kimsenin ne dediğine inanma, Edison'a da, telefonu bulanlara da, uçmayı keşfedenlere de hep gülüp geçmişlerdi zamanında' minvalinde bir şeydi ve bana çok uyuyordu. Hemen konuya girdim, "Melikeee bu geceyi benimle açar mısın? Hem çok eğleniriz hem de çok güzel bir anımız olur. Zaten ben çok heyecanlanırım, sen sesinle beni kurtarırsın cortlarsam!" diyerek hayır deme ihtimaline karşı dolmaları vermeyi de ihmal etmedim kendisine. Lafım biter bitmez atladı:

"Ya Kaaannn!.. Duygulandım... Ay! Bak ya duygulandım." Bu Melike'nin evet deme şekliydi. Gözleri dolmuştu. Benim de gözlerim doldu demek çok isterdim ama hastalık derecesinde disiplinli ve takıntılı bir Oğlak olarak gözleri doldurmaya, burunları akıtmaya, mendilleri kirletmeye vakit yoktu. Zaman deli gibi çalışma zamanıydı. Çok az süremiz vardı ve şarkı çok da kolay değildi çünkü herkesin bilmediği bir şarkıydı. Yani oraya çıkıp Fly Me To The Moon söyleyecek halimiz yoktu! Herkesin bilmediği şarkılar her zaman avantajdır, nerede şaşırdın, neyi unuttun, kelimeyi salladın mı senden başkası bilmez. Ama sen de şarkıyı herkes gibi o kadar iyi bilmediğin için ezberlemesi zordur. Hemen çalışmalara başladık ve tabii ki çoğu kez gülmekten şarkıyı bitiremedik. Her seferinde ya girişimizi kaçırıyor ya sözleri unutuyor ya da tona çıkamıyorduk. Çok çok affedersiniz halt mı vardı da bu şarkıyı seçmiştim? Bu arada işin trajik yanı, tabii ki orkestra falan söz konusu bile değildi. Sahne öyle bir şeye asla yanaşmazdı. Kuş kadar yüzde 30'umla da orkestranın bateristinin bir davulunu bile kiralayamazdım. Ama bu fikir çok hoşlarına gitti. Eh gider tabii, hiç yoktan ekstra içerik üreten, bütün biletleri bitmiş bir komedyen! Orkestra olmadığı için müziği kayıttan verip üstüne biz canlı söyleyecektik. Diğer bir deyişle, hoş geldiniz dünyanın en zavallı eğlencesi 'karaoke'ye!

Ben Oscar Peterson'un (çok meşhur bir caz piyanisti) piyano altyapısını buldum. Onun üstüne söyleyecektik. Ama o kadar trajikti ki durum, o versiyon en kullanılabilir ve bize uygun versiyondu ama adam notalarla dans ettiği için şarkının en düz ve kolay bölümü şarkının ikinci yarısıydı. Onu aldım I Movie programına attım, sonra yarısını kestim, orada da bir geçiş var asla kesilmiyor, onu ses dosyasına çevirdim, allem ettim kallem ettim bizim gibi iki amatöre uygun bir hale getirdim. Fakat ne yaparsam yapayım aradaki geçişi tam kesemediğim için müzik şarkının ortasından girecekti ama tabii ki ve inşallah kimse bunu fark etmeyecekti.

Gösteri günü geldi. Ben neredeyse karın tokluğuna muhtemelen Cem Yılmaz'dan, Ata Demirer'den falan sonra ilk kez kocaman bir salonu doldurduğum için genel müdür ve sahne yönetimi kesenin ağzını açmıştı! Yanlış anlamayın, bana değil ikramlara. O gün akşam saat altı sularında sahneye geldim, kulise girdim. Girmemle yaşadığım şoku anlatamam size. Zaten en büyük kulisi ayırmışlar, benim zamanında topraktan değil molekülden girdiğim Kurtköy'deki 1+1 evden daha büyük. Kulisin içi kapıdan tuvalete kadar sandviçler, kanepeler, börekler, çörekler, pastalar ve içkilerle dolu; viskisi birası kahvesi votkası ne ararsan var. Yahu yedi sülalemi doyuracak kadar çok şeyi alabiliyorsanız bana niye kuş kadar para veriyorsunuz? Yani şuradaki ikramları gidip bir yerde bozdurup parasını alsak benim oran direkt yüzde 50'ye çıkar şakasız! Hayır sonra kim yiyecek bu kadar şeyi, yazık günah, hep atılacak geceden sonra. E varoş gibi onları sarıp eve de götüremem, zaten götürsem hangi birini götüreceğim? Kulis yeniyetme komedyen Kaan'ın kulisi mi, Maksim'de sahneye çıkan Emel Sayın'ın kulisi mi belli değil.

Saat altı buçuk gibi Melike geldi. O da şok oldu. "Ay Kaaannn bunlar neeee?" naralarıyla şaşkınlığını gizleyememişti. (Hayır zaten niye gizlesin:)) Çok özenmişti. 1930'lardaki swing dansçılarını andıran bir stil yapmıştı kendine ve buna uygun bir peruk çıkardı bohçasından. Kıyafetini giydi, ben de tatlı bir smokin almıştım kendime, artık iki beden dar eski takımlarla işim olamazdı. İkimiz de bayramlıklarını giyen küçücük çocuklar gibi şen ve muzurduk. Sürekli birbirimize bakıp kıkırdıyorduk. Üstümüze her bir parçayı giydikten sonra ağzımıza bir mini pizza, börekçik ve gluten içeren bilumum başka şeyler atmaya başladık. Heyecan ve anksiyete şeker dengemizi bozmuştu. Şarkıyı son kez tekrar ettik ve yine tam olmadı. Şarkı hiçbir provada asla ve asla tam olmadı. Ben de o noktada artık gerilmeyi bıraktım zira bu gece hiçbir performans kaygısına yer bırakmayacak kadar kusursuzdu. Giyinmemiz bitince aynada birbirimize baktık. Bu sefer benim gözlerim doldu. Ne olursa olsun hayatımıza muazzam bir anı katmak üzereydik. Derya geldi, o da gözleri ışıl ışıl olmuş şekilde bize bol şans diledi. Derya genel müdürün yardımcısıydı ama asla kraldan çok kralcı tiplerden değildi. Yanıma yaklaştı, "Seni anlıyorum ama takma kafanı orana falan artık, çok güzel bir gece yaşatacaksın birazdan. Sen zaten birkaç gösteri üst üste doldurunca elin daha güçlenecek, ben senin yanındayım merak etme" diyerek iyi niyetle beni telkin etmeye çalıştı ancak yaptığı benim zaten o heyecanla unutmuş olduğum oran konusunu yeniden hatırlatmaktan başka şey değildi. Acaba sahnede bir anda herkese dönüp "siz geldiniz bilet aldınız ama o paralar nereye gidecek biliyor musunuzzzz!" diye delirsem nasıl olurdu? Allah korudu neyse ki.

Sahne anı geldi çattı, müzikle önce ben çıkıp kendi ilk bölümümü söyleyecektim, hemen ardımdan da perde arkasından

Melike çıkıp kendi bölümüyle devam edecekti. Aslında gecenin sürprizi Melike'ydi. Perdenin arkasındaki yerimizi aldık. Perdenin arkasına gelince kulağa gelen ama kalbi perişan eden o seyirci uğultusu var ya... Allah isteyen herkese nasip etsin diyorum bir kez daha! Seyirci anonsu yapıldı, ışıklar karardı, muhteşem müziğin benim düzenlediğim aşırı dandik versiyonu girdi, perdenin arkasından fırlayıp şarkıyı söylemeye başladım. Kocaman bir alkış tufanıyla selamladı seyirci beni. Hemen ardımdan Melike fırladı sahneye, onu da aynı şekilde alkışla karşıladılar. Masa tenisi gibi bir düet oluyordu. Zaten şarkı çok anlamlı ve hareketliydi, bir o giriyor bir ben giriyordum sözlere. Kendimizce saçma sapan, zararsız ve amatör koreografiler sergilemeye başladık. Bir anlığına seyirciler, sahne her şey yok olup sanki sadece çocukluk arkadaşımla ben kaldık sahnede. Özellikle o kendi bölümlerini söylerken bir bir gözümün önünden geçti o ses kaydını bana dinlettikleri kütüphane, sınıfa girip yerine geçerken yanıma atıverdiği o koca çiçek buketi, bizim evde çektiğimiz kasetler, kurduğumuz bütün hayaller... Sanki sahnede değil de gerçeklerle hayallerimiz arasında arafta bir yerdeydik o an. Şarkı bitti, ilk kez baştan sona hatasız ve aksamadan söylediğimiz andı o an. Büyük bir alkış aldık, tabii kibarlıktan mı yoksa beğendiklerinden mi bilemem ama bence aramızdaki dostluk ve kendini gerçekleştirme enerjisi seyirciye geçmişti kesinlikle. Melike'den kısaca bahsedip kendisine teşekkür edip bir kez daha alkışlarla kulise uğurladım. Gösteri çok güzel geçti, birçok yeni şaka çıktı yine. Hepsinden öte, tabii en kalabalık gösteri olduğu için sonrasındaki kitap imza kuyruğu da efsane uzundu. Kulisten çıkar çıkmaz bekleyen seyircilerimin yanına koştum. O kadar uzun bir kuyruk vardı ki, neredeyse kimse gitmeyip gecenin o saatinde beni beklemiş gibiydi. Oturup tek tek herkesin kitabını imzalayıp sohbet ettim. Selfie'ler çektirdik, daha çok, daha çok güldük. Sanki gösterinin 'after party'si gibiydi yaşananlar. Son bekleyen seyirci de gittikten sonra yorgunluktan bitap düşmüş şekilde kulise geldim. Birkaç yakın arkadaşımız, Melike ve ben gecenin 1'inde bitirilmesi imkânsız yiyecek ve içecekleri mideye indirmeye başladık. Tabii ki yüzde 10'unu bile bitiremedik. Melike bazılarını kedilere vermek üzere aldı. "Ah hepsi atılacak, yazık günah bu kadar israfa ya pes!" nidaları eşliğinde koca bir salonu gülmekten kırıp geçirmiş bir komedyenden ziyade üç aylığını yeni almış teyzeler gibi söylene söylene mekânı terk ettim.

Her şey güzel gidiyordu gitmesine ama ben bu düşük oranları kendi gururuma asla yediremiyordum. Sahne yönetimiyle konuşup çok ısrar edince Anadolu Yakası'nda beni azat etmeyi kabul ettiler. Metin hemen Kadıköy Halk Eğitim Merkezi'nde gösteri ayarladı. Biletler de beklediğimiz gibi satışa çıktıktan iki gün sonra tükendi. Bu sırada Metin'e Maslak'taki sahneyle yollarımı ayırmak zorunda kalırsam Avrupa Yakası'nda bana sahne ayarlayıp ayarlayamayacağını sordum. Tabii ki gözüm, açıldığından beri fırsat buldukça gittiğim, şehrin en gözde performans sanatları merkezi Zorlu'daydı. Ama "Oraya daha yolumuz var" dedi Metin. Oranın çocuk tiyatrosu işlerini yapıyordu uzun süredir. Esas işi de buydu. Tabii o da bir yetişkin sanatçıyla devamlı çalışarak kendini kanıtlamak istiyordu haklı olarak. Aslında Metin'le birbirimize tam ihtiyacımız olan dönemde karşılaştık. Bana Avrupa Yakası'nda Trump Sahne, Beyoğlu Grand Pera gibi sahneleri kolayca ayarlayabileceğini söyleyince Maslak'taki abiye karşı elim biraz daha rahat hale geldi. Bir gösteri daha koymuştuk orada, biletleri yine bitmişti ama ben bu sefer kararlıydım. Bu oranların değişmemesi halinde gösteriden sonra güzel dileklerle ve medenice yollarımızı ayırmayı teklif ettim. Tıpkı bankada yöneticime yaptığım blöf gibi bu da çok işe yaradı ve oranlar asla değişmedi:) O gösterim oradaki son gösterim olacaktı. Bir yandan blöf yine elimde patladı diye kendi kendime gülüyor bir yandan bütün salonu dolduran birini nasıl bu kadar kolay gözden çıkarabildiler diye şaşırıyor bir yandan da kariyerimin ta en başında koca koca sahnelerin maymunu olmadığım için kendimle gurur duyuyordum.

Oradaki kelebek ömrü kadar kısa 'şöhretimin' son gününde yine akşam altı sularında sahneye gittim. Kulise geçmeden sesçi arkadaşla mikrofon kontrolünü falan hallettik. Derya o gün gösteriye kalmamıştı. Genel müdürü de yoktu diye hatırlıyorum. Varsa da benim için yoktu:) Sahnede o akşam genel bir başıboşluk hâkimdi. Sanki birazdan bin kişi gelecek gibi değil de mekâna haciz gelmiş, herkes eşyalarını topluyor gibi bir atmosfer vardı. Neyse, dedim kulise geçeyim, geçerken de içimden "inşallah bu sefer o kadar yemekle donatmamışlardır, ama donatmışlarsa da artık bu sefer alabildiğim kadarını alıp götürürüm, atılmasına göz yumamam" diye geçirdim. Ben geçen seferki büyük kulise doğru yürürken görevli arkadaş uyardı: "Size şu taraftaki kulis ayrıldı Kaan Bey." Şu taraftaki dediği daha küçük olan kulis. Benim için hiçbir önemi olmayan bir durum. Kulis temiz ve tuvaletli olduğu sürece benim için sorun yok ki zaten gıcır gıcırdı her kulis. Kulise bir girdim, geçtim ikramı poğaçayı böreği, bir şişe su bile yoktu. Gözlerime inanamadım. İnanamadığım şey tabii ki 'kulisim nasıl boş olur' kaprisi değildi. Anlaşmamız bitince bana sergilenen tavırdı. Sanki o bomboş kulisin duvarında kimsenin görmediği ama sadece benim gördüğüm kocaman bir 'zıkkım iç!' yazısı var gibiydi. Ben zaten hiçbir zaman kulisine gereksiz şeyler isteyen, onları sonra çantasına doldurup evine götüren tiplerden olmadım. Ama insan en azından bir çay kahve, iki gram kuruyemiş, biraz da su bırakırdı yahu!

Vay be dedim, demek bu piyasa böyle. Sömürtürsen kendini ballı börekler döküyorlar başından aşağı, biraz hakkını savunursan bir yudum suyu bile çok görüyorlar. Tabii olayı bu kadar dramatize edip de kendimi düşürmedim asla. Sonuçta burada gördüğüm tavrı her yerde göreceğim diye bir kural da yoktu. Zaten beklediğim ne ballı börek dolu kulis ne de bir suya bile muhtaç olmaktı. Kulisten çıktım, AVM'nin içine geçtim, hatta erken gelen birkaç seyircimle de merhabalaşıp Starbucks'a gidip aslanlar gibi soya sütlü lattemi ve bir cam şişe suyumu alarak tekrar kulise geçtim. Bir yandan da bu tavrı kendime yediremediğim için suyumun ve lattemin fotoğrafını Instagram hikâyemde paylaşıp "kendi kahvesini kendi alan komedyen" yazarak birbirine internette laf sokan ünü gitmiş ünlüler gibi mekâna sosyal medya atarı yapmayı ihmal etmedim. Kulisten çıkmaya hazırlanırken yine orada oyun sahneleyen duayen oyunculardan biriyle karşılaştık. Ben heyecanla atıldım:

"Ah merhaba, nasılsınız, işte ben de stand up komedyen kem küm..."

"Biliyorum, biliyorum, hatta geçen bahçedeki gösterini bir parça izledim arkadan, fena değil. İş var!"

İş var mı? Fena değil mi? Off bu entelektüel insanların yeni birileri çıkıp biraz popülerleşmeye başlayacak gibi olunca sergiledikleri kibir balkonlarından bakan Popstar jürisi tavırları kariyerim boyunca beni benden almıştır. Neyse sağ olsun...

O mekândaki son gösterim için özgüvenin doruklarında sahneye çıktım. Her zamankinden daha rahat, enerjik ve üretkendim. Ufak ufak seyirciye sataşmalar, doğaçlama hikâyeler ve uzun yıllar gösterimin temelini oluşturacak pek çok şaka o gösteride kendiliğinden çıkıverdi. Adeta genel müdüre "dön de elinden kaçırdığın şeye bir bak seni atanamayan Fahrettin Aslan!" diyordum. Sadece genel müdüre değil, salonun duvarlarına, kocaman modern tavanına, kırmızı konforlu koltuklarına da diyordum bunları. Beni özleyin küçük cadılar!

Eski Banka Yangın Yeri

İşler benim için yolunda gidiyordu, büyük salonlara demir atmış, her seferinde de doldurmayı başarmıştım. İlk kitabımla ilgili her gün sosyal medyaya en az dört-beş güzel yorum, eleştiri ve paylaşım düşüyordu. Tatlı tatlı dergilerle röportajlar da çıtırdan başlamıştı. Hatta koskoca Çağan Irmak bile bana Twitter'dan mesaj atarak kitabın finalinde gözyaşlarına hâkim olamadığını yazıyor, küçük eleştirisini de ekleyip "şimdi ben dostman mı oldum?" diye kitabın içinden bir şakayla takılmayı ve beni mest etmeyi ihmal etmiyordu. Mesajı okuyunca "Allah kesin iki seneye kalmaz kitabımın filmini çekecek" diye içimden geçirmiştim. Tabii ki asla öyle bir şey olmadı:) Bu da yetmezmiş gibi yine ilk kitapta ismini vermeden kendisiyle olan bir anıma küçük bir kırgınlıkla atıf yaptığım ve bayıldığım senarist Ece Yörenç'in kitabı kendiliğinden alıp okuduğunu ve çok sevdiğini, yaptığı Instagram paylaşımında görünce gözyaşlarıma hâkim olamadım. Ece Yörenç yahu, Aşk-ı Memnular, Med Cezirler, Fatmagül'ün Suçu Neler, hepsi bu kadının kaleminden hayat buldu yeniden. O kadar zarif ve tatlıydı ki "Kitabı çok beğendim, istemeden de olsa kırdıysam özür dilerim, en kısa zamanda telafi edelim" diyerek kalbimi fethedişini ve Bebek Oteli'ndeki o rüya gibi kahvaltıyı asla unutamam. Kırdım dediği de ilk kitabı okuyanlar bilir, ben Amerika'dayken ve hâlâ bankacıyken onun da orada olduğunu Instagram'dan görüp yorumlara tanışmak istediğimi yazmıştım, tabii ki bin tane böyle mesaj geldiği için kadının dikkatini çekmemiş ve dönmemişti. Bu yani. Neyse kahvaltı için buluştuğumuzda da ayrı bir tatlılık yapmış, kitabımdan yedi ya da sekiz tane almıştı. "Sevdiklerime vereceğim" demesin mi! Ne yaşıyordum ben? Kahvaltının sonlarına doğru "Vaktin varsa şirkete gelsene, seni tanıştırayım oradakilerle" dedi. Şirket dediği Ay Yapım! Koşarak gittim tabii. Oradaki 'üst yönetim'le tanıştım, tek tek Ece'nin aldığı kitapları imzalayıp hediye ettim. Hatta içlerinden birisi "Bu kitap bana çok iyi gelecek" dedi. Allah dedim bir kez daha, kesin dizisini yapacaklar! Hatta Çağan Irmak yönetir, Ece Yörenç de senaryolaştırır belki kim bilir! Kandemir Konduk yazdı Filiz Kaynak yönetti kalıbını belki de biz yıkacaktık! Tabii ki öyle bir şey olmadı:) Ama o günlerde yaşadıklarım, direkt kendi gerçek hikâyemin takipçi kitlem dışında bayıldığım insanlar tarafından da ilgi görmesi deli dehşet bir duyguydu. Bu beni aynı zamanda komikçi internet fenomeninden alıp başka bir yere koyuyordu ki zaten en çok istediğim şey de buydu.

Ama beni büyük kitlelere hızlıca tanıtan ve o salonları dolduran şey aslında Instagram'da yaptığım beyaz yaka skeçleriydi. Artan takipçi kitlemin ve yağmur gibi yağan 'like'ların gazıyla çektikçe çekiyordum. Zaten o kadar tazeydi ki on yıl boyunca yaşadığım daha doğrusu bana yaşatılan şeyleri, her gün çeksem tüketemezdim. Ayrıca takipçilerim de yaşadıkları anekdotlar ve maruz kaldıkları yeni cinnet mobbing modelleriyle beni asla 'içerik'siz bırakmıyorlardı. Bir yandan da sadece beyaz yaka komedyeni olarak anılmak istemediğim için sinir olduğum başka şeylerle ilgili de skeçler çekmeye başladım. Saçma sapan diziler, çocuktan sonra buldumcuk olan anne babalar, keriz silkelemeye çalışan çakma yaşam koçları, sosyetik kadınlar ve daha bir sürü şeyle ilgili çektikçe çekiyor, repost (yeniden paylaşım) yapıldıkça da zevkten dört köşe oluyordum. Fakat hem kitap hem de özellikle beyaz yaka skeçleriyle artan tanınırlığım eski bankamda işleri epey karıştırmıştı.

Sonradan görüştüğüm arkadaşlarım kitabın bankada bomba etkisi yarattığını söylediler. Halbuki ben ne banka adı ne şirket adı ne de gerçek isimler kullanmıştım ama tabii ki orada çalışanlar kimin kim olduğunu çok iyi biliyordu. Kitabı bir otobiyografi okur gibi değil de Söylemezsem Olmaz ya da 2. Sayfa Magazin izliyor gibi izlemişlerdi adeta. Sonradan öğrendim ki bazı başka departman müdürleri -ki tabii ki bunu yapanlar erkek- bu durumu kullanmak için Sema Hanım'ın epey üstüne gitmişler, kalabalık toplantı ortamlarında sanki kendi ekiplerinde hiç böyle şeyler olmuyormuş gibi "Ya Sema neler neler olmuş KOBİ'de de haberimiz yokmuş haha" diye durumdan vaziyet çıkarmaya çalışmışlar hep.

Üst taraflarda bunlar olurken, orta seviyedeki bazı kraldan çok kralcılar, CEO'dan çok CEO'cular bir toplantıda genel müdüre -genel müdür yardımcısına da olabilir- beni mahkemeye vermeyi bile teklif etmiş! Ah keşke verselerdi, vallahi kitabım bir milyon satar, ben de anında dünyaya açılırdım çünkü mağduriyet dünyanın en etkili pazarlama silahıdır:) Ancak bunu teklif ettikleri üst yönetim insanı vizyonsuz olmadığı için "saçmalamayın, Kaan bir sistem eleştirisi yapıyor, üstelik bu bizim için hiç iyi bir imaj olmaz" tadında şeyler söylemiş. Tabii bunlar ne kadar doğru ve birebir bu şekilde mi cereyan etti bilmiyorum. Sonraki günlerde bana içerideki arkadaşlarımın aktardığı şeyler diyerek içerideki arkadaşlarımı da zan altında bırakmak istemem, o yüzden arkadaşlarımdan ziyade tanıdıklarımın diyeyim.

Bütün bunlar olurken ben ara ara bankadaki kendi bölümümden ya da başka bölümlerden az sayıda arkadaşımla da dışarıda görüşmeyi hiç ihmal etmedim, hâlâ da görüşürüm. Bu buluşmalardan biri başka bölümden arkadaşlarımla bir öğlen yemeğiydi. Fotoğrafımızı çektim ve paylaştım, paylaşırken arkadaşlarımdan biri tedirgin oldu. İsterse kaldırabileceğimi söyledim. "Yok canım ne alakası var koy tabii heytt!" gibi bir şey söyledi. Sonra öğrendim ki yöneticisinden uyarı almış. Düşünsenize insanların giderek daha çok tanıdığı, sevdiği, güldüğü, eğlendiği bir komedyen olma yolunda hızla ilerliyorsunuz ama bir yerlerde kendine yönetici diyen zavallılar özel hayatları üstünde hiçbir yetki sahibi olmadıkları ekiplerine benimle dışarıda görüşme yasağı koyabiliyor. Bununla kalsa da iyi...

Anadolu şehirlerinden birinde gösteri yapmaya gitmiştik. O şehirde de benim eski bankamın büyük bir iştiraki var. Anadolu'ya gösteriye gittiğinizde organizasyon elemanları tanıtım amacıyla gösteriyle ilgili küçük broşürleri büyük şirket binalarına bırakır genelde. Benim broşürler binadan içeri sokulmadı ne yazık ki. Hatta o akşam gösteriye gelen ilgili iştirak çalışanlarından bir tanesi gösteriden sonra kitap imzalatırken usulca yanıma yaklaşıp "Aman Kaan Bey, ne olur video filan çekiyorsanız yayınlamayın, yöneticimizden gizli geldik buraya" dedi. Sinirden çılgına dönmüştüm. Ne hakla insanların özel hayatlarında gidecekleri şova, yapacakları paylaşıma karışabiliyordu bu zevzekler? Tabii ki herkes böyle değildi. Özellikle İstanbul'da ekibini alıp güle oynaya gelen ve kendi haline gülen, fotoğrafını da çekip paylaşan özgüvenli yöneticiler de epey çoktu. Ama burada duyduklarım gerçekten beni çok üzmüş ve kızdırmıştı. Sosyal medyada bunu paylaşmamak için zor tuttum kendimi. Metin hemen uyardı beni öyle görünce: "Aman abi paylaşım yapmayalım, bu arkadaşlara zarar vermiş oluruz, burunlarından getirir müdürleri" Haklıydı. Getirirdi o tipler bilmem mi!

Hatta iş bir ara öyle boyuta gelmişti ki skeçlerimi bile like'lamaya korkar olmuştu insanlar. Skeci yayınladıktan sonra DM kutum şu minvaldeki mesajlarla dolup taşıyordu:

"Harikasınız Kaan Bey! Maalesef beğen tuşuna bile basamıyorum, yöneticimiz sizi takip ediyor, geçen gün bir skecinizin altına 'ne kadar da doğru' yazdığım için iki saat sorguya çekilmiştim."

Ülke ve dünya mizah tarihinde özellikle politik nedenlerle pek çok mizahçı, karikatürist sansüre maruz kalmıştır ama benim yaşadığım gerçekten de ibretlikti. Altındaki ekiplere böyle davranan densizler aslında bu davranışlarıyla benim skeçlerimde ne kadar haklı olduğumu ve tam da orada hicvettiğim karakterlerin kendileri olduklarını kanıtlıyorlardı adeta.

Birkaç ay sonra ise hiç beklemediğim bir şey oldu. O ana kadar hiç iletişimde olmadığımız Sema Hanım aradı beni. İki gün öncesinde bankalardaki bütçe verim toplantılarıyla ilgili bir skeç çekmiş, skeçte şubelerden hesap soran genel müdür yardımcılarını bileklikli, teknesi olan bir karakter olarak göstermiştim ve tabii ki hızla viral oldu bu skeç. Zira bankaların bütçe dönemiydi ve tam zamanında yayınlamıştım. Üstelik bu profil bizim bankadaki neredeyse tüm genel müdür yardımcılarına uyuyordu. Mizahtaki en önemli şeylerden birisi bana göre günceli yakalayabilmek. Doğru zamanda doğru yerden vurduğunuz zaman etkisi atom bombası şiddetinde oluyor yaptığınız şakanın ya da çektiğiniz skecin. Sadece dönemsel olarak değil günün hangi saati yaptığınız bile önemli. Mesela ben beyaz yaka skeçlerimi her zaman hafta içi sabah 10-11 sularında paylaşırdım.

Normalde Instagram'ın en ölü saatidir ama güne henüz başlamış ve ilk bunalmalarını yaşayan beyaz yakalı için ilk sigara/kahve molası saatidir ve o sırada görüp gülmeleri skeci çok daha geniş kitlelere yayar. Ya da mesaiye kalma ile ilgili bir skeçse mutlaka mesai bitimine yakın koyardım, çünkü o kitlenin psikolojisini tam o anda yakalamak gerekir. Neyse... Sema Hanım önce çok tatlı bir giriş yaptı. "Kaan aldın yürüdün vallahi ha! Ne cevher varmış sende be helal olsun!" Ben de bütün eblekliğimle cevap verdim: "İhih sormayın Sema Hanım, vallahi ben de anlamadım, çorap söküğü gibi gidiyor her şey. Hayırlısı... İhih!" Sema Hanım sevdiğim biriydi, o yüzden ondan gelecek her şeye hazırdım. Sonra çok soft bir şekilde konuya girdi yavaştan: "Kaancığım kitabın çok güzel, beni de çok gömmemişsin sağ ol ama bazı yerlerde biraz haksızlık etmişsin onu da söyleyeyim yani. Bak ben de bir kitap yazarsam görürsün!" Sonra karşılıklı gülüşmeye başladık. Olay bu kadar basitti aslında. Mizah kendimize gülüp geçme haliydi alt tarafı. Büyütülecek bir şey yoktu. Sonra son yaptığım skeçten genel müdür yardımcısının alınabileceğini, herkesin özellikle ona atıf yaptığımı düşündüğünü ve her ortamda bunu dillendirdiğini, benim kitabımın ve skeçlerimin kendilerine zarar vermek isteyen insanların eline koz verebileceğini ama her şeye rağmen benimle çok gurur duyduğunu söyledi. En kısa zamanda bir yemek yiyelim diyerek görüşmeyi bitirdik. Ben bu görüşmeden sonra epey rahatlamıştım. Evet eminim bir süre kitap bankada dedikodu malzemesi olmuş, üst yönetime göz diken bazı çakal yöneticiler bunu kendi lehlerine kullanmaya çalışmıştı. Ama nihayetinde hiçbir zaman, ne yaparsanız yapın herkesi memnun ederek bir yola giremezsiniz. Herkesi memnun etmeye çalışanlar vasat insanlardır ve bu asla değişmez.

Bu satırları okurken ilk kitaba hâkim olan okurlarımın aklında eminim tek bir soru var: "Melda ne yaptı Kaaan Meldaaaa?" dediğinizi duyar gibi oluyorum. Bana gelen bilgilere göre hiçbir şey yapmamış. Konuyla ilgili tek kelime bile etmemiş. Bence çok zekice. Eh, şu ana kadar topuklarıma da sıktırmadığına göre bir sorun kalmamıştır diye düşünüyorum ama gerçekten de bir süre anksiyete yaşadım yalan yok. Gizlice bir gösteriye gelir ve Bodyguard filminin finalindeki Whitney Houston'la aynı kaderi yaşarım diye çok korktum. Gerçi orada olan Kevin Costnercığıma olmuştu ama öyle bir durumda benim önüme atlayacak kimse de olmazdı diyerek daha fazla eşeğin kulağına su kaçırmayayım.

Bu arada bizim bölümde organizasyon yapısı değişmiş, departman ikiye ayrılmış, Sema Hanım dışında başka bir müdür daha gelmiş, bölümde iki başlı bir yapı ortaya çıkmış. Hem de ne baş! O günlerde görüştüğüm arkadaşlarımın söylediği şey şuydu: "Kaan senin yazdıkların hiçbir şey. Şu an gelsen iki kitap daha yazarsın! Yaşananlara inanamazsın!"

Onlar anlattıkça gerçekten de inanamıyordum. Genç yaşlarda, üst yönetimdeki belli amcaların çok sevdiği bir adam gelmişti ekibin yarısının tepesine. Her gün kendine aşağıdan poğaça ve meyve suyu aldıran, herkese dan dun konuşup gencecik çocukları herkesin içinde aşağılayıp şevkini kıran biriymiş. Kiminle konuştuysam nefret kusuyordu adama. Herkesin nefretini kazanmış bu şahsı o kadar merak ediyordum ki. Ve o kadar kısa süre sonra merak etmeyi bıraktım ki:) Tabii oradaki arkadaşlarıma üzülüyordum. Yazdıklarım belki bir şeyleri değiştirir diye umarken resmen durum yönetsel açıdan daha da kötü bir hal almıştı belli ki. Onlar anlattıkça "tam zamanında çıkmışım" diye düşünmekten kendimi alamıyordum. Tabii ki böyle davranan her yönetici gibi o da kısa sürede ödüllendirilmiş ve yurtdışındaki bir iştirakin genel müdürü olarak görevlendirilmişti.

Morg'u Kontrol Edebilir misiniz?

Genelde ünlüler, şarkıcılar ve oyunculara çocukluklarıyla ilgili sorular sorulduğunda müziğe beş yaşında başladıklarını, aynanın karşısında saç fırçasıyla şarkı söylediklerini, aile meclislerinde dans edip taklit yaptıklarını falan anlatırlar. Zaman zaman bunları ben de yaptım tabii ki ancak benim çocukluğuma ait performans deneyimlerim biraz daha farklıydı.

En sevdiğim şeyler topluluk önünde konuşuyor gibi yapmak ve başka kimliklere bürünüp insanları tatlı tatlı bazen de acı acı kandırmaktı. Birincisi için başvurduğum şey sık sık büyükbabamların evinde öğretmencilik oynamaktı. Bu arada "büyükbaba ne ya dededir o dedee, bu ne Batılı ayakları" diye düşünenlere peşinen söyleyeyim, küçüklükten beri babamın babasına büyükbaba demeye alıştırılmıştık. Annemin babasına ise dede diyorduk direkt. Babaanne ve anneanne arasındaki fark zaten belliydi ama babaların birine büyükbaba diğerine dede demek de sohbetlerde işimizi epey kolaylaştırıyordu. Neyse... Büyükbabamla babaannemin evi Ihlamurdere Caddesi Mısırlı Sokak'ın hemen köşesinde, caddenin en güzel yerindeki Demet Apartmanı'nın üçüncü katındaydı. Değişik bir mimarisi vardı, iki oda bir salondu ama yatak odası ve banyo salona açılıyordu. Salon epey geniş ve aydınlıktı. Kapıdan girer girmez solda küçük bir oda -ki orası babamın gençlik odasıymış, annemle evlendiklerinde de epey bir süre bu odada babaannemlerle kalmışlar, yani bu odanın dili olsa da konuşsa, haha tamam terbiyesizliğe gerek yok- odanın hemen bitişiğinde küçücük bir mutfak ve ne işe yaradığı asla belli olmayan bit kadar bir balkon vardı.

Belki her gün Susam Sokağı izlemekten belki çocukluğum boyunca en sevdiğim şeyin büyükbabamla vergi iadesi zarflarını düzenlemek oluşundan belki de evde sürekli yapılan ekonomi, siyaset, tarih sohbetlerinden bilemiyorum, bildiklerimi anlatmayı, aktarmayı, biraz da havasını atmayı seviyordum. Ancak bunlar arkadaşlarım arasında ilgi görmediği gibi zaman zaman beni snop velet sınıfına sokmaya yetiyordu. Ben de içimdeki saçma sapan anlatma ve konuşma aşkını boşluğa öğretmencilik oynayarak bastırmaya çalışıyordum. Öğretmencilik de ne biçim bir kelimeyse, muhtemelen TDK'ya göre yanlış ifade ediyorum ama o zamanlar bu oyunun adı tam olarak buydu ve işin büyüsünü bozmamak adına bu şekilde ifade etmeye devam edeceğim. Sanırım evcilik gibi türeyen ama yanlış türeyen bir çocuk literatürü kelimesi bu. Önceleri büyükbabamın karşı kaldırımdaki oyuncakçı Ayşan'dan aldığı -tabela ismi Altuğ Oyuncakçılık'tı sanırım- kara tahta üstünde tebeşirlerle yazıp çizerek oynadığım oyunun mekânı, beyaz tahtaların ve her çocuğun aklını başından alan kokusuyla tahta kalemlerinin piyasaya çıkmasıyla tuvalet olmuştu. Evet tuvalet. Çünkü beyaz mini tahtalar yoktu ya da piyasaya çıkmamıştı, çıkan az sayıdaki çeşit ise bütçemizin üstündeydi. Zaten özellikle babaanneme göre çocuğun her istediği alınmazdı. O zamanın yaşlılarının kullandığı bir deyim vardı: 'Tutturmak' yani bir şeyin alınması için arsızca ısrar etmek. Annemlere ısrar edip biraz pahalı bir şey aldırırsam babaannem ertesi sabah gelip "Kabahatlisin sen, oyuncak diye tutturup aldırmışsın istediğini, sen biliyor musun annenle baban ne kadar yoruluyor o paraları kazanmak için?" diye çıkışırdı. Hep ben tutturmuş, ben aldırmış oluyordum. Her neyse, zar zor aldırabildiğim o kokulu ve renkli tahta kalemlerini kullanabileceğim tek yer banyonun fayanslarıydı. Neyse ki tuvalet kâğıdıyla hemen siliniyorlardı. Her gün boş vaktimde tuvalete girer, fayanslara abuk sabuk şeyler yazıp karşımda dinleyenler varmış gibi yüksek sesle ders anlatır gibi konuşmaya başlardım. Bu arada yaşım da sekiz ya da dokuz. Aslında epey şizoid bir oyundu oynadığım. Hatta bazen vurguları o kadar yüksek sesle yapar, sözde öğrencilerime dinlemedikleri için öyle sert ayarlar verirdim ki, zaman zaman tuvalet boşluğundan komşulara kadar giden sesim, apartmanda küçük panikler yaratırdı: "Dinlemiyorsunuz beni, çok büyük bir marifetmiş gibi gülüşüyorsunuz bir de! Heyyyy sana söylüyorum, çabuk gel buraya! Gel... buraya... dedim!" Haha yazarken bile kahkaha atıyorum o deli hallerimi düşündükçe. Zaman zaman büyükbabam gelip, "Bağırmadan oynasana yavrum, deli derler adama, böyle öğretmen mi olur?" deyip çıkardı. O kadar kaptırmıştım ki büyükbabam bunu deyip tuvaletten çıktıktan sonra arkasından yine boşluğa "Gördünüz mü müfettiş geldi sesinize, demiştim!" diyerek içimdeki John Nash'i hep diri tutardım.

Öğretmencilikten arta kalan zamanlarda kendime bulduğum eğlence ise bambaşkaydı ve bana kalırsa çocuk gelişimi açısından çok daha sakıncalı ama bir o kadar da eğlenceliydi. Bu arada ablam da benimle babaannemlerde oluyordu ancak o benden üç yaş büyüktü ve karşı cinsti. Çocukken üç yaş epey ciddi bir farktı ve aynı cinsiyetten olmadığımız için de birbirimize oyun arkadaşı olamadık pek. Benim aksime ablam her zaman daha kapalı, daha mesafeli, sıkıntıya gelemeyen bir yapıdaydı. O, evin büyüğü olduğu için bazı ayrıcalıklara sahipti. Mesela okul tatil dönemlerinde öğleden sonra benim mutlaka üç dört saat uyku zamanım varken, o babaannem tarafından uykudan muaf tutuluyordu. Öğle yemeği yenip biraz oynamaya başladığımda babaannemden gelen "Kaaaan! Hadi çişe!" komutuyla uyku saatinin gelip çattığını acı acı fark edip hüzünlenirdim. Büyükbabamla yan yana uyurduk ve karşımızdaki antika gardırobun üstünde babaannemin neden hâlâ sakladığını asla anlayamadığım babamın küçüklüğünde kullanılan bebek arabası vardı. Büyükbabam yatar yatmaz uyurdu ama ben cin gibiydim, gündüz asla ve asla uyumazdım. Uyumadığım gibi odanın aralık kapısından serbest radikaller gibi evde bir o yana bir bu yana dolaşarak özgürlüğünün tadını çıkaran ablamı görüp yattığım yerde cinnet geçirirdim. O da bana salondan bakıp sırıtarak nispet yapmayı ihmal etmezdi. Babaannem ara sıra kontrol için odaya geldiğinde yalandan gözlerimi kapar, babaannem "Kaaaan? Numara yapmıyorsun değil mi? Uyuyor musun hakikaten çocuğum?" diye seslendiğinde, eğer günümdeysem harika bir oyunculuk performansı sergileyip yalandan iki horlayarak onu ikna etmeye çalışırdım. Fakat beklemediğim bir anda odaya girdiyse soruyu duyar duymaz kapalı gözlerimle sırıtmaktan kendimi alamazdım. Güldüğümde babaannem "15 dakika daha uyuyacaksın cezalısın" derdi gülerek. Şimdi bana ceza olarak uyuma cezası verseler nasıl hayır diyebilirim ki? Uyku saatinin sonları yaklaştıkça büyükbabama dikerdim gözlerimi çünkü onun uyanıp gözlerini açması uyku saatinin resmi olarak bittiği anlamına geliyordu.

Bu ahval ve şerait içinde kendi kendimi eğlendirmek zorundaydım. En büyük zevkim etraf boş olduğunda, ablam okulda, babaannem mutfakta, büyükbabam dışarıdayken telefonla rasgele numaralar çevirip insanları işletmekti. Tıpkı 'tutturmak' gibi 'işletmek' de bizim jenerasyona özgü bir kelimeydi. Sonraları 'keklemek' ve 'keklenmek' olarak dilimize kazandırılacak bu eylem benim yapmayı en çok sevdiğim şeydi. Ancak nedense bu oyunda epey acımasızdım. Çevirmeli telefonlar dönemiydi ve zaten bir numarayı çevirirken bütün ev telefonla bir arama yapıldığını anlıyordu. O yüzden çok yavaş çevirirdim numaraları ancak onu ayarlamak lazım çünkü haddinden fazla yavaş çevirdiğinizde hat direkt düşerdi. Karşıma çıkan kişinin sesine ve tahmini yaş seviyesine göre çeşitli rollere girip sesimi de bir parça yetişkin gibi yapmaya çalışarak başlardım doğaçlamaya:

"İyi günler nasılsınız, ben oğlunuzun okulundan arıyorum."

Oğlu yoksa zaten işletme biterdi ama genelde her aradığımın oğlu ya da kızı oluyordu, cinsiyet riski almamak için de bir süre sonra "çocuğunuzun okulundan" demeye başladım.

"Evet buyurun."

"Müdür yardımcısı Fuat ben, çocuğunuzu disiplinsiz davranışları nedeniyle atmaya karar verdik, yarın gelirseniz son bir kez görüşelim."

Haha böyle saçma bir işletme olabilir mi? Ama oluyordu. Bazen rasgele aradığım veliler "ne yapmış benim çocuğum hocam, ne alakası var" diye çıkışıyorlardı ki o noktada ben ya kendimi tutamayıp güldüğüm ya da babaanneme yakalandığım için telefonu kapatmak zorunda kalıyordum.

Yazlığımızın olduğu Marmara'nın incisi Çınarcık'ta ise arkadaşlarımla çok daha acımasız bir işletme tekniği geliştirmiştik. Anne babalarımız sık sık dışarıda olduğundan birbirimizin evlerinde toplanıyor, birbirinden absürt şeyler icat ediyorduk. Sarı rehberden numaralarını bulduğumuz hastaneleri arayıp hayali isimlerle hasta durumları sormaya başladık:

"Pardon Yavuz Güzeldemir bu sabah gelmişti acile. Durumu hakkında bilgi alabilir miyim?"

"Hemen, bekletiyorum çok kısa beyefendi... Böyle bir isim çıkmadı ama?"

"Kalp krizi demişlerdi ama nasıl yani taburcu mu ettiniz kalp hastası adamı?"

"Yok beyefendi böyle bir isim çıkmadı hiç."

"Anlıyorum. Peki, şey... Zahmet olmazsa morga da bir bakabilir misiniz?"

"Efendim, anlamadım?"

Kahkahalarla şak diye telefonu kapatıp dakikalarca salaklığımıza gülerdik.

Nedense insanları kandırmak çok eğlendirirdi bizi. Bütün oyunlarımızı bunun üstüne kurmuştuk bir süre sonra. Kaldırıma içine kum doldurduğumuz patlak top koyup birinin küt diye ayak koymasını mı beklemedik, sahildeki sandalların altına kıvrılıp kollarımızı kendi sırtımızın arkasına atarak sanki birisiyle oynaşıyormuş gibi gelen geçenleri mi 'keklemedik', neler neler...

Yine işletme konusunda nirvanaya ulaştığımız zamanlar, Çınarcık FM'in açıldığı yazdı. Gece yarısından sonra birbirimizin evinde toplanıp, kendimize verdiğimiz Abuzer, Ökkeş, Murtaza, Fitnat, Safinaz gibi takma isimlerle sürekli radyoyu arayıp çakma mesajlarla birbirimize şarkı hediye edip çaldırırdık. Teybin başında her gece VJ'in "evet sıradaki parça Çelik'ten Hercai. Abuzer'den Fitnat'a gidiyor, gecem gündüzüm, biricik sevgilim, benimle evlenir misin demiş, ooo kutluyoruz cesaretinden ötürü Abuzer'i!" Cesaretinden ve hayal gücünden!

Yıllar geçtikçe içimdeki işletme aşkı asla sönmüyor, aksine tuşlu telefonlara geçilmesi ve benim 12, ablamın 15 yaşına gelmesiyle babaannemlerin evinden kendi evimize terfi ediyor, okul sonrası vaktimizi belli saate kadar yardımcımız Hürriye Teyze gözetiminde kendi kendimize geçirmeye başlıyorduk. Devlet ortaokulundaki bazı hayta arkadaşlarımla bulduğumuz yeni işletme oyunumuz 'müzik hattı' adını verdiğimiz son derece acımasız ve bir o kadar da eğlenceli işletme şekli olmuştu. Yine rasgele bir numara çeviriyorduk. Çıkan kişiye ben sanki banttan konuşuyormuşum gibi duraksaya duraksaya şimdiki Siri kadını edasıyla şöyle diyordum: "Yeni açılan ödüllü müzik hattına hoş geldiniz, az sonra dinleyeceğiniz şarkının sahibini bilmeniz halinde sürpriz hediyeler kazanabilirsiniz!" Hemen akabinde ahizeyi müzik setine yaklaştırıp bir Türkçe pop şarkı dinletiyorduk. Sonra yine ben lafa giriyordum: "Dinlediğiniz şarkı hangi şarkıcıya aittir? Lütfen şıkları okumam bittikten sonra sinyali duyar duymaz doğru yanıtı söyleyiniz. A- Tarkan B- Burak Kut C-Mustafa Sandal." Sinyal de kare tuşuna biraz uzunca basıyordum, o işte. Hemen cevap veriyorlardı: "A- Tarkan" ve yine bant sesimle ben: "Tebrikler, bizden AEG marka son model bir çamaşır makinesi kazandınız!" Karşıda sevinç ifadeleri. Çünkü o zamanlar özel televizyonlar yeni çıkmıştı ve sürekli insanlara bol keseden hediyeler dağıtıyorlardı. Sanırım Güler Kazmacı'nın her akşam bir kişiye verdiği kırmızı Mazda'nın etkisinde fazla kalmıştım. "Birazdan arkadaşlarımız sizi arayarak adresinizi alacak ve hediyenizi gönderecek, iyi günler dileriz!" Tabii bu işletmeler artınca telefon faturası da epey kabarık geldi. Okkalı bir azar işittiğimi hatırlıyorum. O faturadan sonra biraz da vicdanıma yenik düşerek işletme dünyasına sessiz sedasız jübilemi yaptım. Eğer geçmişinizde böyle bir müzik hattı dolandırıcılığı yaşadıysanız çok üzgünüm, o bendim!

Lise yıllarında ise artık yarı yetişkin bir birey olarak böyle şeylere hiç tenezzül etmedim demek çok isterdim ama kankacığım Asım'ın okul çıkışı bize geldiği bir gün dayanamayıp yaşı en yüksek İngilizce öğretmenimiz Yıldız Hanım'ın 118'den ev telefonunu alarak kendisini aradık. Tam bir deli cesaretiydi yaptığımız. Kadın her gün duyduğu sesi telefonda tanıyıp ertesi gün bizi disipline verebilirdi ki bu da olayı daha heyecanlı yapıyordu. Ahizeyi eline alan bu sefer ben değil Asım'dı ve Yıldız Hoca açar açmaz, "Yenge iyi günler, nasılsın?" deyiverdi. Yıldız Hoca biraz duraksayıp ne diyecek şimdi diye beklerken karşıdan gelen "İlyasss? Sen misin?" sorusuyla gülmekten patlayarak telefonu kadının suratına kapadık. Kendisinin ertesi günkü dersinde epey gerildiğimizi hatırlıyorum fark etti mi acaba diye. Sağ olsun o kadar anlamamıştı ki, her zamanki gibi gelip sınıfı gürültü yaptığı için tatlı bir şekilde azarlayıp hepimizi passive voice (edilgen fiiler) girdabına sürükleyerek bize derin bir oh çektirmişti. O yaşlarda hayatımız o kadar dertsiz tasasızdı ki sürekli kendimize adrenalin yaratacak tuhaf tuhaf şeyler buluyorduk. Oysa ki hayat bize geleceğimizde adrenaline doyacağımız bungee jumping'den hallice bir gelecek hazırlamakla meşguldü ve hiçbirimiz bunun farkında değildik.

Hayali Asistanım Özge'yle Nereye Kadar?

Lale ile yolları ayırmış, Maslak'taki sahneyle gemileri yakmıştık. Metin'le de Kadıköy'le başlayan İstanbul işbirliğimiz mecburiyetten Avrupa Yakası'na da taşınmıştı. Sağ olsun bana Beyoğlu'nda Grand Pera sahnesini -ki yıkılan Emek Sineması'nın yerine yapılan Demirören AVM'nin en üst katına replikasının yapıldığı salondu, o nedenle orada gösteri yapmaya hiç gönüllü değildim ancak bir yandan da inadına bozulan Beyoğlu'nda gösteri yaparak kitlemi biraz oralara çekmek istiyordum ve zaten başka kapısını açan salon da yoktu- ayarlamıştı. Fakat esas sorunum başkaydı. Aslında sorun dememek lazım zira söyleyince "hay senin sorununu" diye saydırabilirsiniz.

Çok fazla kurumsal gösteri, zirve etkinliği gibi işler gelmeye başlamıştı. Bunda benim üçe beşe bakmadan işleri kabul etmemin, küçük esnaf gibi cebimde taşıdığım serbest meslek makbuzuna duyduğum güvenin ve tabii ki yeni mizahımın etkisi büyüktü.

Önce gelen işleri manuel olarak bir deftere not etmeye başladım, yanlarına da her işten alacağım parayı yazıyordum.

Defter bakkal defterine dönmüştü çünkü Eylül ayı için aldığım işler o kadar fazlaydı ki tek sayfa yetmemiş arka sayfaya geçmiştim. Defter o hale geldiğinde koşarak babama gittim. "Baba baksana şuna Eylül'deki işleri toplayınca ne kadar çok yapıyor! Böyle giderse üç dört aya hepimizin borçları tarih olur! Allah be!" Gerçekten ne annem ne babam ne de ben bu tabloya inanamıyorduk. Kimi işten üç bin, kimisinden iki bin alacaktım, çok ısrar eden olursa bin beş yüze bile tamam demiştim. Bir evlere temizliğe gitmediğim kalmıştı, o derece. Ancak tabii bizim eve bir kez daha Mesudiyeli Mesut sevinci yaşatan bu durum aslında profesyonellikten son derece uzaktı ve kendi içinde birtakım trajikomik gerçekler barındırıyordu.

Bir kere böyle bir kişinin tek bir kaşesi yani fiyatı olmalıydı. Firmaya ya da etkinliğe göre fiyat kırmak çok amatörceydi. Ancak asıl amatörlüğü bu firmalarla iletişim kısmında yapıyordum. Bazı firmalarla kendim yazışıyor, fiyat pazarlıklarını bizzat yapıyordum. Bazen de profesyonel görünmek adına farklı bir e-posta adresi alıp Özge adında hayali bir asistan ağzından onlarla yazışarak geçmişten gelen 'işletme' kültürüme bambaşka bir boyut kazandırıyordum. Bu akıllı daha doğrusu akılsız asistanım Özge asla telefonla görüşemez, etkinliklerde de bana asla eşlik edemezdi haliyle. Ancak yazışmalar konusunda tam bir ustaydı:

"Konfirme bilginiz için teşekkür ederiz, Kaan Bey etkinlikten yarım saat önce orada olacak. Ben kendisine maalesef eşlik edemeyeceğim. Geldiğinde sadece bir ıhlamur ya da kahve ve bol su bulundurursanız çok seviniriz, bu konuda biraz hassastır kendisi. Faturayı size elden teslim edecek. Ödemenin iki hafta içinde yapılması konusunda hassasiyetinizi rica ederiz. Saygılar, Özge." Kendisi haha:) Ben burada noktayı koymaya çalıştıkça firma yetkilisi üstüme üstüme geliyordu:

"Özge Hanım çok teşekkürler, biz gerekli koşulları sağlarız hiç merak etmeyin siz. Bir aksilik olması halinde irtibata geçebilmek adına telefon numaranızı alabilir miyim, siz gelemeyecek olsanız da irtibatı sizin üzerinizden sağlıyor oluruz, Kaan Bey'i de yormamış oluruz." "Yapıyor oluruz, ediyor oluruz"lar havada uçuştukça benim sinirlerim zaten zıplıyordu. Bir de üstüne yalan söyleme yeteneğimin de bir yere kadar oluşuyla iyice köşeye sıkışmış hissediyordum. Ancak bu noktada başka çarem yoktu:

"Falanca Hanım, Kaan Bey'in yanında gelemeyeceğim için telefon numaramı vermem çok anlamlı olmayacaktır, bir aksilik olması halinde kendisine ulaşabiliyor olursunuz!"

İşveren firmaya atar yapan ve tüm topu patronuna atan bir asistan ne kadar inandırıcıydı bilmiyorum ama yedek numara alıp Özge gibi WhatsApp'tan yazışmaktan, firma yetkilileri arayacağım diye 'tutturursa' da sesi inceltip Özge taklidi yapmaktan başka çarem kalmamıştı. Ve maalesef bunu yaptım. Kontörlü bir hat alarak, hattı yarı bozuk yarı kırık eski telefonuma takıp bir değil iki değil tam üç kez telefonda konuşmak için yanıp tutuşan firma yetkilileriyle soprano sesimle Özge gibi konuştum. Bu en yakın arkadaşlarımla bile paylaşmadığım utanç anımı neden burada günah çıkarır gibi yazdığım hakkında da hiçbir fikrim yok. Oysa şu an bu satırları yazarken gayet ayık ve alkolsüz bir bünyedeyim! Neyse, siz yabancı değilsiniz ve her zaman dediğim gibi ölüm yok ya sonunda!

Her durumda Özge ağzından yazdığım tüm e-postaların cc'sine kendi gerçek e-posta adresimi de koyuyor, bazı durumlarda da sözde araya girerek yazışmaları direkt kendim devam ettiriyordum. Bir keresinde büyük firmalardan birindeki çok bilmiş bir hanımefendi fiyat teklifimizi kabul etmiş ancak işin kesinleşmesi için önce benimle toplantı yapmak istediklerini, toplantıda anlaşırsak -diğer bir deyişle mülakatlarını geçersem ve beni beğenirlerse- sözleşme aşamasına geçeceklerini belirtmişti. Ancak işin kesinleşmesi adına herhangi bir garanti veremiyordu. Yani bir komedyenle etkinlik için mi anlaşıyordu şirkete az deneyimli uzman mı alıyordu belli değil! Ben de bu mülakatçı hanımefendiye yaptığım mizahın ve işin belli olduğunu, muhtemelen bunu bildikleri için bana teklif yaptıklarını, iş kesinleşip sözleşme imzalanması halinde seve seve toplantıya geleceğimi yazdım. Gayet ukala bir tavırla üzülerek benimle çalışamayacaklarını belirtti. Üzülmediğine ve hatta göbek attığına emin olduğum bu yetkili arkadaşın, normalde benden nefret ettiğine, skeçlerimdeki karakterlerin tıpkısının aynısı olduğuna, yukarıdan gelen bir talimatla istemeyerek benimle iletişime geçtiğine ve cevabımı da çarpıtarak yukarı aktarıp olaydaki kendi üstüne düşen sorumluluğu muhtemelen pek çok yaptığı işte olduğu gibi uzay boşluğuna attığına yemin edebilirim ama bunu kanıtlayamam.

Günler geçtikçe işleri yönetmek benim için zorlaşıyordu ve bu nitelikli dolandırıcılıktan hallice hayali asistan işini artık daha fazla devam ettiremezdim. Babaannemlerin evindeki tuvalette azarladığım hayali öğrencilerime benzemez, çat diye deli damgasını vururlardı vallahi şöhretimin en başında, bu sektör böyle!

Ne yapacağım nasıl edeceğim derken Arap sabunu kadar temiz kalbim devreye girmiş olmalı ki Türkiye'nin en iyi etkinlik ajanslarından biri benimle iletişime geçti. Yandım Allah diyerek kendimi onların şefkatli, deneyimli ve KDV'li kollarına atıverdim.

Kahkahayla İlk Kez Tanıştığım Küçük Cennet: Çınarcık, Ortaokuldaki Mizah Şelalem Nihan ve Genç Yaşta Gelen Aydınlanma: Meğer Erkekler de Güldürebiliyormuş!

Çocukluğum ve gençliğim boyunca beni kahkahayla tanıştıran hep karşı cinsten insanlar oldu. İlkokul çağındayken havalı bir yer olmadığını düşündüğüm için arkadaşlarıma yazları gittiğimi söylemeye utandığım Çınarcık aslında benim ilk büyük kahkahalarımı attığım yer olarak hayatımda çok özel bir yere sahipti. Bakkalcılık oynayarak başlayan arkadaşlığımız, sadece yazları gördüğüm iki şahane kız arkadaşım Burçin ve Damla'yla benim aramda kopması çok zor bağlar kurmuştu. O kadar çok gülüyor, saçma sapan şeylerle o kadar çok eğleniyorduk ki, Çınarcık hepimizin cenneti olmuştu adeta. Damla gülmeyi o kadar çok seviyordu ki balkondan ya da sokağın herhangi bir yerinden attığı kahkahaları bütün mahalle duyardı. Burçin'le daha edepli bir arkadaşlığımız varken, Damla'yla bir araya gelince en muzur yanlarımız, o yaştaki bir çocuk için en hınzır sayılabilecek şakalarımız ortaya çıkıyordu. Denize Burçin ve Damla'yla gitmek şimdilerdeki en pahalı beach'lere gitmekten çok daha güzeldi. Denize gitmek dediğim de caddeden yolun karşısına geçmek ve bir gün kum olacağı hayaliyle yanıp tutuştuğumuz taş ve ufak tefek çöplerle bezeli deniz kıyısına dandik hasırlarımızı sermekten ibaretti. Denizde birbirimize su altında yaptığımız salak salak hareketler, denize giren enteresan tiplerle geçtiğimiz dalgalar, yan sokakta bulduğumuz terk edilmiş kırık dökük bir sörf tahtası üstünde yaptığımız şaklabanlıklar ve niceleri... Hele ki ben babamın aldığı kocaman botu indirir de diğer arkadaşlarımız Dinçer, Menderes, Semiha ve Sinem gibi mahallenin başka nevi şahsına münhasır şahsiyetleri bize katılırsa o bot Hurşid Yenigün ve arkadaşlarının 'Ah O Gemide Ben de Olsaydım' şarkısındaki gemiye dönüşüverirdi adeta. Her gün, her saat, her dakika gülüyorduk. Mahalledeki teyzeler yanımıza gelip merdiven altına koyduğumuz bisikletler yüzünden bizi azarlardı, gülerdik... Evde gürültü yapınca komşular şikâyete gelirdi, gülerdik... Gece balkondan yoldan geçenlere yumurtalı torba atıp gülerdik... Saklambaç oynarken gürültü yapınca en yaşlı komşular başımızdan aşağı sidikli su dökerdi, hunharca gülerdik! Hepimizin ailesi dar-orta gelirli, hayata tutunmaya çalışan, bin bir tane derdi tasası olan insanlardı ama biz çocuktuk. Büyüklerin dertleri bizi asla germezdi. En zor zamanlarda bile cebimize sıkıştırdıkları üç kuruşla lunaparka, Kale Disko'ya, Fırat Pide'ye gidebiliyorduk. Deniz yosunlu, denizanalı ama bedavaydı, sokak betondu ama bedavaydı. Arabamız yoktu ama her yere yürümek bedavaydı. Gece Kestanelik Aile Çay Bahçesi'nin en üst katında batak oynamak, Las Vegas'ta sabahlamak kadar havalıydı bizim için.

Damla'yla en büyük eğlencemizse başka insanların bulunduğu ortamlarda o insanlar kafasını çevirmişken arkalarından abuk sabuk yüz hareketleri yapıp tuhaf sesler çıkarmak, onlar kafasını tekrar bize çevirdiğinde de hiçbir şey yokmuş gibi davranmaktı. Bazı yerlerde bunu o kadar abartıyorduk ki insanlar bizim geri zekâlı olduğumuzu sanıyorlardı. Bu hareketleri yaparken gülmekten fenalıklar geçiriyor, yüz kaslarımızı da hiç olmadığı kadar çalıştırıyorduk.

Erkek arkadaşlarımla da çok eğlenirdik ama erkek aktiviteleri her zaman kahkaha barındırmıyordu. Mesela futbolu hep sevmişimdir ama oynarken aşırı sıkılırdım ki çok rekabetçi biri olmama rağmen. Çünkü futbol ve basketbol gibi oyunlarda hele o yaşlarda sadece rekabet, gerilim zaman zaman da kavga olurdu. O yüzden mahallenin erkeklerine de onlar muhabbet ederken, akşam iskeleye inerken ya da batak/okey oynarken katılırdım. Batak oynarken güldüğüm kadar hiçbir şeye gülmemişimdir herhalde. Bir oyun sırasında hile yaptığımızı düşünen Burçin'in hepimize dönerek cinnet geçirip "şimdi çekip gidicem" yerine "Şimdi gidip çekicem ha!" dediği o muhteşem an daha dün gibi aklımda! Ya da kestane toplamaya dağa çıktığımızda bizi kovalayan yerlileri -yerliler dedimse Aborjinler değil tabii, oranın yerlileri yani Yalovalı köylüler- gören Selen'in "Pardon biz bu dağın sizin olduğunu bilmiyorduk, hemen gidiyoruz" demesiyle iniş yolu boyunca gülmekten altıma işediğim o muhteşem gün! İçinde kahkaha olmayan hiçbir şey beni heyecanlandırmazdı.

Çınarcık'a olan aşkımız bir yaz, o dönem hayranı olduğumuz, ölüp bittiğimiz, Hercai albümüyle ortalığı kasıp kavuran Çelik'in yan sokaktaki bir evde konakladığı haberinin yayılmasıyla bambaşka bir heyecana evrildi. Sokağın başındaki kalabalık nöbete katılıp, Çelik'in kaldığı muhtemelen 3+1 evden çıkıp bakkala falan inmesini bekliyorduk her gece. Neden oradaydı, kimin evindeydi asla anlamamıştık ama onun tatil için Çınarcıkımız'ı seçmesi bizi gururlandırmıştı. Çınarcık Marmara'nın Monaco'su, Ibıza'sıydı artık!

Bir gece evinden çıkan ünlü şarkıcının yanına imzalaması için boş kâğıtla gidip "Canım yalnız kaset dışında bir şey imzalamıyoruz" cevabıyla hüzün deryalarına savrulsam da pes etmeye asla niyetim yoktu. Ertesi gün denizden çıktık ve akşamüstü saatlerinde arkadaşım Tunç'la kaldığından kesinlikle emin olduğumuz evin kapısına dayandık. Ne yapacaksak adam kapıyı açınca? En sonunda beklediğimizi fark edip kapıyı açtı ve "Söyleyin çocuklar ne oldu?" dedi. Hiçbir şey diyemeyerek gerçek bir şapşal gibi evinin önünden uzaklaştık. Ertesi günse daha hain bir planımız vardı. Tunçların sandalıyla Çelik'in denize girdiği bölüme kadar gittik. Aynı anda denize girip sandalımıza doğru yüzmeye başladığında heyecandan deliye dönmüştük. Sarı slipli genç popçumuzun sandalımıza binmesi bütün mahalleye okkalı bir hava atmamız demekti. Geldi, sandala tutunup dinlendi, biraz sohbet etti. Buyur ettik. Binmeye çalıştı. Fakat ne bizim çocuk bedenlerimiz onu sandaldan içeri çekecek kadar güçlüydü ne de kendisinin sandala çıkma konusunda deneyimi vardı. Birkaç denemeden sonra "Ben kıyıya geri yüzeyim en iyisi" diyerek uzaklaştı. Bizim sahile dönüp herkesi Çelik'i gördüğümüze, sandala çıkmaya çalışıp çıkamadığına ikna etmeye çalıştık ancak kimse bize inanmadı. Biz de tekrar aynı yolu, bu sefer yürüyüp, gerçek bir fan boy gibi kendisiyle fotoğraf çektirmekten geri kalmadık.

O kadar güler o kadar eğlenir, o kadar kendimizden geçerdik ki yaz bitip de İstanbul'a dönme zamanı gelince bazılarımız ağlar, savaşa gidiyormuş gibi kederlenirdik. Kışın da asla görüşmezdik çünkü biz yaza aittik. Şort, terlik, mayo ve ucuzluktan alınmış yazlık kıyafetlerdi bizi biz yapan. Montlar, kabanlar, botlar ve İstanbul çamurunun bu büyüyü bozmasına izin veremezdik.

Kış demek okul demekti, hayatımız boyunca hiçbir işimize yaramayacak saçma sapan dersler için bütün yıl boyunca gerilmek, binlerce ödev, yüzlerce erken kalkma, onlarca sınav, çokça azardı kış o yaşlar için. Neyse ki ben her zaman kendime hayatı ve o zevksiz formayı çekilir kılacak kahkaha partnerleri bulmak konusunda ustaydım.

Ortaokulu Anadolu Liseleri'ni kazanamamış olmanın verdiği eziklik ama bir Sekban olmanın verdiği mağrur tavırla Esentepe'deki Şair Nedim İlköğretim Okulu'nda okudum. Okul özel okul değildi ama pilot okul seçilmişti. Yani tuvaletlerde her zaman sabun olacaktı demek oluyor bu:) Ama benim girdiğim sene sekiz yıllık zorunlu eğitim yeni kabul edilmiş, okul Esentepe Ortaokulu'ndan yanındaki ilkokulla birleşip Şair Nedim İlköğretim Okulu'na dönüşmüştü. Dönüşen okullar benim kaderimdi galiba.

Ortaokul bir çocuğun hayatındaki en rezalet dönem bana göre. Sivilcelerin ilk çıktığı, cinsel keşiflerin ilk kez yapıldığı, çoğu kızın ilk kez âdet gördüğü, erkeklerin ilk kez mastürbasyon yaptığı, herkesin şaşkın tavuk gibi hormonlarını dizginlemeye çalışırken bir yandan Din Kültürü ve Ahlak Bilgisi dersinde, İhlas Suresi'nden Felak Nas'a kadar duaların ezberlenmek üzere üstüne boca edildiği çok acayip bir dönem:) Ev ekonomisinden geçmek için makrome yapıp, İngilizcenin miladı Mr and Mrs Brown'la ilk kez tanıştığımız o seneler, benim için de her anlamda gelgitli yıllardı.

Annem bankasına şube müdürü olmuş ve başarısından ötürü kendisine lojman tahsis edilmişti. Biz de yıllardır oturduğumuz Beşiktaş Ihlamurdere'deki kutu kadar evimizden Ertuğrul Sitesi'nin arkasındaki Emlak Bankası Lojmanları'na taşınmıştık. Kaloriferle, duşakabinle ve görece özel hayatla tanıştığımız günler. Ablamın da benim de ayrı odamız vardı, subay lojmanlarıyla ortak kullandığımız kocaman bir basketbol sahası, görece geniş yeşil alan, otopark... Küçük balkonumuzdan bir miktar deniz bile görünüyordu! Zengin mi olmuştuk anlamaya çalışıyordum. Ama o kadar zengin olsak devlet okuluna gitmezdim herhalde diye düşündüm sonra hemen:) İlkokulu bitirince sünnet olmuştum ve babam sünnet hediyesi olarak dönemin en havalı şeyi Amiga 500 bilgisayar almıştı. Gerçekten bulutların üstünde uçuyordum. Oyuncak olarak uzaktan kumandalı araba tek favorim olduğu için annemle babam her sene farklı modellerde uzaktan kumandalı araba alırdı ama bir bilgisayarım olabileceğini hiç düşünmemiştim. Kendi odam, kendi dolabım, kendi oyun bilgisayarım vardı ve ortaokula geçmiş, önlükten formaya terfi etmiştim.

Ortaokulun ilk günlerinde babam yine Anadolu Liseleri'ni kazanamadığımı hatırlatıyor, "Sen esas bombayı süper liseye geçince yapacaksın herkes şaşıracak" diyerek yumuşak bir şekilde üç yıl sürecek sorumluluğu omuzlarıma bırakıyordu.

İlk gün korkunç bir hata yapıp kefal gibi sınıf başkanı oldum. Lider ruhlu biriydim ben hep diyerek bu sazanlığımı cilalamak çok isterdim ancak sanırım kendimi farklılaştırmak, Anadolu Lisesi'ni kazanamamış olmanın ezikliğini bir şekilde telafi etmek istiyordum. Akşam eve gidip sınıf başkanı oldum dersem belki annemle babam bir parça gurur duyar ve Vefa travmasını unuturlar diye düşündüm belki de. Ancak bu başkanlık günleri tam bir trajedi oldu çünkü kimsenin kimseyi tanımadığı ve herkesin aç kurt gibi birbirinin gözünün içine baktığı bir ortamda "arkadaşlar lütfen susar mısınız, yazmak istemiyorum kimseyi" diye sınıfın ortasından gazel okumak insanın kendisini üç saniyede nefret objesine dönüştürmesi için yetiyor da artıyordu bile. İki kez üst üste sınıfta kalmış irice bir kızın arka sıradan "Yazmak istemiyorsan yazma o zamannn!" diye seslenmesi ve herkesin kahkahalarla gülmesi hâlâ kulaklarımda. Daha sonra müdür yardımcısı gelir ve "Niye kimseyi yazmadın tahtaya, kimse konuşmadı mı? O zaman benim duyduğum sesler neydi, ben delirdim herhalde öyle mi? Sen yazmasan bu sefer seni sorumlu tutarım!" diye tehdit edip giderdi. Gencecik insanları daha çok konuşmaya teşvik etmek yerine susmaları için çaba göstermek ne salakçaydı! Her gün eve kederli bir şekilde geliyor, annemlere başkanlığı bırakmak istediğimi söylüyor karşılığında da "aaa olur mu öyle şey, öğretmenlerin sana güvenmiş, sorumluluk vermiş, kaçmak olmaz" telkinlerini dinliyordum. Evle okul arası uzak değildi ama sabah erken gitmek zor olduğundan servise yazıldım. Sezon başı geçtiği için ortaokul servisleri dolmuştu ve ben gerçek bir ezik gibi ilkokulların servisine girmek zorunda kalmıştım! Tabloyu gözünüzün önüne getirin. Her sabah ilkokul servisinden inen bir sınıf başkanı! Tabii ki bu baskıya dayanamayıp öğretmenlerle konuşarak sınıf başkanlığını bıraktım ve bana yaşatılanları başkasına yaşatmak için sabırsızlanarak yeni gelen başkanı gevezeliğim ve oturduğum yerden yaptığım küçük, zararsız tacizlerle rahatsız etmeye başladım. Akabinde annemle babam okulla görüşerek beni ortaokul servisine kaydetti, zira biraz daha ilkokul servisiyle gidersem zihinsel ve psikolojik gelişimimin epey zarar göreceği aşikârdı.

Servisimin değişmesiyle hayatım da değişti. Bu mutsuzluk olimpiyatlarından hallice günlerde hayatıma güneş gibi doğan biri girdi: Aynı serviste olduğumuz, iki yan sınıftaki Nihan.

Nihan da ailesiyle Beşiktaş'ta oturuyordu. Aslında okul yakın olduğu için yolda çok zamanımız geçmiyordu ama serviste en arkada oturup tatlı tatlı atışmaya başlamıştık. O kadar komik, o kadar eğlenceli bir kızdı ki anlatamam. Üstelik dışarıdan bakıldığında gayet mesafeli, sakin ve ciddi bir mizacı vardı. Konuşup gülüştükçe "ya biz neden aynı sınıfta değiliz of" diye birbirimizi gaza getirirdik. Aramızdaki arkadaşlığın ve mizahın coştuğu dönemse öğlen aralarında okulun kırtasiyecisinde görevli olduğumuz dönemdi. Eskiden devlet okullarında kooperatif denilen kırtasiye ve kantinler vardı. Öğrenciler burada görev alır, satışları onlar yapardı. Biz de orta kattaki küçük bir bölmede kırtasiye ürünleri satıyorduk. Kantin çok iddialıydı. Bir makinede basılmış açma alabilmek için herkesin birbirini yediği garabet bir yerdi ve orada görev almak için hayatınızda ciddi bir adrenalin arayışında olmanız lazımdı.

Kırtasiye ise kalem ucu bitenlerin, silgisi kaybolanların, başı dara düşenlerin uğrak yeri, diğer bir deyişle bir tür şefkat yuvasıydı. Hiçbir zaman yoğunluk olmadığı için uzun uzun, yaya yaya makara yapardık Nihancığımla. Koridordan kimse geçmiyorken cama yüzümüzü yapıştırıp saçma sapan hareketler yapardık. (Bu yüz hareketlerinin benim mizah anlayışımda neden bu kadar önemli yeri oldu hep, kestirmek güç. Belki de şimdi sahnede sık kullandığım mimiklerin kökeni oralara iniyordur kim bilir:)) Bazen öğretmenler gelir ihtiyaçları olan dolmakalem, tükenmezkalem gibi şeyleri alır, bazen fiyatları pahalı bulurlar, biz de sevmediğimiz bir öğretmene pahalı bir şey satarsak ekstra sevindirik olurduk sanki para bizim cebimize giriyormuş gibi.

Bizi birbirimizden daha çok kimse güldüremez diye düşünürken Beşiktaş'ta bir mizah devrimi olmak üzereydi. Her sabah önünden geçtiğimiz Sinanpaşa Pasajı'nın arka tarafındaki eski Mıstık Sineması Beşiktaş Kültür Merkezi'ne dönüşmüş, herkes Otogargara diye bir oyundan bahseder olmuştu. Kendi özel hayatımda olduğu gibi sanat dünyasında da çocuk halimle en çok kadınlara gülüyordum yine. Mıstık Sineması'yken orada izlediğim Yasemin Yalçın'ın başrolünde oynadığı Yılmaz Erdoğan imzalı Kadınlık Bizde Kalsın oyununa teyzemin bizi götürdüğünü ve gülmekten koltukları dövdüğümüzü hatırlıyorum. Sonrasında oyunu televizyonda yayınladıklarında kasete kaydetmiş, okuldan geldiğimde her üç dört günde bir tekrar tekrar izlemeye başlamıştım. Hezarfen Ahmet Çelebi skeci muazzamdı. Ne güzel, ne komik, ne muhteşem bir oyundu. Şarkılar söyleniyor, danslar ediliyor, şakanın, hicvin bin bir çeşidi seyirci üstüne boca ediliyordu. Ondan da önce cumartesi gecelerinin vazgeçilmezi Bir Başka Gece'de Demet Akbağ'ın seyircilerin sözde dertlerini okuduğu bir mektup köşesi vardı. Verdiği o tak tak cevaplar, laf çakmalar beni her zaman benden alırdı. Daha öncesinde Perihan Abla, aynı yıllarda Altın Kızlar derken kadın komedisi benim hayatta en çok güldüğüm şey halinde gelmişti. Yine Yasemin Yalçın'ın televizyona transferiyle Haşlama Taşlama programı cumamı şenlendirmeye yetiyordu. Hatta orada pembe dizilerle dalga geçilen skeci ve karakterleri daha dün gibi hatırlıyorum: Guşto, Angutyo,

Kerester:) Ve aynı yıllarda ulusal kanalların bizi tanıştırdığı muhteşem insan Huysuz Virjin! Allah'ım bu hazırcevap huysuz kadın karakter adeta benim alter egomdu! Sabaha kadar olsa izlerdim, neden iki saat sürüyordu sanki!

Bu dişil komedi enerjisini iliklerime kadar hissederken Nihan da benim Yasemin Yalçın'ım, Demet Akbağ'ım, Betty White'ım, Huysuz Virjin'im, Perran Kutman'ım olmuştu. Yalnız o günlerde BKM binasının o meşhur yan duvarında bambaşka bir afiş vardı herkesin gözüne çarpan: Kocaman kel bir adam kafası, ince bıyıklar, çene altında küçük ince bir sakalcık. Fotoğraf üstüne bir karikatürü andıran portre çizim. Altında da şöyle yazıyordu:

'Cem Yılmaz, Tek Kişilik Gösteri - Bir Tat Bir Doku.'

Allah Allah? Tek kişilik gösteri ne demekti ki? O zamanlar ne sosyal medya ne internet var. Onları geçin, cep telefonu bile yok. Dolayısıyla bizim tek kişilik gösteriden anladığımız koca bir hiç! Yani bu adam içeride ne yapıyordu? Jonglör müydü, sihirbaz mı? Fıkra mı anlatıyordu, şarkı mı söylüyordu? Ne olduğunu anlamak için önce hâlâ görüşmeye devam ettiğim ilkokul arkadaşlarım Cenk ve Eray'la gitmeye karar verdim. Harçlıklarımla üç tane bilet almıştım ancak Cenk son dakikada ekmişti:) Eray da buluşmayı unutmuştu ama tek başıma gidemezdim, nasıl bir şeyle karşılaşacağımı bilmiyordum ve daha 11 yaşındaydım! Erayların kapısına gittim, tam çıkmaya hazırlanıyorlardı, zar zor izin alıp benimle gelmeyi başardı. İkimiz gittik, balkonun birinci sırasındaydı yerimiz. Gösteri başlar başlamaz esprileri ardı ardına patlatmaya başladı sahnedeki saçsız bey. Sevgilisini memnun etmeye çalışan erkek karakteri "Pınar noooolduuu" diyerek tiye alıyor, yabancı dizilerdeki dublajlı diyalogları Dallas dizisi üstünden "Sue Ellen, Ceyar, Rid, Hed, Höd, Hud..." falan gibi şeyler söyleyerek gömüyordu. Arada seyirciye sataşıyordu. Aslında yaptığı biraz Huysuz Virjin'in yaptığına benziyordu ama daha anlatı gibi, daha şaka üstüne şaka patlatarak yapıyordu bunu. Ben ilk defa bir erkeğe bu kadar çok gülüyordum.

O güne kadar benim için güldürmek, neşe, eğlence, şaka, kahkaha sanki kadınlara özgü ya da kadınların daha iyi yaptığı bir şeydi. Çıktığımızda gülmekten kendimizden geçmiştik. Eray'la birbirimize bakıp "oğlum o neydi öyle ya!" diye diye evin yolunu tutmuştuk.

Tabii ki ertesi gün pazartesiydi ve servistekilere bu olağanüstü deneyimden bahsettim. Nihan çok heyecanlandı. Diğer arkadaşlarımız da çok merak ediyordu, çünkü bir şeyi beğendiysem onu mutlaka anında başkasına satabilirim. Pazarlama yeteneklerim hep çok gelişmişti! "E o zaman hep beraber gidelim!" dedim. Çok şaşırdılar. "Ne yani, yeni gördüğün şeye tekrar mı gideceksin?" diye sordular. Çünkü normalde gittiğimiz şeyler nadiren sinema ya da tiyatroydu. Onlara da hemen bir daha gidilmezdi. Bunun farkı neydi ki? Hemen arka beşli koltuğu ikna ettim. Hepsinden bilet parasını toplayıp servisten de Beşiktaş'ta inip gişenin yolunu tuttum. Dediğim gibi internet yok bir şey yok, gidip gişeden ne zamana bilet varsa alıyorsun. Aldım. Beş bilet. Bir arkadaşımız ekti. İki kız iki erkektik. Pazar gündüz matinesine gidecektik zira yaşımız gereği dışarı çıkabildiğimiz tek zaman dilimi oydu. Bir neslin buluşma yeri olan Beşiktaş McDonalds önüne gittim. Kimse yoktu. Sonra Nihan ve diğer kız arkadaşımız Hayriye geldi. Ekibin dördüncüsü olan erkek arkadaşımız da köşede saklandığı yerden çıkıp yanımıza geldi. Evet saklandığı yer çünkü saklanıyormuş. Kızlar gelmezse biz ikimiz erkek erkeğe öyle etkinliğe gidemezmişiz:) Ben gelmeyip iki kız gelirse de o iki kızla öyle şeye gitmezmiş. Te Allah'ım! Ama tabii o yaşlardaki türlü türlü ergen çekincenin temelinde mantıklı sebep aramak beyhude bir çaba olurdu, o yüzden o arkadaşımızı da bağrımıza bastık ve gösterinin yolunu tuttuk. Ben ilk gidişimden içeriğe hâkimdim. Biraz da arkadaşlarıma artistlik yapmak istiyordum. O yüzden de Cem Yılmaz'ın sahnedeki "Araba sesi çıkartabilen var mı?" sorusuna olmayan caz gırtlağımı kullanarak okkalı bir şekilde "Vınnnn ğınnn vınnnn!" karşılığını verdim. Kendisinden de "Bunun içinde tır var tır" cevabını almıştım. "Oha!" diye geçirdim içimden. Adam bana sahneden cevap verdi. Nihan ve bizim ekip tabii ki gösteriden sonra bununla epey dalga geçtiler. "Haftaya sana teklif yapar bence!", "Oğlum telif iste, herkes en çok senin taklidine güldü!" şeklindeki yüzeysel ama tatlı şakaların hedefi haline gelmiştim. Nihan bayılmıştı gösteriye ve tabii ki birkaç hafta sonra ikimiz tekrar gittik izlemeye.

Okul bitip liseye geçince Nihan'la yollarımız ayrıldı. Ama biz o sırada önce annem bankadan emekli olunca lojmanlardan hemen aşağıdaki muhitin görkemli yapı topluluğu Fulya Sitesi'ne, birkaç sene sonra da babaannem vefat edince, biraz da ekonomik sebeplerle, tekrar çocukluğumun geçtiği Ihlamurdere Mısırlı Sokak'ın köşesindeki Demet Apartmanı'ndaki eve taşınmıştık. Nihanlara çok yakındı o ev ve belli aralıklarla sokakta, caddede karşılaşıyorduk. Tabii bu karşılaşmaların arasına bazen aylar bazen yıl girdiğinden her karşılaşmamız biraz daha hüzünlü bir neşe içeriyordu. Çünkü büyümek berbat bir şeydi. Sorumluluklar artarken, kariyer denen salak saçma dert başa bela oluyor, hayatın gerçekleri şırrak diye yüzüne çarpıyordu insanın. Bir kere profiterolcüde karşılaştık. Kulağıma "Şu tezgâhtaki çocuk çok tatlı değil mi?" diye fısıldadı. Tıpkı o kırtasiye günlerindeki muzur ifade vardı suratında. Gülüştük. "Profiterolcüden mi hoşlanıyorsun?" diye takıldım. "Ne var, çok iyi iş yapıyorlar bak" dedi. Bu sefer kahkahalarla koptuk. "Bir Cem Yılmaz yapalım bir ara, yeni gösterisi gelmiş!" dedi. Yıllar geçiyor ama biz karşılaşmaya devam ediyorduk. Karşılaşıyor ama asla buluşmalı sosyal bir plan yapmıyorduk. Sanki o karşılaşmalar yetiyor gibiydi ya da yaşamamız gereken bütün eğlenceyi ortaokul yıllarında yaşayıp bitirmiştik belki de... Zaman zaman karşılaşmalarımızda eski öğretmenleri çekiştirir, yaptığımız işlerden birbirimize bahsederdik. Ben bankadan sıkıldığımdan ve oyuncu olmak istediğimden daha bankacılığımın beşinci yılında ona bahsetmeye başlamıştım.

Bir gün bankada yine e-postalara gömülmüşken cep telefonum çaldı. Bütün binayı, koca dünyayı başıma yıkan o haberi aldım. Nihanlar ailece trafik kazası geçirmişti. Nihan'la anneciği oracıkta melek olmuş, babasıyla ablası kurtulmuştu. Tuvalete koşarak hüngür hüngür ağladığımı ve hemen izin isteyip eve gittiğimi hatırlıyorum. Ne bankadaki ne üniversitedeki ne de lisedeki arkadaşlarıma hiç bahsetmediğim, görüşmediğim için ailemin de tanımadığı canım kadar sevdiğim arkadaşımdı o benim. Hayatın ne kadar bomboş, anlamsız olduğu ve hiçbir şeyi ertelememek gerektiği hiç bu kadar tokat gibi çarpmamıştı suratıma. Sanki Nihan'la birlikte çocukluğumdaki neşe, kahkahalar hepsi yok olup gitmişti... Hemen Facebook'taki 2011'e ait son yazışmalarımıza baktım. Nihan'ın bana son yazdığı şeyi ileride kendime dememek için bir gün çok geç olmadan harekete geçmeliydim. Bana yüzlerce kahkaha armağan eden Nihan'ın cennete uçuşu beni bambaşka bir yerden tetiklemişti...

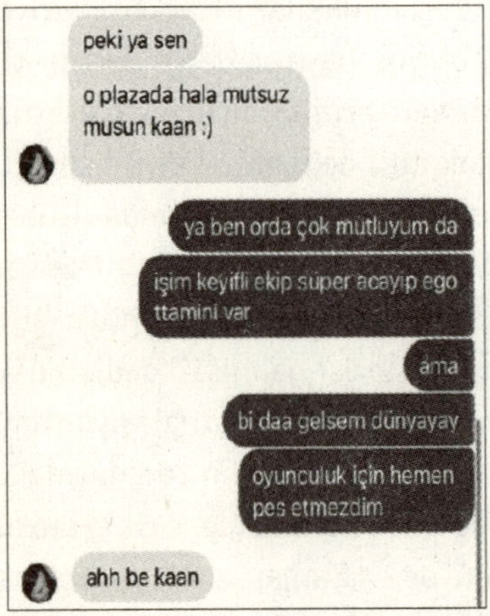

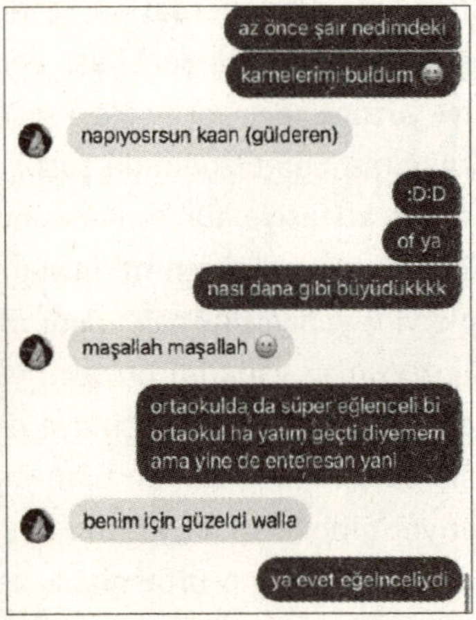

*Nihan'ın ilk mesajındaki Gülderen, fen hocamızın adıydı ve bir eliyle gözlüğünü tutup oturduğu yerden konuştuğumu fark edip kafasını hiç oynatmadan 'r' harfini de bastırarak "Napıyorsun Kaan?" deyişiyle yıllarca dalga geçmiştik.

Yok Artık LeBron James!

Maslak'taki sahnede yaptığım son gösteriye duayen gazetecilerden biri gelmişti. Ertesi gün *Sözcü*'deki köşesinde sadece benim gösterime yer vermiş, baştan aşağı övgüler dizmişti. Çok mutlu oldum tabii. Yazısında bir yerde "Kaan Sekban bu konuda doğuştan bir yetenek. Cem Yılmaz gibi izleyicileri gülmekten kırıp geçiriyor" cümlelerini kullanmıştı. Bu güzel yazıyı 'laik atak' geçirmeyen insanlar da görmeliydi! Hemen Instagram sayfamda paylaştım. Birkaç saat sonra benzetildiğim beyefendiden altına şöyle bir yorum düştü: "Yazıdaki tatlılık da Cem Yılmaz gibi, Cem Yılmaz ne ya güldürme birimi mi:)" Gözlerime inanamamıştım. Gerçekten o muydu? Yahu takip bile etmiyordu, nasıl fark etmişti? Zaten takip ettiğini bilsem sanki onunla yarışıyormuşum gibi algılanmasın diye yazıyı asla paylaşmazdım. Büyük ihtimalle uluslararası Instagram literatüründe 'stalk'lamak' diye tabir edilen takip et tuşuna basmadan gizlice profilimde gezinme eylemini yapıyordu bir süredir:) En başta ne yapacağımı bilemedim. Tabii ki yapılacak en doğru şeyi yaptım ve tek tek bütün arkadaşlarıma haber verdim. Önce liseden en yakın erkek arkadaşım Asım'ı aradım. Çünkü Cem

Yılmaz geyiklerinin bizim dostluğumuzda çok özel yeri vardır. Anlatır anlatmaz "Oğlum müthiş haber yahu! Cem Yılmaz bu!" diyerek olayın büyüklüğünü bir kez daha bana hatırlattı sağ olsun. Tam adama mesaj atıp teşekkür etsem çok mu Kezbanca bir hareket olur diye düşünürken pıt diye DM kutuma kelimesi kelimesine aşağıda yazdığım şu mesaj geldi:

"Sevgili kardeşim, gördüğüm, duyduğum kadarıyla söyleyeyim iki kelimeyi yan yana getiremeyenlerin dünyasında bir güneş gibi doğmuşsun. Seni çok tebrik eder, yaptığın işten, buluşacağın seyirciden her zaman büyük bir mutluluk duymanı temenni ederim, dev komedyen Cem Yılmaz."

O kadar şaşırmış, o kadar mutlu olmuştum ki, kurumsal bir etkinlik için bulunduğum Sapanca'daki otel odasında minibardaki bütün şarabı içmiştim keyiften. Yine de emin olamıyordum. Bu konuda nahoş deneyimlerim de olduğu için hemen verilebilecek en korkunç cevabı verdim:

"O kadar mutlu oldum ki... Hacklenmedin değil mi?"

"Tabii ki hacklendim!" diyerek yüreğimi ağzıma getirdikten hemen sonra telefon numarasını yazdı, ben de tabii. Ve komedyenlerin flörtünde WhatsApp'a geçildi:) Sesli mesajını da aldıktan sonra artık o olduğuna emindim. Yani Cem Yılmaz taklidi yapan bir Sefa Doğanay değildi herhalde karşımdaki! Biraz geyik muhabbeti yaptıktan sonra gösterime gelmek istediğini, gülmenin onun da hakkı olduğunu ekleyerek şu altın tavsiyeyi verdi:

"Lütfen moralini yüksek tut, insanların sana ihtiyacı var."

Gerçekten hayatımın aşkını bulsam bu kadar mutlu uyur muydum emin değilim. Gerçi hayatımın aşkını bulsam niye uyuyorum:) Neyse... Demek istediğim yolun başındaki bir komedyen için böyle birinden bu ışığı almak paha biçilmezdi. İlle de kanka olmamıza, yeni bir Zeki-Metin mi doğuyor diye kitleleri heyecanlandırmamıza gerek yoktu. O an çok büyülüydü ve çok güzeldi. O andan alacağımı aldım ve bildiğim bütün şükür dualarını okuyarak saat üçe kadar falan salak salak tavanı seyrederek sonrasında da mışıl mışıl uyuyarak geceyi sonlandırdım.

Daha güzel ne olabilir ki diye düşünürken birkaç gün sonra beni ofisine davet etti. Ben de zaten kitabımı hediye etmek istiyordum. Ofisine gideceğim günün bir önceki akşamı rahatsızlanmıştı. "Sabah haber edeceğim sana" dedi. Çok üzülmüştüm. Yani şimdi sırası mıydı hasta olmanın? İnsan biraz kendine dikkat etmez miydi yahu? Kendi kendime buluşamayacak olmanın verdiği anksiyete ve hayal kırıklığıyla kafamda abuk sabuk sorular bıraktım evrene. Hani büyüklerin bir lafı vardı ya 'sabahı sabah ettim' diye, işte benimki de aynı o hesap. Arada saçma sapan mesajlar attığımı hatırlıyorum: "Abi mutlaka karabiberli ıhlamur iç", "Bal çok iyi gelir." Ay neye iyi gelir acaba? Ne bildin nesi var da Lokman Hekim gibi kocakarı tarifleri veriyorsun yeni tanıştığın adama şaşkaloz Kaan!

Ertesi gün yani buluşmayı planladığımız gün de İş Kuleler de imza günüm var. D&R'ın kurumsal iletişim direktörü Nalan'la orada buluştuk. Bir yandan imza atıyorum, bir yandan da Nalan'a dert yanıyorum: "Ya sabah mesaj attım ama telefonu kapalı, hastayım dedi, herhalde iyileşmedi. Belki de çok darladım adamı, beni başından savmak için mi hastayım dedi acaba Nalan, ne diyorsun bu işe?" Nalan hem gülüyor hem de bana moral veriyordu: "Saçmalama Kaancığım, ne güzel gelişme. Yalnız çok şaşırdım, Cem kimseye böyle direkt destek olmamıştı daha önce. Yani pek tarzı değildir diyeceğim de başka genç senin gibi komedyen de çıkmadı dikkatini çekecek aslında." Nalan kendi kendine davranışsal nedensellik üstüne tezler saçarken etrafa ben otuz saniyede bir telefonuma bakıyordum. Derken o da ne! Trinkk diye bir mesaj düştü WhatsApp'a:

"Kaancım ben toparladım, gayet iyiyim, sen işin bitince gel direkt, görüşürüz!"

Allaaah! Gidiyorum ben. Tutmayın beni! O mesajdan sonra Nalan da haklı çıkmanın gururuyla söze girdi hemen: "Bak gördün mü, ben sana demedim mi?" Hayır canım demedin, kimse demedi. Cem dedi. Gel dedi. Görüşelim dedi. Sen demedin. Hahaha daha fazla delirmeden "Evet ya sen haklı çıktın" diyerek Nalancığımın gelmekte olan bütün 'ben demiştim'lerini mühürledim. Bir yandan da imza gününü bitirmeye çalışıyordum ve gelenlere "Yavaş yavaş bitirelim isterseniz, son arkadaşlar değil mi? Hayır Cem Yılmaz bekliyor beni biliyor musunuz? Bekletemem çok ayıp olur" diyerek ufaktan hem havamı atıyor hem de beş yaşında çocuktan hallice heyecanımı oradaki herkesle paylaşıyordum.

Etkinlik bittikten sonra ofisine doğru yürümeye başladım. Yavaş yavaş yürüyorum ki terlemeyeyim zira ne zaman önemli yerlere yürüyerek gitmeye kalksam heyecandan ve yürüme hızımdan ter içinde kalırım. Adam şimdi sarılır öper, tanıştığı dakika benden soğumasın.

Ofise gittim, çok sıcak karşıladı, sarıldık, terlememiştim. Ama konservatuvar seçmelerindeki tıfıl yetenekler gibi heyecanlıydım. Gerçi konservatuvarlı olmadığım için o heyecanın nasıl olduğunu bilemeyeceğim, muhtemelen siz de canlandıramadınız kafanızda ama başka metafor bulamadım idare edin artık:) Oturup sohbet etmeye başladık. Bir süre sonra ağabeyi geldi, onunla tanıştırdı, "Acayip bir adam, bankacıyken komedyen oldu, herkes bayılıyor!" minvalinde bir şeyler söyledi. Ağabeyi Can Bey buna bir anlam verememiş olacak ki "Aaa, neden böyle bir şey yaptın?" gibi bir soru sordu. Aslında mantıklı bir soru. Ben de bilmiyorum ki neden yaptım. Yani "o kadar merak ediyorsan gösterime gel" diyemedim tabii:) Bir şeyler eveleyip geveleyip yüzümü tekrar batıya yani Cem Yılmaz'a döndüm. Hep birlikte sohbet ettik. Ağabeyi Can Yılmaz da bana kitaplarını hediye edip imzaladı sağ olsun. O sıralar Arif V 216 filminin montajı bitmiş, vizyona girmeyi bekliyordu. O kadar heyecanlı, o kadar meraklıydı ki seyirciden gelecek tepkiler için. Çocuk gibi telaşlıydı. Onun bu mesleğe yeni başlamış gibi heyecanını ve tatlı paniğini bu kadar yakından görmek bana çok iyi gelmişti. Koskoca Cem Yılmaz bile hâlâ filmi beğenilecek mi diye endişe duyuyorsa benim Bursa'ya yirmi kişi geldi diye bunalıma girmeye ne hakkım vardı! O kadar inanamıyordum ki orada olduğuma, gizlice telefonumla bir iki fotosunu çekip Friends Forever grubuna atmış olabilirim:) Muhabbet ilerledikten sonra "Gel sana biraz filmi izleteyim" demesin mi! Vallahi dedi. Üst katta bir odaya geçtik, kocaman ekranlar ve bilgisayarların olduğu bir karargâh gibiydi. Filmden bazı sahneler izledik. Zaten komikti sahneler ve çok güldüm ama yine de beğenme tepkilerimi biraz abartmış olabilirim.

Bir süre sonra saatin epey ilerlediğini ve akşam olduğunu fark ettim ve "ne yapışkan çocuk" demesin diye gönülsüzce "Şey, geç oldu, ben artık daha fazla rahatsız etmeyeyim, müsaade isteyeyim" diyerek en iyi çıkış yapan ezik komedyen ödülüne adaylığımı açıklamış oldum çünkü bu konuda da çocukluk travmam var. Beşiktaş Kardeşler Apartmanı'ndaki evimizde üst komşumuzun çocuğu arkadaşımdı ve geceleri oturmaya onlara giderdim. Çok oturursam babaannesi kalkıp "Hadi artık Kaan, yatacağız, sen evine" diye beni kovardı alenen. Hatta birkaç kere de kapıdan çevirmişliği vardır. "Yok yavrum, geç oldu artık sen de evine git" diye suratıma çat diye az kapanmadı o 12 numaranın kapısı.

Neyse ki Cem Yılmaz, Serkan'ın babaannesi gibi net değildi ve "Olur mu ya lütfen biraz daha kal, çok güzel bir dönerci var burada, şimdi ufak bir döner partisi yaparız. Sen de yemelisin" dedi. Allah'ım ilkokuldaki dönerli mezuniyetten sonra şimdi de yılın buluşmasına yine yaprak yaprak dönerler damga vuruyordu. Tam bu sırada telefonuma "Yok artık, bu kadarı gerçek olamaz" dediğim bir mesaj geldi.

Bankayı bıraktığım günlerde seçmelerine katıldığım ve ne yazık ki kazandığım, provası dört ay sürüp dört kere oynadıktan sonra perdelerini kapatan İstanbulname müzikali sırasında tanıdığım, müzikalin koordinatörü Evren, daha önce bahsettiği ve kendi sahneye koyacağı kabare tarzı bir oyun için beni de kadroda istediğini söylemişti. Ayrıca kadroda Nükhet Duru ve Nursel Köse gibi isimlerin olduğunu da söyleyip mekân olarak da Okan Bayülgen'in yeni açacağı Dada Salon Kabare'yi kullanacaklarını belirtmişti. Ben de tabii isimleri duyunca hemen kabul etmiştim. Gelen mesaj Evren'dendi:

"Kaancığım akşam hep birlikte toplanıyoruz, herkese uygun bu akşam, Okan da orada olacak. Mutlaka bekliyoruz!"

Haydaa! Güne bak güne. Aynı gün Cem Yılmaz'la döner yiyip, akşamında Okan Bayülgen'le sahneye koyacağımız yeni kabareyi konuşmak? Akşam da henüz borçları sıfırlayıp araba alamadığım için 522 ST ile eve gitmek? A yoo! Bu kadarı bana fazla gelir. Bünyem kaldırmaz. Bu iki adamı ayrı günlere bölelim lütfen!

Tabii ki "Tamam tamam tabii, ben iki saat sonra orada olurum" diye mesaj attım. Dönerler geldi, beş dakikada herkes midesine indirdi. Bir yandan da "Biz sana nasıl destek olabiliriz?" diye soruyordu tatlı tatlı. Yani o an içimden "bak Cemciğim destek olmak istiyorsan iki tane skecimi repost ediver, eline mi yapışır, şu takipçi sayımı bir milyona çıkaralım hadi!" demek geldiyse de "Ağabey çok teşekkür ederim, daha nasıl destek olacaksın, tanışmamız çok kıymetli" dedim gerçek bir soylu gibi. Kitabımı hediye ettim, fotoğraflar çekildik. Aidatların belirlenmesi, dilek ve temenniler, kapanış.

O kadar duygu yüklendim ki... Acaba araba sesi çıkarsam suratına ne yapardı? Acaba Cem Yılmaz filminin sahnelerini izletirken Nihan da bir yerden beni izliyor muydu? Şimdi hayatta olsaydı görüşemediğimiz yılların acısını çıkarmaz mıydık... Hayat ne kısaydı. Ve ne değerliydi.

Beynimdeki bütün nöronlar ve kalbimdeki her hücre kıpır kıpırken böyle bir günün üstüne bir de Okan Bayülgen'le tanışmayı gerçekten hassas yüreğim kaldıramazdı. Neyse ki akşamki buluşmaya kendisi son dakikada işi çıktığı için katılamadı ve bu tanışma başka bahara kaldı.

Kutlama Üstüne Kutlama

Bu tanışmanın ardından birkaç ay geçmiş, ben Avrupa Yakası'ndaki gösterilerimi Mecidiyeköy Trump Sahne'de yapmaya başlamıştım. Ancak aklım da kalbim de varsa yoksa Zorlu PSM'deydi. Orada çıkmak hem prestijli ve performansçının marka değerini yükselten bir etkiye sahipti hem de seyircilerin çok aşina olduğu bir mekândı. Ancak pek tabii Zorlucuğumuzun burnu biraz havadaydı. Bu bir ölçüde anlaşılabilir bir şeydi zira örneğin New York'taki Carnegie Hall'da da çıkmak istiyorum deseniz bin dereden su getirmeniz gerekir. Ancak ben sürekli Metin'e "Oğlum bir sürü kontağın var, sen oranın çocuk tiyatrosunu yapmadın mı yıllarca, niye çıkamıyoruz?" diye çıkışıp çocuğun başının etini yiyordum. Bir noktadan sonra gurur meselesi yapmıştım ama halimden de memnundum. Salonlarım doluyor, kitabım tüm aksayan pazarlama faaliyetlerine rağmen bankacılıktan kalma sıkı saha takibim ve çeşitli öz pazarlama tekniklerim sayesinde gayet iyi satıyor, okurlarım da seyircilerim de günden güne artıyor, skeçlerim elden ele viral oluyordu. Zirvelerden davetler alıyor, şirketlere özel yaptığım mini beyaz yaka stand up'ıyla bir işten diğerine koşuyordum. Borçlarımız kapanmış, ayağımı yerden kesecek bir araba alabilmiş, makul, merkezi ve kiralık kendi evime çıkabilmiş, babacığımın benim yüzümden satmak zorunda kaldığı aracının yerine ona hep istediği marka arabayı da alarak aileme yakın geçmişte istemeden yaşattığım finansal darboğazı bir nebze bertaraf edebilmiştim. Tabii tüm bunlar yazarken veya okurkenki gibi kolay olmadı. Kısa gibi görünen bir sürede belki de insan üstü bir emek ve eforla özellikle mental olarak çok yoruldum ve kendime küçük bir ödül vermek istedim. Ekonomimizin henüz bu kadar mahvolmadığı ve paramızın görece değerli olduğu günlerdi, ama ben değerini bilememiş olacağım ki doların 4 TL'ye çıkmasını sonradan ikonik olacak bir skeçle tiye almış, 'endişesiz elit' diye yeni bir karakter yaratmış, 'ekonomide uçmak gibi çılgınlıklar' deyişini dillere pelesenk etmiştim. Yine de "küçük bir ara, küçük bir kaçamak en çok benim hakkım!" diye düşünerek İstanbul'dan sonra en sevdiğim şehir olan New York'a biletimi aldım! Bir hafta boyunca sadece gezecek, her gün bir bazen iki müzikal izleyecek, yepyeni komedyenler keşfedecek, biraz da yiyecek, içecek ve asla gerçekleştiremeyeceğimi bile bile sabahlara kadar partileme planları yapacaktım. Bu aslında benim için şehirle aramdaki kutlama seyahatiydi. Çünkü New York'a son gidişim 2015 yılında, annem kanser tedavisi görürken, ben bankada can çekişirken iki haftalık müzikal atölyesi içindi ve o seyahatten sonra kendime yeni bir yol çizmeye karar vermiştim. Bu tatil aslında benim New York'a "gördün mü bak, seni değil henüz ama İstanbul'u yendim, bunda senin de az payın yok ha hınzır!" deme şeklimdi.

Uçuşum Nisan sonundaki gösterimin hemen ertesi sabahıydı. Gösteri gününden bir gün önce de Cem Yılmaz'ın doğum günüydü. Kendisine kutlama mesajı attım ve hiç beklemediğim bir cevapla karşılaştım: "Sağ ol kardeşim, e ben ne zaman geliyorum gösteriye artık? En yakın ne zaman var?" Anaa! Yahu yarın var da ona gelemezsin, gelmemelisin. Yani buna hazır değilim. Aslında hazırım tabii de. Zorlu'da çıkana kadar beklesen daha güzel olur. Hem şimdi bavul yapıyorum, telaşım var. Yine giymeyeceğim bir sürü şey doldurdum valize. Bir de senin gelip beni en önden izlemeni vallahi kaldıramaz bu çocuğun bünyesi. Tabii bunları diyemediğim için "Abicimmm, yarın var, yarın gelsene ne güzel olur!" dedim. Hemen kabul etti. "Ben biraz erken gelirim, kuliste sohbet ederiz" diye de ekledi. Bu haberi de Harbiye'deki vize merkezinde aldım zira gerçek bir salak gibi New York uçuşumdan on gün önce Schengen'e başvurmuştum ve pasaportum uçuşuma bir gün kala hâlâ gelmemişti. Bin bir stresle gittiğim vize merkezinde pasaportumun geldiğini öğrenip sevinç naraları atarken aynı anda Cem Yılmaz'ın gösterime geleceğini öğrenmiş oldum. Hemen Metin'i aradım. Yaş günü için bir sürpriz yapıp pasta ısmarlayalım, kırk beşe girdiğine göre kocaman bir dört ve beş şeklinde olsun dedik. Ertesi gün oldu. Hatta inanmazsınız akşam bile oldu. Saat 6 gibi geldi bu. Hahaha böyle anlatırlar ya hevesli hevesli ona atıf yapmak için bu korkunç zamiri kullandım yanlış anlaşılmasın. Sevgili Cem Yılmaz 6 gibi geldi, o kadar sıcak ve yapıcıydı ki, benim heyecanımın da farkında olarak beni rahatlatmaya çalıştı. Yani elime ayağıma kolonya dökmedi tabii, muhabbeti ve şakalarıyla sanki bir şeyler yiyip içmek için buluşmuşuz gibi bir hava yarattı. Tekstimin nerede olduğunu sordu, yazılı hiçbir materyalim olmadığını söyleyince çok şaşırdı. "Nasıl yani yok mu bir metnin?" dedi. "Yok valla, her şey kafamda oluşuyor" dedim. Bir şey demedi kibarlığından ama bunu amatörce bulduğuna eminim, zira bütün komedyenlerin şakalarının yazılı olduğu metinleri vardır, normali budur. Biraz konuştuktan sonra yine altın değerindeki şu tavsiyeyi verdi:

"Takip ettiğim kadarıyla çok çalışıyorsun, oradan oraya koşturuyorsun hep. Performans kaygın da olması normal ama ne olursun yaptığın işin tadını çıkar, eğlenmene bak. Arada kendini sal."

İçimden "sen salmayı yarın gör, özgürlük heykelinden selfie atarım!" diye geçirdim ve sahne saatinin gelmesiyle saçma tap dance ayakkabılarımı ve şapkamı giymeye koyuldum.

"Ha sen şarkı söyleyerek mi açıyorsun şovunu?" diye sordu ben karşısında jonglör gibi giyinince. Biraz utana sıkıla "Evet" dedim. "Anladım canım" dedi. Yani bu 'anladım canım' aslında 'Allah şifa versin' gibi bir şeydi zira ben dahil hiçbirimiz neden böyle bir şey yaptığımı bilmiyorduk.

Gösteri başladı, açılışta "Her gösterimi beğenmeyen 5-6 kişi mutlaka oluyor seyirciler arasında, bugün o 5-6 kişiyi de düşündüm ve şovu garanti altına almak istedim, o yüzden çok özel bir konuğumuz var" diyerek adını anons etmeden perdenin arkasından kendisini davet ettim. Perde açılınca herkes şaşkınlıktan ve sevinçten çıldırmış gibi alkışlamaya başladı. İşimin çok zor olduğunu bir kez daha fark ettim. Küçük bir muhabbet sonrası onu hem en güzel hem de en riskli yer olan babamın yanındaki koltuğa uğurladım. "Mikrofon bende kalsın arada müdahale ederim" gibi bir şaka yaptı ve mikrofonla oturdu. "Eyvah" dedim ya arada destek olmak için sataşırsa ve sahnede mal gibi kalırsam? Neyse ki hiç böyle bir şey yapmadı. Çok büyük ihtimalle ben heyecandan belli bölümlerde oyundan düşersem devreye girmek için yapmıştı bunu. Gösteri bitti, sahneye geldi. Küçük bir şov yapıp herkesi kopardı. Her gösteriden sonra çektiğim seyirci ile toplu selfie videosunda "Beş yüz kişiyi güldürmek kolay, en zoru bir kişiyi güldürmek, o da kendini, sen bunu başarmışsın. Hikâyesi olan insana hasretiz. Bana diyorlar ki Cem Yılmaz hep kendi şakalarına gülüyor, e ben kime güleceğim ki diyordum, sonunda ben de buldum, çok teşekkürler sana!" diyerek ayaklarımı yerden kesebildiği kadar kesti. Sonra arkadan gelen dev kırk beş pastası, şaşkınlık, mutluluk, bol alkış ve rüya gibi bir gecenin sonu.

İşte şimdi New York seyahati gerçek bir kutlamaya dönüşmüştü. O kadar mutluydum ki eve gider gitmez uyumakla zaman kaybedemem diyerek duşumu aldım, gündüzden hazırladığım valizi alıp havalimanının yolunu tuttum. Zaten uçağım sabahın zifiri karanlığındaydı, iki saat uyuyup zaten şaftı kaymış bünyemi iyice alt üst edemezdim. Hem nereden bilecektim altının üstünden daha iyi olmayacağını:) Hayır buralara girmeyeceğim.

New York'a oranın saatiyle öğleden sonra 3 gibi vardım. Gider gitmez de Cem Yılmaz'a fotoğraf attım, "Sen sal dedin ben de saldım" minvalinde bir mesajla. "O kadar demedik yahu" gibi şakalı bir mesajla iyi tatiller diledi. Otele yerleşir yerleşmez gidip o akşam için Kinky Boots müzikaline bilet aldım. Tabii ki Amerika'yla aynı meridyendeymişiz gibi saçma bir özgüvenle yaptığım bu hareket kaba etimde patladı zira ikinci yarının başında salonda herkesin içinde sızmışım. Küçük, zararsız ama bir o kadar da rahatsız edici bir horultu salmış olacağım ki yanımdaki teyze dürttü ve "Honey you are sleeping!" (Tatlım uyuyorsun!) diyerek uyardı. O kadar utandım ki akbili boş basan gururlu beyaz yakalının otobüsten inmesi gibi hemen salonu terk ettim.

Ertesi gün *Hürriyet*'in *Kelebek* eki bizi manşet yapmıştı: 'Komedyen Dayanışması!' Altında da ikimizin sahnede gülmekten koparken dev fotoğrafı. Çok güzel şeyler de yazıyordu altında. Hürriyet'in tüpçü beye henüz devrolduğu günlerdi. Çok şaşırmıştım çünkü bizim basın danışmanımız falan yoktu. Özellikle de basın bülteni yapıp etrafa dağıtmamıştık. Zaten hiç o taraklarda bezim olmadı. Bir şeyin haber değeri varsa yerini de bulur diye düşündüm hep. Fakat yine de nereden, nasıl *Kelebek*'e manşet olacak bir yolculuğu olmuştu o fotoğrafların? Hemen Cem Bey'e mesaj attım: "Abi selamlar, sakın yanlış anlama, biz o gece asla haberci, magazinci çağırmadık, haberi de biz yaptırmadık!" Haberde olumsuz tek bir satır bile yoktu ama yine de benim onun gelişinden faydalanıp üstünden prim yapmaya çalıştığımı düşünmesini istemedim. Sonra bin kere TBT yaparak bu güzel anın duygusal ekmeğini yiyecektim ama gazetecilere servis etme eylemi başlı başına sevimsizdi. "Yoo ben çok beğendim, çok güzel yazmışlar" demesiyle derin bir nefes aldığımı hatırlıyorum 6. Cadde'deki pek kimsenin gitmediği tenha Starbucks'ta üstünde Kevin yazılı soya lattemi beklerken. (Kevin benim yurtdışındaki Starbucks adımdır, Kevin Spacey'e benzetildiğim için herhalde, neyse bahtım benzemesin:))

O kadar güzel o kadar güzel geçiyordu ki New York kaçamağım, mesaj atan takipçilerimle buluşuyor, yemek yediğim yerlerde yan masamda oturan ekseriyetle yaşlı Amerikalılarla muhabbetlere girişiyor, her gece farklı oyunlara, müzikallere gidip, en çok anladıklarımdan müthiş bir özgüvenle çıkıyordum. Ve tabii ki her güne "bu gece g.tü başı dağıtacağım, New York'un barlarında sabahlayacağım!" diye başlayıp, 80'lik tur teyzeleri gibi müze, müzikal, yemek üçgeniyle günü tamamlayıp asla geçmek bilmeyen Jet Lag'ın etkisiyle akşam on gibi tavuktan hallice bir finalle yorganı kafama çekiyordum.

Tatilin tam ortasında Metin aradı, "Abi haberler süper, Zorlu gösteri koymayı kabul etti, iki ayda bir yapabiliriz dediler. Hemen açıyorum bir gösteri Biletix'te, şu tarih sana okeyse?" Hem sevindim hem de "Haspamlara bak iki ayda birmiş. Emekli maaşı mıyım ben be?" diye Metin'e çemkirdim. Yine de bir ayağımızı atalım nasıl olsa gerisi gelir diye düşünerek buruk bir sevinçle kabul ettim. Gösteriyi Biletix'e koyduk. İki günde tüm biletleri bitince bana emekli aylığı muamelesi yapan arkadaş hemen bir gösteri daha koymayı teklif etti. İçimdeki çamurdan kolye alan Marimar uyanmıştı, tıpkı devran dönüp senetleri Angelica'ya çamurdan ağzıyla aldırtan Marimar gibi o hanımefendiye Biletix linkini yerden aldırtmayı hayal ediyordum ki bu Kezban gururun yersiz, bunun da bir 'show business' olduğunun bilincine vardım ve bir gösteri daha koyduk. Onun da biletlerinin New York tatilim bitmeden tükendiğini söylememe gerek yoktur sanırım, ups söyledim galiba!

Şahane geçen seyahatimin son gecesi kendimi tıpkı 2015'teki müzikal atölyesi için yaptığım seyahatin son gecesinde olduğu gibi enfes bir müzik şöleniyle ödüllendirdim. Yalnız o zaman param yoktu ve daha ne kadar batabilirim diyerek hiç kullanmadığım tek kartımın tüm limitini kullanarak Lady Gaga&Tony Bennett konserinden yana kullanmıştım tercihimi. Şimdi ise "Bu para sokakta kazanılmıyor!" diyerek çok daha ekonomik ama en az o kadar güzel bir konser bularak Lincoln Center'da çok kere Grammy'e aday olmuş Michael Feinstein'in konserine gittim. Kendisini ve ikonik aktris, dansçı Lena Horne anısına yapılan o özel gecede sahneye çıkan tüm yorumcuları tesadüfen tanımış oldum. Seyircilerin çoğu yaşlıydı, dağıtmayı hayal ettiğim partilerden Beylikdüzü kadar uzak ama gerçekleştirmek istediğim bütün hayallere hiç olmadığım kadar yakındım. Öyle garip bir enerjiyle dolmuştum ki, Michael Bey "hadi Kaan sahneye gel ve kendi gösterilerinde söylemeye çalıştığın o şarkıyı burada söyle de görelim" dese, Gırgıriye'deki Perran Kutman gibi "sen versene şu mikrofonu bakayım bana, ver ver ver, veeeer!" diye sazı elime alıp sabaha kadar sahnede şarkı söyleyebilirdim! Neyse ki öyle bir şey olmadan konser bitti.

Ertesi gün uçaktan iner inmez Anadolu Yakası'nda gösterim vardı, hem rüya gibi bir seyahat bittiği için üzülüyor hem de seyircime "evet nerede kalmıştık?" demek için sabırsızlanıyordum. Lincoln Jazz Center'dan kaldığım otele yürürken kendi kendime şu soruyu soruyordum: Bir gün buralarda, bu ülkenin insanını da kendi dillerinde kendime hayran bırakabilecek miydim? Daha doğrusu hayran bırakmaktan öte, bambaşka bir dilde kendi hikâyemi tıpkı kendi memleketimdeki insanlara akıttığım gibi akıtabilecek miydim? Çok mu zordu? Evet. İmkânsız mıydı? Asla...

Odama gittim, bavulumu kontrol ettim. Yatağa uzandım ve günün en güzel aktivitesi olan yatmadan telefona bakma seansı için yastığıma gömüldüm. Akşamları muhakkak yirmi dakika Instagram alırım. Mart'tan bu yana doktorlar mecbur etti biraz da:) Telefonu elime almamla DM kutuma şu mesaj düştü:

"Kaan Bey, Cem Yılmaz'ın geldiği gösterinizdeydim. Sizinle ne kadar gurur duysam az, uzun zamandır bu kadar gülmemiştim. Sadece bir yapıcı eleştiri, başta söylediğiniz daha doğrusu söylemeye çalıştığınız şarkıyı lütfen çıkarın. Muhteşem bir şovu müsamere seviyesine indiriyor ve çok eğreti duruyor. Umarım bana kızmazsınız ve engellemezsiniz. Sizi seviyoruz." Hiç kızar mıyım, hiç engeller miyim diyemeyeceğim çünkü kızarım da engellerim de, eleştiri aldığımda ambulanslık olurum ben! Beyaz yakalı geçmişim var, ben nasıl eleştirilebilirim? Eleştirilemem, eleştirilmem teklif dahi edilemez! Ama bu eleştiri çok doğru ve yerindeydi. Müziği, müzikalleri, cazı çok seviyordum. Ancak bu haliyle çok amatör duruyordu. Üstelik canlı orkestra bile yoktu. Karaoke gibi söylüyordum. Hiçbir şeye de hizmet etmiyordu. Zamanı geldiğinde hocalarla yapılacak okkalı provalarla, ışıl ışıl orkestralarla, özel gösteri ve gecelerde yapacaksam yapardım. Ama standart gösterimden bunu çıkarmak zorundaydım. Sadece bunu değil, Mandrake şapkamı ve sırf zamanında iki yüz dolar verip aldığım için travmasını aşamadığım tap dance ayakkabılarını da! New York'taki son gecem, çılgın hayallere doğru kendimi itip, jonglör tavırlardan aynı hızla uzaklaştığım bir gece olmuştu. O gece bir çeşit dönüm noktasıydı...

Ziyadesiyle Hak Ettiğim Bir Akran Zorbalığı ve Asla Hak Etmediğim Kara Kedi Kumpası

İlkokul üçüncü sınıftaydım. Çalışkan denilebilecek ama asla matematiğe ya da fene aşırı kafası çalışmayan, ödevlerini düzgün yapan, başını hiçbir belaya sokmadan karnesini almaya gayret eden bir çocuktum. Sınıf öğretmenimiz bizi oturma düzeninde kümelere ayırmış, kendince tüm sınıfı çalışkanlar, iyiler, ortalar, eh işteler ve tembeller olarak oturma gruplarına bölmüştü. Şimdi düşündüğümde ne kadar seçkinci ve sınıf ayrımı hissi uyandırabilecek bir yaklaşım. Gerçi sonraları bütün dershanelerde en iyi sınıf, proje sınıf, alfa sınıf, cart sınıf curt sınıf diye bu zihniyetin türevlerini gördük hep orası da ayrı bir konu. Çalışkanlar öğretmene en yakın kümede otururken, tembeller, Silivri'ye yapılan sosyal konutlar gibi sınıfın ta arka köşesinde konumlanmışlardı. Öğretmenimizin oğlu da bizim kümedeydi. Allah için o zeki bir çocuktu ve yine Allah için öğretmenimiz genel olarak oğlunu asla kayırmıyor, tam tersi kızılacak ya da fiske atılacak bir durum varsa gözünün yaşına bakmıyordu. Bizim de çalışkanlar kümesi olarak aramızda tam bir aşk-nefret ilişkisi vardı. Hem aramızda müthiş bir rekabet vardı hem de sanki Titanik'in birinci mevki yolcularıymışız da birbirimizle arkadaşlık etme zorunluluğumuz varmış gibi bir hissiyat hâkimdi. Bense sınıftaki herkesle muhabbet etmeye ve herkesin eğlence seviyesine göre kendime yarenlik edecek birilerini bulmaya çalışırdım. Bazen erkeklerle top oynar bazen kızlarla lastik atlardım. Bazen çalışkanlarla kantine gider, bazen 'tembellerle' okulun arka bahçesindeki duvarlara tırmanırdım. Rengârenk bir dünyam vardı. Ama tabii en nihayetinde asla dağıtmaz, asla öğretmenden dayak yemez, asla disiplinlik olmaz, hep 'olması gerektiği gibi' davranırdım.

Arkadaşlarımdan biri de apartmanımızdaki üst komşumuzun oğluydu. Bizim sınıftaydı ancak dersleri çok parlak değildi, fakat apartmandan ve mahalleden gelen, genelde de sinsi yaramazlıklara dayalı bir arkadaşlığımız vardı. O benim saçmalamak, muzurluk yapmak istediğim tarafımdı. Daha filtresiz şakalar yaptığım, zaman zaman ayıp şeyler konuşup güldüğümüz, daha özgür, daha sınırların ötesinde bir arkadaşlıktı. Zaman zaman da bizim kümedeki çalışkanların dedikodusunu yapar, onlarla ilgili atıp tutar, garip garip yakıştırmalar yapıp deliler gibi salak salak gülerdik. Çalışkanlar kümesinde ise öyle eğlenceli şeyler yaşanmazdı. İki kız, üç erkekten oluşuyordu kümemiz ve oradaki en yakın arkadaşım Bora'ydı. Bora'yla da zaman içinde olabildiğince eğlenir, şakalar yapar, tıpkı Çınarcık'taki Damla'yla olduğu gibi yüzümüzü garip garip şekillere sokup bu saçma hallerimize katılarak gülerdik.

Sınıftaki rekabet duygusunu körüklemek için öğretmenimiz matematik dersinde şöyle bir yöntem bulmuştu: Herkesin defterine aynı anda bir problem yazdırıyor, sonra da kim en hızlı çözüyorsa onun defterini kaçıncı sırada çözdüğüne dair bir notla imzalıyordu. Mesela ben en hızlı çözdüm, hemen koşarak masasına gidiyor, kontrol ettiriyor, doğruysa defterime 'birinci' yazısını ve öğretmenin imzasını kapıyordum. Özellikle birkaç kişi arasında soruyu en hızlı çözüp koşarak öğretmenin masasına gitme konusunda öyle deli dehşet bir yarış vardı ki, birkaç kere koşarken düşüp kafasını yaran bile olmuştu. Ara ara da bizim gibi inekler ve hırstan geberenler arasında "Senin kaç birinciliğin var? Benim yedi!" gibi saçma sapan sidik yarışları baş gösterirdi. Mesela ilk altı yedi kişi getirdikten sonra da öğretmen imzalamayı bırakırdı. Bir nevi küme düşerdiniz. Yine böyle bir gün okulda öğretmenin sorduğu matematik sorusunu neredeyse herkes yapmış, öğretmenin de bonkör gününe gelmiş, on-on beş kişinin defterini imzalamıştı. Bilin bakalım soruyu kim çözemeyip on altıncı bile olamadı? Evet bildiniz! Sınıfın neredeyse yarısının şak diye çözdüğü, 'tembeller'den iki kişinin ilk on beşe girdiği soruyu ben çözemedim. Bu arada nadiren de olsa kümeler arasında başarı/başarısızlık durumuna göre geçişler oluyordu. Ancak çalışkanlardan 'alt' kümelere asla geçiş olmazdı. Avrupa Birliği'nin kurucu ülkeleri gibiydik. Kümemizde dereceye girenler arasındaki şakalaşmalar ve "sen nasıl yapamadın?" minvalindeki çıtırdan çocuk laf sokmaları beni sadece üzmekle kalmamış ziyadesiyle de hasetlendirmişti.

Okul çıkışında babaannemlerin evine gidiyordum çünkü annemle babam çalışıyordu. O gün çıkışta komşumuzun oğlunu da babaannemlere davet ettim. Babaannem karnımızı doyurduktan sonra fazla lak lak yapmamamız hususunda uyardı ve arkadaşıma biraz kalıp evine gitmesi konusunda kibarca telkinde bulundu. Biz de yemeğimizi yedikten sonra yine her zamanki muzur şakalaşmalarımıza ve sınıftakileri çekiştirmeye devam ettik. Fakat bu sefer biraz dozu artırdık ve ödev defterimize çekiştirdiğimiz çocukların çöp adamdan karikatürlerini çizdik. Ben sınıftaki rekabette geriye düşmenin verdiği hırsla kümemdeki 'arkadaşlarımı' çizdim. Ama ne çizmek! Bir çocuk aklının erebileceği boyutta onları birbirleriyle münasebetsiz şeyler yaparken resmettiğim yetmezmiş gibi, hızımı alamayıp konuşma balonlarından da ayıp ayıp şeyler yazdım. Bu sakıncalı ve bir o kadar da ucube karikatürlere öğretmenin oğlunu da dahil etmeyi ihmal etmedim çünkü o her zaman olduğu gibi soruyu ilk bilen olmuştu ve bu benim için son derece yeterli bir sebepti. Tak diye babaannem salona girince ödev defterini apar topar masanın ayağına dayadığım çantamın içine attım ve deminden beri gelmesini bekliyormuşuz gibi efsane yemekleri afiyetle mideye indirmeye başladık.

İki üç gün sonra teneffüste ebelemece adı verilen dünyanın en amaçsız ve sığ oyununu oynarken bizim sınıftan dört beş kişi apar topar yanıma geldi: "Kaannn! Kaann! Öğretmen seni çağırıyor!" Ne olduğunu idrak edememiştim. Bu küçük cellatlar eşliğinde sınıfa gittim. Öğretmen öfkeli öfkeli masasında beni bekliyor, elinde çantam, çantamın içinden çıkartılmış ödev defteri, etrafında da benim çarmıha gerilişimi izlemek için üşüşmüş birkaç çift meraklı göz. Masanın hemen ön tarafındaki çalışkanlar kümemizin heyeti ayakta donuk ve öfkeli gözlerle bana bakıyor. O an kopacak kıyametin farkına varıp içimden vefat etmek için yalvardım adeta.

"Bunlar ne? Bunlar? Ya bunlar? Nasıl yaparsın bunu? Hiç utanmadın mı?" Şaaaak! Öyle kuvvetli bir tokat yemiştim ki, yere düşecek gibi sendeledim ama utancım o kadar büyüktü ki, dayağın acısını hiç hissetmediğimi çok net hatırlıyorum. Bu öğretmenimden yediğim ilk ve tek dayaktı. "Arkadaşlarına neden böyle kötü şeyler yazdın, evde bunları mı yapıyorsun? Senden hiç beklemezdim, yazıklar olsun sana!"

O kadar utanmış, o kadar yerin dibine geçmiştim ki tabii ki istemsizce hüngür hüngür ağlamaya başladım. "Herkes geçsin yerine bakayım!" diyerek masanın etrafındaki engizisyon üyelerini yerlerine gönderdi. Ben de ağlaya zırlaya yerime geçtim. Yerim Bora'nın yanıydı. Yeteri kadar intiharın eşiğine gelmemişim gibi bir darbe de Bora vurdu: "Kaan biz artık aynı sırada oturmasak çok iyi olacak sanırım." İki saniyeliğine dediğini duyabilmek için rölantiye aldığım ağlamam, cümlesini bitirmesiyle yine "ğğğıııııııı!" şeklinde ulumaya evrildi. Zaten skandalı da Bora ortaya çıkarmıştı. Ancak nasıl çıkardığı soru işaretiydi. Durup dururken çantamın dibindeki ödev defterini çekip içinde ne varmış diye bakmayacak kadar terbiyeli bir çocuktu. O zaman bunu ona biri mi ispiyonlamıştı? Yoksa suç ortağım olan üst komşunun oğlu bana pislik mi yapmak istemişti? Bu soruların cevapları asla yanıt bulamadı, okul çıkışı kızarmış gözlerle eve gittim, yolda benimle sınıftan kimse yürümedi. Şimdi olsa direkt "sen nasıl benim çantamı karıştırıyorsun be hırsız!" diyerek zeytinyağı gibi üste çıkardım ama sekiz yaşındaki gözü yaşlı Kaan'ın bunu yapacak gücü de aklı da yoktu.

Babaannemlere bir şey söylemedim zira torunlarının potansiyel bir sapık olduğunu düşünmelerini istemedim. Ama gece babam bizi almaya geldiğinde eve gider gitmez annemle babama anlattım. Tabii yine zırlayarak. Allah için annemle babam kıyameti koparmadı çünkü zaten öğretmenim olayı küçük bir 'vurun kahpeye' boyutuna getirmişti. Ben de anneme öğretmenden özür dilemek istediğimi söyledim, hatta ertesi gün şiir günü gibi bir şeydi, belli günlerde seçilmiş öğrenciler sabah tüm okula bağıra çağıra şiir okurlardı. "Anne öğretmenle konuşur musun, hatta ben bu akşam 'Mustafa Kemal'i Düşünüyorum' şiirini ezberleyip yarın onu okumak istiyorum, nolur anne nooooolur..." diye yalvardım. Annem salondaki çevirmeli telefondan öğretmenimizi evinden aradı. Hemen yatak odasına gidip paralel telefondan dinlemeye başladım:

"Hocağnım bizim oğlan galiba büyük bir kabahat işlemiş bugün."

"Evet ya sormayın Semiramis Hanımcığım, ben de çok şaşırdım"

"Ay her şaşırdığında okkalı bir tokat mı atarsın" diye paralelden araya girmemek için zor tuttum kendimi ama şiddete karşı olsam da o zamanın koşullarında o dayağı sonuna kadar hak etmiştim.

"Ne yapalım peki, bu seferlik affedelim mi hocağnım? Çok üzüldü Kaan da, hatta 'anneciğim çok pişmanım, ben nasıl böyle bir şey yaptım?' diye sayıklayıp duruyor evde."

Tabii ki sayıkladığım falan yoktu ama annem gerçek bir profesyonel gibi hikâyeyi ajite ederek karşı tarafın acıma duygularını coşturuyor ve özrümü çok ince bir taktikle öğretmene satıyordu. E ne de olsa bankacıydı:)

"Hatta 'yarın sabah okula şiiri ben okumak istiyorum' diyor, uzun güzel bir Atatürk şiirini ezberlemiş bile!" diye ekledi annem.

Benim bu sinsi imaj düzeltme planımı tabii ki öğretmenim yememişti.

"Onun için biraz erken, arkadaşları da çok kırgın Kaan'a, ama bu seferlik affedelim, tamam tabii..."

Yani affetmese daha ne yapacaktı acaba? Ağzımla tuvaletleri mi temizletecekti? Sanırım uzaklaştırma falan gibi cezaları kastediyordu. Aslında uzaklaştırma verilmesini tercih ederdim zira bu utançla her gün o sınıfa girmek yerine büyükbabamın yaptığı yumurtalı ekmekleri yiyip Susam Sokağı ve Carousel izlemek muhteşem olurdu ancak ne yazık ki uzaklaştırılmadım. Fakat ilerleyen günlerde herkesten uzaklaşacaktım.

Günler, haftalar geçtikçe olayın ağırlığı da kalkmaya başladı. Türkiye'de olduğu gibi Büyük Esma Sultan İlkokulu'nda da her şey unutuluyordu. En azından ben öyle sanıyordum. Ta ki bir gün yağmurlu bir teneffüs arasında masamızda otururken, öğretmenimizin oğlu cebinden şak diye kocaman bir kart çıkarıp "KKG'yi biliyor musun? KKG kimlik kartım baaak!" deyinceye kadar. Başta anlamadım, sonra diğerleri de kartlarını çıkardı. Kendi kendilerine kimlik kartı yapmışlar, vesikalık fotoğraflarını yapıştırmışlar, bilgilerini yazmışlar. Ne anlama geldiğini anlamadım başta. K harfini de KA diye telaffuz edince tam örgüt adı gibi geliyordu kulağa. Allah Allah, bunlar ne halt etti, birilerine mi bulaştılar diye düşünürken başka bir 'arkadaşım' ağızlardaki baklayı çıkardı: "KKG yani Kaan'a Karşı Görevlerimiz!" Meğerse bunlar olayın acısını üstlerinden atamadıkları gibi bana karşı kinlerine kin katmışlar, karikatürleri yapılmamış ve olayla alakası olmayan üç beş tane kılkuyruğu da bu kin zincirine katmışlar ve ortaya beni oyunlarına almayan, doğum günlerine çağırmayan, çağırsa bile birdenbire herkesin içinde bu olayı hatırlatıp beni ağlatmaya çalışan, derslerde yardım etmeyen bir nefret yapılanması ortaya çıkmış! Dünya çocukluk tarihinde yaptığı karikatürler nedeniyle ilk büyük linçe maruz kalan çocuk muhtemelen bendim. Ne diyeceğimi, ne yapacağımı bilemedim. Öğretmene şikâyet edebilir, zırıl zırıl ağlayıp kurban moduna girebilir ya da annemlere söyleyip onları KKG'lilerin anne babalarının üstüne salabilirdim. (KKG'li deyince bile insan ürperiyor, tövbe tövbe!) Ama bunların hiçbirini yapmayıp gevşek gevşek sırıtarak "Kimlikleriniz çok acemi olmuş" diyerek şırıl şırıl yağan yağmur yüzünden koridorlarda bağıra çağıra koşturan kuru kalabalığın içine attım kendimi. Orası adeta bir dans pistiydi benim için. Mala bağlamış gibi koşuyor, koştukça terliyor, terledikçe deşarj oluyordum. Ders zili çalınca da hemen sınıfa koşmazdım. Çünkü devlet okulunda esas ders zili, ders zilinden üç dört dakika sonra öğretmenler odasından gelen öğretmenin "haydi dolaşma artık ders saatinde ne yapıyorsun burdaaaa?" diye bağırmasıdır. Öğretmenin uyarısıyla sınıfa girdim ve sanki dışarıda dehşet şekilde eğlenmişim gibi sahte bir sırıtmayla sırama oturdum. Sanırım ne olursa olsun dostuma düşmanıma özelikle dostmanlarıma karşı kuyruğu dik tutmayı ilk öğrendiğim gündü o gün. (Aman böyle deyince de Instagram'daki kişisel gelişim videoları gibi oldu, bir alttan müziğim eksik:))

O sene okulun bitişi ve yaz tatiline girişi hiç olmadığı kadar coşturmuştu içimi. Şimdi annem yıllık izin alana kadar büyükbabamlarda yazın en güzel zamanını yani Haziran'ı geçirmenin tam sırasıydı! Kışın köşedeki Saray Pastanesi'nden alınan benim için dünyanın en güzel beslenme çantası yiyeceği açmanın yerini küçük açık sarı külahta tam dört çeşidinin arasından dilediğimi(!) seçebildiğim dondurmanın aldığı, Yaban Gülü Rosa ile başlayıp Susam Sokağı ile devam eden sabah keyfinin Savaş Karakaş ve Fulya Ergüneş'li sabah şekerleriyle zirve yaptığı muhteşem Haziran gelmişti sonunda! O yıl annem iznini Temmuz'un hemen başında alabilmiş biz de Çınarcık'a en uzun gündüzü yaşadıktan birkaç gün sonra gidebilmiştik. Fakat o yıl herhalde benim için linç yılıydı ve işler yazlıkta da yolunda gitmeyecekti. Hayatın benim için hazırladığı bambaşka dışlanmalar, ötekileştirmeler ve hayattan bezdirmeler vardı belli ki...

Aslında her zamanki çocuksal coşmaların, saçma sapan oyunların, densiz su şakalarının ve dırdırcı komşuların eşliğinde kusursuza yakın bir yaz oluyordu yine. Ta ki o geceye kadar. Kışın maruz kaldığımın aksine hiç hak etmediğim o hayasız kumpas!

Mahallede neredeyse herkesin ama gerçekten herkesin olduğu aydı Temmuz. Diğer aylarda bazılarımız anne babası çalıştığı için ya da başka sebeplerden dolayı gelmemiş olurdu ve kadro hep eksik kalırdı. Bazılarının ise annesi çalışmadığı için onlar karneyi kaptıkları gibi gelir, okullar açılmadan iki üç gün önce de dönerlerdi. (Okula o kadar az süre kala şehre dönmek de çok riskli gelmiştir bana hep. Ne yapıyorlar, karne günü çıkardıkları önlükleri okulun ilk günü yıkanıp ütülenmeden direkt sırtlarına mı geçiyorlar nedir? Buna hep takmışımdır, neyse:)) Bazılarının ise ne annesi ne babası çalışırdı. Onlar Çınarcık'a adeta kamp kurmuş, herkesin "hayırdır yani nereden geliyor bu değirmenin suyu?" diye sormamak için kendini zor tuttuğu insanlardı.

Uzun temmuz gecelerinde en büyük zevklerimizden biri saklambaç oynamaktı. Haftada bir ya da iki gün oynadığımız saklambaca mahallenin her yaştan, her zevkten, her dünya görüşünden (hayır tabii ki:)) bireyi katılırdı. Saklambaç hepimizi birleştiren çok özel bir mozaikti adeta. Çünkü bizden üç dört yaş büyük 'ağabey ve ablalarımız' -nam-ı diğer 79'lular, 80'liler, 81'liler- normalde bizimle takılmazdı, biz de yaşımız gereği iskeleye yürüyüş, lunaparka gitme, Kestanelik'te batak oynama gibi gerçek birer adult (yetişkin) eğlencesi olan aktivitelere katılamazdık. Ama saklambaç öyle değildi. Birleştiriciydi ve maalesef bir gece herkesi bana karşı bileştirdi.

O yazın en kalabalık saklambacını oynuyorduk. Kurala göre ebe dışındakilerden sobeleyen her bir kişi sobelenen bir kişiyi kurtarabiliyordu -yani sonraki turda ebe olmaktan kurtarıyordu-. Herkes kurtarılmışsa ve açıkta kimse kalmamışsa ebe yine ebe oluyor, sobeleyenler diğer herkesi kurtarmaya yetmemişse açıkta kalanlar arasından biri ebe oluyordu ancak bu da şöyle belirleniyordu: İlk sobeleyen açıkta kalanlardan kendi elinden bir parmağını seçmelerini ister. Herkes parmak seçer, bir parmak da kara kedi seçilir. Ebeye gidilir parmak seçmesi için. Seçtiği parmak açıkta kalanlardan biriyse ebelikten kurtulur ama kara kediyi seçerse kendisi yine ebe olur. O yüzden saklambaç öncesi oyunun kuralları belirlenir, az kişiyle oynanıyorsa 'kurtarmaca' ve/veya 'kara kedi' yoktur, bu ebenin sürekli değişmesini sağlar. Kalabalık oyunlarda ise ikisi de vardır ve kara kediyi seçmek ebenin kâbusudur.

O akşam oyunun başlarında benim ebe olduğum ilk turda herkes birini kurtardı çünkü ben salak gibi gözlerimi yumduğum direği terk edip herkesi bulmayı gurur meselesi haline getirince herkes de patır patır gelip sobeledi. Sonraki turda yine ebe olunca direği pek terk etmedim, epey bir sobeledim ama sobelediklerim sobelendiklerimi geçemedi ve parmaklarda kara kediyi seçerek üçüncü kez ebe olunca cinnet geçirdim ve direkten hiç ayrılmamaya çalıştım. Bu sefer de direğin çok yakınına abuk sabuk yerlere saklandıkları için yine ebelikten kurtulamadım ve yine kara kediyi seçtim. Sinirlerim bozulmaya başlamıştı. Benim sinirlerim bozuldukça diğer herkes eğleniyordu. Sanırım o eğlenceye devam etmek için birbirlerini kayırmaya ve sürekli bana kara kedi seçtirmeye başladılar. En yakın arkadaşlarım da bu eğlenceye dahil olunca Sineklerin Tanrısı filmindeki gözlüklü tombik çocuk gibi oldum. Tek tek herkese gidip Küçük Emrah gibi "ya niye böyle yapıyorsun?", "seninle sonra konuşacağız!", "utanmıyorsun böyle yapmaya değil mi?" şeklinde çıkışlarda bulunmaya başladım. Tabii her cinnetim beni daha da komik hale sokuyordu ve artık bir noktadan sonra hangi parmağı seçersem seçeyim "kara kediii" diyorlardı. Belli ki açık ve alçak bir kumpas kurulmuştu. Haha çok gaza geldim tamam, en nihayetinde her çocuk oyununda olan şeyler ama yooo ben unutmadım o günleri, o yaz nasıl zor geçti bir ben bir Allah bilir. En sonunda sabaha kadar ebe kalmak istemediğim için gece yarısına doğru iskelede yaptıkları yürüyüşten dönen anne babamı apartmana girerken gördüm ve yanlarına koşup "Anne şimdi içeri girerken beni eve çağır yüksek sesle yoksa bu zalimler beni sabaha kadar saklambaç manyağı yapacak" dedim. Annem de arkamdan müthiş bir oyunculukla "Kaaaan! Yeter artık saat kaç oldu hadi eve!" diyerek yaşadığım gerilim filmine son noktayı koydu. Normalde böyle bir şey yapması gururumu incitir ve anneme küserim ama hiçbir şey yazın en kalabalık saklambacında elli kere ebe olmak kadar gururumu incitemezdi. Herhalde eve gitmesem sabaha kadar benim ebeliğimle eğlenip sabah da Tolga Savacı'nın Banu Alkan'ı bağladığı gibi beni bir sala bağlayıp usulca Heybeliada'ya doğru bırakacaklardı!

İşin garibi -ya da normali- 'kara kedi kumpası', KKG'den daha çok acıtmıştı canımı. Birincisi -çocuk oyunu kafası olsa da- KKG'nin aksine burada hak etmediğim bir muameleye maruz kalıyordum, ikincisi ve sanırım esas üzense gerçekten çok sevdiğim ve büyüyüp yaşlanınca da görüşeceğime inandığım arkadaşlarımın bu kumpaslı eğlenceye katılmasıydı. Tabii ki ilerleyen günlerde hiçbir şey olmamış gibi eğlenmeye devam ettik ve çoğu da bugün hâlâ görüştüğüm, çok sevdiğim, gösterilerime gelen, kitaplarımı alan, hatta en sık vakit geçirdiğim insanlar. Ayrıca eminim ki ben de bir zamanlar onlar arasından birisine yapılan benzer 'dışlamalar'da ya da 'akran zorbalıkları'nda acıtan tarafta yer almışımdır.

Çocukken yaşadığım ve bugün daha dün olmuş gibi hatırladığım pek çok arkadaş kaosu, kırgınlığı, hatta bir noktaya kadar zorbalığı belki de beni büyüdüğümde karşılaşacağım farklı linçlere, eleştirilere, ithamlara karşı hazır hale getiriyordu...

"İşte Şimdi Saçmaladın Kaan Sekban!"

Her gösterimin biletleri çok önceden tükeniyor, skeçlerim elden ele geziyordu. Tabii her çektiğim skeç kurumsal hayattaki bir başka defoya dikkat çekiyor, bu yüzden de şirketlerinde veya çalıştıkları ortamda absürt ya da yanlış bir muameleye maruz kalan takipçilerim hem bana malzeme vermek hem de içlerini dökmek adına yaşadıkları olayları en ince ayrıntısına kadar benimle paylaşıyorlardı. Tabii ben de bazen skeçlerimin altına yazdığım yazılarla, bazen takipçilerimden gelen absürt vakaları isim kısmını gizleyerek Instagram hikâyemde paylaşarak ama sanırım en çok da gösterilerimde anlattıklarımla sadece skeç çeken biri olmaktan yavaş yavaş çıkmış, bir anlamda beyaz yakalının sesi olmaya başlamıştım. (Of böyle söyleyince aşırı megaloman geldi kulağa ama durum gerçekten buraya doğru gidiyordu.) O dünyanın tam içinden çok yeni geldiğimden orada yaşananları birebir biliyor, maruz kalınan mobbingleri bazen komik formda bazen de en sert üslupla eleştirebiliyordum.

Bir sabah mesaj kutuma düşen acı bir haberle sarsıldım. Gencecik bir kadın banka çalışanı beyninde pıhtı atması sonucu hayatını kaybetmişti. Kimisi bunun mobbing yüzünden olduğunu söylüyor, arkadaşları beni çok sevdiğini ve bu yüzden özellikle haber vermek istediklerini iletiyordu. Çok üzüldüm. Hiç tanımadığım ama aslında çok iyi tanıdığım birisinin yaşamının baharında beklenmedik şekilde hayata gözlerini yumuşu korkunç bir şeydi. Haber çok hızlı bir şekilde sosyal medyada yayıldı. Bazı sendikalar, platformlar ve alternatif haber siteleri haberi 'genç bankacı mobbing kurbanı' minvalinde başlıklarla veriyor, haber yayıldıkça çalıştığı banka hedef gösteriliyordu. Ben de sosyal medya hesabımdan konuyla ilgili duyduğum üzüntüyü ifade eden bir gönderi paylaştım. Paylaşımla birlikte o bankada mobbing olduğu, bu gencecik kadının da mobbing yüzünden hayatını kaybettiği ve bu işin peşini bırakmamam gerektiğiyle ilgili mesajlar aldım. Fakat ne yazık ki mobbing konusu öyle geniş ve çok katmanlı bir garabet ki, birisinin direkt mobbing nedeniyle hayatını kaybettiğini iddia etmek için çok ciddi somut delillerinizin olması lazım. Kaldı ki böyle ciddi bir iddiayla ilgili yapılması gereken her ne kadar güvenmesek de konuyu yargıya, iş müfettişlerine ve hukuki boyuta taşımaktan başka bir şey değil maalesef. Tabii ki çalışanlar bu adımları atmamakta, korkmakta ve çekimser kalmakta haklı. Ancak bir kurumu konunun detaylarını bilmeden nasıl itham edebilirdim ki? Bu hassas konunun içyüzünü çok merak ediyordum ve amacım kesinlikle kahramanlığa soyunmak değil gerçeği öğrenmekti. "Ama nasıl?" diye düşünürken merhumenin arkadaşları eşinin benimle görüşmek istediğini söylediler. Çok mutlu oldum çünkü ilk gösterimin gelirini de -eşi kabul ederse- yavrularının eğitimine aktarmak istiyordum. En azından bunu kendisiyle görüşebilir ve konunun içyüzünü öğrenebilirdim.

Acılı eşiyle oldukça zor bir görüşme gerçekleştirdik. Kendisi çocuklarıyla birlikte perişan olduklarını, ne yapacaklarını bilmediğini anlattı. Gösteri gelirini aktarma teklifimi hiç istemeyerek, ısrarımla kabul ettikten sonra "mobbing sebebiyle öldü, hakaret edildikten sonra fenalaştı" gibi sosyal medyada dillendirilen şeylerin tam da gerçeği yansıtmadığını, söylendiği gibi çalıştığı sırada değil sabah evden çıkmadan fenalaştığını, bir hafta da komada kaldığını belirtti. "Tabii ki stresli bir çalışma ortamı ve yoğun satış baskısı vardı. Bundan dert yanıyordu her bankacı gibi ama söylendiği gibi kendisine bizzat hakaret, kötü söz vs. bir şey zaten olamaz; olsa benim eşim o lafların altında kalacak biri de değil. Satıştan gişeye geçmişti, zaman zaman bununla dalga da geçiyordu. Biz aile olarak konunun sulandırılmasından çok rahatsızız, sizden ricam bu söylediklerimi -tabii uygun görmeniz halinde- paylaşırsanız çok sevinirim" dedi.

Acılı bir eş ve babanın bu isteğini geri çevirmem imkânsızdı. Özellikle benimle görüşmek istemişti. Basının bu konuyu farklı yerlere çekmesinden endişe ediyordu. Diğer yandan konu çok hassastı, ben de noktasına virgülüne dokunmadan eşinin söylediklerini, kendi isteği üzerine sosyal medya hesabımda paylaştım. Önce kendisinin acısını paylaşan yorumlar düşmeye başladı, bazı yorumlar eşinin sesi olduğum için teşekkür ediyordu. Fakat birkaç saat sonra yorumların rengi bir anda değişti. İnsanlar bu ölümün sebebinin mobbing dışında bir şey olmasının imkânsız olduğunu söylüyor, eşini çok sert şekilde eleştiriyor ve tabii ki beni de kurumu aklamaya çalışmakla itham ediyorlardı. Gözlerime inanamamıştım. Muhtemelen sürü psikolojisinin de etkisiyle yorumlar gittikçe sertleşmeye, en sert yorumlar daha çok beğeni almaya başladı. Bankanın eşine para verdiği, benim bankayla iş yapacağım için kurumu akladığım gibi akla ziyan iddialar havada uçuşuyordu. Tam bu noktada ben bile bile, iyi niyetli de olsa büyük bir hata yaptım. Eşi bu acılı günlerinde kendisiyle ilgili yazılan olumsuz yorumları görmesin diye o yorumları sildim. Direkt bana yönelik olanlara dokunmadım. Ama tabii bu sefer de ben yorum silerek insanları susturmaya çalışıyormuşum gibi bir izlenim verdim. Yorumları sildiğimi fark edenler bu sefer "nasıl silersiniz yorumları?", "demek ki haksızsınız" gibi yorumlar yazınca o ana kadar hiç yapmadığım ve yapılabilecek en kötü şeyi yaptım, paylaşımı yorumlara kapadım. Fakat maalesef eşi hepsini görmüş ve okumuştu. Tekrar telefonlaştık. Bu sefer beni zor duruma soktuğunu düşündüğü için çok üzgündü. "Ah Kaan Bey sizin de başınızı yaktım, keşke hiç aramasaydım sizi, benim yüzümden ekstra üzüleceksiniz!" dedi. Hemen kendisini rahatlatmak için "Olur mu öyle şey, ben ne linçler gördüm, bu camiada bunlara alışığız, siz sakın sıkmayın canınızı, yorumları da boş verin" karşılığını verdim. Tabii bu koca bir yalandı çünkü bu camiada linç minç gördüğüm yoktu. Bu camiada mıydım onu bile bilmiyordum. Hatırladığım tek linç ilkokulda bana karşı örgütlenen zibidiler ve bir yaz gecesi kâbusum olan kara kedi kumpasıydı. Gerçek bir linç karşısında ne yapılır, nasıl davranılır hiç bilmiyordum. Ne basın danışmanım var ne avukatım. Hep tek tabanca, hep duygularımla hareket edip zaman zaman beynimi buna dahil ettiğim ve içimden geleni pat diye yaptığım bir yol olmuştu benimkisi.

Yorumları kapadıktan sonra DM kutuma benzer mesajlar gelmeye başladı. Bir noktadan sonra bu öfke arttıkça ben de bu öfkeyi gösterenlere öfkelenmeye başladım. Özellikle aynı kurumdan gelen hakaret ve itham dolu mesajlara "madem bu kadar eminsiniz, madem orada ölme riski var, neden hâlâ orada çalışıyorsunuz, canınızdan kıymetli değildir herhalde?" diye dönmemek için zor tutuyordum kendimi. En sonunda gören göreceğini gördü diyerek yaptığım paylaşımı tamamen kaldırarak linç pastasının üstüne mum dikmiş oldum.

Ertesi sabah bankacılar arasında çok ilgi gören bir finans magazin sitesi ana sayfasından şu başlığı çıkmıştı:

'İşte Şimdi Saçmaladın Kaan Sekban!'

Yazıyı kaleme alan sitenin kadın yayın yönetmeni beni samimiyetsizlikle, kurumu aklamakla ve sonra yaptığım hareketin arkasında duramayacak kadar korkak olmakla suçluyor, sildiğim yorumları ve postu da yazının finaline eklemeyi ihmal etmiyordu. Yaptığımın arkasında durmamam konusunda çok haklıydı ancak diğer sözleri epey ağırdı. Sonradan yurtdışında (Kanada diye hatırlıyorum) yaşadığını öğrendiğim hanımefendi sanki olay sırasında her şeyi görmüş gibi de kendinden emindi.

Tabii ki şok oldum. İlk kez bir yayın organında manşetten linç ediliyordum. Bir Instagram canlı yayınıyla üzüntümü ve yaşananları tekrar tekrar anlattım. Bir noktadan sonra da insanların sonunda ne düşünmek isterse onu düşündüklerini kabul etmek zorunda olduğumu idrak ettim. İddia edildiği gibi o kurumla hiçbir işbirliğim olmadı, hatta kurumsal etkinlik yapmadığım tek kurum belki de o kurumdur bu beş yıl içinde. Yapmadığım gibi, iki sene sonra aynı kurumda yaşanan toplu işten çıkarmaya tek ses çıkaran isim de yine bendim. Üstelik birkaç sene sonra başka bir bankadaki yapılmayan mesai ödemeleriyle ilgili çıkardığım ses nedeniyle pek çok işim iptal edildiğinde bu durumu sosyal medyamda paylaştıktan hemen sonra aynı finans magazin sitesi süper alakasız şekilde tekrar iki sene önceki konuyu bu sefer 'İşte Kaan Sekban'ın Unutmaya Çalıştığı Paylaşım!' manşetiyle yeniden temcit pilavı gibi okurlarının önüne koyuyordu. Aslında bunu yapmaları beni bir anlamda memnun etti zira benim çıkardığım seslere asla yer vermeyip, ses çıkardığım için iptal olan işlerime oh olsun dercesine iki sene önceki bir vefat üstünden bana yaptıkları karalamayla dertlerinin mobbing falan olmadığını, meselenin bir Kaan Sekban takıntısına dönüştüğünü anlamış oldum. Şimdiki aklım olsa o paylaşımı yaptığım ilk an yorumları kapatır, paylaşımı da asla silmezdim.

Mobbing, ne iş yaparsak yapalım çalışma hayatının en berbat tarafı ve hepimizde bambaşka etkileri oluyor. Kimimiz saçlarını döküyor, kimimiz anti depresan bağımlısı, kimimiz kalp hastası oluyor. Ve bu bela para kazanmak zorunda olduğumuz sürece ne yazık ki hiçbir zaman bitmeyecek çünkü temelinde insan egosu, insan kompleksi, insan hırsı, insan açgözlülüğü ve insan kötülüğü var. Gelişmiş ülkelerin ve mutlu, huzurlu çalışanların orta ve uzun vadede markalarına yapacağı etkiyi gören gelişmiş şirketlerin hepsi bu gerçeği kabul ederek, buna karşı ciddi önlemler alıyor. Bu önlemlerin başında çok net hukuki düzenlemeler ve kişinin kendi haklarını koruyabileceği, kendi seslerini çıkarabileceği kurum içi örgüt, topluluk ve söz hakkı olan grupları oluşturmak geliyor. Sendika demiyorum çünkü özellikle bizim gibi gelişmemekte ısrar eden toplumlarda sendikaların da yüzde yüz çalışandan yana olduğunu söylemek çok güç.

Yaşadığım bu deneyime kitapta yer verip vermemekte bir ara tereddüt ettim. Eminim beni suçlayanlar şimdi de 'kitabında kendini aklıyor' diyecek ama aklanacağım herhangi bir durum olmadığı için rahatım, böylece herhangi bir şeyi, bir postu unutturmak gibi bir gayretim de olmadığı anlaşılmıştır sanırım. Kaldı ki gerçek her ne ise her zaman ortaya çıkar, çıkmaması için çaba gösterenler var ise onlar kadar gerçeği bilip susanlar da suçludur. Yoksa birisini suçlayarak her zaman vicdanımızı rahatlatmak mümkün.

Bu vesileyle bir kez daha güzeller güzeli Nadide'yi anıyor, istemeden de olsa -onun vefatı üstünden etkileşim kasanları değil- onu gönülden ve gerçekten seven herhangi birini kırdıysam özür diliyorum.

Bir Fiyaskodan Ötekine

Bir önceki kitabımı okuyanlar ya da beni yakından takip edenler bankadan ayrılır ayrılmaz beni havalara uçuran ama aslında Whiplash filminden hallice bir deneyim olan müzikal macerama pardon kâbusuma aşinadır. Bilenleri sıkmamak ve sayfa israfı yapmamak adına tekrar etmeyeceğim ancak o kâbus gibi günler bana çok şey öğretmiş, her şeyin ötesinde hayatıma güzel dostluklar ve değerli insanlar katmıştı. İşte o insanlardan biri, müzikal zamanında oyunun koordinatörü olan ve oyundan sonra da müzikalin başrolü Nükhet Duru ile menajeri olarak çalışmaya başlayan arkadaşım Evren'in beni aradığından ve şunları söylediğinden daha önce bahsetmiştim: "Kaan her şey harika görünüyor, Nünü de ben de gururla izliyoruz, harikasın! Yeni bir proje var önümüzde, Okan Bayülgen'in Mecidiyeköy'de açılacak yeni mekânında kabare tarzı bir iş. Okan da projede ve biz seni çok anlattık, o da heyecanlandı ve seni de bu işte istiyoruz, ne dersin?" "Alllah!" derim ne diyeceğim? Nünü'ye zaten dev hayranım, Cem Yılmaz'dan sonra bir de üstüne Okan Bayülgen'le tanışmak bile yeterken onunla aynı projede yer almak! Diğer kadın oyuncu da Nursel Köse'ydi ve bir erkek oyuncu daha olacaktı. Kadro dört kişilikti. Okan Bayülgen ise anlatıcı. Bayılırım küçük kadrolu sahne işlerine. Hem mekânı çok merak ediyorum. Ayrıca kabare türüne de bayılırım. Böyle durumlarda asla yapabilir miyim acaba diye düşünmeden atlarım. Yine atladım. İşte stand up'ın yanında bana daha da derinlik katabilecek, diğer yönlerimi de gösterebileceğim, sadece sahnede banka anılarını anlatan biri olmadığımı herkese kanıtlama fırsatı! Hem ölüm yok ya sonunda!

Tanışma buluşması için Mecidiyeköy'de henüz tadilatı devam eden Dada Kabare'nin bulunduğu, Ali Sami Yen Stadı'nın yerine dikilen ve buraya umutsuzca Manhattan havası katmaya çalışan Ortadoğulu zengin maliklerin gözdesi rezidansın üst katlarından birindeki dairede bir araya geldik. Projeden ziyade Okan Bayülgen'le tanışacağım için dehşet heyecanlıyım çünkü kendisini hep programlarındaki tatlı sert tavrı, karşındakine dayanamadığında çat çat lafları geçirişi, sivri dili ve seyircilerin suratına telefon kapatışıyla bildiğimden, acaba saçma bir laf edersem beni de hiçbir şey söylemeden "hadi canım hadi yallah" diyerek kapı dışarı eder mi endişesi taşıyordum. Neyse ki ve çok şükür son derece tatlı, hoşsohbet, konuşmayı gerçek anlamda seven ve söylediği her lafın altı dolu olan biriydi. Bu nedenle tanışma toplantısı son derece yüksek motivasyonla, bol kahkahayla ve ufak sektör gıybetleriyle geçti. Benim çok önemli bir iş yaptığımı, Cem Yılmaz'dan sonra ilk kez büyük salonları dolduran bir komedyen gördüğünü, bunun da kendisini çok heyecanlandırdığını söyledi. Bu gibi şeyleri ünlü ünsüz kimden duysam çok mutlu oluyordum ama tabii meslek duayeninden işitmek başkaydı.

Nünü her zamanki tatlılığı ve tevazusuyla masanın başında oturuyordu. Müzikal zamanı yönetmen tarafından uğradığım mobbinge birebir şahit olmuş, zaman zaman endişeli ve üzgün gözlerle yanıma gelip beni motive etmek için uğraşmış, BKM

Mutfak'taki daha ikinci gösterime gelip o küçücük rahatsız bar sandalyelerinde beni izlemiş, kitabım çıkar çıkmaz sayfasında paylaşmış birisi olarak duyduğu gurur, gözlerinin içindeki gülüş annemin hissettiğinden çok farklı değildi. Onun olduğu bir projede yer aldığım için ayrıca havalara uçuyordum.

Nursel Köse'yle orada tanıştım. O da beni tanımıyordu. Zaten neden tanısındı:) Beni seyircilerim bile tanımadan geliyordu, kadın nereden tanısın? O da çok tatlı ve dobra biriydi, nezaketle tebrik etti yaptıklarımı. Ezber bozduğumu söyledi.

Bir de erkek oyuncu vardı, benim o akşam tanıdığım. Ancak o daha sonra çıkacak yerine başkası gelecekti.

Sinerji, ekip her şey çok güzeldi. Okan Ağabey bize tadilat halindeki mekânı gezdirdi. Gezdirirken bir çocuk gibi heyecanlıydı. "Şuraya şahane bir kütüphane gelecek, isteyen kitap ödünç alabilecek, şurada belli sayıda yuvarlak kabare masaları olacak, şuraya şöyle bir avize, sahnenin şurasından hemen kulise geçilecek, kuliste kendi barımız olacak..." O anlattıkça ben heyecanlanıyordum. "Adama bak kazandığı parayı sadece eve, arabaya, yemeye içmeye değil, birçok insanın olmaktan korktuğu yere, Mecidiyeköy'e kocaman bir galeri ve kabare yapmaya harcıyor!" diye içimden geçirdim. Her şey çok güzel ve yolundaydı. Yalnız herkesin bu heyecan ve ışıltı içinde gözden kaçırdığı bir şey vardı: Oyun metni! Aslında gözden kaçırma değil de diğer detayların güzelliğinden ikinci plana attığı diyelim.

Metin, Nursel Köse'nin kendi kaleme aldığı bir metindi. Bir gazinonun açılış gecesinde geçiyordu olaylar. Eski yılların yıldızı ve yeni yıldız iki kadın arasındaki çatışmayı güldürerek işleyen bir metindi. Yola çıkışı ve hikâye fikri böyle bir iş için son derece uygun geliyordu kulağa. Zaten ortada masaya gelmiş başka bir alternatif olmadığı için, Nursel'in emek verdiği, başı sonu belli, bitmiş ve orijinal olan bu metin herkes için uygun görünüyordu. Orijinal metin olduğu ve yabancı metinden uyarlama olmadığı için telif konusunda da uğraşılmasına gerek olmayacaktı. Yalnız metni elime aldığımda bana düşünülen rolün çok az olduğunu fark ettim. Tabii rol az olabilir ama sorun az olmasından ziyade bana oyunculuk anlamında bir şey katacak bir karakter giymeme elverişli değildi. O rolü herhangi bir erkek oynayabilirdi. Sonuçta pek çok prova yapacak, yorulacak, gerilecek ve en nihayetinde salonun kapasitesi de belli olduğundan dehşet bir para da kazanmayacaktık. Diğer yandan böyle isimlerle marka bir projede yer almak kariyerinin başındaki biri için paradan çok daha değerlidir, eğer ki oynadığı rol ona bambaşka bir derinlik katabilirse...

Tabii ki ilk günlerde, hele ki Okan Bayülgen'le Nükhet Duru'nun olduğu bir masada "valla benim rolüm çok az şekerim, zaten iki paraya oynayacağız, ya rolüm artar ya da bana eyvallah!" diyecek halim yoktu. Zaten Okan Ağabey de durumun bende yarattığı rahatsızlığın farkına varmıştı ve bunu düzeltmek için iyi niyetli çabalarda bulunuyordu: "Kaancığım burada sen gazinonun pazarlamasından sorumlusun, bu rolü biraz daha senin hikâyene evriltelim, sen de bu gazinoda kendini göstermeye çalışan eski bir beyaz yakalı ol, burada açılış gecesini fırsat bilip hünerlerini göstermeye çalışan biraz looser (ezik) karakterli bir hayalperest çalışan olsan, hatta metnin ortasındaki orta uzunluktaki monoloğu da sen buna göre yeniden yazsan daha tatlı olur diye düşünüyorum, ne dersin? Zaten senin kitlen de buna bayılıyor, onlar da çok eğlenir, ne dersin?" diye sordu. Ne de olsa yılların Okan Bayülgen'i, tiyatro kökenli, zeki şov insanı, tabii ki şak diye çözmüştü sorunu. Bu yaklaşımı herkesten kabul gördü. Ben de rahatlamıştım biraz ama bir yandan burada da eski beyaz yakalı muhabbeti yapmak istemiyordum. Çünkü o rengimi zaten kendi tek kişilik gösterimde ve skeçlerimde köküne kadar gösteriyordum. Hatta skeçlerime de, şovuma da sadece bundan ibaret olmadığımı kanıtlamak istercesine başka karakterler, başka hikâyeler ekliyordum. Ben beyaz yaka üstüme yapışmasın isterken burada da o gömleği giymeye açıkçası pek niyetim yoktu.

İşte o noktada da kimseye hayır diyemeyen kefal Kaan'ı bekleyen anksiyete dolu geceler kapıdaydı. İsteksizliğim o monoloğu yazma konusunda da ellerimi geri götürüyor, provalara dersine çalışmamış öğrenci edasıyla gidiyordum. Okuma provalarında, bayram ziyaretleri sırasında yapılan sıkıcı büyük muhabbetlerinin bitmesini ve eve gitmeyi bekleyen küçük bir çocuğa dönüşüyordum. Bu arada provalarda ne kadar sıkılıyorsam prova başlamadan önce Okan Ağabey'in şefliğinde yapılan kafa açıcı entelektüel sohbetler, ağzımı açık bırakan ama varoş gibi şaşırdığımı belli etmemeye çalıştığım sektörel gıybetler ve işin geleceğiyle ilgili hepimizi heyecanlandıran hayallerden oluşan ön muhabbetten aşırı keyif alıyordum. Aslında herkes en çok bu kısmı seviyordu. Bu kısım bazen o kadar uzuyordu ki bir kere provaya geçmeden günü bitirmiş, evlere dağılmıştık. Tabii biz bundan ne kadar keyif alıyorsak, Evren o kadar endişeleniyordu. Sonuçta Nükhet Duru'yu sık sık provaya getiriyordu, 'geyik muhabbeti' ile kaybedilecek zaman yoktu. Bu konuda haklıydı da. Zaman ilerledikçe bu ön sohbetler bizi birbirimize daha çok kenetliyor, metinden de bir o kadar uzaklaştırıyordu. En azından ben öyle gözlemliyordum. İnsanları sevdikçe ve onlarla vakit geçirirken eğlendikçe de zaten bir şeye hayır demenin imkânsıza yakın olduğu dünyamda projeden çıkmak ancak bir hayal haline gelmişti.

Henüz yedi sekiz kere bir araya gelmiştik. Sahne bitmediği için oradaki provalara başlamamış, metni de tam olarak oturtamamıştık. Sadece benim değil iki ana kadın karakterin arasındaki çatışmada da sorunlar vardı. Kafamda tamamen projeyi iptal etmiştim ancak bunu bedenime uygulayacak cesaretim yoktu. Çıkarsam Okan Ağabey'i de kendime küstürebilirdim, sonuçta nasıl tepki vereceğini kestirmem güçtü ve bu riski kariyerimin başında alamazdım.

Ben bu düşüncelerle cebelleşirken Instagram hesabımın DM kutusuna küçük, ışıl ışıl bir hesap düştü:

"Kaan Bey biz de kurumsal hayatı terk edip dijital çözümler üreten, kendi girişimini kuran birkaç kişilik ekibiz ve Amerika'da çok ses getiren, yüzbinlerce kişinin telefondan aynı anda canlı yarışabileceği bir bilgi yarışmasını Türkiye'ye uyarlamaya hazırlanıyoruz. Bize espri yeteneği yüksek, hazırcevap, diksiyonu düzgün bir sunucu lazım. Sizden başkasını düşünemiyoruz. Amerika'daki versiyonu sunan sunucu şu an ülkenin en çok konuşulan ismi haline geldi, en azından görüşme şansımız olur mu?"

Olmaz mı! İşinde ustalaşmış, duayen isimler benimle çalışmak istediğinde ne kadar mutlu olup gururlanıyorsam, yolun başındaki hırslı ve zeki insanlardan gelen tekliflere de bir o kadar heyecanlanıyordum. Hemen Amerika'daki versiyonu inceledim, gerçekten orada bu yarışma fenomen haline gelmişti. Çok büyük para ödülleri dönüyordu etrafta ve herkes bunu konuşur olmuştu. Oradaki birkaç arkadaşımdan da konunun çılgınlık boyutlarına geldiğini teyit ettikten sonra, görüşme tekliflerini kabul ettim ve İTÜ Teknokent içindeki ofislerinde görüşmeye gittim.

Ekibin başındaki Emre çok düzgün, ayakları yere basan, kafa yapımın uyuştuğu biriydi. En önemlisi de işi anlatırken duyduğu heyecandı. Gerçekten de aynı anda milyonlarca kişinin canlı olarak cep telefonlarından oynayacağı bir bilgi yarışmasını sunmak benim gibi sosyal medyadan insanların hayatına giren biri için çok doğru bir eşleşme olabilirdi! Büyük bir yatırımcılarının olduğundan, iş büyüdükçe herkesin kazancının artacağından bahsetti ki para neredeyse hiç konuşmadık çünkü benim için her zaman işin iyi olması ve beni heyecanlandırması daha önce geliyordu. Tabii büyük bir altyapı gerekiyordu bunun için. Bu konuda da ekip olarak kendilerine güvendiğinden ve aslında yapının çok basit olduğundan bahsetti. Düşünmek için süre istedim ve ayrıldık.

Yarışmayı araştırdıkça ve Amerika'daki orijinal versiyonu sunan adamla ilgili çıkan haber ve yazılara baktıkça yavaştan ağzımın suyu akmaya başlamıştı. Tabii bu işi kabul edersem kabare projesine veda etmek zorunda kalacaktım zira yarışma haftanın en az üç ya da dört günü olacaktı ve ikisini aynı anda götürmek en azından oyun çıkana kadar imkânsızdı. Ayrıca oyunun ne zaman çıkacağı da yarışmanın ne zaman başlayacağı da belirsizdi. Birkaç gün ölçüp biçtim ve yine iş hayatımda asla işe yaramayan SWOT analizlerinden birini yaptım. Aslında yaptığım yarışmayı tercih etmenin daha doğru olacağına kendimi ikna etmeye çalışmaktan başka bir şey değildi. Bir yanda Okan Bayülgen'li Nükhet Duru'lu yıldızlar geçidi gibi yine yenilikçi denilebilecek bir iş, bir yanda da bir grup gencin kararlılıkla çıktığı yepyeni ve bir o kadar da belirsiz bir yol. Bütün bu karşılaştırmaları, analizleri bir kenara koyup şöyle düşündüm: İkisinin de çok başarılı olacağını varsayarsak hangisinde daha mutlu olurum? Hangisinde kendimi daha geniş kitlelere tanıtırım? Hangisinde sadece beyaz yaka hikâyeleri anlatan çocuk olmadığımı daha iyi kanıtlayabilirim? Tüm bunların cevabı beni çok net olarak ikinci seçeneğe götürüyordu ve kararımı değiştirmeden Emre'yi arayıp kabul ettiğimi söyledim! Çok sevindi, hemen bir kutlama yemeği yedik, karşılıklı gazlara gelindi, hayaller kuruldu, hatta yatırımcının da bize o yemekte katılmasıyla benim kafamdaki soru işaretleri de gaz ve toz bulutuna dönüşmüştü. Artık önümüzde daha da parlak bir gelecek vardı!

Tabii bu kararı verdikten sonra sıra dünyanın en zor konuşmasını yapmaya geliyordu. Bu konuşmayı yapmadan önce eski bir beyaz yakalı olarak daha önemli ve soylu bir şey yapmam gerekiyordu: Yerime gelecek kişiyi bulmak. Eğer yerime bir oyuncu bulabilirsem, gidiş kararım ekibi daha az zor durumda bırakırdı diye düşünerek çok sevdiğim arkadaşım oyuncu Fatih'i aradım. Durumu izah ettim. Fatih de internette komik videolarıyla tanınan ve bunun dışında çok iyi bir oyuncu olan, bir an önce herkesin tanımasını istediğim arkadaşlarımdan biriydi ve sağ olsun ayrılmam halinde en azından ekiple görüşebileceğini, aklına yatarsa ilerleyebileceğini söyledi. Fatih'in beni anksiyete krizlerinden kurtaran bu açıklaması sonrası hemen Evren'i aradım, üstü kapalı olarak gelişmelerden bahsedip yüz yüze görüşmeyi rica ettim. Canım ciğerim Nünü, Evren ve ben yine olmaktan korktuğumuz yerde, Mecidiyeköy'de, garip hamur işi gıdaların süt tozlu kahvelerle servis edildiği bir kafede buluştuk. İkisi de bu gelişmeye çok sevindiler ve asla 'bizi zor durumda bıraktın' edebiyatı yapmadılar. Hatta Nünü "Yavrum sen nasıl bir hayır işledin ki Allah sana yürü de değil koş ya kulum dedi adeta, bu senin için çok büyük bir fırsat bana sorarsan, hiç tereddüt etme bile" diyerek içime değil su adeta mojitolar serpiverdi. Evren de yerime başka birini ayarlama çabamdan hoşlanmıştı. "Tabii hemen görüşelim Fatih'le" dedi. O kadar rahatlamıştım ki. Fakat Okan Ağabey'le de son bir kez görüşmem ve en azından bu proje için vedalaşmam şarttı. Evren, Okan Ağabey'e anlatmıştı durumu, ben kendisiyle henüz o kadar samimi olmadığım için babayla kızın arasını bulan anne ebeveyn rolünü Evren üstlenmişti sağ olsun. Ertesi gün prova vardı ve ben de gittim. Yine de üstümde bir tedirginlik vardı. Sanki kötü bir şey yapmış, bir suç işlemiş ve insanları yarı yolda bırakmış gibi hissediyordum. Üstelik daha önce de Okan Ağabey'in "burada da yemekli içkili özel bir program yapsana" teklifini kibarca benim kitlemin daha orta sınıf insanlardan oluştuğunu ve pahalı menülü bir yerde çıkarsam bu dengeyi bozma riskimin olduğu söyleyerek reddetmiştim. Ama sağ olsun o bütün olgunluğu ve samimiyetiyle "hayırlı olsun, yeni bir şey çıkmış galiba, ne güzel herkes senle çalışmak istiyor, hadi bakalım" minvalinde şeyler söyleyerek hem içimi rahatlatmış hem de kalbimi fethetmişti. Zaten niye ters bir tepki versindi ki? Koca Okan Bayülgen herhalde mekânı bana güvenip açmıyor, kabareyi bana güvenip yapmıyordu:) Hatta üstüne "Belki arada müsait olursan geldiğinde konuk sanatçı gibi on-on beş dakika çıkarsın" dedi. Çok ama çok rahatlamıştım. Herkesle vedalaşıp, başarılar dileyip hem o binadan hem de Mecidiyeköy'den bir süreliğine uzaklaştım.

Hızla yarışmanın hazırlıklarına başladık. Deneme çekimleri yapılıyor, tanıtım videoları hazırlanıyordu. Para ödülünün on beş sorunun hepsini bilen herkes arasında paylaştırılacağı bir formattı, insanların soruları yanıtlaması için çok az süre vardı ve dinamik bir sunum şarttı. Böyle bir yarışma sunmayı çocukken hep hayal ederdim zira biz Güler Kazmacı'nın her gece süpper bir kırmızı Mazda verdiği Magic Box (Star 1) çocuğuyuz! Tam bana göre olduğunu düşünmekle birlikte profesyonel anlamda hiç sunuculuk yapmadığım da bir gerçekti. Bir yandan da geriliyordum tabii. Bir anda herkesin karşısına çıkacak olmak yepyeni anksiyetelere sürüklemişti beni. Tanıtım videosunu sosyal medya hesaplarımda yayınladım. Gelen tepkiler çok güzeldi, beni sevenler de çok heyecanlanmıştı. Tek sorun, yoğun ötesi programım ve hemen her gece bu işi nasıl kotaracağımdı. Beni bir kadın sunucuyla destekleme fikri çıktı ortaya, öyle olursa çok rahatlayacaktım çünkü kurumsal etkinliklerle birlikte inanılmaz bir temponun içine girmiştim.

Bu arada kulağımıza bu yarışmanın neredeyse aynısının başka bir ekip tarafından daha yapılacağı bilgisi geldi. Ancak onların bizim ekibin hızına yetişmesi zor görünüyordu çünkü biz neredeyse yayına geçmek üzereydik. Sonuçta yurtdışı bir formattı ancak kimse resmi olarak bu formatın uygulama haklarını almamıştı. Zira Amerika'daki formatın sahipleri bu formatı kimseyle paylaşmaya niyetli değildi ve dünyanın pek çok yerinde benzerleri de aynı şekilde yapılmaya başlanmıştı. Kaldı ki zaten herkesin her gün telefonunda oynadığı binlerce bilgi yarışması oyunundan çok da farklı bir şey değildi. Tek farkı canlı olarak yapılmasıydı. Dolayısıyla ortada aşırı orijinal ötesi bir fikir de yoktu. Yarışmayı ilk kez canlı olarak oynatacağımız gün yaklaştıkça Instagram kutuma tek tük garip mesajlar gelmeye başladı: "Bence başaramayacaksınız!", "İşiniz çok zor söyliyim Kaan Beyyyy" gibi. Bu mesajları hemen bir komploya bağlayamam ama iş başarılı olursa sevenimiz kadar sevmeyenimiz, alkışlayanımız kadar baltalayanımız olacağı da kesindi.

İlk yayının olacağı günün sabahı iki üç günlük bir Kaş tatilinden İstanbul'a gelecektim. Arkadaşım Ayşe ile çok maceralı bir tatil kaçamağı yapmıştık ve ben o kaçamakta cüzdanımı kaybetmeyi başarmıştım. Havaalanında da kimliğim olmadan uçağa binmem imkânsızdı çünkü daha önceden benzer durumlarda uygulanan parmak izinden teyit, güvenlik sorgulaması gibi uygulamalar artık yapılmıyordu ve uçağa binememe riskim vardı. Ayşe'nin sağ olsun büyük bir dehayla güvenlik geçişindeki görevliye "Kaan Sekban, tanımıyor musunuz, bakın komedyen!" diyerek Instagram hesabımı göstermesi, "Bakın daha yeni Gülse Birsel'in dizisinde oynadı" diyerek oradan fotoğraflar göstermesi ve adamın da "Nerde Avrupa Yakası ah ah" diyerek iç geçirmesiyle benim Kaan Sekban olduğuma ikna oluşu ve uçağa alışını asla unutamam.

Yayına vaktinden epey erken gelebildim. Seyrantepe taraflarında, sanayinin orta yerinde küçücük bir stüdyoydu. Stüdyo küçük ama umutlar kocamandı. Tüm ekip çok heyecanlıydı ve maalesef heyecandan herkes fosur fosur sigara içiyordu. Öyle ya bu iş herkesin hayatını değiştirebilirdi. Ben zaten hayatımın değişmiş halinden çok memnundum, beni heyecanlandıran kendimi yeni bir alanda denemek ve daha çok kişinin hayatına girmekti. Her şey hazır görünüyordu. Tüm testler başarılı geçmişti. Takım elbisemi giydim, soruların olduğu kartı elime aldım, kamera karşısında son duruşlarıma vs. bakıldı, üç iki bir kayıt!..

İlk soruyu sormamla katılımcı sayısı yükselmeye başladı, sonradan girenler yarışmaya dahil olamasa da seyirci olarak bulunabiliyordu. Verilen yanlış cevaplarla hafiften dalga geçiyor, doğru cevabı verenlere gaz veriyor, ilk denemeye göre olayı hiç fena yönetmiyordum. Arada enteresan bir şekilde katılımcı sayısı düşüyor sonra yine çıkıyordu. Bu şekilde son soruya kadar geldik ve ilk yayını kazasız belasız atlattık. Çok mutluyduk, hiç fena bir sınav vermemiştik. Hatta o kadar gaza geldik ki benim gösteri sonlarında seyircilerimle çektiğim video selfie'nin benzerini 7-8 kişilik ekiple çekip paylaştım şak diye:) Paylaşmamla birlikte videonun altına bazı katılımcılar sorunlar yaşadıklarını, tam cevaplarken sistemin onları dışarı attığını yazmaya başladı. Bazı yorumlarsa epey alaycıydı: "Nooldu olm patladınız mı huahuhu"

Yaşanan sıkıntıdan yayın sırasında haberimiz olmamıştı ve ikinci yayına kadar bunu aşmalıydık. Bir sonraki yayında gerekli teknik önlemlerin alındığını söyledi Emre bana. Ama tabii benim gibi onlar da bu yola yeni çıkmıştı, bu herkes için yepyeni bir şeydi ve başımıza gelebilecek teknik sorunları kestirmek neredeyse imkânsızdı. İkinci yayına başladık, çok daha rahattım, katılımcı sayısı da üç-dört katına çıkmıştı, lay lay lom, tak tak tak sorudan soruya geçiyordum, ta ki tak diye bağlantı kesilene kadar! Üç ya da dördüncü soruda bağlantı gitti. Çok şaşırmış ve paniklemiştik. Testler evet başarılıydı ama belli sayıda online katılımcıyla yapılmıştı hepsi, birden binlerce insan bağlanınca bir anda sistem çöktü. Birkaç dakika sonra sorun giderildi. Tekrar kaldığımız yerden devam ettik ancak tabii karizmamız fena çizilmişti. Birkaç soru sonra tekrar bağlantı gidince ikinci bölümü sonlandırmak zorunda kaldık. Birkaç dakika sonra bir siber saldırı olduğu anlaşıldı. Herkes çok üzgündü. Benim içinse durum göründüğünden daha riskliydi çünkü sevenlerimin hep güvendiği, yıllarca sayfasına reklam bile almayan biriydim. Giriştiğim ilk işte insanları üye yapıp mağdur etmek bana hiç yakışmayacak türdendi. Üyelik para ile değildi, kimseyi maddi olarak mağdur etmiş de değildik ancak yine de manzara iç açmıyordu. Sosyal medyada benim hesabıma çok sayıda alaycı ve tepkili yorum gelmeye başladı. Emre de çok gergindi. Gidip bir şeyler içtik. Emre de beni zor durumda bırakmak istemiyordu ve birkaç gün teknik sorunlar tamamen net bir şekilde giderilene kadar ara vermeye karar verdik.

Yanlış hatırlıyor da olabilirim, bir iki haftalık bir aradan sonra tekrar aynı sevimli ve dumanlı stüdyoda tüm ekip yeni bir yayın için bir araya geldik. Ara boyunca da yedek bir sunucu arkadaşla test mahiyetinde yayınlar yapmışlar ve bir sorunla karşılaşmamışlardı. Yayın başladı ve bilin bakalım ne oldu? Evet bildiniz, yine takıldı:) Boynumuz bükük dağıldık evlere. Akşam Emre'ye bir mesaj gönderdim, bu durumun benim marka değerime zarar vermeye başladığını ve iyi niyetli başlayan bu girişimin biraz daha pişmeye ihtiyacı olduğunu söyleyerek iznimi istedim. "Belki de sorun bendedir, başka biriyle çok daha sorunsuz olur yayın" diyerek ufak tefek şakalarla kendilerine başarılar dileyerek projeden olmasa da bir ayrılık konuşmasından daha alnımın akıyla çıkmış oldum. Projeye hâlâ çok inanıyordum, belki de gerçekten benim kısmetimde yoktu ya da birisi benim yayınlarımı sabote ediyordu diyeceğim ama kendime o kadar önem atfetmek komik geliyor. Günün sonunda elimde ne Okan'lı Nükhet'li kabare ne de yıla damgasını vuracak bilgi yarışması kalmıştı. Biriciğim, bebeğim stand up'umla yoluma mutlu mesut devam etmeye hazırdım.

İnanmazsınız -ama ben hep inanıyordum:)- yarışma benden sonra yeni sunucularıyla çok başarılı oldu. Bildiğim kadarıyla bir daha teknik aksaklık da -neredeyse hiç- yaşamadılar. Bilinirliği günden güne arttı. Akşamları herkes her yerde bunu oynuyordu. Bu arada rakip ekip de diğer yarışmayı çıkarmıştı. Ama onlar o kadar büyüyemediler ya da dışarıdan bana geçen izlenim öyleydi. Bizim yarışmada ise bir süre sonra şöyle bir handikap ortaya çıktı, katılımcı sayısı coşunca doğal olarak soruları bilenlerin sayısı da arttı ve büyük ödül her seferinde o kadar çok parçaya bölünüyordu ki, bir süre sonra yarışma çekiciliğini kaybetmeye başladı. Bu Amerika'daki versiyonun da kaçınılmaz sonu olmuştu. Format dünyanın pek çok yerinde ilgi gördü, sevildi, çokça oynandı ve hemen tüketilip kısa sürede ömrünü tamamladı. Türkiye versiyonunu sunan arkadaşların da hayatında büyük bir değişim olmadı ama sektördeki görünürlükleri ve işleri görece arttı. Yarışma benim gözümde hep çok başarılı bir iş oldu, iyi işlerin sonsuza kadar sürmesi gerekmiyor sonuçta. Diğer yandan kabarenin yolculuğu ise çok daha farklı olmuştu. Fatih kadroya girmiş, çok da sevilmişti.

Oyun da birkaç ay içinde çıkmış, muhteşem mekân açılmış ve kabare sahne almıştı. Ancak ömrü çok uzun süreli olmadı, bildiğim kadarıyla bir ya da iki oyun sonra perdelerini kapatmak zorunda kaldı.

Bunlara kendi açımdan bakınca fiyasko dememin sebebi tamamen benim için bir kariyer ilerlemesiyle sonuçlanmaması kaynaklı. Aslında bunlar hep zihnimizin bize oynadığı oyunların etkisiyle biraz da öğretilmiş etiketler. Yoksa her biri çok kıymetli deneyim ve ikisinden de çok şey öğrenerek, kimseyle kırılıp darılmadan, misler gibi yoluma devam ettim. En güzeli de neydi biliyor musunuz, insanın kendi ürettiği, kendi elleriyle inşa ettiği bir yol olduktan sonra, bazı kavşaklarda kaybolmak, düşmek, tökezlemek, çıkmaz sokağa girmek asla yıkıcı bir sonuç getirmediği gibi, sizin kendi yolunuza daha emin, daha kararlı, daha bilge ve daha güçlü bir şekilde devam etmenizi sağlıyor. Bende de tam öyle oldu çünkü bu genç komedyenin mizah kariyerinde her şey harika gidiyordu. Olmayan projelere, kesilen bağlantılara rağmen kocaman bir rüyanın içinde gibiydim. Nasıl ki küçük ünlü uyumunda bir kelimenin hemen başında bir kere düz ünlüden sonra düz, yuvarlak ünlüden sonra yuvarlak dar veya düz geniş geldiğinde, ondan sonraki ünlüler ne olursa olsun bu kuralı bozamıyordu, benim hayatımda da bankacılıkla ondan sonra gelen komedi kusursuz bir uyum içindeydi, artık ondan sonra ne gelirse gelsin bu uyumu bozamazdı.

Büyükbabam sayesinde ünlülüğün doruklarına çıktığım üç yer: Halk Pazarı, ORKO ve Orduevleri

Çok küçük yaşlarda, henüz tek başıma sokağa çıkma iznimin olmadığı zamanlarda yazları en sevdiğim şey büyükbabamla dışarı çıkmaktı. Annemin izin durumundan dolayı yazlığa en fazla iki hafta gidebiliyorduk ve İstanbul'da kaldığımız yazın geri kalan günleri hep büyükbabamla babaannemin evinde geçerdi. Kimi zaman evin karşısındaki apartmandan cama çıkanları seyreder, kimi zaman sokakta oynayan çocukları izler, kimi zaman da babaannemlerin yan ve alt komşularıyla camdan cama gevezelik ederdim. Sabahları Susam Sokağı vardı, onu izlerken büyükbabamın kendi elleriyle yaptığı yumurtalı ekmeği yer (ama kızartma olandan değil, iki rafadan yumurtayı ekmek ufalanmış koca bardağa dökerdi, üstüne de peynir ufalardı ve bu bizim yumurtalı ekmeğimizdi. Hayatımda daha güzel bir kahvaltı dünyanın hiçbir yerinde etmedim:)) yanında babaannemle büyükbabamın 'böbrek' adını verdiği az yağda kızartılmış tombul salamları götürürdüm. Akşamüstü ise önce Atlıkarınca başlardı, sonra sabahki Susam Sokağı'nın tekrarı vardı ama zaten Susam Sokağı bir tekrar destanı olduğu için, sabah izlediğim şeyi yine izlemekten sıkılmazdım. "Bir iki üç döööört beş altı yedi sekiz dokuz on on bir on iki hi hi hi hi!" ya da "Selam tartıı nasılsıın? Şunu bana tartar mısın?" Ah Sayıların Kontu'nu ya da Kermit'i kim unutabilir? Ve tabii ki arkadaşlar mı sevgililer mi her zaman magazin konusu olan Edi'yle Büdü'yü:) Susam Sokağı bittikten sonra Hayat Ağacı başlardı, bu bizim için günün bitişi anlamına geliyordu. Aradaki koca zamanda yani gündüz yapacak hiçbir şey olmadığından büyükbabam dışarı çıksa da beni de yanında götürse diye gözünün içine bakardım. Gideceği yerler belliydi: Ya Ertuğrul Sitesi'nin altındaki sanırım bir emekli subay girişimi olan market Orko ya da Beşiktaş iskelesinin karşısındaki Halk Pazarı. Orko anımsadığım kadarıyla üç adetti: Küçük Orko, orta Orko ve büyük Orko. Orko'ya genelde okul açılmaya yakın defter, kitap ve kırtasiye malzemesi almak için giderdik çünkü fiyatlar çok uygundu. Zaten pahalı kırtasiye mağazaları babaannemden hep veto yerdi. Sık uğrak noktamız ise halk pazarıydı. Daha evden çıkar çıkmaz esnaf emekli albay büyükbabamı "günaydın albayım!" diyerek selamlardı. Hem albaylık geçmişinden ama bence en çok da insani yönünden dolayı müthiş saygı görürdü. Ama büyükbabam sayesinde neredeyse bir star kadar ilgi gördüğümüz yer kesinlikle halk pazarıydı. Pazarcılar o kadar çok o kadar çok sevip sayardı ki onu, kimseyle pazarlık etmez, herkesle mutlaka sohbet eder, meyve alıyorsak mutlaka önce bana tattırırdı. Pazarcı ağabeyler ona "emredin albayım, buyurun albayım" deyip bıçakla kestikleri küçük kavunları, karpuzları bana tattırdıkça kendimi aşırı özel hisseder, bir çeşit ünlü gibi havaya girerdim. Hatta o kadar keyif alırdım ki bazen pazarın sonuna kadar yürümüş olsak da büyükbabam pazarın sonundaki çıkıştan değil bir tur da geriye doğru yürüdükten sonra girdiğimiz kapıdan çıkarırdı bizi. O pazarda ne kadar vakit geçirirsem o kadar ünlüydüm. Esas ünlü büyükbabamdı tabii. Hatta benim adım bile yok gibiydi. Büyükbabamı selamlayan herkes bana "nasılsın delikanlı?" "al bakalım yakışıklı" gibi zamirlerle seslense de ben gösterilen ilginin tadını sonuna kadar çıkarırdım. Eğer ellerimiz çok dolu değilse muhakkak pazarın karşısındaki Üsküdar İskelesi'nin az ilerisindeki dinozorlu kaydırağın olduğu parka gider, orada vakit geçirirdik. Çizgi film Denver çok meşhur olduğu için Denver'lı Park diyorduk oraya. Büyükbabam banka oturup hem dinlenir hem de gelip giden vapurları izlerken ben de sadece iki salıncak ve bir kaydıraktan oluşan parkta gönlümce eğlenirdim. Üstelik dışarıda kaldığımız zamanın uzaması demek benim uyku saatinden yırtmam demekti. Büyükbabamlarda o kadar mutlu o kadar mutluyduk ki özellikle ablam bazı akşamlar bizimle eve gelmek istemezdi. Küçükken ben annemlere ablam büyükbabamlara daha düşkündü. Hatta bazı günler aynı evdeki büyükbabama mektup yazar, ağdalı laflarla akşam onlarda kalmak için izin isterdi. Gündüzleri ablamla sanki koca bir Disneyland'daymışız gibi çeşitli oyunlar icat ederdik eldeki imkânlarla. Mesela o lastik atlamayı çok severdi. Evdeki büyük mavi halının iki şerit halindeki desenlerini lastik farz edip üstünde tepinirdik. İskambil kâğıtlarını çok sevdiğimiz için sürekli pişti ve elli bir oynardık. Ama o yaşlarda üç yaş ciddi bir farktı ve hem yaş hem de cinsiyet farkından ortak zevkimiz çok yoktu.

Bazı günler annemle onun Maslak'taki banka binasına giderdim ama bu yüzyılın güneş tutulması kadar nadir olurdu. Normal olarak:) Gittiğim günlerde bankada da aşırı ilgi görürdüm çünkü annem yanlış hatırlamıyorsam 'seksiyon müdürü'ydü. Adı bile nasıl havalı! Muhtemelen anneme bağlı olanlar ya da annemin arkadaşları bana hep ilgi gösterir, bilgisayarlarında ara sıra Pacman oynamama izin verirlerdi. Bankacılık çok daha kaliteliydi sanırım o yıllarda ve ben o ofis ortamından her seferinde çok etkilenerek çıkıyordum. İnsanların arasında kaliteli bir arkadaşlık var gibiydi. Arkadaşlıktan öteye gidenler de oluyordu tabii:) Belki de annem bilinçli olarak bankacılık zehrini çocukken kanıma işledi kim bilir?

Hafta sonlarımız ise çok daha havalıydı. Cumartesi en sevdiğim gündü. Sadece annemle baş başa vakit geçirebildiğim tek gündü çünkü o gün babam yine çalışıyordu. Bazen annemin havalı arkadaşları Beşiktaş'taki küçük evimize gelir, akşamüstü gelene göre bazen çay bazen likör içilir ama hep havalı sohbetler yapılırdı. Bazen de annem beni ve ablamı kendi sosyal etkinliklerine götürür, ikimizi de kraliyet ailesinin küçük fertleri gibi giydirip süslü püslü masalara oturtur, bizi de o ihtişamdan mahrum etmezdi. Annemin bu sosyetik ve havalı ortamları işinden ve sosyal kişiliğinden geliyordu. Bankada şube müdürü olunca büyük müşterileri aynı zamanda arkadaşı da olmaya başlamıştı. Ayrıca dernek işlerine hep meraklıydı. Bu ortamlar da yine benim o bacak kadar boyumla ünlü triplerine girdiğim, kendimi özel hissettiğim ender anlardı. Bazen de Esentepe'deki Kapris Pastanesi'nin dışındaki masalarda oturur 'pizza' yerdik. Pizzayı sadece orada yenilebilen bir şey zannederdim ve cumartesi Kapris Pastanesi'nde pizza yemek "yok artık zengin mi olduk?" dedirtecek kadar havalıydı.

Ama yazın haftanın en havalı günü hiç şüphesiz pazar günüydü. Çünkü yine sevgili büyükbabacığımın kartı sayesinde ailece Kalender Orduevi'nin havuzuna giderdik ve gerçekten orası bütün gerçeklikten uzak bir vaha gibi gelirdi bana. İşte orası kendimi halk pazarındaki kadar ünlü hissetmesem de Sabancı kadar zengin hissettiğim yerdi. Çünkü havuz her zaman bir zenginlik göstergesiydi benim için. Orduevi olduğu için de yeme içme aşırı ucuzdu. O yüzden babam her şeyi rahatlıkla alıyor, biz de her havuzdan çıkışımızda hamurgerlerle patateslerle ve hatta pizzalarla küçük ziyafetler yapıyorduk. Garsonlar usulen büyük erkeklerin hepsine "komutanım" diyordu ama ben sanki babam tek komutanmış gibi moda giriyordum yine. Kalender'in sadece havuzuna değil bazı cumartesi akşamları büyük restoranına da giderdik ve ben hemen karnımı doyurup aşağıdaki aslanlı bahçede kendime arkadaş bulmaya inerdim. Serin yaz gecelerinde en sevdiğim şeyse yemekten sonra çay bahçesi kısmında ailece dondurma yiyip sohbet etmekti. Kartla girilmesi ve herkese açık olmayışı Kalender Orduevi'ni benim gözümde bambaşka bir yere koymuştu. Benim için orası çocukluğumuzun Soho House'uydu. Hatta bazı pazarlar gündüz içmesine, oranın barına giderdik ailece. Tabii biz meyve suyuyla yetinirken annemle babam viski keyfi yapardı. Şimdi düşünüyorum da iyi ki bizi pek çok ortamlarına yanlarında götürmüşler. Belki de hep yaşımın büyüğü konulara ilgi duymamın sebebi de budur ama bu durum asla çocukluğumun keyfini çıkarmama engel olmadı. Yalnız bu orduevinde kendi kendime girdiğim elit triplere o kadar kapılmıştım ki, bir kere havuza komşumuzun oğlunu da götürdüğümüzde onun o aşırı hiperaktif ve yaygaracı tavırlarından çok rahatsız olup akşam eve döndüğümüzde annesine "Emre bizi rezil etti rezil" diye çemkirmiştim:) Annem de hemen lafa girip "Yok ayol olur mu öyle şey, aa çocuğum o nasıl söz, gir içeri bakayım" diyerek beni azarlamıştı.

Emekli subaylığın da, bankacılığın da çok daha kıymetli olduğu yıllarda hem annem hem de büyükbabam sayesinde ünün nasıl bir şey olduğunu iliklerime kadar hissediyordum.

Büyükbabamın vefatından sonra ünlü hissettirme bayrağını annem devralmıştı. Bankasının Nişantaşı şubesine müdür olunca müşteri profili epey değişmiş, şehrin en kalburüstü insanları ahbabı olmaya başlamıştı. Sosyal hayatı da çok seven annem hem işi hem de yapısı gereği 'cemiyet' denen hayatın tam göbeğine düşmüştü. Üstüne Ihlamurdere'deki evimizden Gayrettepe'deki lojmana taşınınca kendi odamın olmasının verdiği havalar ve cıvalarla ben iyice kendimi 'şöhretin' zirvesinde bir yerlerde konumlandırmaya başlamıştım. O zamanlar bankacılık da çok havalı bir meslekti, annemin şubesi altı katlıydı ve annemin en üst katta kocaman bir odası vardı. Şimdiki gibi şube müdürlerine kapı ağzında kredi kartı sattırmıyordu sistem. Devasa yetkileri, çok sayıda yardımcısı ve acayip bir karizması vardı. Fakat o da artık yorulup emekliye ayrıldıktan sonra lojmanı terk etmek zorunda kalmıştık. Beşiktaş'tan yine ayrılmak istemiyorduk ve hemen aşağıdaki Fulya Sitesi'nde bir 3+1 eve taşındık. O ev o ana kadar oturduğumuz en lüks daireydi diyebilirim. Çünkü yatak odasında ebeveyn banyosu vardı ve aynı anda iki kişinin kakasını yapabildiği ev tartışmasız lükstü! Fakat kirası bize göre yüksekti, nasıl ödeyeceğiz diye düşünürken annem, bankadaki eski müşterilerinden biri olan avukat Çetin Yıldırımakın'dan başkanı olduğu Türk Kalp Vakfı'nda müdürlük teklifi aldı. İşte annemin altın yılları da o zaman başladı. Banka stresi üstünden alınmış, hayır işlerini çok seven, sosyal bir Semiramis resmen kariyerinin zirvesindeydi. Normal bir maaşla çalışıyordu ancak o zamanlar normal maaş iyi maaş demekti. Normal bir maaşla İstanbul'un göbeğinde güzel bir dairede rahatça kirada oturabiliyor, üstüne sosyalleşebiliyordunuz. Bu kadar çok özel kliniğin vs. olmadığı bir dönemdi ve bütün İstanbul sanat ve sosyetesi Kalp Vakfı'na akın ediyordu. Fırsat buldukça annemin yanına gider, bugün acaba hangi ünlüyü göreceğim diye heyecanlanırdım. En mutlu olduğum anlar, vakfın geceleriydi. Gerçekten de çok görkemli geçerdi o geceler. Anneme beni ünlülerin olduğu masaya oturtması için yalvarırdım. Ama annem çok prensipli bir kadındı. O tarz etkinliklerde asla öne çıkmayı sevmez, bizi de en uzak masalara oturturdu. Ben yine de her seferinde kendimden geçerdim o ihtişamlı ortamlarda.

Hiç unutamadığım geceyse ilk kez böyle bir ortamda bulunduğum tarihteki ilk Best Model of Turkey yarışmasıydı. Yanlış hatırlamıyorsam Kalp Vakfı organizasyonla işbirliği yapmıştı ve gece Ahmet Özal'ın kurduğu Kanal 6'dan canlı olarak yayınlanıyordu. Deniz Akkaya ve Kenan İmirzalıoğlu'nun birinci seçildiği yarışmaydı ve mekân Maslak'taki -eski adıyla- Mövenpick Otel'di. Öncesinde kokteyl verildi. Herkes o kadar şık, o kadar güzel, o kadar yakışıklıydı ki herhalde cennet böyle bir yer diye düşündüğümü hatırlıyorum. Yerlerimize geçtiğimizde sandalyelerde kataloglar vardı. Mankenler tek tek tanıtılıyordu, kadınların mayolu erkeklerinse tamamen çırılçıplak fotoğrafları vardı -tabii ki malum bölgeler görünmeyecek şekilde-. Kızarıp bozardığımı hatırlıyorum ama yine de katalog hoşuma gitmişti hatta alıp eve götürmüştüm:) Yarışma bitti, Deniz'le Kenan kazandı. Yarışmadan sonra ise otelin alt kattaki kulübünde özel bir yemek verildi. Saat gece 1 gibiydi. Ajda Pekkan çıktı sahneye. Yerimiz çok güzeldi ve masamızda yarışmadan bazı erkek ve kadın mankenler vardı. O kadar güzeldi ki her şey. "Allah'ım ne olur büyüyünce beni böyle masalara meze yap, şey pardon böyle ortamlara ünlü yap" diye dua ettiğimi hatırlıyorum:)

Bu Ünlülük Bana Çok 'Large' Oldu, Bunun 'Small'ı Var mı?

Çocukken ve gençken yaşadığım şeyler, halk pazarında ağzıma verilen kavunlar, markette hatırımı soran amcalar, annemin organizasyonlarında önüme konan yemekler aslında benim şov dünyası için biçilmiş kaftan olduğumu gösteriyordu. İçimdeki doğal 'spot ışığı' beni gerçek versiyonlarının altına girmeye çoktan hazırlamıştı bile! Yonja ve Facebook ilk açıldığında da hep bir ünlü edasında mesajlar verir, sanki söylediklerim milyonlara ulaşıyormuş gibi pozlar takınırdım. Belki bunda banka genel müdürlüğünde çalışmamın ve sahada yüzlerce insan tarafından bilinen, tanınan ve biraz da sevilen biri olmamın etkisi vardı bilemiyorum:) Hatta sosyal medya çıkıp da ben bankadaki son yıllarımda hafiften oyunculuğa merak salmaya başlayınca oradaki ünlü hesaplarını dikkatle inceler, es kaza bir tanesi beni takibe alır ya da paylaştığım bir şeyi beğenirse sevinçten havalara uçardım. Ün dünyası ve ünlülük sanki tam olmak istediğim yer gibiydi. Aslında çocukluğumdan beri gelen bu ruh halinin yıllarca içinde bulunduğum kocaman boşluğu yansıtan zavallı bir dengesizlik hali olduğunu fark etmem neyse ki çok uzun sürmedi.

Seven ve takip edenlerimin artan ilgisi sayesinde kısa sürede Türkiye'nin en ünlü komedyeni oldum gibi bir laf edemem tabii ama tanınırlık seviyemde hızlı bir artış olduğu kesindi. Sanırım yine kimsenin reddedemeyeceği gerçeklerden biri de Cem Yılmaz ve Ata Demirer gibi isimlerden sonra ortaya çıkan yeni nesil komedyenler içinde büyük salonları dolduran ilk kişi olduğumdu. Ancak göreli olarak tanınırlığım arttıkça ünlülükten korkmaya, hatta soğumaya, ne kadar ünsüz kalırsam o kadar iyi diye düşünmeye başladım. Bana böyle düşündürten tabii ki sevenlerimin samimi ilgisi ve bunun verdiği tarifsiz mutluk değildi, ilerledikçe o dünyada karşılaştığım tuhaf durumlar, davranışlar ve asla o durumlara düşenlerden biri olmak istemememdi.

Zulacı Sanatçı

Anadolu şehirlerinden birine yaptığımız turne sırasında oradaki yerel organizatör kulisime ne istediğimi sordu. "Yakınlarda Starbucks varsa bir soya sütlü latte -hâlâ hücrelerimde bir miktar kurumsal ruh vardı çünkü:)- ya da yoksa ıhlamur, yanında da içim ezilirse diye bir muz veya kuruyemiş yeterli dedim. "Alkol ne olacak?" diye sordu. "Ya ben sosyal içiciyim, sahneden önce içersem zaten mayışırım, teşekkürler" diye cevap verince çok şaşırdı. Sonra öğrendim ki herkes neler neler istiyormuş kulisine. Kasalarca bira, en pahalı marka viskiler, hatta içebileceklerinden çok daha fazlasını isteyip hepsini valizlere doldurup evine götüren bile varmış! Hatta bir keresinde çok sevdiğim ve saygı duyduğum birisi -ismini hiç sormayın, magazine düşmeyelim aman- istediği marka viski değil de daha uygun fiyatlı bir viski geldi diye organizasyona çıkmaktan vazgeçmiş! Yalvar yakar, zar zor ikna etmişler. Ben ağzım açık, şok içinde dinlerken bir artçı şok daha geldi organizatör abiden:

"Mesela ... var ya, o içki değil ama kulisin hep halılar, koltuklar, abajurlarla döşenmesini ister, tam evinin ortamını kuliste yaşayamazsa konsantre olamıyormuş." Organizatörler de nasıl içleri dolmuş, nasıl dertlilerse ilk fırsatta dökülüveriyorlardı:) Tabii ki her sanatçının totemi, uğuru, manevi olarak kendini yükselten bazı alışkanlıkları vardır, iki kadeh atmak da isteyebilir havaya girmek için, ne var ne olacak da kasa kasa bira isteyip bavullara doldurup götürmek ne yahu? Peki, viskinin markasını beğenmeyip sahneye çıkmam diye tutturmak? Ben de şirketten eve getirdiğim orkidenin aynısını mı istesem acaba:) "Yalnız bu orkide ben istifa ettiğim gün elimde tuttuğum orkidenin aynısı değil, lütfen ama yoksa çıkmam sahneye!" Ay dedim inşallah bir gün bu noktalara düşmem. Yani bunlar ünlülük arttıkça yapılan kaprisler sanırım, o yüzden de düşmek kelimesi yanlış kullanmışım gibi algılanabilir ama böyle şeylere bu kadar çılgınca tenezzül etmek bence tam anlamıyla düşmek, üzgünüm. Ben bir gün dünya çapında ünlü olursam en fazla eski yöneticilerimden birisine kendime masaj yaptırmak isterim sadece bu kadar:) Hayır tabii ki, aman maazallah iki masaj fantezimiz var onu da eski yöneticilerimle harcayıp yedi gram libidomu mezara gömemem.

Bu Ne Gıybet Bu Ne Lahana Turşusu?

Evden canlı yayınlar yapmaya yeni başladığım dönem çok severek takip ettiğim bir hanımefendi vardı, hatta canlı yayınlarında laf atar, kendimi göstermeye çalışırdım. Takip etse de hiçbir zaman cevap vermez -belki de görmemiştir hiç günahını almayayım-, yazdığım bazı yorumlara kayıtsız kalırdı. Eh benim gibi üç beş bin takipçili bir 'tıfıl'ı neden muhatap alsındı ki değil mi efendim? Sonra benim canlı yayınlar hafiften sevilip paylaşılmaya başlanınca, gösterilerim küçük kulüplerden büyük salonlara taşıp, ufak tefek röportajlar orada burada yer alınca, bizimki bana yorumlar yapmaya, mesajlar atmaya hatta ne zaman görüşeceğiz diye darlamaya başlamasın mı! Başlasın bence çünkü bu gelgit akıllıları izlemek çok zevkli ve başladı da! Ben de hemen 'partner in crime'ım (suç ortağım) Ayşe'yi aradım ve onu da bu aşırı eğlenceli geçeceği her halinden belli buluşmaya davet ettim. Ayşe'yle en ama en sevdiğimiz şey böyle ünlülü ortamlara akıp hemen sonrasında çaylarımız eşliğinde gıybetin dibine vurmak suretiyle ortamın 'after'ını yapmaktır. Kahvaltı buluşmasına hevesle gittik. O da başka bir ünlü arkadaşıyla gelmişti. Oturup direkt muhabbete başlamamızla ben o sabahki ilk şokumu yaşadım. Bu hanımefendi sağlıklı beslenmesiyle bilinen ünlülerimizden biriydi ve masaya gelen her şeyi istisnasız sildi süpürdü! Afiyet olsun tabii gözümüz yok, hem dışarıda söylenen şeyler kalınca benim içime oturur, o açıdan da vicdanım rahatlamıştı ama ne oldu o ketojenik diyetler, glutensiz beslenmeler, "sütü hayatınızdan atın"lar, nereye gitti hepsi nereye? Yine de günahını almayayım belki de ketojenikten Canan Karatay diyetine geçmiştir kadıncağız:) Ünlülerin Instagram'da gösterdiğiyle gerçekte olduğu arasındaki farkı keşfedişimiz bununla da sınırlı kalmadı ne yazık ki ve az sonra çok daha çarpıcı, gülmemek için kendimizi zor tuttuğumuz bir an yaşadık Ayşe ile!

Bir anda konu başka bir ünlüye geldi ve beslenme meselesinde kafa karışıklığı yaşadığı çok net, bariz belli olan arkadaşımız bize o ünlü kadını gömmeye başladı. Onun aslında ne kadar sahte olduğundan, rol yaptığından, arkadan iş çevirdiğinden falan bahsetti. Daha yeni buluştuğu insanlara bunları bu kadar canhıraş anlatması enteresan gelmişti. Kadın bize bunları anlatırken yanımda oturan Ayşe tabii ki rahat durmadı, birden "Ah çok pardon, bir mesaj geldi de işle ilgili Kaan'a onu göstermem lazım hemen" diyerek ekranı kadının görmeyeceği şekilde bana uzattı ve o da ne! Gömdüğü diğer kadının dün paylaştığı post altına bizimki kalpleri dizivermişti! Bir kez daha Allah cezanı vermesin Ayşe demek istiyorum buradan, yahu kopmamak için kendimi zor tuttum! Karşımızda kadın, önümüzde kalpleri ve masada kocaman bir riya omleti adeta!

Bu gıybetini yaptığın kişinin paylaşımlarının altına kalpler koymak sanırım camiada bir gelenek zira benzerine birkaç hafta sonra yine bir kahvaltıda bir araya geldiğim başka birinde şahit oldum. Ünlü şovmenlerimizden birini bir güzel gömüp çok değil birkaç hafta sonra onunla fotoğraf paylaşması "artık hiçbir şeye şaşırmamalısın Kaancığım" dedirtiyordu adeta. Kurumsal hayatta da benzer şeyler görürdük ama orada en azından yalakalık yapılan yönetici ya da müdürlerdi. Bir yerde kariyerini o insanların iki dudağına borçlu olduğunu düşünen insanlar sahte sevimlilikler yapmayı bir yöntem olarak görebilirdi ama yaşını başını almış, yapacağını yapmış, belli bir konuma gelmiş ünlülerin neden bunu yapma ihtiyacı hissettiğini asla anlayamadım ve anlayamayacağım.

Kendimi Kezban Gibi Hissettiğim Parti

Taksim'in ara sokaklarından birinde pek havalı eski bir binada partiye davetliyiz. Normalde pek parti insanı değilimdir, orduevi kültüründen gelen ve içinde bir emekli albay yaşayan bendeniz daha çok yemekli sofraları ve canlı müziği tercih ederim efenim. Ama arada gidince, çok az kalınca, oturacak koltuk bulunca, camın cereyan yaptığı yerde durmayınca, sigara içilmeyen bölümde olunca ve hoparlöre uzak bir köşeye konumlanınca bu partiler o kadar da çekilmez olmuyor. Gördüğünüz gibi beklentilerim son derece düşük ve iç karartıcı. Partinin yapılacağı yere gittik, montların elde tutulduğu ya da kenarda köşedeki koltuklara sıkış tepiş bırakıldığı partilerden biriydi ki bu beni her zaman strese sokar ve bütün gece acaba montum üstündeki onlarca sevimsiz ve leş kokan arkadaşının altında ne yapıyor şimdi, cüzdanımı cebimde bırakmakla iyi mi yaptım, sarhoşun teki ya kendi montu sanıp benden önce giyip giderse gibi endişeler ve leş müzik eşliğinde devam eder. Yine öyle oldu. Yalnız etraf tam anlamıyla ünlü kaynıyordu. Hatta çok cool ve yakışıklı bulduklarımdan bir tanesi gelip benimle fotoğraf çektirince parti her zamankinden daha güzel bir hal almıştı. Ama yine de fiziki şartlar aleyhimizeydi. Etraf tam anlamıyla duman altıydı ve dumanın sadece sigara dumanı olmadığı belliydi:) Bir süre sonra birtakım ünlüler gördüm kenarda köşede, evli olup eşiyle gelmeyi tercih etmeyenlerdi bu ünlüler. Bir süre sonra bu ünlülerden bazıları başka tekil katılımcılarla çok da arkadaşvari olmayan yakınlaşmalar yaşamaya başladılar. Tabii ki olabilir, bence de evli çiftler her zaman kendisine alan açmalı. Ama yani alan açmalı derken kuma friendly (kuma dostu) evlilikler değil kastettiğim hahaha:) Üstelik bunlardan bazıları Instagram'da mutluluk pozları veren kişilerdi. Aman kimseyi yargılayacak halim yok, herkesin hayatı kendine ama tabii şunu söylemeden geçemeyeceğim, kendimi çok ilerici ve açık görüşlü sanırdım, o partideyse tam bir ılımsız muhafazakâra dönüşmüştüm. Ayşe'ye "Aman hadi gel biz Köşkeroğlu'nda bir kadayıf yiyip evlere dağılalım" dedim. Geceyi üstümüzde leş gibi sigara kokusu, kulak zarımızda yankılanan berbat trans müzik ve Marimar'daki eşekli pedere dönmüş ruhumuzla noktaladıktan sonra ve güzel bir çay içip baklavaları midemize gömdük.

Takipten Değil Takipçilikten Çıkarılmanın Dayanılmaz Saçmalığı!

Ünlüler kadar tuhaf bir grup varsa o da ünlümsülerdir. Yani ünlü olmaya başlayanlar ama tam ünlü olmayanlar. Bunların en gelgitlisi sosyal medya komikleridir. Aslında genel olarak komedyenler diyebiliriz. Komedyen aslında egosu çok yüksek bir grup bana göre. Çünkü komedyen genelde hep ister ki en çok kendisine gülünsün, en çok kendi alkışlansın, en çok övgüyü kendi alsın. Belki de en üretken sahne performansçıları komedyenler olduğu için bu böyle, bilemiyorum. Şarkıcılarda bile sadece kendi ürettiği şarkıları okuyanların oranı çok az ama komedyen hep kendi yazdığı şakaları anlatır, kendi yazdığı skeçleri çeker. Tabii arada şaka çalan, skeç kopyalayan uyanıklar hep vardır ama genelde komik olduğunu iddia eden insanlar kendi söküğünü kendi diker. Özellikle Instagram'la birlikte benim gibi sosyal medyadaki skeçleriyle sevilen, beğenilen, takip edilen insanların sayısı çok arttı ve bence bu muhteşem bir şey! Kimse artık yapımcılara, yönetmenlere, büyük sahne sahiplerine muhtaç olmadan kendi içeriğini üretip bir güzel de parasını kazanıyor. Herkes kendi kitlesini oluşturuyor, herkes kendi yolunda ilerliyor mis! Ama tabii bu ilgi ve sevgiden başı dönüp kendini mizah kainatının kralı ya da kraliçesi gibi görenler de yok değil...

Bir gün Instagram'da gezinirken takip ettiğim komedyen arkadaşlarımdan -ya da ben arkadaş olduğumuzu sanıyordum haha- birini takipten çıkmış olduğumu fark ettim. Allah Allah, bu nasıl olur diye düşündüm. Bilinçli çıkmadığıma eminim ama acaba takip ettiğim kişilere bakarken elim mi çarptı nedir, yine de düşük ihtimal. Bir baktım, o da beni takipten çıkmış! Ah dedim ne ayıp oldu, kim bilir ne düşündü. Hemen mesaj atıp özür dileyeyim de yanlış anlamasın diye düşünüp yazdım: "Canım ... ben seni takipten çıkmışım, vallahi haberim bile yok, sen de onu görüp beni takipten çıktın herhalde, bir yanlış anlaşılma olmasın diye yazayım dedim aman ha!" Hemen çevrimiçi olduğunu gördüm, uzunca bir süre yukarıda adının altında o meşhur 'yazıyor...' ibaresi belirdi. Dakikalar geçiyor ama o hâlâ 'yazıyor'du. O yazdıkça ben de geriliyordum, belli ki olay benim sandığım kadar basit değildi. Muhtemelen yazdı sildi, yazdı düzeltti, yazdı su içti, belki yazdı, yazarken gitti tuvalete işini gördü, aman ne bileyim ben bir türlü bitmedi o yazma faslı. Yani yazmaya başladığında Titanik'e başlasam filmi yarılamıştım. Neyse en sonunda meşhur mesaj geldi: "Kaan selam, seni takipçi listemden ben çıkardım. Videolarımı, skeçlerimi nasıl olsa hiç beğenmiyorsun. Belki de benim yaptığım mizahı basit buluyorsun. Belki de kibarlıktan takip ediyorsun. O yüzden sana da kolaylık olsun diye çıkardım." Kelimesi kelimesine tam bu cümleler olmasa da bu minvalde bir mesaj. Neye uğradığımı şaşırdım ve ne diyeceğimi bilemedim. Yahu zaten herkesin her şeyi önüme düşmüyor ki? Ayrıca benim de koyduğum neredeyse hiçbir şeyi 'like'lamayan bir dolu takip ettiğim insan var. Ama yani bu mu takipleşme ölçütümüz? Bir de o takipten çıksa bozulup yine anlayacağım. Beni çıkarıyor takipçi listesinden, bak bak bak soyluluğa bak, beni de tek taraflı onu takip ediyormuşum pozisyonuna düşürmüyor. Altın cinnet ödülünü kendisine takdim ediyoruz! Ne diyeceğimi bilemeden bir şeyler yazdım "yok olur mu öyle şey, hem her skecini beğenmesem ne olacak ki, ben kimim, milyonlar seviyor seni, ben seni arkadaş olarak seviyorum yetmez mi ya aşk olsun?" tadında bir şeyler yazdım ve barıştık. Ama sevgili mizah çiçeğimizin boynunu büken bu 'az layklama' durumu karşılıklı olarak devam etti. İleriki yıllarda buna benzer başka egosantrik mini krizler de yaşadık ve birbirimizi muhtemelen asla takip etmemek üzere Instagram yollarımızı ayırdık.

Sosyal medyada beğeni almak kimin hoşuna gitmez ki? En cool takılan bile aldığı like'lara mest oluyordur, kimse beni yemesin. Hele ki sahne insanları söz konusuysa onlar alkışla yaşar. Bunun sosyal medyadaki karşılığı ise like butonu. Bugün etkileşim için ekranda kıçını açanından haberlerin başlığını bonzai içmiş gibi çarpıtarak yazan sözde haber sitelerine kadar her kesimden insanın yapmayacağı rezillik yok. Herhalde biz komedyenler dünyasında da şakasına gülünmeyen çocuk gibi skeci like'lanmayan fenomen sendromu var. O yüzden mesela bir paylaşım az beğeni alırsa hemen fenomen ya da ünlü onu kaldırır ki etkileşim karnesi düşük çıkmasın, onunla çalışmak isteyen markaların kafasında da soru işareti kalmasın. Neyse ki like sayısı gizleme seçeneği çıktı da az like alanların bütçesi biraz rahatladı:) Ben de tabii ki herkes kadar hatta belki herkesten biraz çok alkışı, kahkahayı ve övgüyü seviyorum ama asla bir skecimi az beğenildi diye kaldırmam, hatta Instagram hesabıma bakarsanız epey az beğeni alan paylaşımlarım da mevcut. Çünkü orayı bana dair her şeyin olduğu bir kanal olarak görüyorum. Sürekli başkalarının beğenisine, ilgisine odaklanırsam kendim olamam ki. Kendim olamazsam kendim eğlenemem ve karşı tarafa da hiçbir şey veremem. Bu yüzden de 'beni like'lamıyorsan hayatımdan çık git' cinnetini asla anlayamayacağım. Boynu bükük mizah çiçeğimize bol oksijen ve gerçek arkadaşlar diliyorum.

Salondaki Yüzsüz Hayaletler ve Görünmez Komedyen Kaan

Şov dünyası ve ne anlama geldiğini asla anlayamadığım cemiyet hayatı insanlarının oksijeni kendini özel hissetmektir. Hayatlarındaki kocaman boşlukları bazen kollarına taktıkları hayvan katili çantalarla, bazen ellerindeki dana gibi alışveriş torbalarıyla, bazen havalimanı lounge'larından attıkları business class bilet story'leriyle, bazen yazın yana yakıla Instagram sayfalarına boca ettikleri tekneden verilmiş pozlarla, bazen gittikleri pahalı restoranların yer etiketini gözümüze sokarak bazen de izledikleri konser ve gösterilerde en ön sırada olduklarını yedi cihana duyurmak için attıkları "başlıyooor, çoook heyecaan!" yazılı Instagram hikâyeleriyle kapatmaya çalışırlar. Bu insanlar için o tiyatroya, gösteriye ya da konsere bilet alarak gitmek kötü yola düşmek falan gibi bir şeydir. Hani sanatçıya destek olayım, bir bilet de ben alayım, bu çocuğun eti ne budu ne gibi laflar asla edilemez, edilmesi teklif dahi edilemez.

Tabii ki sevdiğiniz insanları, arkadaşlarınızı davet edebilirsiniz ve bu normaldir ama sizinle çok da alakası olmayan hatta hiç muhabbetiniz olmayan insanların sırf ucundan bu ortamlara girmiş diye beleş yer beklemesini hep düşüncesizce ve saygısızca bulmuşumdur. Bazıları ise bunu çok sever ve faydalı bulur. Bazı sahne insanları mesela ünlülerin gelip onu izlemesini çok önemser. Çünkü ünlü geldiğinde onu paylaşırsa iki bilet parasına kendi reklamını yaptırmış olacaktır. O ne yılandır ooo! Şey pardon yine kaptırdım kendimi:) Benim için hangi ünlü gelmiş, hangi ünlü seyretmiş, beğenmiş, paylaşmış hiç önemli olmadı. Tek gerçek vaktinden ve nakdinden ayırıp bilet alarak gelen seyircidir, gerisi kremşanti. Şimdiye kadar elimden geldiğince dıdısının dıdısı olanların bile davetiye isteklerini en azından bir süre geri çevirmemeye gayret ettim. Ta ki en saçma vakalarla karşılaşana kadar.

Bir keresinde ne iş yaptığını asla anlayamadığım ama bir şekilde ünlü olmayı başarmış birisi mesaj attı, "Kaaannn, harika gidiyorsun takipteyim!" (Bu lafa da uyuz olurum, ne olur beni puanla aman ne olur, senden de onayı aldım ya artık Oscar hayalleri kurabilirim, ah bir de takipteymiş Allah'ım ben ne sevap işledim!) "Bu akşam Zorlu'daki gösterine iki kişi gelmek istiyoruz arkadaşımla, herhalde yerin vardır bize?" Yönlendirmeli ve darlamalı soruş şekli bu beleşçilerin en büyük özelliğidir. "Var tabii, Biletix'te, girip alıver de hayatında bir şeye para ödemiş ol" demek çok istesem de "Biletler bitti maalesef ama yine de Metin'e sorayım belki ayarlayabilirse seve seve" demeyi tercih ettim ve kendisinin talebiyle menajerim Metin'in telefonunu verdim. Bir saat sonra Metin aradı ve "Abi sana iki kişi dediklerine emin misin?" diye sordu. "Evet ne oldu ki?" dedim. "Benden sekiz tane davetiye istediler, sekiz kişilermiş" dedi. Kan beynime sıçradı. Hem gösteri günü beni darlıyor hem bana iki deyip menajerimden sekiz tane davetiye istiyor. Ben genelde hiçbir oyundan önce özel olarak şunu çağırayım bunu çağırayım pek demediğim için bana ayrılan davetli yerleri genelde boş kalır, hatta son gün de o yerleri satışa çıkarırız. Metin yer olduğunu söyledi. Hiç istemeyerek kabul ettim. "Sakın kulise falan da getirme ne olursun, çıkışta beklerlerse diğer seyircilerle birlikte onları da görürüm iki dakika" dedim. Akşam oldu, oyun başladı, bunlar en önde bacaklarını aça aça izliyorlar. Gülüyorlar, kahkaha atıyorlar, birbirlerini dürtüyorlar. Hahaha huhuhu höhöhö'ler havalarda uçuşuyor. Bu ne yaptığı belli olmayan arkadaşımız kendisi gibi bir başka ne yaptığı meçhul beleşçi ünlüyü de yanına takmayı ihmal etmemiş. Normalde çok sevdiğim ya da benim için özel olan birileri varsa mutlaka gösteri başında onlara ayrıca hoş geldiniz derim ama hiçbir şey demediğim gibi onlar güldükçe "ne gülüyorsunuz ayı mı oynuyor" dememek için kendimi zor tuttum. Gösteri bitti, kulise geçtim. Bir şekilde kulise gelmeyi başardılar, çok tebrik etmek istemişler. Geldiler tebrikleştik, sarıldık, öptük vs. Bütün anlamsız ritüeller gerçekleşti. Bir an kendimi bankadaki korkunç doğum günü kutlamalarından birinde sandım. "Nası bu kadar kalabalık ya wauwww gerçekten" falan gibi cümlelerle uzaklaştılar ve olaysız dağıldık. Eve gittim, Instagram'ı açtım. Gösterilerden sonra en büyük zevkim eve gidip duşumu aldıktan sonra yatağa uzanıp insanların o gece gösteriyle ilgili yaptıkları paylaşımları, yorumları okumaktır. Bu zat-ı muhteremlerin sayfasına da baktım. Tek bir paylaşım bile yapmamışlar:) Tamam benim için ünlünün gelip gösteriyi paylaşması gerçekten mühim değil. Ama sen davetiye davetiye diye bütün gün ortalığı inim inim inlettiysen, iki kişi deyip Seferoğulları gibi sekiz kişi geldiysen, e bir de baştan sona hunharca gülüp, dayanamayıp kulise gelip tebrik edip fotoğraflar çektirdiysen, -annemin deyimiyle- eşşşek değilsen iki paylaşım yaparsın. O bir teşekkürdür, zarifliktir, hiç olmazsa densizliğinin ruhumda açtığı yaraya küçük bir banttır haha:) Üstelik bu arkadaşlar neredeyse tuvalette sifonu çekerken bile story atan insanlar. Ertesi gün yüzümü bile yıkamadan kendisini takipten çıkarak olabilecek en ergen pasif direnişi sergiledim. Şüphesiz ki sekiz yer ayarlayınca biletlerimin satmadığını düşünmüş, salonda gördüğü manzara karşısında küçük bir haset atak geçirmiş ve bunu atlatamamıştı.

Bundan birkaç hafta sonra bambaşka bir denyoluk şey pardon tuhaflıkla karşı karşıya kaldım. Bu işlere merak salan ama kapasitesinin pek sınırlı olduğunu düşündüğüm, birtakım yapımcı ve menajerlerin ittirmesiyle bir yerlerde köşesini yapmaya çalışan başka bir şahsiyet geldi izlemeye. Gösteriden sonra paylaştığı hikâyeyi görseniz gülmekten altınıza edersiniz:) Salonun fotoğrafını çekmiş, seyirci dolu salon. Sahne arkada kaldığından görünmüyor. E güzel, nasıl dolduğunu ifade edecek herhalde diye beklersiniz değil mi? "Bu gece şahane bir şey izledim, gerçekten çok iyiydi! Yolun çok açık olsun sevgili dostum!" Şahane bir 'şey'! E peki ben kimim? İsim yok, fotoğraf yok, beni etiketlemiş ama etiketi ekranın en altına ittiği için benden başka kimse de etiketi görmüyor. Yani sahnede Kaan mı var, Belkıs Akkale mi belli değil. Ne izledin kardeşim, konser mi, stand up mı, halk oyunları mı, vodvil mi, fasıl mı ne? Vallahi bu arkadaşlar ne olur ya gelmeyin ya story falan hiçbir şey paylaşmayın ya da terapistinizi değiştirin.

Eğer bu ulu, yüce, eşsiz insanlara boş bulunup ya da benim gibi bazen gayet bilinçli olarak biraz orta sıralardan yer verirseniz sülalelerine küfretmişsiniz gibi arada salonu terk edip size bir teşekkür ve tebrik mesajı bile atmayabilir, siz "Selam, geldin mi akşam ses çıkmayınca acaba dedim gelemedi mi bir sorayım istedim" diye mesaj attığınızda ise "Kaancım geldim, gayet güzeldi, yarıda çıkmak zorunda kaldım. Sana kariyerinde başarılar diliyorum" şeklinde sanki sevgilisinin koynuna girmişsiniz gibi trip dolu bir cevapla size kendinizi olabildiğince suçlu hissettirmeye çalışırlar. (Evet tam böyle oldu:))

Casper'dan hallice görünmez komedyenliğim sadece gelip bir şey paylaşmayan bazı beleşçilerle sınırlı değildi. Davet edildiğim bazı programlarda da az ünlülüğüm değişik şekillerde hissettiriliyor, programcılar paylaşım şekilleriyle adeta bana "haddini bil küçük bankacı, seni çağırdığımıza dua et" diyorlardı.

Youtube'da sürekli ünlü isimlerle 15-20 dakikalık söyleşiler yapan, sevdiğim sunuculardan biri beni de programına çağırdı. Hem ilk Harbiyem'den önceydi hem de bu sunucu her konuğuyla ilgili ana sayfasında çok güzel paylaşımlar yapıyordu. Gideyim de sektörde de biraz bilinirliğim artar diye düşündüm. Gayet de güzel sohbetimizi yaptık, fotoğraflar çekildik. Ve bilin bakalım ana sayfasında ilk yer vermediği konuğu kim oldu? Bravo! Uyduruk bir story paylaşımı -altında ufacık "bu hafta konuğum Kaan Sekban'dı" yazılı- benim neyime yetmiyordu? Bir 'story ünlüsü'ydüm ben, Instagram hikâyelerine meze olan bir 'story ünlüsü'! Haha tamam biraz abartmış ve dramatize etmiş olabilirim. Bu arada sadece sektör insanları değil, sevenlerim de genelde beni hep hikâyelerinde paylaşır. Onlar paylaşınca çok hoşuma gidiyor çünkü gerçekten onlarla aramdaki arkadaş, kuzen enerjisi bunu gerektiriyor ve bunu çok seviyorum. Onlar ana sayfada paylaşınca 'ünlü' olmuş oluyorum. Ama sevenlerimin gözünde 'ünlü' olmak en son isteyeceğim şey gerçekten, ben onların kuzeniyim, en kötü ihtimalle de arkadaşı. İşte o kadar! Yine de ana sayfasında paylaşan takipçilerim kalbimin en özel köşesinde ve hepsine arkadaşım diyerek muhtemel kısmetlerimi kapatmak asla istemem:)

Programcılar içinde en çok güldüklerimse stüdyolarından sizinle fotoğraf çektirip sonra size "sen paylaş, ben de senden paylaşayım" diyenlerdir. Yani onlar öyle yücedir ki sizi zaten programlarına kabul etmiş olmaları sizin için yeterli olmalıdır ve ilk paylaşımı siz yaparak onlara bu şükran borcunuzu ödemek zorundasınızdır. Bu satırları okurken "ya gerçekten böyle mi o dünya?" dediğinizi duyar gibi oluyorum. Hayır böyle değil. Bundan da beter!

Bazen bu davranışların karşı tarafın ünlülük seviyesinden çok beni veya benim gibi insanları kariyerleri için potansiyel bir tehlike olarak görmelerinden kaynaklandığını düşünüyorum; her ne kadar böyle bir düşünce aşırı saçma olsa da. Çünkü genelde bunları yapanlar hep sahne üstünde bir şeyler yapmaya çalışan, kurumsal etkinlik ve zirvelere konuşmacı ya da sunucu olarak çağrılan, sosyal medyada skeçler çeken insanlar oluyor. Bir keresinde de bir formatın ilk bölüm konuğu olmuş, çok eğlendiğim bölümün montajlanmış halini izlediğimde neredeyse üç dört cümleciğimin yayında bırakılıp gerisinin tamamen kesildiğini fark etmiştim. Tabii niyet okumak da istemem zira bunların hiçbiri benimle ilgili olmayıp, karşı tarafın egosundan kaynaklanıyor ya da hepsi sadece koca bir denk geliş, üstünde durulmaması gereken tesadüfler olabilir. Fakat üst üste hep bana denk gelmesi bir noktadan sonra "yok artık" dedirtmiş, bu sektördeki dengesizliklerle nasıl başa çıkacağım konusunda beni karanlık dehlizlere sürüklemişti.

Kariyerimde sevenlerimin ilgisi ve sevgisi sayesinde ilerledikçe bu durumlar daha az karşıma çıkmaya başladı ama o zaman da şu hazin tabloyla karşılaşıyorsunuz: Birkaç yıl önce size story'sinde yer vermeyenler, sizin DM mesajınıza bile dönmeyenlerden bazıları neredeyse sizin tişörtünüzü bastırıp üstlerine giyecek noktaya gelebiliyor. Bunu Kapıcılar Kralı filminin final sahnesindeki Seyit modunda ya da Angelica'ya çamurdan hisseleri ağzıyla aldıran Marimar tribiyle (haha tamam bir daha bu benzetmeyi yapmayacağım söz:)) izlemek de çok eğlenceli. Diğer yandan da yıllar geçtikçe böyle Kezban bir dar çerçeveye sıkışmanın anlamsızlığını, 'show business' denilen dünyanın aslında tam bir 'business' olduğunu ve bu 'business'taki insanların hiçbir zaman sizin yirmi yıllık lise arkadaşınız ya da ahiretlik üniversite kankanızın yerini tutmayacağını, herkesin herkese 'iş' odaklı baktığını anlıyor ve rahatlıyorsunuz. Burada benim için önemli olan, 'dün cevap vermemişti bugün beni paylaştı'dan çok, ciddi bir saygısızlık yapılmasına izin vermemek ve yapıldığında da aman canım sektör böyle gevşekliğine düşmemek.

İlk zamanlarımda büyük bir organizasyondan görüşmek için davet ettiler. Yılın En İlham Verici Haftası gibi iddialı sloganı olan bir organizasyondu. Dergileri de vardı ve dergiden çok tatlı bir arkadaş önce benimle minik bir röportaj yaptı sonra da bu organizasyonun başındaki kadınla beni tanıştırmak istediğini söyledi. Tanıştık, ne yapabiliriz falan konuştuk.

En son olarak organizasyon sonunda iki gece olarak yapılacak ödül törenlerinde sunuculuk yapıp yapamayacağımı sordular. "Seve seve!" diyerek kabul ettim. Eve gittim. O zamanlar yine tek tabanca çalıştığım ve hayali asistanımın ağzından e-postalar yazdığım dönemdi. Bir noktadan sonra kendim kafa iznine çıkacak duruma gelmeden o hayali asistanıma süresiz izin vermiş, e-postaları direkt kendi ağzımdan yazmaya başlamıştım. Mütevazı ama kendimi küçük düşürmeyen bir kaşe fiyatı belirledim, e-posta ile bunu ilettim. Anlaştık. Törene üç dört gün kala bir haber: "Kaan selam, maalesef sponsorlarımızdan ... grubu kendi sunucusunu getirmek istedi, ne olur kusura bakma." Eh peki, olabilir ne yapalım. Sunucu da yılların sunucusu, eski Türkiye güzeli, havalı ve başarılı bir isimdi. Ben de olsam o günkü Kaan yerine belki onu tercih ederdim. Tabii üzüldüm ve bozuldum ama çok da dert etmedim. İki gün sonra o arkadaştan yine bir mesaj: "Kaancığım sana karşı yüzüm yok ama ikinci gecede pürüz çıktı. İkinci gecenin sunuculuğunu acaba tekrar düşünür müsün?" Önemli bir geceydi ve yolun başında bu kadar da gurur yapmaya gerek yok diyerek kabul ettim. Törene sanırım bir gün kala yine bir haber: "Kaan ne diyeceğimi bilemiyorum, yine aynı sunucu sunacak, ne olur kusurumuza bakma." İşte buna çok sinirlenmiştim. Bu düpedüz saygısızlıktı. Üst üste iki kere teklif edip iki kere teklifin geri çekilmesini kendime yediremedim ve iyi niyetinden şüphe duymadığım, yetkileri sınırlı arkadaşımdan kurum olarak bir daha benim kapımı çalmamalarını rica ettim. O hafta yılın en ilham verici haftası mıydı bilmiyorum ama benim için yılın en umut kırıcı haftası olmuştu bile. Sonraki aylarda aynı yerden gelen bir iki röportaj teklifini de kibarca geri çevirdim ve her sene düzenledikleri zirveye ne konuşmacı ne seyirci olarak herhangi bir katılım göstermedim. Yolları, ilhamları açık olsun:)

Beni sevmeyen, bana gülmeyen ya da laf sokmak isteyenlerin sosyal medyada kullandığı birkaç cümle var; "Ünlü mü bu arkadaş ilk defa duydum" ya da "kendini ünlü sanıyor herhalde yazık" minvalinde sataşmalar. Hepsi beni ayrı gülümsetiyor çünkü bir komedyenin, bir şarkıcının, bir oyuncunun ya da bir performans sanatçısının başarılı ya da mutlu olmasının tek kriterinin daha çok insan tarafından tanınmak olduğunu düşünüyorlar. Onlara göre muhtemelen iki milyon takipçili Kısmetse Olur Zehra (öyle biri var mı bilmiyorum:)) benden çok daha başarılı ya da 7 milyon takipçili bir dizi oyuncusu benden çok daha yetenekli muhakkak. İşin gerçeğinin böyle olmaması bir yana, beni üzmek için söylenebilecek en son şey bana az ünlü ya da ünsüz denmesidir herhalde. Çünkü ben zaten hiçbir zaman herkesin tanıdığı insanlardan olmak istemiyordum. Biraz 'huzur' bulup rahat rahat 'Tinder' açmak için dünyanın öbür ucuna giden ünlülerden olmak da istemiyordum. Bir noktada kendimle kalıp kendi halimde, kendi kendime hayatın içinde kalmak ve bunu yapabiliyorken seyircilerimle dolu salonlarda eğlenip, güldürüp ekmeğimi çıkarmak bana göre en büyük hazine. Biraz daha netleştirmek gerekirse ünlülüğün Türkiye'deki kriterlerini ve neden bu haliyle bana göre olmadığını sıralamazsam kitabım yarım kalmış olur:

Siyah camlı siyah Vito: Ünlü gibi ünlüyseniz kendi arabanızı kullanmanız beklenemez. Mutlaka siyah camlı siyah bir Vitonuzun ve bir şoförünüzün olması gerekir. Siz o Vito içinde zengin Arap turist edasıyla trafiğin tozunu attırırken, şoförünüz de partiden partiye koşturduğunuz kusmuk friendly sarhoş gecelerinizde bir cankurtaran gibi yanı başınızda olmalıdır. Tabii her flörtünüz yani seviyeli ilişkinizde şoförünüz artan libidonuza ve kanınıza karışan alkole bağlı olarak yolun ortasında en azından bir-iki saatliğine kapı dışarı edilmeyi her zaman göze almalıdır. Bu tarz araçların en güzel yanı ayağınızı uzatabilmenizdir ve özellikle yoğun turnesi olan geniş orkestralı şarkıcılar için şehirlerarası yolculuklarda elzemdir. Ben de kurumsal etkinliklerde, şehir dışında katıldığım büyük zirvelerde zaman zaman etkinlik sahibi şirketin bonkörlüğüne göre bu araçları kullanıyorum ama şehir içinde her dakika bir şoför ve minibüsümtrak kapkara bir araçla Arap şeyhi gibi dolaşırsam herhalde beş dakikada kendimi arabanın camından dışarı atarım. Her zaman kendi arabamı kendim kullanmalıyım. Önüme kırana kendim sinirlenmeliyim, ters yola girdiğimde ya da içkiliyken çevirmeye denk geldiğimde o stresi iliklerime kadar yaşamalıyım. Çok içki içeceksem de birisine salça olarak sorunu çözer, sosyalliğime sosyallik katarım. Ayrıca oturduğum yer itibariyle metro, vapur gibi toplu taşıma araçlarına çok yakınım ve bunları kullanmaya da bayılıyorum. Vapura yetişmek için koşturmadığım, bindikten sonra da vapurun yan açık bölümünden kaçıranların üstüne o kapıların kapanışını zevkle izleyemediğim bir starlığın bana hiçbir faydası olamaz. Ama ünlü gibi ünlülerimizin çoğuna göre toplu taşıma 'düşmek'tir. Toplu taşıma sadece metrobüsten ibaret olsa ben de böyle algılayabilirdim bu arada haha ama metrolarımız, hiçbir zaman kalabalık olmayan bazı erguvan renkli otobüs hatlarımız ve cillop gibi vapurlarımız olduğu sürece ben ünlülük şeklimden çok mutluyum. Toplu taşımayı tercih etmeyen ünlülerin en büyük savunması da şudur: "Ya şimdi ben adım atamam oralarda." Palavranın daniskası olan bu cümleye hep çok gülmüşümdür. Yahu Keanu Reeves biniyor metroya, sen ondan daha mı ünlüsün de seni parçalayacaklar Allah aşkına?

Yazın Alaçatı'yı mesken tutmak: Alaçatı bir dönem özellikle beyaz yakalıların cennetiydi. Ben de param ya da limitim olsun olmasın yazları neredeyse her hafta sonu Alaçatı'ya gitmeye çalışır, sanki bir tek ben gidebiliyormuşum gibi pozlarla ofistekilere nispet yaptığımı sanırdım. Fakat o zaman fiyatların daha insani, enflasyonun daha insaflı ve ülke ekonomisinin görece daha iyi olduğu dönemlerdi. Ne zaman ki yoksul daha yoksullaştı zengin daha zenginleşti, Alaçatı beyaz yakalıların hâkimiyetinden çıkıp vizyonsuz ünlülerin ve onları görmeye can atan paralı ünsüzlerin uğrak yeri haline geldi. Yanlış anlaşılmasın, Alaçatı bence dünyanın en güzel yerlerinden biri, ben sadece bugün geldiği durumu anlatıyorum. Hal böyle olunca da hem yazın hem de network denilen menfaatçi kaynaşma ağının tadını çıkarmak isteyen ünlülerin her gün belli beach club'larına gittiği, akşam da belli kulüplerinde eğlendiği, herkesin birbiriyle çektirdiği fotoğrafları çılgınlar gibi üstümüze boca ettiği piyasanın da piyasası bir yere dönüştü Alaçatımız. Oysa ilk kez Ferhunde Hanımlar dizisinde adını duyduğumuz ve beyaz yakalıların "ah bi 15 yıl önce buradan arsa alacaktık ki" diye ağladığı bu tatlı kasaba, tek otelin Süzer Alaçatı olduğu, Alaçatı Kır Evi'nin henüz Asma Yaprağı'na evrilmediği, tek dondurmacının Veli olduğu zamanlarda ne başkaydı, ne eşsizdi. Bankadayken üç kuruş maaşımla her yaz başı anneciğimle babacığımı getirip sezonu açtığımız bu küçük cennet şimdi, hele ünlüyseniz ve oradaysanız, herkesin satranç oynar gibi 'doğru yerde, doğru zamanda' yani bir diğer deyişle 'doğru beach'te, doğru gece kulübünde' olmak için kastıkça kastığı ve kendi elimizle yarattığımız bir kakofoni diyarından farksız. Üstelik ticari zekâsı olan ünlülerimizin her sene burada açtığı işletmelerin sayısı gittikçe arttığından ünlü bireyin hangilerine gideceğine çok iyi karar vermesi, stratejisini doğru kurması gerekir. Acun'un Nuh'un gemisinden hallice sürat motoruna binmeyi başardıysanız mutlaka bu halinizi Instagramınızda arz-ı endam etmelisiniz ki ünlülükte bu bambaşka bir seviyedir:) Bırakın ünlü olup olmamayı, vertigosu olan bir emekli albay Kaan için bu zaten imkânsız olduğundan yazlarımı Alaçatı'ya çok yakın ama bir o kadar da -mantalite olarak- uzak Urla'da annem, babam ve teşrif ettiği zamanlarda ablamla geçirmeyi tercih ediyorum. Yıllar yıllar önce bankada çalışırken tesadüfen gördüğümüz ama hem annem hem babam çalıştığı için hem de finansal olarak altına girmeye o zaman cesaret edemediğimiz evi, yıllar sonra pandemi başında internet ilanında görüp, ev fiyatları coşmadan krediyle vs. alarak sanırım hayatımın en doğru kararını vermiştim ve bu şirin yazlık annemle babama hem bana yaptıkları için bir teşekkür hem de ikisine emeklilik hediyem olmuştu. Keşke sonsuza kadar onlarla ve birbirinden karakteristik dünya tatlısı komşularımız eşliğinde o evde yaşama şansım olsa.

Nefes alır gibi reklam almak: Reklam almak sadece ünlülüğün şanından değil aynı zamanda her ünlünün hayalidir de. Çünkü en az zahmetle bazen esas işinizi yaparken kazandığınızdan bile daha çok para kazanabileceğiniz, üstelik bunu yaparken taş atıp kolunuzun bile yorulmayacağı bir aktivitedir. Baştan söyleyeyim hiçbir zaman reklama karşı olmadım, hatta ben de yeni yeni sevdiğim markalarla küçük, tatlış ve mümkünse bir sosyal sorumluluk tarafı olan en kötü ihtimalle gerçekten kullandığım ve alışkanlık haline getirdiğim ürünleriyle ilgili işbirliklerine başladım. Ancak bunu neredeyse her gün, her hafta ve neredeyse her markayla yapanlar, işte onlar ülkemizin ünlü gibi ünlüleridir. Bu güzide ünlülerimiz sınır tanımayan menajerlerinin de etkisiyle yarın yokmuş gibi reklam alırlar. Bunu yaparken kendileriyle çelişmeleri, farklı markaları tanıtırken tüketicinin kafasını karıştırmaları falan asla önemli değildir. Batma riski olan bir kripto para reklamında oynayabilir ya da insanların sağlığını hiçe sayan uyduruk bir zayıflama çayı story'si atabilirler. Üstelik 100 Numaralı Adam filmindeki bozuk dolma, dandik buzdolabı ve çöken inşaatın reklamını yapan Şaban gibi bundan bir pişmanlık da duymazlar. Gerçi böyle rezil ekonomi yönetimi olan bir ülkede kimseye de kızmamak lazım belki de bilemiyorum. Ama ben çok sevdiğim insanların bile zırt zırt reklam almasını bankacıyken de onlara yakıştıramıyordum komedyen olduktan sonra da. Bu arada bu tek taraflı bir şey değil tabii, markalar da sağ olsun o kadar vizyonlular ki, geçen sene rakip firmayla çalışan ünlüyü bu sene kendi reklam filmlerinde oynatmakta sakınca görmeyebiliyorlar. Reklam alma konusunda beş sene çok istikrarlı bir duruş sergilediğimi söyleyebilirim. Hem kitlemi bu yapay filmlere maruz bırakmamak hem de gerçekten beni heyecanlandırmayan -inanın parayı kastetmiyorum heyecan derken:)- bir projenin içinde kendimle çelişmemek için hep geri durdum. Fakat bir noktadan sonra kendi marka imajıma da uygun düşecek şekilde, markaların da konuşan, ses çıkaran isimlerle çalışabileceğinin mümkün olduğunu herkese göstermek adına, uzun süre geri durursam sonunda içime sinen tekliflerin geleceğine inanarak yavaş yavaş global bazı markalara gönül kapımı açtım. Gönül ve Instagram kapımı:) Umarım her zaman bunun dozunu ayarlamayı başarırım ve beni maskara story'si atarken görmezsiniz:)

Instagram'a iki gram post atmak: Ünlülüğün altın kurallarından biri Instagram'ı sadece iş için kullanmaktır. Böyle olmasında en büyük pay paragöz menajerlerindir. Onlar oyuncularının yüzünü sosyal medyada eskitmesini, arkadaşlarıyla, aileleriyle ilgili paylaşımlar yapmasını diğer bir deyişle tıpkı bir beyaz yakalı yöneticinin çalışanlarına davrandığı şekilde insan gibi yaşamasını asla istemezler. O yüz eskiyecekse beş para etmez yedinci sınıf dizilerde ya da deli düdüklemiş gibi oradan oraya koşturulan reklamlarda eskitilmelidir. Sosyal medya ancak iki üç haftada bir kakası gelmiş gibi poz verilen bir mecradan öteye gidemez, gitmesi teklif dahi edilemez! İşte yine bana asla uymayacak bir ünlü özelliği daha. Her zaman takipçilerimi yan odadaki ablam ya da annem babam veya aynı yurtta kaldığım arkadaşlarım gibi gördüğümden izleyip beğendiğim bir filmi de, çok etkilendiğim bir makaleyi de, hafif çakırkeyif olup çektiğim dans videosunu da, cüzdanımı havaalanında kaybettiğimde yaşadığım paniği de Instagram'ın dehlizlerine atmakta asla sakınca görmem. Çoğu insanın aksine orayı vitrinim olarak değil kendi hayatımın bir yansıması olarak görürüm. Vitrin ne yahu Red Light Street mi burası? (Bazıları için kesinlikle öyle bu arada:))

Etliye sütlüye karışmamak: İşte asla uyum sağlayamayacağım ama uysam en çok annemin mutlu olacağı ünlü özelliği. Dünya yansa, kıyamet kopsa, ülke açlıktan kırılsa, Etna Yanardağı'nın lavları Kapıkule Sınır Kapısı'ndan üstümüze aksa da sosyal medyasına dolgulu suratını koyup altına en fazla iki tane çemçük sonbahar yaprağı emojisi koyar ünlü gibi ünlüler. Politik konulara girmek özellikle varlığını hükümete dayayan markaların reklam tekliflerinin kaçar adımla uzaklaşması demektir ve bu asla ülkeden daha önemli olamaz! Hem ünlüye mi kalmıştır dünyayı kurtarmak? O ses çıkarınca mı değişecektir her şey sanki? Kahraman olmak ona mı kalmıştır? Bu son derece vasat ve korkak ünlü özellikleri daha çok bizim gibi herkesin kendini düşündüğü gelişmemekte olan Ortadoğu ülkeleri için geçerlidir. Yoksa yurtdışında bu konulara ses çıkarmak ve konuşmak aslında 'celebrity' denilen ünlülerin marka değerine çok şey katar ve markalar da bu konuşan isimlerle çalışmaya daha yatkındır. Ama bizim güzel ülkemizde en modern, en Batılı, sözde en aydın geçinen pek çok ünlümüzün orman yangınlarında bile dillerinin nerelere kaçtığını hepimiz gördük. Ha bu arada benimkisi de ne kadar makbul tartışılır zira bir süre sonra yürüyen bir halk arenası edasıyla mahallenin delisi gibi ona buna sallayan bir emekli albaya dönüştüğümü hissediyorum. Oysa ünlülük örneğin İzmir'de deprem olduğunda yarım ağızlı bir 'İzmir :(' story'si atmayı yeterli görür, depremde yıkılan binaların hangi rant zihniyetinin eseri olduğunu sorgulamak, efendime söyleyeyim bundan bir hesap sormak falan ünlülüğün hayal sınırları içinde bile değildir.

Ün derecesine göre Instagram kullanmak: Eğer az ünlüyseniz ve kendinizden daha ünlü biriyle fotoğrafınız varsa sizin az ünlü olarak mutlaka onu ana sayfanıza paylaşmanız gerekir. 'Siz kim köpeksiniz ki' onunla fotoğrafınızı hikâyede geçiştireceksiniz? Sizin paylaştığınız fotoğrafı o hikâyesinde paylaşırsa öpün de başınıza koyun! Çok çok ünlüler asla kendinden daha az ünlülerle fotoğraflarını ana sayfalarında paylaşmadıkları gibi, hikâyede de paylaşacaksa ilk paylaşan olmak istemezler. Eğer az ünlü çok ünlüyü yeteri kadar övmüşse o zaman övdüğü ünlünün hikâyesinde yer almayı hak eder. Ben ne kadar ünlü olduğumu bilmem ama bu kurallar hiç bana göre şeyler değil. Ana sayfada mı hikâyede mi Yonja'da mı yoksa tost makinesinde mi paylaşıp paylaşmayacağıma karar verirken baktığım iki şey var: Doğru ışıkta çıkmış mıyım ve yanaklarım yine erik sıkıştırmışım gibi mi görünüyor? Bunun dışında başka hiçbir şey beni enterese etmez, güzel çıkmışsam yanımda Reza Zarrab olsa koyarım. (Ay hayır, sanırım o kadar da değil haha:))

Seviyeli ve sevişmeli ilişkiler: Ünlülük her istediğini anında elde etmek, onu doyasıya yaşamak, tüketmek, hevesin geçince de onu kenara atıp hayatına devam etmektir. Evet ünlülük bu lüksü kaldırır ve buna maalesef aşk da dahildir. Özellikle genç ünlülerimizin libidosu çok yüksek olduğundan baş döndürücü hızda sevgili değiştirmeleri ünlülüklerinin şanındandır. Bu ilişkilerin çoğu

Emirgan'daki Gizli Kalsın adlı hiçbir şeyin asla gizli kalmadığı hücreden hallice mekânda başlar. Libidosu tavan yapmış bir ünlülüğün en büyük gereklerinden biri de ilişki başlar başlamaz aynı eve çıkmaktır. Ben arkadaşımla bile tatile gittiğimde aynı odada kaldığımızda "inşallah kakamı yaparken o müzik dinler" diye gerilirken, insanların 20 dakikalık seks uğruna iki günde tanışıp flört ettiği biriyle hop diye aynı eve çıkmalarını asla anlayamıyorum (tamam 20 değil 30 olsun, nedir yani). Anlamaya anlamaya evde kaldım orası da ayrı:)) Aynı eve çıkan ünlülerin haberlerini her okuduğumda acaba apartman toplantısına beraber mi katılacaklar, aidatları ortak mı ödeyecekler diye düşünmem sanırım sıkıcılığımın ve vizyonsuzluğumun göstergesi olsa gerek.

Magazincilerle über şirin ve yapay dostluklar kurmak: İşleri ve özel hayatı ne kadar yolunda giderse gitsin her ünlü bir gün Söylemezsem Olmaz'ı ya da Müge'yle Gülşen'in gıybet girdabı 2. Sayfa'sını tadacaktır. O yüzden de burnunun içindeki kılları bile çekse magazin muhabirleriyle iyi geçinmek zorundadır her ünlü. Mekândan çıkarken yalandan bir "Yakşamlar arkadaşlar" ya da sabah mekâna girerken "Günaydın çocuklarrr, nereden öğrendiniz burada olduğumu ya vallahi sizden korkulur hih hih" atılır sanki Bebek'in göbeğindeki kafeye zaten herkes görsün diye gidilmemiş gibi. Magazincilerin ilgisini çekebilmeniz için fırtınalı bir aşk hayatınız, çocuğunuz yaşında sevgiliniz ya da uçan kuşla kavga ettiğiniz bir ruh haliniz olması gerekir. Benim gibi sadece işinde gücünde, sahnesinde, alkışında, attırdığı kahkahasında olan birisi magazin dünyası için oldukça sıkıcıdır. Eh sürekli "Kaan Bey komedyenler arası bir rekabet var mı" sorusuna "Olur mu hiç alakası yok, biz hepimiz birbirimizi çok severiz, sürekli görüşür fikir alışverişinde bulunuruz" şeklinde yalandan cevaplarla nereye kadar reyting alabilir kaostan ve basitlikten beslenen dedikodu programları?

Bu temel özellikler de gösteriyor ki benim Türkiye'de klasik bir ana akım ünlü olmam zaten teknik olarak mümkün değil. Buradan yola çıkarak ünlüleri belli başlı gruplara ayırarak bu akademik olmaktan çok uzak, yılların gözlemine dayalı bölümü sonlandırmak isterim. İşte size hiçbir yerde bulamayacağınız, bulsanız da size hayatınızda hiçbir değişim ve kişisel gelişim kazandırmayacak ünlü türleri:

Gizemli Kasıntılar

Sosyal medya hesaplarına çok az şey koyarlar, ancak bir proje, dizi vs. olduğunda gün yüzüne çıkarlar. Birkaç haftada bir kakası gelmiş çocuk gibi kaşlarını çatarak verdikleri pozlarda kendilerini teslim ettikleri stilistin onları nasıl maymuna çevirdiğini endişeli gözlerle izleriz. Bu arada içlerinde gerçekten işini aşırı ciddiye alıp en iyi kıyafetlerle, en iyi stillerle, en güzel pozlarla gözümüzü gönlümüzü açanlar da yok değildir. Ünlülüklerinin 'gereği' ve menajerlerinin sıkı tembihleriyle etliye sütlüye karışmaz, sadece toplumda infial yaratan cinsel taciz, hayvan eziyeti gibi konularda o da herkes ama herkes her şeyi söyledikten sonra etrafın yeteri kadar güvenli ve Silivri soğuğundan uzak olduğundan iyice emin olduktan sonra göstermelik, başkalarının postlarını alıntıladıkları bir iki cılız story atıp marka işbirlikli yollarına devam ederler. Sokakta görmeniz pek mümkün değildir, bazı özel gecelerde abidik gubidik mekânların arka kapısından çıkıp 'şu an konuşmak istemeyen' dut yemiş bülbüllerdir bunlar. Kendileri çok paylaşım yapmayan ama herkesin story'sine ilk girenlerdir. Takip ettikleri insanların paylaşımlarına kırk yılda bir yorum yazarlar. Türkiye'de yaşayamadıkları daha doğrusu yaşamayı tercih etmedikleri her şeyi başka ülkelerde rahatça yaşayabilmek için soluğu ilk fırsatta yurtdışında alırlar. İngilizce bilmemelerine rağmen üç dört kelimelik İngilizce cümlelerle dünya starı olduklarına kendilerini inandırmaya çalışan bu ünlülerimizin böyle olmasında en büyük sebep Ortadoğu ve Latin Amerika ülkelerinden aldıkları ödüllerden başka bir şey değildir.

Semtipatikler

Sempatik görünümlü antipatikler. En tehlikeli ünlü türüdür. Bir önceki kitabımda anlattığım dost mu düşman mı ne olduğu belli olmayan dostmanların ünlüler camiasındaki karşılığıdır. Bu insanlar sosyal medya paylaşımlarından, tweetlerinden, yer aldıkları projelerden ve takındıkları tavırlardan çok sempatik, çok neşeli, çok aydın, çok hümanist zannedilse de içlerinde asla ölmeyen bir sinsirella yaşar. 'Sempati'lerini ve göstermelik 'tatlılık'larını sadece işlerine yarayabilecek, çoğunlukla da kendilerinden daha ünlü isimlere karşı kullanıp, kendilerine rakip ya da kendileriyle benzer seviyede gördükleri insanlara karşı derin bir haset ve kin beslerler. 'Benim muadilim olanları yok et' diye bir buton olsa çekinmeden o düğmeye basabilecek kadar hırslılardır. Hırslarını ara sıra Instagram hikâyelerinde paylaştıkları atarlı giderli, laf sokmalı, adrese teslim laflarda, devasa egolarını ise o sözlerin altına kendi isimlerini yazışlarında görebilirsiniz. Kendilerine rakip olabileceğini düşündükleri kimseye destek olmaz, onların hiçbir şeyini paylaşmazlar. Onların takipçi sayılarındaki değişimi babamın Anadolu Liseleri sınav sonuçlarını takip ettiği gibi takip ederler. Hayatlarının yarısı, düşmesini ve mümkünse ölmesini istedikleri insanlar hakkındaki Ekşisözlük yorumlarını ve linçleri okumakla geçer.

Özgüvenli Üretkenler

Üretebilen, ürettikleri kitlelerde karşılık bulan, ekmeğini taştan çıkaran, ilerlemek için herhangi bir menajer, yapımcı ya da patrona çok da ihtiyaç duymayan ünlülerdir. Bu yüzden de egoları değil ama özgüvenleri yüksektir. Başkalarının ne yaptığıyla çok fazla ilgilenmezler, hatta rekabete bile inanmazlar. Onlara göre özgün olan şeyin rakibi olamaz. Klasik medya düzenine mesafelidirler. Gazetelere, dergilere haberlerinin çıkması için özel bir efor sarf etmezler. Magazinle ya da magazincilerle araları pek yoktur. Toplumsal konularda konuşmaktan çekinmeyenleri çoktur. Genelde kendi yolunu kendi elleriyle inşa etmiş, kimseye eyvallahı olmaksızın bulundukları noktaya gelmiş, ne kadar ünlü olduklarıyla ilgilenmeyen, görece daha ulaşılabilir, daha hayatın içinde, daha ayakları yere basan ünlülerdir. Birden çok şey denemeye açık bu insanları ana dalları dışında bir gün şarkı söylerken bir gün filmde oynarken bir gün sohbet programı sunarken görebilirsiniz. Bazen paylaşımın dozunu kaçırıp antipatik olabilme riskleri vardır. Kitleleriyle aralarında daha samimi, daha gerçek bir bağ bulunan bu ünlüler için en önemli şey o kitleleri mutlu edebilmek, onlara layık kalabilmektir. Üretkenlikleri ve ayakları yere basan tavırlarıyla sektörde seveni kadar sevmeyenlerinin olduğu bu insanlar semtipatiklerin bir numaralı düşmanıdır. Metroda, otobüste, vapurda, sokakta görebileceğiniz, fotoğraf çektirmek için gittiğinizde size asla çemkirmeyecek türdür.

Eski Günlerini Mumla Arayanlar

1990'lar ve 2000'lerde kariyerinde zirveye çıkmış, Kral TV Video Müzik Ödülleri senin Televole benim şöhretinin tadını doyasıya yaşamış, magazincilerin ellerinde kocaman mikrofonlarla evlerine girip defalarca gardıroplarını karıştırdığı, zamanında halkın Paparazzi, Alem türevi ilk magazin programlarında ve Hafta Sonu gibi kimin eli kimin cebinde yayınlarının sayfalarında görmeye alışık olduğu, Laf Lafı Açıyor, Beyaz,

Zaga, Hülya Avşar Show gibi TV klasiklerinin müdavimi olan bu ünlülerin çoğu değişen çağa ve dijital dünyaya ayak uyduramamış, zamanında kendilerini tutkalla yapıştırdıkları 'şov bizınıs' köşelerini hazin bir şekilde genç meslektaşlarına kaptırmışlardır. Kimisi zamanında dünyalığını yapıp akıllıca da koruduğu için bunu bilinçli yapmış kimisi ise bu geleceği öngöremediğinden çaresizce ringi terk etmek zorunda kalmış bu ünlülerimizin bazıları hesap bakiyeleri eksiye döndüğünde zaman zaman çaresizce "setleri özledim", "konuşursam Türkiye'de yer yerinden oynar" ya da "şimdiki Youtube izlenmeleri hep sahte!" şeklinde açıklamalar yaparak gündeme gelmeye çalışır. Ne zaman sorsanız "proje okuyor", "teklifleri değerlendiriyor" ya da "heyecanlandıracak bir senaryo gelmediğinden" yakınıyorlardır. Oyuncu olanlarından şanslı olanlar milyon tane ergen takipçili genç oyuncunun başrolde olduğu dört saatlik dizilere girer ve sürekli başrolün olduğu set halleri temalı Instagram kadrajlarından takipçi sayısını artırmaya çalışır. Sosyal medya kullanımları fecaat boyutlara ulaşabilir. Blair Cadısı filminden hallice vertigo tetikleyen anlamsız videoları bu ünlülerin Instagram sayfalarında sıkça görebilirsiniz. Katıldıkları her programda eski şöhretli günlerini yâd ederek kariyerlerinin bir yapımcının iki dudağı arasında olduğu günleri özlemle anarlar. Özlemle ve kredi kartı ekstreleriyle.

Sevimli Yancılar

Her zaman herkesle iyi geçinmeye çalışırlar, her ortamda bulunmak, bütün davetlere katılmak onlar için çok önemlidir. Katıldığınız her gecede, partide, ödül töreninde zönk diye karşınıza çıkan bu ünlüler bir şeyden geri kalırlarsa acil servise kaldırılabilecek kadar perişan olurlar. Biriyle polemiğe girmek, sektörden bir isimle kavgalı olmak hiç âdetleri değildir. Sosyal medyada neredeyse takip ettikleri herkesin koyduğu her şeyi beğenir, like'larını bonkörce dağıtırlar. Bazılarının Instagram sayfaları kebapçı duvarı gibi ünlülerle çektirdikleri fotoğraflarla doludur. Sevimli oldukları kadar sinsidir de içlerinden bazıları. Davetlerdeki gıybet seanslarında konuşmacıdan çok dinleyici olmayı tercih ederler. Bugün çemkirdiklerinin yarın Türkiye'nin yeni yıldızı olabileceği ihtimalini her zaman göz önünde bulundurarak çok akıllıca davranırlar aslında. Ana sayfaları kadar Instagram hikâyeleri de borsa gibi hareketlidir. Çok beğeni almayan gönderilerinin like sayılarını hemen gizler, çıkan röportajlarının tüm detaylarını ana sayfalarında paylaşırlar. Her zaman rahatlıkla arkadaşlık edebileceğiniz ama ömürlük dost olamayacağınız insanlardır. Zaten bu sektörde kimsenin kimseyle dost olmasına gerçekten de pek imkân olduğunu sanmıyorum. Çünkü dostların da her zaman 'başarılı' daha doğrusu 'daha ünlüler' arasından seçildiği şizoid bir dünya bu:)

Stratejik Sinsiler

Genelde epey ünlüdürler. Ünleri üretkenliklerinden ve başarılarından gelir. Bütün büyük reklamlarda görebileceğimiz bu ünlülerimiz, genelde toplumsal konularda pek konuşkan değildir. Siyasi meselelere hiç bulaşmaz, infial yaratan meselelerin bile üç dört günde unutulacağının bilinciyle önüne ve önüne gelen reklam tekliflerine bakan bu aşırı bireysel ünlülerimizin felsefesi 'ne ayranım dökülsün ne yoğurdum ekşisin'dir. Sizinle bir dost meclisinde iktidara verip veriştirip, ertesi hafta bakanlığın davetine katılabilirler. Halkta kredileri sonsuza yakındır, hiçbir şeye ses çıkarmamalarına rağmen 'en güvenilir ünlüler' anketlerinde hep ilk sıralarda yer alırlar. İçlerinden bazıları bunu "benim her kesimden izleyicim var, siyasete giremem" şeklinde yüceltmeye çabalar sanki ses çıkarmaktan beklenen parti propagandası yapmakmış gibi:) Sosyal medyayı sadece projeleri olduğunda kullanmaya özen gösterirler. Hayatları gizemli sayılır. Magazine çok bulaşmaz, kimseyle polemiğe girmezler. Bununla beraber kendi alanlarında sonraki nesillerden gelenleri büyük bir dikkatle takip ederler. 'Stalk' refleksleri gelişmiş bu ünlülerimizi yeni nesil isimlerin Instagram hikâyelerinde fink atarken görebilirsiniz. Servetleri, mülkleri ve muhtemel başka ülke vatandaşlıklarıyla konuşmaktan en korkmaması gereken insanlar olmalarına rağmen en çok sessiz kalan onlardır hep. İnternet öncesi rakipsiz dönemlerinde balon gibi şişen egoları zaman zaman aldıkları sosyal medya linçleriyle zedelense de marka imajları hesap bakiyelerini asla eksiye döndürmeyecek kadar güçlüdür.

Şizoid Ünlümsüler

Çoğunun ne iş yaptığı belli değildir ama yapmaya çalıştıkları şeylerle hatırı sayılır bir ünlü çevresi edinmişlerdir ve bu onları her ne yaparlarsa yapsınlar ünlümsü kategorisine sokar. Sosyal medya hesaplarına bakarsanız sadece ünlülerle arkadaşlık ettiklerini düşünürsünüz zira bu tür için ünsüz arkadaşlarıyla, bir bankacı, bir avukat, bir doktorla fotoğraf koymak boşa megabayt israfıdır. Sevimli yancılardan farklı olarak bunların paylaştıkları kebapçı duvarı fotoları çok daha stratejiktir. Her ünlü değil, işlerine yarayabilecek, onlara takipçi kazandırabilecek, sektörde en çok isim yapmış, en saygı duyulup sevilen ünlülerdir bu arkadaşlarımızın yanladığı fotoğraflarda yer alanlar. Sağları solları asla belli olmayan bu insanlar sizin çok ilgi gören bir fotoğrafınızın altına yorum yapıp, ertesi gün karşısına çıktığınız davette selam bile vermeden kafasını çevirebilirler. İlaçlarını ya da terapistlerini değiştirmeleri şarttır.

Primci Mirketler

Tepki gösterilmesi ya da adım atılması gereken bir mesele varsa asla ilk adımı atmaz, ilk sözü söylemez, kuyuya ilk taşı fırlatmazlar. Kafalarını çıkarıp bakan mirketler gibi, ara ara Twitter'ı falan yoklayıp herkes yeteri kadar ses çıkardı mı diye kontrol ettikten sonra ortalığın iyice güvende, savcıların da kimseyi Silivri'ye yollamayacağından emin olduktan sonra sönük, her yere çekilebilen havagazından hallice tepkilerini salarlar sosyal medyaya. Örneğin Allah korusun 8 yaşındaki bir çocuk tarikat yuvasında tacize uğradıysa dört gün falan geçtikten sonra "8!" diye çemçük bir story atarak hem vicdanlarını rahatlatmış hem de trendden geri kalmamış olurlar. Bazıları ise o kadar hırslıdır ki bütün konuların ekmeğini yemek için yanıp tutuşur. On beş dakikada bir nemalanacak bir konu bulmak için Twitter trendlerine bakıp uygun gördükleri, etkileşim türüne göre belirledikleri konunun ekmeğini yemeye başlarlar.

"Benim Annem de Çalışıyor, Hem de Sizden Daha Çok!"

İlkokul hayatım genel anlamda mutlu ve eğlenceli geçti diyebilirim. Yaşadığım KKG linçini saymazsak genel olarak arkadaşlarıyla iyi geçinen, kız erkek herkesle muhabbet edip gülebilen, olması gerektiği kadar yaramaz, olması gerektiği kadar inek ve asla olmaması gerektiği kadar ayrık otu bir çocuktum.

Öğretmenler gününde birtakım yalaka veliler toplanıp öğretmene altın bilezik alırdı. Öğretmene verilirken de bilezik fonuna katılanların isimleri bir kâğıda yazılıp ayrıca sunulurdu. Öğretmen de yüksek sesle okur, adı geçenlere teşekkür ederdi. Durumu o kadar müsait olmayanlar evde annelerinin ördükleri atkı, eldiven gibi şeyleri hediye eder, daha intim bir yalakalık yapmak isteyen hali vakti yerinde veliler ise kendi başlarına pahalı sayılabilecek hediyeler alırlardı. Bense bunların hiçbirine dahil olmazdım. Ne özel hediye alacak kadar varlıklıydık ne de annemin atkı örecek vakti vardı. Bilezik fonu ise çocuk aklımla bile bana aşırı saçma gelen, hiçbir zaman dahil olmak istemeyeceğim bir oluşumdu. Ama öğretmenimi seviyordum. Her şeyden önce işini çok iyi yapıyordu. İyi bir öğretmendi. Okumayı hepimize çok hızlı öğretmişti. Çok iyi matematik anlatıyordu. Yılbaşında sınıfımızı çılgınlar gibi süsletiyor, bayramlarda ve müsamerelerde hepimize hakkaniyetli roller veriyordu. Çalışkanları biraz kayırıyordu belki ama sonuçta o da çok gençti. Evet arada çok sinirlenince tokat da yiyen oluyordu -ben ve kendi oğlu dahil:)- ama o dönemin kendi anne babalarımızın bile kanıksadığı normaliydi maalesef bunlar. Öğretmenimi sevdiğim için de öğretmenler gününde elim boş gitmek istemedim. Sanırım ikinci ya da üçüncü sınıftaydım. Okulun girişindeki çiçekçiden tam on bin liralık bir çiçek yaptırdım. Harçlığımın tamamına tekabül ediyordu, şimdiki parayla elli lira falandır herhalde. Çok da güzel, minik bir sarmaşık gülü buketi olmuştu. Sınıfa gittim. Öğretmenler günü olduğu için o gün hediye faslı, kutlaşmalar, okuldaki küçük törenle falan geçerdi. Altın fonuna katılanlar adına bir veli bileziği verdi, teşekkürler edildi, ayrı hediye alanlar hediyelerini verdiler. Ben de çiçeğimi verdim. Buruk bir teşekkür ettikten sonra "Aşk olsun, bana çingeneden aldığın çiçeği mi layık görüyorsun?" dedi. Neye uğradığımı şaşırdım. Çok utandığımı hatırlıyorum. Gerçekten çok mu kötü bir şey yapmıştım? 'Çingene'den çiçek almak ayıp mıydı? Önemli olan niyet değil miydi? Kaç matematik problemime sonucu yanlış bulsam da gidiş yolundan puan veren öğretmenim, burada neden bütün puanımı kırıyordu? Özür diledim, elini öptüm. Yerime geçtim. Yıkıldım diyemem çünkü bana göre yanlış yaptığım bir şey yoktu. Ancak yıkılmamış olmam yıkılmayacağım anlamına gelmiyordu ve esas yıkıcı şey birkaç dakika sonra gerçekleşti: Sevgili öğretmenim kendisine aldığım çiçeği gözümün önünde çöpe attı. Ağlayacak gibi olduğumu ama ağlamamak için kendimi zor tuttuğumu hatırlıyorum. Hem manevi olarak yıkılmış hem de geleceğin bankacısı olarak çöpe giden on bin liramın derdine düşmüştüm. Akşam eve gelince annemle babama anlattım. Çok sinirlendiler ve öğretmeni telefonla aramak istediler. Aramamaları için yalvararak konuyu kapattım.

Böyle bir şeyi yaşamış çocuktan ne beklersiniz? Bir daha asla öğretmenine hediye almamasını ve olayı protesto etmesini değil mi? Peki saftrik Kaan ne yaptı? Bir sonraki öğretmenler gününde yine sokak çiçekçisinden çiçek alıp verdi:) Her şeye rağmen öğretmenime sevgim geçmemişti ve aslında burada kendimce küçük bir sosyal deney yapıyordum. Belki öğretmenim yaptığının yanlış olduğunu sonradan idrak etmiştir ve öğretmen haliyle benden özür dilemeye de utanmıştır diye düşünerek ona bu hatasını telafi etmesi için bir şans daha veriyordum adeta! Fakat bilin bakalım ne oldu? Çiçeğim yine -bu sefer kötü koktuğu gerekçesiyle- sınıfın çöp kutusunu boyladı! Yahu bari eve götürün de orada atın değil mi sevgili örtmenim? Dobra mıydı, densiz miydi bilmiyorum ama ikinci çöp vakası beni o kadar da incitmemişti. Belki de öğretmenim farkında olmadan beni gerçek hayata hazırlıyordu, kim bilir? Gelecekte kim bilir kimler çöpe atacaktı verdiğim çiçekleri? Sex and The City'de Yahudi olmak isteyen Charlote'un sürekli suratına kapıları kapatan haham başı gibi çiçeklerimi her yıl çöpe atıyordu kadın.

İlkokulu devlet okulunda okuyanlar bilir, Cuma günü son ders bittiğinde bütün sınıfın masa örtüleri sırayla bir öğrenciye verilir, annesinin başka işi gücü yokmuş gibi hafta sonu 20-25 tane sarı beyaz ekoseli sevimsiz masa örtüsünü yıkayıp ütüler ve pazartesi evladıyla okula geri yollar. En azından Büyük Esma Sultan İlkokulu'nda öyleydi. Öğretmenimizin oğlu da bizimle aynı sınıftaydı ancak hiçbir zaman o masa örtülerini alıp evine götürmedi. Herhalde kadıncağız "bütün hafta başımın etini yedikleri yeter bir de hafta sonu onların örtüleriyle uğraşamam" diye düşünmüş olacak ancak bana yine de bu durum her zaman adaletsiz gelirdi. Son çöp-gate skandalının üstünden bir iki ay geçmiş, örtü toplama sırası bana gelmişti. Annemin işyerinde çok stresli geçen bir haftasıydı. O sıralar boyun fıtığı da azmış, bazı günler boyunlukla işe gitmeye başlamıştı. Annemin o hafta sonu çemçük masa örtülerimizle uğraşmasını istemiyordum.

Anneme aslında ev hanımlığına dair hiçbir şeyi yakıştıramıyordum. Aslında yemek yapmaya bayılan, mutfağa girdi mi harikalar yaratan, ev işlerinde de son derece becerikli bir kadın olmasına rağmen sanırım hep onu şık şıkıdım kıyafetlerle iş hayatında ve davetlerde görmek daha çok hoşuma gidiyordu. Yoğun işlerinden dolayı hafta içi yapılan veli toplantılarına gelemediğinde boynum bükük kalsa da bu durumdan fazla bir şikâyetim yoktu. Arada işten izin alıp gelebildiğinde benden mutlusu olmazdı. Annemi hafta içi gündüz görmek dünyanın en güzel şeyi gibiydi. Ama hep evde otursun asla istemezdim. Neyse herkes örtülerini katlayıp bana vermeye hazırlanırken iki sene boyunca içimde isyan enerjisine dönüştürdüğüm çöplerden aldığım gazla öğretmenin masasına gittim:

"Öğretmenim bir şey sorabilir miyim, sınıftaki herkes örtüleri alıyor ama oğlunuz hiç almadı, o neden almıyor acaba? Siz de onun annesisiniz sonuçta!"

Deli cesaretiyle sorduğum bu sorunun şokunu üstümden atmaya çalışırken bir yandan nasıl bir tepki alacağımı kestirmeye çalışıyordum. Kesin bir şaplak, en kötü ihtimalle bir zılgıt ya da herkesin içinde utandırma beklerken öğretmenim de çok şaşırmış olacak ki olayın şokuyla gayet insani bir cevap verdi:

"Ama Kaancığım görmüyor musun ben ne kadar çok çalışıyorum bütün hafta?"

Aynı anda hem son derece mantıklı olan hem de kendi içinde kocaman çelişkiler barındıran bu cevabı beni kesmemiş ve isyan enerjim yeteri kadar açığa çıkmamış olmalıydı ki hiç utanmadan vites artırdım ve Hayat Sevince Güzel filminde kendilerinden kimsesiz çocuklar için para isteyen Ayşecik'e cevabı yapıştıran sosyetik teyzeler gibi cevabımı yapıştırdım:

"Öğretmenim, benim annem de çalışıyor. Hem de sizin gibi yarım gün değil, her gün sabahtan akşama kadar! O zaman ben de almayabilir miyim örtüleri?"

Oha bendeki cesarete bakar mısınız! Şu an yazarken bile bir titreme geldi resmen! Neyse ki öğretmenin insafına gelmiş olmalıydım ki orta yollu bir cevap verdi:

"Sen şimdi al Kaancığım, sonraki turda bakarız. Şimdi almazsan arkadaşlarına karşı haksızlık yapmış oluruz."

Daha fazla Habertürk'teki öfkeli avukat Ersan Şen gibi davranmanın âlemi yoktu ve bu sinir krizinin eşiğindeki halimi derin nefeslerle yatıştırarak örtüleri torbama, cinnetlerimi kalbime atarak evin yolunu tuttum.

Bu densiz pabuç dilli tavrım çocukluğumun başka başka evrelerinde de hep devam etti. Bir keresinde annemin sürekli bize gelen aşırı zengin arkadaşı Muzaffer Hanım'a "Niye hep sen bize geliyorsun, senin evin daha güzel değil mi, biz sana niye hiç gelmiyoruz?" şeklinde son derece mantıklı ve bir o kadar da kaba sorumu çat diye yapıştırmış, akşamına annemle babamdan büyük bir fırça yemiştim.

Sanırım hep siyaset ve büyük insan dertleri konuşulan evlerde büyümenin etkisiyle bünyemde hep bir pabuç dil, hep bir aktivizm, hep bir hak arama mücadelesi vardı. Bu kimi zaman uyku saatinden muaf tutulan ablama babaannemin gösterdiği ayrıcalığa laf ederken, bazen annemin arkadaşına kibarca kapıyı göstererek bazen de istese beni tokat manyağı yapabilecek öğretmenime masa örtüsüyle ilgili hadsizce ahkam keserken ortaya çıkıyordu. Yazlıkta bile dünyanın en boş oyunu olan ebelemeç oynarken kaçan arkadaşlarıma "Kastelli gibi ne kaçıyorsun heey!" diye seslenen bu çok bilmiş veledi gelecekte çok daha çetrefilli günler bekliyordu...

"Sen Komedyensin Komedine Bak, Bu İşlere Bulaşma!"

Daha önce de yazdığım gibi özellikle beyaz yakalı dünyayı bin bir yerinden gömen skeçlerim nedeniyle insanlar çalıştıkları şirketlerde yaşadıkları sıkıntıları sansürsüzce benimle paylaşıyordu artık. Bazen skeçlerime malzeme olsun diye, bazen de bu konuda ses çıkarmam için...

Yazın son günlerine doğru jet hızıyla ilerlerken DM kutuma birkaç mesaj düşmeye başladı. İddialara göre bir banka, şube personellerinin tamamını hafta sonları şubelere çağırarak, talimatsız yapılan sigorta satışlarına ilişkin müşteri imzalarını tamamlatıyordu. Ancak bu işlemler için hafta sonu ekstra mesai yapan personellere hiçbir ek ödeme yapılmıyordu. Tıpkı daha önce mobbing nedeniyle vefat ettiği iddia edilen çalışan olayında olduğu gibi, kesinliği kanıtlanamadan ve teyit edilmeden böyle bir iddianın doğruluğundan emin olamazdım. Ancak mesajlar artmaya, şikâyetler art arda Instagram kutuma düşmeye başladı. O bankada çalışan birkaç tanıdığımdan da durumu teyit ettim. Mesele tam anlatıldığı gibiydi ve skeç malzemesi olacak kadar basit değildi. Yine de bu durumda ne yapmam gerektiğine karar veremiyordum. Kahramanlık taslıyor gibi gözükmek de en son istediğim şeydi. Direkt o kurumu hedef alan zehir zemberek açıklamalar yapıp tribünlere oynamak benim yapabileceğim türden bir şey değildi. Sakin kafayla düşünüp genel, kısa bir video çektim. İsim vermeden, hedef göstermeden tüm kurumları fazla mesai ödemelerini yapmaya davet eden bir videoydu ve epey ses getirdi. Söz konusu bankadan olanlar bu video üstüne mesajlarını ve şikâyetlerini arttırdılar. Hatta Cüneyt Özdemir gibi bazı isimler programlarında bu konuya yer ayırarak meselenin daha çok duyulmasını sağladılar. Ancak üstü kapalı gönderilen oklar bankayı hiç acıtmamış olacak ki uygulamada bir değişiklik olmadı. Herhalde onlar da ülkemizde her şeyin olduğu gibi bunun da iki günde unutulmasını umuyorlardı ancak içimde masa örtüsünün hesabını henüz kapatmamış, bilmiş bir Kaan vardı ve bu sefer mevzuyu sineye çekmeye hiç niyeti yoktu.

Muhtemelen bankada çalışırken kendim için asla yapmaya cesaret edemeyeceğim bir şey geldi aklıma! Bunu şimdi yapamayacaksam ne zaman yapacaktım? Ne kaybederdim ki? En fazla o banka beni herhangi bir etkinliğine çıkarmazdı. Bir şeyi yapmayı kafama koyduğumda kendimi o kadar kolay ikna ederim ki şaşar kalırsınız:) Yine öyle oldu ve bankanın insan kaynaklarından sorumlu genel müdür yardımcısına e-posta atmaya karar verdim!

Son derece kibar, bir o kadar da otuz yıllık siyasetçi edasıyla yazdığım e-postaya bugün bakınca hâlâ gülüyorum:)

> "... Eski mesleğim ve mizahıma konu olan kurumsal hayat nedeniyle halen sektörün içinde yaşanan durumlara hâkimim ve ne yazık ki kuzen dediğim izleyicilerimden aldığım geribildirimleri tek tek okuduğumda pek çok sıkıntının hâlâ devam ettiğini üzülerek gözlemlemekteyim.

Son günlerde sigorta eksiklikleri nedeniyle bankanız şubelerindeki personelin yoğun bir akşam ve hafta sonu mesaisi yaptığı, buna karşın da mesai ödemesi ya da telafi izninin tanımlanmadığı yönünde çok fazla dönüş almaktayım. Hemen belirteyim, bu durum tabii ki sadece sizin kurumunuzda olan bir mevzu değil, maalesef istenmeyen mesai durumu büyük küçük her şirkette olabilmekte. Tabii ki burada hepimizin arzu ettiği ek mesainin hiç olmaması ve insanların ailelerine ve özel hayatlarına gerekli zamanı ayırabilmesi. Ancak bazı koordinasyon ve denetim mekanizmalarının sağlıklı işlemediği durumlarda ek mesai durumu her zaman karşımıza çıkıyor.
İlk kez böyle yetkili birisine komedyen kimliğimle yazıyorum, o nedenle uzatıp da vaktinizi daha fazla almak istemem. Derdi olan bir sanatçı olarak sizden ricam ek mesai yapan tüm personelinize ek mesai ödemelerinin yapılması ya da ilave izinlerin tanımlanması, bu ikisinden hiçbiri yapılmayacaksa da insanların ek mesaiye zorlanmaması konusunda hassasiyet göstermenizdir.

Saygılarımla
Kaan SEKBAN

Gönder tuşuna bastım ancak çok umutlu değildim. Tıpkı yıllar önce İtalya'da sahnelenecek opera için Amerika'daki Philadelphia Uluslararası Operası'na gönderdiğim makaleyi yolladıktan sonraki vicdani rahatlık sardı bütün vücudumu. Belki hiçbir şey değişmeyecekti ama ben en azından elimden gelen bir şey yapmıştım ve bu vicdanım için gayet yeterliydi.

İki üç gün hiç ses çıkmadı, üçüncü gün telefonum acı acı çaldı. Bilirsiniz acı acı çalan telefonu zil melodisi aynı olsa da anlarım. Telefonda sakin bir kadın sesi: "X bankasından arıyorum, Y hanımın asistanıyım, kendisi sizinle görüşmek ister." "Ah canım, ben de neler isterim hayatta ama olmuyor işte" diyemediğim için "Tabii tabii bağlayın" dedim gerginliğimi sesime yansıtmamak adına üstün bir gayret sarf ederek. Sonuçta ben bir komedyendim, o da bir bankanın genel müdür yardımcısı. Çekinecek hiçbir şeyim yoktu ama on yıllık bankacılık travmalarımın bünyemden hâlâ çıkmadığını o an fark ettim. Sanki bankaya geri dönmüş, hatalı bir işlemden dolayı olayı genel müdür yardımcısına açıklamak zorunda kalan yeni yetme bir junior bankacıya dönüşmüştüm. Hissettiğim tam olarak buydu. Hanımefendi bağlandı.

Kibar bir giriş yaptıktan sonra tatlı tatlı lafları çakmaya başladı: "... Biz zaten kimseyi zorla mesaide bırakmıyoruz, her gelen rızasıyla geliyor, kâğıt da imzalanıyor, zaten kanunda da yeri var vs." Benden insanların rızasıyla mesaiye kaldığına inanmamı beklemesi çok trajikti. Diyeceklerini bitirdikten sonra ben de kısaca "Kanunda olması doğru olduğu anlamına gelmiyor inanın vs." tadında şeyler söyledim. O da aldıkları bazı 'great place to work' minvalindeki ödüllerden, bu ödülleri almanın çok zor olduğundan bahsetti. Son olarak "bir gün gösterinize gelmek çok isterim" şeklinde gerçekle hiç alakası olmadığına inandığım bir nezaket cümlesiyle telefonu kapattı.

Bu telefon görüşmesiyle de bir sonuç alamayacağımı anlamıştım ancak tuhaf bir şekilde çok iyi hissediyordum çünkü belki de ilk kez görece tanınır olmamı doğru düzgün bir amaç için kullanıyordum. Yine de yenilgiyi kabul etmeye niyetim yoktu. Bu yola artık girmiştim. Twitter'a bu sefer banka adı vererek bazı tweet'ler attım ve kurumu mesai ödemeleri yapmaya çağırdım. Çağırdım ama kimse gelmedi:) Yetmedi iki gün sonra genel müdür yardımcısı hanımefendiyle olan telefon konuşmamızdan aldığım ilhamla çalışanlarını hafta sonu mesaiye çağıran müdür skeci çektim ve hanımefendinin bana söylediği hemen her şeyi skeçte kullandım:) Daha fazla şansımı zorlamak ve topuklarıma sıktırmak istemediğim için "bu kadar yeter" diyerek eylemlerimi sonlandırma kararı aldım.

Tam "herhalde kimse mesaisini alamadan hafta sonu çalışmaya devam edecek" diye düşünürken patır patır mesajlar gelmeye başladı:

"Kaan Beyyy! Banka mesailerimizi ödedi, hakkınız ödenmez!"

"Kaaaaan! İnanılmaz bir şey oldu ve mesailerimiz ilk kez ödendi, bu parayla gösterine bilet alıyoruzz!"

"Banka bütün hafta sonu mesailerini ödedi Kaan Beyyy!"

Gözlerime inanamadım. Ayaklarımdan başıma alev alev bir şey yükseldi. Kalbim hızla çarpıyor, sınavdan 100 almış çocuk gibi sırıtıyordum. Sonunda banka hafta sonu mesailerini ödemeye karar vermişti! Bu muazzam bir haberdi, üstelik topuklarıma da kimse sıkmamıştı! İşimi zaten mutluluk sarhoşluğuyla yapıyordum ve güldürebilmek başlı başına bir toplumsal fayda bana göre ama ilk kez o gün yaptığım işi yaptığım şekliyle yapmanın bir işe yaradığını hissettim. Bütün gün salak salak sırıttığımı, sonra da bluetooth hoparlörümü alıp balkonda kendime güzel bir şarap koyup kendi kendime çakırkeyif olana kadar bunu kutladığımı hatırlıyorum.

Tabii böylesine büyük bir meseleden olumlu sonuç alınca haliyle başka başka konularda insanlar daha çok yazmaya, işyerinde yaşadıkları sorunları dile getirmemi hatta ondan da öte o sorunları çözmemi istemeye başladılar. Bu yolu aslında kendim açmıştım ama kahraman rollerine bürünüp insanların sıkıntılarından kendime prim kasmak ve iyilik timsali pozlarında puan toplamak asla istediğim bir şey değildi. Zaten ben tek başıma hangi soruna çare olabilirdim ki? Ama bir yandan da üstümde sorumluluk hissetmiyor değildim. Dikkatimi çeken en abuk şeylere tek tek ses çıkarmaya başladım. Tabii birtakım bedeller ödeyerek...

Birkaç hafta sonra ülkenin en büyük tekstil firmalarından birinin, firmanın bazı uygulamalarını eleştiren bir Instagram sayfasını beğenen çalışanlarını tam da bu gerekçeyle işten çıkardığı bilgisi geldi yine DM kutuma. Önce hiç inanmadım. "Aman canım insanlar da abartmayı ne kadar seviyor" diye düşündüm. Fakat bir iki gün içinde işin tam da böyle olduğunu, firmanın çalışanlara gönderdiği ihtarname örneğine ulaşınca gördüm ve gözlerime inanamadım! Bu nasıl olabilirdi? Ve bu gerekçe nasıl bir ihtarnameye açık açık yazılabilirdi? Çılgına döndüm. Mağazacılık benim engin bilgi sahibi olduğum bir alan değildi ancak hangi sektör olursa olsun bu yaşanan yenilir yutulur cinsten değildi. Önce ihtarnameyi ifşa eden bir paylaşım yaptım ancak firmayı bu hatadan geri dönmeye davet edip, hatta geri dönerlerse firma çalışanlarına ücretsiz etkinlik yapacağımı ve bütün alışverişlerimi o markadan gerçekleştireceğimi yazdım. Herhangi bir dönüş olmadı. Sonradan öğrendim ki firmanın yönetim kurulu başkanı ve eşi cemiyet hayatında da önemli isimlerdenmiş. Araya birkaç hatırlı dost girmeye, bizleri buluşturmaya çalıştı. Ben buluşmaya hep olumlu yaklaşsam da bu buluşma gerçekleşmedi. Firma asla geri adım atmadığı gibi insanların işten çıkarıldığı günlerde sosyetenin önde gelen isimlerinin katıldığı bir davetle özel koleksiyonunu tanıtmak gibi bir markanın yapabileceği en büyük stratejik hatayı yapınca ben de dalga geçer gibi sergilenen bu tavra dayanamayıp takipçilerimi firmayı boykot etmeye çağırdım. Bir yandan da başıma bir şey gelmesinden ufaktan endişe ediyordum yalan yok:)

Benden daha çok endişe eden kişi ise geç gelen şöhretimin haklı olarak gururla tadını çıkarmak isteyen annemdi. "Evladım ne gerek var bu kadar öne çıkmaya, sen mi kurtaracaksın memleketi? Çok ileri gitmedin mi? Tamam bir kere iki kere paylaştın, boykot moykot nedir Allah aşkına?" Annem belki de haklıydı. Boykot tamam da moykot neydi gerçekten Allah aşkına:)

Olay o kadar büyüyüp gündem oldu ki yolda görenler "helal olsun, bu işin peşini bırakmayın" demeye, herhangi bir mağazaya gittiğimde çalışan arkadaşlar "oradaki arkadaşlarımızın yanındayız, lütfen devam edin" diye beni yalnız olmadığıma ikna etmeye çalışıyorlardı. Hatta bir gün bir takipçim İstinye Park'taki meşhur restoranda yan masalarında firma yönetim kurulu başkanının yemek yediğini ve o sırada telefonda konuşurken karşısındakine "Anlamadım gitti ne istiyor bu adam bizden?" dediğini duyduğunu yazdı. Ne yazık ki firma geri adım atmadı ancak ben bu sırada avukat arkadaşlarıma da danışarak işten çıkarılanlara asla hukuki mücadelelerini bırakmamaları gerektiğini söylüyor, büyük ihtimalle bu davayı kazanacakları için içlerini rahat tutmalarını telkin ediyordum.

Aylar geçti hatta araya koca bir pandemi girdi. Bu sürede benim ve takipçilerimin boykotu hep devam etti. Bir gün gazetenin iş dünyası sayfasında firmanın yönetim kurulu başkanı ve eşinin görevi bıraktığı haberini okuyunca bir miktar rahatladım ancak esas güzel haber bundan birkaç ay sonra geldi: İşten çıkarılan herkes davasını kazanmış, mahkeme bu kişilere hem tazminat ödenmesine hem de işe geri dönmelerine hükmetmişti! Buradaki payımı tam olarak bilemem tabii, muhtemelen ben dile getirmeseydim onlar yine bu davayı kazanacaklardı çünkü dünyanın en saçma gerekçeli işten çıkarmasıydı ancak kamuoyunda bugün marka hâlâ o işten çıkarma skandalıyla anılıyorsa sanırım bunda benim parmağım biraz var. Üstelik tek bir parmak da değil:)

İş dünyasının Güzin Abla'sı olmaya asla niyetim yoktu ama sorunlar bir şekilde çözüldükçe de benim 'konuşma' iştahım artıyordu. Mesai-gate skandalından birkaç ay sonra pek çok firmanın personeline verdiği yemek fişlerindeki limitin kanuni alt sınırın altında olduğunu ortaya çıkarmış, birkaç ay sonra da yine büyük bir bankanın sebepsiz yere sırf operasyon merkezinin yeri değişiyor diye oradaki çalışanlarını kapıya koyduğunu ifşalamış, bundan birkaç ay sonra da ülkedeki en büyük özel okul zincirinde yaşanan maddi sıkıntıları ve öğretmenlerin aylarca maaş alamadan derse girdiğini takipçi kitleme duyurmuştum. Bütün bunları yaparken marka ve kurum adı vermekten çekinmiyor, ne şiş yansın ne kebap yavşaklığından uzak durmaya çalışıyordum. Metin, "artık koruma tutsak çok iyi olacak" diye başımın etini yiyor, çalıştığım ajans eleştirilerimin ucu çalıştıkları diğer firmalara dokunduğu için beni sakinleştirmeye çalışıyordu. O dönem piyasadaki en çok kurumsal etkinlik yapan isimlerden biri de olduğum için hem iş kaybetmemden hem de o kurumlarla aralarının bozulmasından endişe ediyorlardı haklı olarak. Çok da haksız sayılmazlardı çünkü ne şiş yansın ne kebap kaypaklığında olmadığım için bazı kebapların yanması, bazı bedellerin ödenmesi kaçınılmazdı.

En son operasyon merkezinin yeri değiştiği için çalışanlarını işten çıkaran kurumu paylaştıktan iki gün sonra etkinlik için gideceğim başka bir bankanın kurumsal iletişim müdürü aradı. Daha önce de birlikte çalıştığımız için ahbap olmuştuk. "Kaancığım etkinlik öncesi seninle bir şey konuşmak istiyorum, aklımda bir şey var da!" tadında bir şeyler söyledi. Ertesi gün buluşmak için sözleştik. Ben de "acaba işbirliğini büyütmek mi istiyor başka işlere" falan diye içimden geçiriyordum. Evime yakınlığından, yemeklerinin şahaneliğinden ve servis görevlisi arkadaşların aşırı ötesi tatlılığından dolayı tüm özel buluşmalarımın ve iş görüşmelerimin yegâne adresi Zorlu Center'daki Cantinery'de buluştuk. Önce "Nasılsın iyi misin, ne güzel şeyler yapıyorsun tempon acayip harika!" geyikleri yapıldı. Bir kadeh şaraptan sonra kurumsal iletişimci dostumuz lafa girdi: "Kaancığım bu konulara ses çıkarman çok değerli ama şimdi bu son operasyon merkezi değişen banka bizim etkinliği yapacağımız yere çok yakın. Şimdi senin bizim etkinlikte çıkman sıkıntı çıkarabilir, biz bunu gel erteleyelim, ne dersin?" Hö? Hiçbir şey anlamamıştım. Ne alakası vardı başka bir kurumdaki olaya ses çıkarmamın sizin şirketinizle? Belli ki ortada başka şeyler dönmüştü. En azından bu tavrın bende yarattığı izlenim buydu. Belki de ortada düşündüğüm gibi büyük komplolar yoktu, belki de mesele kurumsal hayatta sıkça görülen basit bir kraldan çok kralcılık vakasıydı. Ama ne olursa olsun bu hiç şüphesiz ki masaya "herhalde yeni bir çalışma modeli teklif edecekler" diye oturan benim kelimenin tam anlamıyla mal gibi kaldığım gerçeğini değiştirmiyordu.

Bu İsa'nın son akşam yemeğinden hallice buluşmadan birkaç saat sonra ajansımdan aradılar ve iki işimin daha iptal olduğunu söylediler. "Belki son postlar biraz sert mi oldu acaba, birkaç gün geçince kaldırsanız mı acaba?" şeklinde bütün endişeli, gergin soruları üstüme boca ettiler. Ama şu saatten sonra hiçbir şeyi silip kaldıracak değildim. Türkiye'de neler unutuldu, ne rezilliklerin üstüne kaç bardak sular içildi, benim son derece makul dozdaki hak arayışım battıysa birilerine yapabilecek bir şeyim yoktu. Üstelik içerik üreten, güldüren bendim! Kurban psikolojisine girip "şu şu şu kurumlar benim gösterilerimi iptal ettiler" diye feveran da edebilirdim ancak kimse kusura bakmasın bu onların kaybıydı. Benim biletli seyircim ve kazancım bana yeter de artardı bile. Çünkü kendi ürettiğinden emin, kendine saygısı olan bir insanın ne sebeple olursa olsun bir yerde tercih edilmemesi onu asla acıtmamalı.

Birkaç hafta sonra pek çok kurum yemek fişi limitlerini kanundaki asgari seviyeye çıkardı, özel okul zincirindeki sıkıntı başka bir üniversitenin bu okulu satın almasıyla çözüldü. Tekrar belirteyim, bunların hiçbirinde en ufak bir payım bile olmayabilir ama bu meseleler güzel sonuçlanınca insan ne kaybettiği işi düşünüyor ne de o yemekte mal gibi kalışına takılıyor. Zaten hesabı da karşı tarafa kitlemiştim haha:)

Tabii ki bu Yumurcak Küçük Mücahit tavırlarım bununla sınırlı kalmadı. Evet daha önce belki de hiçbir komedyenin dan dun marka adı vererek bodoslama bu işlere girdiği görülmemişti. Oysa ilkokul öğretmenine masa örtüsü üstünden çemkiren bu çok bilmiş için bunlar çocuk oyuncağıydı. Esas deli çıkışlar biri sonu hüzünlü bir fiyaskoyla sonuçlanacak biri de çılgın bir zaferle taçlanacak iki siyasi gelişme sırasında gerçekleşecekti.

2018 yılı sanırım erken kariyerimin en parlak senesiydi. Cem Yılmaz'ın sahneme geldiği, Gülse Birsel'in dizisine davet ettiği, Okan Bayülgen'le tanıştığım, Zorlu PSM'nin büyük salonunda ilk kez çıktığım, ilk kez yurtdışında New York, Londra, Dubai gibi yerlerde gösteri yaptığım, en iyi zirvelerde sahne aldığım, kurumsal stand up ekstralarının yağmur gibi yağdığı bir seneydi. Aynı zamanda Cumhurbaşkanlığı seçiminin yapılacağı ve benim gibi milyonlarca müzmin muhalifin umutlarını defalarca meclis konuşmalarını Facebook'larda paylaştığı Muharrem İnce'ye bağladığı seneydi. Bu seçimi çok kritik görüyor, her muhalifin her seçimde düşündüğü gibi "bu sefer kaybedilirse bir daha geri dönüşü olmaz" diye düşünüyordum. Yalan yok biraz da çok iyi giden kariyerimden aldığım gazla seçimden haftalar önce Muharrem İnce'nin şarkılı kampanya videosunu paylaştım. Altına da uzuun bir açıklama yazdım. Beni takip eden ama benim gibi düşünmeyen insanların da benim bu netliğime saygı duyacağını bildiğimi belirterek kendimce neden kendisini desteklediğimi falan yazdım uzun uzun. Tabii ki annem canhıraş aradı: "Sen benim kalbime mi indireceksin? Evladım ne gerek var bu kadar politikleşmeye?" Canım annem, o kadar haklı ki! Ama beni siz yetiştirdiğinize göre farkında olmadan da olsa bu çocuk sizin eseriniz haha:) Çok geçmeden altına yüzlerce yorum düştü. Çoğu muhalif görüşlü takipçim bu hareketimi alkışlıyordu ancak benim esas merak ettiğim benim gibi düşünmeyenlerin ne dediğiydi. Çok geçmeden onlardan da gayet düzgün ve anlayışlı yorumlar gelince "vay be kitleme bak, keşke hepsini alıp bir adaya kaçırabilsem ve sonsuza kadar mutlu mesut orada yaşasak" diye aklımdan geçirdim! Hatta birkaç gün sonraki Maltepe mitingine de bir grup olarak gittik ve o yağmurlu mitingden paylaştığım pek çok Instagram hikâyesine "Kaan Bey vallahi sizin gibi düşünmüyorum ama Muharrem İnce kazanırsa sırf sizin için sevineceğim" minvalinde mesajlar düşmeye başladı. Benden ilham aldığını söyleyen birkaç ünlü isim de İnce'ye desteklerini açıklamaya başladılar! Cesaretin bulaşıcı olduğunu yeni mesleğimde ilk kez deneyimliyordum ve bu muhteşem bir duyguydu.

Gerçi Maltepe mitinginde İnce'nin konuşması coşku ve özgüven olarak beklediğimizin çok altında kalınca "eyvah galiba son anketler çok iç açıcı değil" diye düşündüm ve seçim gecesinde yaşadığımız double triple hayal kırıklığıyla bu siyasi çıkışım bir fiyaskoyla daha sonuçlanmış oldu ama bu çıkışım gelecekteki pek çok gevezeliğime zemin hazırlayacaktı. Ok yaydan bir kere çıkmıştı. Tutabilene aşk olsundu.

Seçim yenilgisini hazmedememiş ben, bu yenilgiyi epey hızlı hazmetmiş görünen ve ertesi gün içinden adeta alevler çıkarak basın toplantısı yapan Kemal Kılıçdaroğlu'nu gerekçelerini madde madde sıralayarak istifaya çağırmış, akabinde Twitter'da kendisinden -muhtemelen sosyal medyasını yöneten ekipten- engeli yemiştim. Sanırım bunu hak ettim:)

Zaman zaman siyasi çıkışlarımın dozunu artırmaya, bazı konuları skeçlerime yedirmeye başlamıştım. Tabii böyle olunca alkışlayan kadar linçleyen, gülen kadar eleştiren de oluyordu. Eleştirenlerin ve linçleyenlerin en büyük argümanı hep aynıydı: "Sen komedyensin, komedine bak!" Bu lafa hep çok gülmüşümdür. Yahu komedi zaten böyle bir şey! Charlie Chaplin dediğiniz adam yıllarca komünizm propagandası yaptığı gerekçesiyle Amerika'ya giremedi çektiği filmlerden dolayı. Bugün dünyanın bütün önde gelen komedyenlerine bakın mizahlarının en az yarısı politik meselelerdir. Haydi dünyaya gitmeyin, hiç mi Kemal Sunal, Levent Kırca, Müjdat Gezen izlemediniz? Tekrar söylüyorum, bir insan güler ya da basit bulabilir ama toplumsal konular komedyanın ilk ortaya çıktığı günden beri mizahın merkezini oluşturmuştur. Aslında sen komedine bak diyenlerin bu çıkışı yapmasının en büyük sebebi söylediklerimde bir miktar haklı olmamdan kaynaklanıyordu. Tabii burada bazen kantarın topuzunun kaçtığı trajikomik şeyler de yaşanmıyor değildi.

Bir keresinde yeni havalimanını hicvettiğim skeci muhalif geçinen ODA TV 'İşte AKP'li zenginlerin havalimanı keyfi' minvalinde bir başlıkla sanki gerçekmiş gibi Twitter hesabından paylaştı. Sinirlenmek yerine ne kadar iyi bir oyuncu olduğumu düşünmeyi tercih ettim.

Çıkışlarımın dozu arttıkça çok acayip şeyler olmaya başladı. Yandaş gazetecilerden biri bütün köşesini beni gömmeye ayırdı. Bütün yazısında geleceğimin olmadığından, onu bunu taklit ettiğimden, cehaletimden, salonlarımın ünlüler geldiği için dolduğundan -ne alakaysa- falan bahsetmiş. Her satırında gülmekten yerlere yattığım bu yazıyı yazan adamcağızın karısı herhalde ilaçlarını vermeyi falan unuttu diyeceğim zira bir yazıya bu kadar yalan, nefret ve saçmalama sığdırmak çok zor iş. O kadar önemsiz gördüğü birine bütün köşesini ayırması da epey travmatik tabii:)

2019 senesi ise bambaşka bir önem arz ediyordu seçimler diyarı Türkiye'mizde. Çoğumuzun üç ay gibi kısa bir süre içinde tanıdığı Ekrem İmamoğlu adında biri belediye seçimlerini az farkla kazanmış ancak iktidar kanadı bu farktan tatmin olmadığı için seçimin tekrarı kararı alınmıştı. O karar çıkar çıkmaz Twitter'da #HemenŞimdiBoykot gibi saçma sapan etiketler açılmış, muhalefete sandığa gitmeme çağrıları yapılmaya başlanmıştı. Hemen bir video çekerek boykotun çok yanlış olacağını, kaç kere seçim tekrar edilirse edilsin daha azimle sandığa gitmemiz gerektiğini belirtip dolan gözlerimin etkisiyle kimsenin umutsuzluğa kapılmamasını, umutsuzluğa kapılanların aklına Mustafa Kemal'i getirmesini söyledim. O zamana kadarki en çok izlenen videom oldu. (Sanırım 4 milyon tekil kullanıcıya ulaştı.) Videomdan bir iki saat sonra Ekrem Bey'in meşhur ceketini çıkardığı "Sanatçı konuşamazmış, konuşacak!" konuşması gerçekleşti. Coşkun bir sel olup akmalıydık bu konuşmadan sonra! Aldım elime telefonu ve burada adını söylemeyeceğim pek çok ünlü isme tek tek paylaşım yapmaları için ricada bulundum, kendimce onlara gaz verdim:) Ertesi gün berbere gitmek için Şişli'ye vardığımda yolda insanlar önümü kesip videomun umut olduğunu söylemeye başladılar. Caddeden geçen arabalardan tanıyanlar durup camlarını indirip benzer şeyler söylüyordu. Muhtemelen o videoyu çekmesem Ekrem Bey'in konuşması zaten benzer bir etki yapacaktı ama yine de bunları insanlardan duymak muazzam bir şeydi.

Yapımdan dolayı mı, yetiştiğim aile ortamından mı, yoksa beynimi yakan ve teknik üniversitede okuduğum Siyaset Bilimi Bölümü'nden mi bilmiyorum ama bu konularda hep çok konuşan hatta bazen haddinden fazla gevezelik eden bir adam oldum. İsyanım sadece ülkeyi kötü yönettiğini düşündüğüm iktidara değil, muhalefette kalmaktan epey mutlu olduğuna inandığım muhalefete de oldu hep. O yüzden de sadece ülkemizin ünlülük anlayışına uygun düşmemekle kalmayıp, partizan muhaliflerden biri de olamadım.

Her şeye rağmen sevenlerimden sık sık gelen "siyasete girmelisin", "parti kur oy verelim", "aday ol kurtar bizi" şeklindeki şakayla karışık gaza getirme seanslarına hep mesafemi korumaya çalıştım zira ben salon filmlerinden işçi filmlerine geçen Tarık Akan olmaya hazır değilim -nurlarda uyusun güzel insan, tabii ki kendimi Tarık Akan'la aynı kefeye koymuyorum:)- ve bu konularda konuşmayı, harekete geçmeyi, ses çıkarmayı ne kadar seviyorsam yaptığım işe de o kadar âşığım. Kaldı ki mizahla siyasetin birbirinden ayrıldığı bir komedi anlayışını düşünemiyorum, hatta beyaz yakalı hayatı eleştirirken bile toplumsal bir şey yapmış oluyorsunuz aslında. Diğer yandan bu toplumsal konularda etkin ses çıkaran sanatçıların yüzlerce siyasetçiden çok daha etkili olduğu bir gerçek zira siyasetçileri siyasete ilgisi olanlar izlerken sanatçıyı, şarkıcıyı, komedyeni her kesimden insan seyrediyor.

Zaman zaman atarlanıp Twitter ve Instagram hesabımdan cılız çıkışlarla 'memleketi kurtarmaya' çabalasam da çoğu zaman "amaaan boşuna konuşuyorum galiba, işime bakmak en iyisi, yaşadığım strese değmez" şeklinde hocalarım Aristoteles ve Platon'u hayal kırıklığına uğratacak siyasete küsmeler yaşıyorum, yalan yok vallahi. Daha az konuşsaydım belki çok daha fazla insanın tanıdığı, çok daha fazla projede yer alan, çok daha fazla reklam filminde oynayan, daha ana akım işlerde daha çok tercih edilen biri olurdum muhtemelen ama susmak ne yazık ki benim yapabileceğim bir şey olmadığı gibi dahası beni hasta bile ederdi. Ama burada bir kez daha açıkça söylemekte sakınca görmüyorum: Gerçekten de daha az konuşan, daha çok susabilen, sineye çeken, daha vurdumduymaz biri olmayı o kadar çok isterdim ki. Belki varsa bir sonraki hayatımda inşallah:)

Self Marketing is Everything and Everything is Self Marketing *yahut* "Nasıl Doluyor O Salonlar Allah Aşkına?"

Hem çocukluğumda hem sivilceli bir ergenken hem de bankada dirsek ve yürek çürüttüğüm yıllarda çok şey hayal ettim: Ünlü olmayı, oyuncu olmayı, şarkılar söylemeyi, hatta Oscar almayı bile hayal ettim hadsizce! Ama hiçbir zaman tek başıma çıkıp da sahnede kendi hikâyemi anlatacağımı, insanların bu hikâyeyi dinlemek için zaman ayırıp para vereceğini, bunun da kendi mesleğim olacağını planlamamıştım. Kaç tane gösteri yapsam da hâlâ her seferinde yüzlerce insanın işinden eve bile gitmeden koşa koşa beni izlemeye gelmesine inanamıyordum. Çünkü bu ne bir tiyatro oyunu ne de bir sinema filmine benziyor. Sahnede tek başınasınız. Ne bir dekor ne yardımcı bir müzik ne de düştüğünüzde sizi ayağa kaldıracak başka oyuncular var sahnede. Ne yapacaksanız siz yapacaksınız. Düşününce çok korkutucu, başarınca da tarifi çok zor ve insana kendini çok güçlü hissettiren bir duygu bu. Bu çılgınlığa inanamayan tabii ki bir tek ben değildim. Özellikle uzun yıllardır sektörün içinde olup sahnede bir şeyler yapmaya çalışan ancak henüz istediği noktaya gelemediğini düşünen bazı 'dostlarımız' da bu konudaki şaşkınlıklarını gizleyemiyordu. Şaşkınlıklarını ve densizliklerini...

Bir akşam gösteriye gelen sahne insanlarından biri arada kulise yanıma geldi tebrik etmek için ve müthiş sorularını suratıma teker teker boca etti:

"Abi süper ya, helal olsun. Hangi indirim sitesine koyuyorsun biletlerini? Buradaki kafaların kaçta kaçı 1+1 kampanyadan? Çok dağıttın mı davetiye? Nasıl doluyor hep bu salonlar bu kadar takipçiyle vallahi şaştım kaldım!"

Yavan bir 'helal olsun'un ardına gizlediği bütün küçümseyici soruları, takındığı, kendisine son derece yakışan kibirli tavrın içine yedirerek gevşek gevşek suratıma bakıyordu. Ona göre benim gibi birisi salonu ancak bedava davetiye dağıtarak ya da bir alana bir bedava kampanyası yaparak veya saçma sapan indirim sitelerinde bilet fiyatını bedavaya yakın fiyata satarak doldurabilirdi. Hele bu takipçi sayısıyla! Aslında böyle düşünmesine çok da şaşırmamıştım zira ben bile salonların böyle dolmasına inanamıyordum. Yine de soruş şekline uyuz olmuştum. Nasıl yapıyorsun falan diye sorması normaldi ama saydığı şeyleri kesin yapıyormuşum gibi bir ön kabulle küçümsemesi aslında sektördeki pek çok insanın böyle düşünebileceğini getiriyordu aklıma. Yalnız bu tiplerin anlamadığı bir şey var ki o da takipçi sayısının hiçbir öneminin olmadığı. Sayıdan çok nasıl bir kitleye sahip olduğun önemlidir sahne işlerinde. Nice milyonlarca takipçili 'fenomen' nice işler koymaya çalışmış sahneye ve 50-100 bilette kalıp başlamadan jübilelerini yapmışlardır. Mahcup ve bir o kadar da gururlu bir tavırla "Ya biz öyle şeylere hiç girmiyoruz, -öyle şeylerrr! Hahaha:)- neyse o bizde, çok şükür insanlar sevdi, sahiplendi, bakalım güzel şimdilik" dedim. Bu sefer de bambaşka bir 'öngörü' ile vites arttırdı:

"Vallahi helal olsun, hayır dikkat ettim sponsorun falan da yok, bayağı bayağı insanlar bilet alıp geliyor demek ki! Aman paranı dikkatli kullan, hemen harcama, bu çok uzun sürmez muhtemelen, şimdi iyi bir damar buldun, akarken doldurabildiğin kadar doldur kanka!"

Ne ara kankalık mertebesine erdiğimizi bulmaya çalışırken bir yandan da kariyerime biçtiği ömürle ilgili düşünmeye başladım mal gibi karşımda dikilen suratına bakıp. Gerçekten akarken doldurmak mı gerekiyordu? Dediği gibi bir ay sonra her şey bitebilir miydi? Damar bulmak ne demek? Ve en önemlisi, beş dakikaya sığdırdığı bütün hasetleri ve kinayeleri alıp ne zaman çıkıp gidecekti kulisimden? Kulisimden deyince de bir assolist kaprisi sarıyor bütün cümleyi ama yok vallahi, kulis dediğim küçücük bir oda, nohut oda bakla sofa, bir latte, bir su hepsi bu.

Bu arkadaşımız gibi olmasa da salonların gerçekten nasıl dolduğunu merak edenler olabileceğini varsayarak kendi kendime bu süre zarfındaki deneyimlerim, gözlemlerim ve çıkarımlarım doğrultusunda bu soruya cevap vermeye çalışayım.

Öncelikle belirteyim ki biletli gösterilerimin hemen hepsinin başında kimlerin beni tanıdığını, kimlerin ilk kez o gece haberdar olduğunu, kimlerin eş dost, akraba tavsiyesiyle geldiğini sorarım. Her zaman, her seferinde tavsiye ile gelen, ilk kez tanıyan kitle önceden bilen kitleden daha kalabalık oluyor. Çok acayip değil mi? Ben de her seferinde onlara "inşallah sizi buraya getiren kişilerle ilişkileriniz zedelenmeden evlerinize gidersiniz" diye takılırım hatta:) Buradan bütün pazarlama derslerinde öğretilen 'word of mouth' yani ağızdan ağıza fısıltı gazetesinin sahne işlerinde ne kadar önemli olduğu sonucunu çıkarmak yanlış olmaz herhalde. Tabii ki beğenmeyen, basit bulan, "bu ne abiii?" diyenler oluyordur ama salonda her seferinde üstüme üstüme gelen ve beni zevkten dört köşe yapan kahkaha kasırgaları, büyük çoğunluğun orada olmaktan memnun olduğu yönünde bir izlenim verdi hep. Dolayısıyla sanırım salonlarımı dolduran etmenlerin başında 'tavsiye' geliyor diyebilirim.

Her gösteriden sonra telefonumun ön kamerasıyla öz çekim olarak dilimize kazandırılan selfie'yi video olarak çekip, kamerayı seyirciye çevirerek salondaki gösteri sonu coşkuyu sosyal medyadaki takipçilerime yansıtmayı amaçlarım. Bazıları bunu tadında bırakmam gerektiğini ve amatörce bulduğunu söylese de ben bunu uğurum olarak gördüğümden her gösteriden sonra yapmakta asla sakınca görmem. Buradaki bir amacım da tabii ki Instagram takipçilerimin video altındaki yorumları okuyarak bilet almadan önce fikir sahibi olmasını ve olumlu yorumları okuyup içi daha rahat olarak, daha şevkle bilet almasını sağlamak.

Daha önce de belirttiğim ve ilk zamanlarımda yapmaktan büyük keyif aldığım gösteriden sonra kitabı olan ve onu imzalatmak isteyen, kitabı olmasa da fotoğraf çektirip sohbet etmek isteyen herkesle tek tek fotoğraf çektirme olayını her gösteride devam ettirdim. Salon ne kadar büyük olursa olsun, bekleyenler ne kadar çok olursa olsun hiç aksatmadım. En az gösterinin kendisi kadar beni mest eden, bana az önce kahkahayla kopan insanları tek tek tanıma fırsatı veren bu buluşmalar aynı zamanda benimle tanışmak isteyen sevenlerimin bilet almasında eminim ayrı bir motivasyon oldu. Biliyorlardı ki gösteriye gelirlerse biraz beklemeleri halinde benimle tanışıp iki arkadaş gibi sohbet edebileceklerdi. Bu buluşmalar bizim bir nevi 'after party'miz olmuştu ve her seferinde o insanların yüzündeki ışıltıya hayran kaldım hep. İnanın bu ifade şirin gözükmek için yazdığım bir yağ çekme cümlesi değil. Beni anlayabilmek için bir gün gösteri çıkışıma gelip kenardan o bekleyen güzel insanları dikkatle izleyip incelemeniz gerekir. Kimi gencecik çocuklarıyla, kimi yetmiş beş-seksen yaşındaki büyükleriyle gelip iki çift laf edebilmek için bekleyen o insanlar yatağa her akşam şükrederek yatmamın en büyük nedeni. Bu karşılıklı meşk hali sırasında asistanım da mutlaka bazı seyircilerin görüşlerini video olarak telefona kaydeder; tabii istemeleri halinde. Ve ben o görüşleri gösteriden hemen sonra hızlıca düzenleyip hikâyelerimde paylaşırım ki okumayı değil izlemeyi tercih eden takipçilerimin yine bilet almadan önce gösteriyle ilgili bir fikri olsun.

Gösteri takvimini afiş olarak zaten paylaşırım ama genelde tarihleri skeçlerle birlikte duyurmak çok daha etkili olur. Çektiğim bir skecin altına tarihleri yazıp paylaştığım günler hep bilet satışlarının zirve yaptığı günler olmuştur.

Son olarak gösteri tarihi yaklaşırken, özelden benimle bilet görsellerini ve gösteriye geleceği için heyecanını paylaşan takipçilerimin beni en çok etkileyen mesajlarını da -tabii ki kendilerine sorarak ve isimlerini gizleyerek- hikâyelerimde paylaşmayı da çok severim. Bu hem yaklaşan gösteriyle ilgili karşılıklı bir sinerji oluşturmaya hem de bilet almayı düşünen ama almayı atlamış ya da henüz bilet almamış kararsız seyircilere tatlış bir hatırlatmaya yarar.

Sanırım bankacılıktan ve satış koordinasyon yönetmenliğinden gelen bir alışkanlık, bilet satışlarını günlük hatta bazen saatlik takip ederim. Satışlar yavaşlamaya başladığında kendimce son derece masum hatırlatma, heveslendirme, satışa yöneltme hamleleri yapmaya çalışırım:) Bir keresinde Zorlu PSM'nin en büyük sahnesinde gösteri yapacaktım ve hem Zorlu her zamankinden farklı bir bilet sitesiyle anlaştığı hem de yılbaşı sonrası olduğu için satışlar inanılmaz düşük seyrediyordu. Gösteriye on gün kala beş yüz adetteydik ve mutlaka bir şeyler yapmak zorundaydım. Hemen aklıma bir fikir geldi: Bir gün boyunca gişeye oturup kendi biletlerimi satsam acaba bu, insanların ilgisini çeker miydi? Hemen Metin'i aradım, o da Zorlu ekibiyle konuştu. Onlar bayıldılar tabii bu fikre! Hemen duyurusunu yaptık ve bir gün boyunca gişeye oturdum. Sabah erkenden gidip nasıl bilet keseceğimi öğrendim. O kadar zevkliydi ki bir noktadan sonra beni tanımayıp başka oyun ve gösterilere bilet almak isteyen insanlara da normal biletçi gibi bilet kesmeye başlamıştım:) O gün iki yüz kadar bilet sattık ancak sosyal medya ve basındaki yankısının da etkisiyle kalan bir hafta içinde biletlerin neredeyse hepsini tükettik! Metin'in gösteri akşamı sahneye çıkmamdan hemen önce sırıtarak ve içi çok rahatlamış bir şekilde "Senden korkulur valla" dediğini hatırlıyorum. Benden değil bankacılardan kork sen!

Özetle, tabii ki muhakkak anlattığım şeylerin insanlarda karşılık bulması birinci etkendir ancak bugünün Türkiye'sinde, bozulmuş ekonomik düzende, geçinmenin ve gülmenin her geçen gün daha da zorlaştığı bir coğrafyada üstelik sahne etkinliklerinin yüzlerce çeşidinin seyirci beğenisine sunulduğu aşırı rekabetçi ortamda bir salonu doldurmak için içerik tek başına yeterli olamıyor maalesef. Self marketing denilen öz pazarlama konusu her zaman ilgimi çeken bir alan olmuştur ve dünyanın da gittiği nokta burası zaten. Hatta çok komik, bankadaki ilk yıllarımda Facebook'taki duvarıma 'self marketing is everything and everything is self marketing' (kendini pazarlama her şeydir ve her şey kendini pazarlamadır) diye muhtemelen müdüre yalakalık yapan bir çalışma arkadaşıma laf sokmak amaçlı yazdığım iletiyi komedi kariyerimde kendi mottom haline getirmem hayatın bir cilvesi değil de nedir?

Bir insanın yaptığı işle ilgili kendini pazarlamasında hiçbir sakınca yok. Zaten bütün bu kendimize bakmalar, yaptığımız sporlar, makyajlar, fotoşoplar, iyi giyinmeler hep kendimizi pazarlamanın bir parçası değil mi? Sahne insanları da yaptıkları işleri tabii ki pazarlamalı her zaman. Önemli olan bunu gerçek bir biçimde, samimi olarak ve dozunda, yaratıcı şeylerle yapabilmek. Yoksa öz pazarlamanın bin bir çeşidi var ve her sanatçı bu bin bir çeşit içinden kendince doğru kabul ettiği farklı farklı yöntemlere zaman zaman başvurabiliyor. En çok rastlananı ise biletleri satmasa da davetiye dağıtarak salonunu dolduran ve üstüne "Yine *sold out* olduk, teşekkürler ilginize, teşekkürler Çorbalı!" diye Instagram postları çıkan bazı ünlülerdir:)

En Güzel Yaz, En Güzel Acaba

2018 yazının hemen başı. Harika bir sahne sezonu geride kalmış, Jet Sosyete'nin sezon finalinde beyaz yakalı yöneticiyi oynamışım. Ailemle mis gibi bir Ege tatili bitmiş, yoğun istek üzerine Haziran sonunda konan ek gösteriler şahane geçmiş ve yeni sezonu ilk kez Zorlu PSM'nin iki bin beş yüz kişilik sahnesinde açacağımız kesinleşmiş! Daha da ötesi Eylül sonundaki gösterinin biletleri Temmuz başında satışa çıktıktan sonra iki hafta içinde tükenmiş! Bütün bunlardan sonra ben kendimi ödüllendirmeyecektim de kim ödüllendirecekti?

Aslında lüksü ve konforu sevmeme rağmen tüm bu yaşadıklarımdan sonra vur patlasın çal oynasın bir hayatım olmadı, tanındıkça daha da evime, aileme ve eski arkadaşlarıma bağlandım çok enteresan bir şekilde. İçe kapanmak asla değil ama sanki daha öze dönmek gibi. En sevdiğim insanlarla vakit geçirip en sevdiğim şeyleri yaparak kendimi ödüllendirdim daha çok. İşte 2018 yazının ortasında da böyle oldu ve en sevdiğim şey olan yurtdışı seyahatimi planlamaya başladım. Öyle çok derinlikli bir Avrupa'yı dolaşma ya da entelektüel bir kültür turu değildi planladığım. Tabii ki istikamet en sevdiğim destinasyon olan Amerika'dan başkası değildi. Birkaç ay önce en güzel zamanında New York'a gitmiştim zaten. Şimdi sıra, dört yıl önce bin bir zorlukla oyunculuk atölyesine gidip, hem maddi hem manevi olarak perişan vaziyette döndüğüm, çok şey öğrendiğim ve kalbimi orada bıraktığım melekler şehri Los Angeles'tı!

İyice maceralı olsun istiyordum ama konforumdan da ödün veremezdim. Önce Airbnb'den Beverly Hills'te harika bir evde oda tuttum. Evde yaşayan orta yaşlı bir çiftti. Zaten beni hiçbir zaman genç, seksi, havalı ev sahipleri bulmaz. Nerede emeklilikte Trump'a takılanlar var, gelir beni bulurdu. Yine öyle oldu. Ama belki ev sahipleri manyak çıkar diye de ilk haftam için Hollywood Bulvarı'ndaki ikonik otel Roosevelt'ten geniş manzaralı bir 'executive oda' ayırttım. O zaman dolar 4 TL'den 6 TL'ye çıktı diye kıyamet kopmuştu ama şimdi düşünüyordum da 6 TL olsa herhalde sevinçten sokaklara dökülürüz ah ah!.. Bir hafta bir evin odasında kalacaksam, bir haftacık da biraz kendimi şımartabilirim diye düşündüm. Airbnb'den odamı ayırttıktan hemen sonra ev sahibi kadın benimle iletişime geçti ve komedyen olduğumu öğrenince adeta havalara uçtu! "Bu harika, arka bahçede büyük bir parti veririz, sen de orada küçük bir şov yaparsın" falan demeye başlamasın mı! Bence başlamasın ama ne yazık ki başladı ve hiç susmuyordu. "Buradaki komedi kulüplerine gideriz, orada da sahneye çıkarsın" gibi ütopik şeyler söylüyordu. Diyemedim ki "Yahu kadın bir sus, ben daha Türkçesini yeni oturtuyorum bu işin İngilizce komedi yapmak kiiiim ben kim?" Onun yerine "Wow, great (Ah, harika!), "I would love to!" (Çok isterim!), "Can't wait!" (Bunun için sabırsızlanıyorum!) gibi cümlecikler havada uçuştu.

Tek başıma gidecektim her zamanki gibi. Seyahat etmenin en güzel hali yalnızlıktır bana göre. Çünkü orada hayata karışıp kaybolmanın, yeni insanlar tanımanın, kimseyi ikna etmek zorunda kalmadan canının istediğini yapmanın en güzel yolu budur.

Uçuş detaylarım kesinleşince sosyal medyadan karşılıklı takipleştiğim ve uzun süredir orada yaşayan Nalan'a yazdım hemen. Çok tatlı ve çok uzun süredir tanıyormuşum gibi bir elektrik aldığım biriydi Nalan. Ortak çok arkadaşımız çıktığı için muhabbetimiz sosyal medyadan da olsa epey samimiydi ve aynı zamanda ağabeyinin baldızı Ayşe Arman'dı. "Seni ben karşılayacağım, itiraz istemiyorum!" dedi. Böyle bir şeye asla itiraz etmeyeceğimi bilmiyordu tabii ve müthiş bir tatlılıkla beni Youtuber bir arkadaşıyla havaalanından almaya geldi.

Kırk yıllık arkadaş gibi sarıldık. Akşamüstü saatleriydi. "Sana güzel bir hoş geldin diyelim bakalım" diyerek beni Santa Monica'daki ikonik Shutters Oteli'nin terasına götürdüler. Oturduk, aperatif bir şeyler ve yanında kokteyl söyledik. Terastan sahilde bisiklete binenlere, spor yapanlara ve batmaya hazırlanan güneşe şöyle bir baktım. Jet lag'ın da etkisiyle tek kokteyl kafamı güzelleştirmeye yetmişti. Dört sene önceki maceramın son gününde, ertesi gün Türkiye'ye ve daha da ötesi bankacılığa dönecek olmanın verdiği mutsuzluk, kredi kartlarımın hepsini devasa bakiyelere batırmış olmanın verdiği endişe ve aldığım fazla kiloların yüklediği ekstra yükle ağlaya ağlaya "Peki ben şimdi ne yapacağım?" diye yürüdüğüm o sahile şimdi "Bak ne güzel oldu her şey, sana geldim yeniden teşekkür etmeye!" diye bağırasım geldi içimden. Gerçekten de çok acayip bir andı ve gerçekten de bu bir teşekkür ziyaretiydi bu güzel melekler şehrine. Çakırkeyif şekilde beni otelime bıraktılar. Akşam geç saat olduğundan bana ayrılan odayı başkasına vermişlerdi ve özür dilemek için buldukları yöntem muazzamdı: Daha iyi bir oda vermek! En üst kattaki suit odaya çıkardılar beni. Her şey olması gerektiğinden de güzeldi. Etrafımdaki herkesin çemkirmesine rağmen en büyük ilhamlarımdan biri olan La La Land filmi sanki gerçek olmuştu. Otel gerçekten de ikonikti. Tarihteki ilk Oscar töreninin yapıldığı oteldi burası ve muhteşem bir havuzu vardı. Ertesi gün önce birkaç sokak ötedeki, bir hafta sonra kalacağım evin sahibi Jenn ile buluşup kahvaltı ettik. Kadın kırk yıldır tanıyormuş gibi boynuma atladı ve evleri tek kelimeyle muhteşemdi. Hatta buluşma anımızı kaydedip Instagram'a yükledim, hâlâ duruyor olmalı altlarda bir yerlerde. Yine evinde parti vereceğinden ve komedyen arkadaşlarını çağıracağından falan bahsederek beni küçük, tatlı ve gereksiz anksiyetelerin kollarına atmaktan da geri kalmadı sağ olsun. Kaldığım oteli ve havuzunu epey övdü, hatta ben orada kalırken misafirim olarak eşiyle havuza gelmeyi rica etti. Tabii dedim, tabii gel; gel de iyice kısmetimi kilitle. Eh buyur ettim, ne yapalım, neticede evinde kalacaktım ve gecenin köründe onları havuza sokmadım diye yastıkla boğulmayı göze alamazdım şöhretimin başında. Kahvaltı bitti, otelime gidip hemen mayomu giyip meşhur havuza indim. Pardon, o da ne? Herkes çok güzel herkes çok yakışıklı. Neyse ki mayom güzeldi benim de ve henüz kendimi şekerli, yağlı Amerikan gıdalarına teslim etmediğim için bel bölgemdeki simidim sokak simidi kıvamında yani zararsızdı. Karnımı içime çektiğimde epey kurtarabiliyordum durumu. Los Angeles denince akla ilk gelen şeylerden biri havuz partileridir. Plajları ne kadar güzel olsa da denizi bir Çınarcık olmadığı için (Haha:)) insanlar havuzlara akın ederler. Ama havuzlar yüzmek değil, mal gibi durmak, sektörel flörtler etmek ve bedenini hunharca sergilemek içindir. Havuzda biraz güneşlenip, biraz mal gibi suyun içinde durup, Cazibe Hanım'ın Gündüz Düşleri gibi şezlongumda kitabımı okuduktan sonra efendi efendi odama çıkıp dinlendim. Akşamüstü Nalan almaya geldi beni, yanında henüz yeni Amerika'ya göç etmiş genç bir mimar çocuk vardı, adı Can'dı. O da daha iyi bir gelecek hayaliyle risk alıp orada bir hayat kurmaya çalışan çok zeki bir çocuktu. Venice Beach'in arka mahallesi Abbot Kinney'de güzel bir yemek yedik. Oradan Santa Monica'ya geçtik. Fotoğraflar çektik. Birkaç gün sonra ise bir takipçimin ablası, beni çok seveceğimi düşündüğü bir partiye götürmek istediğini yazdı Inatagram'dan. Kabul ettim ve buluştuk. Görece tanınan ve benzer kafa yapısındaki insanlardan oluşan bir kitleye sahip biri olmanın en güzel yanı dünyanın her yerinde sosyalleşmek istediğinizde rahatlıkla beraber takılacağınız binlerce insan olmasıdır. O yüzden de her zaman gelen mesajları okumaya çalışır, sosyalleşmek ve biraz macera istediğimde yeni insanlar tanımaya gayret ederim.

Duygun adında yine mimar olan tatlı bir kız kendisi kadar tatlı arabasıyla aldı kaldığım yerden beni. "Sizi ayrıca o partide benim de Instagram'dan yeni tanıştığım çok tatlı bir piyanistle tanıştırmak istiyorum. Adı Ayşe Deniz. Biz de bu akşam tanışacağız. Londra'da yaşıyormuş ama buraya taşınmayı planlıyor sanırım" dedi. Yalnız geldiğim Los Angeles'ta birkaç gündür sanki kırk yıllık arkadaşlarımla gezip tozuyor gibiydim. Ne ben ne tanıştığım insanlar birbirimize karşı hiç yabancılık çekmeden en yakın arkadaşlarımızla konuştuğumuz bütün konuları konuşmaya başladık. Parti de çok komik bir partiydi. Sanırım bir müzik okulunun sene sonu partisi gibi bir şeydi ve bir dolu yetenekli genç sahneye çıkıp döktürüyordu. Sonradan çok yakın arkadaş olacağımız dünya yeteneklisi ve dünya tatlısı Ayşe Deniz'le o gece, o tuhaf ve tatlı partide tanıştık. İçi kıpır kıpırdı, Türkiye'den ziyade oralarda kendini kabul ettirmek istiyordu. Müzik yaptığı için bunun mizaha göre daha kolay olduğunu ve sosyal medyadaki videolarından gördüğüm kadarıyla asla pes etmemesi gerektiğini söyledim. "Ah evet, müzik evrensel ama buradaki rekabet çok fena" diye iç çekti. O da beni hiç duymamıştı. Bütün akşam o gürültüde birbirimize hikâyelerimizi anlattık. İleride çok yakın arkadaş olacağımızı o gece hissetmiştim.

Birkaç gün böyle geçti. Otelde kalırken Jen ve kocası, halamla eniştem edasıyla havuza geldiler. Başka bir Yeni Zelandalı aşırı seksi aileyle kaynaşıp bütün gün şakalaşmalar ve içmeler eşliğinde günü bitirdik. Dört yıl önce sabahın köründen akşamın yarısına kadar her gün oyunculuk derslerinde yarım yamalak İngilizcem ve eksilerce bakiyemle yaşam mücadelesi verdiğim şehirde şimdi günümü gün ediyor, o restoran senin bu kafe benim gezip duruyordum. Yaklaşık bir aylığına çıktığım bu Batı Yakası tatilinde ikinci haftanın sonunda sıkılmaya ve yapacak bir şey bulamamaya başladım. Çok enteresan bir farkındalığı da beraberinde getirdi bu sıkılma kendi adıma. Yapacak bir şey, uğraşacak bir iş, üretecek bir içerik olmadıktan sonra durumum müsait de olsa boş boş gezmek bir yere kadardı. Bu boşluk içinde bana yine de kendimi ilhamla dolduracak şeyler bulmayı ihmal etmedim.

Önce dört yıl önce gittiğim oyunculuk kursunun yani New York Film Akademisi'nin kampusüne gittim. O kadar hüzünlendim ki vardığımda. Dört sene önceki o günlerimi yeniden yaşadım adeta dünyanın dört bir yanından gelenlerle birlikte hayaller kurduğumuz o kantinde, o merdivenlerde. Yeni öğrencileri gördüm. Tıpkı bizim dört yıl önceki halimiz gibi kimi merdivenlere oturmuş ezber yapıyordu, kimi akşam nerede partilesek diye konuşuyordu. Bir süre köşeden onları izledim. Hafiften gözlerim doldu yalan yok. Tam ayrılıp arabama doğru giderken hocalarımızdan Cathy'i gördüm! O sıcakta az sonra gireceği morgdan hallice akademi binasına ve bana doğru boğazlı kazağıyla gelirken "Cathyy, ben Kaan, hatırladın mı? Dört sene önceki sınıfındaydım!" diye yolunu kestim. "Ahh tatlım nasıl hatırlamam! Neler yapıyorsun? Ne işin var burada?" diye sordu heyecanla. Komedyen olduğumu, bankayı bıraktığımı, her şeyin yolunda gittiğini söyledim. Çok sevindi ve bir daha sarıldı bana. Sonra da "Büyükbaban aktördü değil mi senin?" gibi süper alakasız ve beni bariz şekilde biriyle karıştırdığını anladığım bir soru sordu. "Ahh hayır maalesef" diye karşılık versem de "Ama sektörden biriydi değil mi?" diye ısrar etti. Yani büyükbabam Beşiktaş Pazarı'nda evet çok ünlüydü ama Cathyciğimizin anladığı türden bir ünlülük değildi bu ve daha fazla bu garip sohbete devam etmeden ona emekleri için bir kez daha teşekkür edip son olarak telefon kameramı açıp "Nasıl bir öğrenciydim söyler misin?" diye sordum. "Çok iyiydin çok, şimdi seni öpeyim tatlım derse yetişmeliyim" diyerek oradan uzaklaştı. Hatta bu anları kaydettiğim video hâlâ Instagram sayfamda duruyor:) Anısı olan mekânları her ziyaret edişimde içimi kaplayan o buruk huzurla kampusten ayrıldım.

Birkaç gün sonra ise San Diego'da Ellen De Generes'in stand up gösterisi vardı. Paraya kıyıp bilet almıştım, kiraladığım arabayla tek başıma San Diego'ya gittim. Mütevazı otelime çantamı attım ve gösteri başlamadan önce hiç de mütevazı olmayan ama sahneye en yakın ve bölgenin en turistik, en kazık restoranında kendime tek kişilik bir ziyafet çektim. Yurtdışında tek başıma restorana gittiğimde en büyük eğlencem yan masama oturanlara salça olmak ve kendi hikâyemden bahsederek onları darlamaktır. Yine öyle oldu ve her zamanki gibi yan masama oturan iki yaşlı kadınla beş dakikada kanka olduk. Onlara kendimden bahsedince bir tanesi hemen fotoğrafımızı çekip kendi Facebook sayfasında "Türk komedyen yan masamızda!" yazarak paylaştı. Amerikalıların bu gibi şeylerden aşırı heyecanlanmasına bayılıyorum:) "İnşallah sen de bir gün burada

Ellen gibi aynı sahnede İngilizce olarak yaparsın da seyrederiz!" dediler. "Ah ablacım inşallah ama çok zor" demedim tabii. Gösteriye girerken telefonlarımızı çıkışta açmak üzere özel poşetlere kitlediler, gösteri başladı. Ellen içeri girince kıyamet koptu. Gösterisinde yaptığı bazı şakalar benim yaptığım şakalara epey benziyordu. Ünlü ve zengin olmasıyla ilgili bazı klasik denilebilecek espriler yaptı. Yaklaşık 45 dakikanın sonunda da bitirdi! Herhalde yanlış anladım, ara vermiştir derken gösterinin bittiği anlaşıldı. Ben ufak çaplı şok yaşadım ve bir Türk olarak gişeye gidip paramı istememek için zor tuttum kendimi. Gösteri sonunda birkaç seyircinin sorusunu cevaplıyordu, ben de soru sormak için "Türkiye'den geldim bennn!" diye bağırarak söz almak istedim. Çok şaşırdı ama buna pek de inanmış görünmüyordu. "Gerçekten Türkiye'den mi geldin yoksa soru sormak için uyduruyor musun?" demesin mi! Sanki karşımda yıllar önce bana fırça çektikten sonra karnım ağrıyor diye ağlamaya başladığımda "Kaan gerçekten karnın mı ağrıyor, kızdım diye bu bana biraz numara gibi geliyor?" diyen ilkokul öğretmenim vardı (evet gerçekten kızdı diye numara yapmıştım ama Ellen'a gerçekleri yalnızca gerçekleri söylüyordum:)). Bu ikinci şoku atlatmaya çalışırken, neyse çıkışta en azından bir fotoğraf çektiririm, herhalde mümkün olur diye düşündüm. Telefonumun poşet kilidini çözdürüp dışarı çıktığımdaysa Ellen'ın arabasının çoktan gittiğini öğrendim. Bu hayal kırıklıklarıyla dolu deneyim açıkçası kendime olan özgüvenimin daha da artmasını sağladı. "Kolaysa çık da üç saat gösteri yap bakalım Ellen Efendiii!" Hele iki fotoğraf bile çektirmeden arabaya binip gitmek ha? Ne oldu herkese "birbirinize nazik oldun" deyip duruyordun nooolduuuu? Hahaha tamam sakin Kaan. Ellen bize tenezzül etmeden evine gitmişti ama çıkışta beni orada yaşayan birkaç takipçim elinde kitaplarıyla bekliyordu. O kadar değişik bir andı ki. Sanki hayat bana o gece "sen boş ver Ellen'la fotoğraf çektirmeyi, bak dünyanın her yerinde seninle fotoğraf çektirmek isteyen sevenlerin var, sen onların kıymetini bil" diyordu. Bekleyen takipçilerimle fotoğraflar çektirip köşedeki kafede bir şeyler içip sohbet ettik. Hikâyelerini dinledim. Her biri farklı hayallerle gitmiş, kimisi hâlâ orada olmanın zorluklarıyla mücadele ediyor kimisi kendini geliştirip ülkeye dönmenin planlarını yapıyordu. Biraz sohbet ettikten sonra otelime döndüm. Dandik şampuanla duşumu alıp misler gibi uyuyup ertesi gün Los Angeles'a geri döndüm.

Dönüş tarihime birkaç gün kala her zaman göz attığım '1iota' sitesinde daha önceden başvurduğum ve gelmiş geçmiş en sevdiğim dizi olan Will and Grace'in çekimlerine seyirci davetiyesine hak kazandığımı öğrendim gelen e-postadan. Ancak çekim dönüş uçağımdan iki gün sonraydı. Hemen uçak biletimi iki gün sonraya atabildim güç bela olsa da ve Nalan'ı arayıp benimle gelip gelemeyeceğini sordum. Kabul etti. Son günümde büyük bir heyecanla NBC stüdyolarına çekimi izlemeye gittik. O kadar heyecanlı, o kadar mutluydum ki anlatamam. Hem hayranı olduğum oyuncuları canlı izleyecektim hem de ileride kendim de yapmak istediğim sit com türünün, bu türün anavatanında nasıl çekildiğini deneyimleyecektim. Uzun bir sıra bekleme faslından sonra stüdyodaki yerlerimizi aldık. Önce bir ortamı ısıtıcı komedyen geldi. Seyircinin tansiyonunu iyice yükseltti şakalarıyla, hepimizi moda soktu. Gerçekten de her şey inanılmaz koordineli ve profesyoneldi. Derken bir anda dekorun kurulu olduğu stüdyoya bir sürü kameraman girdi tekerlekli düzeneklerin üstünde. Işıklar yandı ve oyuncular seyirciyi selamladı. O an gerçek bir alkış tufanı koptu diyebilirim. Kalbim yerinden fırlayacak gibiydi. Toplam sekiz sahne sırayla çekilmeye başlandı. Ancak bu çekimler benim hayatımda hiç görmediğim türden bir şeydi. Zira her sahneden sonra kenardaki yazar ekibi ve baş yapımcı tıpkı bir basketbol koçunun takımını topladığı gibi kafa kafaya veriyor, aynı sahneye o an yeni şakalar yazıp oyuncuların aynı sahneyi tekrar oynamasını istiyorlardı. Oyuncular iki dakikada ezberlerini yeniden yapıp role giriyorlar, bazen sözleri unutuyor ama her seferinde çok eğleniyorlardı. Ve biz bunların hepsine şahit oluyorduk. En komik bölümlerden birine denk gelmiştik. Ancak komiklikten öte beni bu sahne arkası mutfak kısımlarını bu kadar yakın ve net izlemek heyecanlandırmıştı. Toplam dört saatte tüm çekim bitti. Seyircilerin sete inmesine müsaade edilmediği ve telefonlarımız girişte yine toplandığı için kıvrana kıvrana önlerinden geçerek fotoğraf çekilmeden, bütün oradaki anıları beynimize kazıyarak ve ileride Alzheimer olmamayı umarak çıktık. Çıktığımızda heyecandan hâlâ titriyordum. Nalan çok şaşırdı bu halime, "sen kesinlikle buralara aitsin" diyerek dolmaları vermeyi ihmal etmedi sağ olsun.

Ertesi gün son günümdü ve kaldığım evin dibindeki ikonik komedi kulübü Laugh Factory'deki gösteriye ben, Can, Ayşe Deniz ve Duygun dört bilet aldık. Laugh Factory uzun süredir Instagram'dan takip ettiğim, paylaştıkları her komedyene neredeyse katıla katıla güldüğüm, benim için de çok anlam ifade eden bir yerdi. Üstelik o gece benim Amerika'da ilk kez bir komedi kulübüne gittiğim geceydi. Daha önce hep müzikallere veya konserlere giderdim ancak komedyen olduktan sonraki ilk yeni dünya tatilimde artık bambaşka bir dünya vardı keşfetmem gereken. O gece ne varsa gidelim artık diyerek biletlerimizi aldık. Şansımıza eşcinsel ve trans komedyenlerin gecesi olduğunu öğrendik, yerlerimizi aldık, içkilerimizi söyledik. Her komedyen o kadar komik, o kadar kendiyle barışık, kendi hikâyesini anlatmaktan o kadar mutluydu ki... Orada komedyenler genelde on-on beşer dakikadan çıkıyorlar ve bir gecede altı ya da yedi komedyen sahne alıyor. Ama bu bahsettiğim açık mikrofon gibi bir şey değil. Açık mikrofonlar en amatör komedyenler için ve onlar akşam saat 6'da sıraya girip numara alarak ikişer dakika performans sergiliyorlar. On-on beş dakika çıkanlarsa profesyonel komedyenler. Arada da kitlesi oturmuş ve içeriğine güvenenler 45 dakikalık solo setler yapıyor. O akşamki komedyenlerin iki tanesi çok çok iyiydi, iki tanesi orta karardı, iki tanesi aşırı bel altı ötesiydi ve çok da parlak bir mizah değildi yaptıkları bana göre. Ne olursa olsun orada, o küçük, samimi kulüpte bambaşka dilden, kültürden insanlarla aynı şeye gülmek bile çok acayip bir paydaşlık hissiydi. Her biri gösteri sonrası dışarıda seyircilerle sohbet ediyor, fotoğraf çektiriyor, iletişim ağını diğer bir deyişle network'ünü geliştirmeye çalışıyordu. Gösteriler bittikten sonra Laugh Factory yazısının önünde fotoğraf çektirip "belki bir gün" yazısıyla paylaştım. Yabancıları güldürmek bir Türk için çok zor, imkânsıza yakın bir şey gibi geliyordu. Ama hayal etmek her şeye rağmen güzeldi.

Şehre layıkıyla teşekkürümü bıraktığım, eski günlerimi hakkıyla yâd ettiğim, çok güzel insanları, ömürlük dostlukları hayatıma kattığım, bir süre epey sıkıldığım ama sonunda yine kendi kendimi ilhamla doldurduğum bu Los Angeles tatilini yepyeni, upuçuk hayallerle bitirme vakti gelmişti artık. Nalancığım karşıladığı gibi alana bırakmayı da ihmal etmedi beni ve seyircime, sahneme, yepyeni meydan okumalara doğru yola çıktım.

Can Sıkıcı ve Havalara Uçurucu Birtakım İlkler

Harika bir yaz tatilinden dönmüş, bütün biletleri bitmiş ilk Zorlu PSM büyük sahne gösterime hazırlanmaya başlamıştım. Bu şimdiye kadarki en büyük sahnem olacaktı. O yüzden stand up dışında bir şeyler de izletmek, seyircimi şaşırtmak istiyordum. Kimsenin benden böyle bir beklentisi yoktu ama ben yine de içimdeki başka başka renkleri de herkesin üstüne boca etmeye kararlıydım. İlk gösterilerimde yaptığım karaoke şarkı söyleme ve yarım yamalak tap dance saçmalığını uzun süre önce bırakmıştım ama önümde yaklaşık bir ay vardı ve çok çalışır, doğru insanları bulursam kallavi bir açılış yapabilirdim. Aklımda Neil Patrick Harris'in (How I Met Your Mother) Tony ödüllerinin açılışında yaptığı müthiş şov vardı; tabii çok daha mütevazı versiyonu. Ancak şarkıcı olmadığım için çok iddialı olmaya gerek yoktu. Instagram'da arkadaşımdan görüp takibe aldığım tatlı caz yorumcusu Güneş'e yazdım, aklımda böyle bir şey olduğunu, benimle birlikte sadece açılışta şarkı söyleyip söylemeyeceğini sordum. Büyük bir sevinçle kabul etti. Onun yardımıyla şahane bir orkestra oluşturduk. Ama sadece ikimiz çok cılız kalacaktık koca sahnede. O yüzden yine bayılarak takip ettiğim Lindy Hoopers dans topluluğunun başındaki kişiyi bulup ona yazdım. Onlar da çok sevinip kabul ettiler. Bir ay boyunca biz şarkımızı, onlar danslarını çalıştılar ve büyük bir heyecan içinde gösteri gününü beklemeye başladık. Şarkımız Judy Garland'ın seslendirdiği 'I Don't Care' (Umurumda Değil) idi ve bana çok uygundu:)

Gösteri günü ve saati geldi çattı. Hem bütün biletler bitmiş hem de Ayşe Arman'dan Simge Sağın'a sektörün farklı alanlarından pek çok isim izlemeye gelmişti. Heyecandan dizlerim titreyerek orkestra ve dansçılarla birlikte perde arkasındaki yerimi aldım. Önce ben çıkıp şarkıya giriş yaptım. Büyük bir alkış koptu, sonra Güneş kendi kısmına girdi. En sonda da perde alttan yukarı doğru kalkmaya başladı ve dansçılarla orkestra göründü. O geceye özel lacivert, fiyakalı bir de smokin yaptırmıştım. Her şey alışılmışın çok dışındaydı. Kimse böyle bir şey beklemiyordu. Şarkımızı söyledikten sonra orkestra, dans ekibi ve Güneş'e teşekkür ederek stand up setime başladım. Her şey çok güzeldi, kahkahaların ardı arkası kesilmiyordu. O kadar büyük salonda şakalarım güme gider mi diye korkmuştum ama hiç de öyle olmadı. Gösteri bittikten sonra o zamana kadarki en uzun imza kuyruğu oldu salonun hemen dışında. Bir saatlik imza verme, fotoğraf çektirme, sohbet etme faslından sonra mestin doruklarında eve gittim, sıcacık bir duş aldım, bir kadeh şarap koyup insanların gösteriyle ilgili sosyal medyada paylaştığı şeyleri okumaya başladım. O kadar güzel şeyler yazıyordu ki. Sadece geldik, güldük, beğendik gibi şeyler değildi. Baştaki kısmı çok beğenmişlerdi, daha önce hiç böyle bir şov izlemediklerinden bahsediyorlardı ve büyük bir kısmı hayatlarında daha önce hiç bu kadar gülmediklerini üstüne basa basa belirtmişti. Bundan daha güzel bir gece, bundan daha güzel bir duygu olamazdı!..

Ve tabii ki bu övgü sağanağında yeteri kadar ıslanıp mest olmamış gibi ben ne yaptım? Büyük salonda gösteri yapan birinin asla yapmaması gereken şeyi yaparak, Ekşisözlük'e girdim! Instagram'a yazılan övgüler yetmiyordu, salonda kopan alkış tufanı kesmiyordu. Daha çok, daha çok, her yerden övülmeliydim! Bu övgü açgözlülüğümden sanırım Allah da hiç hoşlanmadı ve beni bir güzel çarptı. Adımı girer girmez karşıma tansiyonumu ikiye düşüren, Manas Destanı'ndan hallice bir 'entry' (yorum) düştü. Saat gece 2 civarıydı, yorum da birkaç dakika önce yazılmıştı (acaba 2 benim uğursuz sayım mı:)).

"Sakın bu adamın şovuna para vermeyin, kitabını otuz liraya alın kitabın aynısı! Ancak plaza kadınları güler, salondaki erkeklerin hiçbiri gülmedi! Öğrenciler gelse on dakika dayanamaz. Kitabını seslendiriyor. İnanılmaz PR yapılmış! vs."

Gece gece kalbim çarpıntıdan ağzımdan fırlayacak gibi oldu. Gerçekten sadece kadınları güldürmüş olsam bile bunun nesi kötüydü? Bütün erkekleri nasıl gözlemlemişti? Kitabımın stand up versiyonu olsa ne olacaktı ki? En anlamadığım kısım da PR. Hiçbir zaman basın danışmanı bile olmamış biri olarak, hepsini geçtim iki bin beş yüz bileti PR yaparak nasıl satabilirdim ki sıfır sponsorla? Sabaha kadar uyumadım. Tabii o zamanlar tazecik bir tıfıldım. Şimdi tekrar o yorumu okuduğumda "o kadar da kötü değilmiş yahu" deyip geçiyorum. Ama o akşam bu cümlelere çok kafayı takmıştım. Yorumdan da öte adam nasıl bir öfkeyle çıktı ki salondan gecenin 2'sinde yatmadan bu yorumu döşendi diye düşündüm. Belki de kız arkadaşı çok sevdi, kız arkadaşıyla kavga edip bana yazdı bunları kim bilir, haha:)

Sabah annem aradı, gecenin gıybetini yapmak ve tekrar tebrik etmek için. Sesimin cansız oluşundan bir sorun olduğunu anlayıp hemen sordu, anlattım ben de. Böyle durumlarda annem her zaman duymaya tam ihtiyacım olan şeyleri söyler. Yine öyle oldu:

"Evladım, sen daha herkesin tanıdığı biri olmadan çıktın koca salonu doldurdun, ne reklam ne sponsorla yapmadın bunu. İnsanlar koşa koşa çıkıp geldi, ne kadar güldü, alkışladı. Yazdıkları yorumları tek tek okudum. Ne güzel insanlarmış hepsi. Sen ne yaptın? Gidip bir tane kötü yorumu bulup hem de gecenin yarısı kötü niyetle yazıldığı belli bir yorumu okuyup ona mı saplanıp kaldın? Yapma anneciğim yapma, hem Allah'ın gücüne gider öbür güzelliklerini görmezsen. Ne var, bir şey dememiş ki adam da, kadınlar gülüyor demiş, kesin bir esprisine etrafındaki kadınlar hiç gülmemiştir. Boşveeer amaan, hadi gel de kahve içelim!"

Annem yüzde yedi yüz haklıydı. Bu sektörde ilerlemek, devam etmek istiyorsam bu eleştiriler hatta çoğu kez daha da sertleri hep olacaktı. Hem bu eleştiriler hatta linçler zaman zaman egosu şişen ünlülerin ayaklarını yere bastıran şeyler aslında, o yüzden çok da depresyon yapmamak lazım diyerek kendimi tekrar yükseltmeye çalıştım. Belki eleştiri yapılınca serum yiyecek gibi olan bendenizin sınavı da buydu.

İki gün sonra bambaşka bir heyecan kasırgası vardı beni bekleyen. İlk kez New York'ta sahneye çıkacaktım! Evet Zorlu'daki ilk büyük sınavımdan günler sonra komedinin merkezi New York'ta stand up yapacaktım! Tabii ki orada yaşayan Türk izleyici karşısında Türkçe yapacaktım şovumu ancak benim için yine de büyük bir sınavdı çünkü uzun süredir orada yaşayan bu tatlı çifte vatandaşlar acaba benim şakalarıma gülecekler miydi? Daha önce Londra ve New York'ta sahneye çıkmış Türk komedyenlerle ilgili dolaşan bazı nahoş gıybetlerin de etkisiyle bol anksiyeteli, bir o kadar da heyecanlı bir yolculuğun ardından New York'a vardım. Organizatör haklı olarak bilet satıp satamayacağıma tam güvenemiyordu ama yine de Manhattan'ın ortasında gayet tatlı bir salon ayarlayabilmiş, The Marmara Manhattan otelinden de sponsorluk alarak beni suit'te konaklatabilmiş, anlaştığımız parayı da trink diye elime vermişti. Otel odamda küvet olması, yatağımın yorganının cinnet geçirmiş bir görevli tarafından yatak arasına sıkıştırılmamış olması, ağzına kadar dolu bir minibar ve iki müzikali önlerden izlemeye yetecek kadar bilet parası benim bu turneden beklentilerimi fazlasıyla karşılıyordu. Tek dezavantajım bu yolculuğun sadece dört günlük olmasıydı ve Amerika'ya daha önce hiç bu kadar kısa süre için gelmemiştim. Jet lag'ım zaten haminne gibi on günde kendine geliyordu, dört gün de neyin nesiydi? Şansıma hava çok güzeldi ve sürenin kısalığına takılmadım. Salon dört yüz kişilikti, yarısı benim biletli takipçilerim tarafından yarısı da organizatörün biraz sattığı biraz da davet yaptığı kişiler tarafından tamamen doldurulmuştu. Otelden çıktım, heyecanla salona doğru hızlı adımlarla yürümeye başladım. TIME meydanından geçerken bir kez durup etrafımdaki tabelalara, neon ışıklı Broadway şovlarının ilanlarına tatlı tatlı baktım. Bir gün buralarda benim de fotoğrafım olur muydu acaba? Ben de dünyaca tanınmış bir şovmen olabilir miydim? Eblek eblek bunları düşünürken vaktin iyice yaklaştığını fark edip yürümeye koyulmuştum ki karşıdan hızla gelen ve beni tanıyan biri seslendi: "Kaaan bu akşam bol şansss! Takipteyiz!" Gülerek karşılık verdim "E siz gelmiyor musunuz? Gelsenize çok eğleneceğiz!" Haha herhalde Cem Yılmaz ya da Ata Demirer hiçbir zaman sokakta yürürken kendi gösterisine seyirci toplamaya çalışmamıştır. "Yok gelemeyeceğiz maalesef yaaa" diye karşılık verdi. Yani gelemeyeceksen çekil şuradan da beni lafa tutma, çünkü benim yetişmem gereken bir şov var! İçimden geçirdiklerim bunlardı ama kendisine "Canınız sağ olsun" diyerek yoluma devam ettim.

Bu mahallenin komedyeni durumu salona varınca da devam etti zira kuralcı Amerikalılar oyuna iki saat kalmasına rağmen kapıları ben dahil kimseye açmamıştı ve erken gelen birkaç seyircimle orada karşılaşıp sohbet etmeye başladık. O kadar tatlılardı ki "bir şey yediniz mi"ler, "yardıma ihtiyacınız var mı"lar havalarda uçuştu. Neyse ki görevli sonunda inadı bırakıp kapıları en azından bize açınca kulise geçtim ve teknik provamı yaptım. Gösteri saati geldi, herkes yerlerini aldı. Salondaki seyirci ışıkları o gece bir arızadan dolayı ya da görevliyle asla anlaşamadığımız için kapatılamadı. Tüm seyircilerin kafalarını kabak gibi gördüğüm, kahkaha tufanı şeklinde geçen gösterinin ardından kitabı olanların kitabını imzalamaya çıktım. O kadar çok gülmüşlerdi ki; hatta bazı yerlerde Türkiye'deki seyircilerimin kahkahalarını ikiye üçe katlamışlardı diyebilirim çok net. Acayip bir rahatlama yaşadım. Amerikalıları belki güldürmek çok uzak ihtimaldi ama Amerika'da yaşayan Türkler şova bayılmıştı. Seyircilerin hemen hemen hiçbiri gitmeyip çıkmamı beklediler. Tabii ki aynı görevliler kiraladığımız süreyi aştığımız için hepimizi kapı dışarı ederek bu sevgi yumağının Manhattan sokaklarına taşmasına vesile oldular. Hepimiz çok mutluyduk, sürekli gülüyorduk. Uzak yerlerden gelenler gecenin sonuna kadar yanımdan ayrılmak istemiyordu. Fotoğraf kısmı da bittikten sonra kaldığım otelin terasına çıktık, davetliler arasında olan başkonsolos da eşiyle terastaki kutlamaya katıldı. Karşımda Chrysler Binası, ışıl ışıl bir NY gecesi, etrafımda ilk kez tanıdığım bir dolu güzel insan. Çok yorgun olmam gerekirken acayip enerjiktim. Sevdiğim işi yaptığım için demek çok isterdim ama büyük ihtimalle jet lag'ın vücut sistemimin içine etmesiyle alakalıydı bu daha çok. Herkes gittikten sonra tam odama girip yatacakken, üstümü değiştirip çıkmaya karar verdim. Rahat bir şeyler giydim ve geç saatlerde de açık olduğunu bildiğim Broadway Komedi Kulübü'ne doğru yola çıktım koşar adım. Yazın Los Angeles'taki komedi kulüp deneyimini çok sevmiştim ama orası Batı Yakası'ydı ve ben tatildeydim. Şimdi ise kendi gösterimden çıkıp koşa koşa bir anlamda meslektaşlarıma işyeri ziyareti yapmaya gidiyordum:) Hava iyice serinlemişti. Isınmak ve yetişmek için gece 00:00 seansına doğru adımlarımı iyice hızlandırdım. Girişteki bilet satan adam da komedyendi, "Şanslısın! En son ben çıkıyorum bu seansta, beni yakaladın" dedi. Ben de "Esas sen şanslısın, az önce dört yüz kişiye üç saatlik bir set yaptım ta Türkiye'den gelip ama seni izleyebileceğim!" dedim. Şaşırdı ve karşılıklı kahkahayı patlattı. "It's great maaan!" (Bu harika adamım!) diye karşılık verdi. Tamam tamam great'i man'i falan bırak da yerimi göster haydi çok konuşma evladım.

Oturup iki bira sipariş ettim. Kişi başı iki içki zorunlu olduğu için ve zırt zırt garsonu çağırmamak için ikisini aynı anda sipariş ettim ve çok kısa sürede ikisini de bitirdim. Kafam iyice uyuşmuştu, anladığım ve anlamadığım tüm şakalara gülüyordum. Biraz şakalara biraz da kendi halimin şapşallığına. Tam on komedyen çıkmış ve gece 2'ye doğru bitmişti (yine 2 haha:)). Çıkarken iyice çakırkeyif şekilde komedyenlerden bazılarına Levent Kırca skeçlerinden hallice bir tavırla salça olup "biliyor musunuz ben de komedyenim, hem de benimki üç saat üüüüç" gibi birtakım saçmalamalar yaptığımı daha dün gibi hatırlıyorum ki sormayın gitsin. Her şeye rağmen öncesi sonrası ve kafamın güzel olmasıyla muhteşem bir New York gecesiydi yaşadığım. Bundan ötesi çok ama çok zordu.

Sete Çıkma Hayallerinin Suya Düşme Hızı ve Deniz Mahsullü Linguini

Ayşe Arman röportajından sonra giriştiğim dizi macerasını elime yüzüme bulaştırma hızımdan gerekli dersleri almıştım. Ayaklarım yere sağlam basmadan bir daha dizi işine girişmekte acele etmeyecektim. Zaten her şey çok da güzel gidiyordu. Sahne en mutlu olduğum yerdi. Yeni maceralara girişmek için erkendi. Ta ki hayran olduğum bir usta karşıma çıkana kadar.

Bir akşam bir AVM'nin özel bir gecesinde sahneye çıktım. Küçük, özel bir grup vardı. Böyle küçük özel gruplarda hep gerilirim bu arada. Az kişi, en tehlikeli seyircidir komedyen için. Yarısı gülmezse ötekiler de gülmeye hevesli olmaz ve o sessizlikte sen şakalarını da alıp yerin dibini boylamak istersin. Neyse ki öyle olmadı, küçük bir grup olduğu için gösteri de güzel geçince gecenin sonunda soru sormak isteyen olup olmadığını sordum. Orta sıradan seyirciler arasında olduğunu bile fark etmediğim usta isim Gani Müjde söz aldı! Ve şu soruyu sordu: "Acaba bu hikâyeleri dizi yapmayı düşünür müsün?" Hem hayran olduğum bir ismi karşımda gördüğüm için hem de ondan üstü kapalı böyle tatlı bir teklif geldiği için çok heyecanlanıp ne diyeceğimi bilemedim. Kızarıp bozardım. "Ah, kısmet hocam" diyebildim. Gösteri sonrası bizzat tanıştık, çok tatlı, çok düzgün bir insan olduğunu bizzat gördüğüm için çok rahatlamıştım. Zira bu, hayranı olduğunuz insanları yakından tanıyınca onlarla ilgili hayallerinizin bir saniyede yıkılabildiği çok acımasız bir sektör. Müsait bir zamanda buluşmak istediğini ve kafasında bazı şeyler olduğunu söyledi. Çok heyecanlandım, birkaç gün sonra buluşmak üzere sözleştik.

Hemen Ayşe'yi aradım. O da havalara uçtu. "Bu sefer turnayı gözünden vuracağız, hissediyorum Kaan!" dedi. İkimiz de sevinmekte haklıydık çünkü bu sefer karşımızda paragöz, sevimsiz, patron bir yapımcı değil, mizahın içinden gelen, bayıldığımız işlere imza atmış, tatlı mı tatlı Gani Müjdemiz vardı. Harika bir usta-çırak ya da hoca-öğrenci ilişkisiyle ortaya muazzam bir iş çıkmaması için hiçbir sebep yoktu!

Zorlu Cantinery'de buluştuk, çok tatlı ve heyecanlıydık ikimiz de. Hoca epey hazırlıklıydı, güzel de bir dosya yapmıştı. Tabii ki benim gibi detaycı ve biraz da şekilci bir Oğlak için bu başlangıç iyice havaya girmek için fazlasıyla yeterliydi. Hoca bu projede ortak yapımcı olabileceğimizden, dijital platformların bu işe çok istekli olacağından, bunun için kendi çevresini de kullanabileceğinden bahsetti. "Sen yepyeni bir soluksun, sahnede anlattıklarını bile yazsak ortaya çok güzel bir şey çıkacaktır eminim!" diyerek gözümde reytinglerin belirmesine, kafamın üstünde kamera bulutlarının uçuşmasına vesile oldu. Bu maceraya tek başıma atılmak istemiyordum ve hocaya Ayşe'den bahsettim. "Zaten çok yakın arkadaşım, çok da komik, o da birçok projede yazarlık yaptı, bize güç katar hocam" deyince hoca da çok zarif bir şekilde "Tabii tabii çok iyi olur, buyursun gelsin" dedi. Güzel yükselmeler, karşılıklı gaza gelmeler ve merlot şaraplar eşliğinde mekândan ayrıldık. Eve gelir gelmez Ayşe'yi aradım. Sonra da balkonda klasik, küçük bir kutlama şarabı içtim. Lisedeyken kardan okullar tatil olunca sınıftakilerle Taksim'e çıktığımız, donmuş süs havuzunda artistlik yapmaya çalışırken buzun kırılması sonucu paçalarıma kadar ıslanmış ayaklarla Beyoğlu Sinepop sinemasında Kahpe Bizans filmini izleyip gülmekten yerlere yattığımız o gün geldi aklıma. Şimdi o filmin yaratıcısı benimle, benim hikâyemi dizi yapmak istiyordu. Ne güzeldi hayatın kurgusu!

Birkaç gün sonra Ayşe'yi de yanıma katarak hocanın ofisine gittik, ekibiyle tanıştık. Tabii ki bol gıybetin, azıcık da dizinin içeriğine ilişkin fikirlerin havada uçuştuğu bir toplantı oldu. Çok eğleniyorduk. "Biz çekerken çok eğlendik" klişesinden henüz uzak olsak da "yazarken çok eğlendik" demeye çok yakındık! Hatta o kadar eğleniyorduk ki kamerayı açıp kendimizi o beyin fırtınalarını yaparken kaydetmeye başladık. İleride dizi fenomen olunca bunlar sosyal medyada çok değerlenecekti! Tabii ki bu fikirler hep arşivci ve perde arkası fetişi olan kardeşinize aitti.

İçimizdeki coşkun enerji ve ortalığa saçtığımız sinerjiyi zirveye taşıyansa Gani Hoca'nın büyük dijital platformlardan birinin başındaki zat-ı muhteremden aldığı randevu oldu. "Haftaya bizi bekliyorlar!" diye mesaj attı telefonlarımızdaki 178. WhatsApp grubuna. Resmen oluyordu bu iş yahu! Şaka gibiydi her şey! Hemen Ayşe'yle bu iş patlarsa hangi düşmanlarımızın çatır çatır çatlayacağını konuştuk ki bu bizim bir nevi 'pep talk'umuzdu (motivasyon konuşması:)).

Kanala -daha doğrusu platforma- gittik. Havalı bir toplantı odasına geçtik. Duvarlarda platformun diğer orijinal yapımlarının afişleri vardı. Köşede boş olan bir duvarı kendim için beğendim. Haha, gerçekten acınası bir durumdaydım. Bütün üst düzey karar vericiler ve ne yaptığı belli olmayan orta seviye tipler girdi toplantıya. Gani Hoca çok tatlı bir şekilde dosyasının girişine yazdığı metni okudu. Sonrasında biz de kafamızdaki şablonu anlatmaya başladık ve o anda kafamızda aslında bir şablon olmadığı ortaya çıktı. Ama hepimiz yaratıcı insanlar olduğumuz için fikirlerimizle karşı tarafın ilgisini çekmeyi başarmıştık. Bu arada projede benim olmam Gani Hocacığımı ne kadar heyecanlandırıyorsa, toplantıdakilerin bir o kadar umurunda değil gibiydi zira çoğunun benden haberi yok gibiydi. Birkaç dakika sonra en baş sorumlu adam "Başka kimler oynayacak?" diye sordu ki o an "eben!" diye cevap vermemek için kendimi zor tuttuğumu hatırlıyorum. Projede çok fazla ünlü isim olmasını istemediğimizi, bu projeyle pek çok yeni oyuncunun seyirci karşısına çıkmasını istediğimi söyledim. Çünkü insanlar her dizide aynı altı-yedi kişiyi görmekten bıkmıştı. En azından ben bıkmıştım ve bu dizi olacaksa da onlarla olsun istemiyordum. Genel olarak fikirlerimizi beğendiler, kendileri de bazı fikirler verdiler çok sormuşuz gibi ve son olarak bizden taslak bir senaryo beklediklerini ileterek dilek ve temenniler eşliğinde toplantıyı sonlandırdık.

Sonra tekrar ofise geldik, çalışmaya başladık. Fakat herkes çok heyecanlı, çok istekli ve çok tatlı olsa da oturmayan bir şeyler var gibi geliyordu. Sanırım bir noktadan sonra birbirimizi çok sevdiğimiz için bireysel olarak aklımıza yatmayan fikirlere itiraz etmemeye başladık. Bense kafamda bu işin nasıl bir formatta olması gerektiğine hâlâ karar verebilmiş değildim. Abartılı karakterlerle dolu bir sit com mu olmalı, daha kara, daha düşündüren bir tür mü denemeliydik yoksa dünyada yükselen trend mockumentry'e mi (The Office, Modern Family, Parks and Recreation) kalkışmalıydık? Hoca sit com ekolüne daha yakındı. Ayşe biraz daha Sex and the City tarzı gerçek mekânda çekilen tek kamera bir iş olsun istiyordu. Bense biraz daha mockumentry denemek istiyordum aslında. Bunu bu kadar net dile getirmesek de fikirlerimiz bunu söylüyordu. Kimse birbirini kıramadığı için de ortaya çıkardığımız taslak bir miktar çorba oldu. Kanala gönderdik. Olumlu bir dönüş olmadı. Bir süre buluşmadık. Biz de hocayı darlamak istemeyince büyük umutlarla yola çıktığımız dizi maceramız belirsiz bir sessizliğe yol aldı.

Bu da böyle bir deneyimmiş, en azından Gani Müjde gibi bir ustayla tanıştık, dost olduk, hayatımıza süper bir insan kattık diye düşündüm. Ki gerçekten benim için en en önemli şey iyi insan katmak hayatıma. İş güç nasıl olsa olur. Berbat insanlarla çok tutan bir işin içinde olmaktansa şahane insanlarla patlak bir işte olmayı yeğlerim. Bu düşüncelerle ve yine her zamanki çılgın tempomla bir sahneden diğerine koştururken bu sefer Ayşe aradı. Bağımsız filmler yapan başarılı, genç bir kadın yapımcı arkadaşı Buse ve sektörde çok bilinen jön oyunculardan biri beraber bir film için ortaklık gibi bir şey kurmuşlar ve dijitale bir beyaz yaka dizisi yapmak istiyorlarmış. O jön arkadaşımız da kim bilin bakalım? Tabii ki isim vermeyeceğim burası Pazar Sürprizi programı değil:) Taksim'in arkalarında zamanında gittiğim bol ünlülü duman altı partide yanıma gelip benle fotoğraf çektiren Can! (Tabii ki takma isim:)) Ve tabii ki Ayşe'yle yine yükseldik! Hiçbir şey olmasa da biz her türlü eğlenecek ve gıybet yapacak bir şeyler bulurduk. O yüzden "Tamam bir de böyle deneyelim hem belki aynı jenerasyon olursak hepimiz daha iyi anlaşır, daha hızlı ilerleriz!" diye düşündük. Henüz Gani Hoca'yla çıktığımız yol resmen sonlanmamıştı ama birbirimizi çok sevmemize rağmen kalem elektriğimizin tutmadığı aşikârdı ve buradan hâlâ bir umut ışığı beklemenin beyhude olduğunu da hepimiz biliyorduk. En azından iş çerçevesindeki bu finali resmileştirmek adına haftalardır tek bir emoji bile düşmeyen WhatsApp grubumuza tatlı, uzun bir mesaj yazarak başka bir kurguyla bu işi deneyeceğimi belirtip her şey için hocaya ve ekibine teşekkür ettim. O da her zamanki zarafetiyle "Tabii ki Kaancığım, belki de oradan ilerlemek sizin için daha bile iyi olur. Kusura bakmayın, sizi yükselttim ama olamadı, bir gün yine kesişecek yollarımız eminim!" diyerek kalplerimizi bir kez daha fethetti.

Birkaç gün sonra Buse, Can, Ayşe ve ben, her zamanki gibi gerçekleşmeyen senaryoların vazgeçilmez adresi Zorlu Cantinery'de buluştuk. Herkes çok heyecanlıydı. Konuştuk, yükseldik. Hayaller kurduk. Hayaller ve tabii ki yeni bir WhatsApp grubu. Can çok istekliydi. Sektördeki ezber dizilerde oynamak istemediğini, kendisinin bir şeyler yapmak istediğini hevesle anlattı. Aslında o da oyunculuk dünyasının beyaz yakası dizilerden kendisini kurtarmak niyetindeydi. İdealistliği çok hoşuma gitmişti. Buse de genç, idealist, bağımsız işlerle kendini göstermeye başlayan bir yönetmendi. Yine herkesin birbirini yükselttiği bir ilk yemeğin ardından dağıldık. Ayşe'yle bir yandan da kıkır kıkır gülüyorduk çünkü bu olmayan dizi işlerimizden ayrı bir dizi yapılırdı net. Bakalım bu sefer neler olacaktı. Can aynı zamanda Türkiye'nin en ünlü menajeriyle çalışıyordu ve menajerinin eli kolu hatta bacakları ahtapot gibiydi. O isterse her şey olurdu. Öyle güçlü bir kadındı. Gerçi ben hep korkardım o kadından. Çok güçlü, çok iddialı kadınlar beni hep korkutmuştur. Ve tabii ki erkekler de. Ve tabii ki translar ve non binary'ler haha tamam daha fazla politik doğruculuk yapamayacağım.

Her şey çok güzel başladı derken ertesi gün hiç beklemediğimiz bir şey oldu ve Can hepimizi şok edici bir şekilde Buse ile yollarını ayırdığını, onunla aynı projede olamayacağını söyledi. Bir şey anladıysam Arap olayım! Yahu daha dün kadehler tokuşturup erken zafer sarhoşluğu yaşamıyor muyduk? Ne ara ne oldu da fikri değişti bu çocuğun? Can içine Devlet Bahçeli kaçmış gibi bambaşka şeyler söylüyordu ve belli ki çok sinirlenmişti. "Dün yemekteki bir hareketi beni çok sinirlendirdi, gözlerimi açmama sebep oldu" diyordu. Acaba kız burnunu filan karıştırdı da Can da hijyen takıntılı falan mı diye düşündüm. Çünkü gerçekten yemekte bizim dikkatimizi çeken hiçbir şey olmamıştı. Sonradan anladık ki Buse yemeğin bir yerinde diziyi kendisi çekeceğini söylemiş. Fakat Can da kendisi çekmek istiyormuş. Buse bunu bile bile nasıl öyle demişmiş vs. Ayşe'yle sektör parametrelerine o kadar uzaktık ki buradaki sorunu bile doğru düzgün anlamadık. Buse de Ayşe'nin arkadaşıydı ve biz de ne yapacağımızı bilemedik. Buse devam etmemizi istedi. Kendileri arasındaki bir problemin bizi etkilememesi gerektiğini vs. söyledi. Ben hâlâ gemileri yakacak kadar büyük bir mesele olup olmadığı konusundaki şüphelerim ve ortamdaki negatife dönen hava yüzünden bir miktar kırılan şevkimle yola devam etmeye karar verdim. Can, Ayşe ve ben buluşmaya başladık. Benim evde buluşmayı öneriyordum kış ortası rahat rahat çalışırız diye ancak Can evde gevşeyebileceğimizi, dışarıda çalışırsak daha disiplinli olarak senaryoyu bitirebileceğimizi söyledi. Can'ın bu isteğini kabul ettik. Bir sonraki buluşmamız Can'la baş başaydı. (Artık Cantinery'de olduğunu belirtmeme gerek yok sanırım:))

Can çıkardığı karakterleri bir özet halinde bana gösterdi. on dört kadar karakter vardı. Hemen üstünde notlar almaya başladım. Bu kadar çok karakter olması gözümü ve beynimi yormuştu. Ben çok az karakter olması gerektiğini savunuyordum. Can ise kalabalık kadronun işimize yarayacağını, senaryoda sıkıştıkça başka başka karakterlerden yardım alabileceğimi söyledi. Bense bunun bir skeç programı olmadığını, uzun soluklu bir dizi olacaksa az karakterin daha sürükleyici olacağını söyledim vs. Karakterler fiziksel özellikleriyle ve cinsel yönelimleriyle belirtilmiş, karakterlerin derinine inilmemiş, hikâyeleri yazılmamıştı. Bu haliyle çok kartondu her şey. Ama sonuçta çalışmış, emek vermiş ve bir başlangıç getirmiş olduğu, ben de yirmi yedi ödüllü Çağan Irmak olmadığım için bunun çok iyi bir başlangıç olacağını, üstünde oynamalar yapabileceğimizi söyledim. Sonra Ayşe, Can ve ben buluşmaya başladık. Buluşma mekânımız Nişantaşı'ndaki bir kitap kafeydi ve soğuk kış günlerinde Nişantaşı'na hele arabayla gelmek bir eziyetti. Ayşe de Ataköy'den geldiği için bazen gecikiyordu. Can çok kuralcı, disiplinli ve esnemeyi sevmeyen biriydi. Zamanla üçümüzün arasında adını koyamadığımız bir gerginlik olmaya başladı. Daha sonra Ayşe "Ben size uzaktan yazma desteği vereyim ama her buluşmaya gelmeyeyim isterseniz" diye bir teklifte bulundu. Daha çok biz buluşmaya başladık Can'la. Yaşımız ve hayalimiz birbirine çok yakın olmasına rağmen maalesef arkadaş olamadık. Ama belki de arkadaş olmak çok şart değildi, kim bilir... Bense kurumsal hayattan çıkıp gelmiş olmanın verdiği kafayla çalıştığım herkesle önce arkadaş olabilmeyi istiyordum. Artık üreten ve kendi ürettikleriyle bir şekilde yolunu da çizmiş birisi olarak en azından başka yollarda birlikte yürüyeceğim insanların sadece işinde iyi olan ama iyi ilişkiler kuramadığım kişiler olması beni mutlu etmeyecekti.

Yine de ikimiz de bu işin olmasını çok istiyorduk ve ikimiz de çabaladık. İki kere benim gösterime geldi Can. Caddebostan'daki bir gösterimin sonrasında arabaya biner binmez "Güzeldi, yalnız kusura bakmazsan biraz eleştireceğim" diye söze girdi. Daha sırtımdaki ter kurumamışken gecenin 12'sinde bu eleştiri yağmuruna hazır mıydım? Tabii ki değildim ama dinlemekten başka çarem yoktu. "Sen biraz dindar mısın? Bana öyle geldi. Öyle bir çağrışım verdi şov bana." Hö? Ben ve dindarlık:) Şovun neresinden böyle bir kanıya vardığını aşırı merak etsem de bunu irdelemek yerine bir iki dakika boş boş bakıp "Yani Allah'a inanırım?" demiş bulundum. Şovun bir iki yerinde "Bismillah" diyorum, onu mu dindarlığa yordu anlamadım ama bu tespiti çok komik gelmişti. Şimdiye kadar çok eleştiri duymuştum; gösteri çok uzun, kurumsal şakaları azalt, takım elbise giyme vs. Ama dindarlık eleştirisi ilk kez gelmişti. Zaten dindar olsaydım ne olacaktı ki, şovun ortasında "utanmıyor musunuz bu mini eteklerle gelmeye" falan diye bağırmaya başlamadıktan sonra? Ben bu eleştiriyi anlamaya çalışırken başka bir iki şey daha söyledi ama ben hâlâ dindarlık meselesine takmış olduğum için diğerlerini doğru düzgün dinlemedim bile. Şov başlamadan hemen önce de benimle röportaj yapan ve fotoğraf çektirecek olan bir üniversite dergisinin yazarı iki genç, Can'ın da benle kuliste olduğunu öğrenince daha önce onunla da röportaj yaptıklarını ve müsaitse onunla da fotoğraf çektirmek istediklerini söylediler. Kulise gelip Can'a ilettim, hazırlıksız olduğunu söyleyerek kabul etmedi. "Vay be!" diye geçirdim içimden, "demek ünlü gibi ünlülük böyle oluyor." Bense direkt çıkıp "hadi çekilelim, dur doğru ışık şuradan geliyor, en iyisi ver sen bana telefonu ben çekeyim selfie, daha güzel olur" falan diyerek profesyonellikten ve ünlülükten çok uzak bir tavırla hemen oracıkta işi bitirmeyi ve başka bahara ertelememeyi tercih etmiştim.

Can menajeri olan güçlü hanımefendinin projeyle ilgilendiğini söylemiş ve bize de bir görüşme ayarlamıştı. Gergin ve bir o kadar da umutlu şekilde kadının ofisine gittik. Nuray Hanım (takma isim:)) benim projede olmama çok sevindiğini, o dünyayı çok iyi bildiğimi, sonunda "ayak kokmayan mizah yapan bir komedyen" çıktığı için de mutlu olduğunu söyledi. Bu iltifatı hiç beklemiyordum ve çok hoşuma gitmişti. Bizden bir bölümü tamamen yazmamızı ve bölümü bitirdikten sonra tekrar gelmemizi istedi. Aklı yatarsa kendisinin de projeye ortak olabileceğini söyledi. Can'ın idealizmini desteklediğini ama gelen güzel projelere de buna güvenip sırt çevirmemesi gerektiğini ekledi. Büyük bir moralle oradan çıktık ve bunu kutlamaya Kanyon'a yemeğe gittik. "Bunu derken neyi?" diye bir soru gelebilir aklınıza, gelmesin. Bu sektördeki insanlar için her zaman kutlanacak bir şey vardır ve Nuray'ın projemize yeşil ışık yakması Mezzaluna'da deniz mahsullü linguini yemek için gayet yeterli bir sebepti.

Can'la daha sık buluşmaya başladık. Benim programım hiç olmadığı kadar yoğundu; bir yandan stand up, bir yandan kurumsal işler, yanına da müzikal eklenmişti. Kendime kalan çok az zamanda da bu işle ilgileniyordum. Arkadaşlarım hepsini bir arada götürmemin imkânsız olduğunu söylüyor bense bu işi mutlaka yapmak istiyordum. Bu arada Can kesinlikle bu işte yönetmenlik yapmak istiyordu. İstemekle kalmayıp yeni şeyler denemeye de çok hevesliydi. "Oyunculara senaryo vermeyelim, bazı yerleri doğaçlama oynasınlar, kamerayı biraz Iñárritu gibi tek plan kullanmalıyız" gibi fikirleri vardı. Bense bizim tamamen içeriğe odaklanmamız gerektiğini, işi çok iyi ve deneyimli bir yönetmenin çok iyi bir teknikle çekmesinin yerinde olacağını düşünüyordum. Zaten yeni bir şey deneyerek risk alıyorduk, risk katsayısını artırmanın manası yoktu. Ama tabii bunları şevkini kırmamak ve ertesi gün Ayşe'ye "canım ben Kaan'la da yolları ayırdım istersen beraber yazalım" demesin diye söylemiyordum:) Can'ın yazma ve yönetme deneyimi yoktu ama ikisini de yapmak istiyordu. Benim de kitabım ve Instagram skeçlerim dışında yazma deneyimim yoktu. Kendi stand up gösterim bile yazılı bir metin değildi. Ayşe ise bize göre daha deneyimliydi ancak zamanla onun da biraz motivasyonunun düştüğünü hissediyordum. Can'la olan çalışmalarımızda onun detaycılığı daha belirginleşiyordu. Yazıya geçirme işi bendeydi ve ben yazarken "büyük harfle cümleye başlayabilir misin, ben biraz hassasım da. Biraz sahne başlığını ortalayabilir misin, kusura bakma ne olur" gibi araya girişler yapıyordu. Hepimizin ne takıntıları vardı ki onun da olması doğaldı diye düşündüm. Hem iş daha düzgün olsun diye uğraşıyordu diyerek zaman zaman darlandığım bu müdahaleleri görmezden geldim. Sonuçta niyeti iyiydi. Fakat ne yazık ki hem tecrübesizliğimizden hem de dediğim dedik tavırlarımızdan cümle başındaki harfe gösterdiğimiz özeni senaryonun içine gösteremedik. Bir süre sonra herkes kendi fikrinde diretmeye başladı. İlk taslak bölümün bir yerlerinde Can'ın, bir yerlerinde Ayşe'nin, bir yerlerinde Kaan'ın imzası vardı ama birlikte kesinlikle ahenkli bir akış çıkmıyordu. Hem aramızdaki uyumsuzluk senaryoda kabak gibi gözüküyordu hem de müthiş bir dostluk yakalayamadığımız için her an dağılmaya hazır Jenga kulesi gibiydik. Ben bu senaryoyu Nuray'ın beğenmeyeceğine adım gibi emindim ve bitirici vuruş ondan gelsin istiyordum. Çünkü üçümüz de belki ün ve tanınma olarak değil ama dizi yaratma deneyimi olarak benzer seviyelerdeydik. İçimizden birinin "olmadı boş verelim" demesi günah keçisi olması anlamına gelecekti ve sevimsiz de olurdu. Senaryoyu önden Nuray'a gönderdik, kendisinden aldığımız ikinci randevunun günü ve saatinde Can'la ofise gittik.

Nuray güçlü olduğu kadar açık sözlüydü de ve kaybedecek hiç zamanı yoktu. İlk buluşmadaki umut dolu ve enerjik Nuray'ın yerini hayal kırıklığı yaşayan ve sadede gelmek isteyen bir Nuray almıştı. "Arkadaşlar kusura bakmayın ama ben buna hiç gülmedim, mimik oynatamadım. Bu karakter ne işe yarıyor, bu niye böyle söylüyor, şurada gülmeli miyiz mesela?" gibi sağlı sollu kroşelere başladı. Ben zaten böyle bir final bekliyordum ama Can çok üzüldü. Üzülmesinin sebebi bir B planımızın olmayışıydı. Can'ın üzüldüğünü gören Nuray bir yandan oyuncusunun da bu kadar düşmesine dayanamamış olacak ki "Aceleye getirmeyin, uzun uzun, yavaş yavaş yazın. İçinize sindiğinde tekrar buluşalım, olur mu?" dedi. Bu aslında "mümkünse bana bir daha böyle abuk sabuk bir taslakla gelmeyin" demenin kibarcasıydı.

Ofisten çıktık, bu sefer kutlamaya değil kederimizi dağıtıp bir B planı yapmaya Kanyon'a gittik. Fakat moralimiz çok bozuktu. "Bilemiyorum ne yapacağımızı, istersen direkt senin kitabı uyarlayalım diziye. Yazsın birisi biz oynayalım ve yapım tarafında olalım" vs. gibi fikirler attı ortaya Can. Sözde B planı üstünde konuştuğumuz süre 'Adını Feriha Koydum'dan sonra başlayan 'Emir'in Yolu' kadar kısa oldu. Yemeğimizi yedik, "hadi o zaman sonra görüşürüz" diyerek ayrıldık. Bu, çok hazin bir ayrılıktı zira ikimiz de bir daha asla görüşmeyeceğimizi biliyorduk. Oradaki 'sonra görüşürüz' aslında 'sana hayatta başarılar' demenin başka yoluydu. Bir daha asla görüşmemek üzere ayrı istikametlerden Kanyon'u terk ettik. Daha sonraki yıllarda Can çok başarılı dizilerde ve filmlerde rol aldı. Zaten en başarılı oyunculardan birisi, ana akımda iyi işlerin içinde oldu, festival filmlerinde ödülden ödüle koştu. Bense bir süre dizi işine bulaşmamak üzere kendi renkli dünyamda başka yeni şeyler denemeye karşı aynı iştahla başka başka meydan okumalara giriştim.

Büyük umutlarla girişip hüsranla sonuçlanan bütün projelerden kendime çıkardığım tek bir ders vardı: Başkalarının dürtmesiyle üretmeye çalıştığımda istediğim sonucu alamıyordum. Başka insanların beklentileriyle, başka insanların komutasındaki bir oluşum, bir yeni ortaya çıkış sürecinde yer almak beni kısıtlıyor ve bünyeme işe yaramayan bir gerginlik yüklüyordu. Başarılı olduğum tüm işler; stand up, kitap, skeçlerim hepsi benim bir anda kendi içimden gelen coşkuyla ortaya çıkardığım şeylerdi. Her ne kadar bütün dünyanın güleceği bir dizi yapmak istesem de bu olacaksa ancak benim içimden gelmesiyle ve benim inisiyatifimde olmalıydı. Tabii ki direkt oyuncu olarak iyi bir dizide, iyi bir filmde ya da iyi bir oyunda yer almak çok istiyorum ancak oluşum sürecinde ben olmamalıyım bu net. Başkası yazsın, hazır etsin, ben gidip oynayayım. Oluşturacaksam da ben istediğim için kendim oluşturmalıyım. Bütün bu deneyimler bu gerçeği beynime zımbayla çakmıştı.

Şimdiye kadar fiyasko dediğim ve hayata geçirilemeyen her proje bana çok şey kattı hep; süper dostluklar, hayranı olduğum isimlerle tanışmak, yepyeni deneyimler. Ama bu sonuncu vakadan öyle elle tutulur bir kazanç elde edemediğim gibi, piyasadaki en büyük oyun kuruculardan birinin gözünde 'dizi işini beceremeyen çocuk' olarak kaldım belki de. Müthiş dostluklar süper ilişkiler de kalmamıştı geriye. Sanırım bu son dizi hüsranının en büyük kazancı tadını hâlâ unutamadığım, belki aşırı motivasyondan mest olduğum belki de o gün özelinde aşırı iyi yapılmış olan deniz mahsullü linguiniydi.

"Böyle Star Olamazsın!"

Hiçbir zaman kendime bir basın danışmanı tutmadım. Çok belli birkaç kişi dışında da gösterilerime şu isimler mutlaka gelsin izlesin diye taklalar atmadım. Seyirci bir işi yeteri kadar severse zaten görmesi ve bilmesi gerekenler her şeyin farkına varıyor bu sektörde. İş ki görmek istesin. Her ne kadar stand up dışında denediğim şeyler çeşitli nedenlerle fiyaskoyla sonuçlansa da benim asıl piyasaya çıkmamı sağlayan gösterilerim tam gaz devam ediyordu. Sevenlerimin hızla artması, salonlarımın dolması, New York, Londra gibi şehirlerde gösteriler yapmam yavaş yavaş sektördeki önemli insanların da dikkatini çekmeye başlamıştı. Bir gün en önemli organizatör ve yapımcılardan biri, ben ve Metin'le görüşmek istediğini söyleyerek bize randevu verdi. Hiç kendimizi ağırdan satalım, aman hemen atlamayalım gibi cool bir tavır sergilemeden hemen gittik. Tam bir patrondu ve her 'show business' patronu gibi ilk bir saat hangi büyük isimlerle çalıştığını, neler başardığını, kaç senedir bu sektörde olduğunu, her şeyi nasıl da doğru bildiğini anlattı. Biz de her yeni çıkan isim gibi "yaa, wauww, gerçekten mii, müthiş yaaa!"larla kendisini goygoyladık. Sonra direkt benimle ilgili müthiş tespitlerini sıralamaya başladı:

"Evet, Londra'da sizi izlemiş arkadaşlarım, bayılmış hepsi. Bilet satmak çok mühimdir ama star olmak için tek başına yetmez. Tanınmak da şart. Kimisi çok tanınır bilet satamaz, kimisi bilet satar tanınmaz senin gibi. Hem bilet satıp hem tanındığın zaman Cem Yılmaz gibi star olursun işte! Senin tanınma kısmını halletmen lazım. Tanınmadığın sürece star olman imkânsız! O zaman ne markalar reklam için gelir ne de sokaktaki adam seni tanır, yanından geçer gider!"

Bütün bunları dünyanın en korkunç şeyiymiş gibi anlatması çok komiğime gitmişti. Ayrıca en son istediğim şey bir Tarkan bir Cem Yılmaz kadar tanınmaktır herhalde. Daha önce böyle kibirle değil ama iyi niyetiyle Okan Bayülgen de benzer bir şey söylemişti bana. "Senin şimdiye çoktan sokakta yürüyemeyecek hale gelmen lazımdı bu yetenekle, bu çalışkanlıkla" demişti. Ama ben zaten sokakta yürüyemeyecek hale gelmek istemiyordum ki! Ayrıca şu an Türkiye'de sokakta yürüyemeyecek biri olduğuna da inanmıyorum. İstese herkes şapkasını takıp gözlüğünü gözüne geçirir ve sokağa karışabilir. Ben onları da yapmadan hayatın içinde olmaya bayılıyorum. Mesela sevdiğim bir sanatçıyı Harbiye'de izleyip, sonra kulisinde onu tebrik edip, taksi bulamadığım için Beşiktaş'a yürüyüp oradan da balık istifi gibi minibüsle evime gidebilmek bana acayip bir lütuf gibi geliyor. Kim bilir, birçok ünlü isim bir yandan dolu salonlara çıkarken bir yandan da benim kadar sokakta rahat hareket edebilmek için neler vermezdi.

Star olmak kendini bir kafese kapatmak, küçücük bir dünya içinde işinden başka bir şey düşünmemek ve aynı anda üç terapiste birden gitmekse ben almayayım o starlığı. Reklam da gelmeyecekse gelmesin. Ürettikçe her zaman bankada kazandığımdan çok kazanacağımı biliyorum, malikane yerine kendi balkonlu 3+1 dairemde oturmayı, şoförlü Vito yerine kendi kullandığım tatlı spor arabama binmeyi bin kere yeğlerim.

Fakat tabii sektör insanlarına göre, hele hele eski toprak yapımcılara ve organizatörlere göre starlık müessesi bu işin olmazsa olmazı. Oysa dünya böyle değil. Amerika'da en büyük Broadway yıldızları bile şovdan çıkıp metroya binip evine gidebiliyor. Ya da Hollywood'daki pek çok oyuncu -devasa birkaç star hariç- gayet de halkın içinde yürüyüşünü yapıyor, alışverişine gidiyor, başka konserleri, tiyatroları halkın içinde normal vatandaş gibi izliyor. Bizim gibi Ortadoğu ülkelerinde ve arabesk kültürlerde ise altyapısızlığın da verdiği entelektüel kıtlıktan çıkma hali ünlü kişileri gösterişe, görgüsüzlüğe, çılgın gibi bir tüketime, anlamsız bir sporlaşmaya ve kendini toplumdan soyutlamaya muhtaç bırakıyor.

Bir keresinde sektörün yine önde gelen yönetmenlerinden birisi Instagram kutuma gelen mesajlara döndüğümü söyleyince bana zavallı bir böcek gibi bakmış, "Hemen bunu bırakmalısın, ayrıca daha az paylaşım yapmalı, her şeyini ortaya dökmemelisin, ne gerek var?" demişti. Mesajlara dönmek bence de abartı bu arada, ama ben bankacılıktan geldiğim için 'müşteri yanıtsız bırakılmaz' anlayışını aşamadım ne yazık ki.

Bana starlık nutku çekenler tanıdığım ya da tanıştığım sektör insanlarıyla sınırlı değildi. Markalardan biri Instagram üzerinden reklam anlaşması için ajansı aracılığıyla bana ulaşmıştı. Ben de kibarca belirli bir süre hiçbir marka ile reklam çalışması yapmak istemediğimi, belli bir noktaya geldikten sonra içimden geldiği zaman bu işlere başlamayı istediğimi yazdım. Yazıştığım hanımefendi "Bütçemiz yüksek yalnız Kaan Bey, isterseniz bir daha düşünün" gibi bir cümleyle aklımı çelmeye çalışmış, "Çok teşekkürler, şu dönemde ilgilenmiyorum" deyince gurur yapıp "Yalnız Kaan Bey bu şekilde teklifleri reddederseniz istediğiniz noktaya gelmeniz uzun sürebilir, hayır yanlış anlamayın bunlar çok iyi markalar, markam sizi istiyor, beni de zor durumda bırakıyorsunuz, bütçe ise sorun konuşabilirim?" şeklinde konuyu bambaşka bir boyuta taşımayı başarmıştı. Yahu konu nasıl bütçe olabilir, daha bütçe konuşmadık ki? Ayrıca sen benim istediğim noktanın ne olduğunu nereden biliyorsun densiz? Mal gibi konuşup yanlış anlamayın demesine ne demeli peki?

Sanki benden başka herkes benim ünlülüğümün, starlığımın derdine düşmüştü. Oysa bu insanların anlamadığı bir şey vardı: Artık bu çağ dijital iletişim çağıydı ve bu çağda herkes kendi kitlesini oluşturuyor, kendi ürettiklerini o kitlenin üstüne boca ediyor, teveccüh gördüğü oranda da yoluna devam ediyordu. Eski Türkiye'de olduğu gibi tek bir Cem Yılmaz, tek bir Tarkan, tek bir Hülya Avşar yoktu artık. Herkes kendi kitlesinin Tarkan'ı, kendi kitlesinin Hülya'sı, kendi kitlesinin starıydı. Benden başka herkes starlık yoluma kılavuzluk etmeye çalışırken ben bu hem çok ünlü hem de hiç ünsüz halime her gün şükrediyordum. Gelecekte yapmak istediğim tek şey kendimi aşmak, kendimle yarışmak, kendimi zorlamaktan başka bir şey değildi. Yoksa tanınmaktan kolay ne vardı? İki tane çocuğum yaşında sevgili bulup, mekân çıkışlarında dudaklarına yapışsam, iki de "ben Türkiye'nin en komiğiyim, varsa komiği çıksın karşıma!" diye nutuk atsam magazincilere sadece iki saatte Türkiye'nin en tanınan ismi olabilirdim. Ama bu sefer de beni tanıyanlar tanımasını istediklerim mi olacaktı, orası tartışılır! Mesele daha doğrusu meselem bu değildi; benim meselem bundan çok daha derindi.

Yaparım Bilirsin!

10 yaşındaydım, 1993 yılı, özel televizyonların hayatımıza renk getirdiği, yepyeni eğlence formatlarıyla tanıştığımız, cinibit orta halli aile çocukları olarak televizyonun başından kalkmadığımız zamanlar. O zamanlar en sevdiğim programlardan birisi yayın hayatına henüz başlamış olan Show TV'deki çocuklar arası playback yarışmasıydı. Ben yaşlardaki çocuklar önce sunucu Volkan Severcan karşısında sorular cevaplıyor, sonra da sevdikleri sanatçıların kıyafetlerini giyerek onların şarkılarını playback yaparak taklit ediyordu. Show TV Tutti Frutti'siyle, Colpo Grosso'suyla ve erotik kuşağıyla Star ve Tele On'a göre çok daha cesur ve yenilikçiydi. Bu daha edepli ve çocuklar için uygun yarışmada ise her hafta bir kazanan, her sezon sonunda da sezon şampiyonu belirleniyordu. Hiç başından kalkmadığım o yarışmada rahmetli Harun Kolçak'ı taklit eden çocuğu hâlâ unutamam mesela. Yanlışım da olabilir ama sanırım bu yarışma TRT'nin ikonik eğlence programı Bir Başka Gece'de başlamıştı ilk. Hep o programa katılmak, televizyonda kendimi göstermek istiyordum. Adam Olacak Çocuk'ta kıramadığım makûs talihimi burada kırmaya kararlıydım. Aynı dönemde yine Show TV'de yayınlanan Pop Show

yarışmasında Suat Suna adında çiçeği burnunda bir popçu birinci olmuş, şarkısı Ansızın Çektin Gittin senenin hiti haline gelmişti. Kuzenim Çiğdem'in de bizde olduğu bir akşam gaza gelip yarışmaya başvurduk. Ben Suat Suna'yı taklit etmek istiyordum. Kuzenimle birlikte bir başvuru mektubu yazdık; uzun uzun. Ancak Çiğdem beni uyardı, Suat Suna'nın şarkısı muhteşem ama klibi daha düzdü. Keman çalıyordu sürekli. Görsel olarak beni zorlayıcı ya da onu taklit eden bir çocuğu izleyenlere çok malzeme vermeyen bir klipti. "Yanında birilerini daha yazalım, şansımız artar!" dedi Çiğdem. O dönem zaten Tarkan, Burak Kut, Kenan Doğulu ve son olarak Suat Suna'nın peş peşe çıktığı çok bereketli bir dönemdi. Top Pop, Popsi gibi dergilerin her hafta posterlerini hediye olarak verdiği gençliğin yeni ilahlarıydı hepsi. Of böyle anlatınca da Erol Büyükburç bizim zamanımızın Elvis'iydi diyen annemle babam gibi oldum resmen. Neyse... Tarkan'ı herkes taklit ediyordu, özellikle renkli gözlü çocuklar, tipi biraz bir şeye benzeyenler Tarkan da Tarkan başka bir şey bilmiyorlardı. Zaten ben de iki sene sonra ilkokul biterken bisiklet fanilamla yüzlerce insanın başını döndüren bir Tarkan performansı sergileyecektim. Şu an sırası değildi. Biz de yanına başka çok sevdiğimiz biri olan Kenan Doğulu'yu ekledik çünkü Yaparım Bilirsin şarkısı tam bir hit olmuştu. "Suat Suna'yı taklit etmek çok istiyorum ama Kenan Doğulu'yu da yapabilirim." Yani beni seçsinler diye neredeyse Belkıs Akkale'ye bile okeydim. Ertesi gün büyükbabacığımla batmadan nasıl ayakta kalabildiğini asla anlayamadığım tuhaf Büyük Beşiktaş Çarşısı'ndaki PTT'ye gittik mektubu göndermek için. Büyükbabam mektubu 'adi mektup' olarak gönderecekti, o zaman öyle bir çeşitlendirme vardı. Adi mektup bir nevi saldım çayıra Mevla'm kayıra gönderim şekliydi. Gidip gitmediğinden haberiniz olmazdı ve göndermesi en ucuz olan yöntemdi. Ben büyükbabama 'iadeli taahhütlü' göndermesi için yalvardım. O epey pahalıydı ama pamuk yürekli büyükbabam beni kırmak istemiyordu. Kırmak istemiyordu ama her istediğimi de şak diye yaparak beni şımartamazdı. O yüzden ikimizi de memnun edecek bir orta yol bulduk ve mektubu 'taahhütlü' olarak gönderdik.

Ben çağırılacağımdan o kadar emindim ki mektubu gönderir göndermez kasetçiden Kenan Doğulu'nun, kapağını mor takımıyla verdiği çeşitli pozlarıyla süslediği ilk kasetini aldık. Büyükbabam "Eşeğimizi sağlam kazığa bağlayalım" diyerek Suat Suna'nın da kasetini aldı iki şarkıyı da çalışmam için. Babaannemse bu kadar televizyona çıkma meraklısı olmamdan hoşlanmıyordu. Ona göre ben 'büyük adam' olacaktım. Ne demekse:) Hemen evde iki şarkıyı da çalışmaya başladım. Haftalar, aylar geçti, kanaldan ses çıkmamış, ben de artık umudu kesmiştim. O kadar üzülüyordum ki zaman zaman büyükbabamı bile suçluyordum bunun için: "İadeli taahhütlü gönderseydik çoktan çağırmışlardı büyükbaba! Kesin önce iadeli taahhütlü başvuranları çağırıyorlar, belki de benimki gitmedi bile işte!" Bu mızmızlanmalarımı büyükbabam gülümseyerek geçiştirir, babaannem duyarsa "Aaağee! Yeter bakayım ne oluyor, ne ayıp şey! Tamam gönderdiniz yolladık bitti, hadi bakayım dersine" şeklinde ayarı verirdi. Aralarında müthiş bir görev dağılımı vardı. Aradan yıllar geçti, ilkokulu bitirdim, mezuniyet müsameresinde Tarkan'ı bile taklit ettim, hatta tiyatro yapmaya başladım ve ortaokullu oldum. Küçük evden lojmana taşınmıştık ve kendi odam vardı. Artık yarışmanın varlığından bile haberdar olmadığım, sivilcelerimin çıktığı ve kendi bedenimle bazı ilkleri yaşadığım günlerden birinde ev telefonumuz cayır cayır çalmaya başladı. Ben açtım "Merhaba, Süper Çocuklar yarışmasından arıyorum, başvurunuz kabul edildi. Kenan Doğulu'yu canlandırmak üzere sizi haftaya stüdyomuza bekliyoruz! Başvurunuz hâlâ geçerli mi acaba?" Yaşadığım şoku anlatamam. Çok seviniyordum ama bir yandan da hâlâ çocuk muyum değil miyim kestiremiyordum. Birkaç gün önce kendi kendimle ilk kez milli olmuştum (bu bel altına inmek sayılmaz lütfen:)). Artık ben delikanlıydım, bu yarışmada ne işim vardı? Ama bu fırsatı da kaçıramazdım ve heyecanla "Evet evet tabii ki, adres alayım lütfen!" diyerek yarışmayı kabul ettim ve kendilerinden irtibat telefonu aldım. Hemen arkadaşlarımı ve işyerinden annemi aradım. Annem, "Aaa e hadi bakalım, çok iyi!" dedi. Büyükbabam, hatta babaannem bile çok sevinmişti. Yalnız bir sorun vardı, çekim hafta içi gündüzdü ve tüm gün sürecekti. Annem götüremezdi, mecburen babam dişçiler diyarı Nüzhetiye Caddesi'ndeki muayenehanesini erken kapatıp beni götürecekti. Sevinçten içim içime sığmazken yarışmaya katılmamla ilgili eleştiri hiç beklemediğim yerden, yeni başlamış olduğum tiyatronun başındaki Serhat Hocam'dan geldi. "Kaancığım istiyorsan yap tabii ama ben çocukları böyle allayıp pullayıp giydirip ekrana çıkarmalarını doğru bulmuyorum. Gerçekten başka birini taklit ederek mi olmak istiyorsun televizyonda? Tabii karışamam ben ama çok sevinemedim açıkçası, Atatürk'ün çocukluğunu oynayacaksın, rolünün bir ağırlığı var" dedi provanın başında, ben herkesle haberi paylaştıktan hemen sonra. Şimdi düşününce söylediklerinde çok haklı olduğunu görüyorum ama çocuk aklımla bunu idrak edemedim. Hem yıllardır beklediğim bir gurur meselesi haline gelmişti bu yarışma. Hem ne vardı canım, Kenan da ileride 10. Yıl Marşı'nı yeniden yorumlayacak, marşı milyonların kalbine kazıyacaktı. O zamanlar tabii bunu bilmiyor olsam da geri adım atmadım ve yarışmaya hazırlanmaya başladım.

Çalışabilmem için adresimize klibin olduğu bir Betamax kaset gönderdiler. Lojmana geçtiğimiz için artık sobalı değil kaloriferliydi evimiz, dolayısıyla odunluğa ve kumaştan fitillere veda etmiştik. Ablamın ve benim odalarımız ayrıydı, küçük bir balkonumuz bile vardı ancak henüz ebeveyn banyosuyla tanışmamıştık ve videomuz VHS'ye terfi edememiş, Betamax videoydu. Her şeyin dengede olduğu bir orta sınıf ailesiydik. Kaseti takıp çalışmaya başladım. Çekime üç gün kalmıştı, çalışacağım klip Kenan Doğulu'nun meşhur morcivert takımıyla arz-ı endam ettiği çıkış klibi 'Yaparım Bilirsin'di. Hareketlerin hemen hepsini ezberledim. Müthiş hazırdım. Birincilik benim olmalıydı! Giyeceğim kıyafetleri kanalın hazırlayıp vereceğini düşünüyordum ama annem "yine de bir sormak lazım" deyince verdikleri iletişim numarasını teyit etmek için aradım. "Ah hayır, kıyafeti siz hazırlayıp getiriyorsunuz. Zaten o da yarışmanın bir parçası, ne kadar iyi hazırlandığınızı gösterecek jüriye bu!" Aldığım cevapla şok olup ağlamaklı bir ses ve panikle annemi aradım yeni geçmiş olduğu havalı Nişantaşı Şubesi'nden. "Anneee, ne yapacağız, kesin yetiştiremeyiz, of Allah'ım ben ne günah işledim offf! Kıyafeti biz getiriyormuşuz of offf! Ölmek istiyorum keşke ölsemm!"

"Dur oğlum dur, ne feryat figan arıyorsun işimin ortasında. Hallederiz, ne lazımmış bir söyle sakin sakin bana."

Annem o kadar işinin gücünün arasında fırlayıp Nişantaşı'nın muhtemelen en hızlı terzisinden randevu almayı başardı. Ertesi gün provaya gittik ve o muhteşem terzi iki gün içinde kıyafeti yetiştirmeyi başardı! Büyük bir mutluluk ve heyecanla çekimin yapılacağı stüdyonun yolunu tuttuk babamla. Yarışmanın ATV'ye geçtiğinden habersiz ben, Show TV'deyken aşina olduğum dekoru ve hepimizin oturacağı akülü arabaları görmek için sabırsızlanıyordum. Akülü araba çocukluğumun en büyük hayallerinden biriydi. Gerçek bir zenginlik belirtisi olduğu için bana çok uzaktı. Atlıkarınca dizisinde bile züppe çocuk Jorge Delsalto kullanıyordu zaten! Neyse... Stüdyoya gittiğimizde küçük bir şok yaşadım zira stüdyo fare deliğinden halliceydi. Akülü arabaların yerine çemçük küpler gelmişti. Hepsinden öte performanslarımızı yapacağımız alanda ancak iki atım atabilirdik ve bu klipteki yerde emekleme hareketini asla yapamayacağım anlamına geliyordu. Moralim bozulmuştu. Diğer yarışmacılar Kibariye, Nazan Öncel ve Aşkın Nur Yengi'yi canlandıracaktı. Aşkın'ı canlandıracak kız Ayıpsın şarkını yapacaktı ki o şarkı da üç sene öncenin şarkısıydı. Çocukluk hayalini gerçekleştirmek için gelen koca kazık ergenlerdik adeta. Kenan uzun saçlı olduğu için bana peruk takılacaktı ki esas şenlikli olan kısım buydu. Ama önce sivil kıyafetlerimizle Volkan Severcan'ın bizimle sohbet ettiği kısım çekildi. Sağ olsun beni Kaan Sökban diye anons edince hem ne diyeceğimi bilemedim hem de çekimi bozmamak için hiçbir şey olmamış gibi devam ettim. Tiyatro oyunumdan ve Atatürk'ün küçüklüğünü canlandırdığımdan bahsederek her zamanki laik ataklarımdan birini geçiriyordum. Volkan da "Atatürk'e laf edenler bile konumlarını ona borçlu olduklarını bilmiyorlar değil mi" diye bana destek atıyor, hep birlikte playback yarışmasını küçük bir Halk TV'ye çeviriyorduk. Bu çekim bitince makyaj ve saça geçildi. Peruğum takıldı ki tam bir faciaydı. Zira Kenan'ın klipteki saçları yarı permalı, altları dışa doğru kıvır kıvırdı. Bana takılan peruk ise düz uzun geliyor en altları içe doğru kıvrılıyordu. Kenan Doğulu'dan çok tarih öğretmenim Şehbal Hanım'a benzemiştim. Herkes peruğuma bakıp kıkır kıkır gülüyordu. Kızara kızara stüdyoya girdim. Ama o yoldan dönemezdim. Aslanlar gibi performansımı yapıp görevimi tamamlamalıydım. Çekim başladı, çılgınlar gibi büyük büyük hareketlerle playback'e başladığımda ağzımın, içinde bir çöl varmış gibi kupkuru kesildiğini hatırlıyorum. Kenan'ın saç savurma hareketini yapmak gibi bir gaflette bulununca dandik peruğun cılız telleri ağzıma girdi, yapıştı ve orada kaldı. Kafamı daha da sallamaya başladım. Allah'ım bitsin artık bu işkence diyordum içimden. Bunu derken son turdaki 'Deliyimmmm gözü kara deliyimmm'leri yanlış sayarak finaldeki 'Yaparımmmm bilirsinnn'i bozuk bir senkronla playback yapmış oldum. Kazanamayacağımı biliyordum ama tek isteğim katılan herkese verdikleri konuşan basket potasını ve henüz homofobik endişelerle logosunu değiştirmemiş LC Waikiki'nin mağazalarında geçerli hediye çekini alıp eve gitmekti. Bütün gün süren bu çekimden sonra televizyonun dünyanın en yorucu işi olduğunu anlamıştım.

Birkaç hafta sonra program pazar gündüz kuşağında yayınlanınca televizyonun karşısına geçip ailece zevkten ve kahkahadan dört köşe olmuştuk. Mahalledeki arkadaşlarım "Söööökban söökban!" diye dalga geçiyor ama bir yandan da bu çok havalı bir şey olduğu için yanımdan ayrılmıyorlardı. Yarışmayı Aşkın Nur Yengi'yi canlandıran kız kazanmıştı ancak sezonun şampiyonu Nurhan Damcıoğlu'nun Yangın Var performansını yapan bir cimcime olmuştu. Fakat ben çekim sırasında küçük çaplı cinnetler yaşasam da yayını izlerken kendimi televizyonda görmekten çok mutlu olmuştum. Tabii düşünmeden edemedim, Kenan da bu yayını izlemiş midir acaba? İzlediyse bana ulaşıp tebrik eder miydi? Neden etmesindi ki?

Bankanın Karşısındaki O Billboard ve Yaşa Var Ol Harbiye!

İstanbul'da çıkılabilecek bütün sahnelerde çıkmış, Anadolu'nun pek çok şehrinde gösteri yapmıştım. Ancak bir yer kalmıştı ki orası bir sahneden çok daha fazlasıydı. Gençliğimden beri kimleri kimleri izlemediğim, Tony Bennet'tan George Benson'a, Tarkan'dan Ajda'ya, Sezen'den Emel Sayın'a starlığın er meydanı Harbiye Açıkhava Tiyatrosu'ndan bahsediyorum tabii ki. Babam komedyenliğe başladığımda iki senede Harbiye'desin deyip dururdu. Ben de "Of abartma baba, ne bu açgözlülük, Zorlu ana sahnede çıktım daha ne, Tarkan mıyım ben!" deyip onun bana verdiği dolmaları kendisine bir güzel iade ederdim. Ve tam dediği gibi olmuştu, ilk sahneye çıkışımdan iki sene sonra, 2019 baharında BKM'nin iki yöneticisi Zümrüt ve Gülçin oyunumu izlemeye Zorlu'ya gelmiş, sanırım beklediklerinin üstünde bir seyirci ilgisini de görünce yazın, kendi bünyelerindeki Harbiye organizasyonunda çıkmam için teklifte bulunmuşlardı. Metin'le bir süre düşündük ve sanırım bu sene o sene diyerek "e hadi o zaman hayırlısı" nidalarıyla bu şahane ve bir o kadar da korkutan teklifi kabul ettik.

Korkutan diyorum çünkü Harbiye'nin kapasitesi yaklaşık dört bin koltuk. Yani Tarkan on gece konser verebilir burada, adam stadyumda bile vermiş ne var, onun için çocuk oyuncağı, zaten üç yılda bir konser verdiği için herkes özlüyor, biletler açılınca şak diye alıyorlar. Ajda desen öyle. Kenan zaten oraya en yakışan erkek vokal bana göre. Geri kalan pek çok isimse zaten davetiyeyle dolduruyor. Tuhaf tuhaf organizatörlerin boyunduruğuna girip beleş dağıtılan biletlerle 'sold out' diye kendimizi kandıracak halimiz olmadığından bizim de çatır çatır o biletleri satmamız lazımdı. Ancak ben zaten bütün Türkiye'nin tanıdığı birisi olmadığım gibi iki sezondur her hafta zaten kapalı gişe gösteri yapıyordum. Yani insanlar halihazırda kapalı salonlarda daha uygun fiyata bilet alıp izleyebiliyorken neden iki katı bilet ücreti verip Harbiye'ye gelsindi ki? Gelseler bile sadece stand up'la yetinirler miydi? Henüz benim gösterimi izlememiş dört bin kişi bulabilir miydik? Bütün bunlar benim gibi garantici ve takıntılı bir Oğlak'ın hayatı kendine zehir etme biçimiydi. Tabii ki garanticiliğimi sadece bu sorularla sınırlamadım. BKM'nin yazın yapalım teklifine "Yok yok Eylül sonu yapalım anca hazırlanırım, zaten anca biter bütün biletler" diyerek teklife adeta Oğlak şerhi düştüm. Biletleri de satışa Haziran'daki son kapalı sahne oyunundan sonra açalım ki anca dört ayda bitiririz diye düşündüm. Her şey ama her şey kontrolüm altında olmalıydı.

Yoğun bir sezonun ardından yazın en sevdiğim zamanı olan Haziran'ın ilk yarısında, okulların hâlâ açık olup, milyonlarca hiperaktif çocuğun plajları ve tatil köylerini henüz istila etmediği, otellerin ancak en zenginlerin görebildiği en pahalı dönemlerine henüz girmediği dünyanın o en güzel zamanında annem, babam ve ablamı Göcek'te tatile götürdüm. Annem, babam ve ben her yaz başı maddi durumumuza göre mutlaka bir Ege tatili yapardık ancak ablam bu tatillere pek teşrif etmezdi. Bu sefer o da geldi çünkü gerçekten rüya gibi bir otelde rüya gibi odalarda kalacaktık.

Bankacılığı bıraktığımda kendi yolumu inşa etmeye çalışırken en dipte olduğum gecelerde hep "Allah'ım yalvarıyorum sadece ailemi rahat ettirmek ve onları misler gibi yaşatmak için benim yolumu aydınlat ve ışıl ışıl yap" diye dua ederim. Çünkü annem de babam da tüm hayatlarını, maaşlarını ve ceplerindeki her kuruşu bizleri memnun edebilmek, yetiştirebilmek, ellerindeki imkânlarla hiçbir şeyden geri bırakmamak için harcamışlardı. Biz ne yaparsak yapalım onların yaptıklarına borcumuzu kapatamazdık. Küçücükken Ihlamurdere Caddesi'ndeki minnak evimizi yılbaşı zamanı süsleyip, cebindeki üç kuruşla evin her yerine irili ufaklı hediyeler saklayan babamın bir yandan sobaya odun atarken bir yandan bizi Noel Baba'nın varlığına inandırma çabasını hangi tatille ödeyebilirdim ki? Ya da annemin onca işi gücü arasında Nişantaşı sokaklarında bana lacivert takım elbise dikecek bir terzi aramasını? Ya da yine annemin ablamın ergenliğinde geçirdiği ağır rahatsızlık nedeniyle ona gösterdiği desteğin değerini maddi olarak ölçmek mümkün müydü? Asla! Ama asla diye de hiçbir şey yapmadan mal gibi davranamazdık. O yüzden hem ben hem ablam en güçlü olduğumuz taraflarımızı hep onları mutlu etmeye adadık ve ne kadar didişsek de her gün onları konforlu ve mutlu yaşatmak için gözlerinin içine bakmaya devam ettik.

En güzel otelin en güzel odalarına yerleşip erken yazın keyfini çıkarmaya başladık. Ailece denize giriyor, akşam Göcek'in merkezindeki şirin balıkçılarda keyif yapıyor, gece otelde çıkan şahane orkestra eşliğinde sarhoş sarhoş dans ediyorduk. Hayatımdaki en ama en güzel yaz tatiliydi. Annem zaten küçücük şeylerden bile mutlu olan biridir ama babamın bu tatilden aldığı keyif ve tatilin sonunda "Kaancığım be sana yük olmayacaksa iki üç gün daha uzatalım mı" teklifi karşısında bütün aile hayatımızın şokunu yaşıyorduk. Tabii ki uzattık.

Tatili uzattığımız günün akşamı Metin arayıp, "Sen okey dediğin anda Harbiye'yi satışa açabiliyoruz, ne dersin, açalım mı? Her şey hazır!" demesin mi! Tabii ki kabul ettim ve şurup gibi bir Haziran akşamında güneş batmaya hazırlanırken ilk Harbiye Açıkhava gösterimin biletlerini resmen satışa açtık!

Satışa açılır açılmaz ilk bilet alanlar, bilet görsellerini atmaya başlayınca kalbim her zamankinden hızlı çarpmaya başladı ve ultra her şey dahil otelimizin sevimli barmeninden koca bardakta bir Baileys alıp otelin bahçesindeki priz olan duvara şarjımı takarak telefonu elime aldım ve yere oturdum. Elimde telefon, bilet atanlara bakıyor, bir yandan bilet atanların görsellerini hikâyelerimde paylaşarak herkesi bu heyecana ortak etmeye çalışıyordum. Normalde kendi yaptığımız gösterilerde Biletix'in sistemine girip anlık olarak bilet satışlarını görebiliyoruz ama BKM gibi başka bir organizatör firmayla yapınca bütün adetleri onlar görebiliyordu. İlk adetleri almak için sabahı beklemek gerekiyordu. O kadar çok bilet görseli geliyordu ki adedi asla kestiremiyordum. Sabah erkenden Metin'den mesaj geldi: "İlk gece adedimiz 328! Çok iyi başladık abi, BKM de çok mutlu, hadi hayırlısı olsun!" Annem ve babam benden çok daha fazla heyecanlıydı. Beklentisi benden çok daha yüksek olansa kesinlikle babamdı. Kahvaltıdaki ilk cümlesi şu oldu: "Bin olmuştur kesin!" İki senede Harbiye'ye çıkacağımı bilen babam bu sefer duvara toslamıştı. Ve onun bu uçuk tahmini, "328 acaba kötü bir başlangıç mı" diye düşünüp dertlenmeme sebep olmuştu. Ama her şey çok güzel gidiyordu. Tatilde bana rastlayan takipçilerime şakayla karışık bilet aldırıyordum. Bankada öğrendiğim sıcak satış taktiklerini uyduruk bir sigorta ürünü için değil de kendi gösterimin bileti için kullandığıma ayrıca mutluydum. Aman taktik dediysem öyle alengirli bir şey değil, fotoğraf çektirmek isteyenlere "Harbiye'ye geliyorsunuz değil mi, bakın çok eğleneceğiz" falan diyerek komedyenden ziyade müsamere çocuğu edasıyla küçük, tatlış baskılar yapıyordum, hepsi bu:) Tabii sosyal medyadan her şeyimi paylaştığım için beni takip edenler de yaşadığım heyecanlara, sevinçlere, hüzünlere direkt ortak oluyorlardı. Aslında beni sevdikleri bir komedyenden ziyade gerçekten de evlerindeki kuzenleri, üst kattaki komşuları gibi görüyorlardı. Bu yolculukta beni en mutlu eden şey de gerçekten buydu.

Yaz boyunca bazı günler on beş-yirmi, bazı günler altmış-yetmiş adet günlük satış oluyordu. Ama tabii bu takip bende öyle bir stres yaratmıştı ki bir ara "keşke Haziran başında yapıp bu stresten kurtulsaydım" diye aklımdan geçirdiğimi hatırlıyorum. Tatilden döndük, akşam geç saatlerde evime girebildim. Ertesi gün öğlene doğru şahane geçen tatilimizin verdiği huzur ve henüz yarısı bitmiş biletlerin verdiği anksiyeteyle berbere gitmek üzere evden çıktım. Ya yarısı boş kalır da dosta düşmana ama en önemlisi onca dostmana rezil olursam diye kederlenmeye ramak kalmışken ve tam eski bankamın oradan geçerken, binanın tam çaprazındaki kocaman dijital billboardda kendi afişimi gördüm. Afişte kullanılan görselde kafamı kaldırmış yukarı bakıyordum ve baktığım yerde tam olarak eski bankam vardı! O kadar muhteşem bir denk gelişti ki ayarlasak bu kadar olmazdı herhalde. Arabayı hiç olmayacak bir yerde kenara çekip dışarı çıktım ve on dakika falan şapşal şapşal o dijital panoya baktım. On dakika bakmamın sebebi kendime olan aşkım ya da idrak eksikliğim değildi, pano dijital olduğu için afişler sürekli değişiyordu ve ben hiç hazzetmediğim bir isimden sonra geliyordum. Tekrar kendi afişimin çıkması için de en az dört beş kere o hiç hazzetmediğim şahsın kafasını görmek zorunda kaldım. Neyse... Çok güzel, çok sihirli bir andı ve o an bütün geri kalan koltukların da satılacağını anladım demek çok isterdim ama tam bunu anlayacakken yanımda beliren trafik polisi beyefendinin kestiği cezayla gerçek dünyaya geri döndüm. Kendisine epey dil döküp komedyen olduğumu, afişte kendimi gördüğüm için durduğumu, böyle şeylere alışık olmadığımı söyledim. "Tabii tabii eminim öyledir" deyince, "Aa lütfen niye yalan söyleyeyim, bakın orada" diye panoyu göstersem de panoda benim dışımda herkesin dönüp benim afişimin ekrana gelmemesiyle yerin yedi kat dibini boyladım! Yoksa hayal mi görmüştüm? Stresten kafayı mı yemiştim? Instagram hesabımı açıp videolarımı göstersem bendeki bu şansla hesap da kendiliğinden hacklenip fotoğraflar yok olabilirdi. O yüzden paşalar gibi cezamı ödeyip ensemi naturel almak için yollarımı gözleyen berberime doğru sürdüm taksitleri henüz başlamış arabamı.

Yaz boyunca şu kadar sattı bu kadar gitti derken Ağustos ortasına geldiğimizde BKM'den güzel haber geldi: Gösteriye kırk beş gün kala bütün biletler bitmişti! Sevinçten havalara uçtum. Biraz da ağladım galiba. BKM, merdivenleri de satışa açmayı teklif etti. Güvenlik problemi yaşamamak adına zaten hepsini açamıyorduk. Biz de izin verilenin çok azını satışa açmaya karar verdik. Son derece tatsız bir metaforla evdeki temizlik merdivenine çıktım ve telefonun otomatik çekim modunu ayarlayıp kendi fotoğrafımı çektim. Merdiven biletlerinin satışa açıldığını bu hiç de komik olmayan göndermeyle duyurdum. Onlar da hemen bitti. Allah'ım neler oluyordu? Yeni bir Tarkan mıydım ben? Hayır tabii ki.

Kırk beş gün kala dört binden fazla bilet bitince acaba Harbiye'ye ikinci gösteriyi koysak mı diye bir düşünsek de, yeni bir anksiyetik döneme hazır olmayan kalbim ve beynim ağzıma vurdu ve "Saçmalamayın, asla olmaz, sezona kapalı salonda efendi efendi devam ederiz" diyerek bütün organizatör menşeli gaza gelmeleri tek seferde savuşturdum.

Büyük geceye on gün kalmıştı ve bu benim ilk Harbiye'mdi. Zaten içeriğime de yeni şeyler koymak için çok erkendi. Ama sadece stand up yapıp geçemezdim. Zaten gelenlerin de stand up'tan fazlasını beklediklerine emindim. Ama ne? Ne? Ne?

Kafamda ilk olarak hikâyemi bilmeyen insanlara kendimi anlatacak eğlenceli bir video yapma fikri belirdi. Arşivci özelliğimden dolayı elimde çok fazla kayıt vardı. İstifa ettiğim gün şirkette yaptığım konuşmayla başlayıp, annemin ameliyatı sonrası hastanede ona müzikal seçmelerini kazandığım haberini verişimle devam eden ve çıktığım TV programlarını, Cem Yılmaz'ın sahnede söylediklerini, Okan Bayülgen'in programına çıkışımı vs. hepsini içeren mini belgesel tadında şahane bir video hazırladım. Tabii ki I Movie'de:) En sonuna da "her şey çok önce başlamıştı" yazarak büyük uğraşlarla Türker İnanoğlu'ndan rica minnet aldığımız ve Kenan Doğulu'nun taklidini yaptığım yarışmanın görüntülerini ekledim. O görüntüler bizim beta kasetimizde kayıtlıydı ve tabii ki yıllar önce kaybolmuştu. BKM'nin patronu Necati Akpınar ve CEO'su Zümrüt Bekçe müthiş bir kıyak yaparak, yarışmanın o zamanki yapımcısı Türker Bey'den görüntüleri rica edince, videoyu kurgularken yıllar sonra ilk kez o görüntülerle yüzleşmiş oldum ve bu yüzleşme beni bambaşka duyguların içine attı. İzlerken adeta dudaklarıma yapışan peruğun stresini, yerde emekleme hareketini yapamayışımın anksiyetesini ve yanlış senkronla şarkıyı bitirişimin cinnetini bir kez daha iliklerime kadar hissettim. Video o kadar, o kadar güzel olmuştu ki izleyen birinin duygulanmaması imkânsızdı. İçimde coşan duygu kasırgaları bana bambaşka bir fikir daha verdi: Video tam biterken, tam herkes peruklu lacivert takımlı halime şok olmuşken aynı kıyafet ve perukla playback'e devam etsem? Arkamda dansçılar? Hemen İstanbulname müzikali kâbusunun bana kattığı güzelliklerden dansçı arkadaşlarımı aradım, seve seve kabul ettiler ve hemen koreografi çalışmaya başladılar.

Her şey çok güzel olacaktı, buna emindim artık. Ama coşkun yüreğim ve hem bankada geçen yıllarımın hem de yarışmayı Aşkın Nur Yengi'yi canlandıran kıza kaptırmanın verdiği yarım kalan hesaplaşmam beynimi coşturdukça coşturuyor, hayal gücüm Everest'i kıskandıracak zirvelere çıkıyordu.

Ya ben playback yapmaya başlamışken birden Kenan Doğulu'nun kendisi çıkıp gelse? Offf! Düşünür düşünmez "yok artık!" diye geçirdim içimden. Ama zehir -yani fikir- beynime saplanmıştı bir kere. Geri dönemezdim. Denemekten ne çıkardı? Hem ölüm yoktu ya sonunda! Hemen BKM ile temasa geçtik, onlar da çok heyecanlandılar ve Kenan'ın ekibine ileteceklerini söylediler. Heyecanlı bekleyiş başladı. Zaten videoyu gördükten sonra Kenan gibi bir duygu adamının "hayır" deme ihtimali olduğuna kesinlikle inanmıyordum.

Birkaç gün sonra heveslerimizi kursaklarımızın tam ortasında bırakan haber geldi: Ekibine iletmişler ancak programı uygun değilmiş ne yazık ki. O kadar üzüldüm ki, sanki koltukların hepsini bitiren seyirciler tüm biletleri iade etmiş de gösteri iptal olmuş gibi bir hüzün kapladı içimi. Diğer yandan "bu işte bir bit yeniği var" diye geçirdim aklımdan. Kenan'ın ekibinden kime gitmişti bu bilgi? Kim Kenan'a nasıl anlatmıştı olayı? Videoyu görüp de reddettiğine asla inanmıyordum. Neyse buraları çok kurcalamanın bir şey kazandırmayacağını biliyordum ancak pes etmeye asla niyetim yoktu. Benim Kenan'a direkt ulaşmam, kendi kelimelerimle kendimi ifade etmem şarttı. Reddedileceksem direkt reddedilmeliydim. Gerçi ondan sonra da muhtemelen kendimi köprüden atardım ama olsun. Bu reddedişi gözlerimle görmeli, kulaklarımla duymalıydım. En azından videoyu ona izletmeliydim.

Ortak tanıdıklarımızdan birinden direkt kendisinin telefonunu istedim. Bu arada gösteriye sadece dört gün var. Kabul etse bile nasıl yetişecekti her şey, ülkenin en çok konser veren adamının o akşamı nasıl boş olacaktı ki? Yine de telefonu elime aldım ve kendisine uzunla kısa arası ama maalesef uzuna daha yakın bir mesaj attım. İlk Harbiye'mde benimle olmasının önemini anlattım. Birkaç dakika sonra üstte beliren 'yazıyor...' ifadesiyle kalp çarpıntım artmaya, kalbim ağzıma doğru yola çıkmaya başladı. Ve birkaç dakika sonra yanıtı düştü:

"Vay kardeşim, çok memnun oldum, ne güzel hikâye, çok duygulandım. Ben geçende önce Ceylan Ertem'in sonra da Nükhet Duru'nun sahnesine konuk oldum. Bu da buranın delisi gibi hep başkasının sahnesine çıkıyor derler mi acaba? Yoksa çok isterim, videoyu görebilir miyim. Sen nasıl bir şey hayal etmiştin? Orkestra var mı?"

Hemen banyoya gidip suratıma soğuk sular çarptım. Suyu her çarpışımda kendisinin ne kadar alçakgönüllü olduğunu idrak edip bu tevazudan daha da mest oluyordum. Videoyu gönderdim, çok hoşuna gitti, çok güldü. Ertesi gün de kabul etti! Dansçıların kıyafetlerini sordu, ters düşecek bir şey giymek istemiyordu. Her sorusunda, öğrenmek istediği her detayda işine ve seyircisine olan saygısını, sahneyle ilgili her şeye nasıl disiplinle yaklaştığını görüp kendime dersler çıkarıyordum.

Tabii geceyi böyle yüksek açınca, seyircinin şovun geri kalanıyla ilgili beklentisi de yükselecekti. Tıpkı evden yaptığım canlı yayınlara İclal Aydın'ın geleceği kesinleşince bu bilgiyi kullanarak başka hangi ünlüleri davet edebilirim diye yükseldiğim gibi, Kenan'la açacağım gecede başka ne sürprizler yapabilirim diye düşünmeye başladım ve iki gün kala hemen evdeki ilk canlı yayınıma katılan ve şovda bu durumla ilgili de çokça şaka yaptığım Gökhan Türkmen'e ulaştım. Kenan'ın geleceğini, açılışı onunla yapacağımızı, ikinci yarıda da kendisiyle ilgili şakaları yaparken çat diye sahneye girip şarkı söylemeye başlamasının seyirciyi mest edeceğinden bahsettim. Çok hoşuna gitti ve çok mutlu oldu bu fikirden. Her zamanki tatlılığı ve dostluğuyla kabul etti. Son olarak da Harbiye'ye özel bazı Ekşisözlük yorumlarını ana ekranda gösterip onlar üstüne mavra çevirme fikrim oluştu. En çok güldüğüm yorumlardan biri "Bi Kalben'e bi de bu adama dayanamıyorum ve bu ikisini seven erkeklerin gizli gay olduğuna inanıyorum" yorumuydu. Bu yorumla dalga geçerken de Kalben'in girip şarkısını söylemesi ne muhteşem olmaz mıydı? Kalbenciğim de bu teklifi kabul etti ve artık iki gün kala benim stand up gösterisi bambaşka bir şeye evrilmişti! Üstelik o sene Kenan'ın Yaparım Bilirsin albümünün 25. yıldönümüydü. Sahnede zaten piyano ile şahane bir piyanist de olacaktı ve finalde hep beraber Kenan'ın o albümünden bir şarkıyı yine Kenan'la söyleyerek herkese unutulmaz bir final yaşatabilirdik!

Diğer isimler de netleşip, benim finalle ilgili bu fikrim oluşunca bunların hepsini Kenan'a ilettim. En başta biraz şaşırdı. "Aaa olay büyüdü desene, ben bi'tek ikimiz olacağız sanmıştım, ama olsun süper oldu böyle, Gökhan'ı da Kalben'i de çok severim, finale de provada bakarız o zaman!" dedi. Çok haklıydı şaşırmakta, zira sanki diğer her şeyi önceden hazırlamışım ve en son Kenan'ı ikna etmişim gibiydi tablo. Oysa her şey ama her şey son yetmiş iki saatte olup bitmişti. Ben hâlâ üç gün içinde olan biten onca şeye inanamıyordum. Sadece ben değil, Metin de, BKM de şoktaydı.

Diğer yandan birkaç hafta önce yine bir sokak hayvanına yapılan şiddet görüntüleri gecelerce uykumu kaçırıp insanlığımdan utandırdığı için, gösteriye gelen herkesten mama getirmesini rica etmiş ve bu mamaların kargo şirketiyle ihtiyacı olan barınak ve hayvan besleme platformlarına yollanacağını açıklamıştım. O gecenin enerjisi uzun günler ülkenin dört bir yanına yayılsın da istiyordum, yalan yok...

Büyük gün geldi çattı. Bana kalsa sabah erkenden gidip gösterimi yapıp eve gelip yatmak en güzeliydi. Bütün gün akşamı beklemek, onca şovu, ünlüyü idare etmek, giriş çıkışları netleştirmek, bunları yaparken gecenin komedi direksiyonuna hâkim kalmak nasıl olacaktı? Acaba boyumdan çok büyük bir işe mi kalkışmıştım? Üstelik bütün bunlar yetmezmiş gibi bir de yeni başlayacak müzikalimizin tanıtımını da burada yapmaya karar vermiş, ikinci yarının başında müzikalden bir şarkıyla açsak ne güzel olur diyerek adeta bir beyin tutulması yaşamıştım.

Bir gece önce Kenan benden taslak bir diyalog yazmamı rica etti ve "Açılıştan sonra birkaç şaka ile seyirciyi coşturalım mı, senin stand up'ına da güzel bir geçiş olsun" dedi. Bir şeyler yazdım ancak mizahı yazılı yapmak konusunda sıkıntıları olan ben yine çok başarılı olamamıştım. Çok zarif bir şekilde "Neyse sahnede akışa bırakırız, doğaçlama nasıl olsa çıkar bir şeyler" dedi gecemin ve gönlümün yıldızı. Duşumu alıp hiç uyumamak üzere yatağıma girdim.

Ertesi gün hava hiç olmadığı kadar aydınlık ve ılıktı. Öğleden sonra saat üç civarı hayatımda ilk kez Cemil Topuzlu Sahnesi'nin sanatçı girişinden içeri adımımı attım. O kadar heyecanlı, o kadar tedirgindim ki, sahneden onca boş koltuğa bakmam ve birkaç saat sonra bu koltukların hepsinin dolacağı gerçeğiyle yüzleşmem de heyecanımın yatışmasına hiç yardımcı olmadı. Saat altı gibi Kenan geldi, dansçılarla provamızı aldık. Çok neşeli, çok rahattı. İkimiz de sırasıyla sahne altındaki platformla çat diye yukarı çıkıp seyirciyi şaşırtacaktık. Sonra sırasıyla Kalben ve Gökhan geldi. Onlarla ilgili şakaları yaptığım bölümleri anlattım, şarkılarının provalarını aldılar. Kalben kendi gitarıyla gelmişti, Gökhan acapella (enstrümansız) yapacaktı. Müzikaldeki partnerim Pelin de o arada geldi, hâlâ henüz tam oturtamadığımız aşırı zor şarkımızın provasını aldık piyano eşliğinde. Dakikalar ilerledikçe sahnedeki koşturmaca ve hareketliliğe şöyle bir baktım. Bu insanların hepsi benim için oradaydı. Benim yanımda olmak için, benimle seyircimi şaşırtmak ve mest etmek için gelmişti hepsi. Üstelik yaklaşık beş bin güzel insan daha gelmek üzereydi. Hava kararmaya başladı, kapıların açılması gereken saat 20:00'ydi ancak biz hâlâ prova yapıyorduk. Finalde Aşk Oyunu söylemeye karar verdiler. Artık kulise geçip hazırlıklarımızı yapmalı ve perdenin açılmasını beklemeliydik. Giyinmek üzere kulisime çıktım.

Odam çiçekle dolmuştu ve bir an kendimi eski Türk filmlerindeki Emel Sayın gibi hissetmeye başladım. Üstümü giyindim. Peruk konusunda makûs talihime yine mağlup olmuştum ve yine Kenan Doğulu'dan ziyade bu sefer Yakari'ye benzeyen, muhtemelen Güldür Güldür kostümleri arasından fırlamış bir peruğu kafama geçirdim. Lacivert smokinim, ilk büyük Zorlu sahnesinde giydiğimin aynısıydı. Smokinin üstüne peruğu geçirip aynaya bakınca istem dışı gülmeye başladım. Kahkahalarımı duyan herkes kulise doluştu. Gösteriye dakikalar kala çılgınlar gibi gülen insanlar topluluğu olarak enerjimiz sahneye çıkmaya hiç olmadığı kadar hazırdı ve perdenin açılması için can atıyorduk!

Son dakikalar, seyircilerin beni etiketleyerek attıkları story'lere bakıyorum, Nişantaşı'ndan akın akın insan geliyor, ellerinde kocaman kocaman mama poşetleri, gelenler poşetleri kolilere koyup içeri geçiyor. Kimse koca koca mama poşetlerini taşımaktan yüksünmemiş. Muhtemelen çoğu iş çıkışı eve bile uğramadan geliyor. Sahne doldukça, açık havanın etkisiyle her yere yayılan seyirci uğultusunu ayaklarımdan başıma kadar her zerremde hissediyorum. Kalbim şimdi durmazsa hiç durmaz herhalde. Kaç kere sahneye çıktım, şimdi neden ilk kez çıkıyormuş gibi titriyorum? "Kaan Bey, Kenan Bey, aşağı geçebilirsiniz başlamak üzereyiz!" diye sesleniyor sahne amiri. Sahnenin altına, bizi yukarı çıkartacak platformun yanına geçiyoruz. Sıkış tıkış bir yer. Platform da öyle otomatik falan değil. Abiler el verip kaldıracak, Allah vere de kaldırırken çökmesek cümbür cemaat! Video başlıyor, seyirciler her yerinde kahkahalar atıp bazı yerlerinde alkış tufanı koparıyorlar. Teyzemle eniştemin bir çay sohbeti sırasında gizlice çektiğim "evladım hevesini aldın olmadı işte boş ver, senin klasında işleri alacak insan bulmak çok zor bu ülkede, dön bankaya, evlen artık, yuvanı kur" laflarını duyunca çılgınlar gibi gülüp alkışlamaya başlıyorlar. Ve yarışma programında görüntüm geliyor, büyük bir "wooow" çekiyor seyirci, "Atatürk'ün çocukluğunu canlandırıyorum" lafımla alkış patlıyor yine! Ve ilk kez beni perukla, lacivert takımla Kenan taklidimle görüp kendilerinden geçiyorlar. Kenan'la birbirimize bakıyoruz, benim gözlerim dolu dolu. O sırada dansçılar sahneye giriyor, şarkı ilerliyor, arkada yine küçük Kaan'ın perukla cebelleşme görüntüleri. Kenan'ın elini kalbime götürüyorum, "Oğlum sakin ol, çok güzel olacak, hadi fırla!" diyor. Abiler beni yukarı fırlatıyor, seyirci şaşkın, çılgınlar gibi alkışlayıp tempo tutuyorlar. Peruğumu daha dikkatli savuruyor, ellerimle klipteki hareketleri yapıyorum. Bir anda platform yine açılıyor ve bu sefer gerçek Kenan sahneye zıplıyor ve seyirci tam anlamıyla deliriyor! Sahnede kendimizden geçmişçesine dans ediyoruz; dansçılar gülüyor, seyirci şaşkın. Şarkı bitiyor, devasa bir alkış tufanı. Kenan'la tatlı bir muhabbet, atışma, sahne arkasına uğurlama, seyirciyle baş başa kalma...

"Şimdiden bilet paranızın hakkınızı aldınız bence" diyerek, gösteriyi beğenmeyecek olanların linçlerine erkenden ipotek koyuyorum. Sonrası çorap söküğü gibi devam eden harika bir karşılıklı mest hali. İkinci yarının başında Pelin'le düetimiz, sırasıyla ilgili yerlerde Kalben'in, Gökhan'ın sürpriz girişleri, harika performansları. Gösterinin ortasında sanki arkadaşları adına teşekkür etmeye gelen ve yarım saat istifini bozmadan olan biteni izleyen kedi, dört saatlik unutulmaz bir gecenin ardından finalde Kalben, Gökhan ve Kenan'ın üçünü birden sahneye davet edişim, seyircilerin arasında en ön sıradan Zeynep Bastık'ın da bize katılmasıyla herkesin kulaklarının pasını silen ve seyircinin uzun yıllar, benimse ömür boyu unutamayacağım muazzam final.

O kadar güzel ve büyülüydü ki her şey, perde kapanırken en son kafamı dışarıda bırakıp olabildiğince sahneden seyircime bakmaya çalıştığım anları görmenizi isterdim. Belki yarışmada klibin orijinalindeki yerde emekleme hareketini yapamamıştım ama Türkiye'nin en güzel sahnesinde hayatımın hareketini yapmıştım. Çok ama çok mutlu, bir o kadar da yorgundum. Düğünü bitip de herkesi uğurladıktan sonra köşede yığılan damat gibiydim.

Ünlü olmanın kuralları arasında sıralamadığım ama özellikle şarkıcıları ve sahne üstünde etkinlik yapan ünlüleri kapsayan çok önemli olan bir kural da performanstan sonra kuliste alkolün bin bir halinin su gibi aktığı, sabaha kadar süren 'afet party'lerdir. Zaman zaman hayattan keyif almayı unutmuş bazı ünlülerimizin bu nedenle pek çok keyif verici yönteme de başvurduğu bu partiler benim gibi iki kadehte yamulan dedeler için gerçek bir kâbus olduğundan böyle bir parti düzenlemedik.

En yakın arkadaşlarım ve ailem hemen kulis arkasına geldi. Annemle babamın gözlerindeki gurur ilkokul mezuniyetimdeki müsamerede hissettiklerinin aynısıydı. Bazı arkadaşlarım beni nasıl olsa cepte gördüklerinden Kenan'la, Zeynep'le, Gökhan'la falan fotoğraf çektirdiler.

Herkes gittikten sonra Kenan'la tekrar sarıldık, "Çok mutluyum seni tanıdığıma, çok güzel bir insansın sen" dedi. Ben de hayatımın en güzel gecesini yaşattığı için bir kez daha teşekkür ettim ve saat ikiye doğru ayrıldık. Herkes gittikten sonra sahneye çıkıp bir kez daha son kez bütün Harbiye'ye şöyle bir baktım. O gece yaşananların bir rüya olmadığını idrak etmem gerekiyordu. "Hadi üşüteceksin!" diye seslendi Metin, elinde meşhur bavulum ve omuzlarına iki sırt çantası takmış halde.

Eve geldim, duş almaya bile halim kalmamıştı ama rahmetli anneannemden kalan mutfağı akşamdan toplu bırakma alışkanlığım hâlâ yerinde duruyordu ve lavabodaki tabakları, bardakları makineye dizip, pijamalarımı giyip, sabaha karşı saat üç gibi keyifle birkaç seyirci yorumu okumak üzere başımı yastığa koymuştum ki, koyar koymaz uykuya dalmışım. Sabah kalktığımda hem her zamanki bendim hem de sanki artık bambaşka bir adamdım. Çünkü Harbiye herkes gibi benim için de milattı.

En Güzel Fiyaskom

Bankadan ayrılır ayrılmaz girdiğim, dört ay prova yapıp dört oyun oynadıktan sonra perdelerini kapatan İstanbulname müzikalinin o işteki hemen herkes üstünde nahoş anılar bıraktığından ama buna rağmen o müzikalin benim hayatıma pek çok insan kazandırdığından bahsetmiştim. O insanlardan Evren de tam benim gibi bir müzikal delisiydi ve yine benim gibi İstanbulname'den dersini almamıştı. Müzikallere olan inancı ve tutkusuyla bir gün beni arayıp yeni bir müzikali sahneye koymak istediğinden hatta BKM ile görüştüğünden ve onların da olumlu baktığından bahsetti. Eser çok ünlü bir filmin müzikal uyarlamasıydı. Film çok külttü ancak müzikali benim bildiğim kadarıyla yurtdışında büyük başarılara imza atmadı. Yedi-sekiz ana karakterli bir işti ve diğer adı geçen isimler de epey iyiydi. Hatta ilk oluşan kadroda birbiriyle çok alakasız ama bir o kadar da çılgın o kadar çok isim vardı ki, o kadroyla o oyun çıksaydı magazine epey malzeme verebilirdik:) Müzik direktörü de sektördeki en iyi bir iki isimden biriydi. Hem Evren hem BKM hem de iyi isimler işin içinde olduğundan hem de İstanbulname travmamı atma konusundaki kararlığımdan tabii ki hemen kabul ettim. Tanışma buluşmaları hem keyifli hem de enteresandı. Yönetmenimiz de çok tatlı, iyi niyetli, pozitif, bir o kadar da garip yöntemleri olan bir yönetmendi. Parça parça okuma provalarına başladık, ayrı ayrı küçük küçük vokal çalışmalar bile yapıyorduk. Sonra bir iki isim kadrodan çıktı, yerine yenileri girdi. İki dizi yıldızı, bir dizi yan oyuncusu, bir alternatif şarkıcı, bir alternatif şarkıcı daha, bir nev-i şahsına münhasır oyuncu ve ben. Nuh'un gemisi gibi bir kadroyduk, her birimiz ayrı numunelik. Kısa sürede her kafadan bir ses çıkmaya başladı, BKM bu işi yapmak istiyordu ama onların da kafasında belirsizlikler vardı. Hepimizin olduğu bir toplantı yaparak her şeyi netleştirmek istediler. Hepimiz bir sabah Akatlar'daki BKM binasında dilimlenmiş simitlerin ve tatlı kahvaltılıkların konmuş olduğu gergin masa etrafındaki yerlerimizi aldık. Gelmeyen tek bir kişi vardı: Uyuyakalan yönetmen. Zaten herkesin kafasında kocaman soru işaretleriyle oturduğu masadan, yönetmenin de toplantıya gelmemesiyle "bu işi kesin yapalım ama her şey oturduktan sonra seneye yapalım" kararı çıktı ki bunun "biz bu müzikali yapamayız, haydi herkes kendi yoluna" anlamına geldiğini hepimiz çok iyi biliyorduk. Zaten o sıra Alice işine yeni girişmişlerdi, yönetmen de gelmeyince -haklı olarak- bizi gözden çıkardılar muhtemelen.

Müzikal tanrıları bu işi ne kadar istediğimizi sınıyormuşçasına bir kapı daha kapanmıştı ancak bu, müzikal delilerini yıldıramazdı. Birkaç ay sonra yine Evren aradı: "Kaan ya, ne diyorum biliyor musun, bizim yapımcıya falan ihtiyacımız yok, beraber ortak bir iş yapsak mis gibi yaparız. Çok güzel bir oyun buldum, hem de sadece iki kişilik. Şahane bir off Broadway müzikali, 'Son Beş Yıl!' Hatta filmi bile yapıldı. Büyük kadrolarla da uğraşmayız, kendimiz istediğimiz gibi provamızı, her şeyimizi hallederiz. Küçük, güzel bir orkestra kurduk mu hele mis!" Onca müzikal travmama rağmen bir saniye bile düşünmeden nasıl "Yapalım tabii ya, biz hepsinden iyi yaparız, varım!" dedim hâlâ inanamıyorum. Çünkü müzikal benim en büyük hayallerimden biriydi, stand up'ını bile şuursuz bir şekilde tap dance ayakkabılarıyla açan umutsuz bir vakaydım ben. Müzikali duymuştum ama izlediğim bir iş değildi. New York'ta müzikal atölyesindeki arkadaşlarımın kendi aralarındaki pek çok muhabbette ismi geçen kült bir müzikaldi. Ömrü çok uzun olmamıştı ama dünyada en çok sayıda farklı ülkede sahnelenen müzikallerden biriydi. Bestecisi efsanevi James Robert Brown'dı ve bu adam bir nota dehasıydı. Notaları öyle böyle dans ettirmezdi. Maalesef bu detayların hepsini işi kabul ettikten sonra öğrendim ben.

Evrenle sözlü olarak anlaştıktan sonra o hevesle eve gelir gelmez müzikalin soundtrack albümünü indirdim. Şarkıları dinledikçe boğazıma bir şey oturdu. Oturan kocaman bir soru işareti ile kocaman da bir ünlemdi. Erkek oyuncunun söylediği şarkılar çok güzeldi ama o kadar zor, o kadar zordu ki, beynim alev almaya başladı adeta. Ben bu şarkıları nasıl söyleyebilirdim? Mümkünatı yok! Ama o noktadan geri de dönemem. Ne yapacağımı şaşırdım. O gün yirmi kere falan tüm albümü dinlemişimdir. Her dinleyişimde "aa yok ya ilk dinlemede öyle geldi galiba, çalıştıkça söylerim" diye kendimi kandırıyor ama kandırdığımı da asla kabul etmek istemiyordum. Evren'in motivasyonunu bozmamak için bu çekincelerimden hiç bahsetmedim çünkü hem partnerimi hem de oyunun yönetmenini bulmamız gerekiyordu daha. Oyun yeni parlayan bir yazar ve tutunamayan bir tiyatro oyuncusu çiftin ilişkisinin son beş yılını anlatıyordu. Kadın hikâyeyi sondan başa doğru anlatırken, erkek baştan sona doğru anlatıyor, ikisi sadece düğün sahnesinde göz göze geliyordu. Onun dışında tamamen ayrı ayrı müzikal monologlar, diğer bir deyişle sırf şarkı ve iki oyuncu da tamamen sahnede. Oyunun detayları netleştikçe diğer bir deyişle ben oyunu araştırdıkça "iki kişilik mi, ha çok kolay yaparız o zaman ya" şeklindeki bankacılıktan miras bir mantaliteyle bu işe bodoslama girmenin en azından benim gibi ilk büyük müzikal oyunculuk sınavını verecek biri için çok da rasyonel olmadığını anlamaya başladım. Ama artık ok yaydan çıkmıştı. Bütün eforumu verip elimden gelenin en iyisini yapmak zorundaydım. Evren tiyatro çevresi geniş olan birisiydi ve bu avantajını kullanarak çok tatlı, idealist, müzikal âşığı genç bir yönetmenle, Barış'la anlaştık. En önemli kısım ise partnerimin kim olacağıydı. O sıralar ortalıkta Alice kasırgası esiyordu. Herkesin gözü kulağı oradaydı; üç büyük yapım şirketi, kocaman menajerler, en ünlü isimlerin ilk kez sahne alacak olması vs. Bizimse etimiz budumuz belliydi, kendi yağında kavrulmaya çalışan gerçek birer müzikal âşığı iki kişinin gerçekten de müzikal gibi bir müzikal yapmak için çıktığı mütevazı ama kararlı, müzikalitesi yüksek ama riskli bir yol...

Zaten Türkiye'de şarkı söyleyebilen, iyi oyunculuk yapabilen, oyundaki karaktere uygun olması açısından 'güzel', tiyatro deneyimi olan bir kadın oyuncu bulmak çok zordu. Benim deneyimsizliğimi de gerektiğinde kapatabilecek çok iyi bir isim gerekiyordu. Önce o dönem çok izlenen bir dizinin genç başrol oyuncusu olan bir isme gittik, çok sevindi ve kabul etti. Gencecik, çok iyi sesi olan bir isimdi. Oynadığı dizide de şarkı performansıyla viral olmuştu. Ancak müzikal deneyimi yoktu. Hemen tanıştık, deneme amaçlı bir iki vokal provası yaptık. Çok tatlı ve iyi niyetliydi ancak deli dehşet bir temposu vardı ve gencecik bünyesi o tempoyu bile kaldırmakta zorlanıyordu. Üstüne bir de müzikal temposuna girmesi omuzlarına taşıyamayacağı bir yük ekleyecekti. Dostça ve çok iyi duygularla yollarımızı ayırdık. Hatta şimdi en çok izlenen dizilerden birinde başrol ve muhteşem gidiyor. Evren'le kafa kafaya verdik, düşündük taşındık ve tabii ki yine İstanbulname sandığını açmaya karar verdik. Orada da başrolde olan, zamanında Rent gibi çok iddialı bir müzikalin altından kalkabilmiş, ikimizin de arkadaşı olan, bildiği, tanıdığı Pelin Akil'in tam aradığımız isim olduğunu fark etmemiz çok uzun sürmedi. Aslında en başta da Pelin aklımıza gelmişti tabii. Ancak bir handikap vardı, Pelin yeni doğum yapmıştı ve böyle bir dönemde bu yoğun tempoya girmek ister miydi, emin olamadığımız için onu da zorlamak istememiştik. Fakat görünen köy kılavuz istemiyordu, bu işin altından ancak Pelin kalkabilirdi. Doğumdan dolayı o sırada bir dizi projesi de yoktu. Evren kendisiyle görüştü, ikimizin yapımda olduğunu ve Pelin'i çok istediğini söyledi. Pelin direkt sesli mesajla yanıt verdi. Sesli mesajda müzikalin şarkılarından birini söylüyordu. O kadar sevindik ki anlatamam. Çünkü o da bizim gibi müzikal delisiydi. Daha önce de dediğim gibi müzikal delileri için hamilelik, zor şarkılar, az deneyim, bunlar asla mazeret olamaz. Pelin için de olmamıştı. Sadece bizden prova mekânı ve saatleri konusunda esneklik rica etmişti. Voltranı oluşturmuştuk: Bir müzikal yıldızı, tiyatro deneyimi ve çevresi geniş hırslı bir yapımcı ve hayatı boyunca müzikal hayalleriyle yanıp tutuşmuş eski bankacı yeni komedyen!

Hemen müzik direktörümüz Canbo ile vokal çalışmalara başladık. Benim aklımda yaklaşan ilk Harbiye gösterimde Pelin'le sürpriz bir düet yaparak müzikali duyurmak ve ilk birkaç oyunun bilet satışını garantilemek vardı. Eh, pazarlama deyince de Kaan Sekban pardon:) Yalnız bu fikir aklıma geldiğinde Kenan, Kalben, Gökhan Türkmen gibi devasa sürpriz fikirlerim henüz beynimde şekillenmemişti. Harbiye'ye yetişmek için düet şarkımızı çalışmaya başladık; bazen benim evimde, bazen piyanist arkadaşımızın evinde, bazen Zorlu'nun bize açtığı prova odalarında. Yoğun çalışmalar sonrası düeti 16 Eylül'deki Harbiye'ye yetiştirebildik. Projeyi ve Pelin'i herkes o gece öğrendi, ikinci perdenin başında ben şarkıyı söyleyerek sahneye geliyordum, Pelin ise kendi sırası geldiğinde seyirciler arasından sahneye gelip düete katılıyordu. Beş bin kişi karşısında kazasız belasız düetimizi yapıp seyirciden iyi bir not almıştık. Prömiyer tarihimiz 14 Kasım, sahnemiz de şu an hatırlayamadığım yeni açılmış bir sahneydi ve biletleri de o gece satışa açtık. Her şey çok güzeldi. Yolumuz uzundu ve gençliğimiz vardı. Olmayan şey ise diğer şarkılar, koreografi, dekor, kısaca oyunun tek şarkısı dışında geri kalan her şeyiydi. Zaten o şarkı da düet değildi, Harbiye için düete çevirmiştik. Diğer bir deyişle hazır olan hiçbir şey yoktu ve önümüzde sadece bir buçuk ay vardı.

Öncelikle Pelin'e kolaylık olması açısından o zaman oturduğu eve yakın bir prova stüdyosu ayarladık. Performans Sanat Akademi adlı bu tatlı yerin sahipleri sağ olsunlar hiçbir bedel almadan bize kapılarını açan çok güzel insanlardı. Kapılarını bize açtıkları yetmiyormuş gibi her provada kendi yaptıkları keklerle, böreklerle bizi besleyip, sevgiye ve glutene boğdular. Herhangi bir sağlık durumu ya da yavrularının acil ihtiyaç duymaları halinde oyunun aksamaması adına Pelin'in rolü için ikinci bir cast'ı da (oyuncu) bünyemize kattık. Benim daha önce Yoldan Çıkan Oyun ve Seni Seviyorum Mükemmelsin Şimdi Değiş'te izleyip yeteneğine ve kalbine hayran olduğum Defne Koldaş'la anlaştık. Çok ama çok yoğun provalara başlayınca oyunun Kasım'a yetişmesinin imkânsız olduğunu fark edip hemen prömiyer tarihini değiştirdik. Prömiyeri de bin bir uğraşla Zorlu'ya aldık.

Zaman yaklaştıkça provaların süresi ve yoğunluğu artıyor, bu hepimizde hem heyecan hem stres bende ekstra bolca anksiyete yaratıyordu. Bu arada hem müzik direktörümüz Canbo ile vokal provalar yapıyor hem de ayrıca başka bir tatlı hocadan şan dersi alıyordum. Bu yoğun tempo beni ziyadesiyle tüketmeye başlamıştı çünkü hayatımın en yoğun döneminin içindeydim adeta. Çok yoğun bir gösteri takviminin yanı sıra oradan oraya koşturduğum bir kurumsal etkinlik programım vardı ve bu, müzikal yapmaya niyetlenen bir insan için intihar gibi bir şeydi. Zaten esaslı bir müzik eğitimi görmemiş sinüzit soslu zavallı sesim hangi birine yetişeceğini şaşırmıştı. Çok profesyonel, çok deneyimli bir müzikalci değilseniz müzikale giriştiğiniz dönemde sesinizi yoracak başka hiçbir iş yapmamanız gerektiğini maalesef acı tecrübelerimle anladım. Üstelik deli düdüklemiş gibi oradan oraya koşmuyormuşçasına, en zor eseri sırf iki kişilik diye seçmiştik. Ağır dramatik ve duygusal bir oyunda rol almak zaten benim gibi oyunculuk kökenli de olmayan biri için riskken, baştan sona şarkılarla bezeli, adeta bir nota rollercoaster'ı olan bir esere soyunmak kendini çarmıha germekten farksızdı. Tabii ortak yapımcılardan biri de olduğum için prova mekânlarının ayarlanması, ekibin yemeği, diğer teknik konular da bir miktar benim üstümdeydi. Bir ara acaba Defne'ye benim rolümü çalıştırıp eseri iki kadının aşkına mı çevirsek diye düşünmedim değil haha:) Sesimin yorgunluğu öyle bir noktaya gelmişti ki artık bana kalan yedi gram özel zamanda arkadaşlarımla görüşmemeye, telefonları açmamaya başlamıştım. Sırf sesim iyice mevta olup nodüller dört yanımı sarmasın diye. Hareket koordinasyonumuz için yenilikçi bir koreografımız vardı ve her hareket çalışmasında beden dersinde bunalıma giren ortaokuldaki halime dönüyordum. Hele yönetmenimiz Barış'ın yaptırdığı travma egzersizleri tam evlere şenlik görüntülere sahne oluyordu.

Oyunculuk çalışmalarında yönetmenler, hocalar, oyuncu koçları adeta bir Gülseren Budayıcıoğlu'na dönüşür ve sizi travmalarınızla yüzleştirmeye kalkışırlar. Bunu özellikle başka karakterlere bürünürken oyuncunun (ya da benim gibi eski bankacının:)) blokajlarını açmak, role daha iyi girmesini sağlamak için yaparlar. Ben kendi blokajlarımı bile kaç yılda kendime açabilmiş bir insanken yeni tanıdığım birine hiçbir şey açamam kardeşim! Başta böyle bir öz direniş göstersem de tabii ki bir süre sonra kendimi bıraktım ancak bu sefer de o çalışmalarda geçmişten taşıdığım çok büyük travmalarımın olmadığı ortaya çıktı. Muhteşem, kusursuz bir hayatım olduğu için değil tabii ki ama hep ne yaşadıysam pat diye dışıma atıp ondan kurtulmayı tercih ettim hayatta. Birine bozulduysam da çat diye söyledim, ailemde rahatsız olduğum bir şey varsa da geciktirmeden akıtırım içimden. Açık olunca da çözümsüz ve tıkanık kalmıyor hiçbir şey. Eh, zaten beni olduğum gibi her şeyimle kabul eden bir ailem de var, tabii ki kusursuz değiller ama travmatik şeyler de yaşatmadılar çok şükür bana. Sadece biraz bankacılıktan biraz da başka şeylerden kaynaklanan performans takıntım, iyi yapma saplantım olduğu ortaya çıktı ki zaten bu gizli bir sır değildi, kabak gibi ortada olan bir meseleydi ve bu mesele oyundaki Jamie karakterine de uygundu. Bunu ona yedirmeye çalışacaktık falan. Yine de şimdiye kadar hep kendi yazdığı çizdiği, kendi aklına gelen şeylerden bir hikâye ören bendeniz için verilmiş bir senaryo üstüne rol çalışmak epey zorlayıcıydı. Hem oyunculuk yapıp hem şarkı söyleyecektim hem de ortak yapımcıydım. Ölüm yok ya sonunda diye giriştiğim işlerden birinde yoksa gerçekten beni bekleyen bir kariyer ölümü müydü?

Neyse ki ekipte herkes çok iyi anlaşıyordu. Defne ile Pelin çok iyi bir elektrik yakalamıştı. İkisi de birbirlerini kendilerinin tamamlayıcısı ve güvenli bir liman olarak görüyorlardı. Tabii Barış tüm provaları hem Defne hem Pelin oynayacakmış gibi alıyordu ve bu benim için duble efor demekti. Pelin'le prova yapıp helak olduktan sonra o, işi bittiyse eve gidiyor, ben bir tur da Defne ile alıyordum. Neredeyse 15 lira limitli yılbaşı hediyesi bulmak kadar zor bir süreçti içinden geçmekte olduğum; daha doğrusu benim içimden geçmekte olan. Pelin tek prova yapsa da henüz anne olduğu için provalarda süt veriyor, provadan sonra onca yolu trafikte gidip çocuklarına geç saatte kavuşuyordu. Tabii ki bu özverisi ve eforu onu doğal olarak on prova yapmış kadar yoruyordu. Ayrıca prömiyer yaklaştıkça herkesin içine attığını düşündüğüm dev bir gerginlik topu çığ gibi büyüdükçe büyüyordu. Provalarda elimden gelenin de fazlasını yapmaya gayret ediyor, zaman zaman tabiri caizse ki caiz, kendimi parçalıyordum. Zira maşallah James Robert Brown paletindeki bütün renkleri göstermeye kararlıydı ve her şarkıda pesler, tizler, kafa sesleri, diyaframlar hiç de ahenkle dans etmiyordu. O provalardan birine Nükhet Duru geldi çat diye. Çünkü Evren Nünü'nün menajeriydi ve divamız onunla buluşmak için provanın sonuna gelmişti. Onun geldiği anda çok zor bir yerini söylemek için debeleniyordum ve eksiksiz, doğru söylediğim bir ana denk gelmişti çok şükür ki! "Evladımm sende daha ne cevherler var aaaa ben böyle bir şey görmedim maşallah, yürü be çocuğum helal!" deyince üç buçuk aydır çektiğim bütün sıkıntılar bir anda uçup gitti. Prömiyere üç ya da dört gün kala ilk kez Zorlu PSM'de baştan sona akış alacağımız genel prova günü gelip çattı. Aynı günün akşamına ise aynı salonda benim tek kişilik gösterim vardı. Sabah uyanıp balkona çıktım ve içimdeki bütün stresleri dışarı atarcasına derin derin nefes alıp vermeye başladım. Bir yandan da muhteşem bir gündü, hem birkaç gün sonra gerçekleşecek müzikalimin genel provası, üstüne de bütün biletleri bitmiş stand up gösterim. Ballı kaymak değil de ne!

Sahne kuruldu, dekorumuzsa yuvarlak inip çıkan merdivenleri, kübik aksesuarlarıyla adeta bir metafor yağmurundan farksızdı. Klasik koltuk, televizyon, yatak gibi şeylerden ziyade sökülüp takılan dev merdivenli bir platform yaptırmıştık. İkimiz de merdivenin farklı uçlarından başlıyorduk anlatmaya ve sahneden hiç inmiyorduk. İzlemesi de oynaması da çok zor bir oyundu bu. Provaya başladık. Genel prova kıyamet kopmadıkça seyirci varmış gibi baştan sona kesintisiz olarak oyunun oynandığı, kostümlü, müzikli provadır. Şahane bir orkestra oluşturmuştu Canbo ancak biz henüz onlarla tanışmamıştık. O gün de orkestranın gelmesi imkânsızdı, yine müzikleri kayıttan vererek provaya başladık. Asistanlardan oyunculara, yönetmenden koordinatöre kadar herkes hiç olmadığı kadar gergindi. Prova yay gibi gergin bir ortamda bitti. Ben de eve gitmeye hazırlanıyordum. Evde akşamki gösteriyi 18278. kez izlemek için gelen annem, babam ve ablam vardı. Bana erkenden gelmişlerdi çay keyfi yaparız oyundan önce diye. Ancak bu hayal oldu zira prova biter bitmez bir anda herkes birbirine girdi. Ufak bir fikir ayrılığı tartışmaya, tartışma seslerin yükseldiği bir kavgaya dönüşmüştü. Sanki hepimiz üç ayın birikmiş enerjisini boşaltıyor gibiydik. Ben hem çok şaşırmış hem de üzülmüştüm. İş hayatında onca şey yaşamıştım ancak böyle bir 'enerji boşalması'na hiç şahit olmamıştım. Bir yandan da iş hayatıyla kıyaslamak çok doğru değildi çünkü buradaki efor ve özveri bambaşkaydı. Çünkü tiyatro, hiçbir zaman çok para kazanılan bir iş olmadığı gibi ona gönül verenleri fiziksel, ruhsal ve sinirsel olarak da yıpratan, gerçek bir deli işiydi. Üstelik bizim yapmayı tercih ettiğimiz tür çok ama çok zordu ve herkes kendine göre insanüstü bir efor sarf etmişti. Bir şekilde tartışma bitti ve herkes dağıldı. Tabii ne yapacağımı bilemedim.

Eve gittim, annemlere anlattım, çok üzüldüler. Üç gün sonra da prömiyer vardı, her şey mahvolmuş muydu? Başlamadan bitmiş miydi bu rüya? Duş alıp kendimi toparlamaya çalıştım çünkü bir saat sonra insanları güldürmek üzere üç saatlik bir şova çıkacaktım. Neyse ki sahneye çıkınca her şeyi unuttum ve bütün günün stresi anlaşılması güç bir sahne enerjisine evrildi. En iyi gösterilerimden birini yapmış olabilirim o gece. Eve gelince Barış'ı aradım "Abi ne yapacağız? Nasıl çözeceğim bilmiyorum ben bu durumu" dedim. Müthiş bir sükûnetle bana "Hiç merak etme, tiyatroda bu kavgalar hep olur. Bizimki bence o kadar büyük bir şey de değildi, zaten şimdiye kadar çok çiçek böcek gitmiştik o beni daha çok korkutur hep. Prömiyerden önce böyle bir boşalma, rahatlama çok iyi oldu, gör bak çok iyi bir prömiyer olacak" dedi. Üstelik beni rahatlatmak için de demiyordu bunu, gerçekten böyle düşünüyordu. Bu rahatlığı beni de çok rahatlatmıştı. Ertesi gün orkestrayla tanışacak ve ilk kez canlı vokal provası alacaktık. Orkestranın muhteşemliğini ve o ana kadar hep gazeteden kuponla alınmış gibi çemçük bir teypten dinleyerek duyduğumuz şarkıların usta müzisyenler tarafından nasıl harikulade çalındığını görünce herkes gerginliği, kavgayı, tartışmayı unuttu. Orkestra hepimizi mest etmişti. Sanatın ve müziğin birleştirici gücünü ilk kez bu kadar direkt olarak iliklerime kadar hissediyordum. Zaten kimse kimseye bel altı vurmamıştı, büyük hakaretler falan da yoktu. Bir anlık gerginlikle havalara saçılan saçma sapan sözler silsilesiydi hepimizin maruz kaldığı. Son provamızı yaptık ve prömiyer gününü beklemeye başladık.

Ben bir yandan müzikalimizin markasını hep yurtdışında şahit olduğum şekilde konumlandırmak istiyordum. Asker arkadaşımın başında olduğu iyi bir dijital ajansla anlaştık, karakterlerimiz üstünden Cathy ve Jamie olarak eğlenceli içerikler çektik, müzikale ayrı bir Instagram hesabı açtık, onu yönetmesi için profesyonel bir sosyal medya uzmanıyla anlaştık. En çok okunan ana akım gazetelerde iyi röportajlar ayarladık. Hem çok emek vermiştik hem de PR tarafı güzel çalışıyordu. Prömiyer ve ikinci oyunun tüm biletleri tükenmişti. İlk geceye saatler kala her şey kusursuzdu.

Büyük gün geldi çattı. Erkenden sahneye gittik, son bir kez sesimizi yormadan şarkıların üstünden geçtik, kostümlerimizi giydik, makyajlarımızı yaptık ve salon kapılarının açılmasıyla seyirciler koltuklarına bizim de kalplerimiz ağzımıza doğru yola çıktı. O kadar heyecanlıydım ki, hâlâ çıkmadan şarkılarımın sözlerine bakıyordum. Üniversitede her sınava başlamadan önce neye göz attıysam hep o çıkardı. O yüzden bu alışkanlığımdan Broadway yıldızı bile olsam vazgeçebileceğimi sanmıyorum ki Broadway yıldızı olabileceğimi zaten hiç sanmıyorum. Bakın o anları yazarken bile nasıl heyecandan saçmalamaya başladım.

Herkes yerine oturdu, ışıklar kapandı, Demet Evgar'ın sesinden Türkçe ve İngilizce anons geçildi, perde açıldı. Pelin'in sahneye girmesiyle bir alkış koptu. Seyirci "korkmayın harika bir gece olacak" diyordu adeta. Yani ben alkışı buna yorarken Pelin lafına girdi. Sadece başta Jamieee diye sesleniyor, onu terk ettiğimi anlayıp acıklı şarkısına başlıyordu. Pelin sondan, ben baştan anlatacaktık hikâyemizi. Pelin şahane sesiyle şarkıya girdi ancak Pelin'i Pelin'den başka duyan yoktu zira mikrofonu çalışmıyordu. Herhalde beni düşünebiliyorsunuz yanda, tansiyonum ikiye doğru yol almış 'eyvah bittik, mahvolduk' moduna girmeye dünden hazırdım. Pelin müthiş bir ustalıkla hiçbir şey olmamış gibi sesini biraz daha yükselterek şarkısını söyledi, dev bir alkış koptu (ki burada gerçekten seyirci bize moral veriyordu bence:)) Pelin mecburen vırt diye yana girdi. Ben çıktım sahneye, yine alkış. Ve şarkıma girdim ama aklım Pelin'de. Bu kız orada ne yer, ne içer, ne yapar değil tabii, mikrofondaki sorun halloldu mu onun derdindeyim. Göz ucuyla yana bakarken Pelinciğimizin mikrofonunun düzeldiği her halinden belli tavrıyla girişini gördüm ve derin bir oh çekerek şarkıma abandım. Çok yüksek finalini de yapabildim ve seyirciden alkışımı aldım. İnanmayacaksınız (çünkü ben hâlâ inanamıyorum) gerisi çorap söküğü gibi geldi. İnanmayışım kendime tabii ki, yoksa Pelin su gibi oynuyordu. Misler gibi bir performansla oyunun finalini de yaptıktan sonra çok uzun alkışlar eşliğinde selamımızı verdik, prömiyer olduğu için tüm ekibi sahneye alarak hep beraber seyircimizi selamladık. Koşarak kulise girdiğimizde Pelin'le kocaman birbirimize sarıldık. Çok ama çok mutluyduk. Hemen Evren'le Barış geldi. Onlar da bu sevgi yumağına katıldılar. İstanbulname travmasından sonra mis gibi bir iş çıkarmıştık ortaya! Ailelerimiz, arkadaşlarımız ve bazı seyirciler kuliste tebrik etmeye geldiler. Tıpkı İstanbulname prömiyerinde olduğu gibi, tıpkı BKM Mutfak'taki ilk stand up gösterimde olduğu gibi her biri en az 20 yıllık arkadaşlarımın hepsi orada yine beni alkışlamak için hazır bulunmuşlardı. Çok, ama çok güzel bir geceydi. Annem gelir gelmez Pelin'i tebrik etti: "Evladım sen, sen, sen çok başkasın tabii, sen aldın götürdün esas!" Hahaha annemin buradaki 'esas' kelimesinin altında yabancıların 'brutally honest' yani 'acımasız derecede dürüst' dedikleri deyim yatıyordu aslında. Orkestramızın müzisyenleri ise annemden daha pozitifti ve hepsi benim en iyi performansımı sergilediğimi söylüyordu. Gerçekten de prömiyere çok iyi konsantre olmuş, enerjimi köküne kadar kullanmıştım. Hatta oyundan önce, kaçta kaçını doğru yaptığımı kontrol etmek üzere tekst üstünde zorlanabileceğim tam 17 noktayı işaretlemiş, oyundan sonra baktığımda da neredeyse hepsini yapabildiğimi görmüştüm. Evet eski kurumsal insanı olmak böyle alternatif performans araçları yaratmanızı sağlayabiliyor. Şaka, Excel'i yapmış adamım ben bu ne ki:)

Eve gider gitmez 'tiyatrolar' sitesindeki yorumlara baktım. Hemen hepsi emeğimizi, çabamızı takdir ediyor, bazıları ise standartların üstünde bir iş olduğunu söylüyordu. Selam verdiğimiz videoyu da sosyal medyada hemen paylaşmıştım ve altındaki seyirci yorumlarının hepsi çok güzeldi. Bazı seyirciler benim olduğum bir projeden komedi bekledikleri için bir miktar hayal kırıklığına uğramış da olsalar ben yeni ve zor bir şey deneyip en azından ilk temsilden tam not aldığım için mutluydum.

Sabaha karşı tam yatacakken yönetmenimiz Barış'tan WhatsApp grubuna önce tebrik sonra da uyarılar fermanı şeklinde uzun bir mesaj düştü. Tabii ki o, yönetmen gözüyle istediği şeylerden eksik yaptıklarımızı, aksadığını düşündüğü şeyleri çılgın gibi not almıştı ve onları bize iletti. "Oh" dedim içimden, "biz bu performansın üstüne bu düzeltmelere de dikkat ettik mi ikinci oyun bundan da güzel olacak kesin!"

Birkaç gün sonra Maslak Uniq'de ikinci oyun vardı ve tüm biletler yine bitmişti. İlk oyunda o kadar çok kasmış, o kadar odaklanmıştım ki ikinci oyundan önce müthiş rahattım. Öyle ki iki oyun arasında stand up yapmış, ekstralara gitmiş, sesimi de yordukça yormuştum. Oysa ikinci oyun tiyatroda en zor şeydir. Çünkü ilk temsilde genelde seyirci oyunun heyecanına ortak oluyor ve kusur varsa bile onu görmüyor, güzel yorumlar yapıyor. İkinci oyunda ise o yorumları okuyup beklentisini arşa çıkarmış bir seyirci karşısına çıkıyorsunuz ve artık ilk oyun heyecanı diye bir mazeretiniz de yok. Oyun başladı, Pelin her zamanki gibi tertemiz bir performans sergiledi. Peki ya ben? Maalesef ilk şarkımın bazı yerlerinde sesim çatladı, sonraki şarkımda da birkaç yerde detone oldum ve tüm bunların moral bozukluğuyla sondan bir önceki şarkımı tamamen unutup atladım. Hiçbir şarkıdan sonra alkış alamamıştım. Bir an önce oyun bitsin, eve gidip küveti doldurayım ve sabaha kadar içinde kalayım istiyordum. Üstelik evimde küvet bile yoktu.

Oyun bitti, selamımızı verdik. Selam verirken suratımdan düşen bin parçaydı. Kuliste yine annem babam ve arkadaşları, yanlarında da teyzem ve eniştem vardı. Hani Harbiye gösterisinin başında yaptığım videoda "dön artık bankaya yeter" diye beni telkin ederlerkenki görüntülerini yayınladığım teyzem ve eniştem. Bu performansımdan sonra yine gelip "dön artık bankaya" deseler yeriydi. Kendime çok kızmıştım. Nasıl bu kadar rahat olabilmiştim? Neyse toparlandım, eve gitmek üzere yola çıktık ve Instagram'ıma bakmak gibi bir gaflette bulundum. Açar açmaz DM kutumda şöyle bir mesaj: "Siz ne hakla bize bu bileti satıyorsunuz, keşke işinizi biraz ciddiye alsaydınız! Zor dayandık o da sırf Pelin Hanım'ı izlemek için! Paramızı geri istiyoruz!" Ne yazık ki bu kadar kısa değildi de. Ağlayacak gibi oldum ama bir yandan da o kadar celallenecek bir durum kesinlikle yoktu. Muhtemelen kadın başka bir şeye zaten sinirliydi ve benden çıkarıyordu. Cevap yazmadım ama o okuduğumu anlayınca Manas Destanı gibi mesajlarını sıralamaya devam etti: "Hayır neden komedinizi yapmıyorsunuz, o niye yetmiyor!" Sanki sevgiliydik ve onu aldattığım ortaya çıkmıştı. Ya da evliydik, parasını alıp onu dolandırmıştım. Tabii çok üzüldüm, o gece hiç uyumadım. Ertesi sabah da güne Ekşisözlük'e girerek başlamak gibi muhteşem bir şey yaptım çünkü kahvaltıda muhakkak bir kibrit kutusu kadar linç alırım. "Türkiye'nin Florence Jenkins'i" yazmış biri. (Hem üzüldüm hem de çok güldüm. Sesi korkunç olan meşhur soprano. Hatta Meryl Streep canlandırmıştı Florence filminde:)) Sonra Pelin'i aradım, "Çok moralim bozuk, böyle böyle yazmışlar" dedim. "Amaaan ben Ekşisözlük'e girmeyeli beş yıl oluyordur, oralara bakılır mı, hiç de öyle felaket bir şey olmadı, ikinci oyun olur öyle takma sakın aaa!" diyerek beni yükseltti. Fakat benim yükselmeye hiç niyetim yoktu. Üstelik bildiğimiz o mücadeleci, böyle durumlarda hırslanan Kaan'dan da eser yoktu.

Üçüncü temsilde yine iyi bir performans sergiledim. Hatta insanlar Instagram'a iyi yorumlar yazınca Uniq'de izlemiş bir seyirci, bu yorumları yapan başka bir seyirciye, "farklı oyun mu izledik acaba sizle" diye sataşmayı ihmal etmemişti. Müzikalin benim gibi profesyonel şarkı deneyimi olmayan, sesi eğitimsiz insanlar için en büyük handikabı buydu işte. Bir oyunda çok iyi oynayıp bir oyunda çok hata yapabilirsiniz ve bu çok riskli.

Dördüncü oyunumuz Caddebostan Kültür Merkezi'ndeydi ve izlemeye Hıncal Uluç gelmişti. "Eyvah!" dedim içimden, beni yazısında kesin çiğ çiğ yer bu adam. Her ne kadar büyük bir fanı olmasam da her konuda fikri olan, görmüş geçirmiş deyiminin tam karşılığıydı kendisi. Üstelik bu temsilde de bu sefer en başta sesim çok fazla gıcık yaptığından şarkının ortasında yana girip pastil atmak zorunda kalmıştım on saniyeliğine. Neyse ki çok iyi şeyler yazmıştı. Yani çok iyi derken Pelin'i tabii ki yerlere göklere sığdıramamıştı, benim için de "Kaan Sekban da gayet başarılı ama oyun çok zor bir oyun, hem izlemesi, hem oynaması zor bir oyun" diye yazmıştı ve bu benim için aşırı yeterliydi.

Son oyunumuz ise Beylikdüzü Kültür Merkezi'ndeydi ama tabii ki biz son oyunumuz olduğunun farkında değildik çünkü yaklaşmakta olan pandemiden habersizdik. Bütün biletlerimiz bitmişti. Kendi gösterilerimde sıkça takıldığım Beylikdüzü, müzikalimizi bağrına basmıştı. Pelin de ben de ilk çıkışımızda kocaman alkış aldık. Çok da iyi bir performans sergiledik. Hatta ben bir şarkımın finalinde epey bir abarttım olayı. Seyircilerden çiçek verenler oldu ikimize de. Çok çok güzel bir akşamdı. Sosyal medyada bir seyirci "Pelin Hanım'da da sizde de ne cevherler varmış, ağzımız açık kaldı!" yazmıştı. Ben de ilk kez yavaş yavaş alışmaya ve sesimi doğru kullanmayı öğrenmeye başlamış gibi hissediyordum. Zorlandığım bir iki şarkıda da ton ayarlaması yapılacak, hatta bir şarkı full konuşmaya dönecekti. Ancak maalesef bizim hayat için yaptığımız planlarla hayatın bizim için yaptıkları çok farklıydı.

Bir sonraki oyunumuzu maalesef ülkenin değişmeyen gerçeği haline gelen şehit haberleri nedeniyle iptal etmek zorunda kaldık, peşinden de pandemi patlayınca büyük hayaller, devasa eforlar, insanüstü bir çaba ile giriştiğimiz bir başka müzikal yolculuğuna hiç istemeyerek son vermek zorunda kaldık. Başlığa 'en güzel fiyaskom' yazsam da bu müzikal kesinlikle bir fiyasko değildi. Daha çok bilmeden yapılan bir zamanlama hatası denilebilir. Ne olursa olsun her şeyden öte benim en büyük hayallerimden birini gerçekleştirebilme yolculuğumdu ve bunu çok güzel insanlar sayesinde başarmıştım. Üstelik beş oyun oynasak da pek çok sevenimizden ilk kez bir müzikal izledikleri ve bunun için çok minnettar olduklarıyla ilgili dönüşler aldık hep. Bu kadar zor bir işin altından ara sıra ufak yaralar alarak da olsa kalkabildiğimi görmek de kendime olan saygımı ve özgüvenimi artırmıştı. Hata yaptığımda aldığım eleştiriler evet üzmüştü, stand up'tan çok alışık olmadığım bir durumdu bu ama diğer yandan ayaklarımın yere daha sağlam basmasını sağlıyor, olacaksa bir sonraki müzikal işimde nelere dikkat etmem gerektiğini kafama mıh gibi çakıyordu. Burada en çok Defne'ye üzülmüştüm çünkü o kadar çalışmaya, provaya rağmen bir kere bile seyirci karşısında oynama şansı bulamamıştı.

Günün sonunda bir müzikal maceram daha hayal ettiğim gibi sonlanmamış ama içlerinde en başarılısı ve beni en çok geliştirip mutlu edeni, bana en çok şey katanı kesinlikle bu olmuştu. Ancak asla bu iş burada bitmedi çünkü benim uzun süre kapalı gişe oynayacak, her yeri gezecek, fenomen haline gelecek bir müzikalde oynamadan sahneden inmeye hiç niyetim yok.

Oscar'lık Geviş, Popoma Yediğim İbretlik Tekme, Nitelikli Dolandırıcılık, Biraz Jennifer Lopez, Biraz Kyle Minogue, Biraz da Shakira!

Kenan Doğulu taklidim Türkiye'de olmasa da mahallede çok ses getirmişti. Sesten de öte kendimi Ihlamurdere'deki 2+1 evimizdeki uzaktan kumandayla yeni tanışmış tüplü, üstü dantelli televizyonun içinde görmeye bayılmıştım. Tiyatro'da oynamayı da çok sevmiştim ama o daha zahmetli olduğu için çocuk aklıma televizyon daha çekici geliyordu. İnternetin de olmadığı bir dönemdi, o yüzden televizyon hele de Teletext'i varsa gerçek bir sosyal medya cihazıydı o yıllarda. Orada olma fikrini çok sevmiştim. Ama sevip de çocuk türkücü gibi evden kaçıp kanal kapılarına kendimi zincirleyecek halim yoktu tabii. Bir gün tiyatrodaki hocamız Serhat Hoca, TRT'deki bir diziye konuk oyuncu olacağımızı, oradaki çocuk oyuncunun yer aldığı tiyatro topluluğunu bizim oynayacağımızı ve kızın benimle karşılıklı bizim oyundaki küçük Mustafa'nın kardeşi Makbule'yle dertleştiği sahneyi canlandıracağını söyledi. Havalara uçmuştum. Bir TV dizisinde yer alacaktım. Kendimi kanıtlarsam TV dünyasına hızlı bir geçiş yapabilirdim! (Kanıtlayamadı:)) Yani kanıtlasaydım da bir işe yaramazdı zira biz konuk oyuncuyduk, konukluğumuzu bilmeliydik. Çünkü misafir umduğunda değil bulduğunda oynar.

Çekim günü geldi. Yanlış hatırlamıyorsam Beyoğlu'ndaki küçük sahneye gittik, çok sayıda figüran çocuk seyirci rolündeydi. Oyundaki sahnemizi defalarca çektik. Başroldeki kız biraz şımarık, epey de havalı bir çocuktu. Yani sanırsın TRT dizisinde oynayan bir zıpır değil de Oscar'lı çocuk oyuncu Shirley Temple'dı karşımdaki. Sahneler çekildi. Sonra fuayede yemek yeme sahnesi çekilecekti ve kalabalık bir çekimdi. Önümüze yapay pizzalar konmuştu, o yüzden herkese asla yenmemesi, yiyormuş gibi yapılması telkin edildi. Ben nasıl Oscar'lık bir oyunculuk sergilediysem hemen koşarak yanıma geldi dizideki usta oyuncular: "Evladım aç bakayım ağzını, tükür ağzındakini, yutmadın inşallah? Ha çocuğum?" Ay dedim delirdiler herhalde! Ağzımda bir şey olmadığını, merak etmemelerini söyleyip dişçiye açar gibi ağzımı açtım. Hemen sonra da dünyanın en zavallı böbürlenmesiyle ve gururla sırıtarak "ben çok iyi ağız hareketleri yapabiliyorum" demiş bulundum. Muhtemelen sigortasız çalıştığımız için boğulma tehlikemin olmadığını anladıktan sonra görev yerlerine doğru uzaklaştılar. Çekimden birkaç gün sonra babam beni dublaja götürdü. Kendi sesime dublaj yapacaktım. Yolda giderken "Evladım konuşmamı ister misin kanaldakilerle, hevesin var mı bu işlere?" diye sordu babam. 'Bu işler':) "Olur baba konuş valla, ne güzel olur. Çok istiyorum ama o kadar kolay değildir herhalde?" gibi bir cümle kurdum. Babam babaların her işi yapabileceğine çocuklarını inandırdıkları o süper kahraman tavrına bürünerek "Baban halleder" dedi. (Halledemedi:)) Çünkü muhtemelen o dönem oralarda olmak isteyen çok çocuk vardı ve muhtemelen herkes tanıdıklarını sokuyordu. Eh ben de güzel bir çocuktum ama altın saçlı, mavi gözlü, bir dönenin dönüp bir daha baktığı bir çocuk değildim. Üstelik ortaokula yeni başlamıştım, sivilceli ergenlik kapıdaydı. O yüzden babacığımın çabaları ve benim müthiş geviş getirme hareketim ne yazık ki kendimi stüdyolara savurmaya yetmemişti.

Tiyatroda alkış aldıkça, çocuk halimle oyundan sonra diğer çocuk seyirciler gelip benimle tek tük fotoğraf çektirdikçe ünlü olma hevesimin içimde yaktığı ateş harlanmaya devam ediyordu. Televizyonu kafaya takmıştım. Orada olmak istiyordum. Ünlü olmasam da televizyona çıkmanın bir yolunu bulmaya çalıştım hep. Süper Mario, Hugo gibi canlı yayına telefonla bağlanarak oynanan yarışmalara katıldım. (Hayır Tolga Abi'ye küfredip kapatan ben değilim:)) Bu arada Hugo'ya üç kere katılıp üçünde de bilgisayar kazanan Nimet Koyuncu diye bir yarışmacı vardı asla unutmuyorum, geriye dönüp araştırılmalı bence ama evet şu an konumuz bu değil özür dilerim.

Annem de benim bu isteğimi görüyor ve bir şeyler yapmak istiyordu. Bir gün ablamla bizi reklam ajansı olan bir arkadaşının ofisine götürdü. Daha doğrusu arkadaşı sanırım orada çalışıyordu ama etkili bir konumdaydı ya da onun gibi bir şey. Bize çok ilgili davrandı, "Hemen fotoğraf çekimi yapalım, elimizde çok güzel projeler var!" dedi. Köşede duran adamı hemen tanımıştım. Ebru Gündeş'in başrolde olduğu ve oyunculuk okullarında ibret olsun diye gösterilmesi gereken Fırtınalar dizisinde oynuyordu. Hemen aklıma 'saçma', 'ilgisi yok' gibi replikler, gözümün önüne de Camgöz, Gönül Cebeci gibi karakterler geldi. Belki ben de o dizilerin aranan ergen oyuncusu olacaktım! Fotoğraf çekimi olacağı için çok sevindim ama ablamın pek gönlü yoktu. Fotoğraf çekimine gittik, gömleğimin yakasına güneş gözlüğü iliştirdiğim korkunç komik fotoğraflarımız çekildi. Fotoğraf çekimi çok uzun sürmüştü ve ablam bundan hiç hoşlanmamıştı. Benim bir şikâyetim olmadığı gibi çekim bitince "başka çekmeyecek miyiz acaba" diyecek kadar da hadsiz ve flaş açıydım.

Fotoğraflarımız çıktı, ajansa teslim ettik ve beklemeye başladık. Teklifler yağacak, reklamdan diziye, klipten filme koşturacaktık. Bilin bakalım ne oldu? Koşturamadık. Çünkü rekabet çok kızgındı, anne babalar çılgınlar gibi çocuklarını ajansa yazdırıyordu. Ortada ciddi bir arz fazlası olduğu belliydi. Annemin arkadaşı bir gün ofise çağırdı bizi, elinden geleni yaptığını söyleyip asla umutsuzluğa kapılmamamız gerektiğini anlattı. Biz oradayken bir yandan bir reklam filmi için yapılacak seçmeye çocuk seçiyorlardı. Sırasıyla aileleri arayıp, çocuklar müsait olmadıkça başka aileleri arıyor, her aileye aynı şeyi söylüyorlardı: "Merhaba, yeni bir reklam için çocuğunuz Burak ajansımız tarafından seçildi, sizi şu günde şu saatte son görüşme için bekliyoruz, tebrikler!" Her aradıklarına aynı şeyi söyledikleri bu aşırı samimiyetsiz bir yandan belki de yaptıkları işin gereği olan tutum çok canımı sıkmıştı. Bu halimi görüp fark eden annemin arkadaşı yanıma gelip "Güzel bir haberim var, seni bir yarışmada çıkartacağım, dans edeceksin. Başka çocuklar da olacak, hepiniz bir şarkıcının arkasında dans edeceksiniz. Çok izlenen bir yarışma hem de!" dedi. Bir anda modum yükseldi. Annem de keyiflenmişti. Akşam eve gidince babama güzel haberi verdik. "Ooo hadi bakalım, sen artık bizi tanımazsın" şeklindeki dünyanın en babalara yakışan şakasını yaptı. Birkaç gün sonra çekimin yapılacağı stüdyoya gittik. Yarışma o dönemin gözde kanalı Kanal 6'da yayınlanan 'Piyangola' adlı yarışmaydı ve sunucusu maalesef Mehmet Ali Erbil'di. Neden maalesef dediğimi birkaç satır sonra anlayacaksınız. Yarışma önceki yıllarda yayınlanan ve televizyona damga vuran Turnike'nin çakmasıydı. Güner Ümit canlı yayındaki gafıyla televizyondan aforoz edilince yerini Piyangola almıştı. Her akşam izlediğim, ertesi gün arkadaşlarımla geyiğini yaptığımız eğlenceli bir formattı. Yarışmadan bir iki gün önce prova için ajansta toplaştık bütün çocuklar ve velileri. Hayatımın şokunu yaşamaya dakikalar vardı.

Şarkıcıyı tam olarak hatırlamıyorum ama Nazan Saatçi gibi kalmış aklımda, tamamen atıyor da olabilirim. "Yok ki yok ki, param yok ki" diye bir şarkıda dans edecektik, öyle kalmış aklımda. Dans edecek diğer çocukların hepsi benden çok küçüktü, onlarla dans etmem epey tuhaf görünecekti. Birkaç dakika sonra annemin arkadaşı geldi: "Hadi bakalım arka tarafta provaya başlıyoruz, dansçıların hepsi burada mı?" Sonra bana ve yanımdaki iki ajans çalışanı yaşça benden biraz daha büyük ofis boy'a dönerek "Palyaçolar da burada, tamam harika. Hadi bakalım, başlayalım!" dedi. Palyaçolar mı? Efendim? Herhalde ben yanlış duydum! Acaba Carpaccio mu demişti? Gerçi henüz AVM'lerin ve oralardaki lüks restoranların hayatımıza girmediği yıllardı. Carpaccio deseydi de anlamazdım ama Carpaccio peyniri olsam daha az şok olurdum herhalde. Biz üç ergen palyaço kostümü giyecektik ve diğer çocuklar da etrafımızda dans edecekti. Gittikçe daha korkunç bir hal almaya başladı her şey. Yüzümüze de makyaj yapılacağı için orada dans edenler içinde olduğum Allah'la benim aramda koca bir sır olarak kalacaktı muhtemelen. Çünkü tanınmam imkânsızdı. Hemen oradan çıkıp anneme "götür beni buradan, lanet olsun televizyona" demek istedim ama bu sefer de mızıkçı, ağlak bir imaj çizmemek için bağrıma mikrofon bastım, yine sustum. Prova falan o kadar umurumda değildi ki hareketleri yanlış yapsam ne olacaktı? Hatta her şeyi yanlış yapıp bütün şovu trollese miydim acaba? Belki o zaman Türkiye'nin olmasa da Ihlamurdere'nin gündemine oturabilirdim.

Çekim günü geldi, saatlerce palyaço kıyafetiyle intiharın eşiğine iyice yaklaştıktan sonra M. A. Erbil çıktı kulisinden. Şov, yarışmanın açılışında olacaktı. Herkes yerlerini aldı, şarkıcı geldi. Zaten playback yapacaktı. Yönetmenin "3-2-1 kayıt!" demesiyle dünyanın en garip koreografisi başladı. Yaptığımda tabii ki yanlış bir şey yoktu ama hayallerimle içinde can çekiştiğim gerçek arasında epey fark vardı. Tam olduğum yerde ruhsuz ruhsuz sağa solla sallanırken daha kötü ne olabilir ki diye düşündüğüm anda popoma lönk diye bir tekme yedim. Canım o kadar yanmıştı ki şu an bu satırları yazarken bile bir sızı hissediyorum kaba etimde. İstem dışı arkamı döndüm ve Mehmet Ali Bey'le göz göze geldik. O da çok sert vurduğunun farkına varmıştı muhtemelen. Çaktırmamak için her zamanki alaycı ve aşırı enerjik tavrıyla gülüyordu bir yandan, sonra diğer palyaçolara salça olmaya başladı. Şarkı biter bitmez makyajımı bile doğru düzgün silmeden kıyafetlerimi değiştirip annemle evin yolunu tuttum. "İstemiyorum ben ajans reklam falan, silin kaydımı oradan" deyip odama kapandım. Annem tabii bu kadar vahamet yaratan durumun ne olduğunu anlamadı, yanıma geldi: "Evladım, sen istemedin mi televizyona çıkmak? Bak ne güzel bir başlangıç oldu, ne istiyorsunuz anlamadım ki, ben de ne yapacağımı şaşırdım vallahi amaaan!" Beni teselliye giren annem müthiş bir kıvraklıkla teselliden cinnet moduna geçerken ben bol kameralı ve ışıltılı TV dünyasından hızla uzaklaşıyordum. Uzun yıllar televizyonun t'sinde bir şey yapmak aklıma bile gelmedi. O tekme, bir sunucunun bir palyaçoya attığı tekmeden çok daha fazlasıydı, şov dünyasının bana attığı koca bir tekmeydi aslında.

Ergenlik yıllarım boyunca televizyona çıkma tutkum, babamın bana hediye aldığı radyolu fener ve lojmandaki komşumuzun oğlu olan arkadaşım Gökçelerin evindeki ses kaydedebilen müzik setiyle radyoculuğa evrildi. Sürekli o fenerin radyosunda İstanbul FM dinleyip orada DJ'lik yapan Serdar Ortaç'ı kadın zannettiğim yıllarda cuma akşamları Ritm İstanbul, cumartesi akşamları Pop Alaturka programlarını hiç kaçırmazdım. DJ'leri dinleye dinleye içimde DJ olma aşkı belirmeye başlamıştı ve Gökçelerin teybinde sürekli kendi sesimizi kaydedip doğaçlama, uyduruk, sözde radyo programları yapıyorduk. Ben hem program sunuyor hem şarkı söylüyordum. Bir nevi DJ'cilik oynuyorduk. Doldurduğumuz bütün kasetleri akşam annemlere dinletip onları darlamaya başlamıştım. Kasetleri dinledikçe annemle babam, bu kadar çok şeyi doğaçlama olarak aklımdan uydurabiliyor oluşum karşısında hayretlerini gizleyemiyorlardı. "E senin böyle bir yeteneğin varsa bunun üstüne gidelim çocuğum" dedi annem, bütün temiz kalbiyle oğlunda gördüğü yeteneklerin ziyan olmasını istemeyen bir ebeveyn edasıyla. Radyoculuk hevesim Kral TV, Number One gibi kanalların açılmasıyla yerini yine televizyon dolu rüyalara bıraktı. İçimdeki kamera közü yeniden alevlenmişti. Sırayla genç, güzel ve yakışıklı sunucuların ekrana çıkıp klip sunması fikri çok hoşuma gitmişti. Evde olduğum her dakika Kral TV'yle sabahlıyordum adeta. Gece yarısından sonra daha cüretkâr klipler yayınlanıyordu. Emre diye bir şarkıcının Yaz Aşkları şarkısında popolar görünüyor diye az beklememiştik ekran başında. Neyse ki Bizimkiler'deki Dumkof'a evrilmeden liseye geçmeyi başardım. Bir miktar İngilizce öğrenince, süper lisenin hazırlık sınıfında adeta düşük bütçeli bir Robert Kolejli tribine girmiştim ve haliyle Kral TV yerini Number One'a bırakmıştı. Okuldan gelir gelmez önce Dawson's Creek'imi izliyordum -ki bu beni tam bir Amerikan özentisi yapmaya yetmişti- sonra da Number One'daki liste programını açıp Celine Dion'un To Love You More'u kaç numara olmuş, Jennifer Page'in Crush'ı neden hâlâ ilk üçte değil, Natalie Imbruglia'ın Torn'u nasıl yedi numaraya düşer diye cinnet geçirip Cranberries'in Animal Instinct'ini ilk beşte görünce sevindirik oluyordum. Akşam yemeğinden sonra ise Burçin'le Özgür'ün sunduğu Men e Men programı başlardı. Burçin spor giyinirken Özgür beyaz gömlek ve pantolonla çıkardı. Kendimi kimi zaman Burçin'e kimi zaman Özgür'e yakın hissederdim.

Bütün bu ahval ve şerait içinde Melike'yle sık sık okul çıkışı bize gelir, babamın aldığı kafam kadar kamerayla birbirimizi çeker, programcılık oynardık.

Bir okul çıkışı Beşiktaş'a doğru otostop çekerken -maalesef okulda otostop modasını biz başlatmıştık- okulun yan tarafındaki evde o zaman annesiyle kalan Beyaz evden çıkmış, otostop çektiğimizi görüp bizi arabasına almıştı. O beyaz cipe binerken o kadar havalıydık ki, çıkış saatinde tüm okul ağzı açık bizi izliyordu. Beşiktaş'a kadar süren on beş dakikalık yolda Beyaz'ın telefonları çalıp ünlü arkadaşları sürekli oraya buraya davet ettikçe ne kadar süper bir iş yaptığını, ne kadar süper bir ortamı olduğunu düşünüp iç geçirdim. "Beyaz Abi ya, nasıl talk showcu olunuyor" diye son derece gerzekçe bir soru sorduğumu ve gülüştüğümüzü hatırlıyorum. Çok geçmeden kırmızı ışığın asırlar boyu yandığı şimdiki meydanın olduğu yere geldik ve ışık müsaade ettiği süre kadar daha salça olup muhtemelen o yaşımıza kadar bindiğimiz ve o yaşımızdan epey sonra tekrar binebileceğimiz en lüks araçtan iniverdik.

Beyaz'ın arabasındaki telefona yansıyan sosyalleşme ve arka koltuktaki bize kadar gelen güzel hayat emareleri beni harekete geçirmeye yetmişti. Lise bitmeye yakın artık bir şeyler yapmamın gerektiğini düşünerek Number One TV'ye bir başvuruda bulundum. Yanlış hatırlamıyorsam yeni DJ'ler aradıkları ile ilgili bir ilandı ve başvurduktan aylar sonra görüşmeye çağırdılar. "Arkadaşımı da getirebilir miyim, o da çok yeteneklidir" diye sorunca "Tabii tabii, çok iyi olur" dediler. Hemen Melike'yi aradım, bu savaşa tek başıma giremezdim. "Tabii ki ben de geliyorum, yaşasın!" dedi. Hemen hayaller kurmaya başladık; belki ikimizi de çok beğenip beraber program sundururlardı kim bilir? Aynalar karşısında çalışmaya, prova yapmaya başladık. Kesin bizi seçeceklerdi. Hem bizden iyisi mi vardı? Entel, güzel, eh yakışıklı denilebilir, cillop gibi iki DJ adayı! Büyük umutlarla stüdyoların olduğu zenginler ve bowlingler diyarı Korukent'e gittik.

Bizi bir görevli karşıladı, deneme çekimi tarzı bir şey yapılacağını, kameranın arkasından bize bazı sorular sorulacağını, rahat olmamız gerektiğini söyledi. Bekleyen diğer birkaç kişinin yanına oturup biz de beklemeye başladık. İçeriden rahat ama biraz şaşkın ifadelerle çıkıyordu insanlar. Merakımız zirve yaptı. Çok geçmeden Melike'yi aldılar. Yavrusunu bekleyen veli gibi heyecanlıydım. Çıktı. "Çok genel sorular sordular, hayata ve ilişkilere dair, nasıl insanlardan hoşlanırsın, bir insanda neye dikkat edersin vs." Herhalde kamera karşısındaki rahatlığımızı anlamaya çalışıyorlar diye düşünüp üstüne kafa yormadık. Ben de girdim. Benzer sorular bana da soruldu. Biraz daha spesifiklerdi sadece. "Gözler benim için çok önemlidir, ama dürüstlük her şeyin başıdır" falan gibi laflar ederken buldum kendimi. Neyse diyeceklerimi bitirip çıktım. Hepimize bir muvafakatname imzalattılar, görüntülerimizi istedikleri gibi kullanabilmek için. Hevesle imzaladık. Birkaç gün geçti ses yok, birkaç hafta geçti ses yok, üç dört ay geçti ses yok. Herhalde olmadı, başka birilerini aldılar derken dur bakayım yeni bir DJ var mı şu aralar diye açtığım televizyonda önce bir magazin programına denk geldim. Beyaz'ın bizim de bindiğimiz arabası yanlış hatırlamıyorsam hırsızlık ya da gasp türü bir şeye maruz kalmış, neredeyse tuz buz olmuştu. "Hay Allah yahu, inşallah çok üzülmemiştir, çok iyi bir adam" diye düşünüp Number One TV'ye geçtim ki karşımdaki ekranda "herhalde kâbus görüyorum" dediğim bir faciayla karşılaştım! "Yeni açılan arkadaş hattı sizi bekliyor" minvalinde bir yazının altında benim görüntüm: "Ben Kaan, gözler benim için çok önemli, ama dürüstlük en mühimi!" Benden sonra başka biri ondan da sonra Melike: "Elleri benim için çok önemlidir..." Gözlerime, kulaklarıma, beynimin nöronlarına inanamadım! Bu resmen kumpastı, yeni açılan arkadaşlık servisine kaydetmişiz meğer kendimizi! Hemen telefona sarıldım, Melike de şoktaydı, bir yandan da sinirleri bozulmuş gülüyordu. Tıpkı Beyaz'ın beyaz cipi gibi bizim de bembeyaz hayallerimiz yerle bir olmuştu. "Kızım ne yapacağız?" dedim. O da bilmiyordu. Annemle babama söyleyemedim bu rezilliği, nasıl olsa Number One izlemiyorlardı. Ama aynı şey arkadaşlarımız için geçerli değildi maalesef ve hemen birkaç arkadaşımız mavraya başlamıştı: "Kaaan benim gözlerim olur mu? Yalan da söylemem haa!" Yalnız arkadaşlarım olsa iyi, ara ara telefonuma arkadaşlık hattı üstünden garip garip sesli mesajlar gelmeye başladı. Kanalı aramaya çalıştık ama düzgün bir muhatap da bulamadık. Muhtemelen bu, kanalın işi de değildi zaten. Büyük bir ihtimalle bir ajans işiydi ve o ajansı bulmalıydık asıl. Fakat ne bunu yapabilecek enerjimiz ne de gücümüz vardı. Neyse ki çok geçmeden servis battı ve bizim utanç görüntülerimiz de servisle birlikte tarihe gömüldü. Bazen düşünüyorum da ilişkilere mesafeli durmamın arkasında yatan travma bu mu yoksa? (Bu arada gözlere falan baktığım yok, afili dursun diye öyle demiştim. Genelde karşımdakinin nefes alması yeterlidir:))

Bütün bu ünlü olma, televizyona çıkma, DJ olma hayallerini yerle bir eden fiyaskolara rağmen eğitim hayatım hiç fena gitmiyordu ve istediğim üniversiteye, biraz da eve yakın olduğu için (yo hayır tamamen eve yakın olduğu için) tercih ettiğim Yıldız Teknik Üniversitesi'ne girebilmiştim. Ancak içimde dönem dönem gelişen 'celeb'ataklar (ünlü olma isteğinin aniden belirip bünyeyi ele geçirmesi ve evet tamamen benim teşhisim:)) yine dolambaçlı şöhret yollarının en arka sokaklarına sapmama neden oluyordu. Daha önce Melike'nin doğum günü için amatör belgesel yaptığımdan ve montaj için annemin televizyoncu bir arkadaşından yardım aldığımdan bahsetmiştim. İşte o arkadaşı dev müzik kanallarının arasında var olmaya çalışan MMC adlı bir kanalın genel müdürüydü. Çok yenilikçi, teknolojiyi acayip kullanan, janjanlı bir kanal falan değildi. Tam tersi son derece aile şirketi gibi yönetilen, daha mütevazı, daha düşük maliyetli, müzik kanallarının Flash TV'si gibiydi. Yok biraz fazla haksızlık ettim, yani şimdiki Uçankuş TV kanalını andırıyordu daha çok ama onun müzik versiyonunu düşünün. Arkadaşı annemi aşırı seviyordu ve ricasını kırmayarak beni bir süre denemeye karar verdi. Kendisi de farklı bir şeyler denemek istiyordu. "Oyunlarla aran nasıl" diye sordu. Oyun dünyasına olan tutkumu en son sünnetimde babamın aldığı Amiga 500'deki Hugo, Super Frog, Sensible Soccer, Need for Speed, Kick Off, Silk Worm gibi oyunların disketlerinde bırakmıştım. (Super Frog muazzam ötesi bir oyundu, kıymeti bilinmedi.) Oyun programı yapamayacağımı anlayınca o yıllarda çok popüler olan CNN Türk'ün efsane müzik programı Frekans gibi bir şeyler yapmak istediğini söyledi. Ancak MMC'de o ayarda bir iş yapmak imkânsızdı ve zaten benim de öyle bir müzik çevrem yoktu. Benim çevrem bile yoktu. Üniversiteye yeni başlamış, saçında ufak açılmalar görülmeye başlanmış, laf olsun torba dolsun diye Siyaset Bilimi ve Uluslararası İlişkiler seçmiş tıfılın tekiydim. Üstelik her gün okulum vardı. "O zaman çarşamba sabahları bir başlayalım, sen de gör ortamı, biz de görelim seni, klasik DJ'lik yaparsın, sonrasına bakarız!" Ortaokul ve lise yıllarında içimde yanıp tutuşan DJ'lik ateşi eskisi kadar kor alevlerle dolu değildi ama yine de bu iyi niyetli teklif çok hoşuma gitmişti. Eh zaten küçüklükten beri sabah şekerleri Şebnem'le Murat'a, Fulya'yla Savaş'a ve hatta bir dönem denenen bahtsız yakışıklı Karahan Çantay'la Ece Uslu'ya özenirdim. Bu sabah programlarındaki geleceğim için güzel bir başlangıç olabilirdi. Teklif derken öyle bütçe, kaşe falan tabii ki konuşulmadı. Hem annemin ricacılığı hem benim hevesliliğim bu işten para alma ihtimalimi sıfıra indiriyordu. Bu tam anlamıyla kendimi gösterme şansıydı benim için. En azından ben öyle olmasını umuyordum.

Sabah dedikleri maalesef saat 7 ila 9 arasındaki dünyanın en sevimsiz zaman aralığıydı ama okuldaki derslerimi kaçırmamak için başka şansım yoktu. Zaten iyi saatlerde esas işi DJ'lik olanlar çıkmaya başlıyordu, benim gibi seksen akıl doksan fikir şaşkınlar için karganın dışkısını henüz yemediği dakikalar biçilmiş kaftandı. Neyse ki kanal tıpkı üniversite gibi evime çok yakındı. Babaannemin vefatı sonrası Fulya Sitesi'ndeki havalı evimizin kurnaz sahibini daha fazla zengin etmemek için babamın gençliğinin, benim ve ablamınsa bütün çocukluğunun geçtiği, Ihlamurdere'deki hatırlarla dolu meşhur büyükbaba evine taşınmıştık. Her şeyin başladığı yere geri dönmüştük adeta.

Üniversite'deki en yakın arkadaşlarım Fatoş, Özlem ve Kaan bu MMC olayına çok heyecanlandılar ve mutluluğumu paylaşmak için ilk yayın sabahımda erkenden buluşup, açık bir yer bulup beni izlemeye karar verdiler. Okul çıkışı Taksim'e gidip, Çarşamba sabahın zıkkımında açık olacak, televizyonlu kafe aramaya başladık. (Böyle deyince sahibinden.com'daki ilanlar gibi oldu, Sahibinden televizyonlu kafe haha:)) Her zaman gittiğimiz sandviççiye sorduk, açık olduklarını söylediler. Hemen o hafta başlayacaktım. Bol bol prova yaptıktan sonra çarşamba günü heyecanla sabah beş sularında uyandım. Annemle babam da heyecanla saat altı gibi dikildiler ayağa. Böyle zamanlarda onların en az benim kadar heyecanlanmasına hep mest olmuşumdur. Heyecanla spor beyaz gömleğimi, üstüne de annemin paraya kıyıp doğum günümde Şişli YKM'den aldığı kahverengi, kolları yamalı hırkayı giydim. Bir yandan da bir TV kanalındaki yayın öncesi hazırlıklar nasıl oluyor, saçım, makyajım nasıl yapılacak, yayın sırasında yönetmen beni de uyaracak mı, bittikten sonra kamera arkasındaki ekip alkışlarla beni tebrik edecek mi merak içindeydim. Gördüğünüz gibi ben her zaman işin havasında ve cıvasındaydım. Altıyı çeyrek geçe annemin arkamdan döktüğü sular eşliğinde taksi çevirmek üzere caddeye indim. Hemen bir taksi durdu, büyük bir heyecan ve hevesle taksiciye de anlattım durumu. "Ooo güzelmiş, yalnız bizde o kanal çıkmıyor yiğidim, sana başarılar." Taksicinin evinde çıkmayan kanala bir kişilik reytingi baştan kaybetmenin verdiği dezavantajla girdim. Girişte uyuklamakta olan güvenliğe niye geldiğimi söyledim, pek bir bilgisi yoktu. "Çekimler yukarıda, oraya çıkacaksınız" dedi vergi dairesine gelmişim gibi bir yönlendirmeci tavırla. Yukarı çıktım. İnler ve cinler çift kale maç yapıyordu. Kimsecikler yoktu. Biraz daha yürüyüp sağa sapınca stüdyoya girmiş olduğumu fark ettim. Köşede bir tane uyuyan kameraman. Dürterek uyandırdım. "Şey, ben bugün başladım, 7-9 arasını sunacağım, ismim Kaan, çok memnun oldum. Siz mi çekeceksiniz beni acaba?" Adamcağızın "inşallah rüya görüyorumdur" diye düşündüğüne yemin edebilirim ama bunu kanıtlayamam. Birkaç saniyelik idrak sürecinden sonra "Tamam, anladım, hoş geldin, günaydın. Şurada şarkı listesi olacaktı, vereyim ona göre sunarsın. Ben bir yüzümü yıkayayım da gelip kamerayı açayım. İstersen sen de yüzüne bir şeyler sür, makyaj odası bir üstte" dedi. "Yüzüne bir şeyler sür" mü? Git kendine bir çekidüzen ver ne bu hal dese daha iyiydi. Bu sözlerden anladım ki bu saatte makyöz falan da hak getire. Bir üst kata çıktım, makyaj odacığındaki Yaradan'a yan bakan çemçük pudrayı yüzüme sürdüm. Ama kim bilir daha önce kaç kişinin yüzüne sürülmüştü zavallı sünger? Kaç kişinin hayal kırıklıklarının yükü üstündeydi? Adam geldi, kamerayı açtı, saat de yediyi gösterince ben sanki 70 milyon beni izliyormuş gibi bıdır bıdır konuşmaya başladım. O kadar komiktim ki size anlatamam. Komiktim derken şaka falan yapmıyordum ekranda, halim komikti. Saçma sapan hava ve yol durumundan bahsediyor, sunacağım şarkılarla ilgili aptal aptal hikâyeler anlatmaya çalışıyor, ekranları başındaki milyonlarca olmasa da yedilerce izleyicide iz bırakmaya çalışıyordum. Son sunacağım şarkı Hilal Cebeci'nin İpe İpe şarkısıydı. O şarkının klibinde maalesef bazı Amerikalı kadın şarkıcıların kıyafetlerini giyiyordu ve ben maalesef şu korkunç anonsla ilk yayınımı kapatıyordum: "Evvvet sevgili izleyiciler, nasıl geçtiğini anlamadığım (diğer bir deyişle Çin işkencesinden farksız) bir iki saatin sonuna gelirken kapanış şarkımızda biraz Kylie Minogue, biraz Shakira, biraz da Jennifer Lopez diyoruz, tahmin ettiniz değil mi kimden bahsettiğimi, Hilal Cebeci geliyor ekranlarınıza! İpe İpe! Daha uzun yıllar sizlerle bu ekranda olmak üzere hoş çakalın, esen kalın, Allah'a ısmarladık!"

Program biter bitmez kameraman biraz daha uykusu açılmış şekilde beni uğurladı. Hâlâ ondan ve benden ve zavallı pudradan başka kimse yoktu kanalda. Yine hayallerimle hayatın gerçekleri asla kesişmeyen paralel doğrular gibi yollarına devam ediyordu. Direkt okula geçtim, Fatoşlar gülerek tebrik ettiler ve sarıldılar. Gerçekten de onların sabahın muhtemelen beşinde falan kalkıp Taksim'de buluşup bir kafede beni izlemelerini asla unutamam. Annem hemen aradı cepten ben derse girmeden: "Ayol harikaydın evladım, bu iş tamamdır ben sana söyleyeyim ama sakın bak okulunu aksatayım deme. Olacak olacak çok güzel olacak gör bak!"

Yayını muhtemelen annemler, teyzemler ve Fatoşlar dışında kimse canlı izlememişti ama etrafımdaki insanların bu gaza getirişleri ve heyecanıma ortak oluşları kanala girdiğimde yaşadığım hayal kırıklığını bertaraf etmeye yetmişti. Bir sonraki hafta yine gittim, yalnız bu sefer ucu ucuna yetişmiş, kameramanı da bulamamıştım. Benim görebildiğim kadarıyla resmen kimse yoktu. Ben de saat gelince çaresizce kameranın karşısına geçip konuşmaya başlamıştım ki kameraman tuvaletten geldi, gülerek "Dur dur ne yapıyorsun, öyle olur mu, daha kamerayı açmadık. Hem şarkı listesini biliyor musun ki?" dedi. Kamera açıldı, ancak benim şöhret iştahım çoktan kapanmıştı. Bütün hücrelerimin "bitse de gitsek" diye feryat ettiği ve adeta ortaokuldaki sınıf başkanlığı günlerimde yaşadığım stresin aynısını iliklerime kadar hissettiğim bir yayının daha sonuna geldikten sonra uykucu kameramana, sevimsiz güvenlikçiye ve nice hayalleri yıkılacak DJ adayının mat cildine derman olacak dünyanın en sürdürülebilir pudrasına veda ederek niye seçtiğim hakkında en ufak bir fikrim bile olmayan fakültemin yolunu tuttum.

Tabii bütün bunları okurken aklınıza şöyle bir soru gelebilir: "E be Kaan, sen madem bu kadar istiyordun hep ekranlarda olmayı, sahneleri, tanınmayı, oyunculuğu, sunuculuğu, niye konservatuara gitmedin? Niye bunun eğitimini en başta alıp tamamen bu yollara yönelmedin de uluslararası ilişkiler okuyup bankacı oldun?"

Bu, benim de uzun süre kafamı kurcalayan bir soru oldu hep. Üstelik son derece orta halli bir aile olmamıza rağmen annemle babam her zaman beni heves ettiğim şeylere yönlendirmeye çalışmıştı; hem beni hem de ablamı. İlkokulda bir ara Mimar Sinan Üniversitesi'ndeki resim kursuna yazdırdılar ben çok seviyorum resim yapmayı diye, sonra ablamla beni İstanbul Yüzme İhtisas Kulübü'nün yüzme kursuna verdiler yazın. Ablam çok sevdi ama havuz suyuna alerjisi çıkınca çok başarılı olmasına rağmen maalesef devam edemedi. Bense her gidişimde zırtlak bir bebek gibi ağlıyordum sudan çok korktuğum için. Bir de üstüne ders sırasında Güneş diye bir kız gerçek bir psikopat gibi beni suya batırıp batırıp çıkardığı için boğulma tehlikesi atlatınca kurstan sıvışmak için dört gözle beklediğim travma kucağıma düşmüştü. Ablamın sesi de çok güzeldi, gerçekten muazzamdı ve şarkı söylemeyi çok sevdiği için onu da konservatuar kurslarına verdiler daha sonra ancak dersler ona zor geldiği için devam etmedi. Bir ara ben tenise çok merak salınca ENKA'ya verdiler ancak ders ücretleri çok pahalı olduğu için haftada ancak bir saat ders alabiliyordum. Yaşım akademi için geçmişti, oradaki hocam da sürekli "ah sen birkaç sene önce başlayacaktın ki" şeklinde asla motive etmeyen cümlesini her hafta suratıma suratıma çarpınca oradan da bir süre sonra çıktım. Diksiyonum iyi diye seslendirme kursuna gitmek istedim ve diyalog merkezinde ciddi bir seslendirme eğitimi aldım. Kurs biter bitmez stüdyolara gidip günlerce diyalog verilmesini beklemek gerekiyordu, yaz tatilimi böyle geçirmek istemediğim için o da yalan oldu. Aslında çalışmayı seven biri olmama rağmen giriştiğim onca şeyi yarım bırakışımın altında yatanın çok başka motivasyonlar olduğunu fark ettim. Ailemse, orta sınıf bir aile olmasına rağmen bizi hiçbir şeyden mahrum bırakmadı. Orta gelirli insanların hayattaki hiçbir güzel renkten mahrum kalmak zorunda olmadığı güzel yıllardı.

Büyükbabayla babaanne yanında, bol sevgi, bir miktar da disiplinle bezeli bir evde büyüdük ablamla. Ablam annemlerin dokuz ay yaşayıp cennete uçan ilk evlatları Aşkım'dan üç sene sonra dünyaya gelince Ömür ismini alan, o büyük travma sonrası kucaklarına aldıkları ikinci yavruları ve haliyle el bebek gül bebek yetişen, üstüne aşırı titrenen, bu aşırı titrenme halinden zaman zaman darlanan, sıkıntıya gelemeyen, bir o kadar güzel, billur sesli bir kız çocuğu. Bense rahmetli Aşkım vefat etmeseydi muhtemelen asla dünyaya gelmeyecek olan, erkek çocuk olacağımı öğrenince annemin karalar bağladığı, doğumunda neredeyse annesini öldürecek kadar zorlu bir süreçten sonra dünyaya gözlerini açan, kendi dünyasında her zaman kendini eğlendirebilecek şeyler bulabilen zıpır bir oğlan çocuğu. Aramızdaki üç yaş çocukken ciddi bir farktı, bambaşka jenerasyon, bambaşka zevkler demekti. Cinsiyet farkı da buna eklenince yediği içtiği ayrı gitmeyen kardeşlerden olamadık hiçbir zaman. Hep birbirimizi çok sevdik, koruduk ve kolladık ama birlikte gezip tozan, zırt pırt sinemaya, çarşıya beraber giden kardeşlerden değildik biz. Ben ilkokulun sonlarında ablam da ortaokulun başlarındayken yaşadığımız bir olay da aramızdaki mesafeyi maalesef daha da artıracaktı. Hem benim ablamla hem de ablamın dünyayla arasındaki mesafeyi.

İkimiz de ilkokulu devlet okulunda okumuştuk, ortaokula ise Arnavutköy sırtlarındaki Eseniş Koleji'nde başlamıştı ablam. Teyzemin büyük kızı Didem'in de gittiği çok güzel bir okuldu. Ancak hazırlık ve orta birden sonra kendi isteğiyle eski ilkokul arkadaşlarının hemen hepsinin gittiği devlet okulu Beşiktaş Kız Lisesi'ne geçti. Yirmi, otuz kişilik butik bir karma eğitimden altmış kişilik sınıflarda bir sıraya üç kişinin oturduğu devasa bir kız lisesine geçtikten birkaç ay sonra psikolojisinde bozulmalar olmaya başladı. Ruh halindeki kocaman sıkıntılar zamanla hareketlerine yansımaya başlamıştı. Hiçbirimiz ne olduğunu tam anlayamadık. Biz olayı idrak etmeye çalışırken ablacığımın durumu giderek ağırlaşıyordu. Ufak tefek tiklerle başlayan rahatsızlığı kocaman vücut sarsılmalarına evrilmişti. Tourette sendromu diyordu doktorlar yaşadığı şeye; yüzde bir olasılıkla görülen, motor ve ses tiklerinin bir arada ortaya çıktığı nörolojik bir hastalık. Bunu neyin tetiklediğini veya sebeplerini bulmak çok güçtü. Ailemizde de yaşadığımız çok büyük travmalar, ağır şiddet vs. gibi olaylar çok şükür ki hiç olmadı. Genel olarak hep sevgi dolu bir ortamda, gözümüzün içine bakılarak, hiçbir ortamdan mahrum edilmeyerek yetiştirildik. Bu da hastalığı atlatmasını zorlaştırıyordu çünkü bunu ortaya çıkaran koşulları kimse bilemediğinden ona neyin iyi geleceğini de yine hiç kimse kestiremiyordu. Doğal olarak bu durumu ablamın psikolojik olarak iyice kapanmasına neden oldu. Ergenlik döneminde bir kız çocuğunun okulda çılgınlar gibi sosyalleşmesi, flört etmesi, eğlenmesi gerekirken o ne yazık ki uzun süre akran zorbalığına maruz kaldı. Sokakta tiklerini yaparken onu görenler zaman zaman kahkahalar atıyor, dalga geçiyordu. Herhalde empatinin daha icat edilmediği yıllar olmalıydı ki bu andaval tipler her yerde karşımıza çıkıyordu. Fakat tüm bunlara karşın ablam müthiş bir olgunlukla sakinliğini koruyor, hatta biz sinirlenip o mallara laf edince bizi sakinleştirmeye çalışıyordu. Bu zorlu süreç çok uzun yıllar devam etti, lise yıllarında çok ağır ilaçlar kullanmak zorunda kaldı. Bunun yanında çok zeki bir kızdı, sınava hiç hazırlanamamış ve liseyi çok zor şartlarda tamamlamış olmasına rağmen üniversite sınavına tak diye girip şehir dışındaki pek çok okulu kazanmıştı. Ancak gördüğü tedaviler iyice ağırlaştığından evden uzakta bir yere taşınması mümkün değildi. Yıllar süren ve ailemizi derinden etkileyen bu durum beni içten içe kahrediyor, hiçbir şey yapamayışım daha da üzüyordu. Annemle babamsa çok farklı iki noktadaydı. Babam bu durumun bizim başımıza gelmesine isyan ediyor, asla kabullenmek istemiyordu. Ebeveyn olarak Aşkım'ın vefatında acı kotalarını doldurmuş olmaları gerekiyordu ona göre. Annemse bunu da bir sınav olarak görüyor, gece gündüz ablamla ilgileniyordu. Ömür ne kadar evde olmak, kimseyle görüşmemek, dışarı çıkmamak istediyse annem tam tersine onu bir o kadar sosyal hayata, sokağa, dışarı entegre etmeye çalıştı. Tiklerinin en şiddetli ve yoğun olduğu dönemlerde onu bütün etkinliklerine, yemeklerine, iş gezilerine dahil etti. Çünkü anneme göre ne Ömür'ün ne de kendisinin utanacağı bir durum söz konusu bile değildi. Bu savaşta babamla biz olaya daha dramatik bakan, daha kabullenmek istemeyen tarafken, annem ve onun etkisiyle Ömür daha mücadeleci, daha hırslı ve daha güçlü olan taraftı. Gerçekten de ablamla annemin dünyanın en güçlü iki kadını olduğunu düşünürüm hep. Bu yaşadığı şey benim başıma gelseydi ne yapardım düşünmek bile istemiyorum. Ama o, her gün kendisiyle dalga geçenlerle dolu okul servisine binip o okula gitti. Her ortamda bulundu. Üniversiteye gidemediği için eve kapanmak yerine çatır çatır çalıştı, uzun yıllar hastane sektöründe ter döktü ve uzun yılların sonunda ibretlik bir mücadele örneği göstererek bütün sendromları ve antidepresanları misler gibi yendi. Şimdi ışıl ışıl bir hayatı var.

Durumundan ötürü gençliği boyunca daha az ama öz, daha çekirdek arkadaşlıkları oldu hep. Bense kendini pek çok açıdan bulmaya çalışan çocuk halimle ne yazık ki o arkadaşlardan biri olamadım. Dışarıdan hep gülüp eğlenip arkadaşlarıma arkadaş katan, her yerde anında sosyalleşen ben, içten içe onun bu haline üzülüyor, yeteri kadar yanında olamadığım için de mahvoluyordum. Sanırım bütün bu yaşadığımız sınav ve ailedeki herkesin bununla mücadele ediş şekli, beni kimseyi üzmemek üstüne kurulu steril bir yola itti. Derslerim hep çok iyi olmalı, okulda annemle babama asla laf getirmemeliydim. Zaten ablamın durumu yeteri kadar zordu, bir de ben sıkıntı çıkaramazdım. Hep doğru davranmalı, hep takdir getirmeliydim. Ablacığımın elinde olmayan bu hastalıktan dolayı evde yaşanan tüm dertleri ben dengelemeliydim. Uç isteklerim olamaz, koşarken kolumu bacağımı kıramaz, serserilik yapamazdım. Ne okumam gerekiyorsa onu okumalı, ne iş yapmam gerekiyorsa onu yapmalıydım. İçimdeki sesten çok dışımdaki olaylar önemliydi ve bu olayların çıkardığı ses uzun yıllar içimdekini bastırdı. Bencillik yapmanın sırası değildi, ailemdeki huzur en önemli şeydi ve bu huzura katkı yapmak zorundaydım. "Yeter ki ablam iyi olsun, annemle babamın yüzü gülsün"dü. Ben nasıl olsa elim ayağım tuttuğu ve nefes aldığım sürece zamanı geldiğinde DJ'lik de yapardım, sahnede de parlardım, televizyona da çıkardım.

Ana Akım Fiyaskolar

Sahne gösterilerimin doludizgin gittiği, kurumsal etkinliklerden de başımı kaldıramadığım ve eski medya dünyasından eser kalmadığı için eski sevdam televizyona hep mesafeli baktım. Ne eskiden kazanılan paralar vardı ne de ekran eskisi gibi özgürdü. Program yapmak isteyenler neredeyse karın tokluğuna çalışıyor, kanallar varsa yoksa dizi diyordu. Hal böyle olunca da canım hiç durup dururken ekran çekmiyordu ancak birinin beni dürtmesi, içimde çocukluğumdan ve ergenliğimden kalan yarım kalan sevda ateşine gaz dökmesi gerekiyordu tekrar bu topa girmem için. Ve ne yazık ki öyle de oldu.

Bir öğlen eski işyerinden arkadaşımla beyaz yakalıların öğle yemeği sığınağı Zorlu Well Done'da yemek yerken telefonum çaldı. Tam arkadaşım ballandıra ballandıra ne kadar güzel bir şey başardığımı söyleyip ortamın eskisinden de beter olduğunu anlatarak içimin yağlarını eritirken beni arayarak keyfime turp sıkan çok büyük bir yapım şirketinin patronunun asistanıydı. "Kaan Bey nasılsınız, büyük keyifle takip ediyoruz. Ben ... yapım şirketinden arıyorum, şirket sahibi ...'nın asistanıyım. Yeni başlayacak bir yarışma programını sizin sunmanızı çok çok istiyor kendisi. Böyle bir şeye sıcak bakar mısınız bilemedim ama direkt de konuya girmek istedim." Ne diyeceğimi bilemedim, çok büyük bir isimdi gerçekten de bahsettiği. "Hayır ilgilenmiyorum" deyip şak diye kapatsam ileride açılabilecek pek çok kapının da kilidini çakmış olurdum. "Yani telefonda bir şey demem doğru olmaz, tabii gelirim, görüşürüz, her şeyi anlayınca beraber karar veririz" dedim siyaset okumanın kattığı politik yaklaşabilme becerimi kullanarak. Telefonu kapatınca arkadaşım havalara uçtu. "Vayy be, neye şahit oldum az önce ben! Bence kesin sunmalısın Kaan, oğlum ne kaçıracaksın bu fırsatı, bir sürü tip hep aynı yüzler, kimler neler sunuyor, sen mi yapamayacaksın!" diyerek beni gaza getirdi canım benim. Çok fazla vakit yoktu, o yüzden hemen ertesi gün görüşmeye gittim. Adam çok flaş dizilere imza atmıştı, o yüzden biraz da gergindim. Beni çok az beklettikten sonra odasına aldılar ve başka birkaç yönetici kadının da olduğu odada konuşmaya başladık. "Yahu ben seni nasıl duymadım bugüne kadar, herkes seni anlata anlata bitiremiyor" falan filan. Yarışmadan bahsettiler, insanların yaşlarını tahmin etme üzerine kurulu bir format. Her yaştan insana hitap ettiğimi söyleyip bu iş için çok uygun olduğumu düşündüklerini söylediler. Televizyon tecrübem olmadığı ve format tam kafama yatmadığı için çekimser kalsam da, ısrarla format sahibinin akşam ekiple yemek yiyeceğini hatta müsaitsem benim de katılmamın güzel olabileceğini söyledikten sonra bu acelecilik karşısındaki şaşkınlığımı fark edip "Tamam istersen sen bir iki gün düşün ama yapabilirsin bizce. Sahnede üç saat konuşan ekranda bir yarışmayı çok rahat sunar, deneme çekimleri de yapacağız hem" diyerek aklıma girdiler. Çıkar çıkmaz annemi arayıp durumu anlattım, teklif ettikleri parayı söyledim. Hiç fena değildi. "Sen bilirsin tabii en doğrusunu evladım ama iyi bir teklif gibi görünüyor" dedi annem. Her şeyden önce bu çok güzel bir duyguydu, hayatının çeşitli dönemlerinde televizyonda olmak için kırk takla atan bu çocuk büyümüş de kocaman şirketlerden teklifler almaya başlamıştı. Birkaç arkadaşıma danıştıktan sonra da yıllar öncesinin hesabını kapatmak için kabul etmeye karar verdim. Hemen akşamına kabul ettiğimi belirten bir mesaj attım benimle iletişime geçen kadına. Çok sevindi. "Tamam Kaan Bey, biz size haber vereceğiz" dedi. Yaz başıydı, ben de bu küçük zaferimi kutlamak için ucuz bilet bulup Valencia'ya gittim üç dört günlüğüne. Otelimde dinlendiğim cehennem sıcağından farksız bir günde Twitter'da gezinirken Youtube'da kendi programlarını yapan bir arkadaşımızın yarışmanın yapılacağı kanalın önünden fotoğraf paylaştığını gördüm. "Allah Allah, herhalde o da başka bir program yapacak" diye düşünüp Instagram hesabına geçtiğimde bir canlı yayın açtığını gördüm. Kanalla bir yarışma programı sunmak üzere anlaştığını, belki talk show'unu da oraya taşıyabileceğini anlatıyordu. Hemen mesaj attım kadına, nedir durumun özeti anlamaya çalışıyordum. Onun da böyle bir şeyden haberi yoktu, biraz rahatladım. Yine de aynı anda iki kişiyle iki farklı yarışma için görüşmüş olmaları tuhaf geliyordu. Birkaç gün geçti fakat yapım şirketinden ses çıkmadı. Bir hafta önce neredeyse o odada bana imzayı attırıp stüdyoya atacak insanlar hayalete dönüşmüştü adeta. İki hafta kadar sonra bir sabah acı acı çalan telefonumla her şeyi öğrendim. Kanal tecrübeli ve ünlü bir sunucuyla anlaşmıştı, sözde yapım şirketi de devre dışı kalmıştı, kanal bunu kendisi yapmaya karar vermişti. Youtube programcısı arkadaş da ben de devre dışı kalmıştık. Üzülsem de yıkılmadım, belki de böylesi daha hayırlıydı. Zaten format da içime sinmemişti. Benimkisi televizyondan hevesini alma hareketiydi daha çok. Ama başta kırmızı halılarla beni karşılayanların bir anda kapı duvar olmasına bozulmuştum.

Televizyon dünyası böyle işte deyip geçemezdim ve bir daha bu şirketle kesinlikle çalışmayacağıma dair kendime söz verdim.

Ancak bu sözü uzun süre tutamadım zira aynı şirketten bir yıl kadar sonra başka bir proje için aradılar. Tepki göstereceğimi düşündükleri için de beni arama görevi içlerindeki en tatlı yapımcı kadına verilmişti. Gerçekten de süper tatlı biriydi: "Biliyorum bizden nefret ediyorsun ama bize bir şans daha ver Kaan, tam sana göre bir projemiz var. Zaten öbürü de bizim elimizde değildi inan, kanal kendi yapmak istedi, biz de devre dışı kaldık." Dünyada en dayanamadığım şey samimiyet, tatlılık ve zarafettir. Beni en çok üzen insanlarla bile bu yüzden tekrar arkadaş olmuşumdur. Hiç heveslenmedim bu sefer. Ama telefonda benle çok tatlı konuşan bu kadınla tanışmak için zaten evime de çok yakın olan şirkete şöyle bir uğramayı kabul ettim. Hatta içeri girerken "bakalım bu sefer hangi olmayacak iş için geldim" diyerek olgunluğumla gönülleri fethediyordum:)

İki saat sektör gıybeti yaptıktan ve kendimize geldikten sonra konuya girdik. Sektörel gıybetler, şov dünyası toplantılarının ordövr tabağıdır. Ana yemekten, yani işin kendisinden çok daha lezzetlidir o başta yapılan gıybetler. Herkes başka başka ünlülerle ilgili eteğindeki taşları patır patır dökerek birbirini şaşırtma yarışına girer ve zamanın nasıl geçtiğini bile anlamazsınız. Gıybet iyiyse işi kabul edip verdikleri paraya tamam demenin de ötesinde neredeyse o işi almak için üstüne para verecek noktaya gelirsiniz. Karşı taraf sizi gıybet gücüyle çoktan kendine bağımlı hale getirmiştir bile. Bir şarkı yarışmasında jüri olmaktan bahsediyordu hanımefendi. Böyle deyince tabii gözlerim faltaşı gibi açıldı zira bu yarışmalar benim gençliğimdi. Popstar'daki Firdevs'le Abidin'in kurgu aşkının etkisinden günlerce çıkamamış, Deniz Seki'yle Bayhan arasındaki düelloda kimi tutacağımı şaşırmış, Armağan Çağlayan'ın gencecik çocukların üstüne üstüne gidişi karşısında uykularım az kaçmamış, Popstar Alaturka'da Bülent Ersoy'la Ebru Gündeş arasındaki LGBT temalı kavgayı yedi yüz kere izlemiştim haha:) ("Siz nasıl rahat uyuyorsunuz geceleri? Valla ben çok rahat uyuyorum! Ben hiç uyuyamıyorum! Kırık mıdır tırrık mıdır nedir..." Haha sinirlerim bozuldu yine:))

Fakat bahsettiği o tarz bir yarışma değildi. Yine şarkıcıların olduğu ve karşıda da otuz tane mi kırk tane mi ne jürinin oturduğu bir format. Sunucu Enis Arıkan'dı. Ben de burada jüri olmanın beni heyecanlandırmayacağını, zaten zamanımın çok sıkışık olduğunu, muhtemelen verecekleri bütçenin de beni tatmin etmeyeceğini söyleyerek kendilerine bu iş için uygun olabileceğini düşündüğüm başka isimler önerdim. Bu sefer çok daha medenice ve net bir şekilde yollarımızı en başında ayırıyorduk. Üstelik önerdiğim tüm isimlerle de anlaştılar daha sonra. Ancak tıpkı o yaş tahmin etme yarışmasında olduğu gibi bunun da ömrü uzun olmayacaktı. Benimse TV dünyasıyla çocukluğumdan kalan bütün hesabı kapatacağım en muhteşem fiyasko henüz gerçekleşmemişti.

Yine günlerden bir gün en büyük ulusal kanallardan birinin başındaki kadın aradı: "Kaan Bey merhaba, ben Alev (takma isim:)), sizi uzun zamandır takip ediyorum. Acaba televizyonda bir şey yapmayı düşünüyor musunuz? Sizinle bir tanışmak, kahve ikram etmek isterim." "Kahve için en güzel yer Bağcılar'dır" diyerek bu teklifi kabul ettim ve Metin'i de yanıma katıp görüşmeye gittim. Bu kanal ayrıca daha önce bahsettiğim yapım şirketinin anlaşamadığımız iki yarışmasını da yayınlayan kanaldı ve bu sefer kanalın kendisi direkt benimle görüşmek istiyordu. Görüşme çok tatlı, sıcak bir tanışma sohbeti tadında ilerlerken kanalın en tepesindeki Utku Bey'in (takma isim:)) odasına geçtiğini gören Alev bizi apar topar Utku Bey'in odasına aldı. Utku

Bey de benimle ilgili çok güzel şeyler söyledi. "Uzun zamandır yediden yetmişe hitap eden bir komedyen görmüyordum, sende Cem'in zekâsı, Okan'ın hınzırlığı, Beyaz'ın efendiliği var. Beyaz'dan sonra ilk kez birisinin bu işi yapabileceğini düşünüyorum. Düşünür müsün televizyona bir şeyler yapmak?" diye sordu. O bu cümleyi kurarken ben bir miktar duygulanmış olabilirim. "Ah Utkucuğum düşünmem mi, son otuz beş yıldır düşünüyorum ama artık düşünmek bile istemeyecek noktaya geldim, lanet olsun!" Tabii böyle demedim. Odada icra kurulundan kadınlar da vardı, hepsi Harbiye'ye gelmiş, çok beğenmişlerdi. "Yani tabii düşünebilirim ama çok iddialı isimler talk show yaptı bu ülkede, onlarla kıyaslanmak risk. Eskisi gibi de bir medya olmadığı aşikâr, bilmem ki" dedim. "Sen bir düşün yine de, bu arada ben gösterini izlemedim henüz, en yakındakine geleceğim" dedi ve iyi niyetlerle ayrıldık kanaldan. Çıkar çıkmaz gözlerimin dolmasına mani olamadım. Metin'le sarıldık. O kanalda o teklifin gayriresmi olarak yapılması, o sorunun sorulması bile bana yetmişti. Sanki on sezon talk show yapmışım da müthiş bir finalle kanaldan ayrılıyormuşum gibi bir duygu içindeydim. Kendi tırnaklarımla kazıyarak inşa ettiğim, kimsenin adamı olmadan kendi hikâyemi anlatarak var olmaya çalıştığım bir piyasada bu sözleri duymak beni gerçekten de çok mutlu etmişti. Diğer yandan işi kabul edip etmemek konusunda kafamda kocaman soru işaretleri vardı. Öncelikle kanal el değiştirmiş, mevcut hükümete daha yakın duran bir gruba geçmişti. Bir yandan böyle düşünürken bir yandan da bu mantıkla kendimi her yerden çekmenin çok mantıklı olmadığını, piyasayı boş bırakmamak gerektiğini, her kesimden insana hitap eden bir iş yapmanın gereği olarak, inanmadığım bir şeyin propagandası yaptırılmadığı sürece her ortamda bulunmamın toplumun faydasına olacağını düşünüyordum. Kararımı henüz vermemiştim ama Utku Bey, söylediği gibi ilk gösterime gelmişti. Şansına Ekrem İmamoğlu'nun da seyirciler arasında olduğu bir gösteriye gelmişti ve tabii ki birtakım muhalif gaza gelişler, küçük tatlı hicivler yaşandı.

Birkaç gün sonra yeniden görüşmek üzere kanala davet edildik. Programın nasıl bir format olacağı üstüne konuşmaya başladık. İki tarafın da, açıkça söylenmese de, birbiriyle ilgili çekinceleri vardı. Benimkisi malum, onlarınki ise dilimin kemiğinin olmaması ve net muhalif tavrımdı.

Çok geçmeden Utku Bey ağzındaki ve hepimizin beynindeki baklayı çıkardı: "Hep sanatçı ağırlayacağız değil mi biz, yani siyasetçi falan olmayacak. Atıyorum mesela Ekrem İmamoğlu gelmez değil mi?" Çok acayip bir yere gidiyordu sohbet. Yahu bu talk show, belediye başkanı niye gelsin? Ama o da bu soruyu sormakta haklıydı çünkü iptal edilen seçimlerde benim İmamoğlu'ndan yana takındığım net tavrı bilmeyen yoktu. Yine de tuhaf bir soruydu bu. Biraz daha format üzerinde konuştuk ancak iki taraf da birbiriyle çalışmak istediğinden tam emin değildi. Bir sonraki toplantıda bazı noktaları daha da netleştirmek üzere ayrıldık. Ancak ben iyice gönülsüzleşmiştim. Üstelik o aralar kanalla aynı medya grubuna bağlı gazetenin çok sayıda yazarını ve çalışanını tazminatsız işten çıkardığı haberleri çıktı. O noktada artık benim motivasyonum da iyice düştü. Bir de üstüne önce deprem sonra şehit haberleri gelince proje herkes için suya düşmüş oldu. Pandemi başında tekrar bana "senin evden yayın yapsak ve o şekilde başlasak talk show'a, stüdyoyu senin evine kurarız oradan canlı yayın yaparız, Amerika'daki komedyenler de evden yapıyor, ne dersin?" gibi bir teklifle geldiler. Ancak ben hem tüm Türkiye'nin tanıdığı bir isim değildim hem de virüsün her yerden bulaştığına inandığımız günlerdi ve pazar poşetlerini bile deterjanla yıkarken evime koca bir çekim ekibini sokamazdım. Böylece Türkiye'nin en çok izlenen kanallarından biriyle inişli çıkışlı götürdüğümüz talk show müzakerelerinde son fasıl muhtemelen bir daha hiç açılmamak üzere kapanmış, geriye ise gurur ve gözyaşı olmasa da hafif göz dolması ile tuhaf toplantılar kalmıştı. Ancak stüdyo perilerinin peşimi bırakmaya hiç niyeti yoktu.

Pandemiden birkaç ay önce çok ses getiren belgesellere imza atmış ismi lazım değil epey meşhur bir ekip (140journos:)) benimle görüşmek istedi. Digiturk için 10 bölümlük bir belgesel serisi hazırladıklarını, her bölümde bir isim işleyeceklerini, son bölümde de beni konuk etmek istediklerini söylediler. "Zaten şimdiye kadar belgeselimin yapılmamış olması hata, işte vizyon budur!" diyerek her zamanki gibi kendime dolmaları vermek suretiyle kabul ettim. Şaka bir yana arşivciliğe ve perde arkası hikâyelere hep çok meraklı biri olarak hikâyemin iyi bir ekip tarafından anlatılması fikri beni hep çok heyecanlandırmıştır. Hemen belgeselci arkadaşlar, bizi tanıştıran arkadaşım Hande ve ben buluştuk, Bomontiada'daki über Avrupai ve sanki bitişiğindeki residence Araplarla dolu değilmiş gibi olan bar ortamında birbirimizi yükselttikçe yükselttik. Bir sonraki buluşma kanal yöneticileriyle olacaktı. Akaretler'deki yine epey Avrupai pizzacıda buluştuk. (Gördüğünüz gibi toplantılarımız hep muasır medeniyetler seviyesinde:)) Yöneticilerden biri yabancı dizilerden de sorumlu olan çok tatlı bir kadındı ve biz belgeseli konuşacağımıza saatlerce dizilerin ve dizi yıldızlarının dedikodusunu yaptık. Masada da çok güzel bir enerji vardı (enerji kelimesini her kullanışta gülmem geliyor). Belgesel dizisinin son bölümünde olmam onları da heyecanlandırmış gibiydi. Neler yapmak istediğimden bahsederken o sıralarda görüşmelere devam ettiğimiz diğer kanaldan ve oradaki talk show işinden bahsettim. Belgeselci arkadaş "e süper, eğer orayla anlaşırsan belgeselin son bölümünü senin ilk yayına çıkışın olarak yaparız, efsane olur!" diyerek hepimizi heyecanlandırdı. O kadar ki, normalde o kanalda talk show yapmaya aşırı gönüllü olmamama rağmen sırf bu sahneyi belgesele koyabilmek için acaba bir sezon için evet desem mi diye düşündüm zira biliyorsunuz artık tekrar etmeme gerek yok, bu çocuk için hava ve cıva her şeyden önemlidir. Herkesin birbirine dolmalar verip yükselttiği kariyerimdeki 789. masadan da büyük umutlarla kalkılmıştı ve tabii ki her büyük umutlarla kalkılan masa gibi bu masada konuşulan belgesel projesi de olmamıştı.

Pandemi başladığında herkes gibi bende de belirsizliğin verdiği korku ve haberlerin verdiği üç buçuk atma durumu hâkimdi. Sağlıkla ilgili endişelerim bir yana kariyerimin akıbetiyle ilgili de korkularım vardı. Her şeyin çok güzel gittiği bir dönemde, henüz gerçekleşmemiş tam on gösterimin biletleri tükenmiş, müzikalimiz her geçen oyunda daha da oturup iyiye gitmeye başlamışken tüm dünyanın ve hayatımızın içine çöken pandemi daha ne kadar devam edecekti? Sahneler ne kadar kapalı kalacaktı? Şöhretimin zirvesini göremeden maaşlı dünyaya geri mi dönecektim gibi anksiyetik sorular dolanırken kafamda belgesel için toplaştığımız Digiturk kadınlarından biri aradı: "Kaancığım senin öbür kanalla olan işin ne oldu? Bizimkiler de talk show tarzı bir şeyler yapmak istiyor, sıcak bakarsan görüştürmek isterim!" Sahne kariyerim çok iyi gittiği için medyanın da durumunu göz önüne alarak burun kıvırdığım televizyon dünyası hiç olmadığı kadar cazip gelmişti. Hemen görüşmek istediğimi söyledim. Krizi fırsata çevirme konusunda dünya tarihine geçen Zoom üstünden toplantı yaptık programlardan sorumlu yapım ekibiyle. Hepsi çok eski, iyi televizyonculardı. Üstelik kökenleri de iş yıldızımın asla barışmadığı o meşhur yapım şirketine dayanıyordu ki bu, toplantıyı bol gıybetle açmamıza neden oldu. Ne istediğini bilen ama benim de fikirlerime ve yeniliklere açık, televizyonun kurumsal dünyasının emektar insanlarıydı. Digiturk hâlâ maçlardan dolayı pek çok insanın evinde olan, dijital platformu yenilik arayışında bir kanaldı. Üstelik paralı üyelik olduğu için ulusal kanalların reyting savaşına girmiyor oluşu da benim için çok önemliydi zira eski ama eskimeyen bankacı halimle o reyting listelerine bakarken panik ataktan küt diye gidebilirdim. Tutmasa bile hemen yayından kalkma ihtimali yoktu çünkü sözleşmeyi en az otuz bölüm için yapacaktık. Nasıl bir şey yapmak istediğimi sordular. Bense eskiden beri yapmak istediğimin klasik bir talk show olduğunu ama ana akım kanallarda alışık olduğumuz gibi üç saat süren beş altı konuğun yan yana oturduğu bir formattan ziyade ABD ve bütün dünyada geçerli olan formatta, yani maksimum bir saat süren, sunucunun açılış monoloğuyla başlayan, ana konuğun yirmi-yirmi beş dakika yer aldığı, orkestranın da muhabbetiyle ve sunucuya sataşmalarıyla işin içinde olduğu, finalde de müzik ya da komedi alanındaki performans konuğunun kapanışı yaptığı kompakt bir format olduğunu söyledim. İki toplantı yaptıktan sonra prensipte el sıkıştık. Vallahi bu sefer oluyordu galiba, inanılır gibi değil! Pandemi şartlarını ben de Zoom gibi avantaja mı çeviriyordum yoksa?

Tabii ki sahnede iyi giden birisi için televizyon her ne kadar paralı kanal, reyting kaygısından uzak falan da olsa büyük riskti. Ancak bu şartlarda verilecek en doğru kararı vermiştim. Devasa bir para kazanmayacaktım ama en azından bir süre düzenli bir gelirim olacaktı. Anlaştıktan hemen sonra içerik toplantılarına başladık, her yaz olduğu gibi bu sene de son kırk yılın en sıcak yazını yaşayan İstanbul Temmuz'unda. Orkestra olarak sadece ilk toplantıya katılıp sonrasında başka ekibe dahil olan sevgili Jale'nin önerisiyle Emir Ersoy ve orkestrasına gözümüzü diktik. Televizyon programlarında asla yer almayan çok iyi müzisyenlerdi ve Latin müziğini Latinler kadar iyi yapıyorlardı. Emir kalipso kralımız rahmetli Metin Ersoy'un oğluydu ve babasından aldığı mirası mükemmel taşıyordu. Emir'le bizzat konuşarak aradığımız şeyin arkada çalan bir program orkestrasından çok şova katkı yapan, ara ara sohbete giren, zırt zırt bana sataşan, çatışmayı program boyunca diri tutacak bir ekip olduğunu anlattım. Bu fikri çok sevdi ve muhtemelen içimdeki hevesin verdiği enerjiye de dayanamayarak kabul etti.

Sıra iyi bir içerik ekibi oluşturmaya gelmişti. Tabii ki ilk aklıma gelen en komik arkadaşlarımdan Ayşe oldu. Ancak Ayşe'yi daha önce defalarca yükseltip, peşimden bir sürü maceraya sürüklemiş, yeteri kadar boşa enerji harcamasına ve olmayacak duaya amin demesine sebep olmuştum. Ona önce bu işi iyice anlamak istediğimi, kanalı, ortamı, insanları tanıyıp, işlerin yolunda gitmesi halinde maceranın devamında birlikte çalışmak istediğimi söyledim. Sağ olsun anlayışla karşıladı zira ben aslında onu düşünüyordum. Bir süre benim anlatacağım gıybetlerle yetinmek zorunda kalacaktı. Hiç tanımadığımız, referansla gelen birkaç içerik yaratıcıyla görüştük, taslak akışlar çıkarmalarını istedik ve tüm bu görüşmelerden sonra içimize sinen, çok tatlı, matrak ve çalışkan bir ekiple anlaşmaya vardık.

Benim hayalimde farklı, izleyenlere biraz daha sıcak hissettirecek bir dekor vardı. Pandemide herkes evlere kapandığından ve herkes anasından kütüphanede doğmuş kütüphane memuru gibi canlı yayınlar yapmaya başladığından sıcak bir ev dekorunun güzel olabileceğini düşünüyordum. Üstelik bu, benim gibi evden yaptığı canlı yayınlarla tanınan biri için de çok tatlı bir gönderme olabilirdi. Kesinlikle klasik talk show dekoru istemiyordum. Bu bizi içeriğimiz ne kadar farklı olursa olsun 'Jimmy Fallon çakması' linçlerinin merkezine koyardı. Onların da kafasına yattı. Ancak kafasına yatmayan kişi dekor tasarımcısı olmalıydı ki hayalimdeki dekoru ne yazık ki tasarlayamadı. Yine de klasik talk show dekoru olmasını kesinlikle istemiyordum. Dekorun son halinin çizimi önümüze geldiğinde ise ufak çaplı bir cinnet yaşadım; zira ben ne kadar klasik talk show dekoru olmasın dediysem önümde duran şey bir o kadar klasik talk show dekoruydu. Üstelik dekoru kurmaya da hızla başlamışlardı. Suratım düşerek aşağı indim, çok moralim bozuldu ama yapacak bir şey yoktu, zaten prodüksiyonun bütçesi belliydi. Belli ki bu daha ekonomikti. Ya da her neyse. Artık içeriği daha da özgün, daha farklı yapmak zorundaydık.

En önemli kısma, şovun ismine geldi sıra. Çok iddialı bir isimle çıkmanın dezavantaj olacağını düşünüyorduk hepimiz. Ben de "Dekorumuz son derece sıradan, bir orkestrada olması gereken en klasik şeyler var; orkestra, şehir dekoru, masa, koltuk ve konuğun geleceği perde. Bu sıradan görüntüye gönderme yapalım" deyince yapımın başındaki Aslı "E o zaman Alt Tarafı Bi Talk Show olsun!" dedi. Bir iki itiraz olsa da herkes bu fikri çok sevdi ve Alt Tarafı Bi Talk Show için geri sayım başladı.

Panik Ataklar Eşliğinde İlk Bölüm ve Tabii ki Malum İlk Konuk!

Programı ilk kez sözleşme imzalarken sosyal medyada duyurdum ve bu sevenlerim, arkadaşlarım ve pek tabii ki haset atak bazı dostmanlarımda büyük heyecan yarattı. "Kim bilir neler hazırlıyorsun"lar, "İşte beklenen talk show"lar havada uçuşuyordu. Bu devasa beklentiler beni mutlu etmekten çok endişeye sürüklemişti zira zaten mis gibi giden stand up kariyerimde pandemiciğimizin de katkısıyla risk alıp kendimi stüdyolara atıyor olmak yeteri kadar korkutucuyken, bir de insanların ekranda atom parçalayacakmışım gibi omuzlarıma iyi niyetle bindirdiği bu yükler paniklerimin üstüne tuz biber oluyordu. Bütün yaz çalıştık, Emirlerin Bodrum'da çaldığı otele gidip sosyal medya için güzel bir tanıtım çektik. Dekorlarımız bitmiş, içeriklerimiz üç aşağı beş yukarı belli olmuş, ilk çekim tarihi netleşmişti. Sıra talk show'un olmazsa olmazı konuklara geldi. Benim aklımda tabii ki dört yıl öncesinde evden yaptığım yayınlara ilk gelen isim olan Gökhan Türkmen'den başkası yoktu. Ancak Gökhancığım pamuk gibi kalbiyle Harbiye'de de sahneye çıkmıştı ve her an onun kapısını çalıp kendisini yeteri kadar darlamamışım gibi rahatsız etmek istemiyordum. Aklıma tanınmış komedyenlerimizle bir açılış yapmak geldi. Çok da güzel bir akış yazdım ancak bu davetime kendilerinden olumlu cevap alamadığım gibi bazıları sağ olsun cevap verme zahmetinde bile bulunmadılar. Ben de "bu bir işaret" diyerek, biraz da utana sıkıla tekrar Gökhan'ın kapısını çaldım. Her zamanki dostluğuyla "Seve seve" dedi ve ekledi: "Eminim bu sefer yirmi kişiden fazla seyreden olacak!"

İlk programın çekiminden iki gün önce genel prova yaptık. Benim elim ayağım titriyor, stüdyoda her gördüğümü "sence nasıldı, sence yakıştım mı, sence oldu mu" diye darlıyordum. Bu darlamalarım orkestramızın en cool üyesi Eylem'in "Sence nasıldı abi?" soruma verdiği "Bilmiyorum, ben izlemedim" yanıtıyla son bulmuştu. Prova bitti, herkes dağılırken ışıklar da kapanmaya başlamıştı. Stüdyoya dönüp uzun uzun baktım. İnanılır gibi değildi, o stüdyo benim stüdyomdu ve resmen televizyonda kendi talk show'um vardı artık. Arkadaş hattı kumpası için bize sorular soran densiz, iki günde Kenan

Doğulu'nun mor takımını diken Nişantaşı'ndaki efsane terzi, sülalesine küfretmişim gibi somurtarak bana kamerayı açan uykucu kameraman, kıçıma tekme atan Mehmet Ali Beyyy, soyadımı 'Sökban'laştıran Volkan Severcan, yarışmaya başvurumu taahhütlü gönderen büyükbabam... Hepsi gözümün önünden geçti sırayla. Acayip duygularla ve çokça gururla evin yolunu tuttum, çekim gününü beklemeye koyuldum.

Bayılmak ile Linçlemek Arasında Bir Yerde

İlk bölümümüz çok güzel geçmişti. Yayın günü ise ikinci kez Harbiye'de çıktığım geceyle aynı tarihti. Üstelik ikinci Harbiye maceram hükümetimizin pandemi nedeniyle konser ve gösterileri açık havada bir serbest bırakıp bir yasakladığı sonra tekrar serbest bıraktığı çok gelgitli ve sinir harbi gibi geçen bir dönemde gerçekleşiyordu. Ancak ben bu seferki Harbiye gösterim için de her şeye rağmen ekstra büyük şovlar hazırlamış, uzun zamandır evinden çıkamayan insanlara unutamayacakları bir gece yaşatmak istemiştim. İki tane kuyruklu piyanonun başına piyanist arkadaşım Ayşe Deniz'le oturarak sözde kapıştığımız ve Emir'in orkestrasıyla geceye dahil olduğu müzik ve mizah dolu gecede bir sürpriz daha yaparak talk show'un ilk bölümünün fragmanını izlettim oradaki herkese. Bir anda henüz skecini çektiğim ve sosyal medyada viral olan Aşk-ı Memnu'nun müziğini çalmamla sahneye gelen kanun sanatçısı Ahmet Baran da bize katıldı ve -vallahi hiç mütevazı olamayacağım- muazzam bir açılış yaptık. Annemler 65 yaş sınırından dolayı dışarı çıkamadığı için sahneden onlara görüntülü bağlandım. Facetime'ı açan annemin benim programın ilk bölümünü seyrettiklerini söylemeleri bütün Harbiye'ye bir duygu coşması yaşatıyordu. Birkaç yıl önce evimize gelen ünlülere mahcup olmamak için börekler çörekler yapan annem şimdi ayaklarını uzatmış benim televizyondaki şovumu izliyordu. Annem gibi diğer izleyenler de sevmiş görünüyordu Alt Tarafı Bi Talk Show'u. Kanal, izlenme oranlarından çok memnundu. Takipçilerimin büyük çoğunluğu her hafta beni izleyecekleri için sevinç içindeydi. Bu programın uzun soluklu olmasını isteyenler çoğunluktaydı. Fakat stand up gösterime gelip yine stand up tadında bir şey bekleyenlerden bazıları hayal kırıklığı yaşamış, benim adımı duyup ilk kez bu programda izleyenler ise ikiye ayrılmıştı: Çok sevenler ve pek sevmeyenler. Oysa bu bir stand up değil, televizyon programıydı. Vaat ettiğimiz şey sıcak bir sohbet, muzur oyunlar ve arada küçük tatlı şakalarla kaliteli müzikti. Bazıları ise yayın grubunun sahibi Katarlı bir kuruluş olduğu için benim her zamanki muhalif tavrımdan uzaklaşacağımı iddia ediyordu: "Katarlıların kölesi oldun, artık sen de susanlardan olacaksın!" Sanki bu Katarlılar da dünyada yedi kişiymiş ve Katarla ilgili her şeyi bunlar yapıyormuş gibi bir algı vardı. Ülkedeki kutuplaşma ve politik öfke o kadar yüksek hale geldi ki bu tepkileri de anlayabiliyorum. Halbuki ben program yaptığım iki sene boyunca hiçbir şeye susmamaya, her şeye mahallenin delisi gibi ses çıkarmaya devam edecektim. İnsanların çoğu ise Digiturk'ü benimle çalıştıkları için tebrik ve takdir ediyordu. Tabii kanal için ben her zaman bir saatli bombaydım.

Talk Show'culuğun En Zor Yanı, Çıldırtan Detaycılıklar, Yönetmenim Beni Uyarıyor!

Benim gibi bir kontrol delisi için baştan sona bir televizyon programının direksiyonunda olmak, orkestrasıyla, konuğuyla, akışıyla her şeyi yönetmek, hem de bunu her hafta yapmak herhalde olsa olsa bir kâbus olabilirdi. İlk haftaları zona dökmeden geçirdiysem bu ancak Allah'ın bir mucizesi olabilir.

Şovun uzun uzun saatler süren bir program olmasını kesinlikle istemiyorduk. Kısa, tatlı cevaplarla seyirciyi sıkmadan sohbeti toparlayıp konuğu coşkun şarkılarla kulise göndermek tek amacımızdı. Ancak gel de bunu ülkemizin güzide ünlülerine anlat. Tabii pandeminin de etkisiyle hepimiz gibi konuklarımız da sosyalleşmeye aç kalmıştı ve karşılarında hem zeki hem komik hem tatlı bir adam görünce (Emir'den bahsediyorum hahaha hayır tabii ki:)) dilleri çözülüyor, bazen sormadığım konulara bile girip evde kahveye gelmişim gibi uzattıkça uzatıyorlardı. Bu arada ben, bu samimiyeti ve sıcaklığı çok seviyordum. Bana kalsa saatlerce sohbet edebilirdim ancak bunu da gel bizim yönetmene anlat. Yönetmenimiz Evren de haklı olarak format gereği sohbetin dallanıp budaklanmasını istemiyordu zira bu, montaj sırasında cinnet geçirmesi demekti. O nedenle de sağ kulağıma takılan kulaklıktan sürekli "toparlayalım, oyunlara geçelim, konu çok baydı hareketlenelim" gibi kulak zarımdan kulak zarımdan dürtüyordu. Enteresan bir paradoks yaşıyordum: Kırk beş dakika süren bir talk show yapmak, üç saat süren bir talk show yapmaktan çok daha zordu.

Solumda mikrofon sağımda yönetmen kulaklığı Robocop gibi çıktığım yayınların ilk zamanlarında kulağıma her fısıldayışını aşırı belli ediyor, hatta tam anlamadığımda kaş göz hareketleri yaparak acemilikte arşa çıkıyordum.

Ekip olarak hepimiz çok heyecanlıydık çünkü ülkedeki kocaman medya çöplüğünde yeni ve eli yüzü düzgün bir iş yapma hedefi sanki herkesi yeniden hayata bağlamıştı. Ancak bizdeki heyecan kanaldaki herkeste var mıydı orası muammaydı. İlk başladığımızda haftada iki gece yayın yapıyorduk, cumartesi ve pazar. Bu çok riskliydi çünkü cumartesiden hemen sonra pazar bölümünün tanıtımını yapmak için yeterli zaman kalmıyordu. Bazen de çok iyi iki konuğu aynı haftada harcamış oluyorduk.

Bu nedenle bölüm tanıtımlarının yani fragmanların çok ama çok iyi olması şarttı. İlk fragmanlar geldiğinde başta ben olmak üzere hepimiz ufak çaplı bir cinnet geçirdik. Programa dair hiçbir şey söylemeyen, ruhsuz, lafların bile anlaşılmadığı alelade bir tanıtımdı ilk gelen. Tanıtımlardan sorumlu olan ekipte beni hiç sevmeyen, benden hiç hazzetmediği her halinden belli bir arkadaş vardı. (Bence sadece benden değil hayattan da hazzetmiyordu:)) Sevse yapar mıydı o göz kanatan tanıtımları, kıyar mıydı bana? Belki de bu benim hüsnükuruntumdu, bilemiyorum (bu deyim de en son 1986'da falan kullanıldı herhalde:)). Ne olursa olsun zaman sızlanma zamanı değildi ve müdahale etmek şarttı. Ben tanıtımları bir türlü beğenmeyince her programdan sonra tanıtımlarda hangi sahnelerin olması gerektiğini maddeler halinde ekibe atmaya başladım, onlar da tanıtıma gönderdiler. Bir süre sonra ise tanıtımları kendim yapmaya başladım. Kanal yine yapıyordu ama ben kendi sayfamda kendi montajladığım fragmanları paylaşıyordum. Tabii ki çok daha etkili oluyordu çünkü kendi bakışımı, kendi gözümü, kendi duygularımı katıyordum. Bu şov benim bebeğimdi, işinden mutsuz bir beyaz yakalının gölgelemesine izin veremezdim.

Bir talk show'un en zor kısmı ise konuk bulmaktır. Konuk şovun yarısı bazen de yüzde seksenidir. Ancak biz hiçbir zaman konuğa endeksli bir program olsun istemiyorduk. Yani seyircinin sevdiği konuk geldiği zaman izleyeceği bir talk show'dan ziyade kim olursa olsun açıp izleyeceği, "Kaan acaba bu akşam ne yapacak" diye bekleyeceği, "finalde hangi genç yetenekle bizi tanıştıracak" diye meraklandığı bir iş olsun diye çırpındık hep. Çünkü ben salt bir sunucu değil komedyendim. Konuk çok ilgisini çekmese bile, benim yapacağım bir atraksiyon, bir taklit, bir şaka, bir performans seyirciyi ekrana yapıştırmalıydı. Yine de birinci önceliğimiz işinde en iyi, her yere çıkmayan, her yaştan, her nesilden isimleri ağırlayıp onlara başka yerlerde yapmadıkları ters köşe performanslar yaptırmaktı. Hal böyle olunca da işimiz çok zordu. Genelde bu tarz programlarda konuk koordinatörü olur ve konuk bulma angaryası tamamen bu insancağızın üstüne kalır. Bizde ise böyle biri yoktu. Konuk almak istediğimiz isimleri bir listeye döküyorduk ve ekipten o kişi ya da menajeriyle arası kimin iyiyse, imece usulü olarak o davet edip ikna etmeye çalışıyordu. Bazen ben, bazen yapımcılar, bazen yönetmenimiz, bazen koordinatör arkadaşlar, bazen Emir, bazense içerikçilerimiz canla başla iyi konuk bulmaya çalışıyorduk. Ben bu imece tarzını çok seviyordum çünkü herkesin şovu sahiplendiğinin en büyük kanıtıydı. Gerçekten de bu şovla ilgili bende kalan en güzel şeylerden biri, kimsenin "bu benim işim değil" deyip geriye çekilmediği, herkesin elinden gelen ve kendisinden beklenenin üstüne çıktığı bir kolej işi olmasıdır.

Fakat yine de konuk çağırma konusunda en büyük yük bendeydi. İnsanlar gelecekse Kaan'ın şovu diye gelecekti. İşte orada da benim en büyük sınavım başladı. Hayatım boyunca insanlardan bir şey isteyemeyen, kimseyi darlayarak bir yere ısrarla getirmeyi sevmeyen, sahne gösterilerine bile ünlü çağırmayan, ünlü dünyasında da yüzlerce kankası olmayan ben, tırım tırım konuk aramaya, kafamızdaki isimlere bütün şirinliklerimle mesajlar atmaya başladım. Şov çok yeni olduğu ve kanal da ana akım bir kanal olmadığı için insanlar çekimser davranıyordu. Kimisi "ben çok sıkıcı bir konuğumdur beni boş ver" diye geçiştiriyor, kimisi de açık açık "şov biraz otursun öyle geleyim" diyordu. Şov oturması da ne demekse! Başladık işte gel iki kelam et ve git, ne yapıyorsan yap, ne bu tavırlar? Kimseden bir şey istemediğim için reddedilmeye de alışkın olmayan ben her geri çevrilişte enseyi kararttıkça karartıyordum. Hatta bir ara "acaba bu ünlüleri boş verip ünsüz cevherler mi bulsak" diye düşündüm yalan yok. Bir süre sonra gelmeyenler artınca biz de 'gelemeyen konuk' diye bir köşe yapalım bari dedik Emirciğimin dahiyane fikriyle. Gelmiyorum diyen kim varsa Emir kameramanları alıp neden gelmediklerini sormaya gidiyordu. Bu köşe acayip sevildi kısa sürede. Program ilerledikçe de konuk bulmamız gittikçe kolaylaşıyor, gelenler katıldıkları en güzel şov olduğunu, farklı taraflarını gösterebildikleri için mutlu olduklarını söylüyorlardı. Nükhet Duru'dan Demet Akbağ'a, Şevval Sam'dan Zuhal Olcay'a efsane isimler gelmeye başlamıştı. Şevval Sam'ın Nar Tanesi türküsünü operadan caza, rock'tan reggae'ye sekiz türde söylediği performansının videosu viral oldu. Karsu'nun bölüm finalinde genç dahi Fikret'le piyano başında yaptığı doğaçlama internette iki milyon kişi tarafından izlendi. Gupse Özay'ın olduğu bölümdeki Kaan-Gupse-Emir atışmalarından yaptığımız kolaj büyük ilgi gördü. En çok izlenen bölümlerden birinin konuğu olan Zuhal Olcay'ın "on sene sonra ilk kez bir talk show'a çıktım, hayatımda katıldığım en zeki, en güzel talk show'du" demesiyse hepimizi havalara uçurmuştu. Bunun gibi pek çok unutulmaz şeye imza atıyor, attıkça da ekip olarak havalara uçuyorduk. Tabii hep böyle olmuyordu, bazen asla anlam veremediğimiz, "haydaaa" dediğimiz şeyler de yaşadık.

"Kaan Ararsa Gelirim!"

Ekibin reyting getireceğini düşündükleri için çok istediği, benimse ne alaka dediğim kadın bir televizyoncunun konuk alınması gündemdeydi. Başta çok direndim ancak ekibi de kırmak istemediğim için kabul ettim. (Kabul ettim derken, benim onayımdan geçiyordu isimler gibi algılanmasın, hepimizin içine sinen ve oybirliği ile istediğimiz konukları alıyorduk genelde o anlamında dedim.) Kendisine ulaştıklarında verdiği cevap ise şu olmuştu: "Tamam gelirim ama Kaan'ın beni araması lazım. Kaan ararsa gelirim ancak." Kadınla ne bir arkadaşlığım ne bir muhabbetim, merhabam bile yoktu. Tanıdıklarımı zaten ben arıyordum, eh gelince zaten tanışacaktık, bu kaprise gerek var mıydı? Vardı çünkü ünlü egosu böyle bir şeydir. Bu kişiler için kıymet verilip davet edilmeniz asla yetmez, sizin bizzat aramanızı, rica minnet davet etmenizi, geldiklerinde de kırmızı halılar serip kulislerinde onları yaşatmanızı beklerler. Tabii ki aramadım, sağ olsun ekip de darlamadı beni ve asla kesişmeyen yollarımızda yürümeye mutlu mesut devam ettik. Yani en azından ben pek mesuttum.

Dengesizliğin Dengesi

Programın içeriği biraz sohbet çokça oyun üstüne kuruluydu. Hem uyarladığımız hem de kendimiz ürettiğimiz çok sayıda oyunumuz vardı. Bazılarını ilk kez bazı konuklar üzerinde deniyor, çok çalışırsa sevinip başka konuklarda da oynuyor, çalışmazsa çöpe atıyorduk. En sevdiğim oyunlardan biri kelimeler verip konukla karşılıklı doğaçlama saçmaladığımız oyunlardı ve istisnasız her konukla çok eğleniyorduk. Yine çok eğlendiğimiz bir doğaçlama oyunu geride kalmıştı, burada bazı konuklarımız oyunculuklarını kanıtlama çabasına giriyordu ki oyunun böyle bir iddiası yoktu, tam tersi o kelimeleri kullanarak saçmalayabildikleri kadar saçmalamalarını istiyorduk. Oyun bitti, kayda ara verdik, konuk arkadaşımız "Ne kadar eğlenceli bir oyun bu ya, keşke daha uzun sürseydi oh be kurtlarımı döktüm" deyince çok mutlu olmuştum. Program çekimi bitip stüdyodan ayrılır ayrılmazsa menajeri aradı bizim ekibi: "Lütfen o oyunu programa koymayın, falanca çok rahatsız oldu. Çok gerildi. Koymayalım, geri kalan her şey yayınlanabilir." Falanca rahatsız mı oldu? Eh, o zaman gerçekten çok iyi bir oyuncu zira birkaç dakika önce bir boynuma atlamadığı kalmıştı oyun sonunda. Belki de konuğumuz gerçekten çok eğlenmişti ama menajeri bundan hoşlanmamıştı, kim bilir? Her konuktan muvafakatname alıyorduk, bu muvafakatname kanala istediği görüntüyü kullanma hakkı veriyordu konuğun attığı imza sayesinde. Ancak tabii ki hiçbir konuğumuzla ve menajeriyle papaz olmak istemediğimiz için ve tabii ki biraz da nezaketimizden (ama biraz:)) onların istemediği yerleri çıkartıyorduk. Bazen de biz çıkartmak zorunda kalıyorduk. Bazı konukların ağzını bıçak açmıyordu ve ne yaparsam yapayım güzel dudaklarından iki laf alamıyordum. Böyle olunca Fellini lakaplı yönetmenimiz Evren, Oğuzhan Uğur videolarını kıskandıracak montajlarla aralardaki bütün boşlukları uzay boşluğuna gönderiyordu. Bazı konuklarımız ise aşırı hevesliydi ve paletindeki -olan, olmayan ve asla olamayacak olan- renklerini göstermek istiyordu. Esas mesleği şarkıcılık olmayan konuklardan güzel sesi olanlar şarkı söylesin çok istiyorduk, sağ olsunlar bizi hiç kırmıyorlardı. Bazen de bizim öyle bir talebimiz olmadan, şahane orkestrayı görüp gaza gelen konuklar şarkı söylemek istiyordu ki bu durum stüdyoda gerilim dolu anlar yaşatabiliyordu. Seslerde çok oynama da yapamadığımız için mikrofondan çıkan neyse o duyuluyordu ama duyulmasa çok daha iyiydi. Bir keresinde ısrarla şarkı söyleyen konuğumuzun söylerken, stüdyodaki herkesin de dinlerken çok zorlandığı ve şarkısını süslemek için bin bir takla attığımız bir bölümün ilk kez çok izlenmemesi için dua ettiğimi hatırlıyorum. Yine de gelen hemen her konuğumuz çok yapıcı, tatlı ve iyi niyetliydi. Bir kere bize gelmeleri diğer şovlara gitmelerine göre çok daha kıymetliydi zira bizim arkamızda dev yapımcılar, sektörü parselleyen menajerler yoktu. Yani gelen, herhangi bir kodamanın gönlünü hoş tutmak için değil, tamamen iyi içeriğe geliyordu. Ana konukların gitmesinden sonra finalde genç performans konuklarımız çıkıyordu ve ben ana konukların kalıp onları izlemesini çok istediğim için her birinden kalmalarını rica ediyordum. Hiçbiri beni kırmadı. Hatta performans konuğunu izlerken görüntülerini alıp ekrana veriyorduk ki bu zarafetten seyirciler de yumuşacık olsun. Sadece seyirciler değil biz de pamuk gibi oluyorduk, her seferinde çok yoruluyor ama her program sonunda iyi ki yapmışım bu işi diyordum. Tabii nadiren de olsa beni hayattan soğutan şeyler yaşamıyor değildim.

"Lanet Olsun Böyle İşe!"

Her şey çok güzel, bir o kadar da yorucu gidiyordu. İlk sezon Covid'in tüm dünyada en sert çıkış yapan virüs ödülünü aldığı seneydi ve zaten küçücük stüdyoda ağız ağıza çekim yaptığımız için pek çok isim çekimser kalıp gelmiyor, gelenlerin bazıları ya son dakikada pozitife dönüyor ya da temaslı oldukları ortaya çıkıp kapıdan dönüyorlardı. Ekipten de her hafta birileri ya da birilerinin ailesi Covid'e yakalanıyor, kadro sürekli eksik veriyordu. Bu zor şartlarda benim için ayrıca yepyeni bir iş dalı açılmış, kurumsal stand up gösterilerim dijitale evrilmişti. Uzun süre "yapamam, aynı etki olmaz, kimse gülmez, kaydedip yayınlarlar, korsanın önüne geçemeyiz" gibi paniklerle reddettiğim şeyi pandeminin uzaması ve bunun da yeni bir 'challenge' (meydan okuma) olması nedeniyle yapmaya başlamıştım. Çok da güzel geribildirimler geliyor, geribildirimler geldikçe yeni yeni işler yağıyordu. Çılgın gibi bir yoğunluk kazanının içine düşmüştüm yine. Tabii ki iş olması o dönemde mükemmeldi ancak kısa bir süre içine sıkışan yoğunluk baskısını bünyem kaldırmadı ve boynumda, omzumda zamansız ve hadsiz fıtıklar çıktı. Evde ilk kez gece yatarken acılar içinde kıvranıyor, acıdan resmen ağlıyordum. Her gün gittiğim çok yoğun bir fizik tedaviye başladım. Diğer yandan da işlerimi aksatma lüksüm yoktu, böyle bir dönemde konuk bulduğumuz, çekimi yapabildiğimiz her fırsat altın değerindeydi.

Acı içinde kıvrandığım günlerden birinde uzun süredir konuk almayı istediğim, aynı zamanda arkadaşım da olan (daha doğrusu arkadaşım olduğunu sandığım) bir isimle çekim yaptık. En güzel bölümlerimizden biri olmuş, resmen acılarımı biraz olsun hafifletmişti. Birkaç hafta sonra yayınlanacaktı. Fakat kanalın yayınlamak istediği tarih özel bir tarihti, ben de kendisinin o tarihte başka bir dijital projesinin yayınlanacağını bildiğimden kanala bizim aynı tarihte yayınlamamızın sıkıntı olabileceğini söyledim ve maalesef haklı çıktım. Yine arkadaşım olduğunu sandığım menajeri beni arayarak o projedeki sponsorlarının o tarihte başka bir yayında görünmesini istemediğini iletti. Son derece normal ve doğal bir talepti, ben onlara sonuna kadar hak vermiştim. Ancak iyi bir isim olduğu için kanal da geri adım atmak istemedi. Sanırım bizim ekipten biriyle onun ekibinden birinin arasında geçen telefon konuşmasında bizimkiler muvafakatname olduğunu ve kanalın hukuki olarak böyle bir hakkı olduğunu ima edince işler biraz sevimsizleşmeye başladı. Menajeri bu sefer tekrar beni arayarak son derece nahoş şeyler söylemeye başladı. Hem kanalı hem beni itham ediyordu. Oysa ben sadece sunucusuydum programın. Tabii ki benim için gelmişlerdi ve beni muhatap almaları da normaldi ama kanalın kararına ben ne yapabilirdim ki, elim kolum bağlıydı. Yine de bir yandan boyunluğumun altına Bengay sürerken diğer yandan kanaldakilere rica üstüne ricada bulunuyor, "Allah aşkına başka tarihte yayınlayın" diye yalvarıyordum. Menajerinin WhatsApp'tan yazılı olarak sıraladığı bütün sevimsiz laflara rağmen "Arayabilir miyim, konuşalım" dedim. "Konuşmayalım" diyerek iletişim kapısını tamamen kapatsa da kendisine yapımcımızı arayıp güzelce rica etmesi, zor durumda kaldıklarını anlatması halinde kanımca kanalın bunu anlayışla karşılayacağını anlattım ama maalesef o çoktan yöntem olarak kutuplaştırıcı siyaseti seçmişti ve safları sıklaştırmaya yeminliydi. O kadar üzülmüş ve yılmıştım ki, her hücremi saran ağrılar adeta on katına çıkmıştı. Metin'le konuşup "Bu iş çekilir olmaktan çıktı, yarın son kez çekim yapalım ve bitirelim, lanet olsun böyle işe! Neyse tazminatı veririz of be!" diye isyan ettiğim akşamı dün gibi hatırlıyorum. Gerçekten de müthiş bir yılgınlık çökmüştü üstüme ve stüdyoya adımımı bile atmak istemiyordum.

Başka bir konukla çekimimizin olduğu ertesi günün sabahı kanala gittiğimde, konuğumuzun muhteşem menajeriyle yapımcımızın telefonda tansiyonu çok yüksek bir görüşme yaptığına şahit olunca düşüp bayılacak gibi oldum. "Size hiçbir sanatçı yönlendirmeyeceğim, ben ...'a kaç tane iş yapıyorum, oradan da kimseyi konuk olarak alamayacaksınız!" minvalinde bağırarak birtakım laflar ediyordu. Tavrı çok sertti. Bir insan haklı olduğu konuda üslubuyla nasıl haksız konuma düşer onu kanıtlıyordu adeta. Üstelik ikisi de (konuk ve menajeri) güya yakın arkadaşımdı. Bu tavrından sonra ben de kendilerini daha fazla savunmaktan vazgeçtim. İyi niyetli olsaydı "Kaancım senin elinde olmadığını biliyoruz ama çok zor durumda kaldık, bize bir görüşme ayarlarsan direkt biz rica edelim" derdi ve eminim sorun çözülürdü.

Kanalda bu gerilimli dakikalar yaşanırken aynı anda o gün çekim yapacağımız bölümün konuğu bütün neşesiyle içeri girdi: "Abiii, sonunda tanıştık! Çok mutluyum ya, falancalarla daha geçen gün kulaklarını çınlattık mangal yapalım diye!" (Falancalar dediği bilin bakalım kimdi, evet muhteşem konuğumuz ve onun öfkeli menajeri:)) Ortam tam yabancıların 'freak show' (ucube gösterisi) dedikleri şeye dönüşmüştü. Yeni bitmiş ve herkesi şok eden bir telefon düellosu, boyunluklu, leş gibi Bengay kokan bir sunucu, aşırı neşeli, her şeyden bihaber yeni konuk. Hazırlanmak için kulise girdim, Metin bana kısa ve öz bir konuşma yaptı: "Abi ayrılmak istiyorsan ayrılırız, senin mutluluğundan önemli değil. Tazminatı da veririz dert etme ama şu an çok iyi giden bir programın var, bu yaşanan durumu bizden başka bilen olmayacak ki, seyirciyi ilgilendiren bir durum da değil. Seni her hafta ekranda görüp mutlu olan insanları tekrar düşün sadece. Bunlar (konuk ve menajerinden bahsediyor) hayatlarına, işlerine güçlerine devam edecek, sen de etmelisin." Haklıydı. Papaza kızıp oruç bozamazdım. Bir anda enerjimi yükselttim, boyunluğumu çıkardım, boynumu kolonyayla sildim, takım elbisemi giyip en iyi bölümlerden birini çektim. Açılış monoloğumda ise manidar bir konuşma yapmayı asla ihmal etmedim zira Oğlak olmak bir laf sokma sanatıdır.

Bir iki gün sonra arkadaşım olduğunu sandığım sanatçımıza sesli mesaj attım, üzgün olduğumu bir kez daha belirtip, o tarihte kendi hesabımdan fragman yayınlamayacağımı, elimden tek gelenin bu olduğunu söyledim. Cevap bile atmayarak bu sektörde gerçekten de dostluk diye bir şeyin çok mümkün olmadığını, para işin içine girince her şeyin değiştiğini gösterdiği için kendisine buradan bir kez daha teşekkür ediyor, şu satırları yazdığım günler itibarı ile şahane giden kariyerinde kendisine her şeye rağmen başarılar diliyorum.

Sabotaj Gibi Sabotaj: Haftalarca Dönen Fragman Kâbusu

İlk bölümlerde çok iyi konukları art arda almıştık ve cumartesi, pazar iki bölüm yayınladığımız dönemdi. Cumartesi Defne Samyeli, pazarsa Şevval Sam gelmişti. Çok iyi bölümler oldu. Ben "tanıtım tanıtım ille de tanıtım" diye herkesin başının etini yiyince "al sana tanıtım" dercesine Digiturk'ün en çok izlendiği zaman olan maçların önüne, arkasına ve devre arasına, her yerine program tanıtımlarını koydular. Çok izlendiği için bunu yapmak mantıklıydı ancak izleyicilerin yüzde doksanının hakeme, pozisyona, rakibe, spikere ve o an için her şeye öfkeli erkeklerden oluştuğu bir kitlenin önüne sürekli bunu atmak bir noktadan sonra izleyenler için sinir bozucu olmaya başlamıştı. Sinir bozucu olmasının en önemli sebebi sürekli aynı iki bölümün tanıtımının dönmesiydi. Günler geçiyor, haftalar bitiyor, yeni yeni bölümler yayınlanıyor, ligdeki puan sıralaması değişiyor ama bu testosteron olimpiyatlarında ekrana gelen hep Defne'yle Şevval'in fragmanları oluyordu. Bir süre sonra durum o kadar vahim bir hal almıştı ki, Ekşisözlük şöyle yorumlarla dolmaya başladı: "Herhalde ancak iki konuk alabildiler!", "Tamam kardeşim anladık talk show yapıyorsunuz ama her dakika gözümüze sokmanıza gerek yok!", "En heyecanlı yerde eblek suratı karşımıza çıkartılan komedyen." Spor camiasından beni seven köşe yazarları DM kutuma mesajlar atmaya başladı: "Kaancığım severek izliyoruz ama sürekli aynı tanıtım dönüyor, bilgin yoksa diye uyarayım kardeşim." Bu loop'a (tekrar oynatmaya) takılmış gibi dönen iki bölüm tanıtımı, kanal pazarlama ekibinin benim bıdı bıdı söylenmemi engellemek için yaptıkları bir şey miydi yoksa gizli bir sabotaj mıydı bilemem ama o dönem sayılmayan goller, verilmeyen penaltılar kadar konuşulduğundan ve en az kartlarında bonkör davranan Fırat Aydınus kadar küfür yediğimden eminim.

Zorluklar, Challenge'lar, Riskler, Tehditler

İlk sezon pandeminin en sert dönemi olduğu için bu hem büyük bir fırsat hem de büyük riskti. Herkes evdeydi ve muadili bir program televizyonda yoktu. Ancak Covid'den ötürü her hafta ayrı bir stresti. İnsanların sürekli sevdiklerini kaybettiği, hastalıklarla uğraştığı bir dönemde eğlence programı yapmak zordu. Aynı sebeple stüdyoya seyirci de alamadığımız için benim gibi kahkahaya ve alkışa alışmış birinin kameramanlara ve etrafa sürekli komut yağdıran uygulayıcı yapımcımız Memduha'ya bakarak şakalar yapması gerçek bir 'challenge'tı. Diğer taraftan herkes Instagram'a gömülmüştü. Kütüphane önünden yayınların yaygınlaşmasıyla anlamsız bir şekilde herkes birileriyle röportaj yapmaya başlamıştı. Her ünlü her yerdeydi. İkinci sezonla birlikte stüdyoya az da olsa seyirci almaya başlayınca, aynı dönemde sahneler de açılıp gösterilerde kendi seyircimle buluşunca enerjim de yaratıcılığım da çok artmıştı. Tabii bu sefer de hepsine yetişmek gittikçe zorlaşıyordu.

Bant çekim yapıp stoğa atıyorduk, bu durum da çektiğimiz bölümlerin haftalar bazen aylar sonra yayınlanmasına neden oluyordu. Dizisini konuştuğumuz ünlünün dizisi program yayınlandığında kaldırılmış olabiliyordu mesela. Yine aynı sebepten ötürü ülkede güncel olan bitenlere ilişkin çok fazla şaka yapamıyorduk. Mesela hafta içi çekip o hafta sonu yayınladığımız bir rutinimiz yoktu zira daha önce de söylediğim gibi konuk bulmak, bulunca da onun tarihine uydurmak, uydurunca da menajerini ikna etmek çok zordu. Menajerler ise vizyonlular ve vizyonsuzlar olmak üzere ikiye ayrılmaktaydı. Vizyonsuzların dini imanı para olduğu için sanatçılarının para getirmeyeceği program ve söyleşilerle 'zaman kaybetmesi'ni istemiyorlardı. Ama akıllı başlı ve genelde de deneyimli menajerler bizim seyirci kitlemizin kalitesini biliyor, sanatçılarını zevkle Alt Tarafı Bi Talk Show'a katılmaya ikna ediyorlardı. Bazı büyük menajerler ise başka talk show'ların da yapımcılığını yürüttüğünden, sanatçılarını sadece o talk show'a çıkartıyor, bizim tatlış programımıza asla ama asla yollamıyorlardı. Bütün bunların dışında benim için epey zorlayıcı olan bir şey daha vardı: Her hafta program için açılış monoloğu yazmak; o hafta olup biten güncel konulara değinemeden, tabii ki politik gönderme yapmadan ve üç dört dakikayı da geçmeden. Ama bu zorlayıcı taraftan şikâyetim yok, zira beni çok geliştirdi ve çok zor bir dönemde bir yazma disiplini kazandırdı. Diğer yandan tabii ki her gelen konukla ilgili hafta boyunca araştırmalar yapıyor, katıldıkları programları, söyleşileri izliyorduk. Yalan söylemeyeceğim bu kısım benim için tam bir kâbustu. Zira normalde pek izlemediğim bazı söyleşi programlarını işim gereği her hafta izlemek, çok aşırı takip etmediğim ve beni çok heyecanlandırmayan bazı isimlerin nerede, ne zaman, ne dediğine sürekli maruz kalmak gerçekten bir süre sonra sıkmaya başlamıştı. Neyse ki ekibim çok iyiydi ve beni hep destekliyorlardı.

Bütün artıları ve dezavantajlarıyla (eksilerine demeyeceğim çünkü negatif bir tarafı olduğunu düşünmüyorum) misler gibi iki sezonda toplam altmış yedi bölüm yaptıktan sonra, ikinci sezonu Okan Bayülgen'li şahane bir finalle bitirip, bu hepimiz için çok unutulmaz, öğretici, sektördeki pek çok insanı -olumlu ya da olumsuz- daha yakından tanıyabildiğim ve beni sektörde başka bir yere koyan, "iyi ki yapmışım" dediğim talk show'umuza karşılıklı anlaşarak nokta koymaya ve tabiri caizse zirvede bırakmaya karar verdik. En büyük hayallerimden birini, yıllardır içimde kalan bir sevdayı köküne kadar yaşamanın verdiği huzurla, arkamda bence tertemiz bir iş bırakarak kapattığım bu perde, bundan sonra ünlülerin dizilerini, şarkılarını, projelerini konuşmaktan ziyade izleyenlere bambaşka ilhamlar verecek yeni projelerin beni daha mutlu edeceğini fark etmemi sağladı. Televizyonla, stüdyoyla ve kameralarla platonik başlayıp uzun zaman platonik devam edip otuz yedimde karşılık bulan ilişkimde ilk raunt işte böyle sona ermişti.

Büyük Küçük Her Ünlünün İkinci Vatanı: 'Linç'eyştayn

Ne derler bilirsiniz: "Her ünlü Ekşisözlük'ü tadacaktır." Aslında kimse demez ama ben diyorum:) Sadece orası da değil tabii, Twitter, Instagram, magazin sayfaları, Youtube yorumları derken tanınmış herkesin dört bir yanını saran kötü yorumlar bu piyasanın olmazsa olmazıdır. Aslında iftira ve hakaret içermediği sürece tıpkı övgüler gibi onlar da bizim bebeklerimizdir ve onları da bağrımıza basmamız gerekir. Sahnede en devleştiğimiz anda bizi yerin dibine çeken, en güzel ışığı yakaladığımız fotoğrafın altına yapıldığında intiharın eşiğine sürükleyen, en entelektüel tweet'imizin altında beş dakikada Cennet Mahallesi Pembe'ye dönüştüğümüz, ayaklarımızı hep yere sağlam bastıran ve antidepresan satışlarını artırarak ilaç sektörüne cansuyu olan kötü yorumlar. Gerçi ben bunları bağrıma basmak yerine hepsinin üstüne ayağımla basmayı sonra da klozete atıp üstüne sifon çekmeyi daha soylu ve samimi bir tavır olarak görmüşümdür hep. Ama bir noktadan sonra onlarla da eğlenmek, onları anlamak ve onlara terapist önermek boynumuzun borcu olmalı. Bana da tabii ki kendi yolunu çizen herkes gibi haklı haksız -genelde haksız haha:)- pek çok kötü yorum geldi bunca yılda. Hele ki benim gibi her mesajı okuyan, her yoruma bakan, her tweet'e dikkat eden biriyseniz sizin için bunlar çok daha görünür oluyor ve o nefreti iliklerinize kadar hissediyorsunuz. Bana gelen yorumlar hep belli başlıklarda toplanıyordu ve zihinsel dünyamda bunları aşabilmek için muhtemelen eşine pek rastlanmayan bir yöntem geliştirmiştim ilk başlarda.

"Bu Adama Gülmeyen Bir Ben miyim?"

Twitter'da bana gülmediğini, benim neyime güldüklerini anlayamadığını söyleyip bana gülenleri aşağılayan birkaç hesap sahibini özelden yazarak gösterime davet ettim. Bir tanesi gösteriden sonra "Adama gülmüyorum dedim, gülmekten karnımı ağrıtarak intikamını alıyor resmen!", öteki "Bu adama saydırdığım her şey için özür dilerim, hemen koşarak gidin harika!" diye tweet atınca ondan sonra artık "bu adam komik mi yeaaağh" diyen kimseyi ciddiye almamaya başladım. Bu arada tabii ki birisini komik bulmayabilirsiniz ve bu dünyanın en normal şeyidir. Ben de herkesin güldüğü birçok insana gülmüyorum ama hiçbirisi için de ona ne kadar gülmediğimi defalarca yazıp, benim mimiklerimi nasıl oynatamadığını yedi cihana duyurmuyorum. Gülmediğimize gülmeyip geçmek yerine ona ne kadar da gülmediğimiz üstünde tepinip durmak hiçbir zaman anlayabildiğim bir şey olmadı.

Buna benzer bir yorum da şuydu: "Bu adam stand up yapmıyor, bu başka bir şey ama kesinlikle stand up değil." Bu gibi yorumların sebebi de memlekette stand up deyince bir kişinin akla gelmesi ve stand up yapıyorsanız mutlaka onun tarzına benzetmeniz gerektiğine yönelik tuhaf inanış. Öyle yapsanız bu sefer de 'taklit ediyor' diye üstünüzde tepinmeye hazır olanların yine aynı kişiler olması emin olun kaderin cilvesinden çok daha fazlası.

Stand up'ın anlamı, ayakta yapılan tek kişilik anlatıya dair tiyatral olmayan gösteridir. İster çat çat çat espri yaparsınız ister benim gibi hikâye anlatımı ve gözlemlere dayandırırsınız isterseniz de bilimsel bir şeyi komik yolla anlatırsınız fark etmez. Tiyatral olmayan her tek kişilik gösteri stand up gösterisidir, üzgünüm:)

"Beyaz Yakanın Ekmeğini Daha Ne Kadar Yiyeceksin?"

Başlıktaki yargı ilk bakışta hak verilecek, "bravo işte bu" diye haykırılacak, ayakta alkışlanacak bir eleştiri olsa da ne yazık ki gerçeği yansıtmadığı gibi birçok paradoksu da içinde barındırıyor. Bunu diyenler "beyaz yaka hikâyeleri bitince bankaya geri döneceğini umduğum komedyen" yorumunu yapanlarla genelde aynı dostlarımız. Lakin benim üç saatlik 'Yaratılış Destanı'ndan hallice gösterimin sadece ilk yarısının yarısı beyaz yakalı dünyaya ait. Geri kalan bölümlerin beyaz yakadan ziyade kentli olmakla derdi var. Sosyal medya skeçlerime gelecek olursak, evet çıkışımı 'yakam beyaz beynim ayaz' skeçleriyle yaparak dedikleri gibi 'iyi bir damar' bulduğum doğru. Lakin yine sosyal medyada en çok izlenen üç skecimin sırasıyla 'Altın Kelebek' skeci, 'Çeşme'deki Çoço Beach' skeci ve üzgünüm ama bana göre bir başyapıt olan 'Aşk-ı Memnu' skeci olmasını neyle açıklayacağız ha sorarım size?

Beyaz yaka mizahı deyince insanların aklına sadece plazada çalışanların latte içmesi ve İngilizce kelimeler konuşması üstüne komiklikler gelmesi de epey sorunlu aslında. Zira beyaz yaka dediğimiz insanlar masa başı çalışan maaşlı insanların hepsini kapsıyor. Yani belediye ofisinde çalışan da beyaz yakalı, hastane yöneticisi de beyaz yakalı, ajanstaki reklamcı da beyaz yakalı. Çocuklarını buldumcuk gibi yetiştiren 'sobeveyn' adını verdiğim anne babalar da beyaz yaka sisteminin bir sonucu, yazın tatil yapış şekillerimizin birebir aynı olması da. Kaldı ki kimseyi taklit etmediğim, kimsenin adamı olmadan kendi yolumda yürüdüğüm, kimsenin şakasını, esprisini, içeriğini araklamadığım sürece ekmeğini de yerim, poşe yumurtasını da yerim, brioche ekmeğine somonlu avokadosunu bile yerim, işte o kadar!

"Eleştirdiği Sistemin Kölesi Olan Zavallı!"

Daha önce kendi biletli gösterilerimin dışında 'plazada stand up var' adıyla şirketlere gösterinin daha beyaz yaka ve daha küçük bir bölümünü kırk beş dakikalık bir içerik halinde yaptığımı söylemiştim. Aslında sahneden yaptığımdan hiçbir farklılık göstermeyen, sahnede yaptığım şakaların aynısını çatır çatır yaptığım, yine sahnede olduğu gibi şirketlerde de insanları güldürdüğüm bir format. Bu format da çok sevilince birçok sahne insanı gibi benim de mesaimin önemli bir bölümünü kurumsal firmalara yaptığım bu ekstralar almaya başladı. Hal böyle olunca ve tabii ki işim, emeğim olan bu performansın karşılığını parasal olarak alınca, o sistemin kölesi olmuş oldum bazı sevgili arkadaşlarımıza göre. Onlara göre kendimi firmaların önüne zincirleyip açlık grevine katılmalı, herkesi istifaya davet etmeliydim zaar. Sanki ben şirketlerin CEO'larının odasında onlara özel defile yapıyormuşum gibi (hayır parada anlaşırsak onu da yaparım tabii haha hayır şaka:)) yöneltilen bu eleştiri oklarını anlamaya çalışsam da haksızlık edildiğini düşünmeden edemiyorum. Hatta aslında aynı eleştirileri, aynı şakaları oralardaki yöneticilerin, CEO'ların, İK'cıların direkt yüzüne yapabilmem bence faydalı bile. Zaten işte tam da bu yüzden pek çok şirket beni çağırmaya cesaret edemiyor. Ha cesaret edenler kendilerine güvenden mi yoksa bir çeşit makyajlamadan mı bunu yapıyor, maalesef o kısmı beni hiç ilgilendiren bir durum değil. Kaldı ki eminim biletli gösterilerimde de çalışanına mobbing yapan ya da ona esaret olan yöneticiler mutlaka geliyordur. Seyirci ya da insan ayırma şansım yok ki. Ha şunu anlardım pek tabii, eğer ben adı mobbingle, sömürüyle ve kötü davranışla özdeşleşen bir şirketin atıyorum LinkedIn sayfasında 'gelin geleceğe güvenle bakın, çalışma hayatına adımı burada atın' tarzı iş arayanlara yönelik bir işveren içeriğinde yer alsaydım o zaman evet köleliği kabul edebilirdim. Ancak tek derdim güldürmek ve tabii ki bundan emeğimin karşılığını kazanmakken, üstelik bunu yaparken pek çok şirketin yanlışlarını kurum adı vererek patır patır ifşa eden sektördeki tek isimken maalesef kölelik suçlamalarını kibarca pas geçmek zorundayım ki kölelik fantezim de vardır yerine göre ha:)

"Sokakta Karşılığı Olmayan Elitist Ünlümsü"

En sevdiğim 'linçket'. Yani linç etiketi. Sanırım sahneye takım elbiseyle çıktığım, küfür etmediğim için vurulan bu damgadan aslında pek memnunum. Elitistlik deyince belli bir zümrenin geldiğinden bahsediliyor sanırım ama yine böyle düşünenlere kötü bir haberim var: Seyircilerimin çok büyük çoğunluğu orta sınıf dediğimiz insanlardan oluşuyor. Bu insanlar ne kadar kazanırsa kazansın kültür sanata, mizaha, konsere mutlaka bütçe ayıran, sinema, tiyatro, konser, gösteri deneyimi epey fazla olan ve buralarda nasıl davranması gerektiğini çok iyi bilen insanlar. Eh evet, bu biraz kalite anlamına geliyor ve ben seyircimin bu anlamdaki kalitesinden çok ama çok memnunum. Hele ki pek çok organizatörden bazı tiyatro turnelerinde oyuncuları dizilerden görüp gelen seyircilerin salonda döner yediğini, cayır cayır kayıt yaptığını, oyunu gerçek sanıp bağırarak oyuna müdahale ettiğini duyunca seyircimi pamuklara sarasım bile geliyor. Hele son günlerde bir telefon fırlatma akımı türedi ki şarkıcıların çoğu hayatından bezmiş durumda. Fakat seyircim Osmanlı Hanedanı'ndan ya da İngiliz aristokrasisinden gelmiyor. Tek eğlencesi parayı Kıbrıs'ta kumarda ezmek olan kitle de yine benim kitlem değil pek. İzlemeye metroyla, metrobüsle ve hatta 522 ST ile, 500 T ile gelen insanlar benim seyircim. Hepsiyle de her gösteriden sonra tek tek sohbet edip mestin doruklarında fotoğraf çekilen, tek tek kitabı olan herkesin kitabını imzalayan bu çocukcağıza elitist demek kelimenin anlamını çarptırmak değildir de nedir?

Diğer yandan sokakta herkesin tanımadığı biri olmayı zaten ne kadar sevdiğim sır değil. Ünlümsü lafı ise benim için ancak bir iltifat olabilir.

"Sen Komedyen Falan Değilsin!"

Bir sabah kahvaltımı edip kahvaltıda izlenecek en iyi ve en çiğ şey olan Selling Sunset'i izlerken bir takipçim mesaj attı: "Kaan Bey az önce söylediler bunu, bence kesin cevap vermelisiniz." Takipçinin en tehlikelisi sizi başkasına karşı kışkırtandır. Allah'tan benim öyle çok takipçim yok, varsa da zaten beni kışkırtamayınca takipten çıkıp usulca başka nifaklara doğru yelken açıyorlar. Gönderdiği video evindeki zevksizlik abidesi TV ünitesinden gözlerimi alamadığım bir TV görüntüsü telefonla çekilmişti. İlk defa gördüğüm bir kanaldaki yedinci sınıf bir magazin programında, dördüncü sınıf bir magazinci, benim Harbiye öncesi magazincilerle yaptığım söyleşinin üstünde tepiniyor da tepiniyor. Söylediğim de "Sizce komedyenler arasında rekabet var mı?" sorusuna verdiğim dünyanın en düz en sıkıcı ve en insani cevabı: "Bence yok çünkü komedyen kendi özgün mizahını üreten insandır ve seyirci her komedyenden farklı tat alabilir. Bana gelen çıkıp ertesi gün Cem Yılmaz'a, ona giden ertesi gün Doğu Demirkol'a gidebilir, zaten hepimiz görüşüp konuşan insanlarız." Vay efendim ben kendime nasıl komedyen dermişim, ben kendimi nasıl CY ile aynı cümlede kullanırmışım, daha o cümleyi kurmak için on fırın ekmek yemem lazımmış, ben bankacılık hikâyeleri anlatan temiz yüzlü bir çocukmuşum. Bu tarz korkunç dedikodu programlarını yapan insanlar kötü gıybete o kadar açtır ki siz onlara mama vermezseniz kendileri toz ve gazdan bir nifak topu oluşturabilirler. Bu histerik sözlere yandaki tıfıl çocuk da şöyle katkıda bulunuyor: "Ya zaten kabak tadı verdiği belli, bomboş salon görmedin mi, yarısı dolmuş!" Bu insanların en kötü özelliklerinden biri sadece taş kalpleri değil cehaletleridir de. Covid'in en sert vurduğu, aşının bile çıkmadığı zamandı ve Harbiye'de ancak yarı kapasiteye izin veriliyordu ve biz 1.800 bilet satarak hakkımızı doldurmuş, seyircimize en ihtişamlı şovlardan birini sunmuştuk. Zaten o çocukcağızın sığlığı stüdyoda gömleğinin üstüne sırtından attığı kazaktan belliydi. Sene olmuş 2022 hâlâ gömlek üstüne sırttan kazak atanları ciddiye alamayız, hele ki yaz günü ve stüdyonun içinde bunu yapıyorsa:)

İlk kez bir magazin programında linçleniyordum ve bu zamana kadar magazinden uzak durmakla ne iyi ettiğimi bir kez daha görmüştüm. Hiçbir şey söylemeyip kimseye sataşmasanız bile magazine malzeme olabiliyorsunuz zira bu ülkede magazin kavga, aşk meşk ve çirkeflik üstüne kurulu. Sizin sahnede yaptığınız şovların, üst üste Harbiye'yi doldurmanızın falan hiçbir kıymeti yoktur Türk Paparazzileri için. Ne zaman birine laf atar, birinin yatağına girersiniz o zaman kıymetlisinizdir. Gerçi magazinle aramızdaki bu mesafe benim mental olarak daha sağlıklı bir hayat sürmemi sağladı hep zira hiçbir zaman Instagram'daki magazin hesaplarının altına sürekli ama sürekli yorum yapan insanların alkışına talip olmak ve şöyle ilkokul terk bir yoruma maruz kalmak istemem: "Bence çogg kilo almış Khan Segman beyenemiyeceyim acıkcazı."

Eddie, Andreas ve Freak Show

Yaz aylarını, annemle babamın, büyükbabamla babaannemin desteğiyle 1970'lerde bin bir zahmetle aldığı Çınarcık'taki 1+1 demeye bile bin şahit isteyen ve denizi güç bela gören yazlık görünümlü dairede geçirirdik. Yazları dediysem yazın içindeki 15 günü zira annemin bankası ancak o kadar müsaade ediyordu ve galiba benim bankacılığa olan hırsım o yıllara dayanmaktaydı. Her yaz aynı mahallenin aynı çocuklarıyla yani aynı arkadaşlarımla geçerdi ve tek heyecanımız kışın her birimizin nasıl değişimlerden geçtiğini görmekti. Ne de olsa sesi kalınlaşan, bacağı kıllanan, göğüsleri çıkan ergen bireylerdik hepimiz. Ortaokulun ikinci sınıfının bittiği yaz ise halk arasında Almancı diye bilinen ama benim yurtdışı yerleşik diye tanımlamayı tercih ettiğim bir komşumuzun Alman karısından olan Andreas isminde oğlu şenlendirmişti mahallemizi. Bizden bir iki yaş büyüktü ve o dönemde ergenler arasında çok ciddi bir farktı bu. Ancak o sosyalleşmek ve deniz analarıyla dolu bir denize, çakıltaşlarıyla kaplı bir sahile sahip bu cennet tatil beldesinde cinnet geçirmemek için bize muhtaçtı. Yabancı biriyle konuşmanın daha doğrusu konuşmaya çalışmanın hatta konuşurken can çekişmenin tadını ilk kez o yaz almıştım. Devlet ortaokulunda öğrenmeye başladığımız İngilizce asla yabancı biriyle konuşmaya yetmiyor, her biri devlet okulunda okuyan mahalle arkadaşlarımla birbirimizin yanlışlarını düzeltmeye, boşluklarını doldurmaya çalışıyorduk Andreas'la medeni bir iletişim kurmaya çabalarken. Hoş, geceleri sahilde yaktığımız, içinde anlamsızca patates pişirdiğimiz ve etrafında maalesef Akdeniz Akşamları'nı söylediğimiz o çemçük ateşin dumanıyla anlaşmaya çalışsak daha akıcı konuşurduk orası kesin!

Andreas bizim reziller rezili İngilizcemizi hoş görmekle kalmıyor bütün yamuk yumukluğumuzu göğsünde ve beyin nöronlarında yumuşatıp TRT 3'teki tavşanlı teyzeyi kıskandıracak muntazam bir gramerle bize sadece cevap değil adeta ders veriyordu. Ama yine de ben onunla konuşmak için hep can atıyordum. Yabancı biriyle anlaşabiliyor olmak tarifini kelimelere dökemeyeceğim bir mutluluk verdi bana hep. Genelde yanlış kelimeler, birbirine geçmiş cümleler, yanlış kullanılan eşsesli kelimelerle fecaate dönen İngilizcem bir Alman çocukla iletişim kurmama asla engel değildi. Çoğu zaman anlattıklarını anlıyormuş gibi yapıp "o yeah, hı hı, yes yes, woww"larla geçiştirmeye çalıştığım uzun cümleleri başlı başına bir monologdan farksız oluyor, bunun bir diyaloğa dönüşmesini imkânsız kılıyordu. Ama ben yine de mutluydum. O hep anlatsındı. Ben hep dinlerdim. Öküzün trene baktığı gibi baksam da çoğu kez göğe eren başına ve masmavi gözlerine, benim onu anladığımı düşünmesi bile benim için yeterliydi. Yılmaz Erdoğan'ın şiirini uyarlayacak olursak ben senin beni anlayabilme ihtimalini sevdim:)

Ertesi sene ise liseye başlamış, gençliğimin en güzel yıllarını geçirdiğim Korkmaz Yiğit Lisesi'nin hazırlık sınıfında okkalı bir İngilizce eğitiminden geçmiştim. O yaz kendimden emin bir şekilde Çınarcık'a gittiğimde gözlerim Andreas'ı aradı. Ona 'netiher nor'larım, 'either or'larım, 'passive voice'larım, 'reported speech'lerimle hava atmak, 'past perfect'lerimi kullanıp aklını almak için can atıyordum. Maalesef o sene Andreas gelmedi zira bu sefer bambaşka bir hazine vardı mahallemizde. Yine babası Türk, sanırım annesi Kanadalı kendisi de Kanada'da yaşayan Eddie! Deniz kenarına inip dedesi ve dedesinin arkadaşları arasında sıkıntıdan vefat etmeye hazırlandığı bir an arkadaşlarımla yanına gidip konuşmaya başladık. Yaşı yaşımıza, boyu boyumuza en önemlisi İngilizcesi İngilizcemize uygun, çok tatlı, konuşkan ve komik bir çocuktu. Hatta çok rahattı da ve Çınarcık'ı herhalde Laguna Beach falan sanıyor olmalıydı ki zaman zaman bizim gruptaki bazı kızları kızdırmak için şortunu indirip poposunu falan gösteriyordu. Güzide tatil beldemiz bu hareketlerle muasır medeniyet seviyesine erişirken benim de İngilizcem 'upper intermediate'dan 'advance'a doğru tatlı bir yolculuğa çıkıyordu.

Her gün sadece ve sadece Eddie'yle konuşmak istiyordum. Kara kaşı kara gözü için değil tabii -zaten kara da değildi hepsi sapsarıydı o ayrı:)- başka dilden, başka milletten biriyle iletişim kurabilmek beynime daha önce hiç hissetmediğim hazlar yayıyordu. Sanki başka bir boyuta geçiyordum yosunlu denizi, taşlıklı sahili, herkesin her şeyinin duyulduğu dip dibe evleriyle meşhur dünyanın en güzel yeri Çınarcık'ın Kestanelik mevkiinde. Ülkesine dönmek üzere ayrıldığında neredeyse ağlayacak gibi olmuştum ve bu yüzden bir süre alt komşum ve en yakın arkadaşlarımdan Banu'yu sürekli İngilizce konuşmak için darlamaya başladım. Banu benim kazanamadığım Anadolu Liseleri sınavını üç yıl önce kazanmış, benim erişemediğim 'advance' (ileri) seviyeye çoktan erişmiş, her yaz geldiğinde Don't Speak gibi şarkıları söyleyerek bizi İngilizcesi ve detone sesiyle döven kankamdı ve onunla iskeleye her yürüyüşümüzde sadece İngilizce konuşmaya, şizoid gibi yabancı edasıyla davranmaya başlamıştık. Ta ki ben çakma Amerikan aksanımızla takır takır İngilizce konuşurken önümüzde düşen bir teyzeye Türkçe "Ay iyi misiniz? Hay Allah, oraya tentürdiyot basmak lazım" diye feveran edene kadar. Biz gülüyor, teyze bizden çok gülüyordu zira bizi muhtemelen yolunu kaybetmiş iki şaşkın turist sanıyordu kütönt diye düşene kadar. Canı yanan teyzeydi ama kim olduğu suratına tokat gibi çarpılan bizdik. O trajikomik olaydan sonra yazı, hem Banu'yla hem de mecburen herkesle kendi dilimde geçirmeye devam ettim.

Lisedeki hazırlık sınıfını gerçekten de en verimli geçirenlerden biri belki bendim. Öğretilen her şeyi hemen kapmaya, verilen ödevlerden fazlasını yapıp kendimi test etmeye çalışırdım hep. Hatta hocaların henüz işlemediği konuların egzersizlerini de bitirip, o konular işlenmeye başlandığında konuyu kendi kendime doğru anlayıp anlamadığıma bakardım. Sene sonu için hazırlandığımız 'prep show' yani bir anlamda İngilizce müsamere öncesi hocalarımız bizi hemen bitişiğimizde Robert Kolej'e götürerek bambaşka bir dünyanın kapılarını bir iki saatliğine de olsa açmışlardı. Hazırladıkları İngilizce oyunu izleyip hayran kalmıştık. İngilizcelerinin akıcılığına, salonlarının güzelliğine, sınıflarının orijinalliğine, gençlik dizilerinden aşina olduğumuz ağız dayamalı koridor lavabolarına ve yemyeşil bahçelerine. Robert'e girmek çok zordu, hem sınavdan yüksek almanız hem de ailenizin zengin olması gerekirdi. İki kriteri de tutturamadığım için yakınından bile geçemeyeceğim bu okulun şu an içindeydim ve tadını çıkarmalıydım.

Robert'le ikinci buluşmamsa iki sene sonra bir gençler arası değişim sınavının mülakatları için gittiğimde gerçekleşti. Sınavda yüksek puan alanlar notlarına göre yazı Avrupa ve dünyanın çeşitli ülkelerindeki ailelerin yanında ve kamplarda geçireceklerdi. Yazılı sınavı geçmiş, sözlü sınav için heyecan içinde o binaya gelmiştim. O sınavı da kazanacak, yazı Finlandiya'daki iki ailenin yanında sırayla konaklayarak geçirecektim. Hayatımda ilk kez yurtdışına çıktığım, çok sıra dışı ve epey de korkutan bir deneyimdi benim için Finlandiya macerası. Gecenin neredeyse hiç olmadığı bir dönem ülkenin en kuzeyindeki Laponya bölgesinde kaldığım iki aile de o kadar tatlıydı ki. Kasabanın dünyanın en sıkıcı yeri olması dışında sorun yoktu ve ben orada yaşayan tahmini 27 kişiyle falan sürekli sohbet etmeye çalışıyordum. Ezik gibi beni anladıklarında mutlu oluyor, söylediğim bir şeye güldüklerinde "yok artık" diye içimden geçiriyordum hep. Hâlâ o ailelerle ara sıra sosyal medyadan yazışır, ülkelerimizde olan bitenler üstüne muhabbet ederiz. Yani onların ülkesinde pek bir şey olmadığı için takdir edersiniz ki bu konuda gerekli malzeme hep benden gelir.

Üniversiteyi kazanınca da bile isteye hazırlık senesi okudum. Hem ÖSS stresi üstüne tatil gibi geldi hem de bir sene üstünden geçmiş oldum her şeyin. Ama asla lisede aldığım hazırlık eğitiminin yerini tutamazdı. Hele sene sonu yaptığımız az önce bahsettiğim o Prep Show, daha çok bir Freak Show'dan farksızdı.

Büyük ihtimalle İngilizce bilmeyen anne babalarımızın seyircilerin yüzde doksanını oluşturduğu, öğretmenlerimizin de bir o kadarının yabancı dil bilmediği bir seyirciye ne kadar iyi İngilizce öğrendiğimizi göstermeye çalışıyorduk. Benim yaşlı balıkçıyı canlandırdığım bir bölüm vardı ve oradaki rol arkadaşım maalesef birkaç ay önce sınıfta aniden fenalaşarak beyin kanaması geçirmiş, hiç beklemediğimiz bir anda cennete uçuvermişti. Hepimiz o geceki oyunumuzu ona adamış, gencecik ruhlarımıza sığdırdığımız onca duyguyla sahneye çıkmıştık. Bütün bu inişli çıkışlı ruh hallerine ek olarak benim içim içime sığmıyordu. Kimse anlamasa da İngilizce rol ezberleyip sahnede oynamak ilk kez deneyeceğim bir şeydi. Balıkçı dede olarak pantolonum dünyanın en güzel yerlerinden Beşiktaş'taki Cumartesi Pazarı'ndan aldığımız ve o dönem çok moda olan ekoseli 'beach pantolon'du. Altına yine pazardan alınmış çakma 'Caterpillar' bot ve Çocuk Atatürk'lü tiyatro zamanımdan kalan, küçük Mustafa'nın kolları püsküllü gömleğini giyerek sahneye çıktım. Hayatını kaybeden arkadaşımızın yerine oyundaki partnerim olan Nilay'la karşılıklı konuşmaya başladık. Dede olduğum için sesimi süper tekniklerle -inliyormuş gibi yaparak haha:)- yaşlandırıp adeta Robin Williams'ı kıskandıracak bir performans sergiliyordum. Tam bir kendim çalıp kendim oynama haliydi yaşananlar ve bu saçma ses oyunlarıyla, abartılı el kol hareketleriyle dediğimden tek kelime bile anlamayan elli dörtlerce anne babayı güldürmeyi başarmıştım. Onlar gülüp alkışladıkça düşünmeden edemiyordum: Acaba bir gün İngilizce bilenlerin karşısında hatta anadili İngilizce olanların karşısında bunları yapabilecek miydim?

La La Land

Hayallerim içinde pek çok şey oldu şov dünyasına dair; oyunculuk, sunuculuk, hatta şarkıcılık, sabah şekerliği, akşam talk show'culuğu ama hiçbir zaman güldürmenin mesleğim olacağını düşünmedim. Gülmek ve eğlenmenin meslek olabileceğini kodlamamıştı hiç kafam. Fakat önce skeçler, sonra canlı yayınlar, kitap derken söylediklerimi sahnede söyleme fikri oluşup da teveccüh görünce hayalimden çok öte bir yolculuğa dönüştü bu güzel meslek. Artık seyircimin gözünde tatmin edici bir komedyen olduğumu idrak ettikten sonraysa bir sonraki adımı hayal ettim hep. Bir sonraki adım kimilerine göre dizi yapmak kimine göre film çevirmek kimine göre talk show yapmaktır. Bana göreyse bunların hepsi komedyenliğin yan dalları zaten. Bir sonraki adım beni zorlamalı, beni daha önce hiç tatmadığım duygularla sarmalı ve deli gibi de korkutmalı. Bu yüzden benim için bir sonraki adım hep bu işi bildiğim diğer dilde yapmaya çalışmak oldu. Ama hem Türkiye'de yaşamak hem doğru kitleyi bulmak hem de devlet lisesi İngilizcesiyle aynı lezzette mizahı karşıya vermek imkânsız gibiydi.

Ara sıra skeçlerimde İngilizce denemeler yapmaya, herkese geçebilecek şakalar yerleştirmeye çalıştım. Beyaz yaka skeçlerimden birini İngilizce yaptım, altında beğenen kadar çokça da "Kaan bu işlere girme ya, sende çok eğreti duruyor, buna ne gerek var, Türkiye bitti de elin adamını mı güldürmek kaldı" minvalinde yorum yazıldı. Hatta birisi Ekşisözlük'e "Bu adamın bu özentiliği ne olacak" diye yazmış. Halbuki buna özenmenin nesi kötü ki? Neyse birkaç hafta sonra Uluslararası Çalışma Örgütü'nün Türkiye ofisi bu skeci farkındalık olarak kendi hesabında yayınlamak istedi. Bundan da birkaç hafta sonra Coca Cola firması yabancı çalışanlarının da olduğu bir yılsonu gecesinde bir saatlik İngilizce stand up yapıp yapamayacağımı sordu ajansıma. Hiçbir İngilizce içeriğim olmamasına rağmen "Tabii yaparım, kabul edin" dedim. Ölüm yok ya sonunda!

Ancak bir süre sonra boyumdan büyük bir işe kalkıştığımı anladım zira bu, şakaları direkt çevirerek olacak iş değildi. Üstelik aynı gecenin gündüzünde büyük bir zirvede; Marka Konferansı'nda çok önemli bir moderasyon yapacaktım. Tesadüfe bakın ki tam bir sene önceki aynı konferansta, konferansı düzenleyen Ayşegül'ün içimdeki İngilizce gösteri hevesini görmesi sonucu ilk yabancı dil performansımı, konferansın İngiliz sunucusu BJ'le beraber yapmıştım. Ama onlar ikişer üçer dakikalık denemelerdi, bu seferse benden bir saatlik bir gösteri bekleniyordu.

Oturup günlerce bir içerik çıkardım. Genel olarak kendi şovumun global olabileceğini düşündüğüm bölümlerini çevirip, ayrıca kendimden yeni bir şeyler kattım. Nasıl üç buçuk attığımı size anlatmaya kelimeler yetmez. O gün geldi; gündüz konferanstaki moderasyonumu yaptıktan sonra hemen eve geçip metnin üstünden son kez geçtim, her paragrafı, her cümleyi hatırlatacak kelimeler yazdım karınca duası gibi. Yıllar önce üniversitedeki yüzde otuz İngilizce bölümümüzün tek İngilizce dersi olan Comparative Politics (Karşılaştırmalı Siyaset) sınavında açması serbest olduğundan içine binlerce kopya yazdığım İngilizce-İngilizce sözlük geldi gözümün önüne. Aslında ben hiç değişmemiştim. Sadece araçlar, mekânlar, insanlardı değişen. Hemen Metin'e sahnede benim için bir nota sehpası bulundurmalarını rica etmesini söyledim. Ülkeyi yönetenler bile prompter'den konuşurken ben niye çemçük bir 'çağrışım kartonu'nu kendimden esirgeyecektim ki?

Etkinliğin yapılacağı mekâna doğru gittik. Birkaç sene önce belgeselcilerle tanışıp hayallendiğimiz ve kısa sürede gaz bulutuna dönüşen belgesel projesini konuştuğumuz aynı yerde ve maalesef aynı sevimsiz residence'ların ortasındaki bardan içeri girerken "umarım zil zurna sarhoş olmuşlardır ve hiçbir dediğimle ilgilenmezler" diye dua ettiğimi hatırlıyorum. İngilizce olarak beklentileri epey yükselten bonkör bir anonsla sahneye davet edildim. Sürpriz isimdim ve ben olduğum anlaşılınca büyük bir tezahürat duyuldu. O an çoğunluğun Türk olduğunu anlayıp bir miktar rahatladım. Takdim eden beyefendi "lütfen kahkahalarınızı esirgemeyin" minvalinde bir laf ettikten hemen sonra sahneye çıktım. Herkes gözlerimin içine bakıyordu. Çok sevildiğim bir yerde olduğumu anlayınca bir doz daha rahatladım ve başladım ürkek ürkek konuşmaya. Bir iki kahkaha sonra daha rahat, daha rahat derken bir süre sonra hatırlamak için kartona bile bakmıyordum artık. Bittikten sonra bir klasik olan video selfie'mi İngilizce çekerken bir noktada sinirlerim bozuldu ve gülmeye başladım; onlar da yine coşkun tezahüratlarla alkışlamaya. O kadar rahatlamış o kadar keyiflenmiştim ki. Bitişte Metin'e ve ajanstaki temsilcimize sarıldım. Kuliste sevgi yumağı olmuştuk üçümüz. Ve tabii ki beni biraz tanıyorsanız bu sınavın altından kalkmış olmanın verdiği özgüven patlamasıyla coştukça coşuyor, etrafa "hemen bunun videosunu isteyelim, güzel bir montaj yapıp bütün yabancı ajanslara gönderelim" gibi hezeyanlarla sesleniyordum. Yabancı ajanslar mı? Hahaha, tamam özgüven balonu, istersen önce Associated Press, sonra Reuters, sonra da CNN'e yollarız, tatmin eder mi bu seni? İçimde bir şeyi ilk defa başarmış olmanın coşkun ve hadsiz mutluluğu vardı. Sanki Bomontiada'da bir barda değil de Carnegie Hall'da çıkmışım gibi gururluydum. Aslında bu gururun sebebi tamamen kendime meydan okumanın verdiği orgazmik hazdı. Tabii ki bu haz çok uzun sürmedi.

Türkiye'de olduğum ve insanların doğal olarak Türkçe konuştuğu, 'expat' denilen yabancı yerleşik nüfusunsa hem politik hem pandemik nedenlerle azaldığı bir coğrafyaydı burası. Ara sıra gelen İngilizce gösteri taleplerini beklemekten başka çarem yoktu. Ta ki bir sabah uyandığımda telefonuma gelen bir mesaja dek...

Mesajı yazan birkaç sene önce New York'ta tanıştığım, burada bir beyaz yakalı yöneticiyken her şeyi bırakıp oraya göç edip kafesini açan, kısa sürede çılgınlar gibi çalışarak mahallesinin sevgilisi olmayı başarmış dünya tatlısı insan Oya'ydı. Orada uzun yıllardır varlığını sürdüren Türk Filantropi Fonu'nun (TPF) Metropolitan Müzesi'nde büyük bir 15. yıl galası düzenleyeceklerini, geceyi de Altın Küre ödülleri gibi bir konseptte esprileriyle, sataşmalarıyla sunabilecek bir komedyen aradıklarını, fonda genel sekreter olarak çalışan arkadaşının üç sene önce beni New York'taki gösterimde izlediğini ve benim bu geceyi sunmamı çok istediklerini söyledi. Önce gözlerime inanamadım. Ben? MET'te? Gala? Sunacağım? İngilizce? Delirdim tabii, hemen Oya'nın fondaki arkadaşı Şenay'la Zoom ayarladık. Fondaki deyince de sanki Oya'yla konuşurken arka fonda sabit duran bir arkadaşı varmış gibi anlaşılıyor ama bu oluşum bir dernek değil sosyal fon yöneten bir platform olduğundan fon diyorum. Şenay da bütün heyecanı ve samimiyetiyle geceyi anlattı. MET'in ikonik salonunda hem de meşhur MET Gala'dan birkaç gün sonra yapılacak galaya çok sayıda Türk ve Amerikalı davetlinin katılacağını,

NY Belediye Başkanı'nın geleceğini, dünyaca ünlü Chobani yoğurtlarının kurucusu Hamdi Ulukaya'ya yılın filantropisti ödülü verileceğini söyledi. O anlattıkça ben heyecandan sağa sola sallanmaya başladım. Tabii ki asla kendimi ağırdan almayarak hemen kabul ettim. İş kesinleştikten sonra da içimdeki coşkuyu durduramayıp akşam bir video paylaştım Instagram'da; hem Türkçe hem İngilizce. Çünkü biliyorsunuz, yabancı ajanslar peşimde haha:) Beni seven herkesi de bu heyecana ortak etmek istedim. Böyle söyleyince saçma gelecek ama ben bu kolektif sevme enerjisine çok inanırım. Ama bu bir kendini sev kitabı olmadığı için bunu burada kapatıyorum.

Önümüzde aylar vardı ama zamanın da çok hızlı geçtiği bir gerçekti. Hemen hazırlıklara başladık. Uzaktan toplantılar, gecenin akışı, o kitle ne gibi şakaları kaldırır, ne gibi şakalar eğreti durur, her şakaya kaç dakika ayırmak gerek, hepsini nakış gibi işledik. Tabii ki mental olarak benim için çok yorucu bir süreç oldu. Bir yandan burada koştururken bir yandan saat farkına rağmen sürekli yazışıp çizişmek, ara ara Instagram üstünden yaklaşan gecenin tanıtımını yapmak, o gecenin heyecanını gelemeyecek olanlara da yaşatmaya çalışmak, hepsi, hepsi çok güzel ama bir o kadar da yorucuydu.

Sıradan bir takım ya da smokinle gitmek istemedim, o yüzden normalde erkek çalışmayan ama bende çok özel yeri olan modacı arkadaşım Nihan Peker'i aradım yana yakıla. Çünkü Nihan, yıllar önce evden yaptığım, altılarca kişinin izlediği çakma talk show'ların en sıkı müdavimiydi ve hep şunu diyordu: "Bir gün Oscar kıyafetini ben dikeceğim senin!" Eh, Oscar'ı bekleyecek halim yoktu. Sonuçta bu gece de Kral TV müzik ödülleri gecesi değildi. Dünyanın en ikonik müzelerinden birinde, New York'un kalbinde bir gece sunacaktım. Nihan bence Oscar sözünü tutabilirdi. Öyle de yaptı. Bütün tatlılığı ve sevinciyle "Hemen yaparız, oh gelsin provalar, dedikodular, çok eğleneceğiz çoook" diyerek gazıma gaz katıyordu. Kıyafetimi Nihan yaparken, iki tatlı takı tasarımcısı kadın takipçim de bu kıyafeti tamamlayacak tasarımlarını bu gece için bana hediye etmek istediler. Üstelik birisinin tasarımları MET'in mağazasında satılıyordu, diğeri ise İslam tasarımları üstüne MET'te bir yıl eğitim almıştı. Herkesin yolu MET'te kesişiyor, üç harika kadının emeğini benim taşıyacak olmamsa TPF'in cinsiyet eşitliği ilkesiyle mükemmel örtüşüyordu. Gökçe çok şık ve içinde istifa ettiğim tarih olan bir broşu, Iris ise özel tasarım iki küpeyi efsane smokinime ekleyerek bana adeta Hollywood yıldızı muamelesi yapıyorlardı ki bilirsiniz hiç sevmem:)

Haftalar, aylar su gibi geçti, Metin'e vize yetişmediği için pılımı pırtımı, bohçamı, smokinimi toplayıp tek başıma havalimanının yolunu tuttum. O kadar büyümüştü ki heyecanım, havalimanından paylaştığım fotoğrafın altına yazılan yorumları görseniz, savaşa gidiyorum zannedersiniz. Herkes içimdeki heyecana o kadar güzel ortak olmuştu ki. Üstelik gecenin yapılacağı tarih 9 Mayıs'tı ve bir sene önceki 9 Mayıs benim İngilizce Instagram hesabımı açtığım tarihti. Tamam her şeyi sayılara yormayacağım ama bu kesişmeler beni her zaman ekstra heyecanlandırmıştır. Hesabı yurtdışına çıkınca gaza gelip kullanıyor, Türkiye'ye gelince adeta İngilizceye küsüyordum. Bir önceki yazsa aşı belki buraya geç gelir diye aşı bahanesiyle gittiğim Miami'de bindiğim Uber şoförüne yaptığım espriler, arabada şakalarıma kopuşları ve bu anları gizlice kameraya çekmem İngilizce hesabımı çekici kılan tek şeydi. Ama tek şey deyip asla geçemem, bana bir yabancıyı hunharca güldürebileceğimi ilk o kanıtlamıştı.

New York'a vardıktan bir iki gün sonra geceyi izlemek için Los Angeles'tan piyanist arkadaşım Ayşe Deniz geldi. En az benim kadar heyecanlıydı. Gecenin yapılacağı günün sabahı müzeye gittiğimizde idrak ettim ne kadar büyük bir şeyin parçası olmak üzere olduğumu. Bir akış provası alıp dinlenmek üzere otelime geri bırakıldım. Akşamsa vakitlice müzeye gittik hazırlanabilmem için. Bana ayrılan kulis törenin yapılacağı salona o kadar uzaktı ki yani kulisten salona gelmek için A trenine binsem yeriydi. Bir de üstüne üstlük o kadar yürüdükten sonra giyineceğim odanın kapısının kitlenmiş olması? "Gerilmemelisin Kaan, gerilmemelisin Kaan" şeklindeki öz telkinlerle birinin gelip odayı açmasını bekledim. Oda açıldı, kıyafetlerimi giydim ve çantalarca diğer eşyamı kuliste bilinmeze bırakıp gelmeye başlayan misafirlerle tanışmak üzere giriş bölümüne doğru uzunca bir yürüyüşe çıktım. Tabii ki ayakkabılarım taraklı ayaklarımla kilometrelerce yürümem için dizayn edilmemişti ve canım yanıyordu. Ama neyin bedeli yoktu ki hayatta diyerek topuklarıma taş basarak yürümeye devam ettim. Kimmiş bakayım bu gecenin onca para verip masa satın alan iyilikseverleri? Büyük çoğunluğu New York'ta yaşayan ve cemiyet hayatı denilen, herkesin önde geldiği, arkada gelenin kimseye acımadığı bana göre aşırı gizemli bir o kadar da renkli insanlar akmaya başladı. Çoğu Türk'tü. Aralarında eser miktarda Amerikalı bulunuyordu. Diplomatlarımız vs. herkes oradaydı. Basamaklarda Oya'ya doksan yedi fotoğrafımı çektirdikten sonra bir daha kulise yürüyecek takatim ve topuğum kalmadığından kenarda herkesin girmesini beklemeye başladım. Bir yandan da notlarımı tekrar ediyor, mümkün olduğunca ezbere konuşmak istiyordum. Ama kürsü çok kullanışlıydı ve kartondan iPad'e terfi ettiğim için aslanlar gibi iPadimi de cam kürsünün kırk beş derece eğimli masa kısmına yerleştirdim. Açılış müziği verildi. Duvarda akan şelaleler şeklinde ışık gösterileri yapıldı ve geliş müziğiyle ağzım kupkuru vaziyette kürsüye geldim. Oyaların, Ayşe Deniz'in ve diğer arkadaşlarımızın olduğu masadan gereğinden fazla "wohoooo, bravooo"lar yükselince ağzımdaki kuruluğun daha da arttığını hatırlıyorum. Konuşmaya başladım, reaksiyonlar gelmeye, tatlı kahkahalar duyulmaya başladı. Bu sahneyi kendi açımdan bir deney olarak da kullandım. Yazdığım şakalar iki türdü: Birincisi Türkiye'de yaptığım şakaların benzerleri, ikincisiyse bu gece için yazdığım Amerikan mizahına daha uygun şakalar. Birinci grup çok reaksiyon alırken, ikinci gruptaki şakalarım ilerleyen gecenin ve konuşmaların artmasıyla o kadar ilgi görmedi. Ancak genel olarak temiz bir seri sundum diyebilirim (yani temiz bir seri derken ikili axel üçlü toulette atmadım tabii buz patenciler gibi:)). Özellikle Hamdi Ulukaya'ya markasını 'Greek yoghurt' olarak geçirmesinin büyük cesaret olduğunu söyleyince salonda devasa bir kahkaha ve alkış koptu. İşte o an tam bir golden globe moment (altın küre anı) idi:) Yemek arasında insanlar gelip tebrik etmeye başladılar. Hatta çok komiktir ki eski bankamdan çok üst düzey bazı isimleri de o gecede gördüm, bazıları benimle gurur duyduklarını söylediler. Ne gururu yahu ben bankadayken beni tanımıyordun ki sen amcacım, hayır yani desem ki kısa pantolonlu halimi bilirdin o zaman anlayacağım. Belki de gerçekten duyuyorlardır bilmiyorum. Yani Sertab Erener Eurovision'u kazanınca Mustafa Sarıgül'ün otobüsle tura çıktığını düşünürsek, bu ülkede herkes herkesle gurur duyabilir.

Gecenin finalinde New York Belediye Başkanı gelip Hamdi Bey'e ödülünü verdi. Hemen gitmeseydi salonda herkesin büyük ihtimalle kopacağı ama kendisinin hiçbir şey anlamayacağı şahane bir şakam vardı ama ödülü verir vermez olaylı maç yöneten hakem gibi alanı terk etti.

Çok tatlı ve biraz muzur, herkesin belediye başkanını uğurlama telaşına düştüğünden güme giden kapanış şakam ve evrene attığım mesajımla gecenin kapanışını yaptım.

Ayların yorgunluğunu iliklerime kadar hissettiğim gurur dolu bir geceydi. Türklerin çoğunlukta olması başarımı asla gölgeleyemezdi zira hepsi İngilizce bilen Türklerdi ve lisedeki 'freak show' seyircisine göre bir adım hatta on yedi adım falan öndelerdi.

Bu unutulmaz deneyimle kendime güvenim daha da gelmiş, aylar süren bu çalışmanın ödülü olarak kendime iki haftalık bir Los Angeles tatili hediye etmiştim. Bu sefer hiçbir planım, hiçbir spesifik amacım olmadan gidip doyasıya eğlenmekti hedefim. Fakat MET'teki galadan bir iki gün sonra tadımı çok kaçıran, canımı çok sıkan ve hiç hak etmediğim bir muameleye maruz kaldığım, detaylarını da kimseyi zor durumda bırakmamak için burada yazmayacağım bir olay yaşadım. Üzülmekten çok öfkenin bünyeme hâkim olduğu bir durumdu ve gecenin bütün büyüsünü alıp götürmüştü sanki. Bir an önce New York'tan kaçıp Batı Yakası'nın güneşinde her şeyi unutmak istiyordum. Fakat Batı Yakası'nın benim için yaptığı planlar çok başkaydı.

Los Angeles'a iner inmez arkadaşlarımdan Can'ın kiraladığım evine geçtim. Gece olmuştu, alandan kiraladığım arabayı alıp daireye yerleştim. Ama aklım hâlâ o saçma olaydaydı. Neyse sabah mis gibi Santa Monica'da yürüyüşümü yapar her şeyi unuturum diyerek yattım. Sabah kalktım, hava berbattı. Mayıs sonunda Los Angeles 12 dereceydi. İnce çıktığım için bir güzel de rüzgâr yedim sabah sabah. Havanın berbatlığına, o tatsız olayı aklımdan atamayışım da eklenince bir zamanlar en sevdiğim şehir bir anda kâbusa dönüştü. Oradaki arkadaşlarımla ilk iki üç gün görüştüm vs. ama hepsi çalışıyordu ve benim de yapacak resmen hiçbir şeyim yoktu. Evde oturup, dışarıdan kahvaltı söyleyip mal gibi Selling Sunset izliyor, asla alamayacağım evleri pazarlayan çaçaron kadınların kavgasına şahit olarak günlerimi geçiriyordum. Kendimi ödüllendirmek için gittiğim Los Angeles beni hızla şımarık bir depresyona sürüklemeye başladı. Zaten La La Land filmi de palavraydı! Değilse bile ben o filmin karanlık tarafıydım. Zaten Oscar'ı almayı bile becerememişlerdi doğru düzgün!

Daha iki haftam vardı ama elimden gelse ertesi günkü ilk uçakla dönüp yazlıkta annemle babamın şefkatli kollarına atabilirdim kendimi. Birkaç gün sonra neredeyse hayatı sorgulayacak ve bir daha bu şehre adımımı atmamaya yemin edecek hale gelmiştim ki bir önceki yaz Ayşe Deniz'in tanıştırdığı arkadaşımız Alper, geçen sene evinin bahçesinde organize edilen ve bizim de bilet alıp gittiğimiz komedi gecesinin aynısının bu sene de ben oradayken yapılacağını ve istersem orada çıkıp bir performans sergileyebileceğimi söyledi. "Bir bu eksikti, ben almayayım canım sağ ol" dedim. Zaten aylar süren bir çalışmadan çıkıp yapmıştım galadaki sunuculuğu. Şimdi bir hafta kala hem de onca Amerikalının karşısına çıkıp batırmayı gerçekten yüreğim kaldırmazdı ve depresyonuma depresyon eklemeye hiç niyetim yoktu. "Sen yine de düşün" dedi Alper. Amerika'da 'Don't Tell Comedy' adında, seyircilerin önceden kimin çıkacağını bilmeden bilet aldığı, genelde iyi komedyenlerin çıktığı, çok yaygın ve bilinen bir mizah hareketiydi bahsettiği ve Alper bazı etkinliklerine evinin arka bahçesini mekân olarak açıyordu sadece.

Ayşe Deniz'e anlattım hemen, "Bir hafta kalmış gel çık diyor!" diye somurta somurta. Ayşe Deniz hemen heyecanla beni susturdu: "Ya deli misin! Hep istediğin şey bu değil miydi? Yabancıların karşısında yapmak bunu? Boş ver ne takıyorsun abuk sabuk insanları! (Burada tatsız olayı kastediyordu.) Kesin yap, hatırlamıyor musun ne kötü komedyenler izledik senle burada hep, asla onlar gibi olmazsın. Lütfen yap, söz ben her şeyine güleceğim!" Coşkuyla başlayan konuşması en sonda "lütfen kahkahalarınızı ondan esirgemeyin" diyen adama dönüşse de içime bir ateş düşürmeyi başarmıştı bu idealist dahi piyanist kızımız. Ayşe Deniz uzun süredir orada yaşıyor, yapmak istedikleri için en uygun yerin orası olduğunu düşündüğü için, ideali uğruna zorlayabildiği kadar zorluyordu. 3+1 bir garajdı konakladığı. 3+1 deyince üç oda bir salon anlamayın, üç adet kuyruklu piyano bir de Ayşe Deniz demek istedim:) Ama çok mutluydu çünkü ihtiyacı olan her şeye sahipti. Gerçekten de onunla bir sürü berbat komedi şova gitmiştik ve benim Türkiye'de stand up yapmam için de itici güç olan gittiğim çok kötü bir tek kişilik gösteriydi yalan yok. O akşam iyice düşündüm, ne kaybedecektim ki? En kötü ihtimalle berbat geçen tatilim, bir daha bu şehirde insan içine çıkamayacağım bir rezaletle büyük final yapar, ben de bir daha gelmemek üzere on dört saat uçmaktan sonsuza dek kurtulurdum. Zaten yapacak hiçbir şeyim yoktu ve Selling Sunset'in bütün sezonlarını izlemiş, üstüne tıpkı on yıl önce bankadaki şube müdürü arkadaşım Didem'le Adını Feriha Koydum hayranlığımızdan gizli gizli Etiler'deki Aksoy Apartmanı'nın önüne gidip amele gibi fotoğraf çektirmemiz gibi bu saçma sapan reality şovun çekildiği Oppenheim Group ofisine gidip camdan bakmaya bile çalışmıştım. Daha ne kadar düşebilirdim ki? İyice düşünüp taşındıktan ve bir viski hüplettikten sonra Alper'e çıkmayı kabul ettiğimi yazdım. Yani Alper'in çıkma teklifini değil tabii, o komedi gecesinde çıkmayı yanlış anlaşılmasın:)

Tabii bundan sonra çılgın bir anksiyeteye girdim yine. Bir hafta boyunca sınava hazırlanır gibi oturup yeni bir set çalıştım. Biraz kendi hikâyemi uyarladım, çokça da oraya uygun olduğunu düşündüğüm yeni şakalar yazdım. Gala'da çalışmayan, Amerikan tarzı şakaları da ekledim. Bazılarını Ayşe Deniz üstünde test ettim. Son olarak da kendimle ilgili bazı şeyler ve Los Angeles'taki gözlemlerimden çok saçma bulduğum şeyleri koydum. Meraktan öldüğüm iki şey vardı: Birincisi, kendi hikâyemdeki global olduğunu düşündüğüm komik kurumsal hayat anekdotları, Los Angeles gibi dünyanın öbür ucunda, herkesin aklının beş karış havada olduğu bir şehirde çalışacak mıydı? İkincisi ise yeni yazdığım ve birkaç kere gelip burada kalmış olmanın verdiği özgüven balonuyla ortaya saçtığım gözlemlerimi Amerikan tarzı şakalara çevirmekte başarılı olabilecek miydim? Batı mizahında 'punchline' denilen vurucu kısmı her seferinde şakalarımın yüklemi yapmaya çalıştım. Ortaya yepyeni, yirmi dakikalık bir set çıktı. Tabii bunu ezberlemek şarttı. Bazı komedyenler notlarından bakıyordu komedi kulüplerinde ama bu inanılmaz amatör ve itici bir görüntüydü seyirci için. Bu sefer ne karton ne iPad ne de görünmez ip vardı (görünmez ip zaten neden olsun:)). Her zaman jet hızıyla geçen günler bu sefer geçmek bilmiyordu. Tutunacak bir dal bulmuştum, hoşuma da gidiyordu bu zorlama hali ama yine de içimde bir sıkıntı vardı adını asla koyamadığım.

Gösterinin olacağı günden bir gün önce, ben gerim gerim gerilmişken yine Alper'in tavsiyesiyle hep birlikte Pop up Magazine adlı bir etkinliğe gittik bilet alıp. Şehrin en eski, en ikonik, en büyük tiyatrolarından birinde, insanların çıkıp hikâyelerini orkestra ve ekrana yansıyan illüstrasyonlar eşliğinde anlattığı muazzam derecede ilham verici bir olaydı. Üniversitesindeki tacizi ortaya çıkaran bir kız çıkıp müthiş bir sunum yaptı; hem güldürdü hem duygulandırdı. Sonra başka biri sonra başka... Her hikâye, yay gibi gergin olan bana ilaç gibi gelmişti. O kadar hafifleyerek ve iyi hislerle çıkmıştık ki hepimiz oradan, bir şeyler içmek için gittiğimiz roof top'ta o kız ve diğer konuşmacılarla karşılaşıp her birini teker teker tebrik ettik. Kızın Manuş Baba hayranı çıkması ise hepimiz için güzel bir sürpriz olmuştu. "Daha fazla geç kalmayalım, benim gidip son bir üstünden geçmem gerek" deyince Alper "Aaa nasıl, o kadar çalıştın mı, ben çıkıp doğaçlama bir şeyler söylersin sandım" dedi. Doğaçlama? Ben? Kaan Sekban? İlk kez Amerikalı seyirci karşısına çıkacağım, en çok istediğim şeyi yapacağım ve öyle aklıma gelenleri söyleyeceğim? Sarıgül'ün barajı geçmesi bile daha yüksek ihtimal. Günlerdir çalıştığımı öğrenen Alper çok şaşırmıştı. Merakla ertesi günü beklemeye koyulduk hepimiz evlere dağılıp.

Tabii ki o gece hiç uyumadım. Ertesi sabah yine Santa Monica'ya gidip oradan bütün iyi enerjileri ve okyanusun ferahlığını almaya çalıştım. Yani bu Santa Monica'ya da neden Telli Baba muamelesi yaptığımı ayrıca irdeleyeceğim bir ara. Eve geldim, çılgınlar gibi tekrar üstüne tekrar, tekrar üstüne tekrar etmeye başladım. Bazı şakaların yazarken daha komik geldiğini, söylerken o kadar da etki yapmadığını fark edip panikledim. Bazı kelimeleri ısrarla sürekli hatalı telaffuz ettiğimi fark edip panikledim. Bazı bölümleri sürekli unutup bağlamdan koptuğumu fark edip yine panikledim. Paniklemelerim ardı ardına devam ederken saate bakmayı akıl ettim; neyse ki yediyi gösteriyordu ve gece sekizde başlayacaktı!

Koşarak duşumu aldım, misler gibi oldum, giyinip bildiğim bütün duaları okudum ve son dakikaya kadar faydalanmak üzere iPadimi de yamacıma katıp arabaya bindim. Navigasyon yirmi beş dakika gösteriyordu, buna göre on dakika geç kalacaktım ama sorun değildi zaten en son çıkmak istediğimi iletmiştim Alper'e. Tam bunları düşünürken Alper aradı: "Kaan selam, neredesin, seni en sona çıkaramıyor buradaki MC çocuk (geceyi yöneten), en sona en iyiyi koyması lazımmış, seni de tanımadığı için. Hayır ben söyledim ama yani tabii onlar da tanımıyor şimdi, sen gelince bir konuşursun. Bir de süreyle ilgili bir şeyler diyor çok uzatmasın vs. neyse sen gel de bakalım..." Her cümlesinde biraz daha bayılmaya yaklaştığımı artık bu sayfalara geldiğinize göre çok net tahmin etmişsinizdir diye düşünüyorum. Kesinlikle geç kalmıştım ve üstelik iki yüze yakın biletin tamamı satılmıştı. Gösterinin ortasında oraya gidip zart diye sahneye çıkmak? Konsantrasyonumun yerle bir olması, rezil rüsva bir şekilde sahneden inmem için saha ve zemin çok müsaitti. Biraz gecikmeyle vardım, arabamı park edecek insaflı bir sokak aradım ki bunu bulmak Los Angeles'ta imkânsıza yakındır. Arabamı da park edip arka mutfak tarafından usulca içeri girip iPadimi açtım, Alper'den hemen viski istedim ki hiç âdetim değildir gösteri öncesi içmek. Ama bu normal bir gösteri değildi. Bu bambaşka bir çılgınlıktı. Sahnede bir komedyen bir şeyler mırıldanıyor, kimse tepki vermiyordu. "Yahu Amerikalıya tepki vermiyorlarsa bana nasıl verecekler" dedim. "Yok yok, sen öyle düşünme" dedi hiçbir dayanağı olmayan teselli cümlesiyle. Sonra gecenin celladı şey pardon koordinatörü olan çocuk geldi ve henüz vefat etmemiş olduğumu görünce elinden geleni ardına koymadı. "Dostum (bro) selam, on beş dakika dedi Alper setin için ama on dakikayı aşamazsın, diğer komedyenlere haksızlık olur!" diye lafa girdi merhaba bile demeden. Ben de bütün eblekliğimle cevap vermeye çalıştım: "Hehe yok zaten ben çoğunu unuturum, beş dakikada bile biter heheehe!" O bundan da asla tatmin olmayıp yardırdıkça yardırıyordu: "Tamam ama aşarsan zaten gözüne flaş yakacağız!" Gözüme flaş mı? Ne bu mizah işkencesi mi? Bir de göz kapaklarımı yukardan bantlayıp tırnaklarıma elektrik verin istersen? Deli mi ne! O deli miydi bilmiyorum ama ben delirmek üzereydim. Mutfakta elimde viskim, önümde Gılgamış Destanı gibi şakalarımın olduğu iPad, bir yandan da dua edip amin amin diyorum, her şey birbirine karışmıştı resmen.

Derken kimsenin gülmediği ruhsuz kızcağız çat diye beni anons etti ve ekledi: "Bu gece ilk kez yabancı seyirci karşısında setini deneyecek Kaaann!" Kalbimin ağzımdan çıkıp tekrar yerine girdiğini hissettim o dakika. "Ölüm yok ya sonunda!" dedim hep bu yolculukta ama galiba bunun sonunda vardı çünkü gerçekten kalbimin hiç böyle orantısız ve deli dehşet çarptığını hatırlamıyorum. "Ne yapıyorum ben?" diyen gözlerle Alper'e baktım, etrafıma baktım, bahçede alkışlayan onca insana baktım ve attım kendimi sahneye!

Acaba ilk ne zaman gülecekler endişesiyle çıktığım gece neredeyse şaka bile içermeyen ilk cümleme kopmalarıyla adeta aydınlandı. O gecenin programına aslında dahil olmadığımı, o yüzden bilet parasına da dahil değilmişim gibi düşünmelerini ve dolayısıyla beni sevmezlerse bunun bir problem olmayacağını söyleyince tabiri caizse yarıldılar. "Olimpiyatlarda maratonu herkesten üç saat sonra bitiren atlet gibi düşünün beni" deyinceyse adeta kıyamet koptu kahkahadan.

Onlar güldükçe gülüyor, ben açıldıkça açılıyordum. Değişmeyen ve dinmeyen tek şey kalbimdi, bir ara oturacak sandalye aradım düşüp bayılmamak için çünkü çok mutlu ama hâlâ çok acemiydim. Açıldım, açıldım ve şovumun finalinde tam 'açıldım'... Hem direkt çevirdiğim bazı hit şakalarıma güldüler hem de yeni yazdığım Los Angeles gözlemlerime bayıldılar. Bendeyse kelimenin tam anlamıyla ilk kez sahneye çıkıyormuşum gibi heyecan, güldüklerinde yine tıpkı ilk geceki gibi tüm hücrelerimi kaplayan "nasıl ya bana mı gülüyor bu kadar insan?" duygusu ve delirmesi... Öyle tuhaf bir histi ki bu, hem bambaşka, yepyeni bir dünyada yepyeni bir varoluştu ama hem de beş yıl önce BKM Mutfak'ta çıktığım ilk gecenin aynısını yaşıyordum sanki. Aynı amatör ruh, aynı çocuksu korkular, aynı 'ya başaramazsam' anksiyetesi ve ilk kahkahalarla gelen o tıpatıp aynı rahatlama. Asla ikinci, üçüncü veya sonraki gösterilerde hissetmediğim hatta Harbiye'de bile yanıma yaklaşmayan o tarifi çok güç rahatlama. Belki de tıpkı belli aralıklarla görülen güneş tutulmaları gibi beş yılda bir görülüyordu bu rahatlama da bende. Setimin yarısından sonra yavaş yavaş beş yıl önce o koltuklarda oturanları görmeye başladım önümde adeta. Sağ köşede oturan siyahi bir çift değil de annemle babamdı sanki, ortalardan bana gülen Asya kökenli geniş arkadaş grubu WhatsApp'taki Friends Forever grubumun yerini almış gibiydi.

Hemen yanlarındaki esmer kız ablamdı. İşyerinden Fulya'yla Mehmet'ti gözümün tam önündeki iki neşeli arkadaş. Hiç durmadan gülen iki çatlak Ayşe'yle Melike'ydi. Hatta bir yerlerinden o bahçenin "selama tek çıkabilir miyim" deyip boyumun ölçüsünü aldığım Serhat Hocam izliyordu eminim. Yarışmaya 'taahhütlü' başvuru gönderen büyükbabam da gururla oradaydı belki de. Hiç tanıyamadığım ablam Aşkım da belki bir yerlerde büyümüş, yetişkin olmuş haliyle göğsünü kabarta kabarta seyrediyordu "ben sana bir yol açtım kardeşim" diyerek kim bilir... Ve tabii ki Nihancığım. Belki yıllar önce Facebook'tan gönderdiği o mesajı güncelliyordu gökyüzünden: "Kaan bu bahçedeki o sahnede mutlu musun?"

Çok ama çok mutluydum. Hiç olmadığım duygular içinde, hiç yaşamadığım hazları kendime yaşatmanın bir yolunu bulmanın dinginliği ve tekrar bambaşka bir yolun başına kendimi savurmanın coşkunluğuyla akıp giderken gözüme tutulan flaşlarla süremi aştığımı ve hayatımın bu en yoğun on beş dakikasını artık bitirmem gerektiğini fark ettim. Teşekkürümü ederek alkışlarla sahneden indim terden sırılsıklam olmuş üstümle.

Mutlu sonlara değil mutlu başlangıçlara inandığım artık bir sır değil. Beş yılın sonunda geldiğim yerin bambaşka bir paralelde beş yıl önce başladığım yer olması da tesadüf değil. Hem de tam beş yıl önce o küçücük BKM Mutfak Sahnesi'nde ikinci kez sahneye çıktığım 27 Mayıs'ın tam beşinci yılında.

Bir yanda önümde ne olduğunu bilememenin verdiği heyecan, bir yanda hayal ettiğim ve hayal bile edemeyeceğim pek çok şeyi gerçekleştirmenin, çocukluk hesaplarımı kapatmanın ve ne yaparsam yapayım herkesi memnun etmenin imkânsız olduğunu en az hasarla anlamış olmanın verdiği dinginlikle, ayaklarımı yere bastıran ünsüzlük ve aklımı beş karış havalara uçuran ünlülük arasında bir yerlerde yepyeni başlangıçlara merhaba!

Ayrılığımıza saygı gösterin: Kısmetimizi kapatmayın.

Ayrılsak da dostluğumuz devam edecek: Arada çaresiz kalırsak yine sevişebiliriz.

Bana bu kadar enerjiyi nereden buluyorsun diyorlar: İlaçlarımı henüz almadım.

Ben siyasete girmiyorum: Korkağın tekiyim.

Birlikte ortak bir şeyler de yapabiliriz: Sana yanlamama lütfen izin ver.

Bize tatil yok valla bayramda da çalışıyorum: İki saat için 300 bin alıp otelde güneşleneceğim.

Bunu başarısızlık olarak görmüyorum, çok güzel izler bıraktı hepimizde (üç bölümde dizisi yayından kalkan oyuncu): Yapımdan hiç alacağım yok, bu para bana altı ay yeter.

Çalışmadan duramıyorum: Hırsımdan geberiyorum!

Çekerken çok eğlendik: Çok şükür işkence bitti.

Çocuklar nasıl buldunuz beni burada, pes vallahi! (magazincilere): Menajerime helal olsun, hemen uçurmuş burada olduğumu ya harika!

Çok emek verilmiş bir iş, herkesin eline sağlık: B.k gibi film ama gömmeye gönlüm razı değil.

Çok takip edemiyorum ama arada görüyorum ne güzel şeyler yapıyorsun: Fake hesabımdan bütün story'lerine giriyorum.

Detokstayım ben hiç gelmeyeyim o davete: Cırcır oldum.

Hollywood bana göre değil, ben daha çok Avrupa sineması: İngilizcem bile yok Amerika beni ne yapsın, ancak bir bağımsız film falan olursa ve onunla iki üç ödül alırsam öpüp başıma koyarım.

İşin seyircide bu kadar karşılık bulduğunu görmek çok güzel: Bu saçma senaryo nasıl tuttu biz de anlamadık.

Setlere biraz ara verdim: Benden daha güzelini buldular.

Setleri çok özledim: Hesap bakiyem eksiye döndü.

Seviyeli bir ilişkimiz var: Tavşanlar gibi sevişiyoruz!

Story'de kalmasın dediniz: Belki ana sayfadan düşer biri inşallah.

Şu aralar senaryo okuyorum: Deli gibi iş arıyorum!

Üstümdekini çok sordunuz: Kusura bakmayın markadan ödememi peşin aldım, bu samimiyetsizliğe katlanacaksınız.

Yazı yine Amerika'da geçireceğim, orası bana iyi geliyor: Tinder açabildiğim tek yer, gitmeyip de ne yapayım?

Yeni projelere açığım: Karın tokluğuna çalışırım.